收获

春卷

A LITERARY BIMONTHLY HARVEST

二〇二五

长篇小说

上海文艺出版社

目录

二〇一五 春卷

好天气

苏童

图/徐累《此去经年》

第一章　好天气

1975年，或更早以前

1

作为郊区一隅，咸水塘那时候还很空旷。

此地的天空，当时也默默无闻。它被报纸隆重宣传，被诗人热情赞颂，被音乐家谱写成歌曲，是后来的事。让咸水塘出名的彩色天空，主要得益于多种颜色的工业烟雾，有时候它们在高空各自为王，以诗人的比喻来说，分别是比云朵更白的白烟，比煤炭更黑的黑烟，比玛瑙更红的红烟，比紫罗兰还美丽的紫烟，以及比黄金更灿烂的黄烟。有时候它们互相侵蚀，难分难解，之后多种烟雾融合交汇，天空便显出了绚丽而深奥的样子。

我小时候，咸水塘的天空与生活一样单调。除了黄烟，其他美丽的烟雾尚未诞生，从某种意义上说，咸水塘著名的彩色天空还在孕育之中。

黄烟在我们塘东以东一公里的空中蒸腾，它来自幸福硫酸厂的烟囱。日落日出的时候，黄烟被朝霞与夕阳所映照，浓烟部分镶嵌着金边，烟色稍淡处，则是鲜嫩的橘红色或者杏黄色、鹅黄色，看起来确实比黄金更加灿烂。

与我息息相关的烟，也是那种黄烟。我母亲粗略统计过，塘东街道有十五个孩子与幸福硫酸厂同龄，包括我自己，据说那是塘东居民生育史上的高峰。你也说不清楚，是我们十五个孩子迎来了幸福硫酸厂的黄烟，还是黄烟到咸水塘迎候了十五个孩子的诞生。后来我们都被编入了咸水塘工农子弟学校同一个班，号称幸福班（别人私底下称我们班为硫酸班），算是巧合的纪念，也是命运的归置。

在我们的印象中，那时候的太阳是从幸福硫酸厂的烟囱里吐出来的，比现在大，比现在红，看起来也要新鲜一些。太阳对烟囱的态度很温柔，早晨它在一团黄色烟雾中左顾右盼，谨慎地攀升，慢慢挣脱黄色烟雾，到了中午时分，太阳松了一口气，恢复了太阳应有的信心，开始在咸水塘上空悄悄地旅行。以孩子们的肉眼判断，咸水塘的太阳旅程很短促，也很单调，日复一日的，不过是从塘东到塘西。

黄昏时分太阳去了他们塘西，我们常常看见落日还挂在塘西村的竹林上空，月亮就急匆匆地升起来了，它们在晚霞中相会，互相并不友好。一个像疲惫的火球，燃烧到了最后的时刻，看起来悲伤而愠怒；另一个白净、清冷，面带讥讽的微笑，显得有点傲慢，还有一点狡诈。

总体上说，那时候咸水塘的天空还比较单调，远远谈不上有多么美丽。如果从我们塘东往塘西看，天空只呈现乏味的蓝色，塘西村的轮廓低矮而卑琐。站在我们咸水塘工农子弟学校的楼顶上，远远地能够看见塘西村蒋家祠堂的飞檐高墙，黑瓦屋顶，屋顶上长了一棵莫名其妙的树，算上树，那一定是塘西的制高点了。若从他们塘西往塘东这边看，景观明显丰富一些，文明一些。咸水塘工农子弟学校的四层楼红砖校舍，塘东榨油厂的灰色厂房，新盖的镶了很多玻璃的供销社大楼，还有塘东街道插满彩旗的米黄色办公楼，很难一眼分辨，在我们塘东，哪个单位的建筑更高一点。

人们所说的咸水塘，其实分散在咸水塘的水面两侧，水塘以东属于城市，塘东人算城里人，水塘以西属于农村，塘西人其实是乡下人。塘东与塘西，界线分明。尤其是在夜晚，我们塘东的路灯开始亮了，整个塘东的街道是亮的，家家户户的窗子是亮的，塘西那边则是黑漆漆的，塘西村的人家当时都还没有装上电灯，偶有光亮闪烁，尽是一小簇昏黄的光，不是油灯的光，便是蜡烛的火苗。

郊区就是郊区，当年咸水塘两侧的世界是多么对称，又是多么矛盾啊。附近的人们应该记得，在咸水塘的彩色天空名闻四方之前，咸水塘最著名的两种物产是牛奶和棺材。是的，咸水塘牛奶，咸水塘棺材。需要说明的是，咸水塘牛奶来自我们塘东乳牛场，咸水塘棺材则是产于他们塘西村。从产品的功用上说，我们塘东为生者负责，而他们塘西则为死亡负责。现在想起来，这样的分工也是郊区特色，像太阳和月亮的分工一样，一个管白天，一个管黑夜，真是完美无缺。

2

更早以前，他们塘西比我们塘东还要热闹。

尤其是白天。在棺木供不应求的日子里，塘西的天空会频频响起炮仗冲天的声音，咸水塘的孩子们都知道，塘西那边炮仗一响，代表着一口塘西棺材出村了。有时候炮仗声一天响了好几次，说明有好几口塘西棺材出了村，它们像飞鸟归巢，也像战士出征，只是最后不知道都去了什么地方。

我们从咸水塘边眺望塘西，经常可以看见运送棺材的小卡车、三轮车和大板车从公路上下来，在村口出出进进。有时候车辆陷在村外的泥路上，塘西人抬棺而行，你能听见他们嘴里喊着欢乐的号子。然后炮仗声訇的一响，传到我们塘东，听起来依然是欢乐而清脆的。之后，运送棺木的车子走了，塘西村传来的声音由嘈杂变得细碎，能分辨清楚的大致是锯木与敲钉的声音。那是塘西木匠们继续为死者劳作的声音，略显单调与沉闷，对于塘东的老人们来说，它有某种召唤的意味，对于孩子们来说，则是遥远的意义不明的催眠曲了。

我祖父死得很幸运，在所有已故的咸水塘死者中间，他赶上了土葬的末班车，及时躺进了一口塘西出产的红漆棺材，长眠在大坟地里。我还记得那棺材的头部绘有一朵金黄色的葵花，我父亲说那是当时流行的棺木装饰，有着积极的寓意，人就像葵花，葵花朵朵向阳开，无论你是活着还是死了，向阳开放，都是你的义务。

我祖母当时还健在，她没有什么政治觉悟，有点嫌弃我祖父棺材上的葵花，总觉得不够庄重，说以后她的棺材不要那么花里胡哨的，只要一个福字就好。但我祖母的寿命长了几年，轮到她老去，新的殡葬政策执行了，不得土葬，必须火葬，什么样的塘西棺材都与她无缘了。我祖母之所以度过了一个懊丧的晚年，与此有关。凡事先下手为强，连死亡这件事也一样，晚死几年，也没多享到什么福，反而吃了个大亏，这是她万万没有想到的。

因为错过了死亡的最佳时机，我祖母喋喋不休地向人提及当年得血吸虫病的痛苦经历时，竟然是一种怀念的口吻。她说她挺着大肚子跪在床上等死的日子里，有四五个塘西木匠偷偷地来过她窗前，瞒着家里人，隔窗向她兜售自己的手艺，有的木匠考虑周到，还带了小棺材的模型，让她挑选。那时候的棺材，真讲究呀。我祖母嘴里发出啧啧的声音，棺材盖上给你雕龙画凤，还有寿桃牡丹，随你选，楠木柏木随你选，只要三十九块钱！我祖母曾经非常感谢医疗队治好了她的血吸虫病，晚年以后她就不那么想了。医疗队让她多活这么多年，也不过是让她多吃了很多粮食，浪费了很多粮食，否则她就可以抢在我祖父前面，睡在棺材里隆重地入土，不至于变成一捧灰，什么都不剩了。

我祖母在弥留之际流泪不止，她的呓语往往与竹子有关。她说，从蒋老五家的菜地往竹林走，从竹林的东边往西数，第八棵竹子到第二十棵竹子，要挖得深一点。这样的呓语谁听得懂呢？她的悲伤在生死之外，夹杂着一些不为人知的秘密，因此显得令人费解，家里人无从安慰。我父亲看她努力地要翻身，就帮她翻身，她说她要看着西窗。当时没有人意识到她为什么要守着朝西的窗子。窗玻璃外除了暗淡的天光和泡桐树的树影，没有竹子，什么都没有。在焦灼而无望的等待之后，我祖母终于说出了那个奇怪的愿望。

带我去塘西，我要去一次塘西。

家里人最初以为我祖母说胡话，等到确定那是她的临终愿望，便纷纷追问起来，你为什么要去塘西？你都这样子了，去塘西干什么？我祖母在七嘴八舌的质问声里有点慌张，一点点地吐露了她的秘密。由于她与塘西木匠们来往频繁，听他们说上面的政策经常变，殡葬政策也会改变，今天死人不让睡棺材，明天说不定就让睡了，珍贵的塘西棺材越来越少了，要先下手为强。她在家里人为她张罗七十大寿的寿宴时，偷偷跑去塘西村的木匠萧老五家，定制了一口柏木棺材。直到弥留之际，她才意识到塘西人骗了她，政策不会变回去了，就算再变她也等不及了。她浪费了棺材，只能变成一堆灰拢在骨灰盒里。她拉住我父亲的手，懊恼而羞愧地说，我听了那萧老五的话，辛苦一辈子，死了不能亏待自己，他说最好的棺材要七十九块钱。七十九块钱呀，我一辈子的积蓄花在了这口棺材上，白白浪费了，想想就冤枉。

我母亲为什么去塘西

那时候世界相对安详，工业战线与农业战线都还是按兵不动的样子，天空偏蓝，云与雾很干净，郊区还留存着大片的旷野和湿地，咸水塘的气候温暖湿润，从塘东去塘西的路，似乎比现在要远一些。

我随母亲去塘西村的那天，天气半阴半晴。我们塘东这边飘着蒙蒙细雨，阴沉沉的，塘西那边却阳光灿烂，房屋和树木都被阳光剪出了清晰的轮廓，像是另一个世界。我母亲出门的时候比较了咸水塘两侧的天空，犹豫了一下，最终还是带了把伞。当时她怀着我弟弟，已经有六七个月的身孕了，她在细雨里蹒跚走着，手里打着一把油布伞，眼睛要盯着我，所以我们走得很慢。

那时候塘西村还没有电灯，塘西没有

电线杆，竹林却高大而幽深，竹子比柳树高，柳树比房屋高，除了蒋家祠堂，塘西的房屋掩在茂密的树影里，显得模糊不清，只有蒋家祠堂的白墙黑瓦是醒目的。祠堂屋顶上有一棵杂树，躬身而立，远看像一个形销骨立的老人，守望着外面的世界。

我们很少去塘西。我们沿着咸水塘的塘岸，朝蒋家祠堂的方向走。咸水塘在细雨里泛出的灰色水光，像刀刃一样晶莹而锋利。雨丝太细，落在咸水塘里就断了，听不到一丝折断的声音。水葫芦与解放草在水面上赶路，不确定要去哪里，所以走走停停。除了水下的菱藕和鱼虾，塘西村的公有财产都陈列在咸水塘边了，船与舢板系在岸边树桩上，船头两侧标明了产权与编号：塘西 2，塘西 5。几条船好久没用，船底部分浸泡在水中，结满了苍黑色的青苔，不知是青苔还是水，发出了寂寞的嘟囔声。有很多大白鹅，麻灰色的鸭子，它们在暧昧不清的天气里离开水面，集结到舢板上，朝路上的行人眺望。我听见鹅鸭此起彼伏的叫声，叫得太混乱了，听不出它们是在欢迎我们，还是在抗议。

对于孕妇与孩童来说，去塘西的路，并不好走。离塘西越近，路上的碎石子便越少，好好的一条路，到了塘西便成了坑坑洼洼的烂泥路了。我母亲的嘴里不时发出一两声叹息，我知道她不是在抱怨路，是在为我祖母叹息，或者也可能，她是在为那七十九块钱焦虑不安。

在我们咸水塘，从城镇到乡村，就是一步之遥。过了那棵老柳树，就算咸水塘公社了。塘西村地界有着乡村突兀的泥土与柴草的香气，混杂着牲畜与粪便的臭气。景色也一样，美好的部分与丑陋的部分搅在一起，一言难尽。到了塘西村的村口，岸坡变得陡峭，弧线很不规则，杨柳树不知为什么被伐断了，塘岸上除了些灌木杂树，都是塘西人见缝插针开垦的菜地，种了些菠菜、萝卜之类的菜蔬。塘边搭了几个简易的鸭寮，竹子木料中混杂着几块平整光亮的木板，一看就是被废弃的棺材板。养鸭人用红色油漆在板壁上写了警告：禁止偷蛋，偷蛋的人烂手。

一个塘西男孩从鸭寮后面冲出来，背着一杆自制的木头长枪，打着赤脚，满脸是泥。他拦住我们，尖声问，你们从哪里来？你们要去哪里？我母亲被他吓了一跳。男孩向我伸出手说，你有路条吗？没有路条，不准来塘西！我母亲说，来你们塘西还要路条？你们塘西是敌占区吗？男孩说，没有路条就要买路，拿五分钱买路。我母亲说，这是什么道理？这条路是你们家的？你是谁家的孩子？男孩说，我是蒋书记的儿子，你们要买路，必须要跟我买。我母亲哭笑不得，她无意和一个塘西小男孩纠缠，最终从口袋里掏出了一分钱。五分钱是敲竹杠，书记的儿子也不能敲竹杠呀，她说，我只能给你一分钱，你去买颗糖吃吧。

那是我第一次遇见塘西村的蒋红根，两年以后我们成为咸水塘工农子弟学校的同学，我还记得他收过我母亲一分钱的买路钱，重提此事时，他坦然承认，他收过很多塘西人的买路钱，至于是否收过我们的，他不记得了。

塘西村当时还积存了很多棺材。庞大的棺材无处可去，随意堆放在人家的柴棚里屋檐下，似乎保持着耐心，等待东山再起的那一天。那些棺材打制的年代不同，材质不同，形状有细微的差别，但都上了深色的油漆，褐黑、暗红、棕色，分别散发着庄重肃穆的微光。我母亲忌讳棺材，她的目光尽量躲避着棺材，但我有兴趣。有一口小棺材引起了我的注意，它放置在三口褐色的大棺材上，是鲜艳的橙色，上面用红色油漆写了字：好好学习，天天向上。我指给我母亲看。我母亲也从未见过这种橙色的小棺材，她猜是给哪个早夭的孩子定制的，看颜色主人应该是个城里的女孩子。不是那女孩子没赶上睡棺材，就是棺材不合人家父母的心意，不要它了。因为心痛，我母亲皱紧眉头，把油布伞夹在胳膊下，捂住了胸口，她捂着胸口朝着村庄东张西望，嘴里发出了又一声叹息，你看看，就隔了个水塘，我们塘东给人送牛奶，他们塘西就给人打棺材呀。

我们走过了蒋家祠堂。祠堂的门关着，里面有嗡嗡的人声，好像在开会。门旁边挂着一块木牌子，塘西村革命委员会。我母亲指着木牌子，骄傲地告诉我，那木牌子上的美术字，是塘西人央求我父亲写的。

我父亲对塘西村倒是很熟悉，但他觉得索赔这种事情没面子，不肯陪我母亲来。他说到塘西找人，只要有名有姓，随便问个人就行了。我母亲不认识萧老五，她走到祠堂门口，侧耳听里面的动静，正要推门，听见一个塘西女人在后面喊起来，你别进去，女人不能进祠堂的。我母亲回头，认出那是经常去塘西乳牛场卖青草的金娥，算是我母亲在塘西的熟人了。

我母亲向金娥打听萧老五家在哪里，金娥惊愕地说，怎么现在还找萧老五？萧老五去年就死了，你不知道吗？我母亲又被吓了一跳，一时无措，向金娥坦承了我祖母干的糊涂事。金娥说，你婆婆呀，我认识她的，怪不得，怪不得呢。

我祖母前几年迈着一双小脚在塘西出没，与好几个塘西村民有过秘密的谈判，金娥有所耳闻。金娥说我祖母曾经看上过几块朝阳的僻静的自留地，其中有德康家的玉米地和萧老五家的菜地，她跟他们商量，想花钱买一小块地，别人问她买地干什么，她闪烁其词，又问要买多大的地，她张开双臂比画了一下，说能埋下一口棺材就可以了。别人一下明白了她的心思，都一口拒绝，说你是想要偷偷土葬？那是犯法的，给再多钱我们也不敢呀，再说我家菜地下面埋着你的棺材，棺材板上面种出来的菜，你让我们怎么吃得下去？我祖母说，你们的菜地本来就要施肥的，我的尸骨不比化肥强？你们要是自己不愿意吃那些菜，可以去卖给别人，菜又没有标志，谁知道是哪儿长出来的呢？无论她怎么耐心说服，那几户村民也无动于衷，我祖母只得放弃了那些肥沃的菜地，在村西的竹林里物色了一小块空地，那地点当然是秘密的。金娥告诉我母亲，我祖母生前在塘西村的活动掩人耳目，不过有人看见过萧老五陪着我祖母在竹林里转悠，挖墓安葬之类的事，我祖母应该是拜托给萧老五的，萧老五一定知道那地点，可惜他死在我祖母前面，所有的秘密也让他带走了。

她是白忙一场！我母亲对金娥说，别说埋竹林，就是埋垃圾场，她也没有这个资格，她糊涂我们不糊涂，政策规定要火葬，我们怎么敢给她土葬？我婆婆是老糊涂，人走了也没必要计较了，是那萧老五太气人，明明知道她睡不了棺材，还骗她订了一口棺材，收了七十九块钱。

七十九块？是什么木料？金娥说，我公公做的杂木棺材只要五十块钱呢。

什么木料？我母亲说，谁记那个？好

像是柏木的。

金娥说，是不是老柏木？要真是萧老五打的老柏木棺材，价钱倒也算公平。

谁在乎老柏木新柏木呀，就算是红木棺材，用不了也是一堆垃圾，你说是不是这个道理？我母亲说，我婆婆的钱都是我们给她的零用钱，一块一块积攒起来的，七十九块钱也不是小钱，不能这样算了，老人若是死了，子女还在，我得找到他们，把钱要回来。

金娥答应带我们去萧老五家，走了几步眼睛一亮，塘西招娣你认识吗？萧老五的儿媳就是黄招娣，塘西招娣呀，你塘东招娣不认识塘西招娣吗？

我母亲想了想，撇嘴道，怎么不认识？真是前世修来的福，让我跟她叫了一个名字。前些年她去乳牛场卖过草的，草筐里藏了好多水泥疙瘩，起码八斤重，我一看秤就把草筐掀翻了，问她牛是吃草还是吃水泥的？她涨红了脸，说孩子不懂事，把水泥疙瘩混到草里了。我说你孩子怎么不懂事，要是真不懂事就把蔬菜混青草里了，怎么会混水泥疙瘩？她就不说话了，后来再也不去卖草了。

金娥捂嘴笑起来，她打量着我母亲的腹部说，怎么说你们两个招娣还是有缘分，你看看你们，塘东招娣塘西招娣，怀孕也一起怀的，你们肚子一般大，六个月还是七个月了？

我母亲说，我怎么知道她？我七个月了，她几个月？

你七个月，她应该也是七个月吧，你们的肚子看起来一模一样的。金娥瞥了我一眼，沉吟道，不过你们还是不一样，你有儿子了，她没有，她家两个女儿，一心盼着怀个男孩，现在不敢求神仙拜佛，天天给毛主席他老人家磕头烧香呢。

我们跟着金娥穿过晒场，拐入一条村巷，到了萧老五家门口，抬眼看见一幢塘西村常见的民国老宅，经过了局部翻新，窗子换了玻璃的，老瓦片换了新瓦，墙面刷过，但还是有一种斑驳的老态。门是老门，刚刚上过桐油，散发着新鲜的桐油气味，大门敞开，套着一扇半人高的雕花栅栏门，小门关着，里面传出来两个小女孩的声音，一个在哭，另一个在申诉什么。金娥对我母亲使了个眼色，说，你们自己谈，我不爱跟她说话。那黄招娣不好对付，你要想拿回钱，恐怕没那么容易的。然后她重重地敲了几下栅栏门，扭头就跑了。

我们看见一个孕妇慢吞吞地从里屋走出来，隆起的大肚子努力地前挺，腿和后背却懒懒地拽住沉重的身子，慢慢地挪。屋里光线暗淡，看不清楚黄招娣的眉目，但她似乎是一面镜子，映照了我母亲。像大多数塘西妇女一样，她的耳朵上戴着一副金耳环，她的身形体态与我母亲基本一致，齐耳的短发也一样，人一动，金耳环便闪一下，那短发也动，整整齐齐的发梢像刀面一样，切割着空气。

我母亲猜测塘西招娣对她是有印象的，只是因为往事尴尬，她假装不认识我母亲。黄招娣似乎不像金娥所描述的那样讨厌，她至少对我表示了友好，夸我虎头虎脑的，讨人喜欢。她说话也慢声细气，听起来是讲道理的。她承认了她公公与我祖母生前秘密的交往，萧老五打的最后一口寿材，就是我祖母的。但是，当她听出我母亲的来意，笑容便变得僵硬，她开始坚定地摇头。这钱怎么退？没听说过这种事呀，棺材已经打好了，木料、人工、油漆都出去了，哪儿不要垫钱呢？

大概因为我母亲对塘西村妇女居高临下惯了，她对黄招娣说话并不客气，那棺材就不该给打，连三岁小孩都知道你们塘西棺材没有用了，你们打棺材的人会不知道？我婆婆是个糊涂人，听广播里的天气预报都听不懂的，她听不懂国家的政策，你公公也糊涂？还给她打了一口最贵的棺材！她忽然厉声说，你们这样做既不道德，还犯法了，你们自己知道不知道？

这指控明显出乎黄招娣的意料，她眨巴着眼睛看我母亲，忽然笑起来，道德是你们塘东人讲的东西，我们乡下人哪儿有权利讲道德呢？犯法就谈不上了吧？卖一口棺材怎么能犯法呢？我其实跟你一样，对我公公一肚子气呢，我没让他抱到孙子，你知道他怎么骂我？那骂的才叫不道德呢，可现在人都不在了，我能怎么办？骂他不道德，他也听不见啦。

我母亲摆手道，我不是来骂你家老人的，他们老人不在了，小辈不都在吗？你不懂道德总知道公平吧？公平还要讲的，我们小辈要好好商量一下，七十九块钱不是小钱，都是我们血汗钱孝敬给她的，你说棺材已经打好了，我相信你，我也让个步，能不能，退个一半给我？

四十块？别说是四十块，他连四块钱也没有给过我，你现在跟我要钱，我跟谁去要呢？要不，你先看看那寿材？黄招娣探询地看着我母亲的脸，打开了栅栏门，邀请我母亲进去。这样，我母亲经过了短暂的犹豫，牵着我穿过黄招娣家的里屋，往她家的后院去了。

黄招娣的家与所有塘西人家都是相仿的，很大很乱。地上泛着潮气，湿漉漉的，屋顶的房梁、椽子裸露着，有很多篮子箩筐和风干的腊肉腊鸡一起，悬挂在空中。厨房的青砖灶台很大，年代应该很久了，雕刻着考究的百兽图案，灶膛里可见一些剩余的柴草和刨花，还有暗红的灰烬。外屋四周都是农具与杂物，木匠的家什，锯子刨子斧子之类的，有的挂在墙上有的堆在地上。里屋比外屋更暗，有一股异味。我看见一个昏暗的房间里，有个穿红衣服的小女孩，好像坐在马桶上。她看见我们从门外走过去，惊叫了一声，谁？关门！然后黄招娣就返回去把门关上了。臭死了，我听见黄招娣怒声训斥女孩，好英，告诉你别在家用马桶，走几步上茅房，会累死你吗？

后院不小，用竹子与杂树棍做了围栏，一半是菜园，种了蔬菜，一半搭了披屋与木棚，还堆着剩余的木料，以前应该是老木匠的工坊。我祖母的那口棺材，静静地躺在披屋下，是被悉心保护的样子。我看见了一个福字。我认识那个福字。我一眼就看见那个福字镶嵌在棺头上。福字是红色的，喷了金粉，很醒目，它忠贞地实现了我祖母的遗愿，闪烁着吉祥的红光。

棺材盖当时是虚掩的，开了一条缝，我跟着我母亲走过去，不知道里面有人。一个小女孩忽然推开棺材盖从里面站起来，跳了出来。小女孩五六岁的样子，也穿了件红衣服。那是黄招娣的小女儿好芳。我们吓了一跳，我母亲说，这孩子，怎么在棺材里躲猫猫？

谁跟她躲猫猫？她躲在这里偷吃东西呢。黄招娣从墙边抓起一把笤帚要打好芳，没有打着，好芳敏捷地朝里屋跑去，惊恐的小脸上黏糊糊的，嘴边沾着些白色的晶体。我起初不知道好芳躲在棺材里干什么，在黄招娣的骂声中，我探身看见棺材里放着一个玻璃糖罐，盖子还开着，这才明白，好芳是躲在里面偷吃糖罐里的白糖。

我母亲悻悻地打量着我祖母留下的棺材，愣了一会儿，脸上便恢复了一种愤恨的表情。她对我说，你看看你看看，一辈子钻在钱眼里的人，买瓶酱油都要跟我拿钱，给孙子买块糖都要算计半天，就舍得给自己订这么高级的棺材！要个福字有什么用，要是自己能睡进去也算了，偏偏就没有那个福气，七十九块钱，给人家孩子躲猫猫用了！

黄招娣不接我母亲的话茬，她的手在棺材头上抹了一下，抹掉了福字旁边郁积的灰尘，又在棺材壁上拍了两下，你看，多好的寿材，七十九块是熟人价呀。她说，这是最好的塘西棺材了，棺材头用了一整块楠木呀，其他地方都是老柏木，这是我公公做的最后一口寿材，他把最好的料子都用上去了，是你婆婆没福气用呀。她这么赞美着棺材，看了眼我母亲，试探地问，你要是不忌讳，我让孩子她爹想办法，把棺材运到你家去？

我母亲顿时变了脸，说，运我家去干什么？给谁睡？

别误会！黄招娣连忙摆手道，你们塘东人忌讳棺材，我们塘西人不忌讳，好多人家拿棺材做箱子用的，放米，放衣服，放鞋子，都可以，比箱子好用。再不值钱的薄皮棺材也可以放柴禾放煤球，扔在外面，总能遮个风挡个雨的。

我家有大橱有柜子有箱子，东西该放哪儿就放哪儿，怎么会放棺材里？我母亲气恼地拽着我走到稍远处，恨恨地瞪一眼棺材，对黄招娣说，既然你们喜欢棺材，这棺材就送你们家吧，随便你们当什么用，做柜子也行，给孩子躲猫猫用也行。那七十九块钱，权当是让小偷偷了。

话说得很不好听了，但黄招娣还是赔着笑脸，她歉疚的目光落在后院的菜地里，忽然亮了一下，今年我家的芹菜好！她从墙上摘下一把剪刀，径直往菜地里走，嘴里说，我割一捆给你们尝尝。我母亲说，不要，我家不吃芹菜，蔬菜好几种扔在厨房里，都来不及吃。她带着我从后院穿过黄招娣家的堂屋，往门外走。好英和好芳坐在炉灶前捆干草，眼睛都火辣辣地瞪着我母亲隆起的腹部。我母亲下意识地用手捂住了腹部，嘴里说，跟你妈妈一样的呀，有什么好看的？让人意外的是好芳，她用响亮的声音说，不一样，你的肚子圆，只能生女孩，我妈妈肚子尖，她这次能生男孩！

那黄招娣很快就抓了一捆芹菜追出来，我家芹菜真的好吃，又甜又香，还很嫩！她几乎是在恳求我母亲收下那捆芹菜，好像要以此补偿我母亲的损失。我母亲推了好几次，那芹菜还是执着地往她怀里撞，她只能勉强地收下，转身把那捆芹菜交给我，你拿着，好歹省下了五分菜钱。

芹菜用稻柴扎得很紧很牢，叶子与根茎一齐散发着浓烈的清香。我提着那捆芹菜，看见两个孕妇相对而立，她们的肚腹像两座山丘，互相致意的同时，也在默默对峙。她们的齐耳短发上都别了一朵白色的绒花，看起来完全对称。在芹菜的香气里，两个孕妇互相凝视着对方头发上的那朵白花。黄招娣问，你的白花还要戴一阵吧？我母亲点头，问，你呢？黄招娣扳指一算，说，再过两天就可以摘了，总算可以摘了！她站在栅栏门里，打量一下外面的天色，手忽然推开栅栏门，说，今天不知道要不要下雨，我送送你们。我母亲摆手道，不要送不要送，下不下雨都不碍事，走过咸水塘就到家了。黄招娣自顾走下台阶，热烈地挽住我母亲的胳膊，嘴里说，要送要送，谁让我们这么有缘呢，我送你们到塘边。

我看见两个孕妇挽着胳膊向前走，似乎挽着各自的影子，她们并不亲昵，两个相似的身形却像两座山丘连接在一起，不可分割。在一阵沉默之后，我听见黄招娣忽然问我母亲，你在娘家，有没有招到弟弟呀？

我是招到的，我招来了两个弟弟。你呢？

哎呀，那还是你命好，我哪有这个福气？黄招娣摇头，脸上尽是遗憾，不瞒你说，我一个弟弟也招不来，招来四个妹妹！我大妹叫换弟，我二妹叫调弟，我三妹叫喊弟，四妹就没有个名字，我现在都不知道她叫个什么名字。

四妹为什么没有名字？

她生下来没几天，我爹扔了个破麻袋给我，让我把她装麻袋里扔到化肥厂门口去。化肥厂离我们村近，我爹说化肥厂的工人都是城市户口，要是让他们捡了去，至少不做乡下人，好歹也给我四妹一个交代了。

我母亲皱起眉头，斜睨着她，让你扔妹妹你就去扔？你真的亲手把妹妹扔了？

没有办法，我爹劈头盖脸打我，说是我招了这么多妹妹来，扔妹妹也得是我，不去也得去。黄招娣的神情看起来很坦诚，我也以为是我的错呀。她说，白天人多眼杂，不敢去扔，夜里我和我二妹去了化肥厂门口，等工人下中班，我们把麻袋往那儿一放就躲标语牌后面，好奇怪，我四妹在麻袋里一声都不哭，还笑呢，后来是两个女工把麻袋抱到了传达室，她们说这个可怜的小女孩，让爹妈扔了，怎么还在笑呢？

我不知道黄招娣为什么要告诉我母亲这件事。可能是因为愧疚，可能只是饶舌，当然更可能出于某种误解。误解缘于她们雷同的名字，塘东招娣塘西招娣，她以为她们名字一样，命运便应该彼此呼应。我母亲却旗帜鲜明地拒绝了这种呼应，我跟你不一样，我虽然叫招娣，我们家男女平等的，我父母最疼的不是我弟弟，是我。她多少有点自豪地说，我们家是工人家庭，跟你们农村人不一样的。

黄招娣讪讪地点头。她的目光落在我身上，闪烁着羡慕的光亮，是呀，都是招娣，命不一样，工人阶级的招娣贫下中农的招娣，怎么能一样？她说，你福气多好，老大是儿子，虎头虎脑多可爱，看你这肚子，老二多半又是个儿子。她忽然想起什么，回头朝塘西村一望，压低声音说，你不知道我命有多苦，我公公听说我这回怀孕，你知道他跟儿子怎么说？他说这次要是再生女孩，给我把孩子扔咸水塘里！黄招娣脸上还笑着，眼睛里却沁出了一丝泪光，亮晶晶的，你不知道我多害怕，你们怀孕都开开心心的，我就是怕，怕死了。说话间她掠了掠头发，手触到头上那朵白花，她的泪眼陡然闪出一道凛冽的光，我看着她把头上的白绒花揪了下来。我把白花扔咸水塘里！她终于松开了我母亲的胳膊，朝着塘边疾走几步，嘴里忿忿地说，狼心狗肺的老东西，我凭什么给你戴孝？

那朵白绒花在水面上漂浮，像一小片漂浮的白光，轻盈，但是锐利。我注意到我母亲惊愕的表情，也许是下意识，她摸了摸自己头发上的白花，还小心地压了一下。我听见我母亲发出一声叹息，算了，算了，过去的事情就忘掉吧，大家都要向前看。她看看黄招娣的肚子，又说，你这次肚子比我还尖呢，这次肯定是儿子了。

咸水塘水面上的天空突然阴沉下来，那天的天气就是这么奇怪，塘东的天已经转晴，远处的柳树叶子被灿烂的阳光照得翠绿，塘西村的天也亮着，是浅浅的灰蓝色，但咸水塘的水面上空下起了雨，雨点落下来，像碎珠子潜入水中，溅起一片白茫茫的涟漪。下雨了，我们该走了！我母亲打开油布伞，把我拉到伞下。我听见黄招娣在后面大声说，塘东招娣，路上滑，你身子不方便，走慢点啊。

我母亲没有回头，她看了看我手里的那捆芹菜，低声说，什么走慢点走快点，早知道我就不跑这一趟了，你看看，奶奶那七十九块钱，换回了一捆芹菜，多冤枉！

关于我祖母的亡灵

1

我祖母是小脚，一辈子没出过远门。她的世界以咸水塘为中心，方圆局促，不会超过五里路，晚年她去得最多的地方就是塘西村，由于行踪诡秘，村民们对她留下了深刻的印象。塘西村的人们称她为塘东的邓家奶奶。他们记得她为了棺材而来，偷偷造访的都是好手艺的木匠，但她对木匠们的手艺挑三拣四，又不信任他们的人品与信誉，交易总是谈得不欢而散。邓家奶奶最后为什么选择萧老五，塘西木匠们并不清楚其内幕，他们只记得萧老五死得比邓家奶奶早，他临终前几天，还在后院偷偷摸摸地给一口棺材上油漆，那是他一生打制的最后一口棺材。人算不如天算，两个老人之间的秘密交易被迫中断，那口棺材后来便一直存放在萧家的后院了。

没有人在意我祖母留在塘西的棺材，除了她自己。我们后来都明白她临终前的忧愁事关棺材与墓地，棺材买了不能睡，墓地选了没人挖，这能怪谁呢？她瘦小的肉身被焚化成灰，装在一只塑料骨灰盒里，不多不少，看起来很相称。我父亲把它埋在大坟地里，与我祖父、曾祖父、曾祖母腐烂的棺木为邻，从亲情与伦理上说，这算是她完美的安息之地了。谁能预料到我祖母的亡灵会如此不安，如此愤怒？塘东的邻居们都夸赞过我祖母循规蹈矩的一生，说她是妇道人家的模范，她死后理应保持这份美德，即使是一捧灰，即使置身于一只盒子里，仍然可以在地下陪护她的亲人，但他们不是高估了我祖母的美德，便是低估了她的抱负。在我祖母死后，他们才发现了她品格的缺陷。我祖母在大坟地里一定与别的亡灵攀比了，一定妒忌了，一定发怒了，她生前不计较自己活得多么卑微，死后却样样计较，不肯安息。邻居们想不通，既然已经成了一捧灰，为什么还放不下那口棺材呢？

从塘西村那边频频传来了我祖母的消息，说她的鬼魂每天清晨都去萧木匠家的后院，给她的棺材打扫卫生。萧木匠的女儿好芳声称能够看见我祖母手里的笤帚，能够听见我祖母的抱怨声，有时候还能看见我祖母的一双小脚。人们最初都觉得那是无稽之谈，就算他们相信鬼魂，也不相信一个鬼魂每天会去打扫一口棺材。想想从大坟地到塘西村的旅程，一个小脚老太太每天来来往往，该是多么辛苦？既然已经做了鬼魂，天地之间都是家，棺材打扫得再干净，又有什么用呢？

也有不少老人从传闻中预见了自己日后的哀伤，尽管没有那么在意棺材与骨灰盒的差别，但他们心有戚戚，依稀看见我祖母蹒跚的亡灵手持一把笤帚，在晨雾里穿越城北公路，向塘西村缓缓挪移。亡灵的脚步若隐若现，也是最苦楚的。他们懂得我祖母巨大的遗憾是双重的，一是为了能睡那口棺材，二是舍不下她人生中最大的投资。老人们互相探讨来自塘西村的消息，唏嘘不断，有一件事激起了他们的公愤。听说萧木匠家的鹅鸭是在我祖母的棺材里下蛋拉屎的，这实在太过分了，像我祖母生前那样爱干净的人，一年四季在衣襟上别一块手绢，就算变成鬼魂一定也讲卫生，那家人如此糟蹋她遗留的棺材，她怎么能受得了呢？老人们就在塘东的街头批评塘西人，说他们塘西人后院那么大，养鸭养鹅非要在人家的棺材里吗？鹅粪鸭粪多脏，鹅鸭不知道那是人家的棺材，他们活人难道不知道？不怪邓奶奶的鬼魂多事呀，要怪就要怪那家人不好！塘西人，都没什么良心的！

他们说好芳能看见我祖母的鬼魂。

好芳在识别鬼魂方面的天赋，最初无人相信。她是家里负责捡蛋的人，他们家的鹅鸭习惯在后院的棺材里下蛋，为了它们进出方便，棺材盖平时自然是打开的。好芳之所以能发现我祖母的踪迹，首先是因为那棺材盖的诡异，它总是擅自合上，合得严丝合缝的。棺盖不轻，她每次去打开棺盖都要费很多力气，第二天早晨它却又盖上了，鹅鸭憋着蛋，站在棺材盖上叫唤，好芳便跺脚嚷嚷，怎么又盖上了？怎么又盖上了？

好芳质问家里人，谁天天去盖棺盖？害她天天要开棺盖。他们都说没有，好芳说，你们都没盖，难道是鬼盖的？她说话这么难听，黄招娣扬手就给了她一巴掌，你骂谁是鬼？谁想到她家后院真的有鬼了。

有一天早晨好芳从棺材里捡了两只鹅蛋，刚直起身子，听见一个声音在呵斥她，瘟货，又不关盖子？关上盖子，关上盖子！那声音来自后院的栅栏门外，听起来属于一个老妇人，栅栏上茂密的丝瓜藤遮掩了好芳的视线，她看不见人脸。好芳说，你才是瘟货，是你家的棺材吗？要你管什么闲事？我们家的鹅喜欢在棺材里下蛋，关上了鹅怎么进去下蛋？她拿着鹅蛋往家里走，听见栅栏门吱吱响了一下，回头一看，便看见了一团雾状的人影，人影很瘦很小，身体与脸是模糊不清的，一双小脚和手里的笤帚却清晰可辨，那小脚穿着红色绣花鞋，步履短促而急迫，那笤帚在焦灼地摇晃。人影子靠近棺材，变得白了一些，好芳还是看不清她的脸，只看见棺盖缓缓合上，一点声音也没有，那把笤帚在棺盖上来回舞动，棺盖上的鹅粪纷纷掉落，好芳又听见了一个愤怒的声音，脏死了，脏死了，这么多鹅粪，也不知道扫一扫。

好芳吓了一跳，抓着两只鹅蛋往家里跑，边跑边喊，后院有鬼，是个鬼！

家里人闻声都跑到后院去察看。院子里没有人，自然也没有鬼。萧木匠夫妇特别注意了我祖母的棺材，发现平时打开的棺盖确实又盖上了，棺材四壁干净得异常，像是刚刚被擦拭过的。事情是有点奇怪，他们跑到栅栏边朝两边看，时辰还早，村路上并没有一个人影，也看不见那个鬼影。萧木匠问好芳，是个小脚老太婆？拿个笤帚来扫棺材？不会是三奶奶吧，要不就是村西的七奶奶？好芳说她没有看清鬼的脸，只看清了笤帚和鞋子，听见了鬼的骂声，那声音不像是三奶奶，也不像七奶奶。黄招娣问好芳鬼穿的什么样的鞋子。好芳说那是一双红色的粽子鞋，鞋帮上绣满了黄色的花，绿色的鸟。好英说，那不是死人穿的寿鞋吗？你看见的究竟是死人还是鬼？好芳说，不是死人，死人怎么会走路？肯定是鬼。好英又说，鬼说鬼话，只有鬼能听懂，你怎么听得懂？鬼怎么会骂你瘟货？难道你也是个鬼？好芳又气又委屈，说，你才是鬼，明天我不捡蛋了，你去捡。

黄招娣摸了摸好芳的额头，还翻开她的眼皮察看了她的瞳孔，女儿一切正常，她相信好芳没有说谎。不好了，这下不好了。她绝望地看了眼萧木匠，低声说，恐怕是塘东邓家奶奶来了，她舍不下这口棺材。萧木匠心里也百般狐疑，他走到我祖母的棺木旁边，敲了敲棺盖，听见棺材里传来沉闷的回声，嗡嗡地响了好久。萧木匠用衣袖擦了几下棺盖，说，以后就让棺盖盖着吧，别让鹅鸭再进去下蛋，看看她还来不来。

黄招娣没再说什么，她整了整头发和衣领，对着棺材，恭恭敬敬地鞠了三个躬，邓家奶奶，你是好人呀！邓家奶奶你是咸水塘最好的好人，活着做好人，走了应该也一样的，小孩子不懂事，鹅鸭不懂卫生，以后我们一定好好爱护你的寿材，你千万放心，千万别来打扫了，会把孩子吓着呀。

做完了大人该做的事，黄招娣把好芳拉过来，让她也对着棺材鞠躬磕头。好芳一知半解地行了大礼，黄招娣觉得还不够表达诚意，命令好芳唱个歌。好芳说她不知道死人喜欢听什么歌，问黄招娣，黄招娣一时也无主张，说就是表个心意，你什么歌唱得好就唱什么。好芳就对着我祖母的棺材，认认真真地唱了一首《社员都是向阳花》。

> 公社是棵常青藤
> 社员都是藤上的瓜
> 瓜儿连着藤，藤儿牵着瓜
> 藤儿越肥瓜越甜
> 藤儿越壮瓜越大

好芳唱毕，黄招娣觉得心意到了。她跑到田垄上摘了几丛蒿草，棺盖上面放了一把，后院的栅栏门上也挂了一把。蒿草驱邪避鬼，但能否阻止我祖母固执的脚步，她心里也没底。

好芳自此再也不敢去后院，换了好英去捡蛋。或许是好英胆大不怕鬼，她从来没有看见过我祖母的鬼魂。不过，新的麻烦又来了，他们家里的鹅鸭认准了我祖母的棺材，进不了棺材里面，它们就蹲在棺盖上下蛋，大多数蛋从棺材上滚下来，好英捡到的都是碎裂的鹅蛋鸭蛋，分成两半的蛋。

蛋的损失让黄招娣心疼，更大的烦恼是维持棺材清洁的负担。很明显，敬重棺材就是敬重我祖母的亡灵，要避免惹恼我祖母的亡灵，就必须时时维护棺材的卫生。偏偏鹅鸭不懂这些，它们下了蛋总是要拉屎，黄招娣天天去后院清洗棺盖，不胜其烦，有一天她下了决心，对萧木匠喊，我们不能再留着这口棺材了，吃不得用不到，倒像是供了一尊佛，你明天就给塘东招娣家送去，运他家门口去，随他们要不要。

2

那天萧木匠和他堂弟推着一辆大板车

到我家门口，我母亲正在上班，家里只有我和我父亲。他们自知此行犯忌，一路上算是很谨慎了，那棺材用油布罩得严严实实，绑了绳子，看不出来油布盖的什么东西。

我和我父亲出去的时候，门口有两个小孩围着大板车。什么东西？车上什么东西？他们这么嚷嚷着，试图揭开那油布，萧木匠粗暴地推开了他们，一车木料！有什么好看的？一转脸他看见我父亲，慌乱地挤出一张笑脸，露出一口杂乱的黑黄色牙齿。他想要跟我父亲握手，又不敢，最后朝我父亲鞠了个躬，对他堂弟说，这就是邓站长呀，咸水塘文化水平最高的人。

我父亲扫一眼大板车就明白了，他怒视着萧木匠，脸色很难看。不是说好的吗？这棺材用不上，我们不要了，你现在把棺材拖我家来，什么意思？萧木匠连连摆手，邓站长千万别误会，我们没有别的意思，这棺材放我家后院，本来是我家的福分，可是我家的鹅鸭讨厌，它们天天钻棺材里下蛋拉屎，惹恼她老人家啦。我父亲开始没明白他的意思，惹恼谁了？棺材本来就没用了，鹅鸭进去下蛋拉屎有什么关系？打扫一下不就好了？那萧木匠谦卑地看着我父亲，眼神躲闪，说话吞吞吐吐起来，邓站长，我知道你不会计较，可是你妈妈她老人家计较呀，不瞒你说，我家好芳看见她老人家的鬼魂了，她还舍不下自己的棺材，见不得棺材那么脏，天天拿把笤帚来扫鹅粪，我家里人都吓坏了，这口棺材，我们不敢留了。

一旦提及鬼魂之类的事，我父亲就不耐烦，鬼，鬼，鬼！他厉声道，你们塘西人的脑袋里装了多少糨糊，工作组进驻你们塘西村多少次了，苦口婆心教育你们，你们到现在还相信鬼魂？我母亲是鬼魂？你告诉我，她的鬼魂什么样子？萧木匠眨巴着眼睛，嗫嚅道，我没看见，好芳看见了，好芳说看见了她的小脚，还有笤帚。我父亲说，好芳是你女儿？她多大？等着吧，下次工作组抓她典型！萧木匠有点慌，连声说，好芳五岁，才五岁呀，不够资格做典型的。

我父亲走近大板车，伸手摸油布，手触及油布下面的棺木，竟然有点疼，我祖母的灵魂似乎长出了坚硬而尖利的牙齿，正在噬咬他的手指。我父亲的手慌张地弹起来，指着塘西村的方向，拖回去，马上拖回去，这棺材随便你自己怎么处置，不准拖我家来！萧木匠对我父亲赔着笑脸，是你母亲的寿材呀，用的都是上好的老柏木和楠木料，她花了不少钱，我爹花了不少心血，我怎么敢随便处置？我父亲挥挥手说，让你随便处置你就随便处置，马上拖回去，别让邻居看见，更别让我爱人看见，等会儿她下班回家，看不把你们骂得狗血喷头！

萧木匠和他堂弟怏怏离去。他们原先是想把棺材推进咸水塘去的，这算最简便的处理方法了，就算我祖母的亡灵能够潜水去照拂她的棺材，闹鬼也是在咸水塘里，由她闹去，他们眼不见为净就可以。他们把大板车停在塘边，掀掉了厚重的油布，下午的阳光朗朗地照着我祖母的棺木，富丽堂皇的暗红色油漆下，老楠木和老柏木木料的木纹脱颖而出，看起来是那么细腻，那么活跃，那么高贵，棺头上雕刻的福字喷了金粉，熠熠闪光，一圈繁琐的金光，形状吉祥，色泽庄严，那是萧老五一生最后的杰作。萧木匠抚摸棺木侧耳倾听，听见棺材里回荡着嘤嘤嗡嗡的声音，像是咸水塘的流水声，也像是亡灵的怨诉。他分不清那是我祖母的声音，还是他亡父的声音，或者是两个亡灵汇合在一起，互相补充，互相说明，一齐倾诉着死者的愤怒，这么好的棺材，你们竟然要沉到塘里去？难道要在棺材里养鱼吗？萧木匠犹豫好久，终究下不了手，展开油布重新将我祖母的棺木蒙上了。

说是随便处理，其实很棘手。萧木匠和堂弟商量棺材的去处，首先想到了蒋家祠堂。祠堂是鬼神敬畏的地方，女人不能进去，女鬼自然也不易进去，那里宽敞洁净，至今存放了好几口蒋氏家族的棺材，再多一口棺材应该无妨。他堂弟不乐观，说祠堂好是好，就怕不让放，那是蒋家人的祠堂，现在又挂了革委会的牌子，里面那几口棺木都是蒋文良家亲戚的，萧家人的棺木都进不去，何况这个塘东邓家奶奶呢？

果然，大板车停在蒋家祠堂门口，蒋文良知道他们的来意，他冲出祠堂对他们嚷，是邓家奶奶那棺材？拖这儿来干什么？他骂萧木匠没脑子，说革委会办公室本不允许存放棺木，村民自己的棺材暂时存放在这里，那是他顶着压力为乡亲们做的善事，你萧木匠怎么能把塘东人的棺材往祠堂里拖？何况世界上本不该有这口棺材，谁打的棺材谁负责。

萧木匠承认一切都归咎于他爹，但是萧老五现在长眠地下，自己都缩在骨灰盒里，怎么爬出来处理这口棺材呢？他向蒋文良诉说自己的难处，愁死我了，本来棺材放后院也能派个用场，谁知道那邓家奶奶的鬼魂天天来扫鹅粪呢？我家好芳吓得魂不在身上，天天夜里发烧呀。萧木匠还说，邓家奶奶自从成了鬼魂，一双小脚像是踩了风火轮，跑得比谁都快，哪儿都去，只有这蒋家祠堂是塘西村老祖宗的地盘，邓家奶奶的鬼魂断然不敢进来，你要是不让放祠堂，这棺材就没地方能放了。蒋文良问，邓站长怎么说的？他到底什么意思？萧木匠说，邓站长让我随便处理，我能怎么随便？这么好一口棺材，沉咸水塘里实在不舍得，要拉到街上去卖吧，现在谁会买棺材？我还能劈了它做木料？你倒是替我想想办法，我该拿这口棺材怎么办？

蒋文良也挠头。他知道我祖母生前与萧老五的交易，问萧木匠，你爹活着时候是不是给邓家奶奶划了竹林里的一小片地，答应给她做墓地？萧木匠有点心虚，摆手道，那不作数的，竹林是村里的公共财产，不是我家的，我爹是好心帮她，不是偷卖竹林呀。蒋文良说，你心虚什么？买竹林的走了，卖竹林的也走了，偷卖不偷卖现在也无所谓了，那棺材你不是没地方放吗？就埋到竹林里去，人埋下去犯法，我要倒霉，你悄悄埋一口空棺材下去，我也管不上，去竹林，悄悄埋了吧。

萧木匠斟酌蒋文良的主意，觉得这么好的棺材白白埋地下，虽然莫名其妙，但毕竟也算入土为安，无论对于我祖母的亡灵，还是他爹的亡灵，都算是最好的告慰了。他们推着板车离开蒋家祠堂，堂弟半路跑回家，拿了一把铁锹一把镐头。这样，一把铁锹与一把镐头放在油布上，偶尔颠簸震动，油布下的棺木沉默无声，似乎默认了这条差强人意的归途。他们推着我祖母的棺木往竹林那边去，人与棺木都沉默无声。路上有村民问萧木匠，是你家那口招鬼的棺材？你们拖来拖去的，要拖哪儿去？萧木匠含糊其词地说，入土为安，入土为安。

进了竹林，板车寸步难行，他们只好卸下棺材，用绳子绑着棺材往竹林深处慢慢挪移。萧老五当初许诺给我祖母的墓地具体在什么位置，已经死无对证，萧木匠和堂弟并不清楚。他们选了一块较为平整松软的地方，就专心挖坑了。因为只埋一口空棺，没必要挖得那么深，墓坑很快竣工。棺木入坑，挖出来的土填回去，慢慢地掩埋了棺木，他们看见那棺头上的福字顽强地闪亮，最后终于闭上眼睛，那人间的祝福伴随着一圈金色的亮光，沉在泥土之下了。一切都很顺利。萧木匠俯身贴地，谛听地下的动静，这次他依稀听见了一种安谧的回声，似乎是老人熟睡时发出的轻微的呼噜。

萧木匠怎么也没想到，有人会看上那口埋葬的空棺。蒋秃子和他儿子白天在竹林里偷偷拆棺材，夜深人静的时候去抬棺板，自以为神不知鬼不觉，还是给隔壁邻居知道了。亲戚跑来告诉萧木匠这个消息，他和黄招娣都不敢相信自己的耳朵，丢下饭碗就往竹林里跑。那墓坑果然空了，隔夜的雨水积在坑里，很多竹叶在水坑里漂浮，水底下还有一只竹笋蹿了出来。夫妇俩都气得跺脚，不知道蒋秃子为什么要做这件伤天害理的事情。他们跑到蒋秃子家撞开院门，一下就明白那棺木的用途了，我祖母的棺木最终被蒋秃子随便处理了。蒋秃子家院子里堆满了刚刚打好的八仙桌与方凳，尺寸一致，样式统一，萧木匠一眼就看见那些被拆卸的棺盖棺板倚在院墙上，那个镶有福字的棺头则卧在鸡窝上，金色的福字还在熠熠闪光。

蒋秃子对他们夫妇俩的声讨有所准备。那么好的棺材在地下埋着，装的又不是人，是空气，竹林多潮湿，你们埋得那么浅，木料很快就会烂掉，不都浪费了？蒋秃子诚恳地说，我也是响应勤俭节约的号召么，香椿树街的点心店要换新桌子新椅子，一共要十套，我缺点木料，就想着废物利用了。

你废物利用也要用自己家的废物，怎么能利用我家的东西？萧木匠指指蒋秃子家的屋顶，蒋秃子我问你，要是我家筑漏缺瓦，能不能到你家屋顶上掀几片瓦呢？

那怎么是一回事？蒋秃子坦然道，那瓦是我家的，你不能掀，这棺材不一样，谁都知道那是塘东邓家奶奶的，不算是你家的，现在人家不要你家也不要，我才去挖出来的，大家都干木匠，这么好的木料让它烂在地里，你们不心疼我心疼！

这说的是哪门子歪理？轮得到你心疼那木料？你要是把棺材拖回家存粮食放杂物也算了，怎么能卸了它？你就不怕邓家奶奶的鬼魂找你？黄招娣说，我家的鹅鸭在棺材上拉几摊屎，她的鬼魂就天天去我家后院，你把人家棺材大卸八块的，她怎么饶得了你？

我不怕鬼，鬼不怕我就行，我怕什么鬼？蒋秃子说，我儿子明年娶亲，彩礼还缺两百块呢，我缺钱，要靠两只手挣钱，现在只要能凑满彩礼钱，我得罪神仙菩萨都不怕，还怕得罪个鬼？

你缺钱我家就不缺钱？黄招娣冷笑了一声，转脸看见左右两边的院墙上，冒出好几个邻居的脑袋，一沉一浮的，她就对那些脑袋说，大家都看见的，这棺材是他蒋秃子卸的，是他得罪的邓家奶奶，不怪我们，既然已经给他卸成木料了，我们搬回家去，这么好的木料做桌子谁不会？做椅子谁不会？不管能换多少钱，这钱我们自己挣！

那些脑袋都频频点头，表示黄招娣言之成理。蒋秃子自知理亏，与萧木匠夫妇相比，他并没有资格拥有这些木料。他试探着跟萧木匠夫妇做交易，我给点钱，行不行？三块钱？五块钱？最多五块钱。蒋秃子太吝啬了，五块钱的最高出价，让萧木匠备感羞辱。萧木匠跟蒋秃子算了一笔账，你装什么糊涂？这棺材的料子，可以做四张八仙桌桌面，六个凳子的凳面，两个凳子就能卖五块钱了，你出五块钱，把我们当叫花子呢？

交易谈不拢，萧木匠夫妇不让蒋秃子占便宜，叫了几个亲戚来，把所有棺板都抬出了蒋秃子家的院子。

我祖母的棺材就这样回到萧木匠家的后院，它曾经庞大庄严的身躯现在被分割成片状或块状，虽然回归了原处，却已成木料。塘西人都听说了此事，大多数人都站在萧木匠家这一边，觉得蒋秃子是钱迷心窍了，但他们不知道棺木的主人会迁怒于谁，在蒋秃子父子与萧木匠夫妇之间，我祖母的鬼魂会追究谁的责任？大家都拭目以待。

村民们路过萧木匠家的后院，听见院子里响起了久违的锯刨的声音，萧木匠在新搭的木作案边忙碌。最初他们还能看见那个醒目的棺头板，金色的福字被地下的泥土污染过，虽然几经擦拭，多少还是污秽，它在阳光下勉强闪烁吉祥之光，光芒已暗淡，看起来有点辛酸。萧木匠在后院忙了几天，棺材板都不见了，院子里落下满地刨花，一堆桌椅站在那些刨花里，怯生生的样子。桌椅规格都小，看起来不是给点心店用的，村民们隔着栅栏问萧木匠，给哪里打的桌椅？萧木匠摇头说，自己家用。他给那些桌椅上了深棕色的新油漆，统一了棺板与其他杂料的颜色。一只只深棕色的桌椅在墙边晒太阳，就是桌子的样子，椅子的样子，已经看不出任何棺木的痕迹。

萧木匠那天用板车拖着那堆桌椅出村，还是用油布蒙着，远看鼓鼓囊囊的一堆，村里人知道，油布覆盖的已经不是棺材，是一堆桌椅了。问他准备把桌椅运到哪儿去，萧木匠朝前方努努嘴，却不肯说出那个目的地。他推着一车新椅子往我们塘东走，往我们咸水塘工农子弟学校走。正是一个春光明媚的上午，我们在学校的操场上做广播体操，在跳跃运动活泼的音乐声中，我们一边跳跃，一边看着萧木匠把板车推进了学校的大门。

老校工出来迎接萧木匠，帮着他一起从板车上卸货。大约有十几套崭新的课桌椅，沿着传达室的墙一一摆开，椅子摞在桌上，像一个露天教室，隐约有油漆的气味飘来。当时我还不知道，那些新桌椅的桌面与凳面，都来自我祖母的那口棺木。

说来很巧，我父亲那天也看见了萧木匠。他去塘东供销社买香烟，正好撞见萧木匠的板车横在供销社门口，那块油布折好了堆在车上。萧木匠从台阶上下来，怀里抱着一条飞马牌香烟。他看见我父亲很尴尬，装作没看见，埋头朝板车走几步，回头偷看我父亲，我父亲恰好也回头，对视之间萧木匠的脸红了，我着急回家干活，没看见邓站长。他说，邓站长来买什么？我父亲说，买香烟。萧木匠便露出会心一笑，迅速地拆开香烟的包装，快步走向我父亲，他朝我父亲中山装口袋里塞了一包烟，飞马牌的，好烟。

我父亲不知道萧木匠什么意思，你给我一包香烟干什么？萧木匠支支吾吾的，邓站长，你是好人。我父亲从口袋里掏出那包香烟，萧木匠，你什么意思？萧木匠欲言又止，最终只是露出一口黑牙朝我父亲笑一下，我最近活忙，要回去干活了。他这么嘟哝了一句，推起板车慌慌张张地走了。

我父亲不知道萧木匠为什么给他一包烟。过了好长时间，他才听说了我祖母那口棺材的下落。萧木匠处理了我祖母的棺材。那包飞马牌香烟，是羊毛出在羊身上，与其说那是萧木匠的馈赠，不如说是我祖母遗留的一份礼物，那礼物曾经在我父亲唇齿间燃烧，但其燃烧的滋味，我父亲回忆不起来了。

3

我们咸水塘工农子弟学校的桌凳产自不同的年代，新旧不一，样式也不尽相同。在油漆剥落的情况下，我们都说不清楚那些桌凳是棕色的、黑色的，还是暗红色的。它们的来路很广泛，有的是别的学校的馈赠，有的产自花桥镇的木器厂，有的则是学校与塘西村木匠们的私下交易。那部分桌凳利用了塘西村的废木料，要价低廉，但做工好，结实耐用，对于木匠和学校来说，算是两全其美。

有件事情不可公开。来自塘西的木料，大多是从废弃的棺木上拆下来的，木匠们再怎么刨再怎么油漆，毕竟还是棺材板，孩子们的屁股坐在崭新的凳子上，其实是坐在棺材板上，孩子们的胳膊与脑袋垫在新桌子上，其实是垫在棺材板上，这总是忌讳，所以塘西村木匠与学校的买卖，从来都是个秘密。

孩子们不知情，他们只懂得常识，新的比旧的好。能用上新桌椅的学生都自认为幸运，怕被别人调换，往往会用削笔刀在课桌和凳子上刻下自己的名字。萧木匠送来的十几套新桌椅，有几件送到了我们教室，替换了几张损坏严重的桌椅。我得到了一张新桌子和一只新凳子。我记得很清楚，它们漆成了棕红色，色泽很亮，桌面与凳面明显比别人的厚实，桌腿也粗过别人的，我当时并不知道它的来历，像往常一样，我也把自己的名字刻了上去。

除了我，那些幸运的学生随后遭遇了共同的怪事，有人在作弄新凳子的主人。早晨他们来到教室，总是发现自己的凳子不见了，那几张新凳子会莫名其妙地跑到我的座位旁边，紧挨着我的凳子，春风那只凳子还钻在我的课桌下面，一副精心躲藏的样子。最初他们以为是隔天值日生的疏忽，找到自己的椅子搬回原处也就算了。但他们的新凳子天天跑，总是跑到我的座位上去，而我的凳子安分守己，每天守在原地迎接我。

我的新凳子与别人不一样，不仅是忠诚，我还能清晰地感受到凳子对我的体贴，它似乎为我调节了温度，当我上完体育课浑身燥热的时候，凳面会有冰冷的感觉，当天气降温，那凳子坐上去是温热的。这大相径庭的表现，自然就引起了春风他们的猜疑。春风他们报告马桂红，指称我是恶作剧的头号嫌疑人。马桂红亲自前来审查我们的凳子，先查了春风他们的，又查了我的。从肉眼上看我的新凳子形状与木料与他们的一模一样，我也在凳子上刻了自己的名字，马桂红觉得凳子都是木头，没有问题，可能是人有问题。她问我，为什么都是别人的凳子往我座位上跑，我的凳子从来不跑？难道我有那么多屁股需要坐那么多凳子吗？我张口结舌。这其实也是我的疑问，我不知道为什么独独是我获得了新凳子的垂青。一只凳子让我陷入了百口莫辩的困境，我觉得莫名其妙。

不知道是从哪一个夜晚开始的，他们的新凳子开始往教室的门边移动，似乎那是一条逃亡之路，有的凳子走到中途，或许气力不支，走不动了，卡在过道里，有的凳子勇猛地走到了门边，只是因为不会开门，被门堵住了。只有我的新凳子守在原地，对我显示了绝对的忠诚。当时没有人清楚其中的奥秘，但凳子的表现不免给人这样的印象，凳子厌恶春风他们的屁股，对我却充满了依恋与深情。

一个星期一的早晨，有三只新凳子的主人发现他们的凳子跑出了教室，这一次它们移动的位置与距离令人震惊，三只凳子从三楼逃到了一楼，其中两只凳子躲在楼梯后面，另一只藏身于一堆扫帚中间，显得尤其聪明。春风他们从楼梯背后找到自己的凳子，都觉得凳子的出走不可思议，这不像是一场人为的恶作剧了，更像是一场凳子蓄谋的逃亡行动。他们不再怀疑人，他们怀疑凳子自己了。凳子的本事在不断提高，它们学会了开门，学会了走楼梯。但有一点可以确定，凳子从来不在光天化日众目睽睽下走路，凳子走路是隐秘的，这奇事一定发生在深更半夜的某个时辰，至于是深夜十一点钟或是凌晨两点钟，用什么方法能够证明凳子走路的奇迹？他们争执不休，最好的办法也是唯一的办法，那就是夜里派人留宿学校，严密监视新凳子在深夜的动静。春风与红旗决定承担此责，那天夜里他们抱着一床被子翻墙进入学校，准备在教室里过夜，可惜他们在监视凳子的分工上意见不一，最后吵起来了，校工老张最后把他们撵出了学校。

校工老张夜里睡在学校传达室，他是个尽职的老校工，每天临睡前都要将学校的每一扇门窗检查一遍，防火防盗是他的职责，学校很多杂务也归他管。萧木匠送来的那些新桌凳是他经手的，哪些新桌凳更换哪些旧桌凳，也都是老张做主。质疑新凳子其实也是在质疑老张，所以老张听到凳子逃跑的传言非常恼火，我听见过他厉声训斥春风他们，你的新凳子能走路能逃跑？你骗鬼？我还不知道你们的心思，没有了凳子就有理由逃课了，对不对？老张向老师们发誓，说他天天在学校巡夜，从来没见过凳子在夜间奔跑的怪事，但学校的清洁女工向别人透露，老张最近见鬼了。他悄悄地告诉她，他曾经在巡夜时看见一双会走路的鞋子，是小脚老太太穿的那种粽子鞋，红绿相间，缠枝绣花，它当时正在走楼梯，从楼上往楼下走，老张用手电筒光照它，它跳起来，飞快地从老张的脚边逃走了。老张是不怕鬼的人，哪儿会怕一双鞋子？他追那双鞋子一路追到了操场，你是干什么的？老张看见鞋子往围墙下面跑，便对着鞋子喊，你往围墙下面跑什么？你一只鞋子还能翻墙？他最后看见那鞋子钻进了围墙下的蓖麻丛里，再用手电筒找，却找不见那鞋子了。

从教室穿越操场往围墙下走，那也是春风的新凳子逃跑的路线。有一天春风正是在围墙下的蓖麻丛里找到了他的凳子，他找到凳子的时候发现整个凳子湿漉漉的，不知是夜里的露水，还是凳子一夜辛劳流出的汗水。那次春风找凳子找得最辛苦，等到他搬着凳子进教室，都快下课了。马桂红勃然大怒，对春风说，找一只凳子能找这么久？你究竟干什么去了？春风委屈地说，我什么都没干，就一直在找凳子，刚刚找到，它钻到围墙下的蓖麻丛里去了。

马桂红从不相信凳子逃跑的说法，也并不想花费太多的精力去弄清楚凳子的真相，在她看来，丢凳子的都不是好学生，不值得信任，凳子则是公共财产，需要悉心爱护，绝不允许丢失。马桂红给春风制定了一个最简单的解决方案，她要春风全天候保管他的凳子，每天放学时把凳子带回家，上学时带来。

马桂红的意见代表校方权威，春风只能遵从。我们后来便看见了那幕滑稽的景象，春风每天上学放学，肩上都扛着一只凳子。别人听说了那凳子的传奇，都追着春风研究他肩膀上的凳子。凳子就是凳子，一个凳面四条腿，胆大的人去摸凳子，尽管凳面很厚实，凳腿很结实，但木头就是木头，四条木制的凳子腿，没有脚掌，不能弯曲，怎么就能奔跑呢？人们对此半信半疑。

我们都好奇那凳子在春风家过夜的表现。春风眉飞色舞地告诉我们，一切取决于把凳子放在哪里。凳子最喜欢厨房，放在厨房里它最安分，不过要拿东西压着它，拿锅碗瓢盆也行，拿一棵白菜一根萝卜也行，有东西压着它，它就老实，能够保持一夜的安静，放在别的地方不行，不压东西不行，它还是要跑，往门边跑。

凳子的习性如此刁钻古怪，保管起来总是会有疏忽。听说那凳子出事，就因为春风放在凳面上的萝卜被他母亲李莲芳移走了。那天半夜李莲芳在睡梦中听见堂屋响起一阵奇怪的杂音，那声音执着，又小心翼翼，好像不愿惊扰了主人的好梦。李莲芳起床跑到堂屋，依稀看见一团移动的黑影，在灯光亮起的一刹那，她看见那凳子已经从厨房逃到了堂屋，它的两条凳腿向前抬起来，像惊马扬蹄，后两条凳腿撑着地，又有点像一只慌乱的兔子。李莲芳不敢相信自己的眼睛，她看了看墙上的挂钟，是凌晨一点钟，凳子走路了，儿子从学校带回来的消息果然是真的，凳子会在深夜时分逃跑，凌晨一点钟，她真的看见凳子在走路了，那就是很多人想证明的凳子逃跑的时间。

李莲芳是肉联厂屠宰车间的女工，见惯了杀生的场面，胆子远远大于一般的家庭主妇。她弯下腰，借着灯光观察了一番凳子，嘴里威胁道，我不怕鬼的，你一只凳子要敢在我面前闹鬼，看我怎么收拾你。凳子站在她面前，四脚落地之后，它就像一张安分守己的凳子。她看见儿子的名字嵌在凳面的木纹里，沈春风，三个歪歪扭扭的字在灯光下闪烁茫然的光。儿子的名字与凳子成为了一体，这让李莲芳对待凳子的态度温柔了一些，她抓过一把鸡毛掸子，拂干净了凳面，又用鸡毛掸的杆子轻轻敲打四条凳腿。四条凳腿发出了空洞的回声，嗒，嗒，嗒，嗒。就是木头的回声，李莲芳没有听到什么反常的动静。你不就是一只凳子么，哪来这么大的能耐？李莲芳说，凳子天生就是给人坐的，孩子的屁股是不安分，可你是木头呀，还嫌弃孩子的屁股？既然木匠把你做成了凳子，那你只能给人坐，你跑什么呀？你是什么怪木头，你有性命的？你不会是塘西村的棺材板吧？是哪个该死的木匠把你做成了凳子？你是谁的棺材板？你在学校想逃跑，到我家还想跑，究竟要跑哪儿去？

凳子不回答李莲芳，李莲芳也不想听见凳子说话。她当时并不确定那凳子诡秘的来路，只是下了决心要将它从身边驱逐出去。李莲芳向凳子发出了最后通牒，你这鬼凳子，我们伺候不起，明天就把你送回学校去，你愿意让谁坐就让谁坐，你要闹鬼到别人那儿闹去，我们家不伺候你了。

她回到床上，耳朵还听着堂屋里的动静，心悬在那凳子的四条腿上，就怎么也睡不着了。这辈子从来没有遇到过这样的怪事，好好的大活人给一只凳子闹得心慌意乱，她越想越生气，滚，让它滚出去！她在黑暗中穿衣下床，干脆把凳子抱到门外，重重地放在台阶上。关门回屋了，李莲芳想想又不妥，凳子是学校的公物，它要是跑了，学校一定会找儿子赔偿，她便找了根绳子出来，一端紧紧地绑住凳腿，绳子另一头拴在自家门环上，打了个结。这样处理凳子本来是安全的，但那只凳子在夜色中怎么看都像一头怪物，怪物拴在自家门上，让李莲芳有一种不吉利的感觉，她就从门环上解开了绳子。

正是深夜时分，塘东的街道上黑黢黢的，万籁俱寂，夜空里飘起了雨，雨线时疏时密，暗淡的路灯光下可以看见街道半干半湿的，李莲芳拖着凳子走了几步，四处环顾，一时不知道如何放置这张凳子，抬眼看见张培芳家门前的泡桐树，就把凳子拴在那棵泡桐树的树干上了。

第二天早晨，李莲芳让春风去张培芳家门前找凳子。春风只看见了绳子，绳子一头拴在泡桐树上，另一头却只留下一个绳套，它虚无地垂在地上，因为没能尽到绳套的职责，看起来有点羞愧。他的凳子不见了，用绳子拴也拴不住，他的凳子竟然挣脱了绳套，脱身逃跑了。

李莲芳闻讯跑到张培芳家门口，认真检查了绳子。绳子与绳套都是完好的，她嘴里不禁发出了一阵惊叹，这凳子能跑就算了，怎么还能解绳套呢？她见识过了那凳子走路，却不相信它能抬起腿来挣脱绳套，一定是什么人从树上解开了凳子，她猜是张培芳家的人，便径直走过去敲门。

张培芳听清了事情的原委，客气的笑容一下凝固了，她说，我早晨开门就看见那条绳子，还以为是谁把什么活物拴在树上了，心里还想是谁这么好心，不打招呼就给我家送了一只鸡、一只鸭、一头羊？既然送来了，怎么又拿走了呢？谁料想是一只凳子？李莲芳你这不是吃饱了撑的吗？三更半夜的在我家树上拴一只凳子，你到底什么意思？

你千万别误会，我也是没办法。说了你不相信的，那凳子半夜会跑，搅得我们一家人都睡不好觉，我心急慌忙地把凳子带出来，随手拴泡桐树上了。李莲芳一时说不清她的道理，拉着张培芳出来勘察现场，她指点着泡桐树四周的地面，对张培芳说，你看看，昨天夜里一直下雨，要是有人拿了凳子，地上总会留下脚印，你看看这四周，除了你家门前有几个脚印，哪儿都没有印子，要是你家人都没搬过凳子，说明什么问题呢？

张培芳鼻孔里哼了一声，是呀，说明什么问题呢？说明那凳子不是会走，就是会飞。她这样迎合着李莲芳说话，脸上难免带着几分讥讽之色，你说那凳子能走路，也要有根据吧？人走路会留下两个脚印，凳子要能走，四条凳腿要留四个脚印，昨天夜里下雨，这一片泥地上也没看见凳腿印子呀。

这时候李莲芳沉吟了一下，因为要揭开一个惊人而敏感的秘密，她眼睛熠熠闪光，嘴里谨慎地选择着措辞，忽然问张培芳，你说，鬼走路会有脚印吗？

鬼走路？张培芳呀的一声，厉声道，什么叫鬼走路？你越说越吓人了，我又没有见过鬼走路，怎么知道留不留脚印？

不留，鬼走路没有脚印。李莲芳坚定地摇头，看张培芳满脸惊惶，说，你以前不是团支部的吗，你怕鬼的？

张培芳朝天翻了个白眼，人稍稍镇定下来，说，我不是怕鬼，是不相信鬼，更不相信一只凳子是一个鬼！

李莲芳说，你相信不相信我都要告诉你，我儿子那凳子的木料来路不正，恐怕是塘西棺材板做的，那是张鬼凳呀，白天让我儿子的屁股坐了一天，接到小男孩的阳气，夜里就活过来了，鬼凳虽然不能开门翻窗，但它能走来走去，走好远的！

张培芳哼了一声，还说得有鼻子有眼呢，你李莲芳不去戏院说书，真是浪费你的口才了。

你以为我骗你？骗你我自己是鬼。李莲芳说，我告诉你，那几张鬼凳都是塘西村木匠送来的新凳子，凳子用棺材板做的！这事学校能承认吗？当然不承认。棺材板做的凳子会走路吗？他们自然也不承认！苦了那几个孩子，天天在学校找凳子。孩子都知道他们的凳子夜里会走路，就是没有亲眼看见过，哪里想得到这福分让我享用了？我亲眼看见它半夜走路呀，凌晨一点钟，它走路！你看看那鬼凳多会选时间，它从我家厨房咯噔咯噔走到了堂屋，我从小不怕鬼，但我也不敢留这鬼凳在家，本来今天要去学校退凳子的，谁料想它的本事这么大，拴树上还能跑了呢？

张培芳听得捂住了胸口，让你这么一说我倒想起来了，昨天后半夜窗外是有咯噔咯噔的动静，像是谁不停地挪椅子，都把我惊醒了，我心想这半夜三更的谁在外面挪椅子呀，可惜我没起床看个究竟，我没看见凳子走路，还是不敢相信你呀，听说过这个鬼那个鬼，从没听说过什么鬼凳，凳子是木头做的，木头又没有性命，怎么可能变成鬼？

那是你有所不知了，不是木头会变鬼，是棺材板有灵，鬼会钻进去呀。李莲芳说，我娘家姑奶奶家就有一张鬼桌。那年大饥荒我姑爷爷饿死在外地，尸首都不知道葬在哪个乱坟岗，人死在外面，家里还留着他的棺材，我姑奶奶看见那棺材就伤心，家里人瞒着她商量，那棺材谁用都不吉利，不如将棺材拆了，打一张饭桌。那饭桌是打好了，你猜怎么样？那桌子有嘴巴有牙齿的，它会偷吃桌上的菜！你要是不看紧桌上的菜碟饭碗，端上去一碗饭，一会儿就只剩下一半了。我姑奶奶见了桌子就认出了我姑爷爷，说是从木纹里看见了我姑爷爷的嘴巴和牙齿，她用耳朵贴着桌面，能听见他吃饭咂巴嘴的声音。她一见桌子就哭，说那可怜人临死不知道饿成什么样子了，做了这等不体面的饿死鬼，鬼魂钻进桌子里跟子孙抢饭菜吃呢。家里人不敢用那桌子了，拖仓房里去，摆上我姑爷爷的照片，做了供桌，每天供上饭菜瓜果。他们天天供，桌子天天吃，吃个精光。过了一阵，鬼桌胃口小了，饭菜吃一半剩一半，直到过了七七四十九天，它总算吃饱了，就不去吃供物了。我那年还小，跟我姑奶奶去仓房看过那桌子，那鬼桌粗看是张寻常的八仙桌，细看就不一样，桌面的纹路全是一张张嘴巴，油腻腻的，油顺着四条桌腿往下淌，地上四摊油呀，我姑奶奶用抹布擦那油腻，嘴里数落鬼魂说，少吃点就不行吗？看你吐得到处都是，死鬼，你跟活着时候一样呀，吃撑了都不算，吃吐了才算吃饱！

这故事李莲芳讲得绘声绘色，张培芳听得入迷了，自然懂得李莲芳的逻辑，既然世上有鬼桌，自然也会有鬼凳，她权且相信了鬼凳的说法，但心里还是充满疑惑，说你那姑爷爷做了饿死鬼，鬼魂钻在饭桌里还能偷吃个饭菜，那凳子钻进去的什么鬼？做个凳子鬼实在没名堂呀，你说一个鬼魂钻进学校的凳子里，天天让孩子的屁股坐着，有什么好处呢？

钻哪儿由不得鬼做主呀，要看塘西村木匠用棺材板做了什么，做了凳子就只能钻凳子里，它是不甘心做一个鬼凳，其实做一只凳子不错了，比上不足比下有余呢，塘西木匠还有把棺材板做成马桶的，花桥镇那几只鬼马桶的事你没听说吗？李莲芳说到这里，兀自笑了起来，花桥镇人贪便宜，有人买了塘西木匠的新马桶，结果坐上马桶就起不来，屁股被吸住脱不了身，没办法只能喊人帮忙。我家妯娌在花桥镇走亲戚亲眼看见的，她家亲戚被邻居喊去帮忙，帮忙做什么？拔马桶呀，他们像拔罐一样拔一只马桶，弄得一身屎尿！

这回张培芳也咯咯笑起来，她赞叹李莲芳的见识，什么荒唐事都让她见识了。她也关心鬼凳的下落，和李莲芳一起门里户外地搜寻了一遍，没有看见那个凳子。它没往我家跑。张培芳欣慰地说，随便它跑哪儿去，不在我家就好。

我们记得春风那天是空手来学校的，他到处去搬别人的凳子，到上课铃响也没有得手，便只能站在座位上。他哭丧着脸告诉马桂红，他母亲忘了他的警告，夜里把凳子放在户外，结果凳子逃跑了，街上没有围墙，凳子不知跑哪儿去了。马桂红怒声问，你们是什么家庭？一家大活人，看一只凳子都看不住？她先让春风站着上课以示惩罚，但课上了一半，视线里始终竖着个人影，她觉得不顺眼，就让春风去找校工，到仓库搬个旧凳子替代。不过她明确告诉春风，学校认定桌凳逃跑的传闻是个谣言，所有的凳子都是公共财产，分配给谁谁便要负起保管的责任，跑了就是丢了，谁丢了凳子，必须负责找回来。

李莲芳发动了全家人和邻居寻找那只凳子，他们沿街奔走的时候，红旗他妈告知了李莲芳一个重要线索，说她隔夜下夜班回家，在张培芳家门口的泡桐树下看见一只奇怪的凳子，它在夜雨中兀自摇晃。深更半夜下着雨，四周没有人迹，一只凳子怎么自己会摇晃呢？当时她没有看清那凳子是被绳子拴着的，以为自己是眼花了。她骑车路过供销社，听见身后传来一阵咯噔咯噔的声音，似乎是尾随者的脚步，回头一看，什么人也没有，路上只有一只凳子，它孤零零地站在路中央。她怎么也想不到那就是张培芳家门口的凳子，心里还纳闷，今天夜里好奇怪，怎么大家都往外乱扔凳子呢？直到她路过咸水塘，发现塘岸上莫名其妙出现了第三只凳子，因为塘岸的坡度，它斜站在那里，平稳地保持了前倾的姿态，似乎在俯瞰咸水塘灰黑的水面，也似乎在向咸水塘询问什么问题。红旗他妈这时才觉得三只凳子来得蹊跷，它们形状一致，摇晃的姿态相仿，很可能是同一只凳子。仔细回顾凳子所处的各个位置，红旗他妈惊悸万分，那凳子在走路，一定在走路！她遇见了一只会夜行的凳子，其夜行的速度远远快于她的自行车。红旗他妈回到家的时候惊魂未定，家里人以为她在路上遭遇了什么坏人，她捂着心口说，吓死我了，我没遇到坏人，是一只凳子，街上有一只凳子在走路！

在鬼凳的去向上，李莲芳与红旗他妈取得了共识。她们都认定那是一只走投无路的鬼凳，虽然不知道作为一个鬼魂投塘还有什么意义，但从凳子最后一次夜奔的行踪判断，它应该是投了咸水塘。凳子落入塘中，大致会沉下去，不过一只鬼凳就不一定了，李莲芳对此还抱有希望。她带着春风沿着咸水塘找了一圈，在靠近水泵房的水面上，母子俩果然看见了可疑的目标，是一条凳腿露出水面，在残败的荷叶中小心翼翼地行走，凳子的其他部分都掩藏在水面之下了。他们找了个大网兜去捞凳子，明明看见整个凳子都装进了网兜，但凳子太重了，它一边拖拽着网兜往下沉，一边在水里挣扎。他们好不容易把网兜拽上来，惊讶地发现，网兜的尼龙线绽裂了几个口子，四根凳腿都逃跑了，网兜里只有一块木板，未能成功逃逸。他们捞上来的是一个凳面，或者说，只是一块木板了。

李莲芳他们围着那块木板察看，那木板经过了咸水塘水一夜的浸泡，显得干净而湿润，春风用刀片刻在上面的名字被泡大了一些，反而显得有些模糊。他们终于注意到木板的反面，浅浅的油漆浸过水已经完全剥落，一个福字从湿润的木板上脱颖而出，还闪烁着微弱的金色的光芒。

4

萧木匠后来向别人坦承，他低估了我祖母那口棺木的能耐，也低估了一个亡灵的悲伤与愤怒。

在拆卸我祖母的棺板时，萧木匠听见了木头在锯齿下发出的尖叫，声音之凄厉，几乎刺破了他的耳膜，他有点疑虑，但他是个塘西木匠，怎么会怕棺木呢？该锯则锯，该断则断。他把那堆完工的桌凳卸在学校传达室门口时，看见几只桌腿和凳腿上淌下了水滴一样亮晶晶的东西，他还用手摸了下，那就是水滴，他也为此疑惑过，从塘西到塘东的学校，一路上晴天丽日，没有晨露，哪来的水滴？难道是木头流出的泪水吗？

一切都已经无可挽回，萧木匠后悔也来不及了。他懂得与活人打交道的原则，轻易不得罪人，但他却从来没考虑过，他是否有得罪死者的权利。政策的改变使塘西村盛产的棺木无处可去，很多老人错过了自己的棺木，有很多棺木被木匠们再利用，做成了别的木器。绝大多数棺木板摇身一变，成为了箱子、大橱、柜子甚至床板，它们为新主人收纳物品，无怨无悔，棺木板是否能适应新的角色，大概是取决于主人的态度。在萧木匠的印象中，我祖母懦弱善良，她的棺木板做成桌凳给孩子们使用，虽然不是最好的待遇，但也不至于让她蒙羞，他怎么也想不到，那个小脚老妇人死后成了咸水塘最讨厌的鬼魂，吃了一点亏，就要到人间来兴师问罪。

包括萧木匠自己在内，他们一家人都听到了鬼魂的声音。

他们说我祖母的鬼魂天天夜里跑到萧木匠家的后院去敲窗子。凌晨一点钟左右，那敲窗的声音便准时响起来，密集，响亮，炒豆子般热闹，隔着窗玻璃，有人的声音隐隐地传来，气死了气死了气死了。听起来那属于一个愤怒的老妇人，萧木匠夫妇从一开始就断定，那是我祖母的声音。

萧木匠起来跑到后院，打开了手电筒四处找鬼，却什么也看不见。他对着黑暗的后院教训鬼魂，气死了？谁气死了？深更半夜不让人睡觉，我明天一早要起床干活的，你这么吵我还睡屁个觉？我才给你气死了！

黄招娣和女儿们都围在窗边看萧木匠找鬼。好英问好芳能不能看见鬼在哪里，好芳说她刚才在窗子里还能看见小脚老太婆的影子，爸爸一起来，影子就不见了。好英说，怎么可能？我们又没有得罪小脚老太婆，是爸爸得罪她的，她上门来骂爸爸的，怎么爸爸看不见她，又让你看见了？好芳说不出来所以然，黄招娣说，爸爸是男人，力气大阳气重，从不怕鬼，这个小脚老太婆，说不定欺软怕硬，谁胆小她找谁。

萧木匠不死心，把好芳叫出来，拉着她在院子内外搜寻了一圈，好芳心惊胆战的，什么都看不见，嗫嚅道，奇怪，你在，她就躲起来了。萧木匠说，那我躲起来，你看见她就指给我看。好芳不肯松开父亲的手，说她不敢一个人在院子里。萧木匠就嫌她没用，说你那眼睛有什么屁用？不要你看见的时候你能看见，要你找鬼你又看不见了。

一家人不胜其扰，夜不成寐。夫妇俩追溯鬼魂夜半登门的原因，免不了拌起嘴来。黄招娣先批评已故的公公缺乏诚信，明明知道小脚老太婆睡不上棺材了，还要蒙骗人家，害她白花了那么多钱。萧木匠为亡父的品格和道德作出了辩护，他说你这是冤枉我爹了，他哪儿犯得着诓骗人家呢？都是那些老人佩服他，自愿找他打寿材的。我爹的眼睛厉害呀，哪个老人到塘西来，他瞄一眼人家的气色，就知道人家什么时候要用棺材，他瞄一眼老人家的身高胖瘦，就把棺材的尺寸报出来了，一寸都不差的，他看一眼人家的衣着打扮，就能猜到人家的家境，他就把合适的木料合适的雕花想好了，该贵的就贵，该便宜的就便宜，从来不走眼的。你不记得我爹给小脚奶奶打这口棺材，有多用心？他大概知道那是最后一场手艺了，那棺材打得多好！你摸着良心说，我爹哪有对不起她的地方呢？

黄招娣想想也对，怪不得公公，就怪男人，她又埋怨萧木匠贪图小利，非要拿人家的棺材换点钱。若是趁夜黑把那口棺材拖到咸水塘，往水里一推，棺材送到水里就算烂了，也是鬼魂自己的事，不关他们家的事了。萧木匠烦躁透顶，听不得女人这些马后炮，他说你不是也舍不得那些木料吗？一张桌子多少钱一只凳子多少钱都是你定的，棺材已经变成了桌凳，桌凳又变不回棺材去，现在就算补给那老太婆一口棺材，不是爹的手艺，也找不到那么好的柏木楠木，人家鬼魂也不一定领情，只能随她去，鬼魂还能把活人骂死？我不怕她，我不怕鬼！

萧木匠是不怕鬼的，但黄招娣怕。她平素得罪了村里人，从不承认自己有错，怎么都是别人的不好，得罪了鬼魂，她倒总是心虚，愿意一分为二地看待是非，也愿意补救。以黄招娣拥有的常识，向鬼魂道歉的方式就是香火与祭拜，越隆重越有诚意。为了显出隆重，她与萧木匠一起动手，在后院的披屋下面搭了一个祭台，就搭在原先摆放棺材的位置。因为不知道我祖母的名字，也没有我祖母的照片，为了避免别的鬼魂擅自闯入，哄抢香火，黄招娣让好英在木板上写了塘东小脚奶奶几个字，标明了灵位的主人。

萧木匠亲自为我祖母焚香点烛，以获

取鬼魂的谅解。但可惜的是，我祖母的鬼魂不为所动，来自萧木匠之手的香火，她不愿受用。萧木匠点了很多次火，两支蜡烛的火苗只是闪一下，闪一下便同时熄灭了，根本没有燃烧的愿望。黄招娣怪萧木匠缺乏诚意，自己拿火柴去点，一样也不成功，我祖母的鬼魂对她似乎也抱有成见。黄招娣心里嘀咕，让好芳去点烛烧香。也奇怪，好芳一试，香烛不加犹豫便燃烧起来。黄招娣惊骇地看着好芳的手，不知是喜是忧，她对萧木匠耳语，这孩子，倒是块做巫婆的好料子。萧木匠不屑地说，没屁用，现在巫婆都没地方赚钱了，什么时候运动来了，还要挨批斗！

我祖母的幽魂被勉强供奉在黄招娣家后院，似乎并不愉快。半夜里他们还是能听见敲窗的声音，伴随着一声声长叹，气死了，气死了。那声音不像之前那么怒气冲冲，但仍然刺耳。黄招娣觉得冤屈，坐在床上唉声叹气，忽然冲动地打开窗子，对着黑暗的后院数落起我祖母的鬼魂来，快闭嘴吧！我这么苦命的人，也没你那么多气，你一个死人哪来这么多气？究竟是谁要气死了？是我，不是你！没见过你这么铁石心肠的鬼魂，你天天敲月月敲你把窗子敲碎了我们也还不了你的棺材，你都死了，只剩下一把骨灰对不对？一只盒子就够了对不对？你还非要这口棺材有什么用？你自己看看那祭桌，桌子上有香火有供品，你儿女在塘东呢，他们不管你，我们天天给你上香，你还要我们怎么样？毛主席还允许别人犯错误呢，你一个小脚老太婆的鬼魂，还不允许别人犯错了？

萧木匠听得不耐烦，一把将黄招娣从窗边拉开，人家是鬼魂，你跟她讲什么道理？你把嘴皮子说破了也没用，人间的道理你都讲不清楚，你怎么知道他们鬼魂讲哪一路道理？他关上窗子对外面豪迈地说，老人家你敲吧敲吧，明天我们全家都戴上耳朵塞子睡觉，以后你敲你的，我们睡我们的，你要不嫌累就敲吧，敲一夜也行。

夜里他们对我祖母的鬼魂冷嘲热讽，早晨就后悔了。

早晨夫妇俩刚起床，听见好芳在后院尖叫，萧木匠跑过去一看，吓了一跳，披屋差点失火了。是那几支卫生香，它们原本好好地插在香炉里，不知道什么时候歪倒了，暗火点燃了祭桌，旁边的一堆木料已经起了烟。萧木匠用几盆水扑掉了火，还没缓过神来，黄招娣拿了把笤帚，挺着肚子撞进披屋，欺人太甚了！她在哪儿？好芳你找找，她在哪儿？小脚老太婆在哪儿？好芳揉着眼睛惶然四顾，她说，我现在看不见，你们一出来，我看不见她在哪儿呀。黄招娣就举着笤帚在这儿打一下，在那儿打一下，欺人太甚了，你们塘东的活人欺负塘西人，连鬼魂也来欺负我们，你这个没良心的鬼，敬酒不吃吃罚酒？从今往后，我对你不客气了！

黄招娣气红了眼睛，把祭台上的香火和供物一股脑扫到了地上。萧木匠看她歇斯底里，一把抓住了她的胳膊，你疯了？你一个活人，挺着那么大的肚子，跟鬼打的什么架？黄招娣稍稍平静下来，怒火转移到了丈夫头上，她用笤帚指向萧木匠，勒令他三天之内，必须将鬼魂撵出后院，否则她就带着孩子回娘家，让他一个人在家跟鬼斗去。

对于萧木匠来说，这要求强人所难。萧木匠说人家是个鬼魂，他连个影子都看不见，怎么个撵法？就算他天天夜里守着窗子，是能用斧子砍鬼还是能用锯子锯鬼？

黄招娣护着她的肚子说，我不管！你没听别人说，这是鬼敲窗呀！我肚子里这孩子也怕鬼敲窗！她敲一下，孩子就踢我一下，敲一下踢一下！这样下去怎么行？他们说要是孕妇经常遇到鬼魂，孩子以后就好不了，再好也是个病秧子，人人都说我这一胎肯定是儿子，你要不要儿子？你要儿子就必须撵走她！

萧木匠被逼得走投无路，他向很多塘西人讨教驱鬼良策。老人们普遍认为活人不宜跟鬼魂缠斗，对付鬼魂，最好的办法还是安抚。他们建议萧木匠去我祖母的坟上负荆请罪，烧香磕头，最好给人家赔上一口纸扎的棺材。七奶奶自称与我祖母生前熟稔，知道一点她的脾性，她说我祖母是个讲究人，纸扎的棺材恐怕瞧不上，你随便找点木料打一口薄皮棺材，小一点也不要紧，把棺材跟纸钱一起带到她坟上去烧了，还给她。她看见棺材知道你的心意，应该就放过你了。萧木匠说，那不是给她上坟吗？我又不是她的孝子贤孙，给她上坟不是又要得罪我自家的祖宗吗？那塘东老太婆太难缠，怎么讨好她她也不领情，她就是认准了我家后院赖着不走，现在不是我们活人欺负她，是她一个鬼魂欺负我们一家大活人呢，我不想再受这口气了，一定要撵走她。

老人们看出萧木匠准备与我祖母的鬼魂决战，都表示爱莫能助了。村里也有人支持萧木匠，说塘东的活人塘东的鬼魂一个样，都是欺软怕硬的。他们凭借道听途说冒充行家，说鬼魂怕见红，他应该在后院挂满红灯插满红旗，一家人都应该穿上红衣服，他萧木匠作为男人则要穿上红内裤。有人坚称女性鬼魂最怕男人的尿骚味，他可以在后院多多撒尿，也可以请别的男人帮忙去撒尿。萧木匠不糊涂，没有轻信那些乱七八糟的驱鬼秘方。只有支书蒋文良的意见，他是真的听进去了，蒋文良见多识广，给萧木匠出主意说，鬼魂在人间时候最敬畏谁，去了阴间还是敬畏谁。你在后院挂上毛主席的像，鬼魂就不敢去了。

萧木匠采纳了蒋文良的方案。他发动全家把后院打扫得干干净净的，从房间里搬出一张条桌，从墙上请下毛主席他老人家的画像，缠上大红花缎带，请老人家移步后院。黄招娣用红布、香烛、水果、糕点精心装点了祭台。

果然，那个绝招见效了。他们说我祖母的鬼魂后来再也没去过萧木匠家的后院。这件事听起来过于神奇，我一直不知道是不是真的。当咸水塘的人们不再谈论我祖母的鬼魂后，我也渐渐忘了我神奇的祖母，她似乎从世界上真正消失了。

那年春天我与隔壁的大毛结伴去塘西看露天电影，去早了，不知怎么经过了萧木匠家的后院，我们都发现了披屋里闪烁着神奇的金光。如果凑近栅栏，可以看见那张考究的祭台，在晚霞的映照下，毛主席伟大的笑容正在闪闪发光。我记得很清楚，有一只青蛙蹲伏在栅栏上，看起来是要跳到萧木匠家的后院去，但青蛙似乎被那道金光所震慑，它最终回头，跳到了村路上，青蛙粗壮的脖子里发出一声含糊的咕哝。我和大毛看着青蛙跳到了一片菜地里，大毛思考了一会儿，忽然激昂地告诉我，那只青蛙，就是我祖母的鬼魂。

我母亲与黄招娣

1

我弟弟出生，遇上了春天。

不过，春天是一副不情愿的样子，咸水塘边的杨柳枝都抽出了绿芽，没几天，绿芽竟然又被冻枯了。那天天气莫名地冷，冷过寒冬腊月，塘东的街道时而卷过一阵狂风，风声暴躁，呼喊着狂热而空洞的口号。上午我母亲还在乳牛场上班，听见隔壁牛棚响起一片欢呼声，有一头绰号叫大红花的母牛产下了三头小牛犊，她喂养过大红花，对它有感情，跑去看热闹，一眼看见场长老张叼着香烟，将血淋淋的第三头小牛从大红花的子宫里拽出来，说不清是我母亲还是我弟弟受到了莫名的刺激，我母亲惊叫了一声，破了！破了破了！她的羊水破了。她的同事小王丽萍骑车到文化站给我父亲报信，她在窗外就朝我父亲喊，破了！招娣羊水破了，赶紧送她去医院呀！

那天榨油厂的司机小穆正要往城里送油，我父母有幸搭上了顺风车。送油车是卡车，驾驶室里还能坐一个人，照理说我母亲应该坐驾驶室，但小穆还是个未婚小伙子，她一个临盆的孕妇坐进去，就算小穆不别扭，她也嫌别扭，所以我母亲情愿坐在车斗里。

他们选了车斗里一个避风的位置，坐在一堆油桶中间，随卡车上了城北公路。在离开硫酸厂大约几十米远的地方，他们注意到了那辆板车，板车停在路边，可以看见一个穿红衣服的女人端坐在车上，手执一个包裹，还有一高一矮两个人影围着板车忙乱。小穆降慢了车速，这似乎提醒了板车上的女人，那女人望一眼榨油厂的卡车，手指公路中央，说了句什么，车旁的男人便跳起来推车，将板车横在了公路中央。

我父母很快便认出来，那是萧木匠夫妇和他们的大女儿好英。萧木匠跑到驾驶室边对小穆说，他女人马上要临盆，偏偏板车的轮胎被什么锐物扎了胎，走不了远路了。他从怀里摸出一张一元纸币，央求小穆送他们一段路。小穆无奈地笑起来，对萧木匠说，今天什么日子，我这好好的送油车，变成孕妇包车了？你去后面跟邓站长商量一下，只要他们没问题，你们两家车斗里挤一下，两个孕妇干脆一起送医院了。

我母亲在车斗里听着他们说话，她一边朝我父亲翻了个白眼，一边对着小穆喊，让他们赶紧上车吧，都是招娣，都是孕妇，什么同意不同意的，我要是不同意，那还算人吗？

这样，好英推着板车，留在了路边，黄招娣像一个沉重的麻袋一样，被萧木匠慢慢地运上了车。她朝我母亲露出了感激的笑容，我们两个招娣，真是有缘。她说，谁想得到呢，今天这日子也撞一起了，就算亲姐妹也不会有这样的缘分！

那天大风料峭，我父母和萧木匠夫妇在榨油厂的卡车车斗里各占一角，他们被菜油桶簇拥着，一路颠簸往郊区人民医院而去。黄招娣一上车就用一块厚厚的旧布片蒙住了自己的眼睛，我母亲多疑了，问，招娣你这是干什么，你不要看见我？孕妇不能看见孕妇？黄招娣哎呀叫起来，招娣你千万不要误会，不是不能看见孕妇，是不能看见蝴蝶不能看见花，也不能看见母鸡母鸭母猪什么的，那都是招女孩的，我眼睛上蒙的是蒋老四家小孙子的旧尿布片呀，他家儿媳妇生了四个儿子，萧木匠的堂弟媳妇要了他家一块旧尿布，临产前天天蒙眼睛，结果生了个大胖小子，我试试看这尿布片灵不灵。我母亲笑起来，说，都不知道怎么说你们塘西人，这也太迷信了吧，马上要生产了，胎儿要是个男孩，现在小鸡鸡也不会飞了，要是个女孩，你这一块尿布也不能让她长出小鸡鸡来对吧？我母亲自觉说话留有分寸，没想到黄招娣面对她的脸一下转过去了，原先热情的声音传过来，变得冷冷的，招娣你站着说话不腰痛呢，你已经有儿子了，自然不用迷信了，你们塘东是城里人，生男生女都一样，我们塘西怎么能跟你们比？乡下人世世代代都这样的，家里没个儿子，人家一辈子瞧不起你。我母亲说，那生儿生女也不靠你一个人呀，你知道精子和卵子吗？女人生男孩还是生女孩，都是男人的精子决定的呀！黄招娣在那边不屑地说，我也不是头一次听人这么说了，就是你们城里人敢这么说，什么金子银子的，我们乡下人哪儿信这一套？只知道母鸡不下蛋，不能怪公鸡的。

我母亲向我父亲使了个眼色，意思是鸡同鸭讲，说什么也是白说，她就不说话了。送油车途经幸福硫酸厂门口，撞上几辆运送硫酸的卡车集队驶出厂门，车队堵了路，小穆停下了车等候。这是我母亲第一次看见硫酸出厂的盛况。硫酸离我母亲如此之近，但她看不见硫酸的形状与颜色。那些卡车都有八个轮子，车斗用绿色的篷布严严实实地兜着，篷布上印刷了醒目的白色警告文字，危险品，严禁靠近！一股浓烈刺鼻的硫酸气味扑进我母亲的鼻腔，把她的眼泪呛出来了。她抹眼泪的时候，听见黄招娣对她喊，那招娣，鼻子酸吧？千万忍着，千万别掉眼泪！我母亲说，这能有什么办法，不是我要掉眼泪，是让硫酸呛出来的呀。黄招娣说，我是为你好，硫酸再呛也要忍住，今天临盆掉眼泪，以后这孩子会让你掉一辈子眼泪！我母亲知道塘西村孕产妇的种种迷信与忌讳，禁止流泪的逻辑不管是否合理，都是黄招娣的好心，所以她领情地拉下头巾，紧紧地捂住了鼻子。

运油车很快路过花村村口，一辆拖拉机从村里的机耕路上拐出来，突突地追上了榨油厂的卡车，他们先是闻见一股猪粪味突破了硫酸气味的包围，随风扑来，然后看见了花村大队那台装运生猪的手扶拖拉机。年轻的拖拉机手叼着香烟，上身披了件棉袄，下身穿着一条脏兮兮的棉毛裤。在他身后，一群白花花的生猪发出嗷嗷的叫声，它们饱满鼓胀的肚子摇晃着，可以清晰地看到猪的一双双湿润的大眼睛。萧木匠认识拖拉机手，问他拖拉机去哪儿，拖拉机手说，生猪能去哪儿？肉联厂呀！萧木匠没来得及说什么，黄招娣尖声叫起来，那是出圈送宰的猪呀，不能看，千万不能看，招娣你把眼睛捂住，临盆看见猪，生出来的孩子比猪吃得多，脑子会跟猪一样笨。

我母亲被黄招娣喊得无所适从，下意识地用头巾捂住了眼睛。我父亲皱着眉头扫视两个孕妇，对她们的言行懒得评价。他自己其实也焦灼，不时站起来眺望卡车前面的路。肉联厂已经不远，而通往郊区人民医院的路还有点漫长。他往后面看，花村那辆装满生猪的拖拉机愈来愈远，拖拉机手的身影已经模糊，生猪的叫声越来越弱了。我父亲蔑视农妇的迷信，但他心里默认，硫酸呀生猪呀这些东西不利于产妇，只有美好的事物对于产妇能够起到鼓舞的作用，我父亲四下搜索，近郊地带的厂房与农田犬牙交错，小心翼翼的绿色，泥泞的土地，冰冷的灰白色厂房建筑，呈现出某种攻掠与防守的面目，没有什么堪称美好的事物，他便抬头看天空，这一抬头之际，他获得了极大的安慰。三月的天色半蓝半灰，阳光的亮度与云层的面积形状都很收敛，天空便显得辽阔而深邃。他恰好看见遥远的天际，有一架飞机的影子正缓缓地穿过云层，银灰色的，像一只闪亮的鸟。这是第一次，我父亲在咸水塘的天空里看见了飞机。与猪相比，那是多么美好的令人遐想的事物，与地面上萧瑟的景物相比，我父亲对天空的表现很满意，他就指着天空对我母亲喊起来，你别往前面看，也别往后面看，你往天上看，一架飞机！是一架飞机啊！

我母亲闻声向天空仰望，这是她第一次看见飞机，飞机在高空里的形状与飞行速度让她觉得失望。那就是飞机？这么小？飞这么慢？她惊讶地说，是真飞机？那飞机里有人吗？我父亲说，当然有人，飞行员！没有飞行员驾驶，飞机怎么飞上天？然后他眼睛一亮，说，我们这孩子，以后培养他当飞行员，就算当不上飞行员，至少也是坐飞机的人，一定有出息。

他们都注意到萧木匠夫妇仰望天空的神情，从惊愕、欣喜到茫然，黄招娣对于飞机明显缺乏足够的认识，看见飞机对于孕妇意味着什么，她失去了解释的能力，但她还是谨慎地抱住了自己的头部，嘴里对萧木匠说，小心一点好，这飞机看上去小，其实很大很重的，要是掉下来，能把人砸成烂泥。

2

郊区人民医院毗邻著名的战斗五金厂，与五金厂的厂房只是一墙之隔。人们说孕妇来此地分娩，有时间上的讲究，夜里分娩者常有难产案例，而白天绝大多数都是顺产。之所以这样，战斗五金厂的几百台冲床功不可没，从早晨八点到下午五点，战斗五金厂的冲床都在切割钢铁，为遥远的古巴人民生产收割甘蔗的古巴刀。咔嗒。咔嗒。咔嗒。这样清脆的声音此起彼伏，回荡在孕妇们的耳边，恰好产生了奇迹般助产的功效。咔嗒，咔嗒，咔嗒。加油，加油，加油。墙那边冲床在歌唱，差不多每一秒钟便有一把古巴刀落在地上。当啷。当啷。当啷。加油。加油。加油。差不多每一千把古巴刀落地，便能够换来墙这边一个新生儿的生命。婴儿们呱呱坠地，以啼哭应和钢铁的声音。一比一千，或者一千比一。就这样，郊区人民医院的妇产科与战斗五金厂配合得天衣无缝，人口与刀具的生产，在节奏上获得了一个科学而完美的比例。

孕妇们知道了这个奥秘，便渴望在白天分娩，所以，在太阳落山之前，妇产科的走廊，总是像临战前的战壕，交织着恐惧与渴望。待产的孕妇都是一副争分夺秒的样子，她们仰望走廊上的挂钟，不停地挪动自己沉重的身体，在冲床制造的节奏里保持动态，以此催促胎儿在五点钟之前降生。孕妇们有人来自城北附近的街道，身上散发着雪花膏的香气，有人来自广袤的郊区乡村，裤脚管上还沾着黄泥巴或者鸡粪。她们僵硬痛苦的体态是雷同的，怨天尤人的表情也是雷同的。个别孕妇依仗丰富的生育经验，有着女英雄一样从容的神态，她们一边踱步，给呼之欲出的胎儿加油，一边冷静地吩咐丈夫，别在这里浪费时间，回家去取个热水袋来，去南货店买一斤红糖来。

那些做丈夫的男人表现各异，由于孩子的性别即将水落石出，大多数乡下男人为此焦躁不安，婴儿有没有小鸡鸡，这将直接决定丈夫的荣耀，也决定产妇的待遇或者命运。来自城市的丈夫们普遍显得平静，有人蹲在墙角看报纸，有人在打瞌睡，也有人莫名地亢奋，一个穿轧钢厂工服的男人懂得激励待产孕妇，他一手搀扶着肥胖的哭哭啼啼的妻子，另一只手紧握拳头，嘴里高唱着一首豪迈的歌曲：下定决心，不怕牺牲，排除万难去争取胜利，去争取胜利去争取胜利。

产科病房真的是满了，只剩下最后一个床位，来自咸水塘的两个待产孕妇，有一个能进病房，另一个只能在走廊上了。护士不想得罪人，说你们两个招娣一起来的，好像是熟人？你们自己快表个态，谁进病房谁住走廊？

我母亲没说话，她看我父亲，他也不说话，只是用一种审问的目光，严厉地看着萧木匠。萧木匠不接受我父亲的目光，转过了脸，这时候黄招娣笑了起来，说，那还用说？塘东招娣是城里人，塘西招娣是乡下人，自然是城里人住病房，乡下人睡走廊，我们住走廊好了。

我母亲听从五金厂冲床的节奏，在病房里艰难地踱步，每次走到门边，她都能看到门外走廊上黄招娣的身影。黄招娣双眉紧锁，撑着腰蹒跚而行，步态就像一只企鹅。她不时朝病房里侧窥望，耳朵上的金耳环一闪一闪，配合着隔壁五金厂冲床的声音，那耳环似乎咔嗒咔嗒地响着。隔着病房半开的门，她们的目光有短暂的对视，黄招娣的目光看起来很热情，欲言又止的样子，我母亲看出黄招娣又要关照她什么，这种无用的热情已经让她厌烦，她绕到门背后，关上了门。

护士来病房为待产孕妇们做检查，把男人们都请出去了。我父亲站在走廊上，忽然听见楼梯口一阵骚乱，空气里飘来一股焦糊味儿，夹杂着几个女人尖利的训斥什么人的声音。我父亲走过去，看见一群人围着萧木匠，有个护士拿了只浇花壶，嘴里怒声喊，要死了，这乡下人跑妇产科来烧纸！萧木匠端着一个搪瓷盆站在楼梯拐角处，盆里燃烧的纸钱刚被水浇灭，还有余烬闪着红光。面对众人的愤怒，他似乎有点不知所措，这是水泥楼梯，我看着火，不会失火的。他委屈地说，我不是放火，我是给这里的土地爷烧点钱，表达个心意，让土地爷保佑我们得个儿子。

有个护士朝他厉声嚷嚷，你们这种乡下人，迷信也罢了，怎么还那么自私自利？你们为什么要到医院来？从没听说生儿生女是土地爷管的，既然相信土地爷，你们为什么不到野地里去生产，为什么要找我们医院，去找土地爷给你接生呀！

萧木匠端着那搪瓷脸盆，埋着头从人群里钻出来，像是过街老鼠，他脸上的表情与其说是羞愧，不如说是茫然。看见我父亲他眼睛一亮，指着我父亲说，这是邓站长，他知道我们咸水塘的政策，邓站长能给我证明，我们家三代单传，这次我要是得不上儿子，以后永远没有儿子了，下个月是我们塘西村的结扎月，有孩子的都扎，不是男扎就是女扎！

他说话有点激愤，可惜这激愤没有感染到众人，有人反而吃吃地笑起来，低声说，这男扎怎么扎，不会把男的扎成个太监吧？萧木匠朝着那些人喊，男扎怎么扎？还能怎么扎？跟劁公猪一样么。他端着盆子走到我父亲身边，似乎在蒙冤之后投靠一个盟友。他看看我父亲的脸，抖抖搪瓷盆里被泡湿的灰烬，或许获得了什么启发，他话锋一转，开始表扬我祖母，这些人还不如你妈妈厚道，人不如鬼，人不如鬼！我跟这些人无冤无仇呀，烧个纸求儿子碍他们什么事了？这些人心眼坏了，瞧不起我们乡下人，你跟他们说道理说不通，还不如你老母亲，她虽然是鬼，比他们这种人通情达理呀！

我祖母的鬼魂在塘西村获得了某些新的评价，我父亲对此有所耳闻。关于她最新的行踪，塘西流言纷纷，我父亲遇见过不少好心而饶舌的塘西人，他们慷慨地透露我祖母最新的消息，其实也是几根凳腿的消息。好几个人声称在咸水塘里见过四根奇怪的凳腿，它们像四兄弟或者四姐妹，团结地聚在一起，从不分离。白天的时候它们似乎有着强烈的安全意识，结伴在水面中央漂来漂去，无论风向如何，都绝不往岸边去，到了夜深人静时，它们便漂到岸边，等待着凌晨上岸的时机。

有夜归的塘西人眼尖，看见过那些凳腿沿着塘岸奔走的样子，它们在夜色中努力直立，行走步幅很小很碎，但目标坚定，明显是向着塘西村的方向。四足动物在咸水塘边夜行是常见的，四条木头凳腿这么辛苦地夜奔塘西，则让人惊愕。目击者们起初不敢相信自己的眼睛，后来得知我祖母与鬼凳的故事，都恍然大悟，说怪不得那四条凳腿看起来都穿了奇怪的小鞋子，走路的样子不像猫狗牲畜，倒像一个赶夜路的小脚老妇人，小心翼翼的。在夜色中辨认鬼魂本不容易，何况是乔装改扮的鬼魂？目击者对我祖母的现状描述不一，但他们都认为那神奇而倔强的鬼魂失去了活力，越来越老越来越衰弱了，尤其在离开孩子失去凳面之后，她只得栖身于凳腿，本身出现了一定程度的木化，显得越来越胆小，越来越愚笨了。

作为塘东文化站的站长，我父亲从来不谈论鬼魂，尤其是谈论我祖母飘逸不定的鬼魂。从某种意义上说，谈论我祖母就是在谈论他自己的耻辱，我祖母是鬼魂，他便是鬼魂之子。当塘西村盛传我祖母的鬼魂变成了四条凳腿之后，这种耻辱便越来越深，我父亲难以承受这么荒诞的污名，他堂堂一个文化站长，要不就是鬼的儿子，要不就是四条凳腿的儿子。这个可笑的身份伤害了他的尊严。我父亲了解我祖母生前庸庸碌碌的一生，却预料不到她死后会在咸水塘名声大噪。他无端地沐浴在一种诡谲而阴冷的光环之中，总是有人在塘东文化站门外或者在路上对他指指点点，他能通过那些人的嘴型分辨他们在说什么。妈妈。儿子。鬼。凳子。凳腿。那一切是我祖母留给他的遗产，萧木匠一家也是。我父亲从未料到此生会与萧木匠结下这一份不解之缘。在郊区人民医院妇产科的走廊上，我父亲盯着萧木匠的双手，那双手粗糙得像石头，端着一盆湿乎乎的纸钱灰。我父亲摸了摸萧木匠的搪瓷盆，盆还很烫。他缩回了手，突然问，你们家人最近看见我妈妈了吗？

这是我父亲头一次与萧木匠谈论我祖

母，萧木匠有点受宠若惊，我们家人好久没看见她了，连好芳也看不见她了！你妈妈了不起的，她做了鬼也听毛主席的话呀，大是大非都明白，她放过我们家了，现在再也不来我家闹了。萧木匠这么感慨着，竖起了大拇指，庆幸的微笑中露出一丝狡黠之色，不过我告诉你，大站长，你妈妈是有冤屈的，她阴魂不散呢，她还到我们塘西来，现在找到别人家去了！我们村那蒋秃子你认识的吧？她现在去蒋秃子家敲门了，天天半夜去敲，她老人家不是有四条凳腿吗，四条腿都用上了，两条凳腿敲门，还有两条凳腿，一条敲他家的石料，一条敲他家的鸡食钵，敲得四周邻居都听到了！

我父亲表情僵硬。现在他比任何时候都清楚了，我祖母需要去塘西，而塘西人也需要她的鬼魂。对于萧木匠描述的鬼魂新动向，我父亲未作任何表示，径直朝厕所里面走去。他对着男厕所肮脏的水泥槽小便，抬头从窗口看见五金厂一片繁忙的生产景象，下午的阳光胆怯地徘徊在冲床车间里，机床与人影，以及堆在过道上的古巴刀，都闪烁着尖锐的光亮。咔嗒，咔嗒，咔嗒，那是冲床在切割古巴刀。当，当，当，那是古巴刀落地的声音。这两种声音里交织着病房里婴儿尖利的啼哭声。忽然，他听见了第四种声音，那是一阵脚步声，转脸一看，萧木匠尾随他进了厕所，正在不远处观察他小便。我父亲觉得奇怪，系上了裤扣，怒声喊道，萧木匠你看哪儿呢，你在看什么？

萧木匠转过脸，退后了一步，脸上露出歉疚之色，邓站长你别误会，我不是看你那个东西，我是看你尿的线，是笔直笔直的，还是弯的。

究竟什么意思？笔直的怎么了，弯的怎么了？

我听蒋得寿他们说的，能不能生儿子要看男人的尿，尿得笔直笔直就能生男孩，我堂弟也这么说，我不知道他们是不是骗我。萧木匠涨红了脸说，你头胎就是儿子，我就想参观一下你的尿线是直的还是弯的，你千万别见怪。

我父亲笑了起来，问，那你的尿是弯的？你尿不直？

萧木匠面有愧色，说，早晨第一泡尿是直的，其他时候都是弯的。

我父亲不知道说什么好了，声称要去给我母亲打开水，从萧木匠身边绕过去，往走廊上走，萧木匠竟然追上来，拦住了我父亲的去路。

邓站长，我还有别的问题请教你呢。萧木匠给我父亲递了一支烟，他目光中的畏葸与不安，已经被某种坚定的意志所消融，变得无畏，他说话的声音极其诚恳，带着些逼迫，我们生完这一胎就要结扎了，结扎之前我要是弄不清楚这事，死不瞑目呀。你有文化你懂科学，你有儿子，能不能跟我讲讲，男人怎样才能让女人生出儿子来？他抓抓耳朵，虔敬地看着我父亲，你教教我，晚上做那事，是要多做还是少做？做得狠一点还是轻一点？他意识到话题唐突，朝四周左顾右盼一番，压低了声音，他还是怕表达不清，干脆用两只手做了个露骨的手势，看我父亲露出震惊的表情，他自己终于尴尬起来，在裤腿上擦擦手指，随即指指嘴巴，还有吃的方面，究竟吃什么才能生儿子？多吃小公鸡有没有用？多吃甲鱼黄鳝有没有用的？他们说多吃萝卜能生儿子，骗人的吧？

男人之间谈这些隐私，算是不见外了，

可这样一厢情愿的亲近，我父亲难以接受，他一时不知如何回报萧木匠的信任。咔嗒。咔嗒。在五金厂冲床的催促声中，我父亲考虑了好几个答案，有的戏谑，有的讽刺，有的粗鲁，说出来都不符合他的身份，最后他兀自笑了起来，从萧木匠身边绕了过去，边走边说，生儿生女，只跟你的精子有关！你们农村人这么想儿子也不奇怪，我们夫妇倒是真心想要个女儿，都是最后一胎了，都要结扎了，要是都不如愿，干脆我们换一下，你们家把男孩抱回去，我们家把女孩抱回家。

邓站长，你这话当真？萧木匠瞪大了眼睛，一路小跑地跟在我父亲身后。但我父亲很快冷静下来，及时地修正了自己的许诺，他沉吟了一下，说，换孩子不是小事，我一个人说了不算，你一个人说了也不算，还要征求双方爱人的意见。她们要是都肯换，我没有问题。

3

我弟弟在一个初春的下午诞生在郊区人民医院。顺产，七斤六两。他像这间医院所有的新生儿一样，听从隔壁五金厂冲床的指挥，在一把古巴刀落地的助兴声中，咯嗒一下就来到了这个世界。作为一个新生婴儿，他略显苍老，眼睛与嘴巴，鼻子与额头，看起来都错误地遗传了父母的缺陷。他的啼哭声是象征性的，内容空泛，就像产房窗外稀薄的阳光。

我母亲对我弟弟的一切都不满意，看见他的小鸡鸡，竟然失望地叫起来，要累死我，还嫌我不够累呀？护士诧异，生了男孩，你还不高兴？我母亲委屈地说，生完要结扎，这是最后一胎呀，我已经有个儿子了，真的想要个女儿呀！护士说，还是城里人思想好，生男生女都一样，那些乡下产妇只想要男孩，偏偏爱生女孩，每年都有人把女婴扔在医院，自己逃走了。护士这么一说提醒了我母亲，她说你们一定要注意那个塘西村的黄招娣，我知道她家的情况，夫妻俩想儿子想疯了，他们马上也要结扎，最后一胎万一再生个女孩，真可能会把孩子扔医院的。护士说，我们有经验，盯着那家人呢，值班的都互相关照了，三班人都盯着她。塘西村也不远，就算扔了，我们也要把孩子送回她家去。

护士出来报告婴儿的消息，我父亲稍显遗憾，他说，儿子就儿子吧，男孩女孩都是祖国的花朵。他注意到萧木匠在走廊上蹲着，瞪大眼睛看他，站长你又得个儿子？我父亲朝他点了点头。两个儿子了，多好！站长你命好！那个塘西男人的眼睛射出妒忌的光，随后便沉浸在某种巨大的紧张感中，我父亲看见他把脑袋埋下去，身体开始瑟瑟发抖。

大约十几分钟以后，黄招娣的产房里传来一片杂乱的人声，伴随着五金厂下班的铃声，一个女人在放声大哭，哭得尖锐，伴随着含糊的呐喊，难以分辨那是喜悦还是悲恸。能够听见医生护士训斥产妇的声音，这时候怎么能哭？不能哭，要哭坏眼睛的！有一个护士从手术室门里探出半张脸，黄招娣的家属在哪里？萧木匠腾地站起来，又蹲下去，他用绝望的目光瞪着护士的面孔，嘴唇在颤抖，似乎在问什么，但听不见他的声音。你是黄招娣的家属？护士高声说，你抖什么？怕什么呀？恭喜你得了双胞胎，是龙凤胎，一男一女呀！

然后萧木匠跳了起来。我父亲向他挥手，算是诚挚的祝贺，但萧木匠没有注意我父亲，他把额头抵住墙壁，似乎要哭，又不好意思哭，忽然吼了一声，有鞭炮，放鞭炮！他从鼓鼓囊囊的化肥袋里拿了一串鞭炮出来，抱在怀里朝门外跑，沿路喊着，谢天谢地，放鞭炮，要放鞭炮！

萧木匠的狂喜感染了我父亲，在一阵鞭炮声中，我父亲回到我母亲身边时，竟然用艳羡的口气告诉她，这次人家塘西招娣运气好了，生了个龙凤胎，有儿有女！

黄招娣的儿子

1

我依稀还记得我弟弟一周岁抓周的情景。

我弟弟抓到一包饼干，放下了，又抓了一本连环画，也放下了，最后他的目光掠过铜钱、尺子、馒头、笔墨、汽车玩具以及其他所有的摆件，注意到桌边用来镇纸的碎砖块，两眼放光，一只手不够，他用两只手快乐地抓起了砖块。我母亲很意外，诱惑我弟弟换回连环画，没有成功。我父亲要夺下我弟弟手里的砖块，让他去抓回那包饼干，我弟弟啼哭不止，他抱住砖块，仿佛抱着一块黄金。我母亲气恼地骂起我父亲，骂他不动脑筋，怎么会随便捡一块碎砖来压垫纸。

邻居们哑然失笑。从来没有咸水塘人在抓周仪式上给孩子提供砖块，也从未听说谁家抓周的孩子抓了半块砖。在我母亲看来，砖块预示了我弟弟将有一个惹是生非的青少年时代，做父母的必将担惊受怕。为此她对我父亲数落了三天。我父亲只能勉强为自己开脱，抓块砖以后也不一定要去砸人家玻璃，孩子以后说不定做个建筑工人，不是挺好吗？

几天之后，我母亲看见了塘西招娣的儿子。

好英和好芳到塘东乳牛场来卖青草，把他们家最宝贵的弟弟带来了。一个男童，倚躺在一只草筐里，他穿黄色的小围兜，蓝色的抓绒裤子，因为裤子是开裆裤，他的小鸡鸡骄傲地露在外面，好像一个荣耀的奖杯，处于流动展览之中。他的身下是姐姐们刚割下的绿茵茵的青草。

好英把男孩抱起来的时候，我母亲一眼认出，男孩的黄色小围兜来自东风街的儿童用品商店，与我弟弟的围兜一模一样，所以我母亲点了点围兜上的两只小鸭子，说话多少带了点谴责的意思，这个小围兜，上海产的，要三块钱呢！卖草要卖五大筐，你妈妈倒是舍得！

我母亲检查塘西姐妹的草筐，在筐里摸出来一块碎砖，她厉声叫道，哪儿来的砖？姐妹俩摇头，说不知道怎么草里混进了砖。我母亲追问，是不是你弟弟抓周抓来的？姐妹俩茫然，不知道我母亲什么意思，我母亲说，你家弟弟不是刚满周岁吗？没给他抓周？他抓周抓了什么，也是一块碎砖吗？好英明白过来，说，我弟弟什么也没抓，他什么也没要，他不肯抓。我母亲说，怎么会？总要抓一样东西的，你弟弟的手，现在还不会抓东西吗？

她的话里多少带着些歧视，引起了姐妹俩的反感，她们各自朝我母亲翻了个白眼，不屑于回答这个问题。我母亲把碎砖翻来覆去研究了一会儿，放在了桌上。我明白了，你们塘西人啊，都不知道怎么说好，这半块砖能骗多少重量呢。她说，混了东西的草本来要算二等草三等草，算了，我也不好意思这么算，看在你妈妈的份上，就算一等草了。

青草过磅之后，倒入了大草堆。姐妹俩整理好筐上的绳子，用扁担穿过绳扣，匆匆把弟弟放回草筐。我母亲喊住了她们，等等，你家这个宝贝弟弟跟我有缘分，我来抱抱他。我母亲认为她的要求天经地义，姐妹俩却明显有所忌讳。我母亲走过去时，好芳堵着草筐，用畏惧的眼神看着我母亲，嘴里说，不要，你不要抱我弟弟。我母亲咦地叫了一声，怎么啦，我抱抱你弟弟，能把他抱没了？你们不知道我跟你们妈妈一起去的医院，你们这弟弟跟我小儿子前后脚生的呀！好芳求援地看着好英，好英不说话，好芳便走到好英身边跟她咬耳朵，姐妹俩的耳语我母亲听得清楚，妹妹指出我母亲的身份，她是小脚奶奶的儿媳，小脚奶奶是鬼魂，她就是鬼魂的儿媳妇，不该让她抱弟弟。姐姐说鬼魂的儿媳妇不一定是鬼，抱一下不会有什么。她们商量了一会儿，好英对我母亲说，你要是想抱就抱吧，抱一下就放下来。

这回是我母亲感受到了歧视，这歧视来自两个塘西的小女孩，不免让她难堪。我从没有瞧不起你们一家人，倒让你们瞧不起了？小脚奶奶的儿媳妇怎么啦？她恼怒地指着自己的鼻子说，我是鬼魂的儿媳妇？鬼魂的儿媳妇也是个鬼魂？下次还来不来卖青草了？我给你们的草钱你们怎么要了？你们不怕那是冥钞吗？告诉你们，你妈妈就是我的影子，我要是个鬼魂，你妈妈就也是个鬼魂，你妈妈要是个鬼魂，你们也都是鬼魂！

我母亲的怒火吓着了姐妹俩，好英把好芳拽到一边，将草筐里的弟弟完整地呈现给我母亲。你可以抱一下他，别人不行。好英噘着嘴说，我妈妈关照过，不让陌生人抱他。

我母亲凑近男孩的时候，依稀听见草筐里响起咯嗒一声，然后是哐啷一下，像是五金厂的古巴刀脱离冲床落在地上的声音。她像个侦探一样目光炯炯，从头到脚地审视男孩的外貌长相，甚至小鸡鸡，主要还是在比较，比较黄招娣的儿子与我弟弟谁更健康谁更可爱一些。她不得不承认一个事实，过了一周岁的男童长相体格都是类似的，他们的眼神也是相似的。如果把黄招娣的儿子与我弟弟一起放进草筐，他们应该也像一对双胞胎。

你弟弟营养还不错，胳膊大腿挺壮的，就是不卫生，鼻孔里全是鼻屎呢。我母亲差点要用手指去挖男童的鼻孔，看看旁边的姐妹俩，又缩回了手。她问好英，咄，你家那么金贵的弟弟，含在嘴里都怕化了的，今天怎么交到你们手里了？

好英说，我小妹妹发烧，我妈妈抱她去医院了。

那你妈妈还算好的，女孩生病了还知道送医院去。我母亲这么表扬黄招娣，并没有多少讥讽之意，但姐妹俩听着刺耳，好芳对她瞪起了眼睛，尖声质问，女孩生病不去医院，让她死吗？我母亲有点窘，摆手说，我不是那个意思，我以为你妈妈不疼女孩的，我忘了那是你们塘西谁家的事情了，就是家里有五个女儿的，最小那个得了黄疸肝炎，父母都懒得给她治病，包个雨披就扔到公路上去了，那是谁家呀？

姐妹俩交流了一下目光，她们应该知道那是谁家的事，但明显不愿意认真回答。好芳说，我们塘西人不扔生病的女孩，你们塘东人才会做那种事。这是在与我母亲故意抬杠了，我母亲察觉到姐妹俩眼神里的恨意，这么随便地批评塘西人，其实也是在伤她们的自尊，便自找台阶，摸了摸草筐里男童的脑袋，问，你们这个宝贝弟弟，叫什么名字？

这小弟弟，他叫什么名字？

一个简单而应景的问题，我母亲问了两遍，还是没有等到回答。姐妹俩僵硬地站在草筐边，一个沉默，另一个竟然说，不知道。我母亲诧异起来，不知道？这又是怎么了？你弟弟的名字难道要保密的？这次好芳要说什么，被好英及时捂了下嘴巴。好英看着我母亲，目光在她的面孔与身体上谨慎地跳跃，她说，我妈妈说的，弟弟的名字不能随便告诉别人，怕别人写下他的名字，下咒。

下什么咒？我母亲不敢相信自己的耳朵，愣了半天问，谁给你弟弟下咒？世界上也不是你们一家添了儿子，添个儿子又不是添个皇子，怎么至于这样小心，把别人都当恶人？谁吃饱了撑的会给你弟弟下咒？

不一定。好芳说，我妈妈说了，世界上有一个好人，就有两个坏人。

我母亲终于意识到她对那个男童的热情有害无益，便果断地从草筐边走开，但男童似乎认得我母亲，他几乎要从草筐里站起来，向我母亲张开双臂，他要我母亲抱，嘴里咿咿呀呀地叫，鼻孔里吹出一个晶莹的泡泡。我母亲笑了起来，你倒是跟我亲，要我抱？她俯下身，凑近孩子，恰好看见男童在草筐里撒尿。男童的小鸡鸡朝着乳牛场阔大的窗口，朝着阳光最明亮的方向，射出一条金色的水线。

来自男童的友爱，我母亲乐于接受，为了这一份天生的亲密，她宽恕了姐妹俩的敌意。她对着男童笑起来，嘴里由衷地赞美他的那泡尿，尿得比我弟弟要威武几分。她用一把青草擦干他湿漉漉的腿部，然后从工具箱里拿出一块新毛巾，垫在了男童的开裆裤里。我母亲做这些事的时候，塘西姐妹俩没有阻拦她，她稍感欣慰。看见没有，那毛巾是新的？我还没舍得用，买买要几毛钱呢！她对姐妹俩说，天气冷，裤子全湿了，这么宝贝的弟弟，千万别让他冻着。

那是我母亲第一次看见塘西招娣的儿子，也是最后一次。似乎是纪念某种难得的缘分，她为这个男童奉献了一块新毛巾，白色的，底端印了为人民服务几个红字。她还记得塘西姐妹扛着草筐离开乳牛场，那男孩开始哇哇啼哭，向我母亲张开双臂，他的脑袋偶尔从草筐里浮起来，还可以看见那些稀疏鲜嫩的头发，被乳牛场高高的天窗里的光照射，泛出一小片圆润的光，不知为何是绿莹莹的，像一小片青草的光。

2

第二天塘东街道的居民都听说，塘西招娣的儿子不见了。

上午的时候好英和好芳出现在塘东的街头。她们失魂落魄地跟在一群塘西人身后，像两个幼小的战俘。不难发现，好英是刚刚哭过的，眼泡浮肿着，两根辫子系了一根，另一根的牛皮筋掉了，一大绺蓬乱的头发在肩膀上慌乱地跳动。好芳的脸上有红色的手指印子，应该是被人扇了巴掌的痕迹。

我们没有看见萧木匠夫妇，听说黄招娣晕死在家，萧木匠带了几个亲戚沿公路去找孩子了。塘西人的队伍由村支书蒋文良率领，他披着件大衣，嘴里叼着烟，手里抓了只电喇叭，也许电喇叭没电了，蒋文良只是用大嗓门指挥着那支塘西的队伍，往这儿去那儿。有人带了刷子，提着盛满糨糊的塑料桶，有人怀里抱着一摞传单。有人拿着面铜锣，敲一下喊一声，当，当，当，丢孩子了，塘西丢孩子了。伴随着那刺耳的回响声，塘西人在塘东的街道上浩浩荡荡地走，沿路张贴了好多传单。我们驻足看那些油印的传单，发现是一则寻人启事：寻萧好福。那是我们第一次知道那男童的名字。劣质的再生纸上勉强印出了一个男童模糊的照片，眉眼看不清楚，但寻人者的联系地址是清楚的，咸水塘公社塘西村三组萧祖明。

大多数塘东人不知道塘西萧木匠的大名，自然也不知道他儿子的名字，很多人听闻塘西村的萧木匠家去年祖坟冒青烟，在结扎手术前得了一对龙凤胎，现在得知是龙凤胎中的男孩丢了，他们都惊叫起来，儿子丢了？那么金贵的男孩，偏偏是他丢了？塘西村的金娥与很多塘东居民相熟，她对事情的介绍便也最详细最卖力，怪两个做姐姐的太顾家呀！她指指咸水塘的塘岸，指指好英和好芳，她们昨天带着弟弟到塘东来卖草的，回家路上看见你们塘东岸坡上草好，怕别人割了，就把弟弟放草筐里又去割草了，姐妹俩离草筐不过几步路，一抬头，草筐还在那里，弟弟不见了，你们说这事奇不奇怪？众人都说，这怎么可能？难道孩子是让妖魔鬼怪抱走了？金娥的表情一下就变得鬼鬼祟祟了，声音也压低了，好芳亲口说的，她看见草筐边有一只鞋呀，是小脚老太太穿的那种粽子鞋，还湿漉漉的，她们当时不敢拿那鞋，等到后来去找，那鞋不见了！金娥看众人表情疑惑，又声明道，你们这么瞪着我干什么，我哪儿有闲心给大家编什么鬼故事？都是好芳告诉她父母的，我们村里人也说这事太离奇，可是那么小的姐妹俩，就算要编也编不出这种鬼话吧？你们要不信，自己去问她们！

大家心里疑窦丛生，用目光搜寻那姐妹俩，发现好英站在人群的后面，神情呆滞，像梦游一样，好芳躲在好英的身后，拉着好英的衣角嘤嘤地哭泣，眼泪不断地从她脸颊上淌下来。事情疑点太多，人们确实需要姐妹俩解答很多问题，但看她们失魂落魄的样子，谁也不忍心往她们伤口上撒盐，好几个塘东妇女反而去安慰姐妹俩了，说不要哭不要怕，我们塘东连一把扫帚也丢不了，何况一个孩子？你弟弟明天就找到了。

至于草筐边的那只粽子鞋，不是众人亲眼所见，谁也不好妄下定论，但他们都否定鞋子与鬼怪的必然联系，顺便也为塘东的所有小脚老太太撇清了责任。他们告诉塘西人，我们塘东那些小脚老太太，不管过世的还是在世的，大家都知道，别说是有人偷孩子，谁家飞进去个苍蝇都瞒不住别人，她要人家的男孩干什么？往哪儿藏？一个孩子好端端在草筐里，光天化日下她怎么抱走的呢？

我母亲下班回家去菜场买菜，一路上注意到沿街的墙面新贴了很多启事，远远都能闻见新鲜糨糊的酸味，她以为是街道的什么通知，没有在意。到了菜场门口，她看见张培芳手里提着一条鲢鱼，眯着眼睛在看电线杆，嘴里不时发出啧啧的声音。我母亲问，张培芳你在看什么？张培芳指着电线杆对我母亲说，是那个塘西招娣，跟你一天生产的龙凤胎，男孩丢了，丢了男孩。我母亲奔过去，看到男孩的照片便失声叫起来，萧好福，他叫萧好福！张培芳惊讶地看着我母亲，你怎么了，脸都白了？是塘西招娣的儿子，又不是你塘东招娣丢了孩子。我母亲捂着胸口说，吓人！我昨天看见那男孩了，两个姐姐把弟弟放在草筐里来卖青草，还不肯告诉我名字，没料想今天就知道了，这孩子倒是跟我亲，昨天要我抱，一泡尿差点尿我身上，我还给他开裆裤里垫了块新毛巾呢。

我母亲不知道自己为什么心慌。她仓皇地跑进菜场，忘了自己要买什么菜，结果胡乱买了一捆青菜一把葱，用手提着就往家赶，忘了自己的篮子扔在了肉铺。沿途都有人驻足墙边或电线杆前，品读来自塘西村的寻人启事。远看那模糊的男童照片，有一团绝望的光，男童眉目不清，但怎么看都酷似我弟弟的模样。她觉得揪心，不敢看，又忍不住要看。这样走走停停地跑到家门口，看见隔壁大毛家门口聚集了几个妇女，他们正在热烈地谈论什么，我母亲猜到他们是在谈论塘西黄招娣家的灾难，却不清楚为什么有人朝我家指指点点的，她顾不上参与，先风风火火地闯回家，看见我父亲伏在桌上写文章，我弟弟在摇篮里熟睡着，她舒了一口气，对我父亲喊了一声，黄招娣那儿子丢了！然后便匆匆跑到大毛家门口去了。

大毛家门口的人群交流着从塘西传来的消息。最权威的说法来自陈师母，她娘家是塘西村的，与黄招娣家是近邻，消息详细一些，也可靠一些些，陈师母偏偏也提及了草筐边的那只粽子鞋。从上午到傍晚，这神秘奇谲的线索经过很多人的热议与推演，渐渐成为了事件的中心：一只鞋子。一个失踪的男童。男童究竟哪儿去了？如果相信一个小女孩的眼睛，便要相信草筐边的粽子鞋，如果相信那鞋的存在，便要相信一个小脚老妇人的存在，如果那老妇人是个活人，道理上说不通，不是活人，那只能是个鬼魂了。剩下的一切昭然若揭，世上只有一个鬼魂对萧木匠夫妇不依不饶的，那是谁？大家心里明镜似的，所以当我母亲来到大毛家门口，那堆人的目光一起投向了我母亲，带着热情，也带着些许惊恐，她听见有人低声嘀咕，儿媳妇来了，家属来了。

我母亲已经习惯了这样的窘境，作为咸水塘最著名的鬼魂亲属，她时常陷入无稽的街谈巷议之中。她觉得冤屈，我祖母在世的时候她们婆媳之间关系冷淡，怎么也没想到，在老人死后，她反而感受到了一条牢固的纽带，它的一端被我祖母的亡灵紧紧握着，或松或紧，我祖母来去自由，她却无可逃逸。相比之下，她怨恨我祖母的亡灵，远远超过她活着的时候，但她心里清楚，即使阴阳两隔，我祖母的名誉就是子孙的名誉，她必须为之申辩，维护她的名誉就是维护我们家的名誉，保护她的亡灵就是保护我们全家。

所以在大毛家门口，我母亲以舌战群雄的气概，嘲笑了那些轻信而无知的邻居，你们满脑子封建迷信思想，真该给你们开批判会的，你们看见那粽子鞋了？就算真有那鞋子，世上还有那么多小脚老太太呢，凭什么说那是我婆婆的？这是欺负死人不能开口说话，什么责任都往死人身上推呢。大毛他妈撇嘴道，那么大的政治帽子，你别往我们头上乱扣，是那姐妹俩认出了你婆婆的鞋子，又不是我们说的，姐妹俩还小，编不出这种谎话吧？我母亲说，那不一定，你们不知道塘西那些小孩子，人小鬼大的多了去，大家用脑子想想，两个姐姐把弟弟放在草筐里，她们就在旁边割草，弟弟怎么能不见了？弟弟是孙悟空？我婆婆的鬼魂是孙悟空？她一个小脚老太太，能抱个孩子腾云驾雾飞走了？大毛他妈说，按你的意思，还是那姐妹俩说谎，那她们为什么说谎？你不会怀疑是她们——没等她的话说完，我母亲大声制止道，我可没有那么说，再蹊跷的事迟早也会水落石出，人命关天的，谁也不要乱说，我们不能随便冤枉一个好人，鬼魂就能随便冤枉了吗？

我母亲的话很合理，但一下就让事情变得无趣了。对于鬼魂的行动能力，大家都缺乏研究，尤其是像我祖母那样的小脚老妇人，她如何行走或者如何飞行？她的鬼魂是显形的还是隐形的，为什么还需要穿粽子鞋？谁都茫然不知。对于塘西姐妹的品格，他们也缺乏了解，要想指证我祖母的鬼魂，或者认定姐妹俩说谎，同样都拿不出证据。大家便放弃了我祖母和鞋子的话题，转而想象塘西萧木匠夫妇现在的生活，会是多么黑暗多么绝望。陈师母说黄招娣昏死了好几次，人有点魔怔，萧木匠带着一群亲戚在外面找儿子，找了一夜没找到，回家捞起门闩追着那姐妹俩打。姐妹俩开始是逃的，但她们跑到晒谷场就不跑了，好英先对着父亲跪下来，好芳也跪下，她们并排跪在一起随萧木匠打。村民们围上来，拉不住萧木匠，萧木匠把门闩打断了，往地上一扔，说你们不要跪在这里丢人现眼，弟弟在哪儿丢的就跪哪儿去，弟弟要是找不回来，你们就给我一直跪在那里，不准起来。

陈师母说她从娘家回来路过咸水塘边，看见好英好芳姐妹俩跪在塘边一棵大柳树下，都鼻青脸肿的，据说那是好福丢失的地方。她还说好英的一颗牙被萧木匠打断了，小姑娘自己从地上捡起来，一直抓在手里。妇女们都听得啧嘴皱眉的，可怜死了！弟弟能不能找着还说不准，这么跪下去哪里是个头？要是哪个好心人收留她们几天，让姐妹俩在塘东避几天风头，过几天父母冷静下来，就不至于这么为难姐妹俩了。陈师母说，我也这么想，刚才我劝了姐妹俩半天，要带她们去我家躲一下，我娘家跟他们家还沾亲带故的，可是她们连我也不信，说谁家也不去，她们要么回家，要么跪在塘边，等弟弟回来。

她们肚子要饿死了，我给她们送几只馒头去！大毛他妈这么喊了一声，当即就回家拿了几只馒头，朝咸水塘边跑去了。好几个妇女都跟着她，龚师母说她们嘴巴也应该渴了，早晨我磨的豆浆，待会儿加点糖给她们送去。我母亲跟着她们跑了几步，觉得空手去不合适，返回家去拿了两只煮鸡蛋，我父亲听见她的动静问她干什么，我母亲匆忙说，给她们两只鸡蛋！

她抓着两只鸡蛋往咸水塘边跑，大毛他妈和龚师母她们已经不见了，远远地可以看见那棵大柳树下晃动的人影，应该都是塘东塘西的好心人，偶尔能看见人缝里的两个女孩，一个穿杏黄色衣服，一个穿桃红的，她们跪着，面向咸水塘一动不动，似乎信徒面向她们的佛龛，祈祷她们的弟弟从水中升起。我母亲忽然感到惭愧，她意识到自己没有资格加入好心人的行列，作为嫌疑犯的家属，她丧失了善良的资格，她每为我祖母的鬼魂申辩一次，便是对姐妹俩的品行质疑一次，污水若不是泼向鬼魂，便都是泼向塘西姐妹，对于众人的善良则是一种冒犯。她几乎能提前预知人们看待她的目光，蒲招娣假善人。假善人蒲招娣还来送两个鸡蛋？

我母亲抓着两只鸡蛋站在街上，茫然失措。远远地能听见大柳树下的人们七嘴八舌的声音，他们不一定是在安慰姐妹俩，应该是在为男童的去向争执。我母亲依稀听见自己的意见在人堆里回荡，在水里，在水里。那声音怯懦，但是刺耳。她脑子里浮现出一只草筐在咸水塘里漂浮的画面，昨天的青草从草筐里溢出来，追逐着一个啼哭的男童。两个姐姐跪在岸坡上，从昨天到今天，她们也许没有离开过。想象这个画面是该受到谴责的，我母亲感到羞愧，便强迫自己去想象那个崩溃的母亲。她想象着塘西招娣此刻该有多么煎熬，却一时想不起黄招娣的面孔，只依稀看见她的两个金耳环，在暗处闪着两簇小小的圆润的金光。她想起了黄招娣的儿子站在草筐里向她伸开双臂的样子，那是一次问候，也是一次告别。她记得很清楚，他的鼻孔里有鼻涕吹出的泡泡，脸上有一道绿莹莹的光。然后我母亲想起男童丢失的时候，屁股上应该垫着她奉送的新毛巾。为人民服务。她依稀还能看见那红色字体在白毛巾上熠熠闪光。不知为什么，昨天她为这块毛巾自豪，为它传递的温暖和善意而自豪，现在不一样了，那红字几乎变成了讽刺，她为此有点不安，甚至有点后悔。

我母亲抓着两只鸡蛋回家去了。在我家的台阶上，她踩到了一摊鹅粪。是鹅粪，新鲜的鹅粪。我母亲觉得奇怪，她没有看见鹅，鹅不知是什么时候到我家门前来的。她用扫帚清除了鹅粪，站在台阶上，朝塘西方向瞭望。越过塘东人家的屋顶，能够看见远远的塘西村的炊烟，还有蒋家祠堂黑色的飞檐，她看不见黄招娣的家，看不见黄招娣。塘西的天空笼罩着塘西村，并没有任何不幸的痕迹。在更远的地方，天际灰暗，尘烟弥漫在空中，一大片高高的脚手架，还有龙门吊、起重机的影子竖立在远处，望过去影影绰绰的。后来著名的群星炭黑厂的烟囱，已经在塘西那边竖起来了。

3

我发现我家门上贴了寻人启事。

寻萧好福。

还是那份寻人启事。糨糊是湿的，那男童模糊的脸蛋被洇湿了，更显模糊。我开门的时候看见了塘西姐妹俩的身影，她们从我家门口慌慌张张地跑过去，钻到陈师傅家的墙后面去了。当时我还不知道姐妹俩为什么这么做，只是觉得她们太无礼了。我揭下纸团追到陈师傅家门口，看见那姐妹俩躲在墙角，恐惧地朝我张望，我朝她们走过去，听见好芳尖声叫起来，我弟弟不见了！她的声音带着明显的谴责。我说，你弟弟不见了，为什么要到我家找你弟弟？你弟弟又不在我家。好芳说，你们家有宝宝的哭声！我说，那是我弟弟在哭，又不是你弟弟在哭！好芳竟然轻蔑地哼了一声，说，那可不一定！

这有什么不一定的呢？我觉得莫名其妙。我回家告诉我母亲这事，她惊叫起来，贴我家门上？她们是什么意思？我说我不知道她们什么意思。我母亲跑出去察看，门板上的糨糊还在，方方正正的一块，她在陈师母家附近转了一圈，要找那姐妹俩算账，姐妹俩的人影却不见了。

下午我母亲用自行车将我弟弟从塘东

托儿所接回家，远远地就看见一群男孩站在我家台阶上，吵吵嚷嚷的。她问他们站在我家台阶上干什么，隔壁大毛指了指台阶说，都是寻人启事，两个塘西女孩贴在这里的。另一个男孩看见我弟弟便咧嘴笑，手指我弟弟大声说，邓东升来了！邓东升萧好福，同年同月同日生，邓东升找到了，萧好福不见了！

我母亲终于明白他们在吵什么了。这次是六张寻人启事，分成两排，张贴在我家的水泥台阶上，黑黑白白的一大片。左边一排：寻萧好福。右面三张启事上的名字，不知被什么人用圆珠笔涂改了，萧好福改成了我弟弟的名字。寻邓东升。

我母亲看见六个男童在台阶上仰视她，左边三个萧好福，右边三个邓东升，每一个模糊的脸蛋都雷同，闪烁着悲恸的白光。我母亲抱着我弟弟，身体打了个冷颤，谁干的？我母亲问大毛，再调皮捣蛋也不该干这种事情，伤天害理的呀。

不是我。大毛说，就是那两个塘西女孩。我看见她们往你家台阶上贴寻人启事，贴完就跑了。

那是谁涂改的名字？谁把萧好福改成邓东升了？

不是我。我不知道。你去公安局查一下笔迹就知道了。

大毛带着那群男孩一溜烟地逃下我家台阶。剩下我母亲抱着我弟弟站在台阶上，气出了眼泪。她将六张寻人启事一一揭掉，听见大毛家的门吱吱一响，大毛他妈端着一碗粥出来了。

大毛他妈，你们家门上贴了寻人启事没有？

我们家门上没有，我们家门上怎么会有？

咦，你这话说的，你们家门上没有，我们家门上就该有？我母亲指着台阶上的纸堆，你们都说那姐妹俩可怜，看看她们做出了多么可恨的事情！自己把弟弟弄丢了不敢承认，编了那么多鬼话出来，怎么还假戏真做，赖上我家了？难道是我偷了她家弟弟？我两个儿子烦死人，还要偷别人家的儿子干什么？

没说是你偷，不都说是你婆婆的鬼魂吗？大毛他妈的眼睛闪闪发亮。她说，那不是贴给你看的，是给你婆婆的鬼魂看的。

我婆婆活着时候不识字，做了鬼魂就识字了？她能看懂这寻人启事？我母亲说，大毛他妈我倒要问你一句话，你自己摸着良心说，他们诬赖我婆婆的鬼魂抱走了那孩子，你们真的相信那鬼话？

我又没见过鬼魂怎么抱孩子，怎么会相信那种怪事？大毛他妈思考了一下说，不过看在我们多少年邻居的份上，我告诉你我的心里话，是为你好，相信不相信鬼魂没那么重要，那怪事情迟早要水落石出，现在都是猜，这盆脏水泼你婆婆的鬼魂头上，你不答应，那就只能泼在黄招娣两个女儿头上了，对不对？一边是死人，一边是两个活蹦乱跳的小姑娘，你冷静想一想，你婆婆鬼魂的责任撇清了，那不就全是两个小姐姐的事？人不能太自私，嘴巴要积德，要是大家都像你一样乱判案，事情传出去，人家小姑娘以后怎么活人？

我判案了？我到底说什么了？你倒是把话说明白了呀！我母亲一下脸色煞白，几乎从台阶上跳了起来，是我说两个姐姐把弟弟——淹死了？难道那是我说的？是别人嚼舌头乱说的，谁说过这话，谁天打雷劈。

你也不用发这种毒誓。大家都有耳朵

都有头脑，你是没有明说，不过谁都听出来你是那个意思，找孩子在塘里找，你要不是那个意思又是什么意思？大毛他妈说，你不用这么瞪着我呀，我是为你好，你要不信就去塘边看看，咸水塘里全是舢板，塘边全是塘西人，他们都帮着下塘找那孩子了。

我母亲腿一软，就在台阶上蹲下来了。她说不出自己是惊恐还是懊恼。很明显，她的清醒触犯了众人，她的尖锐几乎接近罪恶，她为自己头脑中挥之不去的那幕景象感到害怕，连续几天她走过咸水塘，都看见一块白毛巾在远处的水面上漂浮，为人民服务。然后她突然哭了起来，怎么能怪我呢？我跟那姐妹俩无冤无仇，我不过是实事求是呀。

大毛他妈见我母亲哭了，又开始安慰她，哭也不用哭，丢孩子的不是你，偷孩子的也不是你，没有人怪你，就是你以后说话一定要注意，实事求是也要看是什么事对吧？说真话要是会害人，那就不该说呀。

这话听起来奇怪，但似乎是有几分道理的。我母亲征询地看着大毛他妈，那我以后就该学会睁着眼睛说瞎话，承认是我婆婆的鬼魂偷走了那孩子？

不一定叫承认，是不表态，人家说什么随他们说去。大毛他妈诚恳地说，反正你婆婆是鬼魂，鬼魂的荣誉还能比活人重要？要是你护着鬼魂，害了自己的名声，值得吗？

我母亲点了点头。不值得，也只能这么想了。她自嘲地说，好呀，好呀，从此以后，谁要说我婆婆的鬼魂偷孩子，我就只当没听见。

我母亲抱着我弟弟回家，家里静静的，光线很暗，能听见受惊的老鼠在厨房里奔逃的声音。我母亲好久没有注意墙上我祖母的遗像了，现在她打开了灯，认真地端详起我祖母的遗像，像是诀别，也像是忏悔。我祖母的脸瘦小干瘪，即使在照片上也能看见那些深深的皱纹，沟壑般纵横交错，以前我母亲从那张脸上看到的是愁苦与羸弱，现在她从那双躲闪的眼睛里看见了倔强的意志。我母亲拿过鸡毛掸子，给相框抹了抹灰尘，她对遗像说，我没有办法，我不能再为你说话了，我再为你说话就害了人家塘西两个小姑娘，你姿态高一点，反正是在那边了，就受点委屈吧。

4

从塘西村那边传来了我祖母的新消息。

他们说那天凌晨萧木匠寻子归来，在城北公路上看见一个夜行老妇人的人影，她头戴斗笠，背着一个草筐，一路躲着路灯灯光，从西往东走，草筐里传出来一个男孩的啼哭声，时断时续的。萧木匠起初没有怀疑老妇人的身份，斗笠遮住她的脸，看不清是谁，他追着她跑，只是追踪那个男孩的啼哭声，听起来那像是他儿子好福在草筐里哭。

那人影的蹊跷之处很快就暴露了。无论萧木匠怎么拼命蹬车追，也追不上老妇人蹒跚的脚步。她总是在他前方。她的脚步太奇怪了，像是踩着木屐，借着月光看她的脚，没有，依稀能看见的是四条凳腿，它们在努力行走，发出咯噔咯噔的声音。一切仿佛梦境，萧木匠怀疑自己在做梦，拧一下大腿，很疼，不相信，便打了自己一记耳光，脸上火辣辣地疼。他确定那不是梦，心里便升起了希望。

站住，你给我站住，把草筐放下来，把我儿子放下来！萧木匠在深夜公路上疯狂吼叫，被硫酸厂几个下夜班的工人听见了。他们问萧木匠，深更半夜的你在公路上喊什么？萧木匠指着他前方说，我儿子，我儿子在哭，我儿子在那草筐里！虽然工人们没有看见背草筐的老妇人，但他们证明了男孩的哭声，那是一个奇怪的夜晚，公路上到处萦绕着男孩的哭声，在萧木匠所经之处，地上确有一片一片撒落的青草，草尖上还带着晶莹的夜露。工人们并不知道萧木匠遭遇了什么样的不幸，他们看见的是一个骑车追逐哭声的塘西男人，他一路高喊着，最后冲下了公路，往大坟地方向去了。

根据萧木匠的回忆，那背草筐的老妇人消失在大坟地，怎么也找不着了。午夜的大坟地一片寂静，最初萧木匠还能听见男孩的哭声与蛙鸣声交织在一起，此起彼伏的，后来就只有一片蛙鸣声了。萧木匠本是敬畏鬼神的人，但为了儿子他什么也顾不上了，他在大坟地里横冲直撞，好福，好福！他向着四面八方喊出了儿子宝贵的名字，那声音惊雷般划过大坟地的夜空，回响声却来自地下深处，他听见无数受惊的亡灵们在地下躁动，窃窃私语，好福，好福。萧木匠情愿相信自己置身于一个噩梦之中，可惜这不是梦。他捂住自己耳朵，忍不住号哭起来。好福，好福！儿子的名字如此珍贵如此吉祥，却又如此脆弱，遵从黄招娣的忌讳，他们一家人从来不在外面呼唤好福，连很多塘西村村民都不知道他儿子的名字，现在他寻子寻到大坟地来，这名字不得不向大坟地里的鬼魂公开了。

萧木匠认定那老妇人是我祖母的鬼魂。在我家的祖坟旁边，他捡到了一个斗笠。他相信那是我祖母的鬼魂遗落的斗笠。后来很多人见过那个斗笠。一个老斗笠，笠檐很大很宽，像一把伞，是多年前在咸水塘流行的式样，竹篾被风吹雨淋的，已经发黑发脆。在公路的路灯灯光之下，萧木匠清楚地看见斗笠檐上的墨迹，邓记。

萧木匠把那只斗笠带回了家。他允许一些有文化有见地的村民观赏那只斗笠，并发表各自的意见。识字的村民都熟悉我父亲的笔迹，认出那是我父亲的字，他们都相信，那应该就是我祖母的斗笠。但事情依然蹊跷，我祖母的斗笠为什么会出现在大坟地里？如果我祖母是一个鬼魂，她从何处得到那顶斗笠？一个鬼魂又不怕日晒雨淋，为什么还需要斗笠呢？

我家邻居陈师母回塘西村娘家的时候，亲眼看见了那只斗笠。那斗笠已经作为物证，被萧木匠夫妇悉心保管起来了。他们之所以展示给陈师母看，明显是想从一个老邻居嘴里获得确凿的支持。陈师母明白其中的深浅。她记得我祖母的斗笠，记得那斗笠上的邓记两个字。虽然她心里默认那就是我祖母生前的斗笠，但她还是向塘西村的乡亲们提出了质疑，世上也不是他们一家姓邓，怎么证明一定是邓家奶奶的呢？再说了，活人犯罪讲求物证，那是为了破案，她一个死人一个鬼魂能留什么物证，你就算破了案又有什么用呢，去哪里抓她？她能开口告诉你们好福在哪里吗？你们千万别嫌我说话难听，你们口口声声说她把好福带到大坟地了，孩子真要被带去了那个地方，那还用得着找吗？

这么尖锐直率的看法，也只有陈师母有勇气说得出口。塘西村的村民们都知道黄招娣是个明白人，只是被灾难击溃，人有点魔怔。那天黄招娣的头脑似乎是清醒的，她当场抱着陈师母痛哭起来。村民们陪黄招娣一起追溯这场灾难，认定源头在于已故的萧老五贪财，他为我祖母留下的最后一口棺木，几乎把自家后代的幸福埋葬了。萧木匠当然更脱不了干系，若不是他贪小利把我祖母的棺材锯了做桌椅，也不至于招惹了我祖母的鬼魂。村民们因此都长了见识，人活在世上不要得罪人，不仅是活人，死人也是不能轻易得罪的。

我母亲最初从女邻居们嘴里听闻斗笠之事时，目瞪口呆。在我祖母留下的遗物中，那斗笠是她最讨厌的东西之一，挂墙上丑陋扎眼，还容易长霉招虫，我祖母去世不久，她便把斗笠扔进塘东街头的水泥垃圾箱了，这事我母亲记得清清楚楚，那斗笠为什么会出现在大坟地？我母亲也觉得诡异。女邻居们就此作出了种种猜测，她们认为老人都节俭成性，平生最恨小辈扔家里的东西，活着时这样，做了鬼魂也一样。陈师母说她每次去外边扔东西，回家就看见她婆婆那遗像的眼珠子发亮，会朝她翻白眼。大毛他妈的描述更具体更生动，说她婆婆生前用过的一个脸盆烂了底，她原本扔在厨房装垃圾，脸盆底越烂越厉害，她也扔街东那水泥垃圾箱里了，没想到那脸盆第二天跑回来了，靠在她家门槛上，干干净净的。我母亲惊叫道，这鬼魂还能捡东西回家？本事也太大了吧？大毛他妈说鬼魂能不能捡东西她没证据，不过那破脸盆她再也没敢扔，捡回家填了土，种上了葱，你们不相信那盆里的葱长得有多好，我现在去菜场从不买葱，都靠那破脸盆。为了以事实说话，大毛他妈跑回家摘了一把小葱出来，女邻居们围观之后，都夸赞那小葱长得茁壮肥硕，也许是为了教化我母亲，大毛他妈最后把葱塞到了我母亲的手里，说你今天不是买了鲫鱼吗？带回去熬葱油。

我母亲接过大毛他妈的葱，不免愧疚。那葱似乎也在以它鲜嫩的绿色与强烈的香气批评她，不该那么无情地对待亲人的遗物。陈师母建议我母亲去塘西黄招娣家走一趟，亲眼验证一下那是否我祖母生前的斗笠。我母亲连连摆手拒绝，我不去，我才不去塘西，斗笠是不是我婆婆的，跟我都没关系，这邓家活人的事我都忙不过来，怎么管得了死人？就算我想管，也没有那个本事管。陈师母撇嘴道，谁都有那么一天的，死人的事从来都是活人管，地底下的事情归地上管，要是大家都不管，养儿养女图个什么呢？一群妇女都点头，表明她们与陈师母的立场一致。我母亲最后不得不表态了，很可惜，她的态度带着深深的怨气，不仅推卸了责任，还显得生硬无情。她对陈师母说，麻烦你给塘西招娣带个话，他们要找我婆婆的鬼魂算账，随他们去哪儿，去大坟地也行，千万别到我家来，我婆婆死了几年了，户口早就注销了，她现在不是我们家的人！

后来我母亲一直很懊悔，那天不该说那番气话，但后悔也来不及了。几天后我母亲在乳牛场遇到前来卖青草的金娥，金娥向她透露了一个消息，说萧木匠带着几个亲戚去大坟地抓我祖母的鬼魂了。我母亲起初没有当真，问他们塘西人怎么抓鬼魂。金娥脱口而出，掘、烤、淹呀！我母亲不懂，什么焗烤腌？你们把鬼魂当菜做？金娥见我母亲无知，便详细透露了塘西人抓鬼的三个步骤，一掘坟，二火烤，三水淹。做完这三步鬼魂在坟里待不下去，就只能出来，出来就有机会抓了。她说塘西村几个抓鬼的能手要么已经过世，要么不敢做这类事了，但萧木匠在花村有个亲戚擅长抓鬼，已经答应去大坟地一试身手。

我母亲吓了一跳，金娥你不兴这么吓人的，掘人祖坟是嘴上说说吓唬人的，谁能真下手？他们不怕天打雷劈呀？金娥撇嘴说，我们塘西人怕什么天打雷劈？天雷都怕我们的，你忘了塘西村祖祖辈辈的营生了，专门跟死人打交道，活人都靠死人糊口，塘西人只求今天不管明天的，怕什么报应？我母亲叫起来，就算不怕报应，他们就不怕犯法？掘人祖坟，犯法的！金娥说，我也听说做这种事犯法，蒋文良告诉他们了，他们哪儿听得进耳朵？那夫妇现在都半疯半癫了，他们认定你婆婆的鬼魂拐了孩子，一心要找鬼魂算账，你千万别说是我告诉你的，今天早晨他们带着铁镐铁锹往大坟地去了，我亲眼看见的，你婆婆那坟，恐怕已经毁了。我母亲跺脚道，他们这不是疯了吗？难道那孩子藏在我婆婆的坟里？金娥看着我母亲，忽然叹了口气，你看看，现在你也急眼了？早知道这样，你就不该表那个态！我们全村人都听说了，你说你婆婆鬼魂干的事，不关你们邓家活人的事，要算账让他们去大坟地找死人算账。我母亲一声声地惊叫起来，这真要气死我了，给我背上了这么大个黑锅？我让他们去大坟地找我婆婆，是同意他们去掘坟？凡是吃粮食长大的人，谁会这样想？我给他们这家人气死了，我要给你们塘西人气死了！

我母亲捂住了胸口，坐在凳子上喘气。乳牛场的女工们闻讯都拥过来了。关于我祖母鬼魂的声名，大家早已耳闻，让她们震惊的是塘西人抓鬼的步骤，这未免太伤天害理，她们因此都站在我母亲一边，激烈地声讨起塘西人的愚昧野蛮和迷信。金娥明显有点羞愧，你看看你看看，把你气成了这样，怪我嘴快，我就不该告诉你的。她替我母亲拍着后背，嘴里向女工们声明，我们塘西人也有讲良心的呀，他们夫妇这样无法无天，村里多少人去劝他们，现在新社会不兴抓鬼那一套了，都怪他们找儿子找红了眼，我们怎么拦都拦不住呀。

我母亲在众人的安慰下平复了心绪，惊恐消失之后，她的眼神渐渐变得坚毅，流露出某种赴汤蹈火的决心，有一句话我一直说不出口，怕伤了黄招娣一家人，今天既然他们敢掘我家祖坟，我还有什么不敢说的？她的声音听起来庄严而冷峻，似乎是在发布一个重要的宣言，好福的事迟早水落石出，我虽然不是侦探不是警察，但那可怜的弟弟跟我有缘，他给我托梦的，我敢跟你们打赌，弟弟一定是让两个姐姐害死了！

我母亲说完最后那句话，听见众人发出一片整齐的惊叫，她们受惊的目光射过来，犹如烈焰在她脸上燃烧，惊悸之中带着明显的谴责。她们交头接耳的声音在乳牛场回荡，发出轰隆隆的声音，像是巨石在她耳朵里一块块地崩裂。她突然眼冒金星，觉得四周的人脸都在摇晃，都在闪烁，人便从椅子上跌下来，晕厥过去了。

5

我跟随我父亲去大坟地的时候，太阳快要落山了。

大坟地东边的幸福硫酸厂正逢下班时间，围墙那边的高音喇叭里响起《我为祖国献石油》的歌声，是一个浑厚而自信的男声，歌唱的是工业战线，等我们来到我家祖坟边，喇叭里的男中音忽然切换成了女声合唱《社员都是向阳花》。那歌曲应该是出于工农团结的需要，为附近的村子播放的，旋律喜洋洋的，有一种莫名的节日气氛。

金娥所言不虚，塘西的人马果然闯入了这一小片坟地。最后的暮光无力地映照我家的祖坟，亮处胆怯，暗处荒凉。洗劫尚有分寸，他们只抓我祖母的鬼魂，其他祖先的坟头完好无损，唯有我祖母的坟墓被挖开了，空留了一个土坑。从现场看，塘西人抓鬼的三个步骤，应该悉数完成了，土坑里有水，坑壁上有火燎烤的焦痕。我祖母的墓碑不见了，在一片裸露的黄泥中，可以看见一只塑料骨灰盒，盒盖打开了，面向天空中的晚霞，除了几颗碎泥粒，里面空无一物。

我祖母的骨灰也不见了。这似乎不在塘西人抓鬼的必要步骤之中。我问我父亲，是不是拿到了祖母的骨灰，便算是抓到了她的鬼魂？我父亲僵立在坑边，面色铁青，我听见他嘴里喃喃自语，要办学习班，要给他们办学习班。

我问我父亲，鬼魂会不会死，他们拿走我祖母的骨灰，是不是我祖母的鬼魂就死了，以后再也不会出来了？我父亲还是听不见我的问题，他说，一定要办学习班，马上就要给他们办学习班。这时候高音喇叭里的女声合唱越来越欢快了：公社是棵常青藤，社员都是藤上的瓜。瓜儿连着藤，藤儿牵着瓜。藤儿越肥瓜越甜，藤儿越壮瓜越大。

在明亮欢乐的音乐声中，我父亲跪在地上，忽然哭起来了。他对着我祖母的空坟哭，还打了自己一记耳光。啪。很响亮的一声。我觉得滑稽，但我不敢笑，我明白我父亲遭受了罕见的羞辱与伤害。似乎是某种回应，硫酸厂的高音喇叭忽然停歇，欢乐的歌声戛然而止，广播室的人忘了关麦克风，我听见一个男人的声音，憋死我了，去撒尿！另一个女声说，我要去食堂，今天有菜包子，要不要给你带两个？

大喇叭安静下来，就能听到坟地的动静了。四周松柏无语，初来的晚风掠过松柏枝头，风中回荡着一阵蜂鸣般细微的声音。我向四周张望，并没有蜂群从大坟地飞过，我将耳朵贴着草地，辨别出那声音来自周围祖先的坟墓，来自地下深处。那种持续而细密的声音嘤嘤嗡嗡，让我想象我的祖先们在地下的现状，他们会不会变成一群昆虫呢？我认为他们在地下吵起来了，只是分不清那是祖先们对不肖子孙的集体抗议，还是对我祖母的遭遇评价不一，正在各抒己见。

我父亲满脸是泪，下颚扭曲，眼神羞愧，那是第一次，我看见一个脆弱的父亲，他长跪不起，像是一个负罪的孩子。一只蟋蟀从旁边的草丛里跳起来，跳得笨拙，但很有力，它跳进了土坑，跳到我祖母的骨灰盒边，不动了。是一只三枪。咸水塘的孩子给那样的蟋蟀命名为三枪，它的脑袋很大很黑，看起来有思考的能力，须枪有三根，暗红色的，像三支袖珍长矛，显示了低贱而好斗的血统。它跳进我祖母的骨灰盒里，三支须枪在短暂的颤抖之后，静止不动了。

我父亲瞪着那只蟋蟀，表情惊骇。忽然他纵身一跳，扑进了土坑，伸手要盖住骨灰盒的盒盖，但蟋蟀的动作比他更敏捷，它跳到了他的手背上，停留在两根指关节之间。我看见我父亲僵硬地抬起手腕，凝视着蟋蟀，大约过了几秒钟，蟋蟀跳离我父亲的手，跳出了土坑，往幸福硫酸厂的铁丝网边去了。我听见我父亲慌乱的声音，妈妈，不要去硫酸厂！他爬出土坑，追赶远去的蟋蟀，妈妈，回来，别跑，妈妈，你不能再乱跑了！

我很惊愕。我父亲从不相信鬼神，他的职责与身份都不允许他相信鬼神，他不能相信鬼神，我不知道他为什么认定那只蟋蟀是我祖母的魂灵。那天在大坟地，我亲耳听见他朝一只蟋蟀喊妈妈。后来他不停地挠左手手背，我仔细看，只看见几片泥痕，那是我祖母的魂灵在我父亲手背上留下的痕迹，也是唯一的痕迹。我很惊愕。多少年来我父亲一直在用标语广播黑板报告诉咸水塘的人们，世界上从来就没有鬼神，但那天在大坟地，他泄露了内心惊人的秘密，他认为我祖母的鬼魂是一只蟋蟀，竟然是一只蟋蟀。

关于我祖母著名的鬼魂，我已经听过太多的传言，在咸水塘一带，她显赫的声名给我家带来了困扰，也带来了莫名的虚荣。塘西村好多人声称在午夜时分看见过我祖母的鬼魂，虽然对其描绘不一，总体上还算统一，是人们想象中鬼魂的样子，它有时候令人惊恐，有时候令人尊敬。在我们塘东，人们对鬼魂普遍缺乏热情，也缺乏足够的敬意，塘东人嘴里的鬼魂，大多是可怜巴巴的植物、动物甚至是某种物件，相对卑微。隔壁大毛告诉过我，他祖父的鬼魂是一棵瓦楞草，热衷于居高临下，守护自家门楣，他们家人之所以发现这个奥秘，是因为屋顶上那棵瓦楞草每次被拔掉，他祖父的遗像便会从墙上掉下来，只要遗像掉下来，他们家里人便不停地打喷嚏流鼻涕，后来他们就不敢去拔了。春风说他祖母的鬼魂钻进了一把芦花扫帚里，芦花扫帚就像她生前那样热衷于清洁，不容垃圾过夜，他们家里人多，父母应酬也多，夜里往往留下满地垃圾，来不及打扫，但第二天早晨垃圾总是被归拢成一堆，堆在门背后，而芦花扫帚本身也讲究它的位置，放在哪里都不行，放在哪里它都会回到门背后掩人耳目的地方，倚在门框上，安安静静的。

塘东还盛传别的一些稀奇古怪的鬼魂事迹。收旧货的齐老三一直在家里的果盘供奉一粒红枣一颗核桃，他声称红枣是他过世的妻子，核桃是他早夭的儿子，母子俩的鬼魂在一个果盘里，红枣保持了鲜润，核桃始终愣头愣脑的，齐老三与妻儿的鬼魂相安无事，可惜齐老三的兄弟带着一家人来做客，小孩子嘴馋，偷偷把红枣和核桃都吃了，齐老三差点就杀了兄弟一家。我母亲在乳牛场的同事小王丽萍家里也侍奉鬼魂，那是一条黑鱼。据说那条黑鱼从鱼贩子的水盆里无声地跳进她婆婆的篮子里，还用半篮子菠菜盖住自己醒目的鱼身，鱼贩子没有看见，小王丽萍的婆婆回家以后才发现，她认出那是亡夫的鬼魂。那条黑鱼被养在小王丽萍家的水缸里，老太太每天都要往水缸里放几粒米。

比较之下，所有其他鬼魂的生活，似乎都比我祖母来得安逸。我想不管是瓦楞草、扫帚还是红枣核桃黑鱼什么的，都好过蟋蟀，多少蟋蟀死于孩子们的手掌和脚底，多少蟋蟀在冬天的风雪中冻死，如果我祖母的鬼魂是一只蟋蟀，那就太可怜了，也太不公平了。

那天从大坟地回家的路上，我一直在思考，我祖母做个什么样的鬼魂会比较好，我问我父亲能不能想想办法，让我祖母的鬼魂变成别的什么，最好是变成路边的一棵柳树，如果鬼魂变柳树有困难，哪怕变成一条蛇也好过一只蟋蟀，至少没人敢随便去惹一条蛇。但我父亲勃然大怒，不知道他是忘了几分钟前的事，还是故意掩盖什么，他矢口否认在坟地上发生的一切，包括他朝一只蟋蟀叫过妈妈的事实。

你在胡说些什么？蟋蟀就是蟋蟀，蟋蟀怎么会是鬼魂？我父亲怒声道，你究竟长没长脑子？你有没有记性的？我告诉过你多少遍了，世界上从来没有鬼神！你要做一个唯物主义者，给我记住，世界上从来就没有鬼神！

6

萧木匠逃到远嫁的妹妹家躲了几天。

他妹妹察觉到蹊跷，问他犯了什么事，他不肯说，妹夫起了疑心，以为是杀人放火的事情，很快对萧木匠变了脸。他在妹妹家躲不下去，到一个建筑工地混了几天，偏偏工地上也有人认得他，虽不知道他干了掘人祖坟的缺德事，却知道塘西村出了好多怪事，问这问那的，他被问得心慌，干脆跺跺脚踏上了归程。

趁着夜色，萧木匠回到了塘西。村子沉在灰白的月光里，对于他的归来无动于衷。他先沿着自家的墙壁走，蹑手蹑脚的，家里的窗子都黑黢黢的，没有灯光，他将耳朵贴紧窗子听家里的动静，希望听见儿子的啼哭声，但惊喜并不存在，他归来了，儿子并不在家。他没有出声，只是静静地站在黑暗中，抬眼看自家的屋檐与门窗，耳朵里忽然听见妻子的声音，好英好芳，你爹回来了，去给他开门！

好英给他开门的时候，他心里还存着一份缥缈的希望，不敢轻易迈过门槛，他掩身在好英身后，脑袋探向家里的堂屋，女儿在黑暗中说，没有。他说，什么没有？女儿哽咽了一声，说，弟弟没有回来。他便一下瘫坐在门槛上了。

下一步该怎么走，夫妇俩商量了一夜，也商量不出一个结果。他们清楚自己病急乱投医，搬起石头砸了自己的脚，掘人祖坟会受到什么样的惩治倒在其次，关键在于他们惹了众怒，寻子之路便也走到了尽头。要想继续找儿子，首先要保证手脚自由，萧木匠现在有没有自由，他们心里没有数，我父母宽恕他他就有自由，要是不想宽恕，他就没有什么自由。托托人情，求我父母放过他，算是最简单的办法，这也是夫妇俩商量最久的，不过，这么大的人情要走什么路子，要花多少钱，花了钱能不能获取我父母的谅解，他们心里一点底也没有，最后他们夫妇决定，干脆就不走那条路了。

第二天天蒙蒙亮，黄招娣手里牵着根绳子，拴住萧木匠的腰，夫妇俩就像一狗一主出了门，往蒋文良家去了。村里早起的人看见萧木匠夫妇，都不敢近身，老人都远远地怒视着他们，一脸嫌弃，还有人朝他们的背影吐口水，说你们干了缺德事，现在倒演起苦肉计来了，给谁看呀？年轻人态度不太一样，他们似乎认为挖人祖坟这种行为，滑稽可笑大于其他意义，所以，他们跟萧木匠寒暄，脸上竟然都是嬉皮笑脸的。很明显，塘西人现在只记得萧木匠伤风败俗的闹剧，已经忘了人家丢儿子的悲哀了。

他们敲开了蒋文良家的门。蒋文良裸露着上身，从家里跳出来，英雄啊，你回来得正好！他大喊一声，正要去揪萧木匠，一看萧木匠的腰上肩上都缠着绳子，蒋文良说，这算什么？你们这戏到我家来演有什么用？要演去塘东邓站长家去演呀。黄招娣把手里的绳子塞给蒋文良，然后就跪下来了。她说，书记，你是塘西人的大救星，你救救我们，去塘东招娣家说说情，让他们放我们一条生路，我们还得去找儿子呀。

还找什么儿子？你们就不配有儿子！蒋文良抓过绳子就朝萧木匠背上抽，嘴里嚷嚷道，现在知道要找我说情了？绑人就有用了？跪下就有用了？告诉你们多少次，你们掘了小脚奶奶的坟，也找不到儿子，你们不听我的偏听朱半仙的，现在怎么不去找朱半仙了？都犯法了，找我有什么屁用！

黄招娣不停点头，她边哭边骂朱半仙装神弄鬼，迷了他们的心窍，骂完又检讨了自己的错，说他们实在是乱了方寸，才做下那番缺德事，要是儿子回不来，萧木匠又犯法坐牢，一家人还有什么盼头？她只能带着几个女儿去跳咸水塘了。

7

那天早晨我家门外一片嘈杂，我闻声跑出去，恰好看见萧木匠负荆请罪的那幕好戏。被缚的萧木匠跪在我家台阶上，像一条狗，绳子的一头被蒋文良抓在手中。我听见蒋文良在高声叫喊，打，打，邓站长你打他，对这种人不用讲文明礼貌，他做出这种伤天害理的事情，就该打，用力打！

周围围观的人明显都知悉其中原委，他们的义愤看起来都是自然流露的，几乎所有人都在为我父亲助威打气，打，打！站长你太斯文了，对这种人你还客气？用力打，只要不打死人，打伤了也是他活该！

我看见了我父亲扭曲的面孔。他绕着萧木匠走了两圈，久久地仰望着天空，不知道是在祈求我祖母的在天之灵，还是在仰仗天空为他作出决定。突然，他发出一声低吼，开始扇打萧木匠的脸。这幕场景之所以令我难忘，是因为我父亲用的不是他的手掌，而是一本《朝霞》杂志。他用一本杂志扇打萧木匠的耳光。那本文学杂志经过了频繁的流转，白底红字的封面略显陈旧，有油污，还有茶杯留下的淡淡的圆形印痕。一本杂志的尺寸大过人的面部，它与萧木匠的面部不停地发生撞击，带着任性的权利，反弹声时而清脆时而沉闷。

五花大绑的萧木匠像一个囚犯，跪在我父亲面前，他不作反抗，只是条件反射，在杂志扑过来的时候闭眼，机械地将脸稍微偏转一下。可以听见他响亮的呻吟声，间或混杂几声含糊的咕哝，打吧，打吧，随便打。

我母亲抱着我弟弟出来时，所有人都注意到萧木匠身体的战栗，那不是因为一本杂志的抽打，而是因为他看见了我弟弟。他扭过头凝视着我弟弟，目光忽然灼热起来，热得发亮，他的膝盖先移动，然后胳膊与肩膀探询地往前，似乎想要靠近我弟弟，要验证什么。我母亲瞪着萧木匠，神色越来越惊惧，她猛然将我弟弟的面孔转向自己的胸部，一脚匆匆跨过门槛，退回了我家院子里，然后我弟弟便在门后尖声啼哭起来，大家都听见他稚气的哭喊声，不要！不要！不要！谁也不知道我弟弟不要什么，当然也不清楚他要什么。

我家门口聚集着黑压压的人群，除了蒋文良带来的塘西人，大多是塘东的街坊邻居。有人手里拿着洗了一半的内衣，肥皂泡还没干，有人捧着粥碗，隔壁大毛的手里抓着一根油条。我父亲对萧木匠特殊的惩罚还在持续，无人阻挡。掘人祖坟自然会激起民愤，塘东人塘西人似乎达成了某种默契，他们看着我父亲手里的杂志像鹰隼一样扑向萧木匠的面孔，发出啪啪的声响，嘴巴情不自禁地响应起来，啪，啪，哎呀，哎呀，这一记打得响！一些男人与孩子咧着嘴笑，一些老人皱起了眉头，妇女们被一幕好戏的剧情震撼了，又惊又入迷。而隔壁大毛站在最前方，嘴里发出了数数的声音，三四，五六，十一十二。他一直忠诚地为我父亲的出手计数，刺耳的声音惹怒了他母亲，我看见大毛他妈斜刺里冲过来，赏了他一个嘴巴，她说，你再数？我也给你一个耳光！

我注意到人群对我父亲以书代手的行为普遍赞赏，他在人们的眼里文质彬彬，代表着文化，本不该动粗，现在用一本杂志扇萧木匠耳光，不用手，用文化，实在是最恰当不过了。但我父亲突然住手了，他呼呼地喘气，低头端详手里的杂志，杂志封皮完好无损，又检查内页，内页都还牢固地装订在一起，他翻到某一页，折了个角，那应该是他的阅读突然中断的地方。然后他抬眼扫视着众人，有点不安，有点窘迫，又有一点傲慢。他的目光最后落在萧木匠的面孔上，愤怒的火焰熄灭之后，那目光里剩下的是某种迷惘。他眯着眼睛，似乎在研究一篇深奥的文章。

在我们看来，萧木匠的面孔像一片战场的废墟，还冒着硝烟，他的脸颊、额头与下巴颏都充满了尖锐的刮痕，红色、紫色与白色嵌入了黝黑之中，他的表情令人迷惑，那是受难与解脱混杂在一起的表情。他被捆的手臂抽搐了几下，似乎要挣脱绳索摸自己的脸，但很快放弃了，他转头问旁边的蒋文良，打了这么多下了，差不多了吧？我脸上火辣辣地疼，像是要烧起来了。蒋文良说，站长说不算就不算，你那张脸脸皮比牛皮还厚，人家用一本杂志扇你，连血都扇不出来，怎么能算打人？他说着向我父亲举起拳头示意，邓站长你要是不解气，干脆就打他，别用书，用拳头！

我父亲卷起杂志握在手中，打人？他鄙夷地说，我不打人，打人能解决什么问题？他站在我家的台阶上，目光越过看热闹的人群，越过咸水塘，眺望着塘西村的方向，人们听见我父亲对蒋文良说，你们塘西村的问题太严重了，我已经写报告向郊区领导反映了，给你打个包票，最多半个月，工作组会进驻你们塘西村，你们塘西村有个大盖子，以前揭不开，这次一定要揭开来，看看你们塘西村究竟是谁的天下！

什么大盖子？我不懂呀。蒋文良眨巴着眼睛嘟囔，最终放弃了盖子的问题，他把萧木匠往我家门口推，一码归一码，这混账东西怎么处理，邓站长你好歹表个态，你给他吃耳光都没脏自己的手，我们要是就这么放了他，是不是太便宜他了？这个畜生连我们塘西人都朝他吐口水了，只要能留他一条狗命找儿子，你想怎么办就怎么办。

我父亲没有表态，只是默默地将《朝霞》杂志卷了起来，他用胳膊撞开我家院门，用脚撞上了门。门外的人群静下来，竖起耳朵倾听我父亲与我母亲在院子里说话，但什么也听不清，只能听见我弟弟的哭声。过了一会儿，我母亲开门出来了。门外的人群预感到萧木匠的命运将由我母亲宣判，精神为之一振，他们热烈的目光在我母亲与萧木匠之间跳来跳去的，猜测降临到萧木匠头上的将是宽恕还是报复。

我母亲站在我家台阶上，表情恢复了平静，她的目光缓缓扫过门口的人群，独独忽略了萧木匠。蒋文良将萧木匠推向我母亲身边，嘴里说，人家塘东招娣才是当家人，她能饶了你，邓站长就会饶了你，你这难关就过去了，跪下，赶紧给人家跪下。我母亲说，别跪，跪了也白跪，这种人我永生永世也不会看他一眼，跪不跪我都看不见。然后她问蒋文良，老蒋，你们今天来是演苦肉计还是来解决问题的？蒋文良说，怎么是苦肉计？当然想解决问题呀！我母亲说，那就好，你是塘西村的领导，我有个单子给你。

众人瞪大眼睛，看见我母亲从裤子口袋里掏出一张折叠好的纸，隆重地交给蒋文良。蒋文良将纸小心地展开，看了几眼表情僵了，忽然对着人群叫起来，还是你们塘东人厉害，捆了没用，跪了没用，求饶没用，用书扇耳光不算打人，最后还是要赔钱！要赔这么多钱！

原来那是一张赔偿清单。这结果出乎人们的预料，他们因此围住了蒋文良，人人急于看清清单的内容，脑袋与脑袋便撞在一起，人群里传来混乱的各种叫声，哎呀！原来要赔钱？你撞我干什么？疼死我了！赔钱就行？一共要赔多少钱？

我母亲很镇定，在围观者中她选择陈师母，对于那一纸清单作出了必要而清晰的解释，我们都是通情达理的人，萧木匠做出这种天打雷劈的事，照理说要让他吃官司的，可是他家现在这种情况，我们也不忍心把他往绝路上推，就放他一条生路，让他能找儿子去，但是我们也不能任人骑在头上拉屎，赔偿不能少，物质损失精神损失都要赔，我们的要求一点不过分，都在那张纸上了，他们想走哪条路随便，我们都奉陪到底，请大家早点散了吧。

我母亲关门逐客，门外的人群不仅没散，反而更加嘈杂起来。人们普遍关心我父母陈列的各种赔偿价格是否公道，其中骨灰损失费和精神赔偿费两项标价最高，引起了争议。我祖母的骨灰标注为六百元，这多少有点昂贵，人们听说萧木匠遵从朱半仙的指令，消灭了我祖母的骨灰，消灭的方法极其刁钻，他偷偷将那些骨灰拌在鹅食里，撒在咸水塘边，也不知是哪些鹅吃掉了我祖母的骨灰，也不知鹅屎是落在咸水塘里还是在路上，反正是没办法归还了。人们认为我父母索赔是合理的，问题在于猪骨牛骨鸡鸭骨头都有收购价，现在涉及人的骨灰，谁都没有相关买卖的经验，自然也就不知道应有的价格，面对六百元这个金额，基本形成了三方意见。

一些上了年纪的塘东老人兔死狐悲，明确站在我父母的立场上，说小脚奶奶实在太可怜，连骨灰都留不下，以后要做鬼都没有资格了，赔多少钱都不算多。这种见解立刻遭到了几个塘西人的反驳，那六百块是人民币呀，阴曹地府里有供销社？小脚奶奶的鬼魂能花人民币吗？还不是给他们活人花了？鬼魂不是都用冥钞吗，五块钱可以买一亿冥钞呢！

以陈师母和大毛他妈为代表的街坊邻居态度暧昧，他们认可骨灰赔偿这项要求，却觉得六百元实在太贵，对于萧木匠一家无疑是雪上加霜，人家还要找儿子，总是需要花销的，不能为了死人耽误孩子。他们热烈地讨论着合理的赔偿，一致倾向于拦腰砍半价，也就是三百元。至于精神赔偿费，塘西人不懂所谓何物，塘东人大多是懂的，那五百五十元，表面上是抚慰我父亲，其实是某种收买费，可让萧木匠免于牢狱之苦，这一点大家心知肚明，只不过那五十元零头，似乎有水分之嫌，应该可以挤掉。陈师母他们探讨了纸上的所有赔偿款项，删删减减，最后得出了一个较为公道的金额，共计一千五百元。

他们为此征求蒋文良的意见，蒋文良含糊其辞，不肯表态，他替萧木匠解开了身上的绳子，嘴里骂骂咧咧的，以后还掘人祖坟吗？村里没有钱，要赔钱我就帮不了你了，你这一屁股屎我没本事抹了，自己去抹干净吧。

陈师傅陈师母和大毛他妈他们围住了萧木匠，七嘴八舌表达的意思其实一样，你值得同情，但你罪不可赦，赔钱应该，赔多少钱才是关键，他们愿意从中斡旋，与我父母议价，一千五百块，你们家能不能接受？萧木匠哭丧着脸蹲在地上，别说一千五百块，就是五百块我们也拿不出来，要不是还要找儿子去，我情愿坐牢。陈师母说，这话不该说，人家毕竟给了你一条生路，谁家都拿不出这么多钱，只能想办法找亲朋好友借了，你们夫妇都有手艺，别人也不怕你们借钱不还，你要不想进牢房，要是还想找儿子，现在只有花钱消灾这条路了。萧木匠迟疑了一会儿，忽然激愤起来，指着自己的脸说，我的脸现在还火辣辣地疼，既然要赔钱，那我的耳光不能让他白打了，死人的骨灰要算钱，活人的耳光也要算钱，我数了，他打了我二十一下，免了那一记零头，就算五块钱一个耳光，也要扣掉一百块！陈师母苦笑起来，说，你这会儿倒是精明了，早知今日何必当初呢？我们也不是法院，他们也不一定听我们的，只能尽量帮你疏通，你回家要跟招娣盘算一下了，家里能拿出多少钱，要跟人借多少钱，什么时间能把钱凑齐，都要给人家一个准信的。

萧木匠蹲在地上，仰脸朝天，似乎惊讶于咸水塘的天空晴朗平静的景象，他充血的眼睛不停地眨巴，目光充满困惑，突然他想起什么，问，今天几号了？众人把农历公历都告诉了他，他便扳起了手指，二十一，还是二十一。萧木匠的嘴角开始抽搐，声音哽咽起来，二十一天了，我儿子不见二十一天了。人们注意到萧木匠举起手，捂住了自己的眼睛，但已经有一滴硕大的眼泪穿过指缝，从他瘦削的颧骨掉了下来，落在我家的台阶上，发出响亮的啪嗒一声。

啪嗒一声。人们听见了那滴眼泪的声音，从中感受到了它超常的重量，还有悲伤。那滴眼泪掉在水泥台阶上，掉在萧木匠两脚之间，遗留下一摊圆润的泪渍，有一圈微黄的光晕，因为那泪渍，人们注意到了萧木匠的两个大脚拇指，它们突破了解放鞋的鞋尖，两个脚趾甲全部脱落，露出了紫色的血肉，像两个微小的遍体鳞伤的野兽。旁边的蒋文良注意到了人们目光的焦点，他指着萧木匠的脚说，走路走的，这一阵子找儿子，他起码走了五百里路。

几个妇女的眼圈瞬间就红了，大毛他妈拿出手绢，响亮地擤了把鼻涕，随后她斜睨着我家门楣，叹了口气，言辞之间流露出明显的倾向，她说，人心都是肉做的，什么事都要凭良心，看看人家萧木匠那两个大脚拇指，谁家现在更可怜，大家心里谁没有杆秤？换我家摊上这事，我是断然不会狮子大开口，让人家可怜人赔这么多钱，就能忍心吗？

这时候我家的门开了一条缝，我母亲

苍白的脸在门缝里闪了一下，然后大家便听见我母亲尖利的带着哭腔的声音，大毛他妈你站着说话不腰疼，哪天你家祖坟让人掘了，你要的赔偿一定比我还多！

8

大毛他妈失去了斡旋的资格，但陈师母和蒋文良他们的努力后来得到了回报。我父母终究是识趣的人，很明显，他们感到群众舆论在悄悄转向，群众在私下里比较我们两家的痛苦，哪一家更该受到同情与怜悯？相比于一个被毁的坟墓，人们普遍觉得萧木匠一家的失子之痛更大，也更具体，这就导致了我父母的窘境，人们的嘴巴在抚慰他们，流露的感情却在萧木匠那边，各种观点归纳起来，不外乎是这样，赔偿是需要的，但应该在萧木匠家力所能及的范围之中，没有人指责我父母敲竹杠，各种建议与方案却都在暗示这一点，尤其是蒋文良代表塘西村向我父亲表态，墓不过是墓，毁了可以重生，他们塘西村有的是好石匠好泥瓦匠，有的是上好的石料木料，以他们的资源，完全可以为我祖母重修一座豪华的坟墓。

有一天我父母去了陈师母家里，与塘西村的代表们开了一个非正式会议。塘西来人精挑细选，除了蒋文良和几个德高望重的老人，出席的只有萧木匠夫妇。我母亲很久没有见过黄招娣了，她的憔悴与苍老超出了她的想象，她们一直互相凝视，似乎是在探寻对方的哀伤或者愤怒，也似乎是在用目光对质，事情发展到这步田地，究竟谁对谁错？

在陈师母家里，双方决定了最后的解决方案，一切赔偿统计降为六百元，由塘西村方面重修我祖母的坟墓。问题在于我祖母的骨灰没有了，它们是被哪一只鹅或者哪几只鹅吃到了肚子里，鹅粪是在哪里排泄了，这事连萧木匠自己也说不清，你让他上哪儿去找回那些骨灰呢？所以，遗憾是必然的，重新修建的坟墓再豪华也只是座空坟。

一个空坟还算是坟吗？这引起了在场者的争论，他们听说过某些历史上显赫的大人物，尸骨难寻，后人为他们做的是衣冠冢。我祖母虽然不是什么大人物，但情况特殊，为了安抚她可怜的魂魄，似乎可以效仿。又有塘西老人提出，像我祖母这样的墓，最需要陪葬，没有陪葬便不能显示重修此墓的诚意，于是，如何隆重地选择陪葬之物，便成了商议的焦点。最后我父母亲认可了大家的意见，既然我祖母的骨灰是被咸水塘的鹅吃了，便需要那些鹅来陪葬。需要几只鹅？他们最终达成了一致的意见，需要三只鹅。不管是哪三只鹅，必须要有三只鹅，起码要有三只鹅，以鹅的名义为我祖母殉葬。

9

我记得是中午时分，为我祖母修坟的塘西人来到了我家门前。他们推来了一辆大板车，里面装满了水泥、黄沙、碎石子，另一辆小推车装着泥水工具，有一只麻袋很醒目，里面有活物，它在不停地耸动，从麻袋里发出了鹅粗哑而狂乱的叫声，我看不出里面有几只鹅，但我知道塘西人信守了承诺，他们把鹅也一起带来了。

塘西人在门外等我父亲。我父亲在等我母亲。我父亲手捧我祖母的骨灰盒，等得焦躁，对我母亲充满了怨气。我母亲与陈师母一起在家里翻箱倒柜，寻找我祖母的遗物。在一只弃置的水缸里，我母亲找到过一只黑色的胶鞋，鞋窝里莫名其妙地长出了一朵蘑菇，我母亲把蘑菇扔了，举起胶鞋来问陈师母，说，这个行不行？算是她的鞋子，我穿过两次，嫌小给她穿的。陈师母坚决地摇头，鞋子不行，鞋子不是衣冠，何况你也穿过的，埋不得。她说咸水塘那么多老人家走了，只有我祖母的坟墓是个衣冠冢，已经够可怜，衣冠怎么也不能将就了，必须要找到一件衣服一只帽子落葬。

我母亲心急慌忙，无奈中与陈师母耳语，道出实情，说我祖母这么个远近闻名的鬼魂，她的遗物留在家里总是不吉利，这些年来几乎被她清理干净了。我父亲猜到我母亲在说什么，他忿忿地从桌上抓起一块抹布，砸在地上，扔掉了？都扔光了对吧？他指责我母亲说，一块抹布破成这样，你都不舍得扔，我妈妈留下那么多东西，全给你扔了！

塘西人还在门外等着，我母亲顾不上为自己辩解，她终于想起我祖母留下的衣物，有两件还在杂物柜里，没舍得扔。一件缎子夹袄，缎子是好料，夹了老丝绵，一只红色绒线帽，是纯羊毛的，她还未过门时亲手为我祖母编织的。我母亲就从杂物柜里翻出了那两样东西，长吁一口气，交给了我父亲，天意呀，这不正好剩下个衣冠么？罩衫是衣，帽子是冠，衣冠全了，你跟他们走吧。

陈师母见我母亲无意去大坟地，就在旁边提醒她，你不去也罢，那陪葬的鹅，要不要出去过目一下？

三只鹅？我母亲问，是活的死的？陪葬该用活鹅还是死鹅？

也不一定。陈师母说，是现杀了陪葬，还是活鹅陪葬，随便你，他们听你的，现在他们什么都听你的。

我母亲说，我不懂这些呀，我听你意见，我才不要看那鹅，你说现杀就现杀，你说活鹅就活鹅。

陈师母瞟一眼我父亲，说，大站长在这儿，儿子在这儿，他有文化，听他的。

我父亲没好气，说，我也不懂，封建迷信这一套不是文化，我怎么会懂？

陈师母不见外，也不客套，她说，那我就替你们做主了。杀鹅总要见血的，坟上见血不好，我去交代他们，把鹅活埋了。

最后是陈师母出来，代替我母亲发布了重要的指令。她扫视了大板车与小推车上的东西，还用手仔细摸了麻袋，隔着麻袋清点了鹅的脑袋。是三只吧，不能多也不能少，必须是三只鹅。我听见陈师母隆重地关照萧木匠，萧木匠你千错万错，这次不准再错了，千万记得，三只鹅要活埋，不要图省事杀它们，坟上不能杀生，不能见血的！

我也摸过那只麻袋，摸到了其中一只鹅的脑袋，手上感到热乎乎的。我一直在萧木匠的推车旁边转悠，不是想清点麻袋里有几只鹅，是想跟他们一起去大坟地。但我父亲不允许，他认为我抱着看热闹的心情去我祖母的坟头，是大逆不道。我不敢向我父亲说清楚，我不是去看热闹的，只是想看他们如何用三只活鹅为我祖母殉葬。

修坟的队伍往公路上走，我小心地尾随他们，跑了很长一段路。塘西人看出了我的心思，他们认为我是小脚奶奶的孙子，自然有资格去修坟，有人示意我偷偷爬到大板车上，我爬上了车，但很快被我父亲发现了，他停下自行车，从大板车上把我拽了下来，朝我瞪起眼睛，才去过的又想去？坟地里好玩？你给我上学去，要迟到了！

我怏怏地站在路上，看他们往公路上去。我父亲骑着自行车在前面引路，那自行车龙头上挂着一个网线袋，袋子里灰色的一团是我祖母的夹袄，暗红色的是我祖母的绒线帽，而那只乳白色的骨灰盒在棉布与绒线的包裹下，闪烁着模糊温柔的光。

塘西的人马忠诚地跟在我父亲的自行车后面，有人边走边抽烟。我听见三只鹅粗哑的叫声穿透麻袋的缝隙，在咸水塘边回荡。我不擅长分辨鹅的叫声，听不出那是向我示威的叫声，还是呼唤我的声音。我站在路上犹豫。这时候推小推车的萧木匠放慢了脚步，我能看见他回头，朝我挤眼睛，他还拍了拍小推车，暗示那里是我最合适的藏身之地，我可以藏在推车的车斗里，跟他们一起去大坟地。

虽然不知道萧木匠为何讨好我，但我敏捷地跑到了萧木匠身边，他手脚也麻利，眨眼间就把我塞进了他的小推车里，用麻袋挡住了我。这样，我和那麻袋里的三只鹅，终于亲密地挤在了一起。

很奇怪，麻袋里的鹅很安静，它们安静地接纳了我，没有抗议。也许三只鹅以为我也是一头鹅，第四只鹅。一头追加给我祖母的鹅。我的鼻孔里充溢着一种淡淡的甜甜的腥味，那是鹅的气味，也是塘西的气味。我蜷缩着，觉得自己的姿态也像一头鹅。我从麻袋后面观察我父亲，发现他骑车时身子与脖颈都始终前倾，样子也像一头鹅。路上有好几次，我父亲回头朝萧木匠的小推车上张望，他皱着眉头，很不高兴，但我不知道他是否发现了异常，至少，他没有再驱赶我。

可以这么说，是我押送塘西的三只鹅，去了我祖母的墓地。

太阳毒辣，公路上很热。我们从公路上下来，穿过一片荒弃的水田，到了大坟地，头顶有柏树、槐树和苦楝树组成的杂乱的树荫，一下就凉快多了。

不是祭奠的季节，除了我们这支奇怪的队伍，偌大的坟地没有其他人影，只有知了在树荫里鸣叫。四周的空气里弥漫着一股酸味，酸得辛辣，辣得清冽，那气味来自大坟地东侧的幸福硫酸厂。咸水塘的人们习惯了这气味，只是随着距离与风向的变化，它像孙悟空一样善变，在塘东它往往带着一丝腐烂水果的甜味，飘到塘西，则有着淡淡的尿骚气了。听大人们说，你在大坟地闻到的怪味才是正宗的硫酸味，上坟的大人们大多厌恶那气味，孩子们却认为那样的空气不同寻常，带着某种挑衅的热情，至于地下的亡灵们是否习惯，不得而知。

可是不过隔了一个多星期，大坟地就变了，变得令人猝不及防。春天以来幸福硫酸厂大规模扩建，凛然入侵了亡灵们的地域，到了八月，建设的速度尤其惊人。原先松松垮垮的铁丝网消失不见了，新筑的红砖围墙逶迤而行，吞没了一片竹林，一个土地庙，还有一口池塘，在大坟地留下了一大片矩形的阴影。我印象中辽阔的大坟地陡然显得瘦小而局促，杂乱的坟头与墓碑拥挤起来，看起来这块墓碑与那块墓碑之间发生了什么口角，它们怒目相向，而这个坟头与那个坟头，互相之间也正在推推搡搡，似乎即将发生一场骚乱。

我对大坟地并不陌生。咸水塘绝大多

数居民的祖坟在大坟地，我们家也一样。每年清明的时候我随父母来祭坟，能遇见很多塘东的孩子，一个个兴高采烈的。我知道很多人家的祖坟在什么位置，那本是以池塘或者土地庙为坐标的，现在它们都被围在了围墙里，坐标一下消失了，我觉得很多人家的祖坟像是被搬动过了，有的甚至经过神秘的跳跃，一下跳到了幸福硫酸厂的围墙旁边。大毛家的祖坟就是这样，七八个坟头紧挨着围墙，他家祖先留在墓碑上的可笑的名字，什么穆阿狗穆五根穆土生朱大妹的，一个个显得萎靡不振。坟上的好几棵马尾松枯死了，枯萎的松针也耷拉在红色围墙上，围墙上有标语，是硫酸厂方面用白漆刷的警告：墙内危险，严禁攀墙！

我没想到塘西人到大坟地做的第一件事，恰恰就是攀墙。他们只能攀墙。必须攀墙。要修墓必须先找到我祖母的墓碑，萧木匠声称能找回那墓碑，但他羞于透露，那墓碑其实被他推进水塘里，沉了塘。当萧木匠站在围墙边抓耳挠腮，终于吐露真相的那一刻，所有人都傻了眼。不仅我父亲暴怒，几个塘西人也骂萧木匠干了件没屁眼的事。萧木匠很委屈，他说那也是朱半仙关照的，一旦找到了儿子，他准备把我祖母的墓碑捞起来，重新竖好。谁能想到这么不巧的事呢？幸福硫酸厂的基建速度像火箭似的，才几天的工夫，一堵围墙已经把水塘与大坟地隔开，水塘在墙那边，算是幸福硫酸厂的厂区了。

我看着三个塘西人借助那棵松树，翻越了硫酸厂的围墙，我也爬上了树，看他们在池塘边忙碌。那池塘还在那儿，大小形状没有太多变化，只是不见了芦苇和浮萍，也听不见青蛙的叫声，幸福硫酸厂方面已经将池塘改造成一个天然的废水池了。塘边竖立着两个圆罐状的庞然大物，嗡嗡作响，不知是什么设备。从厂区架设过来的管道五颜六色，粗细不等，远看像是豪华的轨道玩具，一间小铁皮屋应该是作为泵房的，水泥墙面已经砌好，还缺一个屋顶。最让我惊讶的是塘里的水，它在波动，旋转，发出低沉的咆哮，像是有大量色彩鲜艳的颜料倾倒其中，部分水面是暗红色的，还有橙黄色、翠绿色，水质看起来黏稠，泛着泡沫，有些泡沫在阳光下闪烁着金色的光芒。

萧木匠跳下了池塘。第一次他带着绳索潜下去，很快就钻出了水面，他的脸远看黄绿相间，像一片深秋的瓜叶，我听见他跟两个塘西人在说什么，表情很痛苦。第二次他潜下去的时间稍长，还是一无所获，他钻出水面靠在一根水泥管上喘气，绳索抓在手里，微微发抖。我和我父亲当时都趴在围墙上，能够发现他在偷偷地瞄我们，似乎在暗示我们，他已经无能为力，然而我听见我父亲威严的声音，再下去，谁沉的墓碑谁去捞，必须捞上来！

直到第三次，有一个塘西人下塘去帮萧木匠，他们总算成功了。萧木匠从污水里爬上来，满脸污秽，裸露的皮肤五颜六色，他一边弯腰呕吐，一边向塘西人喊，捆上了，碑捆上了，拉吧，一拉就起来了！

我看见了我祖母的那块墓碑，它从一池污水中缓缓爬出来，仿佛一件蒙羞的文物，污秽而庄严。最初我没有注意到墓碑的颜色，直到他们抬着墓碑向围墙边走过来，我才发现，那墓碑变成了黑色，不像被污水侵蚀的黑色，而是焦炭一样，黑得深沉，黑得坚固。

萧木匠对墓碑的现状充满歉意，但他

不忘强调幸福硫酸厂的罪过，好好的一个小池塘，本是供大坟地的魂灵饮水用的，怎么可以改造成一个污水池呢？他描述了潜在水下时眼睛的刺痛，鼻子与耳朵的痛苦，断言水池里的污水是有毒的，否则也不会让石头改变颜色。他尝试将墓碑擦干净，甚至动用了他的衣服和裤子，但怎么努力也没用了，那种黑色似乎已经生长在石材的纹理中了。我父亲推开了萧木匠，他蹲下来，用钥匙圈上的指甲刀在石碑上锉，我问他干什么，问了好几遍，他总算回答了我，名字！他愤愤地说，你奶奶的名字都看不见了，我把她的名字锉出来！

我祖母叫什么名字呢？可能以前从不留意，我竟然忘了。我就一边看着我父亲锉石碑，一边回想我祖母究竟是姓邓还是姓罗。过了一会儿，几个塘西人都喊起来，看得见了，名字！我凑近了仔细看碑，果然，我祖母的名字在一片黑色中勉强跳了出来，像一束微弱的光穿透厚厚的乌云。我看见了我祖母的名字，我记起了我祖母的名字，她叫邓罗氏。

邓罗氏

那块黑色的墓碑躺在墓穴旁边，与装鹅的麻袋靠在一起。墓碑从水塘里得救，终于面向天空。邓罗氏。我祖母的名字也面向天空，邓罗氏面向天空。而麻袋里的三只鹅，原先一直很安静，但它们似乎讨厌墓碑刺鼻的气味，三只鹅开始一起狂叫，能看见它们在麻袋里疯狂地挣扎、躁动，麻袋因此移动起来，它奔向了我父亲的脚边。

我父亲起先只是捂着耳朵，他瞪着麻袋，表情介于厌恶与痛苦之间。忽然，他像一枚炮仗从地上弹起来，弯腰抓起塘西人的铁锹，高高地举起来，我听见他向麻袋发出了最后的通牒，叫，再叫，你们再敢叫一声！

鹅不解人语。麻袋里的三只鹅仍然狂叫不止。我父亲脸色发青，眼睛里有烈火燃烧起来，他举着铁锹，牙齿咬得咯咯地响，头部也像铁锹一样仰起来。他朝幸福硫酸厂的烟囱看了一眼，我不知道他为什么朝那儿看了一眼。那是幸福硫酸厂的烟囱，是咸水塘的制高点，烟囱照例冒出我们熟悉的黄烟，是咸水塘历史最为悠久的工业烟雾。没有风，黄烟笔直向上，烟的目标是遥远的天际。我父亲似乎从中得到了什么启示，他手中的铁锹猛然砍向麻袋，噗，噗，又是噗的一声。我听见他腰间的钥匙圈随之发出了琅琅的动听的回应。

狂躁的麻袋瞬间就静止了，萎缩了，麻袋尚未恢复麻袋的样子，但明显像一只普通的麻袋，它安静了。然后，有红色的血流从麻线缝隙里涌出来，很快，麻袋就被染红了。

我父亲扔掉了手里的铁锹，颓然蹲下来，这时候有塘西人想起陈师母的嘱咐，发出了抗议的声音，怎么这样陪葬呢？不是说要活埋吗，不是说好坟上不让见血吗？这坟修得要是有什么不对，就怪不得我们了。

萧木匠跑到了我父亲身边，大概是要表达理解，他用手按摩我父亲的肩膀，被我父亲用力甩开了。他并不介意，立刻抱起麻袋，下到了墓坑里，似乎急于替我父亲打扫一个犯罪现场。那麻袋被萧木匠扔在我祖母的骨灰盒边，血红血红的，呈扁平状，有一根鹅毛穿透了麻线缝，刺在外面，是鲜嫩的粉红色，萧木匠将它拔出来，随手扔掉了。

我祖母的骨灰盒也面向天空，里面空空荡荡。萧木匠把绒线帽小心地放进了盒子，那件夹袄怎么也塞不进去，他为难地问蒋文良，衣冠一起装不进呀，冠在里面了，衣怎么办？蒋文良骂萧木匠笨，他说谁也没做过衣冠冢，只能用脑子想了，骨灰盒是用来装骨灰的，能放进一只帽子已经不错，怎么塞得进一件夹袄呢？他提议用夹袄把骨灰盒包起来，这样，衣冠在一起，鹅陪在旁边，总归不错。

大家都同意蒋文良的思路，就开始填土了。我父亲蹲在墓边，与我祖母的墓碑在一起。他抱着头凝视我祖母的墓碑，阴郁的目光里，仇恨的光焰越来越炽烈，塘西人在忙碌中意外地听见我父亲的指令，埋了它！把碑拖下去，一起埋了！他怒视着我祖母的墓碑，一块黑碑，一块黑碑！还竖在这儿干什么？我家祖坟不要黑碑，埋了它！

塘西人不相信自己的耳朵，都茫然地瞪着我父亲，他们以为我父亲不知其中利害，墓碑不能埋地下的！他们七嘴八舌地劝起我父亲来，封坟才要埋碑，碑埋下去坟就封了，后代和死人断了联系，永世不供香火不拜祖先，杀人放火十恶不赦的犯人，后代才给他们封坟呀！蒋文良有政治觉悟，懂得黑色墓碑的影射，他以为我父亲只是忌讳黑色，所以他说，邓站长你要是忌讳黑碑，我明天就让老石匠打一块新碑，用最好的花岗岩大理石，保证不会发黑，你要是不放心，今天就跟我去他院子里挑，你自己挑。

塘西人看着我父亲，等他修改自己的决定。我父亲的嘴里发出了含糊的呻吟，他的脸上有一道跳跃的白光，忽明忽暗，不知是来自穿越树叶的阳光，还是来自他的头脑，他迷离的眼神变得僵直，一部分归于悲伤，一部分归于仇恨，不用换碑了，封坟吧，先封了再说。他说，不给她出来，她不能再出来了。

我听见我父亲说，不能怪我不孝，不能让她出来了。

我还听见我父亲说，就算我不孝吧，当我没有母亲，再也不能让她出来了。

塘西人一下心领神会——那惊人的决定意味着我父亲割绝了母子之情，与他们站在了一起。他们震惊，又有一些感动，似乎为了报答我父亲，一群人喊着号子将我祖母的墓碑推下了坑。黑色的墓碑准确地压住了血红的麻袋，麻袋发出了持续的震颤，然后变得扁平变得柔软，更像一只麻袋了。四把铁锹挥舞之际，我祖母的衣冠与三只鹅一起，连同一块黑碑，被黄土一寸一寸地淹没。我听见了被掘起的泥土落地的回音，它嘤嘤嗡嗡的，像是蜂鸣之声。空中并没有蜂群飞过，我猜那声音依然来自黄土之下。那是我家的祖坟，黄土之下，掩埋着祖先们的尸骨，他们的魂灵在所有事情上都意见不合，这一次摊上更大的事，应该是在地下吵起来了。

我父亲蹲在墓边，仰脸看着硫酸厂的烟囱，他注视着烟囱口喷薄而出的黄烟。黄烟笔直地升向天际，就像所有烟雾该有的样子。塘西人将板车上的混凝土和黄沙倒下墓坑的时候，我上去帮了忙，我父亲没有。他蹲在那里仰望黄烟，一动不动。后来他们开始浇筑水泥了，我父亲终于如梦初醒，他跪下，给我祖母的衣冠冢磕了几个响头。

然后是我。我也跪下了，效仿我父亲磕头的姿势，心里默念我祖母的名字，邓罗氏。那是她的姓名在世界上最后一次存在，无论她的鬼魂被消灭了，还是被复活了，以后我永远都该记得这个名字。

题外:《咸水塘鬼魂考》介绍

拙作《咸水塘相对论》将在著名的子虚出版社出版，严格来说，那并非一部标准的社会学著作，与人类学更是相去甚远，如果要归类，我宁愿说，它是一部散漫的突出个人回忆的地方志。出版社的编辑与我商榷多次，书中的《咸水塘鬼魂考》缺乏科学依据，恐怕会引起争议，是否可以酌情删减。这要求始终让我很为难。我告诉那个编辑，如果没有咸水塘的那些鬼魂传说，也就不会有这本书问世。

描述鬼魂从来都是冒险的，读者有理由视其为无稽之谈。那也许是在描述谎言，也许是在描述幻觉，一个妖形怪状的幽灵世界，可能不过是唯心主义者想象的世界。坦率地说，我也一直持此观点。但在《咸水塘相对论》的写作过程中，我遇到了某种奇怪的障碍，由于咸水塘的生活已经离我远去，我对咸水塘众生相的描述，无论多么流利多么真诚，总会在某个节点令人生疑，那往往是鬼魂出现的时候。鬼魂像陡峭的山峰一样横亘于我的面前，难以逾越，如何讲述，便成为一个巨大的难题。有一句话我不敢告诉我的编辑，在大多数咸水塘人的印象里，如果一个人没有成为鬼魂，就没有被人怀念的价值。

我至今没见过我祖母著名的鬼魂。咸水塘人盛传我父亲与塘西人联手消灭了她的鬼魂，这事曾经让我父亲成为咸水塘街谈巷议的焦点，一部分人认为那是大义灭亲的荣耀，另一部分人认为那是一个不肖子孙的耻辱。让我困惑的是我父亲对鬼魂矛盾的态度，作为塘东文化站长，多少年来他一直在向咸水塘的人们宣传，世界上没有鬼神，但他似乎独独相信，我祖母死后变成了一个麻烦的鬼魂。在一个儿子的眼里，已知的母亲如何成为未知的鬼魂？那是因为爱，还是因为恨？是出于敬畏，还是某种怨恨？那是一种内疚，还是一种逃避？我不知道。前几年在我父亲弥留之际，我问过他是否真的相信当年与塘西萧木匠家的纠纷，该归罪于我祖母的鬼魂？他痛苦地摇头，说他有时候相信，有时候不信，其实他从来也不确信，世界上究竟有没有鬼神。

那么多人见过我祖母的鬼魂，我却没有，这是另一种困惑。我曾经听见隔壁的大毛他妈与陈师母热烈地探讨，为什么大毛他祖父的鬼魂愿意做一棵瓦楞草，天天站在家里的屋檐上，给子孙后代看家护院，而我祖母的鬼魂很少回家。她们得出的结论给我留下了很深的印象，人的命运不同，鬼魂也如此，大毛他祖父的灵魂安息了，所以他幸福、知足，而我祖母不是，她的遗憾与怨恨太多，始终未能安息。

邻居们背地里认为，我祖母之所以成为一个漂泊的鬼魂，除了那口棺木的原因，我父母也有很大的责任。我祖母去世不久，他们就请房管所的人来进行了房屋改造，把我祖母的房间拆墙打通，一半面积给了厨房，另一半扩充了客堂。邻居们说死人的魂魄在五七忌日（三十五天）之内都是热的，他们认得家，哪能这么性急？人刚走没几天，你就把人家房间弄没了，还天天在人家头顶上炒菜煮饭的，弄得乌烟瘴气，人家还回家干什么呢？

我记得我祖母昏暗的房间，还有墙边各种腌菜坛子，它们永远散发着复杂古怪的酸甜气味。她在世时我倘若闯入那个房间，她会打开某一只坛子，拿筷子夹出一小撮盐渍苜蓿草给我吃。我不爱她的酸黄瓜，不爱她的糖蒜，不爱她的雪里蕻，她腌的苜蓿草是我唯一喜爱的。当我祖母不在了，所有腌菜的气味伴随她消失，她人生的气味也在我家渐渐消散。房间朝东的木窗被拆了，窗洞扩大，用了时髦的大钢窗与大玻璃，光线一下就明亮了许多，当我祖母不在了，我母亲便拥有了她理想的厨房，我第一次看见她在阳光下洗菜淘米的身影。

我父母购置了一只新碗柜，以前的旧碗柜挪动了两三米的距离，靠在角落里，那位置以前摆放着我祖母的雕花大床。顺带要说说我祖母的床了，那张床硕大笨重，形状就像一个戏台，很占空间，由于木料是贵重的红木，我父母将它卖给香椿树街上的调剂品商店，得到了一个令人意外的好价钱。动用这笔钱，我父亲买了一辆新自行车。至于我祖母留下的那些腌菜坛子，几乎都被我母亲扔了，只有一只被我母亲倒空，洗干净了放置在旧碗柜的顶上，准备急需之用。那正是我祖母腌制苜蓿草的坛子。一只带有海水图案的白瓷坛，一簇海浪跃出蓝色海面，像怪兽张大了嘴，海浪上方有一轮太阳，太阳上方镶嵌了一排红字：要斗私批修。

有过很长一段时间，我怀疑我祖母的鬼魂蜷缩在那只坛子里。夜晚我听见过坛子里传出老人断断续续的鼾声，夹杂一两声叹息，有好几次，我见过那只坛子无端地摇晃，似乎有什么东西急于要跳出来。而在清晨，我若站在凳子上将耳朵贴着坛子，能听见里面发出细微的似有似无的声响，笃的一声，笃的一声，像是檐上雨滴坠地，也像我祖母生前坐在厨房剥毛豆，一粒粒毛豆米落入碗中的声音。

我壮着胆子打开过坛子，里面干干净净，空无一物，曾经的腌苜蓿草酸甜的气味，已经被消毒水残存的气味替代。我注意到坛子的内壁盘旋着一道道圈状盐渍，那是坛中盐卤慢慢挥发的痕迹，也是我祖母的岁月在腌菜坛里流淌的痕迹。我能听见坛子收藏的我祖母的声音，却看不见我祖母的形状，我不知道她现在的形状，我不知道她的鬼魂是否栖身坛中。我对那坛子的兴趣让我母亲紧张，无论那是出于我对腌苜蓿草的怀念，还是因为我对我祖母的怀念，她都觉得危险。有一天她当着我的面，把坛子收进了旧碗柜里面，给柜门上了一把挂锁。后来我只能隔着旧碗柜的绿纱观察那只坛子，在绿纱的遮掩下，巨兽状的海浪看不清了，唯有**要斗私批修**那几个字在一片幽暗中闪烁红光。

祖母的坛子挤在我父母共同的杂物中间，它在最下层，似乎被囚禁了。碗柜上层堆放的都是来自塘东文化站的文件、报纸和杂志，下层密密麻麻地收藏着我母亲不舍得丢弃的药瓶，我的作业本，纳了一半的鞋底。如果我祖母的鬼魂存在，她栖身其中，不知道是否满意。我用手电筒照过旧碗橱，手电的光柱照不透坛子，照不到我祖母的鬼魂。我看见过一只体型硕大的蟑螂，被突如其来的光线打扰之后，它从坛子上惊恐地跳到我的作业本上，朝着黑暗处爬。我看见一只纳了一半的布鞋底上，有一粒毛豆米，年代不详，裹满白色的霉菌，豆仁已经干瘪发黑了，它应该是蟑螂的食物，我不知道我祖母的鬼魂是什么形状，是那只蟑螂，还是那粒发霉的毛豆米。

我不认得我祖母的鬼魂，也不知道她是否回过家，这令人迷惘。但我在咸水塘工农子弟学校的同学在鬼魂领域见多识广，尤其那几个塘西同学。他们说咸水塘里的落水鬼会在月圆时分上岸透气，他们呈现人形，只不过不能站立，只能爬行，他们身上长满绿色的苔藓，手上有密密麻麻的白毛，由于四肢不停地分泌水，落水鬼爬过的地方永远湿漉漉的，太阳晒一天也干不了，你若不小心光脚踩到了那些烂泥，脚底便会长出湿疹，奇痒难忍。他们说塘西村四周有好多饿死鬼，平时都躲在竹林里，刮风下雨的时候你走过竹林，会听见那些饿死鬼一齐朝着你喊，饿，饿，饿！一到春节过年时分，家家户户开始蒸糕煮肉，村巷里会出现很多蹊跷的干枯的竹叶，那说明饿死鬼开始在村里游荡了，很多人家的厨房窗子被莫名其妙地打开，蒸笼里的米糕砂锅里的猪肉都会不翼而飞。我的同学蒋红根亲口告诉我，有一次他在家门口吃米糕，有人从他嘴里夺走了大半块米糕，他环顾左右，看不见人，却听见有人吧嗒嘴巴大声咀嚼的声音，他追踪那声音，发现一堆枯竹叶在他前方蹦蹦跳跳的，他一直追到竹林里，才看见那饿死鬼的影子从竹叶中窜出来，是一个皮包骨头的小男孩，光着屁股，他抱住根竹子往上爬，爬到竹叶茂密处就不见了。

我在塘西的另一个同学蒋根寿则自称见过吊死鬼，时间地点都翔实可信。他说咸水塘边有一棵吊脖子树，从塘西往塘东数的第七棵大柳树，所有自缢者路过那棵树，都会一见钟情。每年春夏之际柳树成荫的时候，便有吊死鬼重访旧地，悬挂在他们最钟情的树干上。路人清晨从那树下走过，一不小心会撞到吊死鬼的脚，有的脚粗大黢黑皮肤皴裂，脚趾甲有明显的缺损，有的脚白皙秀气光滑如玉，显示出主人的性别与阶层。所有脚从树荫间垂下来，像钟摆般轻轻晃荡，有的脚趾沾了晶莹的晨露，有的脚踝与脚背反射着咸水塘水面的霞光。蒋根寿说他曾经看见过七双吊死鬼的脚同时在树上晃荡，像芭蕾舞演员的足尖群舞，那景象壮观而恐怖，他被吓跑了。也有很多时候，吊死鬼的脚是藏起来的，并不那么容易发现。蒋根寿承认他对那柳树的情谊与祖父有关，有一次他在树下抬头向上张望，后脑勺被轻轻踢了一脚，他一抬头，便看见已故多年的祖父垂挂在树荫里，他自缢时鼓突的眼珠子已经收回眼眶，吐出来的舌头也藏在了嘴巴里面，除了脖子上的一根红色腰带显示了死亡的背景，他吊在树上，看起来自由自在。蒋根寿还说，他在那柳树上看见的吊死鬼中，祖父是唯一对他说过话的，他像所有活着的祖父一样关心孙子的温饱，他在树上对蒋根寿说，回家，吃早饭去！

我的塘东同学见过的鬼魂也堪称百花齐放。大毛他祖父作为一棵瓦楞草看家护院并不稀奇，那种草怪模怪样地长在屋顶上，天天目送家人进出家门，本来就显得可疑。红旗说他祖母的鬼魂在米缸里，那老妇人生前节俭成性，死后就变成了米缸里量米的小竹筒，看守着家里的口粮，家里人无论谁淘米，你装满了一筒米，它必然会在你手里抖动，给你撒掉一半。春风说他外祖父生前规定全家人早晨六点必须起床，他死后家里人一旦睡懒觉，必有一只壁虎爬到他们的枕头上，围着他们的脑袋窸窸窣窣地爬。家里人发现这壁虎总在早晨六点弄醒他们，一下便识破了壁虎的身份，从此他们就坚守家规，每天早晨六点钟准时起床，那壁虎便回到了房梁上，后来再也不下来了。

女孩子嘴里的鬼魂更加古怪一些。李文琴早逝的母亲据说是个蜘蛛精，她生前是纺织厂的劳动模范，死后仍然热衷于纺织，说起来也顺理成章。不过那纺织女工的鬼魂过于勤勉了，李文琴告诉女同学们，她母亲每天夜里都要织一张蜘蛛网，挂在家里的每一个角落，甚至马桶间，今天摘掉了，明天她又织，每天早晨全家人要迎接一张新的蜘蛛网。李文琴认为母亲到了阴间还在争取劳动的荣誉，但她父亲理解亡妻的一片苦心，他深知那是亡妻放心不下家人，努力要在纺织中监护他们，他关照全家不要去打扫蜘蛛网，这样长年累月的，李文琴家便成了传说中的盘丝洞，偶尔有人被邀请去她家做客，都要自己准备好头巾、帽子与口罩。

我的同学们对鬼魂的描述如此丰富如此热烈，我却一无所有。我祖母的鬼魂在咸水塘曾经具有巨大的声誉，但在我还没有能辨认出她的形状之前，她已经被消灭了。我永远不会知道我祖母的鬼魂是什么模样了。在《咸水塘鬼魂考》中，我记叙了这份悲哀与遗憾。

我忘不了那个夏日的午后，一群塘西人是如何在我父亲的指示之下为我祖母封坟的。水泥，黄沙，混凝土。瓦刀抹平湿润的泥灰，发出锐利的沙沙的声音。他们在烈日下挥汗如雨，为我祖母封坟。封坟。封坟，**那是我亲眼见证的消灭鬼魂最强悍的方法，用水泥与混凝土将一个鬼魂永久地压在地下，墓碑同时填埋。自此，咸水塘再也没有人见过我祖母的鬼魂，当人们不再谈论我祖母的小脚、斗笠与粽子鞋，我感到某种难以形容的深深的寂寞。**

《咸水塘鬼魂考》摘选

咸水塘曾经是个鬼魂之乡，这在方圆百里之内是人们的共识，世界上一定还有很多地方，鬼魂的数量超过我们咸水塘，种类比我们咸水塘还要丰富多彩，但我始终相信，咸水鬼这类鬼魂，应该算是咸水塘地区的专利鬼魂了。

顾名思义，**所谓咸水鬼，特指那些死于咸水塘的轻生者，除了极少数不幸溺水的，绝大多数咸水鬼奔赴咸水塘之前，都有详尽的死亡计划，概括地说，他们赴死之前都有一个明确的愿望，做鬼就要做咸水鬼。**

咸水鬼的来历相对复杂，绝大多数是咸水塘人素不相识的陌生人。他们从城北的香椿树街来，从城东的奋斗路前进路那些地方来，还有人辗转来自别的城市，甚至来自很远的北方地区，属于慕名而来。投水本是一件容易的事，哪儿都有水，可以就近解决，他们之所以选择远赴咸水塘，大抵出于两种原因：一种人生前虚荣，对死后的形象比较讲究，他们听说咸水塘有着神奇而特殊的水文地貌，咸水塘水可以让溺死者的身体保持垂直，人死了，只有头部露出水面，从岸上远观，溺死者像是站在水中。这好处显而易见，当他们随波漂浮，不用担心浮尸袒胸露背的丑陋与尴尬，看起来就像在游泳，或者在水上思考人生。

第二种原因简单一些，某些轻生者生前无亲无故，死后无人收尸，他们投奔咸水塘其实是投奔塘西村。在统一执行火葬政策之前，塘西村的竹林以西有一片乱坟岗，塘西村村民一直保持着为无名死者收殓的传统。他们能在十几分钟之内为死者打好一口薄皮棺材，能在几分钟之内挖好一个棺材坑，每收敛一个死者，民政部门为他们计算一天的工分，这对于塘西人来说不失为一件美差，所以咸水塘里一旦来了咸水鬼，塘西人会带着绳子担架争先恐后地奔向塘边，可以听见他们一路争执的声音，村民甲说，这个归我，我先看见的！村民乙会说，哪能归你？这是我儿子第一个看见的，他一直守在那儿呢！

有一个传说事关塘西棺材特有的形状，听起来有点滑稽，也有点吓人，至今也不能证实真伪。据传有一年大饥荒，咸水鬼特别多，塘西人挖的墓坑太浅太敷衍，木匠为咸水鬼做的薄皮棺木又偷工减料，过于轻薄，可怜的死者不知是出于站立的惯性，还是出于自尊与愤慨，经常有棺木挣扎着抖落泥土，从乱坟岗里愤怒地站立起来，就像一口衣柜那样站立起来。有的棺木不仅能站立，还能行走，走到竹林里还倚在竹子上歇气，有那么几口棺材最后成功穿越竹林，在夜色中通过村巷，最后走到蒋家祠堂的门口。它们竖在台阶前，向这个村庄的祖先发出了不满的抗议。

塘西木匠多少有点内疚，改良薄皮棺材的品质既要花费木料又要多费工时，他们并不情愿，就动用了聪明才智，后来他们为咸水鬼打制棺材的时候，一律会多打两个木头楔，分别把棺头棺尾做成锥形，这样，咸水鬼的薄皮棺材就站不起来，不能行走了，它们只能安分地横卧在乱坟岗下。

咸水塘为什么会成为溺死者的圣殿？从来众说纷纭。我父亲的塘东文化站收藏了一本地质部门对咸水塘水文地貌的勘察报告，是一本二十年前的油印本小册子，大概因为当时的仪器简陋，测绘水平有限，小册子只是笼统介绍了水塘的形状、面积、标准水位，标示了塘底的几处暗涌漩涡，还泛泛罗列了咸水塘水水质含有的几种特殊化学元素与矿物质。究竟是什么因素让溺死者能在塘中站立？地质部门似乎不宜作出任何阐述，这个神奇的现象，也就始终没有权威的科学解释。

有些邻居是见过咸水鬼的，他们说在春天或者秋冬季节，咸水鬼其实很好辨认。此地无人冬泳，就算有也不敢在咸水塘里冬泳，怕引起误会。你若在冷天走过咸水塘，一旦看见浮在水面上的脑袋，无疑就是见到咸水鬼了，当然，投水轻生的人本来就讲究身体感受，很少有人选择天寒地冻的季节。主要是夏天，夏天是咸水鬼最热衷的投水季节，这个季节咸水塘人习惯在塘里游水洗澡，从早到晚，男女老少都有，你在塘东可以看见塘西那侧游水者漂浮的脑袋，反之亦然，其中有没有脑袋属于咸水鬼？谁也说不准。

我邻居大毛他爸说有一个夏天的傍晚，他趁着塘里安静了才下塘游水，明明看着水面上空无一人，游了一程却发现身后有一只草帽跟着他，他游草帽游，他停草帽也停，大毛他爸起了疑心，壮着胆子揭开了草帽，结果看见了一个中年男人的脑袋，头顶斑秃，面孔消瘦而白皙，鼻梁上戴着一副玳瑁架眼镜，是知识分子的模样。他微微闭眼，神情安逸，镜架上有水滴凝结，熠熠闪光。大毛他爸认出那男人是花桥镇粮库的袁会计，不久前他们还在一起政治学习，所以他对男人叫起来，袁会计你在这里干什么？男人不说话，他的脑袋先是后仰了一下，又及时校正位置，端正地停留在水面上，大毛他爸注意到袁会计的脖子与肩部都沾了绿色的浮萍，他穿着白色衬衣，像平时一样扣好了第一颗纽扣。大毛他爸说，袁会计你穿着白衬衣游水？你跟着我干什么？袁会计不说话，但他的鼻孔蠕动了一下，钻出了一条蚂蝗，蚂蝗沿着他的下巴朝脖颈处爬，停留在白衬衣的肩部，大毛他爸这才恍然大悟，他狂叫着往塘边游，以为自己是在做噩梦。大毛他爸既恐惧又疑惑，他不知道袁会计是什么时候死的，他不知道袁会计的草帽是生前戴上去的，还是死后的杰作，最令人费解的是，大毛他爸不知道袁会计为什么要尾随他，他似乎要告诉他什么，但可惜，溺死者不能说话，当蚂蝗成为死者的语言之后，哪怕说尽千言万语，他也不能理解了。

从某种意义上说，咸水鬼的兴衰与咸水塘周边蓬蓬勃勃的工业建设有着密不可分的联系。在群星炭黑厂投产之前，咸水塘水可以饮用，深处微甜，浅处略咸，人与鬼能够共享咸水塘水，及至后来，附近工厂污水从地下渗透到咸水塘里，咸水塘水质的急剧改变肉眼可见，有时候它呈现出一种浓厚的青苔般的绿色，有时候五彩斑斓状如晚霞，这样的咸水塘美丽与污秽并存，慕名而来的咸水鬼明显减少，但他们得到了一份意外的死亡之礼，那些死者浸泡在多种工业废水中，得到了某种神秘复杂的洗礼，他们的遗容往往比生前更加美好。

这也是新一代咸水鬼多为女性的原因。从咸水塘打捞上来的女人的浮尸，无论年龄，脸上都灿若桃花。其中最著名的是京剧女演员顾春芳，她投水前背着一个包在咸水塘边徘徊，手折柳枝，穿着朴素，神色平淡，人们起初没有认出她来，只是觉得这女人年轻时漂亮过，晚年皮肤出了问题，那张俊俏美好的脸充满了色斑与皱纹，像一个破碎的旧瓷器。及至后来她穿着一套鲜艳的戏装浮在咸水塘里，有人认出了她，也便认出她是老去的嫦娥。咸水塘的很多老人记得顾春芳的《嫦娥奔月》，消息灵通的还知道她不幸的家庭生活，离婚失子，孤身一人，她告别舞台多年，谁也不知道她的音讯，没想到最后选择咸水塘来奔月了。

今天回想起来，咸水鬼最终的消亡与顾春芳有密不可分的联系。咸水塘人至今记得塘边围观顾春芳遗体的人群，那几乎是一次集会，不仅是咸水塘人，还有人闻讯从城里的各条街道来，人们争相瞻仰那著名女演员的遗容，热情不次于从前去戏院观赏她的演出。无论男女，目击者坦言从来没见过这么美丽妩媚的咸水鬼，她在死后恢复了青春和美貌，红唇微启，丹凤眼微微睁开，眼眸虽然停止了转动，但目光依然多情似水，一如她在舞台上面对观众的魅惑，她的戏装鲜艳，却又高雅，一条碧绿色长袖掩映着她修长的胳膊，向上保持了水袖的姿态，她的身体看起来也是轻盈向上的，是要升腾奔月的姿态。

说起来是巧合，也是不巧，那天恰逢地区一些领导莅临咸水塘检查工作，车队被人群堵在咸水塘边，疏通不了，领导们下车察看，竟与最后的嫦娥不期而遇。他们自然知道顾春芳的大名，观看过《嫦娥奔月》，有人还是票友，曾经与她共进晚餐，有过交流。惋惜与感伤之余，领导们在顾春芳的遗体旁边很快达成了共识，有必要在咸水塘边召开一次现场会议，研究采取最强硬的手段，消灭咸水塘的咸水鬼现象。

当天塘东塘西两地的干部都得到紧急通知，立刻去咸水塘边开会。我父亲赶到塘边的时候，正好看见殡仪馆的白汽车缓缓地驶离咸水塘，上了城北公路，围观死者的人群已经散去。我父亲注意到塘边残留的一大摊水痕，还很湿润，它呈现出精确的人形，身体微微倾斜，一条手臂抬起来指向塘西月出的方向，那正是当年顾春芳演出海报上奔月的姿势。

塘边现场会之所以开得很热烈，大概是因为主旨明确。要禁止轻生者去咸水塘投水，最有效的办法是**填塘**，填平咸水塘也就消灭了咸水鬼，这效果显而易见。但填塘是个浩大的工程，先不论咸水塘群众是否同意，打报告层层审批的结果也不可知，填塘方案很快被否定了。

第二个办法是**堵塘**，简单说是沿塘筑墙或者拉铁丝网，堵住咸水鬼的赴死之路，这成本政府勉强能负担，但塘西的干部嘀嘀咕咕地提出了异议，说要是没有了咸水塘的水，这咸水塘的风水就坏了，还叫个什么咸水塘？要是咸水塘被封，他们村里的鹅鸭就没有活路了，鹅鸭又不会飞，让它们怎么下水？这是典型的小农思想作祟，当场受到领导们的批评。不过，领导们本身对于第二套方案也有争议，一些人认为咸水塘的发展远景要考虑环境的美观，好好的一片咸水塘被围墙铁丝封起来，实在有碍观瞻，况且咸水鬼们死意已定，再高的墙也有办法逾越，再坚固的铁丝网也可以剪出个大窟窿，这方案劳民伤财，也不能从根本上解决问题。

最后大家都倾向于地区人武部张部长提出的方案，那方案简称**守塘**，顾名思义是要守卫咸水塘。具体说是在咸水塘的塘东塘西两侧，分别搭建一座瞭望岗楼，派两地民兵上岗楼值班，二十四小时监视咸水塘的动静。与会者一致认为，传统的打钟敲锣的值更方式过时了，老人们已经不适合上岗楼，新一代的值班哨兵需要遴选，除了必须拥有极好的水性能够下水救人，他们首先要有觉悟有口才，最好能够劝说投水者端正人生态度，放弃自杀的念头，如果说服不了，那就要给对方一个明确的态度，你若一定要死，可以去别处，咸水塘不允许自溺。当然，要嘴皮子很有可能没用，遇上极端的顽固不化的投水者，谁要救他便得罪了他，也可能要拽着你陪他一起死，这种情况大家都有所耳闻，要采取最强硬的手段对付这一类投水者，首选是枪。可是这枪如何使用，无疑是更棘手的问题，如果一个人执意要投水自杀，你总不能以枪毙他的方法来阻碍他，只能威慑，所以持枪可以，最多只能用橡皮子弹。偏偏橡皮子弹的作用也值得商榷，它是否能够阻止投塘者的脚步？人之将死，谁还怕短暂的疼痛？领导们在再三斟酌之后，最后都表态，哨兵可以配枪，至于发真子弹还是橡皮子弹，一切都要以具体情况作凭据。

方案很快落实到了细处。塘东塘西以大柳树分界，两地的责任区也泾渭分明，如果大柳树以东的水面出现溺水者的尸体，由塘东的岗楼负责，如果在塘西村水面发现死尸，便是塘西岗楼的责任。这时候塘西村蒋文良向领导们提出，咸水塘死尸的漂浮方向与风向有关，在塘西发现的尸体不一定死于塘西，如果投水者死于塘东，尸体又漂到了他们塘西水面，那算谁的责任呢？这刁钻的问题把领导们难倒了，他们最后表示，塘东塘西是一盘棋，两侧岗楼必须团结合作，一旦出现责任不清的案例，塘东塘西各负一半责任。

宣传教育工作依然是被重视的，我父亲那一阵之所以忙得不可开交，是因为领导指示要在咸水塘边竖立足够多的告示牌，每隔十米必须有一块，这意味着塘东文化站要负责制作出上千块告示牌，告示的内容也按照上级意图确定了，少数告示牌可以写上珍惜生命热爱生活之类的口号，其他内容必须旗帜鲜明，统一为：**此地严禁投水**。

从那年五月开始，咸水塘东西两侧各自竖起了一座岗楼。

先说塘西岗楼，它乏善可陈，简单地描述，就是一把竹梯几根木桩，连接了顶端的寮棚，外观与夏天西瓜田里看瓜人的寮棚没什么区别。由于塘西村村民留给外界的印象，领导不放心他们持枪，明确表示塘东岗楼可以配枪，塘西岗楼暂时不配，所以塘西人觉得不公，便有了应付差事的理由，几个塘西木匠花半天时间就建好了岗楼，将蒋家祠堂里存放的铁钟与铜锣搬上了寮棚，那些东西从前是为失火、抓贼或者驱赶麻雀准备的，而岗楼边堆起的长竹竿用途奇特，这是因为塘西人预见了这场竞争的劣势，他们遥望我们塘东的岗楼，说塘东塘西怎么能比，这样下去，以后咸水鬼都会选择在塘西村这侧投水，塘西一定会输，这能怪塘西村吗？只能怪领导偏心，他们塘西人只有一个办法，要是阻止不了投水者，就想方设法说服他们，请他们向东挪步，要死便去塘东死。如果投水者不听劝，偏要死在塘西水面，他们便只好动用那些竹竿，把所有的浮尸赶到塘东水面去。

即使现在，我们还记得当年塘东岗楼威严气派的样子，很长一段时间内，它堪称塘东地区的地标。塘东岗楼选址在水泵房边，大约有一幢三层楼那么高，因为拨款充裕，造得也考究，远看那是一座带小屋的铁塔，一架陀螺状的回旋铁梯体现了设计者的专业匠心，岗楼顶部的瞭望站用最新型的铝合金作材料，四面有窗，借助水泵房的电源设备，岗楼配置了电铃与探照灯，一旦发现投水者的身影，电铃会响声大作，阻吓他们的脚步，探照灯对于咸水塘人则是新奇的，它在夜间不停地投向咸水塘的水面，从黑暗中划出一片明亮的扇形水面，状如战争电影里的某些场景，让人感到莫名的振奋。岗楼的灯光映照着哨兵的人影，今夜谁在值班，你一抬头便看得清清楚楚。我们经常看见的是小宽持枪伫立的身影，那一年，小宽刚刚从部队复员回家，才放下枪，又拿起了另一杆枪。

每天夜里都有塘东的孩子攀上回旋铁梯，央求小宽打开瞭望站的门，让他们进去参观一下。这要求本身违反原则，孩子们自然都不能得逞。唯有小宽的侄子春风获得特许，成功进入过岗楼，他起码在瞭望站待了十分钟，其间他还摆了姿势，用步枪对准咸水塘水面，灯光造出剪影，大家亲眼所见，春风那姿势起码持续了五分钟。

之后春风成了塘东街道孩子们中间的红人，春风也因此变得越来越傲慢，我去他家找他玩，他竟然要求我先在门外喊“报告”，他说进来，我才能进去。对春风拍马溜须，根本没什么用，我那些同学中只有红旗有幸成为春风的副官，他在春风的引领下进入了瞭望站，进去了三分钟。那三分钟时间里，咸水塘风平浪静，岗楼里却很热闹，好几个民兵聚在里面抽烟聊天，我们在灯光烟雾里看见了红旗的身影，他始终笔直地站在春风旁边，像个真正的副官。后来我们才知道，红旗的副官身份来之不易，那其实是用一包昂贵的牡丹牌香烟换来的。红旗从他父亲抽屉里偷出那包烟，换来了他在岗楼上站立的三分钟。第二天他被父亲罚跪三个小时，从时间比例上看不算太公平，罚跪地点也过于奇特，是跪在他家的屋顶上，面向咸水塘方向，有一点示众的意思。我们看见红旗的父亲也在屋顶上，手里拿了根皮带，我们还听见他教训儿子的声音，你不是要登高吗？你不是要看咸水塘的夜景吗？这里够高，这里也能看见咸水塘，让你看个够！

公平地说，咸水鬼渐渐绝迹，塘东塘西的两座岗楼功不可没。人们后来真诚地夸赞领导的英明决策，让咸水塘回归了吉祥与安宁，但咸水塘没有了咸水鬼，与世界上所有的池塘便没有了区别，对于孩子们来说是极大的遗憾。幸亏出现了最后一个咸水鬼顾春芳，她身份显赫，也比别的鬼魂顽强，传说每年八月十五中秋月圆之夜，顾春芳的鬼魂会在咸水塘里摆出嫦娥奔月的姿势。咸水塘人吃过月饼后会相约塘边，等候顾春芳美丽的鬼魂。这样热闹的场合我也多次经历，遗憾的是我看不见鬼魂，只看见了水中的月亮，它是极其明亮而辉煌的，在岗楼的探照灯扫过水面之后，能听见塘边人群的一片惊呼，顾春芳出来了，嫦娥出来了！人们指着某片半明半暗的水面，看，看顾春芳的袖子，看她的手，嫦娥奔月了！可惜我看不见，我只能看见水里的月亮，看见水面上一片跳跃的粼光，呈现出不规则的形状，你说它是嫦娥就是嫦娥，你说它是月光就是月光。

至于塘西人，他们自称送走了滞留咸水塘的最后一批咸水鬼。随着塘西乱坟岗被平整，划入群星炭黑厂的工地，那些古老的亡灵便逃到了竹林里，但塘西竹林也是厂方属地，竹子很快被砍光，推土机与挖掘机开进了竹林，最后一批咸水鬼便在机器的轰鸣声中开始了逃亡之路。

我的几个塘西同学都声称见过那些亡灵，所描述内容基本一致。他们说那天早晨不下雨，但塘西村到处可以听见滴滴答答的雨滴声，塘西人开门出去张望，正好撞见咸水鬼集队穿越村巷，朝着城北公路方向而去。咸水鬼的身形仿佛雾中人影，忽而清晰，忽而模糊，可以看出他们来自不同的年代，有人穿着时髦的绿色仿制军装或者中山装，有人穿着旗袍，有人长衫马褂打扮，还有男人戴着瓜皮帽，甚至拖着一条长辫子。其中有几个穿着鲜艳的女鬼步态蹒跚，落在队伍最后面，明显生前是裹了小脚的。村民听不见咸水鬼走路的脚步声，只听见在他们所经之路上，水滴像雨点一样落在村路上，嘀嗒嘀嗒地响。咸水鬼不留脚印，但他们留下了一条湿润晶莹的道路，它穿越塘西村巷，像一匹银色的丝绸铺向城北公路，直到中午，太阳也没有晒干那条道路。下午的时候，塘西的老人都出门来看那条路了，对于咸水鬼留下的最后一条道路，他们有着自己的评价，说塘西村有恩于历代历宗的咸水鬼，为了感谢塘西村，咸水鬼在彻底告别咸水塘之前，特意编织了一条银玉带赠予塘西村，以此留念。

消亡的塘东乳牛场

1

那时候，著名的塘西棺材已经在这个

世界上销声匿迹，我们塘东乳牛场还在为活人的营养尽最后的绵薄之力。

市场上的红灯牌牛奶渐渐稀缺，不过，塘东的孩子们算是近水楼台，还能够看见那些熟悉的玻璃牛奶瓶。它们用彩色丝线与白蜡纸包装封口，白蜡纸上有一只红色的灯笼。我不记得红灯牌牛奶的口味是什么时候开始变的，只记得后来就不好喝了。有时候我觉得那口味像烧焦的塑料味，有时候甚至像我们体育老师腋下的狐臭。印象最深的一次是，我在我母亲的监督下喝掉一瓶红灯牌牛奶，鼻腔里灌满了一股尿骚味，很像公共厕所小便槽的气味，我一下就吐掉了。我告诉我母亲，煮沸的红灯牌牛奶有一股怪味，我母亲自己品尝了一口，承认现在的牛奶稀淡了，口味不如从前，但她强调，那是因为现在的青草不如从前鲜嫩了，怪不得他们乳牛场。

这一年咸水塘发生巨变，好草没了。

方圆十里地之内，塘西那边的群星炭黑厂，公路北边的环球水泥厂，花庄那边的新风制药厂和六号桥下的第二轧钢厂，厂区建设都先后竣工。咸水塘的天空渐渐挤满了烟囱。烟囱越多青草越少，这是事物的辩证法，也是历史发展的必然进程。咸水塘的割草人开始时候不懂这些，他们还是带着草筐与镰刀出门割草，只是周边青草少得可怜，割草人便越走越远，当他们不知不觉走到竹板庄、闸口这些地方的草滩，发现已经离家十几里地了。割草这营生变得如此辛苦，他们要求乳牛场提高一点收草的价格，乳牛场方面却不肯，大家觉得划不来，割草人便一个个地扔掉了镰刀和草筐。

我母亲见证了塘东乳牛场最后的岁月。没有人来卖青草，草料紧张。调剂来的外地青草成本太高，货源也不够。乳牛场的张场长迫于无奈，搞起了饲料发明，发明的关键是让乳牛不需吃草，也能产出牛奶。他文化程度不高，对自己的科研缺乏自信，还在乳牛场召开了动员大会，号召乳牛场所有职工都发扬钻研精神，积极参与到新饲料的科研中去。

我母亲习惯响应上级的所有号召，她与小王丽萍联手，提出了用黄豆替代青草的方案。为此她们列举了实证，两人负责的三号棚四号棚，有一半的乳牛喜欢吃黄豆，还有部分乳牛喝了豆浆，产奶量明显提高一倍。但这个方案被张场长立即否决了，他说去哪儿采购黄豆都不便宜，让乳牛吃黄豆，就像让人天天吃红烧肉，喜欢是喜欢，可怎么吃得起？我母亲和小王丽萍也觉得她们的动议过于冲动，为了得到一桶牛奶，给乳牛喂两桶豆浆，想想也划不来。她们合议一番，又提出用稻柴喂养乳牛，节约青草，她们观察吃稻柴的乳牛虽然瘦弱，产奶少拉尿多，不过基本营养还能保障。这方案与别人用麦秸秆喂养的思路相近，但也有实际问题，稻柴虽然便宜，但本地水稻田也越来越少了，哪来那么多稻柴呢？总不能派人去外地采购稻柴吧。乳牛场的女工们的科研水准毕竟有限，最后她们都信任了张场长的方案。张场长的方案是最大胆的，也最具探索性。概括地说，就是打破传统，走科学之路，尽量减少草料，增加药物，乳牛一天只喂一次草，其他时间都喂营养药。

张场长与兽医站的人合作，为塘东乳牛配制了塘东牛一号、塘东牛二号、塘东牛三号三种营养素。我亲眼见过那些装在透明奶桶里的营养素。塘东牛一号是绿色的液体，塘东牛二号是淡黄色的乳膏，塘东牛三号是棕褐色粉末状的，那些色彩斑斓的奶桶放在牛棚里，散发着科学的芳香。

在塘东乳牛改变饮食习惯的最初几天，我母亲每天下班回家都疲惫不堪，手指带着创口，身上有一股奇怪的香味，它比青草的清香浓郁许多，又比茉莉花的香气淡一些。我问她身上是什么气味。我母亲说那是塘东牛一号的香味，也就是绿桶的气味。她还说，塘东牛一号是新饲料中最重要的营养素，每一头乳牛每天必须保证饮用半桶，偏偏乳牛都不喜欢那个味道，她要强行掰开牛嘴，才能勉强将药水灌进去，想想正常，那么多乳牛要靠她掰嘴灌药，怎么能不累呢？

很可惜，塘东乳牛场科学养牛的探索最终半途而废了。谁也不敢肯定，在他们发明的三种营养素里，是哪一种的成分出了问题，导致一些乳牛荷尔蒙勃发，却是性欲倒错，终日追逐其他母牛的屁股。大多数乳牛患了急性肠胃病。乳牛腹泻不止，奶房空瘪，挤不出牛奶，撒出来的尿，却是乳白色的，看起来像是稀释很多倍的牛奶。

乳牛场内一片末日景象，我母亲他们终日忙作一团。隔了很远，我们都能闻到乳牛场飘来的牛粪味。因为饥饿，因为性苦闷，两百多头乳牛的哀嚎犹如狮吼，终日回荡在塘东的上空。

我父亲提前从塘东街道得到了内幕消息，乳牛场已经拖累了整个塘东街道的声誉，迟早要解散，包括我母亲在内的乳牛场职工，都要重新安排工作，他们将作为外包工进入那几家新兴的大型工厂。我听见过我父亲与我母亲商量，该如何慎重选择她的未来。我母亲起初心仪新风制药厂，她认为做一名制药女工很高尚，也实惠，以后需要什么药，都不用跑医院了。但我父亲批评我母亲目光短浅，怎能为了几瓶药选择制药厂？他消息比较灵通，说招收塘东外包工的几家工厂中，新风制药厂属于大集体企业，群星炭黑厂是省级企业，环球水泥厂才是最理想的，那是部属企业。只不过环球水泥厂名额最少，从塘东乳牛场这样的街道企业一步高升，进环球水泥厂，恐怕还需要走走关系。

有一天我母亲带回来两瓶红灯牌牛奶，她说那是乳牛场职工最后的福利，也是我们家能喝到的最后的红灯牌牛奶了，以后就没有红灯牌牛奶了，即使还存在，红灯牌牛奶跟我们塘东也没有关系了。

我母亲煮牛奶的时候，发现奶锅里有一只蚂蚁，她用勺子把蚂蚁捞出来，随手丢到地上，那白色的蚂蚁竟然活着，它在地上爬，爬得不慌不忙。我过去捏住了蚂蚁，发现它粘在我手掌心，白色的奶汁分离之后，蚂蚁微小的身体竟然是蓝色的。是一只蓝蚂蚁。

我以为那蚂蚁本来就在奶锅里，我母亲却不这么想，她瞥一眼我手指上的蚂蚁，抓起空奶瓶转了转，又有一只蚂蚁从奶瓶里爬出来了，一只蓝蚂蚁，它爬在我母亲手背上，我母亲将手伸到水龙头下面，用水把蚂蚁冲走了。我听见她说，这肯定是花花的奶，花花最近招蚂蚁，它奶房上全是蚂蚁啊。

花花是我母亲饲养的一头乳牛，我也熟识。难以想象蚂蚁如何会聚集在花花的奶房上，难道花花的奶房上有一只蚂蚁窝吗？我问我母亲，蚂蚁有没有可能在乳牛身上做窝，我母亲说，你在胡说什么？蚂蚁怎么会在乳牛身上做窝？一定是花花身上有什么味道，把蚂蚁招来了。

我记得很清楚，最后两瓶红灯牌牛奶，我母亲没有逼着我喝。等到奶锅冷却之后，她自己一仰脖子，把最后的红灯牌牛奶都喝光了。我怎么舍得浪费牛奶？蓝蚂蚁就算吃下去也没关系的，蓝蚂蚁就是草堆里的蚂蚁，没有毒。我母亲自信地说，硫酸厂那边的黄蚂蚁，还有制药厂那边的白蚂蚁，才是有毒的。

2

那天早晨，塘东的人们听见街上一阵奇怪的嘈杂声，像低沉持续的雷鸣，细听之下，雷鸣不是来自天上，而是在地上滚动。居民们推开门窗，强烈的牛粪味扑鼻而来，是塘东乳牛的迁徙队伍正从街上缓缓通过，街上所有的行人都闪到墙边，掩着鼻子给牛群让路。

人们第一次看见浩浩荡荡的塘东乳牛的队伍，它们在行走。塘东乳牛体格硕大，腿短，但大多瘦弱，饱经沧桑的奶房松垂着耷拉下来，几乎拖曳在地上，它们的毛色普遍是黑白花的，看上去是一片片的黑云与白云在街上游动。

塘东街道狭窄，两百多头乳牛队形松散，所以牛群绵延了很长一段路，通行了很久，密密麻麻的牛蹄敲击着石子路面，声音杂乱而沉重，整个塘东，包括不远处咸水塘的水面，都在持续的牛蹄声中震颤。

几个赶牛人来自遥远的春光公社，他们频频挥动手里的牛鞭，催促那些脚步茫然的乳牛。有的乳牛在哞哞地嚎叫，有的乳牛沿途排泄了牛粪。人们看见乳牛场的张场长骑着自行车为牛群押尾，似乎是在为塘东乳牛送行，也似乎在送别自己的孩子。他们知道张场长擅长乳牛配种技术，堪称塘东乳牛之父，经他之手，每年都有好多塘东乳牛降生。人们想起多年前第一批乳牛抵达塘东，大约只有十六七头。也是一个夏天的早晨，也是张场长押尾，只不过他当时破衣烂衫，满脸尘垢，人们问他乳牛从哪儿赶来，他自豪地说，内蒙古大草原！人们吓了一跳，又问他路上花了多长时间，他说，我记不清了，我春节以后出的门，现在回家，你们自己给我算算。

路人们明明看见张场长脸色不好，还有人多嘴，问，你把乳牛都卖了？你舍得？张场长骑在自行车上说，不舍得能怎样？你没粮食吃能活着？牛折腾不起了，我只能给它们一条活路。多嘴的人又问，卖给谁了？张场长朝前面的赶牛人努努嘴，谁那儿有草卖给谁，春光公社，那边还有很多草滩。多嘴的人还问，一头乳牛能卖多少钱？张场长说，牛奶都喝到你们肚子里去了，现在乳牛都挤不出奶了，还能卖多少钱？

我母亲抱着我弟弟，倚门目送牛群从我家门前通过。她喂养过的乳牛，挤过奶的乳牛，她都认得，它们经过的时候她对我弟弟一一做了介绍，看，大黑来了，懒婆娘来了，为什么叫它懒婆娘呢？因为它是大懒牛，吃得最多，就是不产奶。看，好妈妈来了，为什么它是好妈妈呢，它吃得不多，奶多，好妈妈是光荣牛，戴过大红花的。

乳牛花花走过来的时候，我母亲喊了一声，花花！她以为花花分辨不了她的声音，但在一片混乱与嘈杂中，花花听见了我母亲的声音。它脱离牛群直行的队伍，斜向朝我母亲走来，步态疲惫，却很坚定，它庞大而肮脏的身躯停留在我母亲身边，似乎等待着她的最后一次喂饲。我母亲说，花花，走啊，我没有草喂你呀，我哪儿有草喂你？乳牛的头昂起来，抵住了我弟弟。我母亲看见我弟弟用手去抓乳牛的耳朵，别抓它耳朵，花花耳朵里有虫。她制止了我弟弟，发现乳牛的前蹄已经跨过我家的门槛，尝试着要挤进半个门框，走进我家院子。我母亲惊叫起来，花花你怎么回事？你不能进我家的，我家不是乳牛场，我没有草喂你了！

我母亲抱着我弟弟，一时无措，慌乱中看见张场长过来了，便求他帮忙，花花开小差，要往我家里跑呢，你快来把它弄走！张场长停下自行车，过来帮着赶牛，但他无疑在牛群中也失去了权威，乳牛花花倔强地挤在门框里，任凭怎么推拉打骂，它只想往我家院子里跑。张场长说，现在牛都怕我，不听我的了，花花认你，你干脆留它在院子里吧。我母亲说，张场长你开什么玩笑，我留它在家有什么用？张场长说，是你喂大的乳牛呀，你两个儿子要营养，喝它的奶么。我母亲说，你这不是糊弄我么，就算留下它挤牛奶，这花花的奶房哪里还能挤出奶来？张场长说，那是没有草，吃三天好草就有好奶了，就算没有奶挤了好歹还是一头牛呀，还有一身肉，市场上牛肉那么贵，你找个屠夫来，宰了吃牛肉。我母亲说，场长你又开玩笑呢，我哪儿有工夫给它找青草，又怎么狠得下心宰它？再说了，这么老的乳牛肉能进嘴吗？煮不烂咬不动的。张场长说，那是你不会煮，要先泡一夜，要放胡萝卜，多放黄酒酱油，小火慢慢炖，肯定很好吃的，实在太硬咬不动，就晒牛肉干，放点咖喱粉腌上，味道肯定比商店里卖的好。我母亲说，什么泡什么煮什么腌呀，再好吃我能吃得下花花的牛肉？那是我一口一口喂大的牛，我哪来那胃口？张场长说，你这人不会过日子，就算你不吃牛肉，花花还有一张大牛皮呢，你们不都眼红小王丽萍的皮夹克吗？我可知道那皮夹克怎么来的！很简单，宰了牛把皮子送东门皮革厂去，让他们鞣一下，染个颜色，加工好了送到香椿树街那马裁缝店里，马裁缝三代做皮衣，手艺好，那么大一张牛皮，你们夫妇各做一件皮衣都够了，算留个纪念不好吗？我母亲说，不好！我才不要这个纪念，我要是把花花的皮子穿在身上，全身不长牛皮癣才怪，它得去春光公社，去那儿至少还有口草吃，还能活几年。

这时候花花的后蹄挣脱了张场长的手，它庞大的身躯终于从半个门框里挤了进来，冲向我家的院子，仿佛冲向一片肥沃的草地。我母亲看着牛急迫地来到一匾雪里蕻边，它嗅了嗅雪里蕻，抬头看着我母亲，似乎在询问雪里蕻是不是饲料，能不能吃。我母亲跺脚惊叫，花花，不能吃雪里蕻！她放下我弟弟，跟张场长一起去赶牛，花花出去，快出去，我养不了你了，你该去春光公社，那里还有草场。牛纹丝不动，它的眼睛注视着我母亲，牛眼四周凝结着肮脏的分泌物，目光却像以往一样清澈透明，我母亲看见一滴眼泪从牛眼里夺眶而出，嘀嗒一声，落在地上。她的心颤动了一下，随后喊起来，不行，花花你哭也不行，我养不了你！我母亲仓皇地跑到门外，朝着街上的人群喊，来人呀，少了一头牛！花花进我家来了，谁来帮帮我们一起拉走它呀！

迁徙的牛群过去了，街上一片狼藉，依然混乱，谁也没有在意我母亲的呼救。张场长蹲在我家台阶上喘粗气，他的眼圈红着，脸是黑着的，看不出来是伤心，还是在生气，很明显，无论我母亲还是牛，都伤害了他。我母亲说，张场长，你倒是帮帮我呀，牛群都走远了，春光公社的人迟早会发现少了一头牛，难道还要我给他们送过去吗？张场长站起来，探头看看院子里的乳牛，突然飞快地跨上他的自行车，回头对我母亲说，蒲招娣你听着，他们不会来找花花的，这牛是投奔你来了，你要养要宰要赶，随便你处理，我反正不是场长了，从今往后，我再也不管牛的事了。

那天我放学回家，看见我们家门口满地都是牛群遗下的牛粪。牛粪很新鲜，很稀薄，在阳光下倒映出一块局促的咸水塘天空。我惊讶地发现，牛粪倒映的那一小片天空油汪汪的，是彩色的。蓝色，绿色，红色，黄色，白色，还有微微的紫色，比五彩天空还多了一种颜色。

我推开家门，一眼就发现了院子里的花花，一头逃逸的乳牛，一头投奔饲养员的花乳牛。它有点惊惶，松垂的奶房瑟瑟发抖，硕大而浑浊的牛眼注视着我，仿佛在向我索取善意与怜悯。我听见我弟弟在房间里哭，边哭边向我母亲嚷嚷着，我听不清他在嚷嚷什么，只看见花花的奶房抽搐着，突然流出几股乳白色的奶汁，奶汁滴滴答答地落在地上，应和我弟弟的啼哭。这是第一次，我目睹花花的奶房像泉眼一样自动流出奶汁，那也许是奉献给我弟弟的，也许是给我的一份见面礼。我跑过去，用手掌接住了几滴奶汁。花花的奶汁现在究竟是什么味道？我很好奇，用舌头舔了一下，那滋味很难形容，它有点腥，有点酸，还略带苦涩，但是，我能分辨出来，那几滴奶汁正在我舌尖上努力，渐渐地绽放出一丝春天的青草香味。

咸水塘的彩色天空

也是这一年的秋天，咸水塘的彩色天空初具规模了。

彩色天空是方圆十五公里之内所有烟囱齐心协力的结果。孩子们都为咸水塘的彩色天空感到自豪，对于烟囱，则怀有天然的感恩之心。

谁都见过工厂的烟囱，不是所有的天空都爱烟囱，也不是所有的烟囱都善待天空，但在秋天这个季节，咸水塘的烟囱与天空堪称天作之合。在孩子们的眼里，秋天的烟囱就像一支支耸入云霄的画笔，每一支都有个性，能在天空涂抹独立的色彩。从科学的角度看，应该是秋天多变的风向与适宜的风力，推动了咸水塘周边各种颜色的烟雾，让它们在不同的高度和位置相遇，糅合成一种五颜六色的雾气，雾气流动，随风变幻，撞到云之后，白云便变成了彩云。秋天还有很多日子风和日丽，来自东南西北的烟雾受气压与空气湿度的指挥，它们往往会在咸水塘的水面上空集结，组成一块水彩似的天幕，水面倒映天空，咸水塘的居民会看见人间难得的奇景，天幕上飞龙走凤，水面之下似乎在燃放五彩缤纷的焰火，而工厂区的人们在高处眺望咸水塘，能够清楚地看见城北郊区最后的池塘，看见咸水塘最后的田园景象，看见塘西人放养在塘里的鹅鸭，它们似乎是在锦缎中游弋。

在我们咸水塘，孩子是与烟囱一起成长的，他们对周边烟囱的布局了如指掌，没有孩子不爱烟囱，而且大家会认领自己最心爱的一根烟囱。一般来说，你属于哪家工厂的家属，你就会对哪一支烟囱青睐有加。有的女孩子很奇怪，她们的好恶标准在于烟囱冒出的烟雾色彩，我曾经听见我们学校的两个女生争论不休，李蓓蕾说第二轧钢厂的红烟最美丽，李文琴则说新风制药厂的紫烟最漂亮，理由是紫烟比红烟更稀罕。男孩子们相对理性，他们能够准确地排列天空中五色烟雾的级别：来头最大的是环球水泥厂的白烟，属于部级烟；群星炭黑厂的黑烟是省级的，中档；新风制药厂的紫烟、幸福硫酸厂的黄烟和第二轧钢厂的红烟则是市级的，实力稍弱。当然，烟囱的高度是一个无可回避的指标，以高度来说，群星炭黑厂的烟囱排名第一，所以，这也让我的那些塘西同学骄横起来，因为群星炭黑厂紧邻他们塘西，我有好几个塘西同学的家里人进了群星炭黑厂，他们便也自大，蒋红根甚至口出狂言，说群星炭黑厂的烟囱有两百多米高，是全中国最高的烟囱。

我的荣耀来自我父亲。有一天我父亲在文化站接待了一个北京来的摄影记者，他要为报纸杂志拍摄咸水塘一带的工业建设风光。我父亲陪同他先后攀上我们咸水塘工农子弟学校的楼顶、河边的砖窑、城北的宝光塔塔顶、补空寺旁边的传染病医院大楼，记者不是对角度不满意，就是对距离挑剔，他们越走越远，最后我父亲指点记者，爬到了香椿树街附近一段废弃的城墙上，他们终于找到一个最好的角度和距离。在我父亲的亲眼见证下，记者用他的相机对准咸水塘的天际，镜头里出现了参差林立的烟囱，各支烟囱吐出彩色的烟雾，像礼花般地绽放在天空。

那幅名为《咸水塘的彩色天空》的摄影作品，后来登上了北京的报纸和画报。记者信守诺言，从北京给我父亲寄来了两张冲洗好的照片。我父亲欣喜地发现，其中一张照片下方，记者特意用铅笔写了赠给邓福来同志留念的字样。

我还记得人们拥挤在塘东文化站宣传橱窗边的情景。橱窗里分别陈列着一份画报，一份报纸，一张彩色照片的原作，标题皆为《咸水塘的彩色天空》。除此之外，还有我父亲和那位记者在文化站门口的一张合影，虽然贴在橱窗角落，合影中我父亲为记者扶着三脚架的样子，却很醒目。人们当然懂得我父亲的心思，所以他们用羡慕的口气对我父亲说，大站长，咸水塘的天空出了名，你也有一份功劳！

第二章　白天气

风

1

开始我弟弟的故事之前，先说说风。

在记载咸水塘地区历史变迁的所有文献资料中，风物变化是一条主要脉络，但遗憾的是，咸水塘的气象变化数据是缺失的，尤其是咸水塘大风，它被有意无意地忽略了。我印象里咸水塘的风，一年大过一年，一年比一年怪异，与我们青春期的成长节律保持了一致。

陌生人在冬春时节来到咸水塘，都对咸水塘突兀而狂暴的大风束手无策。有人不过是从五公里以外的香椿树街来访亲走友，他们怎么也想不通，为什么一路上风和日丽的，咸水塘却在刮大风？大风从北面呼啸而来，忽而偏东，忽而偏西，塘东的街道与塘西的村舍，甚至咸水塘的水面都在风中发出噼噼啪啪的响声，令人心慌。紊乱的风向，惊人的风势，你要往前走，风堵着你的身体，不让你走，你要向左，风拉拽着你向右去。

这样的季节与天气，人们无缘见到咸水塘著名的彩色天空，周边的烟囱丛林之上，天空与别处雷同，幸福硫酸厂的黄烟，制药厂的紫烟以及轧钢厂的红烟被狂风吹散，在空中稍作停留便不见了，天空中的烟雾一黑一白，分别是环球水泥厂的白烟和群星炭黑厂的黑烟，此地的天空就是郊区地带普通的天空，灰蒙蒙的，有点脏。风像骏马一样在烟囱丛林里突围、奔跑，目的地却不明确，因此风声是变奏的，听起来忽而狂躁，忽而迷惘，忽而又有几分忧伤。

对于风这种特产，你能说些什么呢？风就是风，咸水塘狂风也就是风而已，它与以前著名的塘西棺材塘东牛奶不同，不能吃不能用，很难给予高度评价，与著名的彩色天空相比，咸水塘狂风并不能象征什么，也就缺乏宣传意义。一般来说，只有风车喜欢风，人是不喜欢的，几乎所有咸水塘人都讨厌咸水塘的大风，但我弟弟是个例外。

刮大风的日子是我弟弟的节日。他寻求与风合作，让大风带他走路。风能不能带他走路，要取决于风势风力，而天气预报从不关注咸水塘地区的风，我弟弟带着他的纸风车出门，沿途测试风力，最大的风口往往是在榨油厂门口的空地上，所以在刮大风的日子里，榨油厂的工人经常看到一个男孩手执纸风车，在厂门口东倒西歪地移动，嘴里发出胜利的欢呼，有时候他还向风发出指令，向前吹，向左吹，向右吹！

大风往往来自北方方向，来自环球水泥厂方向。从我们的听觉上说，风的警报是在环球水泥厂的大窑顶上拉响的，那座巨大的圆柱形窑体先是发出嗡嗡的鸣哨声，哨声渐渐急促，像某种弦乐在高音区持续演奏，声音越来越尖利越来越悲怆。然后，公路北面的天空率先碎裂，狂风跨越城北公路长驱直入，整个塘东街道被风推搡着，建筑物与电线杆发出痛苦的呻吟，街道上空充满了来历不明的破碎声，有的沉闷，有的清脆，似乎是天空的碎片坠落在地。

刮大风的早晨我顶着大风去咸水塘工农子弟学校上学，看见供销社楼顶上的彩旗被风撕得破破烂烂，还在尽职地飘扬。一只竹篮和一只铁皮桶在街上没头没脑地奔跑，互相追赶，一只袜子像惊鸟一样在空中奔逃，一条咸鱼突然从顾师傅家的院墙里飞出来，差点落在我的头上。在榨油厂附近，一堆随意倾倒的油菜籽残渣在街上奔涌，仿佛一道黑色海浪。塘东的街道上有一种兵荒马乱的气氛，路遇的同学都衣着臃肿，身体前倾，缩着脖子，保持着统一的行走姿态。无论你喊谁的名字，对方都听不见，因为大风把你的声音吹走了。

风给咸水塘带来了好多故事，有的就发生在上学路上。比如我的女同学夏小丽与李蓓蕾从最要好的朋友变成死敌，就是因为风。她们在大风天的早晨结伴上学，路过咸水塘的时候，夏小丽忽然觉得谁推了她一下，噗咚一声，她掉进了冰冷的水里。当时只有李蓓蕾在她身边，所以她从水里爬上岸，首先质问李蓓蕾，李蓓蕾你疯了？你为什么把我往塘里推？李蓓蕾跺脚，怎么是我推你，肯定是风呀！夏小丽不相信是风，怎么可能是风？她说，风哪有那么大的力气？就算是风，风凭什么不推你，偏偏推我一个人？我比你胖，比你重，你比我瘦，比我轻啊！为什么是我掉水里了？李蓓蕾张口结舌，最后便说出了那句名言，你别问我，去问风啊。

别问我，去问风。这句话在咸水塘的青少年中流行了很久。

有一天我们在咸水塘工农子弟学校上马桂红的政治课，一阵狂风灌进教室窗户，一团白色的东西忽然飞到蒋红根的课桌上，是一只白色的乳罩。那应该是从不远处的教师宿舍楼吹过来的，说不清楚蒋红根是真的无知还是故意，他拎起乳罩问邻座的女生，这是短裤还是背心？周边的同学都笑起来。马桂红闻声朝蒋红根跑过来，蒋红根慌乱中把乳罩塞在了课桌洞里。马桂红掏出乳罩，定神一看，发出了一声尖叫，小流氓！你上学还带这个东西？这是谁的？她不相信蒋红根的解释，嘴唇气得哆嗦，怒骂他不知羞耻。我至今记得蒋红根被马桂红推出教室，站在走廊上高声大喊，我真的不知道，你要去问风啊！

2

咸水塘人所说的白天气或者黑天气，也是风与烟囱合作的产物。

不是东风压倒西风，就是西风压倒东风。这是真理，咸水塘的天气也证明了这个真理。冬春之际大风常常把咸水塘的天空作为战场，环球水泥厂与群星炭黑厂两家工厂的扬尘参与厮杀，双方恰好一黑一白。如果当天东北风战胜了西北风，塘东将会遭遇所谓的白天气。顾名思义，白天气的天空是白茫茫的，环球水泥厂的水泥获胜了。狂风吹起水泥厂厂区沉积多日的水泥粉尘，粉尘像雪花一样朝着塘东的天空扑来，塘东的街道屋顶，包括塘边的杨柳树很快就白了。如果恰逢我们在咸水塘工农子弟学校上课，会看见窗外的操场慢慢变白，起初像是撒了面粉，到放学的时候，操场上就像铺着积雪了。

如果是西北风肆虐，战胜了东北风，那意味着黑方获胜，我们很可能迎来所谓的黑天气。黑天气的使者是群星炭黑厂的炭黑积尘，它们细小轻盈，能够在空中拢成一组组黑色云团，有时候那些黑云团礼貌地徜徉在塘西村那侧，不越雷池，有时候就放肆，径直从塘西方向飘过来了。即使在塘东，我们也能看见它们越过咸水塘水面的盛况，像大片黑压压的虫群，不怀好意，却保持着绝对的安静。它们有黏性，会精准地落在人的眼睑下，你顺手一抹，炭黑灰粘在你手指上，毛茸茸的，油亮油亮的。你若仔细看，发现炭黑灰会蠕动，像虫子一样，是活的。

像我母亲那样的家庭主妇，大多讨厌黑天气。由于广播里的天气预报与咸水塘地区关系不大，无论她们怎么注意天气预报，难免会被黑天气打个措手不及。萝卜雪菜被单衣服晾在外面忘了收，要是遇上白天气还能补救，水泥灰用水清洗一遍就没了，吃的还能吃，穿的还能穿，但撞上黑天气就倒霉了，一件白衬衫一旦落了炭黑灰，永远也洗不干净，一条腌鱼如果落上了炭黑灰，连猫都不吃，只能扔了。黑天气让家庭主妇们都深感恐惧。我至今记得当年咸水塘冬夜的风声，还有我母亲对风的祈求，我看见她披衣站在窗边，对外面的风说，风，行行好，刮点东北风不要紧，千万别刮西北风，不要黑天气啊！

3

是一个大风天的早晨。我母亲一开门，看见门外一片白色的水泥粉尘，铺在地上白茫茫的，像是刚刚下过雪。我母亲看了看天，非常感恩，还好，是白天气。她说，夜里那风乱刮，搞不清是东北风还是西北风，我还怕今天是黑天气呢。

她给我弟弟穿好衣服，又给他衣服外面套了一件塑料雨披。我弟弟问她，是大风天，不是下雨天，为什么要穿雨披？我母亲说，不下雨，下水泥灰呢，你没看见？今天是白天气，穿上雨披衣服里就不会钻进水泥灰了。

有一只鹅站在我家门口，鹅毛和掌蹼都湿漉漉的，似乎刚从水里逃上岸。它的姿态，像是在寻找失散的主人。我弟弟说，看，一只大鸭子！我母亲纠正他说，那不是大鸭子，是一只鹅。她急匆匆地将我弟弟抱到自行车上，并没有朝那只鹅多看一眼。早晨是我母亲平时最忙碌的时间。她带着我弟弟很早出门，先去菜场把做晚餐的菜买了，然后把我弟弟送到塘东幼儿园，最后才到水泥厂去上班。

我母亲在塘东菜场买了点韭菜，一转脸看见旁边有人在卖螺蛳，那是我父亲最爱的东西，她抓起木盆里的一只螺蛳审视，嘴里问，这是咸水塘里的螺蛳吗？现在水那么脏，螺狮还能吃吗？她没听见回答，一抬头看见一个睡眼惺忪的少女坐在一只小马扎上，斜着眼睛看她。少女怀里抱着一个五六岁样子的小女孩，那小女孩瞪着我弟弟，目光炯炯。我母亲认出少女是塘西黄招娣的二女儿好芳，她怀里那个小女孩，应该是她妹妹好莉。我母亲嘴里哎呀一声，把那只螺蛳扔进木盆，推着自行车就走，她听见身后的姐姐对妹妹说，就是他（她）。

他还是她？我母亲不知道好芳在指证谁，是她自己还是我弟弟？就是他（她）是什么意思？她回头瞪着好芳，想质问她，转念又放弃了，算了算了，我母亲对我弟弟解释说，我不想跟他们这家人说话。

我母亲人生中最不愉快的一天，就此拉开帷幕。

塘东幼儿园在榨油厂旁边的巷子里。我母亲把我弟弟送进去，幼儿园的老师马秀娟瞥一眼我弟弟身上的塑料雨披，表情有点不屑，你算是最讲卫生的家长了，白天气都给孩子穿上雨披，可惜你儿子不讲卫生呀，今天他肯定要找地上的水泥灰吃了，他自己吃了不算，还让别的小朋友吃，他说那不是水泥灰，是面粉，他说面粉是甜的，比糖还甜。马秀娟等着我母亲骂我弟弟，但我母亲假装没听见，只是忙着给我弟弟脱雨披，马秀娟便大声嚷了一句，你儿子吃水泥呀！她看我母亲还是无动于衷，又让我弟弟自己作证，我有没有瞎说？你上次是不是让张小雷吃水泥了？你是不是告诉他水泥是甜的？

我弟弟偷看我母亲一眼，羞愧地点点头，马秀娟摸了下他的脸，算是对他的诚实表示肯定，但她很快又想起我弟弟的另一个毛病，今天刮大风，你是不是很开心呀？她说，你自己告诉你妈妈，今天你要不要往外面跑，让风带你走路？你跟别的小朋友怎么说的？闭起眼睛，自动走路？我弟弟又看一眼我母亲，低头说，上次刮大风，我没出去，我睡觉了。马秀娟哼了一声，毫不客气地向我母亲表达了不满，招娣呀，带你家这一个孩子，比带五个孩子还累人，他的脑袋瓜，跟别的孩子不一样。

我母亲了解我弟弟的恶习，她对此很恼火，也没少惩罚他，但马秀娟指责我弟弟的脑袋瓜，让我母亲不能容忍，她当即沉下脸来，我儿子是不聪明，不聪明就不聪明吧，世界上那么多聪明人呢，也不少他这一个。我就是不懂你这个意思，他的脑袋瓜跟别的孩子怎么不一样了？是榆木疙瘩做的还是石头做的？你怕他是白痴吗？马秀娟嘴里吔的一声，我跟你反映点孩子的问题，你不用这么大火气吧？我也没说他是白痴，可他说水泥灰是甜的，那算怎么回事？他再捡水泥灰吃，要是吃出什么问题来，你不找我们幼儿园算账？他要是再偷偷跑出去，搞什么自动走路，出了意外谁负责？我母亲说，你何苦这么大惊小怪的？孩子太小，腿都快，嘴都馋，不都捡地上东西吃么，难道你儿子小时候没捡过地上东西吃吗？马秀娟坚定地摇头，我儿子也捡，但从不捡水泥灰吃！你不要护犊子，你儿子今年五岁了吧？这幼儿园那么多五岁的孩子，谁像你儿子那样？你看看人家李美珍的儿子，会背诵好几首唐诗了，他五岁！姚主任的孙女，会做两位数乘法啦，她也五岁！

这话题是我母亲的忌讳。她最讨厌别人拿我弟弟与别的孩子作攀比。比聪明比灵活比可爱，甚至比个子，我弟弟跟谁比都是落败的一方，她心里是清楚的。每逢遭遇这样的窘境，她脑子里会想起当年去郊区人民医院的分娩之路，记起花村那辆装满生猪的拖拉机，仍然恨得咬牙。别人分娩前看见了稻米看见了书本看见了鲜花，谁让她那天看见了满满一车生猪呢？她差点向马秀娟透露这个隐私，又不甘心，想起我弟弟唯一的优点，便大声说，我儿子是不会背唐诗不会做乘法，可是我告诉你，我儿子是咸水塘最善良的孩子！

马秀娟并不否认我弟弟的善良，她眨巴着眼睛看看我母亲，看看我弟弟，忽然一笑，善良有什么用，能当饭吃？

我母亲料不到马秀娟会说出这种话，你是幼儿园的老师呀，当着孩子的面，怎么能说这种话？

你是说我不称职？马秀娟斜着眼睛看我母亲了，她说，既然我们塘东幼儿园的老师不称职，你怎么不把孩子送水泥厂托儿所？人家的条件比我们这儿好多了，人家老师水平高，还不收托儿费，你为什么偏要送我们这儿来？一个月还多花五块钱！

这一下便又戳到了我母亲的痛处，她悻悻地说，水泥厂托儿所的规矩你不知道？人家只收正式职工的子女，我享受不到那福利，我是外包工！外包工除了每个月发一块肥皂一条毛巾，没有别的福利，厂里有明文规定，临时工外包工的子女，托儿所一律不收，我有什么办法？

一律不收？马秀娟说，冷梅珍不是跟你一批进的水泥厂吗？怎么她把孩子送到水泥厂托儿所去了？

我母亲的脸色更难看了，她愤愤地跨上自行车，回头对马秀娟说，你是真不知道还是装不知道？人家冷梅珍是高书记的小姨子，她一进厂就是正式工，一山更比一山高，我能跟冷梅珍比？我能去水泥厂上班，就算烧了高香了！

是一个白天气的早晨，也是我母亲人

生中最不愉快的一个早晨。她送走了我弟弟，骑车赶往环球水泥厂上班，途经咸水塘边，她注意到塘边的杨柳枝沾满了白色的水泥粉尘，像是裹了一层白雪，或者糖霜。风在水面上呜咽了几声，忽然嘶吼起来，杨柳枝条随之疯狂起舞，白色水泥灰漫天飞扬，迷了我母亲的眼睛，有一棵杨柳树的枝条借着风势荡过来，啪的一声打在我母亲的脸颊上，她觉得自己被杨柳枝打了个耳光。我母亲跨下自行车揉眼睛，觉察到风的手在解她脖子上的那条红丝巾，一眨眼，红丝巾离开她的脖颈，像鸟一样飞起来，我母亲眼睁睁看着它像鸟一样飞，飞，最后栖息在一棵柳树枝上。

我母亲去摇树，红丝巾没有摇下来，却摇来了又一阵风，又一片白茫茫的水泥灰，那红丝巾乘风而去，在空中盘旋一会儿，轻盈地落在了咸水塘里。

该死的风把我母亲气晕了。那条红色丝巾是她心爱之物，实在不舍得，便折了根柳树枝子在咸水塘边守着，企盼它能随波返流到岸边，但事与愿违，红丝巾越漂越远，最后停留在远处的水面上，像一团鲜艳的火苗燃烧着，看起来非常得意。

4

那天我母亲上班迟到了。

无论在塘东乳牛场还是进入环球水泥厂之后，我母亲从不迟到，对于她来说，上班迟到几乎是一种罪过。经过传达室的时候，职工照例要跨下自行车示意，我母亲心虚，一条腿敷衍地划拉一下，头扭向另一边，刻意不让人看见她的脸。她的慌张引起了门房老孙的注意，老孙有腿疾，歪歪斜斜地冲出来朝她吼，停车！你是谁，干什么的？

我母亲只好停下车，干什么？我来上班！我储运仓库蒲招娣呀，今天家里有点急事，迟到了。

那老孙偏偏不认识我母亲，他不追究迟到的原因，只是狐疑地端详我母亲的面孔，储运仓库？储运仓库的人我都认识，你叫什么招娣？李招娣不是在食堂的吗？严招娣？严招娣不是金工车间的吗？

我母亲说，我不是李招娣，也不是严招娣，我是储运仓库的蒲招娣！

老孙说，我不知道储运仓库有什么蒲招娣，不管你是什么招娣，反正你肯定是塘东人，不是我们厂的人！

我母亲说，我是塘东人，可我进厂都好几年了，外包工你懂吗？我先在纸袋车间，后来去了储运仓库，你不知道我我知道你呀，你不是老孙吗？以前在大窑看窑，去年腿摔坏了才到传达室看门的，对不对？

说这个没用，我认识市委的人不代表我是市委的，你认识我不代表你是我们厂的，对不对？老孙说，你要证明是我们厂的人，很简单，给我看一下工作证。

我母亲说，我天天从这厂门进进出出，都好几年了，谁知道你会不认识我？谁还带着工作证来上班？我已经迟到了，都急死了，难道你还要我回家去取工作证？

对呀，你反正迟到了，一刻钟也是迟到，一小时也是迟到，回家去取工作证来吧。

我母亲气坏了，她怒视着老孙，你们气死我了，今天什么鬼日子？一大早的，是人是鬼都来欺负我！她冷不丁跨上自行车，朝厂门里飞快地蹬起来，回头看一下老孙，忿忿骂道，死瘸子，我看你这瘸子能不能追上我两只轮子！她听见自己恶毒无礼的声音在身后飘荡，忽而为自己感到难堪，难堪过后是委屈，于是她仰望着前方的水泥磨喊，今天是什么鬼日子！

储运仓库临河的大门都开着，运水泥的驳船队已经停靠在小码头上，两条跳板也早已架好，装卸队的工人正坐在驳岸上抽烟聊天，他们在等我母亲。队长老顾朝她喊，今天太阳从西边出来的，你怎么迟到了？家里有什么事吗？我母亲回应道，什么事情也说不上来，今天就是个鬼日子！

我母亲的工作岗位，其实是驳岸上的一只高脚铁凳子，还有一只板条箱。她负责清点储运仓库出库的水泥，清点不需要靠记忆，靠木筹。就像以前在乳牛场饲养乳牛一样，她还是和小王丽萍搭档，小王丽萍在仓库里发包，她在码头上收木筹。装卸工扛着水泥包从仓库出来，手里都拿着根木筹，在上驳船之前，他们要把那根木筹交给我母亲。有多少包水泥上船，我母亲的板条箱里就应该有多少根木筹。

两条跳板架在码头与驳船之间，始终咚咚地响着。装卸工走过我母亲身边，我母亲一般不看他们的脸，只看他们的手。交接一根木筹，对于双方来说都轻而易举。但那天早晨，一根迟疑的木筹引起我母亲注意，它伸过来又缩回去，似乎胆怯，她抬眼看，装卸工竟然是塘西的萧木匠。萧木匠朝她咧嘴一笑，露出一口黑牙，他的笑容是讨好的谦卑的，但我母亲被惊着了，她慌忙掉转脸，朝老顾喊起来，这是塘西人呀，这是塘西村的萧木匠！谁让他来仓库扛水泥的？

老顾不知道我母亲为何大惊小怪。他告诉我母亲，装卸队人手不够，招了几个有力气的塘西人做临时工。我母亲说，就算你们在塘西招临时工，也不能随便招，阿狗阿猫都招进来？老顾笑起来，什么叫阿狗阿猫？装卸队就是干苦力的，到哪儿都是扛包而已，有力气就行，不至于还要政审吧？我母亲说，政审是不需要，也要看看人品吧，这种掘人祖坟的人，还有什么事做不出来？你怎么能让他到储运仓库来干活？老顾不了解我们家与萧木匠的过往，什么掘人祖坟？他嬉笑起来，朝萧木匠高声喊，萧木匠，你挖过人家的祖坟？

萧木匠望一眼老顾，又瞄了一下我母亲，很难区分他的表情属于愧疚，还是害羞，他将水泥包在肩膀上调整了一下，嘴里咕哝道，那坟早就修好了，修得比原先的还漂亮呢。他走近我母亲，自己将木筹扔进了板条箱。我母亲看见萧木匠站在自己面前，灰蒙蒙的，他低着头，似乎在酝酿某种勇气，准备说点什么。我母亲注意到他没有工作帽，乱糟糟的头发尽显白色，像一窝慌张的白色小鸟在大风中颤索。她向下看，看见他裤子膝盖处撕开了一个口子，再往下看，是一双解放鞋，鞋尖破了一个洞，脚上没穿袜子，露出黑色的皴裂的脚拇指。我母亲不知道他为什么这样站在她面前，以为他是要道歉，但萧木匠抬起头，浑浊的眼睛里忽然射出一道犀利的光。他说，我家儿子，我家好福，到现在还没找到呢。

我母亲心头一紧。那个塘西男孩失踪至今，没有丝毫音讯，这事在咸水塘不是新闻，但萧木匠告诉她这件事，声音里充满了怨恨，眼神带着明显的谴责，似乎她对此负有不可推卸的责任。好福。好福。好福跟我有什么关系，你为什么要跟我说好福的事？抗议的话到了嘴边，她又咽了回去，她感到莫名的慌张。以前从未有过这样的感受，提及好福这个名字，她会突然地惦念起我弟弟来。在强烈的不安与焦灼中，她耳朵里灌满了郊区人民医院产房的声音，婴儿们此起彼伏的啼哭，战斗五金厂的上百台冲床切割钢铁的声音，咔嗒，咔嗒，咔嗒。古巴刀落地，以清脆的欢呼声回应婴儿的啼哭。我母亲竭力回忆好福的啼哭声，它是沙哑的还是清脆的，是羸弱的还是响亮的，但她什么都想不起来了，她想起来的是我弟弟婴儿时期的啼哭，它像针尖一样细小尖锐，会刺痛人的耳膜。

我母亲愣怔了好一会儿，说，萧木匠，听说你一直在外面找孩子，为什么又不找了？跑这儿来扛水泥？

我穿破了三双鞋，家里没有钱了，攒了钱再去找。萧木匠说，儿子不见了，还有三个女儿也是人，人要吃饭是不是？你行行好，我在这儿扛水泥，不碍你什么事的。

那个塘西男人的身上散发着一种绝望的白光。他肩膀上的牛皮纸水泥包上，有环球牌水泥的商标图案，一个红色的地球，被一只男人棕黑色的大手托举着，它与萧木匠的手，竟有几分相像。我母亲又低头看萧木匠的解放鞋，他注意到我母亲的目光，大脚拇指一下缩了回去，鞋面上那个破洞变得黑黝黝的，像一小片深渊，他的希望，都在那小小的深渊里了。我母亲动了恻隐之心，她很突兀地问了萧木匠一个问题，你家黄招娣还来不来月经？

萧木匠惘然点头，月经？来的。

我母亲眼睛亮了一下，你们这对夫妻真是死脑筋呀，身体都那么好，再要个男孩有那么难？计划生育政策是死的，人是活的，跑出去偷生一个，回来罚款就行，你们乡下人不都这么做的吗？

萧木匠的目光则暗淡下去，他含糊地嘟囔着什么，忽然朝地上吐了口痰，说，还生个屁，我老婆结扎了。

这个我猜到了，计划生育谁跑得掉？我母亲示意他靠近一些，然后她放低声音，热情而大胆地提供了一个锦囊妙计，上有政策下有对策，这话你懂不懂？你们要动脑筋想对策呀，结扎没有那么可怕的，女人结扎就像在一根细皮管上打个结，要是想办法打开那个结，该生的还一样生，懂不懂？只要托到关系找到医生呀！你们出去找好福，再辛苦也不一定有他下落，不如跑出去再生一个，这笔账你们难道算不清楚的吗？

我母亲的善意，萧木匠终究是领会了。他哭丧着脸向我母亲坦承了实情。其实他们已经这么做了，塘西村很多人这么做了，有人做成了，得了儿子，有人虽然得了女儿，能生也算是成功，偏偏他们家倒霉，遇上个害人的医生，黄招娣大出血，差点死在手术台上，人虽然救过来了，却落下一身妇女病，再也怀不上孩子了。我母亲追问，这种医生很难找，收费很贵，你们去哪儿找的？似乎说到了萧木匠的痛处，他脸一黑，一下就咬牙切齿起来，就是没钱呀，我们找好福找得倾家荡产了，哪里还有钱？亲戚说丰收镇有个医生收费便宜，夜里在砖窑里偷偷做手术，我们图便宜去的丰收镇，后来才知道，那人是个兽医，上当了！我母亲愕然，是兽医？人家是兽医还是医生，你们看不出来的？萧木匠摇头，他在砖窑里，穿个白大褂，我们没有文化，我们哪儿看得出来？他说，我记得那畜生的家，要是这辈子找不到好福了，要是这辈子断子绝孙了，我还要去丰收镇，要不就杀了他儿子，要不就烧了他的房子！

水泥包在萧木匠的肩膀上颤动了一下，

他眼睛里有两簇跳动的火焰，放射出炽热的光芒。我母亲陡然打了个寒战，想劝说几句，却不知从何说起，最后她叹口气说，你家招娣实在是苦命，苦命也没办法，萧木匠你听我一句话，你为了儿子挖了我家祖坟，这事不好定罪，我们也原谅你了，杀人放火的事情千万不能干，别人谁能原谅你？要坐牢要杀头的呀！

我母亲不记得那天萧木匠一共扛了多少包水泥上船，也没法折算他那天能挣多少钱，只记得有一次他走上跳板就没再下船。那是一个白天气，河对岸的贮木场也是白茫茫的，近水处的芦苇与稍远处堆积如山的木料像是落满了霜雪，有几个人影正穿过木料山朝河边奔来，很显眼，我母亲猜到那是塘西来的人，他们朝码头这边的人挥手，一路大声叫喊着什么，我母亲很快听清楚他们是在喊萧木匠，喊他赶快回家。

刹那间她有某种不祥的预感，萧木匠家里出事了，也许是黄招娣出事了。那么可怜的女人，要是想不开了，喝农药，悬梁上吊，跳咸水塘，都是有可能的。我母亲因此跑到了岸边，侧耳倾听河对岸塘西人吵吵嚷嚷的声音。有个女孩的声音尤其清脆响亮，带着鞭炮般冲天的喜气，我母亲终于听清，那不是坏消息，而是一个惊人的喜讯，她听见女孩一遍遍地朝河这边喊，好福回家了！好福回家了！

萧木匠站在驳船船头，回头朝储运仓库的码头看了一眼，巨大的惊喜使他的面容看起来有点呆傻，目光迷离，犹如梦中人。他本来是往跳板上跑的，突然想起什么，开始在船头上脱鞋，我母亲听见他对老顾喊，老顾，麻烦你帮我把鞋放好！

两只解放鞋从驳船上飞向码头，恰好落在我母亲的脚边。我母亲再回头，萧木匠已经跃下船头，以狗刨的姿势朝对岸飞快游去。码头上的人先是一片惊叫，很快明白过来，萧木匠是归心似箭，要抄近路回家看儿子去了。一切情有可原。装卸工们都在议论萧木匠家的喜事，老顾过来拿起了萧木匠的解放鞋，打量着鞋头上的两个洞，表情又嫌弃又开心，那句话怎么说的？他问我母亲，踏破铁鞋找不到，得来全不费功夫？我母亲笑着点了点头，说，反正就那个意思，不容易！她欣然的笑容是在为那对塘西夫妇庆幸，但她注视着老顾手上的解放鞋，似乎在向那双鞋子征询，喜讯是否那么可靠？鞋子不说话，它们离开了主人的脚之后，鞋头上的两个破洞深邃了一些，但也显得孤独无助了。

我母亲后来告诉我父亲，从一开始她就有点怀疑那个突兀的好消息，心里有一种隐隐的不安，她说不清楚那种不安从何而来。那是一个被她诅咒的倒霉的日子，却是萧木匠与黄招娣的好日子。早晨她丢了最心爱的红丝巾，中午黄招娣的儿子回家了。塘东招娣。塘西招娣。这些年来，她们的生活像她们的名字一样，依然紧密地粘连，她们各自的悲喜，处于某种持续而工整的对比中，彼此神秘地呼应。她与那个塘西女人之间，似乎隔着一面镜子。镜子是破碎了的，她看见黄招娣的面容，便也看见了自己破碎的面容，某种隐约的刺痛突如其来，它从下腹缓缓上升，升到头顶，开始弥漫开来，她忽然觉得头痛欲裂。

河对岸的塘西人已经走远，贮木场空空荡荡的了，有一只鸟在木料山上尖锐地鸣叫。驳船上的船民开始做午饭，有个年轻的孕妇，她愁苦的面相与黄招娣有几分相似，她的眉眼，也酷似她自己年轻时候的模样。我母亲看着她臃肿笨拙的身子，似乎看见了年轻的黄招娣，又似乎看着年轻的自己。孕妇从内舱出来，抱着一堆柴禾，她在船尾的行灶上升火做饭，只划了一根火柴。她用一根火柴点燃一张旧报纸，又用旧报纸点燃一把稻草，再用一把稻草点燃另一把稻草。先是灶膛里的稻草，然后是干柴被点燃了，烟与火开始在驳船上弥漫。那样的气味我母亲原先是喜欢的，但现在它冒犯了她的鼻腔，引起了反胃。我母亲不知道自己是怎么了，眼睛明明看着船头的孕妇的腹部，脑子里却想象起黄招娣荒凉的子宫，想象她的黑暗、深邃而充满伤感的卵巢。她想象了黄招娣便会想起自己被结扎的输卵管，失调的月经，还有一个吉凶未卜的子宫肌瘤。然后她就跳下了高脚铁凳，跑到河边，对着河水干呕起来。

一个白天气：我弟弟与鹅

1

我弟弟在纸上胡涂乱抹，他想画一只鹅。

他认定自己画出了一只鹅。鹅。一只鹅。这给我弟弟带来了莫名的喜悦，但这喜悦伴随着某种遗憾。我弟弟那年五岁，他能准确地叫出咸水塘所有家禽牲畜的名字，鸡鸭牛羊，独独不能发出鹅这个音。

我弟弟举着那张纸向马秀娟跑去，我画了一只——他涨红了脸，怎么也说不出鹅这个音，所以他改口说，我画了一只——大鸭子！马秀娟瞥了眼他的画，什么大鸭子？鹅？这也不像鹅，是长颈鹿吗？画得太丑了。她戳了下我弟弟的脑袋，说，今天你要给我注意一点，不准吃水泥，不准往外跑，听见了没有？

马秀娟没有表扬他。她乐意表扬别的孩子，却不爱表扬我弟弟，这让我弟弟很沮丧。他举着他的画走向别的孩子，但没有人感兴趣。幼儿园的门关闭着，外面风声萧萧，他被风诱惑着走到了门边，踮起脚，透过玻璃往外张望。他看风。他能看见风的形状。他看见风在榨油厂厂房的屋顶上回旋，一片白茫茫的水泥粉尘瑟瑟地流动，在白天气里白色是风的颜色，水泥粉末流动的形状就是风的形状。他听见风在摇撼幼儿园的门，咔嗒，咔嗒。摇着摇着，门上的插销脱开了，门获得自由，先开了一条缝，而后无声地后退，开了一小半，风扑到了我弟弟的脸上，他惊愕地瞪着那扇门，说，风开门！不是我开的门，是风开的门！

马秀娟、袁老师还有其他孩子都在里间的游戏室，他们没有注意到我弟弟，也就听不见我弟弟的声明。我弟弟看见风的手伸进门来，拍了一下他的手，他的手就松开了。是风，就是一阵风。一阵大风钻进了幼儿园，拍了一下我弟弟的手，他的画便像惊鸟般飞起来，夺门而逃。

我弟弟追出去，外面白茫茫的，狂风呼啸。都是风，他找不到那张纸，空中没有，地上也没有，但他看见了*那只鹅，一只真正的鹅*。他真的看见了一只鹅。真的有一只鹅从榨油厂的墙角处出来，朝我弟弟走过来了。

鹅驾着大风而来，它轻盈的摇摇摆摆的步态，似乎在模仿我弟弟发明的*自动走路*。一旦遇到完美的大风，小孩子可以做到自动走路，鹅当然也可以，我弟弟对此并不吃惊，他好奇的是鹅的自动走路，更接近于滑行或者漂浮，在大风之中，路似乎消失了，所有的道路都是水面，供鹅漂浮。我弟弟仔细识别，风是怎样推动鹅的羽毛、翅膀和脚蹼让它漂浮的。他看着那鹅漂到幼儿园窗外，忽然跳起来，跳到一堆小凳子上，鹅嘴在窗玻璃上划了几下，玻璃划不开，它就转过头去看着我弟弟。

我弟弟觉得神奇，他画出来的鹅不见了，一只真的鹅就来了。他惊讶地观察着它，他不知道鹅跳到凳子上干什么。凳子是给小朋友坐的，马秀娟不让他们站在上面，一只鹅站在上面，当然也不被允许，万一它要拉屎呢？我弟弟想好好说服鹅离开凳子，但他喉咙里憋了好久，还是发不出鹅这个音，脏！大鸭子，你不能站在凳子上！他试着挥手驱赶着鹅，你会拉屎的，你下去，下去！

鹅立刻从凳子上跳下来了。我弟弟没有料到，鹅肯听他的话，鹅真的立刻就从凳子上跳下来了。

我弟弟检查了鹅的屁股。鹅的屁股很洁净。鹅的样子很高贵，高贵中透出一种冷峻。我弟弟知道，那不是他在纸上画出来的鹅，也许是早晨在家门口遇见的那只鹅。在塘东你看见的所有鹅，都是从塘西那边游过来的，我弟弟知道那鹅来自塘西。经过了水路与旱路的跋涉，它的白色羽毛已经被大风吹干，只有脚蹼上的水痕依稀可见。

很像是一次漫长的寻访，或者是等待。我弟弟与鹅互相凝视，某种秘密的情意在大风中弥漫开来。风确实很大，外面白茫茫的，到处都有异常的杂音，有的窗子在吱呀呀地摇晃，有的玻璃瓶在滚动，隔壁榨油厂的机器訇地一响，又静下来了。我弟弟坐在幼儿园的门槛上，他的目光盯着鹅，身体则与鹅保持了一定的距离。他说，大鸭子，你要干什么？这是必要的问询，只是鹅不能回答。鹅凝视我弟弟，似乎因为交流不畅，它有些失望，转了身朝榨油厂走去了。这时候榨油厂的机器又隆隆地响起来，一阵更大的风呼啸而来，鹅的羽毛顷刻被风吹皱。我弟弟看见一根白色的鹅毛被风拔起来，旋卷着飘到了台阶上，在离我弟弟一步之遥的地方，那根鹅毛似乎思考了一下，然后降低了高度，扑向我弟弟，粘在他的黄色罩衫上。

是一根温热的鹅毛。一根柔软的鹅毛。一根满腹心事的鹅毛。它躺在我弟弟的手中，温热，柔软，满腹心事。我弟弟懂得幼儿园的规训，捡到东西要上缴老师，鹅毛不是他的，要上缴。他决定把鹅毛交给马秀娟。

他举着鹅毛跑进了幼儿园。马秀娟说，你拿根鹅毛给我干什么？哪儿来的？我弟弟说，是大鸭子身上掉下来的，我捡的。马秀娟手里叠着被子，嘴里说，真聪明，大鸭子身上能掉下根鹅毛？没看我忙成什么样子，你还拿根鹅毛来烦我？我弟弟说，那交给袁老师？马秀娟白了我弟弟一眼，袁老师也忙着，你看不见的？她朝我弟弟嚷了一声，转脸对袁老师说，你看看这孩子，捡了根鹅毛交老师！我说这孩子头脑不开窍，他妈妈还跟我吵！袁老师在房间那边给小班的孩子喂饭，随口应了一声，这孩子，长相倒是可爱的。马秀娟说，可爱有什么用？聪明面孔笨肚肠！她看我弟弟拿着鹅毛手足无措，忿忿地问，鹅毛是谁的？为什么要交给我？我问你，我们老师身上能掉一根鹅毛下来？我弟弟摇头说，老师是人，人身上不掉鹅毛的。马秀娟说，好，这回算你聪明，那你能不能别拿着鹅毛在我面前晃了？谁掉的东西还给谁，你去还给鹅，还给鹅啊。

我弟弟依稀听出来马秀娟揶揄的意思，鹅没有手，与鹅交接一根羽毛是很困难的，但他不敢再惹马秀娟发火了。所以在那个大风天里，我弟弟跑出了塘东幼儿园。他手里紧紧抓着那根鹅毛，在风中尾随着鹅走，他不知道鹅如何接受一根被风吹走的鹅毛，只能让鹅自己想办法，他说，大鸭子，是你的毛，我还给你，还给你。

2

风吹着我弟弟，我弟弟跟着一只鹅走。

他们首先路过了榨油厂。榨油厂门口散落着被风吹散的干油菜籽，它们在风中沾染了太多的水泥粉尘，看起来是白色的，像一堆堆缓缓蠕动的虫子。有一对男女坐在门口抽烟，他们注意到我弟弟，女的喊，谁家的孩子从幼儿园跑出来了？这么大的风，你会被风吹跑的！我弟弟向他们亮出手里的羽毛，看，我捡到一根大鸭子的毛，大鸭子掉了一根毛！女人看了眼那只鹅，逗笑道，什么大鸭子？那不是一只大公鸡吗？我弟弟说，不是大公鸡，是大鸭子！女人捂嘴笑起来，说，你是谁家的孩子，真可爱，你拿着大鸭子的毛干什么？我弟弟说，还给大鸭子！我弟弟的赤诚与稚气，激起了那男人莫名其妙的快乐，他对我弟弟高喊，那不是大鸭子的毛，是你爸爸大公鸡的毛呀，你妈妈最喜欢，你不能拿的，快回家还给你妈妈！

男人发出了放荡的笑声，女人打了他一下，嗔怪道，那么小的孩子，你好意思跟他说这种荤话？我弟弟不知道他们在说什么。榨油厂的工人们习惯愚弄幼儿园的孩子，往往故意向他们传授错误的知识，对此他是有防备的。

是一个大风天，大风给咸水塘带来了典型的白天气。到处都是水泥的粉尘。风是白色的，塘东的街道是白色的，街道上空的天际低垂着，像一只白茫茫的大罩子，能见度很低。风吹着我弟弟走，他走直线，但风总是把他往歪斜的方向吹，那是一种欢乐。自动走路。风让你自动走路，那是我弟弟在大风天最大的欢乐，但那天他头脑里只想着如何与鹅交接一根鹅毛。他执着地尾随那只鹅，说，大鸭子，你站住，我把你的毛还给你。

塘东的街道上行人寥寥。我弟弟与鹅路过了歪嘴的杂货店。大风卷起杂货店的布帘子，可以看见歪嘴伏在柜台上抽烟，他在调收音机，也许不知道自己要听什么波段频道，那收音机随着歪嘴的手指，发出了各种迷茫的刺耳的杂音。歪嘴的老婆和女儿在门外忙碌，他们趁着风，利用两只破花盆展示了自制的彩色小风车，风车叶片是用彩色蜡纸做的，它们在风中转动，看起来像是彩色的旋涡。杂货店的风车吸引了我弟弟，他一时忘了鹅，朝彩色小风车跑过去。歪嘴的女儿小琴拦住他问，你要买风车？我弟弟点头。小琴说，五分钱，你要什么颜色的？我弟弟说，我要红色的。小琴伸手道，钱呢？五分钱！我弟弟摇头，我没有钱。小琴朝我弟弟翻了个白眼，没有钱你买什么风车？你多大了，买东西要花钱都不懂？走吧，回家让你妈妈来买！

鹅离我弟弟几步之遥，站着不动，它的羽毛在风中波浪般地起伏。我弟弟注意到小琴的目光落在鹅的身上了，哪来的鹅？

她说，是你家的鹅？你家还养鹅？我弟弟摇摇头，举高了手里的鹅毛，你猜猜，大鸭子没有手，怎样才能把大鸭子的毛还给它？小琴瞥一眼我弟弟手里的鹅毛，先是鄙夷，忽然眼睛一亮，说，那你要买一瓶胶水，把鹅毛粘到它身上去，我先赊账给你一瓶胶水，但你要答应我，明天之前把五分钱送到店里来。我弟弟正在犹豫，听见歪嘴的老婆在呵斥小琴，店里不缺五分钱！你跟这傻孩子做什么生意？他要把鹅毛还给鹅呀！他妈妈不会认账的，你忘了上次蒲招娣来买半斤红糖，少几粒都不行，还要称三次！我们家的秤都给她称坏了！

歪嘴的老婆待他不友好，我弟弟不见怪，但她对我母亲的成见，激起了他的敌意，他忿忿地瞪着歪嘴老婆，突然喊了一声，你的脸像猴子！然后转身就跑了。

我弟弟后来告诉我母亲，他离开杂货店以后是往幼儿园方向走的，但鹅堵住他的路了。鹅眼的视线落在他手里的鹅毛上，似乎在敦促我弟弟，别走，把鹅毛还给我，还给我。我弟弟停住脚步，把鹅毛放在了鹅背上，还给你，还给你了！他这么嘟囔着往前走，因为知道这行为类似欺骗，鹅毛很快会掉下来，心里有些愧疚，所以他奔跑起来。奇怪的是那天的风，风也在协助那只鹅，努力阻止我弟弟的逃逸，风把那根鹅毛卷起来，送到我弟弟的前方，它在他眼前袅袅地飘扬，像是一个神秘的信物。我弟弟又一次抓住了那根鹅毛，他接受了它的情谊，但如何将一根鹅毛归还给鹅，这事把他难倒了。

后来我弟弟手持鹅毛尾随着鹅，从塘东的石子路走到了咸水塘边的土路上，走着走着他忘掉了鹅毛的事，风愈来愈大，他看见鹅在他前面的路上漂浮，是漂浮，不是走路。他不能像鹅那样在路上漂浮，但他开始张开双臂*自动走路*了。我弟弟感觉到风在推他，发出欢呼的声音，咸水塘的水陪着他走路，水也在*自动走路*。*自动走路*。这是他自动走路走得最轻松的一天。他注意到白天气里的咸水塘呈现出分裂的局面，靠近塘东一侧的水面是灰蒙蒙的，时而有密集的细小的涟漪，那是大片的水泥灰落在水面上了。另一侧的咸水塘则水光粼粼，风忽疾忽缓地卷过水面，水以呜咽的方式行走，走走停停，顺势反射春天的阳光。咸水塘始终在身边，鹅始终在前面引路，我弟弟便误以为还在家的附近，不知不觉间，他从塘东走到了塘西地界。

有一棵大柳树下聚集着几个塘西孩子，树上也有几个，好像是在掏鸟窝。我弟弟知道他们为什么在大风天掏鸟窝，因为我父亲告诉过他，鸟儿怕风，大风一起鸟儿就归巢了。树下的孩子们注意到了我弟弟。有个男孩脖子上套了银项圈，袖口上佩戴了一个红袖章，看起来像一个哨兵。他率先过来盘问我弟弟，你是塘东的？你拿着一根鹅毛干什么？你到塘西来干什么？我弟弟指指鹅，大鸭子掉了一根毛，还给你们！他举起手里的鹅毛，想交给那男孩。男孩惊疑地瞪着那鹅毛，什么大鸭子的毛？这是鹅毛！他说，鹅掉了一根毛，关你什么屁事？我弟弟一下被问住了，他张口结舌之际，树上树下的塘西孩子发出了一片哄笑，树上有个男孩说，我认得他，是个傻子！是塘东的傻子！树下有个男孩说，别拿他的鹅毛，谁拿了谁就会变成傻子！

塘西的孩子们都认为他是傻瓜。我弟弟知道自己遭受的误解都是因为一根鹅毛，是时候扔掉那根害人的鹅毛了。他走到鹅的身边，把鹅毛放在鹅的脚蹼边，还给你，我不管了。然后他返身往回走，那时候他还记得从大柳树下往回走，便是回塘东之路，但是他只走出去几步远，路突然就被堵住了，是一群鹅。一群鹅从咸水塘里上来，紧接着又上来了一群鹅，鹅的队伍排出去十多米远，白茫茫的挤满了路面，与其说它们是在阻止我弟弟回家，不如说是在逼迫我弟弟后退。鹅群嘶哑的叫声听起来很愤怒，其中一只勇猛的大鹅冲出来，鹅的脚蹼踩在了我弟弟的鞋子上，尖锐的鹅喙在他的裤裆四周试探了一番，最后啄在他的肚脐眼上。我弟弟差点吓哭了，他意识到咸水塘里的鹅是团结的，你背叛了一头鹅，便惹怒了所有的鹅。他忍着哭泣后退，回头寻求救兵，大柳树边的孩子此时都发出了幸灾乐祸的笑声，没有人帮他摆脱险境，只有那头鹅站在路的中央，还在执着地等我弟弟，鹅的眼神召唤着我弟弟，跟我走，跟我走。

我弟弟决定继续跟着那头鹅走。跟着它走，也就是往塘西村走。风过塘西，轻柔了许多，阳光重新变得明亮而温暖。他们通过了塘西的打谷场。打谷场边有一间屋子，没有门窗，但里面挤满了人，涌出一股刺鼻的烟臭味。我弟弟看见一堆男人蹲在地上，吵吵嚷嚷地打扑克。有个留着络腮胡的男人大概是木匠，肩上扛着把大锯子，站在外面东张西望。他对我弟弟喊，小孩，不准撵鹅！我弟弟不知该怎么解释他与鹅的关系，他说，我要回家！那男人打量着我弟弟，脸上忽然绽开了笑容，你是哪儿的孩子？他大步走过来，蹲下身，手往我弟弟裤裆里抄来，你是塘东的？给我看看，塘东的小孩有几个卵蛋？

那是我弟弟最为厌恶的大人。他拔腿就跑，一口气跑过两条村巷，讨厌的木匠虽然被甩掉了，但他自己完全迷路了。在这个陌生的村庄里，我弟弟唯一信任的是那头鹅。他开始寻找那头鹅，但鹅似乎要撂下他了，他看见鹅在打谷场边的路口拐了个弯，往旁侧的村巷里去了。我弟弟追过去，眼睁睁地看着鹅从一户人家的后院栅栏里钻了进去。

隔着栅栏，我弟弟看见院子里种满了蔬菜，栅栏上挂着一捆捆干枯的蒿草。柴门上有一行歪歪扭扭的墨汁字：人与鬼一律不得入内。那句话我弟弟一知半解，鬼这个字不容易认，但它经常出现在我父亲撰写的宣传标语中，他恰好是认识的，所以他站在柴门边，有点敬畏地观察着这户人家，嘴里念出了声，人与鬼。人与鬼。他不知道人与鬼写在一起是什么意思。

院子的那一侧是一座老青砖房子，黑乎乎的，有人影在木格窗边晃动，分辨不清那是大人，还是孩子。房子墙角处搭了个棚子，棚顶盖了油毛毡，下面堆着很多杂物，我弟弟看见鹅的白影子在棚下闪了闪，很快就不见了。

我弟弟从未到过塘西。他不知道这是一户什么样的人家，他不知道鹅是不是到它家了。环顾四周，不见路人，只有一个大粪缸在路那边的菜地里，兀自散发热烈浓郁的臭气。粪缸上坐着一个小姑娘，她的头上云集着一群苍蝇，嘤嘤呜呜地吵，小姑娘一边挥手赶苍蝇，一边向我弟弟怒声喊，你看什么？不要脸，你偷看女人上厕所！我弟弟很委屈，他不敢朝粪缸那里看，朝来路张望，想找到回家的路，但他看见的是一条黑乎乎的村巷，石板与裸土都被一层黑灰覆盖了，那条路通往另一条村巷，也是陌生的，也是黑乎乎的。

还有他脚上的鞋子。我弟弟惊奇地发

现，不知什么时候开始的，他的鞋子从蓝色变成了黑色，鞋头凝集了黑色尘粒，油亮油亮毛茸茸的。我弟弟认出来那是炭黑，是我母亲诅咒的炭黑。他知道那天是白天气，塘东到处飘荡着水泥粉尘，一切都是白茫茫的，须臾之间，他却抵达了一个黑色的村庄，这儿似乎是黑天气，他不知道是一只鹅还是一阵风，把他从白色的塘东带到了黑色的塘西。

他看见一个黑色的村庄被一座黑色的工厂抱在怀里。抬头仰望，天空中矗立着三根巨大的烟囱，三堆乌黑的蘑菇状的浓烟在风中融合，潮水般地翻卷，那是黑色的源头。世界在这儿由白变黑，变得如此突兀，他觉得一切犹如梦境，一阵风一头鹅带着他，短短的时间里，他从白天气走到黑天气里来了。

我弟弟想回塘东了，他知道沿着咸水塘走，总归能走到塘东。但咸水塘从他身边消失了，他看不见咸水塘的水，也就不知道该往哪里走。这个村庄到处黑沉沉的，黑的井台，黑的石碾，黑色的菜地，黑色的村巷，路边人家的墙壁与窗子也是黑的，黑得亮晶晶油腻腻的。他努力回忆鹅带他走过的路，记起了那个打谷场，他沿着村巷往打谷场走，走到巷口的时候迎面走来一个留络腮胡子的男人，他肩上扛着一把锯子，耳朵上夹了支香烟，嘴里吹着口哨。是那个木匠。还是那个木匠。木匠看见他眼睛一亮，他跑过来，像是老鹰捉小鸡一样，抓住了我弟弟的手，又看见你了，你是塘东的孩子？你是塘东谁家的孩子？给我看看，塘东的男孩有几个卵蛋？

木匠身上散发的烟臭与汗酸钻进我弟弟的鼻孔，接近罪恶的气味。我弟弟害怕起来。这个瞬间他想起了我母亲平时的警告，不准往咸水塘那边走，不准去塘西，塘西村里有人卖男孩，有人会把你卖了。有一道闪电掠过我弟弟的头脑，訇然一响，他尖叫起来，拼命挣脱了木匠。他往回跑，跑到了那户人家的大门外。我不是塘东的！他指着那门洞，对木匠大声喊，这是我家，我是这家的孩子！他看见木匠张大嘴巴，露出了震惊的神色，看起来并不相信自己。他便跑上那户人家的台阶，撞开了虚掩的栅栏门，又用力关上，隔着栅栏门，我弟弟用一种尖利的声音朝门外喊，我回家了，我回家了！

3

那个塘西女人跑出来，肩膀上垂着一条软尺，手上抓着一把剪刀。她上身穿了一件深蓝色的棉袄，下身则随意地套了条棉毛裤。女人的脸上风云变幻，她久久打量我弟弟的脸，眼睛里升起一团火焰，越来越炽烈。我弟弟瞪着她手里的剪刀，谨慎地捂住了自己的小鸡鸡。

剪刀从女人的手里落在方砖地上，发出清脆的声音。她朝我弟弟奔过来，弯着腰，手臂向前张开，一下便把我弟弟抱在了怀里。她凑近他的脸，不停地吸鼻子。除了急促的鼻息，我弟弟能感觉到一只汗津津的手，手指粗糙有力，它久久停留在他的耳朵上，揉搓，微微颤抖，然后他听见了女人哽噎的声音，有一颗痣。是好福呀。

女人的面容与发型酷似我母亲。我弟弟闻见她脸上有一股熟悉的雪花膏香味，蜡梅花香里混杂了一丝苹果清香，那香味也与我母亲保持一致。女人的身体比我母亲瘦弱，她的怀抱却比我母亲更加热烈。

她的耳朵上佩戴了一对金耳环，闪闪发亮，是金色的光。她的食指中指与无名指上都套着顶针，三枚顶针在指间闪闪发亮，是银色的光。先是金耳环，然后是女人的手指吸引了我弟弟，他开始数她手指上的顶针，一，二，三，你为什么手指上要戴三个环环？

女人起先半蹲着，摊开手掌配合我弟弟，渐渐地那只手举起来，捂住了嘴巴。她似乎要哭，哭声捂住了，眼泪流了出来。她说，好福，好福，好孩子，你到底还是找回家来了。

我弟弟大叫，我的大鸭子，跑到你家来了！

女人颤抖着，更紧地揽住我弟弟，好孩子，你说什么大鸭子？是一只鹅吧？好，大鸭子就是鹅，鹅就是大鸭子，我带你去找大鸭子。

女人抱着我弟弟穿过堂屋往后院去。堂屋里光线幽暗，只有一台缝纫机上方垂着一只电灯，灯光是黄色的。沿墙摆放着一张长条形桌子，桌上东西杂乱，其中一只笸箩里满是五颜六色的丝线，一件黑色的带暗红寿字的衣服缝制了一半，搭在桌板上，袖子垂下来，袖口上也有暗红色的寿字，闪着红光。很难分辨这是一个农户之家，还是匠人之家，或者是一个裁缝之家。墙角堆满了农具和木料，墙上挂了好多推刨、锯子、墨斗之类的工具。房梁很高，挂着腊肉咸鸡和玉米，还有一圈麻绳，几只苍蝇正嗡嗡地围着房梁飞。

我弟弟东张西望，这个陌生的房子让他觉得不安，女人对他灼热的爱意则让他无所适从，他一边挣扎，一边嚷嚷起来，我不找大鸭子了，我要回家，你带我回家。

女人的双臂箍住了我弟弟的身体，脸颊贴着他的头发，好孩子，你不是回家了吗？她说，我带你看几样东西，看了你就会想起来了，你回家了，这里就是你的家。

我弟弟被她抱进了一个房间。房间的窗子面向后院，有明亮的光线透过窗扉射进来，一张庞大的雕花大床占据了半个房间，床柱上挂了顶草帽，一床棉被平铺开来，红底印花的被面，图案是彩色鸳鸯在绿色荷叶间戏水，那与我父母的棉被是一模一样的。床边的五斗橱上立着一尊毛主席的石膏像，造型尺寸与我家的那尊也一模一样。女人把我弟弟抱到五斗橱前，孩子，看看你的照片，这是不是你？她指着玻璃台板下的一张照片说，这是你小时候的样子，你自己看，是不是你？我弟弟看见一张男童的照片，照片原先是黑白的，经由人工着色，看起来特别鲜艳。男童坐在一匹木马上，穿一个浅黄色围兜，腮帮子和嘴唇都是红艳艳的。我弟弟认真看男童的照片，那与我家玻璃台板下他的照片很像，那是不是他自己？他不确定。刹那间他有点迷惑，还有点害怕，他在女人怀里挣扎起来，那不是我！这里不是我家，你不是我妈妈，你带我回家！

好孩子，那就是你，就是你呀！女人腾出一只手拉开五斗橱的抽屉，拿出一只拨浪鼓，她朝我弟弟摇晃拨浪鼓的时候开始哭泣，孩子你听，你听，记得这拨浪鼓吗？以前你一哭，只要朝你摇几下这拨浪鼓，你就不哭了。

拨浪鼓涂成了红色，两侧鼓面上绘有鲤鱼图案，两颗木珠子也是红色的。我弟弟不记得婴儿时期听到的拨浪鼓鼓声了，但我们家里有一只一模一样的拨浪鼓，曾经是我的，也曾经是他的，当拨浪鼓完成了它的使命之后，我母亲把它放在了柜子里，他看见过很多次。我弟弟很迷惑，他不知道这个陌生人家的东西，为什么会与我们家一模一样。他挣脱了女人的怀抱，朝房间外跑，你不是我妈妈，我要回家!

我弟弟差点撞倒了门外的好芳。好芳和好英不知什么时候站在门外了。好芳神情木然，手里拿了个水瓢，好英围着围裙，手里捧着一把黄豆，那姐妹俩刚才应该在磨黄豆。与她们的母亲相反，姐妹俩对我弟弟充满了敌意。好芳推了我弟弟一下，你为什么跑到我家来?谁让你跑我家来的?好英瞪着她母亲，泪水在暗处闪光，突然她跺脚高喊起来，妈妈，那不是弟弟，不是好福，那是塘东招娣的儿子呀!

黄招娣拽住我弟弟的时候，手里已经拿着那个银项圈了。我弟弟看见一片银色光芒在她的手上闪烁，跳跃，咔嗒一声，银项圈锁上了他的脖子。他先是觉得脖子上凉凉的，然后便听见项圈上的铃铛在颤动，发出清脆动听的歌声。他低头，看见三个银色的铃铛在他的胸前颤动，发出清脆动听的歌声。黄招娣紧紧揽住了他，好孩子，这是祖传的银项圈，你爸爸小时候戴的，我后悔死了，没有早一点给你戴，要是早点给你戴上，说不定你就不会丢了。

他看着黄招娣脸上的泪，那泪水连同脖子上的礼物，在一瞬间说服了他，她虽然不是妈妈，但她爱他，她的爱甚至比我母亲更加热烈更加慷慨。他任凭她抱着自己朝后院走，已经好久没有人抱着他走了。除了我母亲，咸水塘从来没有人这么爱他，他有点害羞，有点荣耀。为了回报这份爱，他慷慨地为她安排了一个特别的身份，我有妈妈，你不能做我的真妈妈，你可以做我的假妈妈。但黄招娣并不满足，她说，好福好孩子，我不是你的假妈妈，我是你妈妈呀，我才是真妈妈。黄招娣的一滴眼泪落在我弟弟的鼻尖上，他抹下那滴泪，看见它像一颗珍珠一样停留在他的手指上，我弟弟想安抚她，他眨巴着眼睛，想出了一个更为公平的方案，你不想做假妈妈，那你做副妈妈吧。他说，我妈妈是正妈妈，你是我的副妈妈，这样行了吧?

那天上午很多塘西村民闻讯前往黄招娣家，有人想表达祝贺，有人只想看一眼归来的好福，见证一个奇迹。但好芳守着前门，好英守着后门，姐妹俩不让外人进门。好英哭丧着脸，一遍遍地对乡亲们说，不是我弟弟，那是塘东招娣的孩子，他迷路跑到我家来了。

村民们在黄招娣家的后院看见了我弟弟的身影，他跟着好莉东跑西颠，根本看不出来是一个迷路的孩子，后来他钻到一口大缸里，村民们就看不见他了。

一切要归功于好莉。好莉与她的两个姐姐不一样，她相信她母亲，母亲说那是她弟弟好福，她便开始尽职地扮演姐姐的角色。是她把我弟弟引进了那口大缸，慷慨地展示了大缸的秘密，那是鹅下蛋的地方，也是她的秘密乐园。她掀开化肥袋，我弟弟看见了四只鹅蛋。四只鹅蛋卧在干稻草里，闪烁着神秘的淡青色的光。我们来孵蛋吧。好莉对我弟弟说，我们是一男一女，我们一起进去孵蛋，蛋壳很快就会破的，马上就会有一只小鹅钻出来了。

我弟弟热爱所有的蛋，何况是这么大的鹅蛋。他在家里观察过鸡蛋与鸭蛋，看鸡蛋鸭蛋里有没有藏着小鸡小鸭，为此他弄碎了很多蛋。那些蛋令他失望，好莉的鹅蛋让他升起了新的希望。他认真地观察鹅蛋。鹅蛋很大，淡青色的蛋壳很厚，雏鹅要破壳而出，明显需要时间。我弟弟后来坐在大缸里，和好莉一起耐心地孵蛋，他们的身上盖着一张化肥袋，像是盖了一张被子。好莉对他说，你千万不要动，鹅蛋很快就破了，小鹅马上就钻出来了。他不敢动，抬头看见一个圆形的天空，低处是黑的，高处是蓝色的。他看见黄招娣带着一个男人走过来，他们伏在缸沿上看他，黄招娣对男人说，看见他耳朵了吗？一颗痣。男人沉默了一会儿，说，你疯了，这是塘东招娣的孩子，这不是好福。黄招娣说，塘东招娣的孩子就是好福，好福自己回家来了。

大缸里很温暖很安逸，它收纳的人声先是响亮地回荡，渐渐破碎，像人的梦呓，也像是水流的声音。我弟弟感觉到好莉的手在化肥袋下抓着他的手，越来越紧，她的脑袋靠在他的肩膀上，乱蓬蓬的头发散发着淡淡的汗酸与柴草的清香，她睡着了，他很快也犯困了。

睡意袭来之前，我弟弟看见了塘西村的太阳。那是被黑色包围的太阳，它努力地跳跃了一下，仍然挣脱不了漫天的黑烟。黑色的烟雾长出无数嘴巴与牙齿，吞噬着太阳，太阳越来越小，发散着微弱的光芒，看起来像半轮红色的月亮。我弟弟一时分不清大缸外面是白天还是夜晚，在他的视线里塘西的天空错误百出，不远处炭黑厂的三根烟囱在走路，它们互相靠拢，似乎发现是误会，又陡然分开，变成了四根烟囱。四根烟囱很快变成了八根烟囱，八根烟囱在天空迅速繁衍，数字很快超出了我弟弟的知识范畴。他数不清楚了，只看见满天的烟囱冒出了黑烟，黑烟在蓝色的天空中铺展，像一匹巨大的黑色绸布，瞬间覆盖了咸水塘的世界。我弟弟觉得他被一片黑色盖住了。

4

我们一家赶到塘西的时候，天色已晚。

不少塘西人认得我父母亲，看见我们往黄招娣家跑，脸上露出恍然大悟的表情，真是塘东招娣家的儿子？怪不得，怪不得脸熟呢。对我们两家以往的交集，塘西人有所耳闻，想想我弟弟被一只鹅带进黄招娣家，不免惊叹，说那鹅蹊跷，事情更蹊跷，小男孩迷路是正常的，可是塘西那么多人家呢，塘东招娣那儿子，怎么偏偏一头撞进黄招娣家去了？

黄招娣家灯光很暗，三个女孩子坐在灶边喝粥，两个大的似乎早就预见到了结局，对于我们的到来无动于衷，只有好莉惊恐地放下粥碗，向着里屋尖声叫喊起来，塘东招娣来了，他们来了，他们来了！

我们听见了我弟弟的哭声。这哭声是巨大的福音，我母亲的身体战栗了一下，软瘫在台阶上，她喉咙里发出一阵含糊不清的声音，不知是叹息，还是祈祷。循着我弟弟的哭声，我和父亲来到那夫妇俩的房间外面，门反锁着，能听见门后我弟弟的哭声越来越响，混杂着萧木匠的嘶吼声和黄招娣的一声声尖叫。我们拼命撞门，门终于开了，在暗淡的电灯光下，萧木匠抱着我弟弟朝门边走，他上衣的袖子被撕破了，脸上有两道新鲜的血痕，我们注意到他的手里抓着一只银项圈，而我弟弟好像沉浸在一个噩梦里，他满面是泪，惊恐地注视着我们，手里还牢牢地抓着半块米糕。

萧木匠把我弟弟送到了我父亲怀里，他说，不怪我们，是孩子自己跑到我家来的，孩子鬼使神差的，自己跑到我家来了。我父亲没说什么，他抱着我弟弟往门外走，黄招娣追了出来，听不清她嘴里在嘶喊什么，那声音语无伦次，极其凄厉。萧木匠抬腿踢了她一脚，他说，疯女人，丢人现眼，你还在做白日梦呢，那不是好福，那是别人的儿子！

萧木匠下脚很重，黄招娣踉跄几下，跪在了地上，但她的双臂顽强地向前，抓住了我弟弟的一只脚。我母亲对我父亲惊叫起来，脚，小心孩子的脚！她帮着掰黄招娣的手，怎么也想不到，黄招娣在她手背上咬了一口。我母亲疼得跳了起来，黄招娣你疯了，你快松开手，我儿子的脚，脚！萧木匠，你倒是管管她呀！萧木匠过来了，这次他一手揪住黄招娣的头发，另一只手举起来扇了她一个耳光，疯女人，快把孩子放开，你给我醒醒，那不是好福，那是人家的儿子！

黄招娣的手终于松开了，她的身体歪斜着，耳朵上的金耳环颤动起来，闪闪发亮。她抬起头，注视着我母亲，以一种奇怪的姿势朝她匍匐向前，那不是你儿子，那是我儿子。她对我母亲说，我一点都没疯，你心里清楚，是你儿子丢了，是你儿子怎么也找不到了，那是我儿子，是好福，好福认得家，今天他自己回家了。

一只鞋子

有人敲我家的门。

我打开门，看见那对塘西母女站在门外。黄招娣头上包着一块红格子围巾，身子像虾那样佝偻着。她身边的好莉却缤纷鲜艳，穿着塘西女孩的盛装，翠绿的上衣红色的裙子，裙子里面还穿着红裤子，辫子上扎了硕大的蝴蝶结，也是红色的。她的脸上拖着鼻涕，手里提着一只篮子。

黄招娣看见我，陡然直起身子，眼睛亮了一下，你妈妈在家吗？她朝我后面瞟一眼，目光马上又暗淡下去，用一只手撑着腹部，嘴里发出一阵嘶嘶的痛苦的声音，看起来是病急求医，敲错了门。我低头察看好莉手里的篮子，篮子底部是几件花花绿绿的衣服，还有袜子，隐约可见一把粉红色的塑料梳子，篮子的上面是一个大纸包，从绽开的缝隙里可以看见，那是几块灰白色的米糕。

篮子里的东西乱七八糟，不像是礼品。我不知道她们到我家来干什么。我跑进厨房告诉我母亲，塘西那疯女人带着女儿来了。我母亲正在水池边洗菜，她条件反射，手里的一把芹菜掉到了地上，她们来干什么？我说我不知道，黄招娣要跟你说话。我母亲说，跟我说话？我情愿跟鬼说话，也不跟她说话。但门外的母女俩还是让我母亲如临大敌了，你弟弟呢？你弟弟在哪儿？她突然高声喊起来，东升，东升你在哪儿！

我弟弟当时正坐在堂屋的痰盂上，他响亮地呼应了我母亲，我在这儿，我在大便。我母亲从饼干盒里拿了两块饼干，奔到我弟弟身边，吩咐他说，你在这里好好大便，吃饼干，不准出去！她撸起袖子往院子里走，似乎要奔赴一个战场，真该死，怎么还有脸上我家的门？她站在院子里，怒视着门外那一高一矮两个人影，不知为何，她眼睛里的怒火渐渐熄灭了，眼神变得茫然。我看见她抬头看了看天空，天空不知给了她什么宽容的启迪，她似乎改变了主意，转身往回走，我听见她对我说，我不见她！你去，你去把门撞上，告诉她，我们家不欢迎她！

可是我已经无能为力，黄招娣并不讲礼数，她先下脚为强，擅自跨过门槛，站在我家院门里侧了，好莉在她的身后，打量着我母亲晾晒在院子里的衣物。我代表我母亲对她们下逐客令，黄招娣像是听不见，她一味地对我赔笑脸，手在膝盖上擦了一下，抬起来要摸我的脸，你是哥哥吧，你今年几岁了？你叫什么名字？

我看见一只皴裂的粗糙的手，指甲秃了，发黑，三根手指上都留下顶针的环形痕迹，呈现惨白色，手背上有一道明显的割痕，结了红痂。我躲开那只手，说，出去，我妈妈不欢迎你们！但好莉已经坐到了门边我弟弟的木马上，用力摇晃起木马，嘴里念道，嘎啷嘎啷马来了，隔壁大姐回来了。我要把好莉从木马上拉下来，黄招娣却拉住了我的胳膊。与她病歪歪的外表不同，她的腕力吓了我一跳，我的胳膊被抓疼了。她盯着我的脸，眼神隐约带着恫吓，口气却是哀求的，好孩子，我求你，请你妈妈出来，我要跟她商量一件事。

我从那塘西女人的表情里感受到某种决心，深知这是我无法阻挡的棘手事，所以我对着厨房喊起来，她们进来了，她们不走，她要跟你商量一件事才走！

我看见我弟弟的脸贴着厨房的窗玻璃，朝外面张望，能够听见我母亲怒声训斥我弟弟的声音，什么副妈妈？哪来什么副妈妈？她不是你的副妈妈，她是个疯子！随后我母亲跑了出来，手里抓了一把挂锁，我看着她将堂屋的大门锁上，这样，我弟弟便被锁在家里了。

因为愤怒，我母亲的脸涨得通红，她将挂锁的钥匙挂在脖子上，从门边抓起了一把扫帚。扫帚的意义也是明确的，你们这样的客人将被驱逐。她叱责黄招娣的声音尖利而急促，听起来像是玻璃粉碎的声音。黄招娣你怎么有脸跑到我们门上来你要跟我商量什么事我们还能商量什么事我是不跟你计较呀为什么不跟你计较我知道你儿子的事你是可怜人我可怜你才不计较你以为我好欺负你以为我儿子是一只猫跑到你家就归你家你以为我儿子是一只篮子是一把扫帚你说是你的就是你的你以为我儿子是街上的黑板报你想来看一眼就看一眼黄招娣你疯了你神经出问题了你不该到我家来该去精神病院看病了！

我母亲手里的扫帚划出各种愤怒的弧线，最后都指向黄招娣，黄招娣注视着那把扫帚，眼睛不停地眨巴，偶尔还谦卑地点头。她的嘴里不时地发出那种嘶嘶的响声，听不出是痛苦的呻吟，还是别有异议的表示，招娣你别见怪，你大人不记小人过。你是招娣我是招娣，我们两个都是招娣，我们有缘分的呀。她讨好地来抓我母亲的手，看我母亲躲闪，就干笑了一声，那件事情，我托陈师母来跟你商量的，还有我们村里的金娥，她好像跟你熟络，我也托过她的，不知道她们有没有跟你说？

商量什么？说什么？我母亲戒备地瞪着她，我们能有什么事商量？你能有什么好事跟我商量？

黄招娣探询地看着我母亲的脸，就是孩子的事呀。陈师母她们都说你一直盼个女儿，说你爱人也喜欢女儿，她们都说我们两家的孩子换一下就好了，塘东塘西就隔个咸水塘，来往多方便，孩子换一下，你家有了女儿，我家有了儿子，我们两家就都称心如意了。

我母亲万分惊愕，不敢相信自己的耳朵，换孩子？你要跟我换孩子？她瞪大眼睛看着黄招娣，手里的扫帚猛然举起来，它在空中稍作停顿，最终划了条直线，重重地砸在地上，这是人想出来的主意吗？就是野兽牲畜也做不出这种事，谁给你出的这个主意你就到谁家门上去，找他们换儿子去。

黄招娣一定预见了我母亲的态度，她仍然赔着笑脸，努力地向我母亲推销好莉，我这好莉聪明伶俐，三个女儿数她长得最俊俏，饭量最小，你看她的头发多干净，洗头梳辫子都是自己做，没有她不会做的家务活，要给你做了女儿，洗碗择菜洗衣服什么的，不用你动手，她都能替你做了，你不会后悔的。黄招娣这么说着，将好莉朝我母亲身边推了一下，命令她说，怎么跟个木头人一样？你不是愿意做塘东人的吗？不是答应得好好的吗？快叫妈妈，叫塘东妈妈！

好莉躲在黄招娣身后打量我母亲，发现她满脸怒色，便自尊地拧过头去，看着我家厨房的窗子了。我弟弟的脸正贴在窗玻璃上，他们互相凝视，带着秘密的情谊，好莉忽然朝我弟弟喊，昨天我的鹅蛋孵出一只小鹅！她的胳膊被黄招娣掐了一下，黄招娣对她说，快叫妈妈，快叫塘东妈妈！好莉的目光在我母亲身上跳跃，最后落在她脖间挂着的钥匙上，塘东妈妈，她喉咙里发出含糊的声音，塘东妈妈。

我母亲朝好莉摆手，说，千万别听你妈妈的，不要叫我妈妈，塘东妈妈塘西妈妈都不能叫，这世上的妈妈不是随便叫的。她捡起地上的扫帚，开始在黄招娣的脚边扫地，她对着黄招娣的脚说，黄招娣你别怪我说话不好听，你的头脑坏掉了，你自己知不知道？你都不配做妈妈了，自己知道不知道？你的女儿我的儿子都是妈妈身上掉下来的肉，他们都懂事了，是人呀，是人都有感情，你以为是供销社的汗衫，红色蓝色可以随便换的？你以为是菜市场买菜，韭菜大蒜随便可以换的？

黄招娣坚韧地站着，纹丝不动。她说，能换的！我骗你不是人，孩子可以换的。她的声音听起来很自信，也很诚挚，我骗你就天打雷劈，我娘家叔叔的三女儿就给了我姑姑，我姑姑把她的小儿子给了我叔叔，现在他们都好好的。

那是你们乡下人干的蠢事，何况人家是亲戚，跟我们有什么关系？

我们虽然不是亲戚，可是我们比亲戚还有缘分呀，连生孩子都凑一天生的！黄招娣坚韧地站在我母亲的扫帚边，纹丝不动，她忽然回头，指指塘西村的方向，我跟孩子他爹商量过了，不能让你家吃亏，我们家的自留地可以给你，有三分地呢，土很肥的，你要是懒得种地，我们给你种，你家的蔬菜，你家的鸡蛋，都不用去买，保证新鲜，包在我身上了。

我不稀罕菜，我不稀罕鸡蛋。我母亲尖声叫起来，黄招娣你真是疯了，你别在我家胡搅蛮缠了，你现在该去精神病院看病，去看病呀！

我没病，用不着去精神病院。黄招娣的眼睛依然有光，是残存的希望的光芒，她不断把好莉往我母亲身边推，你要是实在不肯，我们也不一定非要换孩子，我把弟弟带回家，三天就给你送回来，好莉押在你家，行不行？

换三天？三分钟也不行！我母亲闪身躲开好莉，她开始用扫帚扫黄招娣的脚，快走，快走开！你的女儿我不要，我的儿子你休想带回家，我要给你气死了，你再不走我叫派出所了！

黄招娣任凭我母亲的扫帚在她的脚上运动，她挣扎着走到我家厨房的窗外，用手扒着窗户玻璃朝里张望，忽然，她嘶喊起来，好福，好福，你过来，让妈妈看你一眼！

隔着油腻的玻璃窗，可以看见我弟弟的身影，他站在煤炉旁边若有所思，过了几秒钟，他的思考有了结果，我们听见了他清脆响亮的声音，你去跟我妈妈说，她是正妈妈，你是副妈妈，副妈妈要听正妈妈的话。

然后我母亲就怒了，我听见她朝着窗子吼叫，好，明天我就把你送到副妈妈家去！她对我弟弟的怒火一时无法发泄，黄招娣便成了标靶。我从未看见过我母亲如此凶悍，她用扫帚打黄招娣的腿，出去，出去。她把黄招娣往门外推，嘴里说，我总算领教你们塘西人了，敬酒不吃吃罚酒的！

黄招娣的身体明显羸弱，她被我母亲推出门去，歪着身子坐在台阶上呻吟。过了几秒钟，她抬头看我母亲，脸上是一种挑衅的表情了。塘东招娣，既然你这么绝情，那我给你看一样东西吧。她将手探到那只篮子深处，摸出一个布包，布包打开，里面是一只小鞋子。你看见没有？她对我母亲说，孩子的鞋子，左脚的，在我手里呢。我没刷，我一直舍不得刷，鞋窝里都是好福小脚丫的气味。

是一只蓝色的帆布小运动鞋，鞋底的黄泥印子清晰可见。我一眼认出那是我弟弟的鞋子，曾经也是我的鞋子。我记得很清楚，那天我父母把我弟弟从塘西抱回来，只穿了一只鞋子，另一只被塘西黄招娣抢走了。

黄招娣朝我母亲举着那鞋子，目光闪烁不定，像复仇者，也像是虔敬的祈祷者。我母亲知道塘西妇女的习俗，丈夫与子女一旦出了远门，他们留在家里的鞋子，不能洗不能刷，只是祈盼鞋子指引他们安然回家。她在瞬间读懂了黄招娣的眼神，那是在向她宣誓，那是在表达一个蛮横而阴暗的决心，我弟弟终将会回到她的身边。

我母亲扑向了黄招娣，准确地说是扑向了我弟弟的那只鞋子。我从未见过这样奇特的战斗，为了争夺一只小鞋子，两个妇女倒在地上互相厮打，嘴里各自发出了正义的呐喊。左邻右舍的邻居都开始朝我家门口跑，其中夹杂了欢天喜地的孩子。塘东的街道上几乎天天发生吵架干仗的事，但我家门口的这一幕实属罕见，为了争夺一只小鞋子，塘东招娣塘西招娣打起来了。不断有人问我，那小鞋子怎么回事？她们为什么要抢一只小鞋子？我对此也一知半解，听见好莉在旁边尖声说，鞋子归谁，孩子就归谁！然后几个女邻居上去拉架，把我母亲和黄招娣分开了。我看见黄招娣半跪在地，呼呼喘气，但她把我弟弟的那只小鞋子塞进了怀里，动作很麻利。

事情的来龙去脉很快就清楚了，理在我母亲一边，人心却似乎在黄招娣那一边，邻居们大多围着塘西那母女。大毛他妈从家里拿了一杯水给黄招娣，怜悯与同情之心溢于言表，作为我母亲曾经的密友当时的仇人，大毛他妈不屑于我母亲的委屈，也不接受她的愤怒，她娓娓地向众人介绍黄招娣悲苦的遭遇，言下之意，塘西招娣是咸水塘最为不幸的女人，她做的一切虽然离谱，却也是情有可原，你塘东招娣那么幸福，又受过教育，怎么可以这么粗暴地对待塘西招娣呢，你一个工人阶级，怎么跟人家抢一只鞋子呢？女邻居们都认可大毛他妈的潜台词，连三巧奶奶都丢下我母亲，去护拥着哭泣的黄招娣，安慰她了。

我母亲一个人站在门口，发现自己孤立无援。一件黑白分明的事情，黑白竟然颠倒了。她知道邻居们为什么不分黑白，都站在黄招娣那边去了。因为黄招娣可怜。因为她幸福。同情心不讲是非，同情心混淆了黑白是非。我母亲不能接受这种荒唐的处境，迁怒于大毛他妈，她忽然向大毛他妈发难，大毛他妈，我跟你这么多年邻居，真没看出来，你还是个圣人！她大声地说，你这么好心，怎么不帮人家找儿子去？你不是也有两个儿子，你要是真可怜人家，贡献一个儿子出来，让人家领回塘西，做别人家的儿子去！

大毛他妈不示弱，她佯笑一声，那也要讲缘分吧？我儿子跟人家没缘分，他们又不往人家家里跑！

众人听出大毛他妈的话有所指，我弟弟跟着一只鹅跑到黄招娣家去的事，很多塘东人也都听说了，如此天工神斧的巧合，他们自然印象深刻，所以妇女们都暧昧地笑起来。恰好这时候我弟弟跑出来了。他一定是从厨房的窗子里爬出来的，叉着腿在院子里慢慢向前挪，小鸡鸡和腿部都裸露着，他朝我母亲喊，擦屁股，给我擦屁股！

我母亲慌忙迈过台阶，迈过了黄招娣的篮子。篮子里的纸包散开了，五块米糕泛出了五层晶莹的光。她后来相信是米糕的光吸引了我弟弟。我弟弟眼睛突然一亮，他就那样光着屁股朝篮子跑来，在我母亲抓住他之前，我弟弟率先抓住了一块米糕，他说，米糕好吃，这是副妈妈给我的米糕！

众人都听到了我弟弟的声音，东升喊你什么，副妈妈？妈妈还有正的副的？你是他的副妈妈？我母亲注意到邻居们围着黄招娣七嘴八舌的，我弟弟与黄招娣的亲密关系，无疑让他们很感兴趣。她看见黄招娣站了起来，目光从人群中挤出来，落在我弟弟的身上，犹如灼热的烙铁，闪着红光，真的像烙铁，我母亲觉得我弟弟的身体快要冒烟了，快要燃烧起来了。几乎是条件反射，她一把抢下我弟弟手里的米糕，往他屁股沟里擦了几下，一不做二不休，她举高了那块米糕，用夸张的姿势将米糕重重地砸在台阶上，啪的一声，像是爆炸之声，那声音把我母亲自己惊着了，她愣一下，又从篮子里拿起了第二块米糕。啪。啪。啪。啪。在我弟弟的哭声中，在黄招娣和邻居们的注视下，我母亲把那五块米糕都砸在台阶上了。

我看见五块米糕在我家台阶上纷纷碎裂，发出一声声空洞而深刻的脆响。

鹅的问题

1

后来，我母亲原谅了我弟弟，原谅了塘东幼儿园，甚至原谅了黄招娣，但对于鹅的罪恶，她不予原谅。

她曾经带着我弟弟去咸水塘边指认，是哪一只阴险毒辣的鹅把他带到了塘西村。但鹅的样子都是雷同的，长颈，白毛，红色脚蹼，除了体型大小有差别，每一只鹅都酷肖另一只鹅，他们绕着咸水塘几乎走了一大圈，仍然迷茫。我弟弟根本认不出来，究竟是哪一只鹅把他带到了塘西。是哪一只？究竟是哪一只？在我母亲焦急的催促声中，我弟弟胡乱指认了几只，很快又否定自己，最后他内疚地告诉我母亲，要等到刮大风的天气，那只鹅才会出来。

可是大风不再来了，咸水塘的春天蓬蓬勃勃地往深处去，天气一天天转暖，塘边的柳枝越来越绿越来越沉重，柳枝都静静地垂着，哪来什么大风呢？我母亲站在咸水塘边鉴别满塘白色的鹅影，终究分不出哪些鹅无辜，哪些鹅有罪，于是她与所有的鹅都结了仇。

有一天她在咸水塘边遇见塘西村的金娥，她们谈起我弟弟诡谲的塘西之行，金娥提醒我母亲，带我弟弟去塘西的，很可能是一头鬼鹅。金娥绘声绘色的描述，听得我母亲惊心动魄。金娥说咸水塘里的鹅永远无法计数，因为你肉眼看见的鹅，总是多于村民实际饲养的鹅，那多出来的鹅，不是野鹅，而是鬼鹅。金娥说咸水塘鹅与鸡鸭不同，与别处的鹅也不一样，它们命硬命长，那些被折断脖子割喉放血的鹅，不少都侥幸逃脱了，最后它们逃到咸水塘里，变成鬼鹅。白天的时候人们难以从咸水塘的鹅群里辨别鬼鹅，只有到了夜深人静的时候，当塘西村放养的鹅鸭都回到了鹅棚，那些留在咸水塘里的鹅，那些在月光下游弋的鹅影，通常就是鬼鹅了。

尽管我母亲对鬼鹅的说法将信将疑，但当年萧木匠用三只活鹅为我祖母陪葬的事情，她还记忆犹新。她忘不了我父亲从大坟地回家的时候，衬衣上留下了星星点点的鹅血，那血黏稠发黑，像是油漆，她给他洗衣服的时候，发现他挽起的裤管里也藏着一根带血的鹅毛。她记得自己曾经做过的一个怪梦：三只鹅披着霞光，从大坟地慢慢走出来，拐上了城北公路，它们在卡车与骑自行车的人流中灵活地穿梭，一路上留下了星星点点的鹅血。她向金娥描述了那个梦境，金娥肯定地说，那你是梦见鬼鹅了。你是梦见我是亲眼看见过，有一年我婆婆宰鹅过年，选了一头老鹅，她的刀子钝了，手上又没力气，鹅脖子上划了一刀又一刀，鹅血都快流光了，那鹅脖子耷拉到翅膀下面了，翅膀还在一扇一扇的，我公公让她干脆把鹅头剁下来，我婆婆就是下不了手，让我公公剁，就这么换个手，那鹅就飞起来了，我们眼睁睁看着它飞一程跑一程，往咸水塘里去了。我们追到塘边，怎么也找不到鹅，以为鹅死在塘里了，死在塘里总要浮起来的不是吗？可我们找了三天也没有找到死鹅，我婆婆说白天找不到只能夜里找，到了第三天夜里我们去塘边，果然就看见了那鹅，那鹅在水里游呀，就是脖子耷拉在水里，抬不起来了。

春天以来，鬼鹅的问题一直折磨着我母亲。因为担心那是一头复仇的鬼鹅，她开始追究旧账，追究我父亲当年在我祖母坟上的鲁莽之举，那三只陪葬的鹅，究竟是被拍死在麻袋里了，还是被活埋了？它们究竟有没有死？这让我父亲不胜其烦，时隔多年之后，我祖母的空坟依然是他的心头之痛，我母亲不依不饶纠缠此事，不仅无法唤回他更为清晰的记忆，反而激起了他的怒火，他忿忿地宣布，不管是拍死的还是活埋的，那鹅早成一堆碎骨头，做了大坟地的肥料了。你怎么能去相信塘西人的那些鬼话？世界上只有活鹅死鹅，只有酱鹅卤鹅红烧鹅肉，哪来什么鬼鹅？你见过鬼鹅吗？你告诉我，鬼鹅什么样子？

除了在梦境里，我母亲确实没有见过鬼鹅，以前这算幸运，现在则是缺憾了，当她谈论鬼鹅的时候，没有任何依据，只能人云亦云。无论有多么畏惧，此生应该亲眼见一次鬼鹅，但万一真的看见了呢？她想想那样的场景，心里便发毛。她央求过我父亲，午夜过后能否起床，陪她去咸水塘看鬼鹅，我父亲一口拒绝了。他还讥讽她，你去看，看见了回来告诉我，鬼鹅有几只翅膀几条腿。我是愿意陪我母亲去看鬼鹅的，但她明显忌惮着什么，不肯带我去。她在心中草拟了几个能够陪她的人选，其中邻居陈师母是最合适的，陈师母说她一共见过三次鬼鹅，都是在塘西村那边，出嫁之前她是塘西村的铁姑娘突击队队员，深夜挖塘泥的时候见过一只无头鬼鹅，一只红毛鬼鹅，出嫁之后她走夜路回娘家，在大柳树下又撞见过一次鬼鹅，它只有一只翅膀，站在一根漂浮的浮木上。

我母亲带着几个糯米团子去陈师母家，闪烁其词之间，陈师母听懂了我母亲的请求，她爽快地应允我母亲，要带她亲眼见一次鬼鹅。

那天午夜一点钟，我母亲手持一只手电筒来到陈师母家门口。从那里可以看见夜色中的咸水塘一角，近处的水面上泛着银白色的月光，更远的水面则是墨黑一片，像一片巨大的黑色绸缎，包裹了深刻的秘密，微微波动。当陈师母家的灯亮起来，灯光穿过门窗，我母亲发现台阶上有一片白色的东西，朝她脚边缓缓蠕动。她用手电筒照它，发现那不是虫子，是一片鹅毛。一片鹅毛。一片鹅毛朝我母亲脚边缓缓蠕动。她朝四周张望，塘东的街道上黑沉沉的，昏暗的路灯下看不见一个人影，也没有鹅的影子。她突然一阵惊悸，人慌乱地跳起来，逃离了陈师母家的台阶。当陈师母开门出来，我母亲已经改变了主意，不看了不看了，陈师母你休息吧，明天还要上班！她这么朝陈师母喊着，人已经越过黑暗的街道，往我家的方向逃走了。

2

在环球水泥厂的女工学习小组，我母亲学到了外因与内因的理论。那理论浅显易懂，让她深受启发。凡事都要分析外因和内因，她心里很清楚，我弟弟那天的塘西之行之所以恐怖，鹅是外因，风是外因，甚至黄招娣也是外因，只有我弟弟的无知与幼稚，才是内因。

我母亲隆重地为我弟弟制定了十大守则，其中有几条属于常识，比如不准吃水泥不准在风中走路之类，有几条则极具针对性，她要求我弟弟能够熟练背诵，不准与黄招娣家的人说话，不准跟鹅跑，不准去塘西。

我弟弟那天去塘西穿的蓝色小鞋子，只剩下一只了，它被我母亲放进一只铁盒子里，盒子放在大床底下。我母亲守护着盒子，像守护一片分裂的领土。有时候她会打开铁盒，看一眼那只孤单的小鞋子，它在幽暗中守望，似乎等待着另一只鞋子早日归来。想起另一只鞋子，我母亲就陡然心慌，它在塘西，在黄招娣手里，黄招娣会向一只小鞋子施加什么样的魔咒，不得而知，但她每次关上铁盒子，眼前便会闪现出一幕奇景，我弟弟像一个巨人，两只脚神奇地横跨咸水塘，他的一只脚留在我们家，另一只脚却已经站在黄招娣的家里了。

她求过陈师母去塘西索要那只鞋子，陈师母无功而返，满怀遗憾地转达了黄招娣的意思，还鞋子可以，让鞋子的主人自己去她家穿。这结果不好，却也在我母亲预料之中，她不死心，又让我父亲去塘西村找蒋文良，以组织的名义出面要回鞋子，我父亲说，亏你想得出来，以组织的名义去要一只鞋子？组织没事做了？你要回那鞋子有什么用，孩子的脚又大了一码，要回来也穿不了了！

我父亲的迟钝与麻木让我母亲很失望，她警告我父亲，塘西女人都会巫术，黄招娣拿的是我弟弟的鞋子，要的是我弟弟的人，倘若我弟弟再出什么事，都是他的责任。我父亲被逼得没办法，真的去塘西村找了蒋文良。

那天蒋文良带我父亲上了黄招娣的门，萧木匠正好在家里做木匠活，他们自然就找男人说话，萧木匠应承了我父亲，但他和蒋文良在家里翻箱倒柜找了半天，也没有找到那只鞋子。我父亲站在门外，先是听见萧木匠的骂声，然后屋里响起了黄招娣呼天抢地的哭声，他意识到鞋子的问题比他想象得复杂，黄招娣一定把鞋子藏起来了，她誓死保卫那只鞋子，似乎保卫了鞋子，就保卫了儿子归家的希望。我父亲无奈地放弃了自己的使命，他最后对蒋文良说，不给就不给吧，要是我儿子的鞋子能让她儿子回家，也算是给他们家作出了一份贡献。

但我父亲说服不了我母亲，留在塘西的那只鞋子依然让她提心吊胆。有一天夜里我母亲梦见床底下的盒子打开了，那只蓝色的小鞋子跳出来，走出了家门。她梦见自己追那只鞋子，追到了门外。外面刮大风，大风吹着那鞋子，鞋子在咸水塘边的泥路上走，一蹦一跳的，就像我弟弟的脚穿着它，一蹦一跳的。我母亲跑得很快，鞋子跑得更快，她怎么也追不上那只鞋子，眼看着那鞋子跑过了大柳树，进入了塘西村地界，远远地她看见黄招娣和她的女儿们，她们站在晒谷场上等候什么，黄招娣披头散发的，手里提着另外那只鞋子。

我母亲深信我弟弟留在塘西的那只鞋子，每天都在召唤我弟弟，这在很长一段时间里成了她的心事。在水泥厂的储运仓库上班的时候，我母亲向小王丽萍诉说了那鞋子带给她的苦恼。小王丽萍擅长用扑克牌占卜算卦，她的牌卦在塘东妇女中间享有一定的声誉。那天小王丽萍在水泥包上摊开一副扑克牌，解析了我母亲的梦，牌面显示那个梦是现实的预言。小王丽萍指着一张黑桃3说，你是要当心，这张黑桃3不好，事不过三，你儿子还会走丢一次的。这结果正是我母亲最担忧的，她问小王丽萍能不能算出我弟弟会在什么时候再次走失，几岁？什么季节？小王丽萍洗牌又算，她没算出我母亲需要的结果，却突然宣布了一个惊人的发现，看，你儿子头上两张红桃Q，你儿子不是有两个女朋友就是有两个妈妈，他还这么小，哪来两个女朋友？那就是两个妈妈，他真的有两个妈妈呀！

我母亲瞪着水泥包上的扑克牌，怒火中烧，她捡起一张红桃Q扔在地上，踩了一脚。你这算的什么卦？一个孩子有两个妈妈？我儿子有两个妈妈？她厉声质问小王丽萍，那你说我儿子怎么生出来的？我生一半她生一半？我生下来再塞她肚子里让她再生一遍？两个妈妈究竟什么意思？你说清楚！

小王丽萍自知捅了马蜂窝，她申明一切都是扑克牌的旨意，并不代表她有意冒犯。为了弥补已经造成的伤害，她积极地为我母亲献计献策，说当务之急是要防止我弟弟的腿脚，黄招娣已经半疯半癫的，他要是再往人家家跑，黄招娣做出什么过分的事都有可能，到时后悔都来不及。小王丽萍说她养的狗以前也乱跑，差点给人宰了烹狗肉汤，自从她给狗配了个响铃，狗跑哪儿都听得见，再也没有丢过。她说她给狗买了个新狗铃，正好还没来得及给狗狗换上，可以先给我弟弟用。我母亲当场黑脸，骂小王丽萍道，你是养狗养出了一张狗嘴，狗嘴里吐不出象牙，我儿子是狗？他是人呀，人戴个狗铃到处跑，不让人笑话？

骂归骂了，小王丽萍的狗铃方案还是启发了我母亲，她从中借鉴，决定给我弟弟戴上她小时候戴过的银项圈。那天下班回家，她从柜子里翻出了那个银项圈，项圈是为女孩子锻造的，细小，精致，镶嵌了云纹和荷花，缀有四个小铃铛。那是她幼年唯一的首饰。我母亲尝试将银项圈戴在我弟弟的脖子上，尺寸正好，四个铃铛琅琅地响起来，音质清脆悦耳，似乎是某种遥远而古老的欢呼。

我弟弟很好奇地研究了我母亲的银项圈，他如实禀告，塘西的副妈妈也有这个东西，三个铃铛，比这个大。我母亲无法忍受我弟弟对黄招娣的称呼，当即赏了他一记头皮，什么副妈妈？我告诉过你多少遍了，妈妈不是师长团长，从来没有正的副的！世界上的孩子只有一个亲妈妈，其他要不是后妈就是干妈，都不是真的，都是假的，世上只有正妈妈，没有副妈妈，你记住了没有？我弟弟点头说他记住了，但他的眼神流露出某种不甘，试探着问，那她是假妈妈，行不行？这次我母亲愤怒地拧住了我弟弟的耳朵，假妈妈也不行！你这孩子究竟是怎么回事？她是什么人我告诉过你一百次了，你又忘了？说呀，快说，塘西招娣她是什么人？

我弟弟嗫嚅道，你说了，她是个疯子。

不是我说，不是我说她是疯子，她就是一个疯子！我母亲说，她是什么，再说一遍！

我弟弟咽了口唾沫，轻声说，她是疯子。

有气无力的，我听不见！我母亲的声音忽然尖利，塘西招娣是什么人，你给我再说一遍！

我弟弟退后了两步，他看着我母亲，表情看起来受到了惊吓，但他似乎分不清，那惊吓是我母亲造成的，还是来自他自己的声音，突然他仰起脖子，朝我母亲嘶喊起来，她是疯子她是一个疯子她是一个疯子！

尽管那喊声过于高亢，我母亲有点怀疑他的诚意，但她算是满意了。她揽住我弟弟，拨弄着他脖子上的银项圈，听见四个银铃铛发出了清脆美好的声音，然后她看见自己的手背上突然出现一滴水，又是一滴水，她抬起头，惊讶地发现我弟弟满眼是泪，那不是水，那是我弟弟的眼泪。

3

春天的时候，塘东的人们看见我弟弟的脖子上新戴了一个银项圈，走路的时候身上会发出清脆的铃铛声，这使他看起来宠爱在身，比别的孩子金贵一些，但不免显得土气，像一个塘西小男孩了。人们大多知晓其中缘由，一个过时的故事重新流传，陈旧的内容获得了更新，陡然变得一波三折。在塘东幼儿园，马秀娟和袁老师认真地检查了我弟弟的耳朵之后，都惊呼起来，奇怪，这孩子耳朵后面真的有一颗痣呀！那是以前就有的，还是新长出来的？

她们都不记得了，便问我弟弟，你右边耳朵上那颗痣，是以前就有的，还是新长出来的？

我弟弟很为难，他提醒两个老师，一个人是看不见自己耳朵后面的，除非同时拿两面镜子照。马秀娟和袁老师夸他聪明，各自拿出了他们的小镜子，一个照我弟弟的脸，一个照我弟弟的后脑勺，现在你看见了吗？你右耳的后面，有一颗痣！这样我弟弟第一次看见了他右耳的背部，果然有一颗痣。我不知道怎么回事。他诚实地告诉两个老师，我不照镜子，我不知道是以前就有的，还是新长出来的。

环球水泥厂的女工们大多不认识塘西招娣，但我母亲与塘西招娣的故事吸引了她们。她们普遍陶醉于流言动人的细节。关于痣。关于鹅。关于两个招娣在郊区人民医院同时分娩的事。流言的核心堪称传奇，两个男婴当初可能是抱错了，这意味着失踪的小男孩可能是蒲招娣的儿子，而蒲招娣的儿子可能就是塘西招娣的儿子好福。

没有人敢当我母亲的面打听什么，但有一次她带我弟弟去厂里的食堂吃饭，女工们趁我母亲去买饭菜，竟然围着我弟弟探听了很多敏感的问题，塘东招娣塘西招娣，究竟谁是你妈妈？听说你有正妈妈还有副妈妈，塘东招娣塘西招娣，谁是你的正妈妈？谁是你的副妈妈？还有人偷偷检查了我弟弟的耳朵，大惊小怪地说，果然是有一颗痣呀，我抱过黄招娣的儿子，那孩子右耳后面也有这么一颗痣！

我母亲端了饭菜回来，女同事们都及时散去，表情依然是疑云密布的。她问我弟弟，那些阿姨围着你干什么？我弟弟不敢提两个妈妈的事，指着自己的耳朵说，她们来看我的耳朵，看那颗痣。

我母亲怒不可遏。她用一双筷子指了很多女工的脸，是你看我儿子耳朵后面的痣了吧？你看那颗痣干什么？我儿子是你们抱大的，你们看着他长大的，他耳朵上长出一颗痣，就成了别人的儿子？你们连自己的眼睛都不相信，倒相信一个疯女人的疯话？我要说你的皮鞋是37码上海产，你那皮鞋就是我的了？我要说你家的存折上有一笔五百块存款，万一说对了，你的存折就归我了？你们平时是吃粮食的吗？你们的粮食都吃到什么地方去了？

女工们听我母亲出言不逊，才意识到我弟弟的耳朵看不得，看了对她就是伤害。有人无辜，立刻严正声明，我是吃粮食的，我不相信塘西人的谣言，耳朵上有一颗痣也说明不了什么问题，他该是谁的儿子就是谁的儿子！有人脸上挂不住，开始指责我母亲的无礼，你说我们的粮食吃到哪儿去了？这话也太难听了，我们就是看看孩子的耳朵，看看那颗痣，也没说耳朵有痣就是黄招娣的儿子，你何必心虚，何必骂人呢？

顾满英好为人师，她觉得我母亲目光短浅，有必要帮她认清事情的本质，招娣你别激动呀！她说，我们不是吃屎的，黑白总是分得清的。你儿子是你十月怀胎生出来的，谁不知道？哪个做母亲的也不愿把儿子分一半给别人。不过你也别怪谣言满天飞，你这儿子有点奇怪的，耳朵后面本来没有痣，偏偏就长一颗出来，孩子迷路正常，可是他偏偏就跑到塘西黄招娣家里去了，他还告诉别人，黄招娣是他的副妈妈！为什么？你透过现象看本质啊！我母亲一愣，说，你什么意思？什么现象？什么本质？顾满英说，哎呀，我们女工学习小组不是才学过的吗？透过现象看本质！什么鹅呀痣呀那都是现象，你儿子心肠好，你儿子善良，他可怜黄招娣，那才是本质！依我看，你这儿子不是一般的孩子，别看他脑袋瓜不聪明，说不定他就是咸水塘的活菩萨，你儿子，说不定是咸水塘第一个活菩萨呀！

我母亲一时哑然。顾满英理论联系实际，最后联系上了活菩萨，那样的赞美漏洞百出，不免浮夸，在我母亲听来有点像哄骗孩子。菩萨是哪个阶级的？谁要个菩萨儿子？你少拿这高帽子给我儿子戴，当我傻呢？她不屑地发出一声冷笑，这咸水塘是个什么地方？做好人都要受别人欺负，做活菩萨能有什么好下场？那《西游记》里的唐僧到处发善心，有好报吗？妖魔鬼怪还不是都想吃他的肉？我才不让他做菩萨！

顾满英一下便阴阳怪气起来，闹了半天你还怕我们吃你儿子的唐僧肉？她说，蒲招娣你是得理不饶人呢，夸你儿子是活菩萨你都不满意？那我问你，如果不是做菩萨就是做恶人，只能选一个，你替你儿子选哪一个？

我母亲知道顾满英在刁难她，她不服输，朝顾满英翻了个白眼，你这激将法也难不倒我，让你家孩子做菩萨去，我不要菩萨儿子，我情愿他做一个恶人，也不要做菩萨！

春天的时候，我弟弟茁壮生长，我母亲却四面楚歌。

梦也在欺负她。有一天早晨她从噩梦中醒来，满面是泪。她推醒我父亲，忿忿地描述了那个气人的梦境。她梦见一群塘西人撞开我家的门，黑压压的人群把我家围得水泄不通，他们高喊着，塘东招娣，你快把孩子还给塘西招娣！她在人群里看见了黄招娣和萧木匠，还有塘东街道的高书记和郊区派出所的杨所长。她让我父亲出去应对，我父亲却拿着张报纸不放，说随他们闹去。她向高书记求援，高书记却让她把我弟弟交给杨所长。她梦见杨所长像转陀螺一样，把我弟弟放在地上转了几圈，最后对我弟弟说，谁是你妈妈，就往谁那边走。最气人的还是我弟弟。我弟弟站定以后，摇摇晃晃朝黄招娣那儿走过去，众人欢呼起来，我母亲却被那欢呼声吓醒了。

那天早晨我母亲跟我父亲商量，是否有必要把我弟弟送到板桥镇我外婆和舅舅家去，让他远离咸水塘。我父亲不置可否，但他向我母亲提出了一个尖锐的问题，你现在把孩子送走，不怕别人说你心虚，说当初就是抱错了孩子，说你把人家黄招娣的儿子藏起来了？这话击中了要害，我母亲因此推翻了自己的想法，不送了不送了，孩子哪儿也不去，就在家里待着。她跺脚喊道，我就不信了，老母鸡能变鸭，白的能变黑的，月亮能变太阳？我就不信了，我的儿子还能变成别人的儿子？

她不能为一个噩梦去惩罚我弟弟，但为了噩梦，她会向塘东幼儿园方面施加压力。尤其遇到大风天，她会郑重地告知马秀娟她们：今天我眼皮子跳得厉害，今天又是大风天，你们一定要盯紧我儿子，千万不要再失职了。

马秀娟她们不堪重压，想了个绝招，用粉笔在幼儿园的角落画了一个圈，搬个小板凳放进去，让我弟弟坐在板凳上，不允许出圈。我弟弟回家后告诉我母亲这件事，说他吃饭玩耍尿尿都只能在那个圈里，我母亲有点难过，但她只能选择原谅马秀娟，她对我弟弟说，不出圈就不出圈，待在圈里你身上能少一块肉？都是为你好，谁让你的腿乱跑了？

不过，马秀娟她们管住了我弟弟的腿，却管不了别人的腿，令人不安的消息还是来了。有一天我母亲去幼儿园接我弟弟，马秀娟告诉她，那个塘西招娣中午来过，她守在幼儿园的窗外，隔着窗子看我弟弟吃饭。

我母亲当场大叫起来，我就知道我的眼皮子不是白跳的，怎么能让她看我儿子吃饭？难道你们不知道黄招娣疯了，她以为我儿子是她儿子呀，你们不赶走她吗？

是不是疯子要精神病院诊断的，你说我说都不算数的。马秀娟摇头，人家也是可怜人，我们总不能把她当苍蝇当老鼠那么轰吧？何况她是站在窗外看孩子，就是看，我们都出去劝她了，她不走，拿了两块米糕让我给孩子吃，说他爱吃米糕，我哪儿敢接她的东西？她就站在那儿，脸贴着窗子盯着孩子，一直眼泪汪汪的，把那窗玻璃都哭湿了，看着真可怜呀。

可怜可怜可怜！我母亲听得刺耳，嚷嚷起来，她可怜，是我的错吗？我问你，天底下哪个疯子不可怜？你们都装善人，让我一个人做恶人！你们不管她，她家里人不管她，塘西村不管她，都说她可怜，可怜，可怜！她可怜难道我开心？你们谁替我想想，我这提心吊胆的日子怎么过？她可怜，我就该把自己儿子送给她吗？

也不是要你送儿子呀！马秀娟看着我母亲，试探地说，有句话不知当说不当说？要是有人这么喜欢我儿子，要是有人非要认他做儿子，我高兴都来不及，我丈夫就有个干妈，我弟弟也认了一个干妈，你想想，一个儿子有两个妈妈疼，你这亲妈能吃什么亏？以后孩子大了娶媳妇，她说不定还能出一半彩礼，那不是一件大好事吗？

也不是头一次听这话了，可惜她黄招娣不是你马秀娟。我母亲冷笑道，你们哪儿了解她？只有我知道，她可不是要做什么干妈，她是要抢，要夺，她要拿我儿子替了她儿子，她是要替了我，做孩子的真妈妈！

马秀娟一时无语，讪讪地进屋把我弟弟牵出来，交给我母亲。不知道是否要影射什么，马秀娟对我母亲说，你儿子虽然不听话，心倒是很善的，黄招娣在窗外一站，他就朝她笑，我问那是谁，他告诉我那是塘西妈妈，他说塘西妈妈来了。

塘西妈妈。马秀娟有意无意之间又告了我弟弟一状，那几乎是压倒骆驼的最后一根稻草，我母亲忽然不再愤怒，或许是伤心，或许是心碎，她眼圈红了，不停地向我弟弟点头。好的，塘西妈妈，很好。她用一种平缓的声音说，她是你的塘西妈妈，我是你的塘东妈妈，对吧？一个儿子两个妈妈，各占一半才公平，我养了你这么多年了，以后该归她养，现在我就把你送到塘西去，从今往后，你去做她的儿子吧。

那天黄昏，塘东的人们看见一辆自行车像一道愤怒的闪电，尖锐地掠过嘈杂拥挤的街道，骑车人脸色平静，眼里却噙着明显的泪光，而我弟弟在自行车的后座上颠簸，他的手紧紧拽着我母亲的衣角，一路哭喊着，我不去我不去我不去！

在通往塘西村的路口，陈师母看见我弟弟从我母亲的自行车上跳下来，抱住了一棵柳树。他抱着树，拒绝去塘西，一心挽救我母亲的爱。在一番语无伦次的表白之后，他彻底迎合了我母亲，很多人听见他一边哭一边对我母亲喊：

她不是塘西妈妈
她不是副妈妈
她不是假妈妈
我只有一个妈妈
我再也不喊她妈妈了。

我父亲为什么去塘西

午后时分，我父亲骑自行车去了塘西。

他在塘西村算是令人尊敬的人物，进了村子，一路上都有人跟他打招呼，问大站长来塘西干什么。我父亲指指车龙头上挂着的公文包，敷衍地说，到大队部，办点事。有些人便会意地点头，有些村民像是第一次看见我父亲，认真地打量着我父亲的五官，嘴里低声评价说，像的，像的，鼻子，嘴巴，额头都像。也有几个妇女在研究了我父亲的面孔之后，发表了冷静而客观的观点，像不像还真不好说，儿子的长相都随妈的。

谣言在塘西已经深入人心，我父亲知道他们在说什么，只是不清楚村民们是在比较他与我弟弟的长相，还是在比较他与好福的长相。

塘西村的大队部设在蒋家祠堂，我父亲对这个地方是再熟悉不过了。村里的男女自古靠手艺吃饭，大多是文盲，不能读书看报，就算听有线广播的天气预报，也都一知半解。任何运动来了，村民们都觉得多此一举，这个村子因此被郊区领导视为老大难，历来都需要派驻工作组进村，向村民们讲政策查问题。我父亲曾经作为工作组成员驻扎在蒋家祠堂，先后调查过塘西木匠违反政策偷卖棺材的事件，七个村民冒充僧侣去死者葬礼做道场事件，十一个育龄妇女集体出逃逃避结扎手术的事件，由于接触频繁，他与很多塘西村的村民是熟络的，甚至能说出每一户塘西村村民的家庭出身。

蒋家祠堂远看气势巍峨，近看则老旧破败了。屋顶上长了一棵杂树，谦恭地弯着腰，总也不死，总也长不高，谁也说不清那是一棵什么树。祠堂面对打谷场，黑瓦发绿了，白墙发黑了，老门旧窗都摇摇欲坠，靠近了能够看见屋檐下的两个燕子窝，东侧一个，西侧一个，大小与位置都很对称，时有燕子来来往往。祠堂原先的天井已经毁掉，防火墙拆了一半，还剩半截，在残余的墙面上，我父亲昔日受邀为塘西村刷写的标语，有的已经暗淡，有的已经被覆盖，但无产阶级专政万岁那几个白色油漆的美术字，依然鲜亮醒目。几年未至，祠堂的天井与打谷场已经连接了起来，形状酷似一把菜刀，天井部分像是刀柄，幽暗一些，苍老一些。那刀柄般的空地上，过去堆放过无用的塘西棺材，现在一年四季停着两辆拖拉机，几个塘西孩子正在拖拉机上爬上爬下地玩耍，他们看见我父亲，突然安静下来，然后开始交头接耳，有一个男孩用手指着我父亲，用一种亢奋响亮的声音宣布，就是他，他才是好福的爸爸！

我父亲知道那男孩在说什么，照理说他该回敬男孩，我也是你爸爸，但这类轻浮的言辞不符合他的身份，所以他只是瞪了那孩子一眼，径直跨上了祠堂的台阶。

屋子里有男人们吵吵嚷嚷的声音，他推开门，那些人都回过头来了，邓站长，塘东邓站长来了！他们或站或蹲，围着一口棺材，棺材盖上散落着扑克牌，还有皱巴巴的一堆纸币。我父亲知道他们在赌钱，让他吃惊的是他们竟然在祠堂里赌钱，蒋文良也参与其中，他正坐在棺材上，手里还握着几张扑克。谁没关门？记性让狗吃了？他先是扔掉了手里的扑克，看清来人是我父亲，似乎松了口气，一把将钱抓起来塞进口袋，又喊，都滚回家去，谁让你们在这儿打牌的？我跟你们三令五申，打牌就是赌博，塘西村不准赌博！

那几个塘西男人一哄而起，经过我父亲身边时，他们都热烈地打量着我父亲，想问什么又不敢问，最终带着诡谲的笑意散开了。

蒋文良与我父亲寒暄了几句，把唯一的一张椅子让给我父亲，自己就坐在棺材上了。他用探询的目光看着我父亲，大站长你无事不登三宝殿，这回来是公事还是私事？

我父亲坦承这次到塘西，不为别的，是为了咸水塘越传越甚的谣言。蒋文良立刻就听明白了，向我父亲表态道，你儿子那事，都是村里嚼舌头的妇女传出去的，但凡有点头脑的都不会相信！你儿子怎么可能是黄招娣的儿子？萧木匠家祖上没积德，只配生丫头，他就没有生儿子的好命。

我父亲打开公文包，拿出两盒香烟塞到蒋文良口袋里。蒋文良也没有客气，嘴上说，你客气什么，我们是老朋友了，塘西村谁要是再敢乱嚼舌头，我一定收拾他。我父亲说，这不是谁乱嚼舌头的事，谣言再这么传下去，不知道会出什么乱子了。他从包里拿出了一封介绍信，还有一张盖着红印的证明，隆重地递给了蒋文良，他说，不管算私事还是公事，我有组织手续，你要严肃对待。

介绍信是塘东街道开出来的，介绍事由：兹有塘东街道邓福来同志前来联络辟谣事宜。证明则来自郊区派出所，列出了我弟弟的出生日期与亲生父母的名字，父亲邓福来，母亲蒲招娣。

蒋文良哈哈地笑起来，说这事稀奇了，你儿子就是你儿子，怎么还要派出所来证明？你们自己生自己养的儿子，还能让别人的闲话说跑了？你们塘东人何苦跟我们塘西乡下人一般见识，何苦去跟黄招娣计较，那女人现在半疯不癫的呀！

我父亲说，我也是这么对我爱人说的，她听不进去！她说现在大家都黑白不分，都站在黄招娣那边，必须辟谣，马上辟谣，再这样下去，我爱人也要疯了！

蒋文良眨巴着眼睛想了想，爽快地说，等着，马上辟，我马上辟！他收拾了棺材上的扑克牌和垫着的报纸，吹了吹棺盖上的灰，打开棺盖，一口幸存的塘西棺材深沉地暴露在我父亲的视线里。棺材八个角做成考究的弧形，暗红的油漆依然锃亮，照得见人影，从棺盖上刻着的要斗私批修几个大字看，应该产自六十年代。蒋文良说那是他老父亲留下的棺材，当年老人胃病闹得厉害，吃什么吐什么，以为自己快死了，他指导家里人打了这口棺材，没想到棺材打好老人的病也好了，一直活到现在，身体还硬朗。老人说这棺材是真正的好寿材，能保佑他长寿，说什么也不让蒋文良处理，这么大一口棺材家里不方便放，蒋文良干脆拖到祠堂里做他的保险箱了。

我父亲看着蒋文良跳进棺材，先抱出一台扩音器，再抱出一个麦克风，然后是一个大喇叭。你看，这套家伙好久没用了，放在棺材里不招一粒灰土，干干净净的。

蒋文良从棺材里爬出来，起初想使用扩音器麦克风，但他忙了半天，也没能接通有线广播的线路，他遗憾地告诉我父亲，塘西村的广播员空缺了好久，原先是他侄女掌管村里的有线广播，自从她出嫁之后，这套器材就没人会用了。不过，蒋文良让我父亲放心，有线广播虽不能用，大喇叭总是管用的，他嗓门大，举着喇叭在村里走一圈，保证家家户户都能听到辟谣的声音，让塘西村所有的长舌妇以后都闭上臭嘴。

我父亲原本想要求蒋文良立即召开全村的群众大会，以最庄严最正式的方式辟谣，但为此召开群众大会，阵仗太大，似乎总是显得滑稽，也不恰当。我父亲犹豫了一番，就跟着蒋文良走出了蒋家祠堂。塘西村的村路他不知走过多少回了，这一趟他换了角色，角色尴尬，每一步便都走得尴尬。以我父亲对塘西村群众的了解，他们乐于相信谣言，对于澄清是非，从来不怎么感兴趣。他多少有点担心蒋文良辟谣的水平，当蒋文良朝地上吐出一口痰，隆重地举起电喇叭，他忍不住提醒他，不要急，跟群众好好说，群众相信派出所，你先让大家听一下派出所的证明，再向大家解释，不要信谣，不要传谣。蒋文良示意我父亲放心，不信谣不传谣，他们哪儿听得懂？就算听懂也不愿意！他说，我知道怎么跟他们说话，哪能这么文绉绉的？对他们说话要凶，要狠，你放心，我来好好吓唬他们一下！

我父亲听见蒋文良手里的大喇叭訇地一响，喂——喂，他试了试音，路上的几只鸡惊飞起来，闲坐在家门口的老人和村巷里的行人都朝他们这边看过来。然后，蒋文良粗亮的声音便开始在塘西的上空飘荡：

> 各位塘西村的党员干部社员群众听好了，现在有个重要广播，就是萧木匠家的女人黄招娣造谣说人家塘东邓站长家儿子是她儿子的事，那是个谣言知道不知道？那孩子耳朵后面有颗痣不代表是她儿子，还有人家孩子脸上也有个酒窝，更不代表他和好莉是龙凤胎，人家塘东派出所开出了证明，证明那男孩就是邓站长的儿子，我给大家念一下证明：兹证明邓东升（男，五岁，汉族）系塘东街道居民，其父邓福来，在塘东街道文化站工作，其母蒲招娣，在环球水泥厂工作，听见没有？听清楚了没有？其父就是孩子他爹，不是我们塘西的萧木匠，其母就是孩子他妈，也不是塘西的黄招娣，那是个谣言知道不知道？造谣害死人，传谣气死人，下不为例，我不是吓唬大家，从今天开始谁再造谣派出所就来抓人，该拘留的拘留该坐牢的坐牢，到时候别来找我，呸，我丑话说在前头，一律放炮仗欢送出村！

那喇叭看来是真的沉寂好久了，不鸣则已，一鸣惊人。整个塘西村在一阵刺耳的声浪里躁动起来，我父亲看见男女老少都在朝他们这边跑，蒋文良的辟谣内容他们听得并不完整，但最后的警告与威胁都听见了，所以有人追着蒋文良和我父亲问，抓谁，派出所要抓谁？谁要拘留了，谁要坐牢了？蒋文良指指这个指指那个，你，你，还有你！他说，以后谁要再说人家邓站长的儿子是萧木匠的儿子，就抓谁！

在村民们的簇拥下，他们往萧木匠家走去，仿佛走向一个庄严的法庭。远远地能够看见那一家人站在门口朝外张望，高低错落的身形，像一小片树林在风中动荡，等人群走近，树林不见了，黄招娣和女孩子们都消失了，只剩下萧木匠独自坐在台阶上，茫然地看着人群。

不知道是因为劳累，还是因为流行的眼疾，萧木匠的眼睛里布满血丝，眼白是红色的，他的表情看起来有点羞愧，看见我父亲，他站起来想跟他握手，看我父亲并无此意，就又坐下了。他用手伸进裤管，沙沙地挠着腿，对我父亲说，邓站长，我从来没说过你儿子是我儿子。你去问问旁人，我有没有说过，你儿子就是我儿子？

光你不说就行了吗？蒋文良说，你要管住你老婆的嘴巴，你女儿的嘴巴，还有你七大姑八大姨的嘴巴，你能不能保证她们以后不造那谣了？

萧木匠想了想，看看蒋文良，看看我父亲，说，别人的嘴巴我管不到，我一家五口人能保证，谁再说那话，我就把谁的嘴巴一针一针缝起来。

这样的承诺虽然激烈，本质上是浮夸的，我父亲并不需要，他质问萧木匠，黄招娣经常跑到塘东幼儿园去的事他是否知情？萧木匠嗫嚅道，有时候知道有时候不知道，她就是去看，看看孩子而已，不会做什么的。我父亲说，你不要打马虎眼，她是真疯了，你再让她往塘东跑，谁知道她会做出什么事情来？蒋文良在旁边帮腔，指着萧木匠说，看也不准看！你问问你老婆，她看人家的房子人家的钱，人家的房子人家的钱能不能变成她的？孩子也一样，人家的孩子，怎么看也看不成她的！萧木匠点头说他对黄招娣讲过这个道理，道理她都懂，她就是管不住自己的腿，一天看不见孩子，就像丢了魂似的。我父亲说，你知不知道我爱人也像丢了魂？事情再这样发展下去，塘东招娣塘西招娣，两个招娣都要疯。他告诉萧木匠，黄招娣现在不仅仅是去幼儿园看我弟弟，她还跟踪，那天他带我弟弟去理发店理发出来，发现黄招娣不知从哪儿冒了出来，她闯进理发店，从地上抓了我弟弟一把头发就跑了。说到这里我父亲激愤起来，她把我儿子的鞋子藏了起来，现在又偷走我儿子的头发，你问问她，她还想要我儿子的什么？难道要他的命吗？

萧木匠惊惶地跳起来，邓站长，千万不敢说那种话！我拿祖宗十八代的名声向你发誓，她不是恶人，就是想儿子把头脑想坏了，钻进牛角尖出不来了，你们文化人也不怕封建迷信那一套，什么鞋子什么头发的，千万别跟她一般见识。他诚恳地望着我父亲，我没见过你儿子的头发，倒是揪下过她的头发，我不准她去塘东，有两次她都走到大柳树那边了，还不是让我拽回家了？我揪着她头发把她一路揪回家的，村里人都看见的，她脑袋秃了一块呀！为了你儿子，我没少打她，你们去村里打听一下，我有没有打她？

我不是要你打她，没有那个意思。我父亲皱起眉头说，打人解决不了问题，她是有精神病了，精神病人不一定是坏人，做什么坏事却都可能，我的意思你懂吧？你必须给她治病了，这种病得去草桥医院，我认识那里的张院长，可以介绍给你。

草桥医院不是疯人院吗？难道让我把她送到疯人院去？萧木匠瞪大了眼睛，看看我父亲，又看看蒋文良，他的脸瞬间便涨红了，脖子上的青筋像蚯蚓一样蠕动起来，就算我愿意送她去，她死也不会去，儿子不见了，家里还有三个女儿，女儿再不值钱也是人对吧，要一个个养大，养大了才能嫁人，妈妈送走了，她们怎么办？我怎么办？

我父亲一时沉默，他避开萧木匠的目光，希望从蒋文良那里获得支持，蒋文良却将目光移开，对着几个孩子吼起来，你们围在这儿干什么？看热闹不嫌事大？都给我滚！那几个孩子一哄而散。萧木匠这时候突然冷静下来，他抓住我父亲的胳膊，嘴巴凑近了我父亲的耳朵，邓站长你听我说句真心话，这事不怨天不怨地，怪就怪我们两家塘东塘西住着，中间就隔个咸水塘，离得太近了，要是隔得远，要是她不知道你家住哪儿，不就没这个麻烦了？邓站长，你是干部，你有办法，你们家要是搬得远远的，我保证她再也不会去打扰你儿子。

我父亲听得刺耳，搡开了萧木匠的手，岂有此理！没见过你这么自私自利的人，这事情究竟是谁的错，难道你心里不清楚？你不送老婆去治病也罢，怎么要我们搬家？就算我们愿意搬家，你让我们搬哪儿去？

萧木匠局促起来，他眨巴着眼睛，对我父亲挤出一张笑脸，你别见怪，我是随便说说的，我们塘西乡下人，生老病死只能守着这一块宅基地，你们塘东人不一样，你们是城里人，城里人的房子，不是可以换可以调的吗？我们乡下人搬不了家，你们可以随便搬家的。

我父亲没来得及说什么，蒋文良用电喇叭罩住了萧木匠的脸，赶紧闭上你的臭嘴，你这歪理是个人都听不下去！我告诉你萧木匠，你现在只有两条路，一条路把你老婆送到疯人院去，这条路你要是不肯走，就只剩下第二条路，管住你老婆的腿，不准她往塘东跑！你和你家丫头加起来四双眼睛八只手，要是还管不住她两条腿，我让饲养组把拴牛的铁链子都借给你，配几把锁，你把她拴在家里，那牛链子要多长有多长，不影响她做寿衣，不影响吃喝拉撒睡，也不影响你们夜里做那事情，明天你就去找蒋老四拿链子！

那不是把她当畜生了？她哪能答应，死也不肯的。萧木匠茫然地瞪着蒋文良，蹲下来，喉咙里发出一阵哽咽之声，突然他又跳起来，朝着门里高喊，疯婆子你听见没有？你再往塘东跑，你再去看人家的儿子，就要把你当牛那样拴起来！

门后面没有动静，朝向村巷的窗子打开了，门外的人群没有看见黄招娣，看见的是萧家三姐妹，她们的身影在窗边闪动，好芳手里端着什么东西，看不清楚，是一瞬间发生的事，谁都反应不及，一桶黏糊糊的东西从窗子里扑向外面的人群，酸臭难闻的气味很快弥漫开来，人们看着地上污液四溅，这才意识到好芳手里端着的是一只泔水桶。

说起来也是狼狈，我父亲那天骑车从塘西村归来，一路上光着脚，他的鞋袜刚刚在咸水塘里清洗过，夹在自行车后座上，一路上还滴着水。

一点感想：黑与白

黑与白的问题，是我在很多年后撰写的《咸水塘相对论》中论述的一个核心问题。

我自认为选择从咸水塘特殊天气的角度开始论述，相对科学，相对可信。人们习惯说黑白分明，黑白果真是分明的吗？不一定。还有，究竟什么是黑，什么是白？人们都认为一目了然，但我认为也不一定。今天看来，咸水塘当年的黑天气与白天气都是扬尘天气，但两者对咸水塘居民的影响终究是不同的，我想阐述的第一个观点，其实来自咸水塘的自然景观现象：在风、光线与距离的影响之下，**黑的就是黑的，白的不一定是白的。**

我是受咸水塘的杨柳树启发，得出了那个结论。

在《白杨柳与黑杨柳》这个小节中，我详细比较了咸水塘杨柳在两种不同天气的表现。白杨柳与黑杨柳。所谓白杨柳，就是指白天气里咸水塘边的杨柳树。你很容易想象。我们塘东这侧与环球水泥厂一路之隔，白天气一来，塘东的杨柳枝会慢慢变白，枝条像是裹了一层糖霜，或者像下雪的日子，柳枝纳雪，银装素裹。总体上说，白杨柳不如夏日的绿杨柳那么妖娆，但也不难看。如果从我们塘东朝塘西方向看，在相同的日照条件下，那些远处的杨柳灰扑扑的，从色泽上说并不是白杨柳，最多可称为灰杨柳。这种色彩的变异一直让我疑惑。我曾经在白天气里去塘西同学蒋红根家，发现沿途的白杨柳像是窥破了我的眼神，每一棵杨柳树都向另一棵杨柳树传达指令，变。变。变。这不是白杨柳。这是灰杨柳。它们向我施展魔术，我走近每一棵白杨柳，每一棵杨柳都变脸，统统变成了灰杨柳。更奇怪的是，当我在塘西那侧回首瞭望塘东，我们塘东的白杨柳不见了，我看见的杨柳都是灰杨柳，所有的咸水塘杨柳都是灰杨柳，哪儿存在白杨柳与灰杨柳的差别呢？

我与蒋红根，一个是塘东人，一个是塘西人，我们曾经探讨过白杨柳与灰杨柳的问题。蒋红根觉得我无事生非，他认为事情很简单，所有的水泥灰都来自环球水泥厂，环球水泥厂既生产白水泥也生产灰水泥，飘到塘东杨柳树上的是白水泥，飘到塘西杨柳树上的是灰水泥。我觉得他没动脑筋，风又不懂得城乡差别，风怎么可能去筛选水泥灰尘呢，怎么可能选出白水泥灰送到塘东，选出灰水泥灰送到塘西呢？

所有咸水塘人都对黑天气里的黑杨柳记忆深刻，但你提起白杨柳或者灰杨柳，很多人现在甚至不记得咸水塘有过这等景象了。我想那是因为白杨柳的持续时间太短促了。当年我认真观察过白天气里的杨柳树，发现水泥的粉尘质量较重，颗粒独立，落在树上，勉强裹上了杨柳的枝条与叶子，就像女人们匆忙涂抹的妆容，风大了就吹落了，下场雨就干净了。甚至一条柳枝随风打到了另一条柳枝，两条白柳枝缠斗不了几个回合，便两败俱伤，统统恢复了绿色。

但黑天气里的黑杨柳可谓名不虚传。黑杨柳黑得稠密，黑得深厚，黑得顽固，黑得持久。即使在黑天气过后都是好天气，即使你在连续三个好天气之后站在塘边向四周瞭望，所有的杨柳依然满目黑色，是团结一心的黑色。我至今认为炭黑是世界上最黑的事物。以我观察所见，来自群星炭黑厂的炭黑灰质地轻盈，既有油性，又有黏性，很容易集合，集合起来就像漫天的蚊群轻易地飞越咸水塘，与塘东塘西所有柔软轻佻的杨柳枝一拍即合，在深秋与春冬两季，我们因此能够看见咸水塘边黑杨柳随风摇曳，好像许多披头散发的巨人。

很多人没有见过炭黑。它到底有多黑？我记得当年在咸水塘工农子弟学校，很多同学都收集炭黑灰自制墨水，我也这么做过，我有一个学生时代的作文本，前些年还在，那就是用自制炭黑墨水写的，老师用红笔在我文字下面画的圈圈和评语都看不清了，只有我的黑色的字迹仍然清晰如新。

所以我在《咸水塘相对论》的黑与白这个章节中，阐述了第二个观点：黑色是世界上最永恒的色彩。**白色与黑色相比，极不稳定，也不坚固，甚至有时候稍纵即逝，因此黑与白并不对称，也不相衬，人们总是把白与黑作为一对矛盾来思考问题，可能是一个错误。**

第三章　微风

我弟弟与酸天气

1

夏天的咸水塘骄阳酷暑，如果有风，风向总在南风、东南风或西南风之间徘徊，风是微风，意思意思的风力，轻微到可以忽略。阳光直射，看不见火苗，但它其实在默默燃烧。咸水塘的天空在夏日里主要是蓝色的，白云不知从何处重归，塘东分配几朵，塘西也分配几朵，云的表情有一点怀旧。四周矗立的烟囱丛林在夏日显得洁净一些，各个烟囱口绽放的彩色烟雾，借助无风的天气笔直升腾，轻松抵达云层，把彩色天空一并举高了，绚烂与壮丽便也举在高空处，要仰首看，看起来像节日的礼花。

相比之下，幸福硫酸厂的黄色烟雾在夏日里一枝独秀。我们因此经常遭遇酸天气。在酸天气里人们的鼻腔会与一股酸味纠缠不休，尤其在早晨，那酸味往往辛辣刺鼻。很多老人和妇女在睡梦中被呛醒，有人会打喷嚏，有人会咳嗽，有人则不停地流眼泪。流泪的人们起初是因为受到空气的刺激，但这滴眼泪唤醒了那滴眼泪，他们心中悲伤的开关打开了，想起自己的不幸，泪水便像山泉奔涌而来。在妇女和老人们聚集的地方，比如菜市场、供销社或者榨油厂门口，总是有人一边用手绢擦去眼泪，一边向别人倾诉悲苦的往事，或者控诉他人的罪责，酸楚的空气里充溢着某种悲伤与怨恨。

当然，很多男人的鼻腔表现奇特，这似乎也是事实。听说不少男人在酸天气会被空气莫名地催情，性欲高涨，床笫表现也与平时迥然不同。比如我们家的邻居陈师傅，传说他阳痿不举好久了，但每逢酸天气的早晨，陈师傅就能重振雄风，趁着天赐良机，努力补偿平时夫妻生活的缺憾。这是陈师母与大毛他妈交谈时不经意透露的隐私，听起来是无稽之谈，但大人们掩着嘴巴传播这类事情，男孩子们会竖起耳朵偷听，一旦听到了那样的内容，他们便心猿意马的，要去验证事情的真伪。

有一个酸天气的清晨，大毛邀请我和春风去了陈师傅家。我们潜伏在陈师傅家的窗外，果然听见屋内传来一阵阵异常的声音。在破损的窗帘上方，我们能看见一张雕花的老式大床在摇晃，一起摇晃的还有一把悬挂的蒲扇，它小心地拍打着床架，像一种简陋的乐器忙于为主人助兴。从窗缝里清晰地传来了陈师母与陈师傅的声音，一个在咒骂，一个在呻吟，然后突然发生了什么变故，他们的声音变得含糊而尖锐，我们听见那对夫妇发出了此起彼伏的叫声：酸！酸！酸呀！似乎对空气作出了一致的激昂的评价。那喊叫声令人费解，又有点好笑，我们面面相觑，都不敢说什么。春风没有头脑，毫不掩饰地大笑起来，他竟然朝着窗子发出了学舌的怪声，酸，酸，酸呀！

陈师傅开门出来的时候我们已经跑远了，远远地可以看见他穿了条白裤衩，裸露的肩胛处散发着两圈愤怒的白光，是对称的，他的手里拿着一把剑，相对于主人短小精瘦的身体，那剑刃上的一道白光更加尖锐，更加威武，我们忽然后怕，想起陈师傅是咸水塘群众体育大会的剑术冠军，他有很多把剑，陈师傅与他的剑，都是冒犯不得的。

酸天气的空气成分复杂而饱满。中午时分太阳渐渐升高，微风也停了，烈日像火球燃烧，融化了硫酸厂上空的黄色烟雾，空气中的酸味会慢慢地变甜，酸与甜混合在一起，产生了些许腐熟的香气，令人联想到某些水果。有点像橘子，又比橘子酸一点，有点像杨梅，但比杨梅甜一点。

现在回想起来，夏天时候咸水塘发生的很多怪事，应该是拜酸天气所赐。我在咸水塘边走，亲眼看见一大群青蛙在岸坡上跳，它们排着整齐的队列，跳到路上，起码有一百多只青蛙，从塘东往塘西方向跳，像一支绿色的跳跃的军队。还有知了，知了或许是被酸甜的空气熏醉了，纷纷从杨柳树上坠落下来，肚皮朝天，看起来那么无助，还在唧唧地狂叫。在酸天气里我还看见过最奇特的景象，塘东的三只猫跑到咸水塘边，与塘西的狗交媾，塘边一片狗吠猫叫，猫狗联欢的现象是罕见的，也让我很担心，万一我们塘东的母猫以后生了小猫，那小猫究竟是狗还是猫，要不然就是猫狗或者狗猫？

我们一家人对酸天气的反应不一。我对酸天气从不反感，甚至会觉得那神奇的气味来之不易。因为与幸福硫酸厂一起降生的缘故，我在咸水塘工农子弟学校被编入的班级，校方命名为幸福班，学生们不免调皮，私下称其为硫酸班。硫酸班的同学与我一样，从出生的那一天便与硫酸结缘了，硫酸的气味养育了我们特殊的鼻腔与嗅觉，我们普遍觉得酸天气的空气最好闻，那种刺激而痛快的感觉让人回味无穷。有时候咸水塘气候反常，整个夏天酸天气迟迟不至，我们硫酸班的学生便会心浮气躁。幸亏赵红旗发明了带醋瓶子上学的妙方，很多人效仿，所以后来便有了著名的硫酸班奇景，课间休息的时候，我们的教室里弥漫着白醋、陈醋或者香醋的气味，很多同学都从书包里拿出了或大或小的醋瓶子，我们闻醋瓶子，我们喝醋，这样，人工仿造的酸天气便降临在硫酸班的教室里了。

总体上说，酸天气让我们硫酸班的同学生气勃勃，我们的脸色在酸天气里格外红润，愚蠢的人比平时更愚蠢，聪明的人比平时更聪明。所有人都比平时冲动一些，大多数人表现为易怒、多疑，会为了莫名其妙的小事在操场或者厕所里打架，也有像红旗那样的怪物，在酸天气里他格外多情，在他看来每个女同学都漂亮可爱，每个漂亮可爱的女同学都对他目送秋波，因此他找过好几个女同学求爱。女同学本能地选择报告老师，张莉莉的例子稍有意外，她去报告马桂红的时候，穿着一条黄色的短裙，马桂红瞥一眼她裸露的膝盖，弯下腰，在张莉莉的两个膝盖上各自摁了一下，然后她亲自动手，将张莉莉的裙子往下拽了两厘米，盖住，盖住。马桂红说，盖住了他可能就不说那些话了。

也有像李蓓蕾那样泼辣自主的女孩，红旗追着她说话的时候，她根本就不去求助老师，她扬手打了红旗一记耳光后，竖起一根食指，指着红旗的裤裆，你那里痒了？我知道你们男人，一定是那里痒了。她纤细的食指在空中绕了一圈，又指向操场上的电线杆，你痒了就去找电线杆，你瞪着我干什么？不知道公狗发情都找电线杆？你去电线杆上蹭蹭呀！

2

我弟弟从来没有表达过他对酸天气的好恶，或许他与我一样，早已习惯了这样的天气，在我们看来，咸水塘的天气丰富多彩，酸天气只不过是正常的天气之一罢了。

那时候我弟弟已经是咸水塘工农子弟学校的一个小学生了，会流利地背诵著名的诗歌《咸水塘的彩色天空》，会唱著名的歌曲《啊，咸水塘的早晨》。他乐于将诗歌与歌曲里歌颂的咸水塘天空与现实对照，发现了某些谬误。比如他注意到远处新风制药厂的烟不是紫色的，是蓝黑色的，这与《咸水塘的彩色天空》中的描述不符，轧钢厂的红烟偶见红色，但大多数时候是橙色的，这也与歌词有一定的出入。他把自己的观察结果报告了老师陈娟，陈娟没有表扬他，反而当场在纸上写了吹毛求疵四个字，单独向他解释了这个新成语，我弟弟明白了陈娟的用意，不免沮丧，自此再也没有向陈娟卖弄过他的聪明，此为后话不提。

说回到咸水塘的酸天气，由于赞美有一定的难度，诗歌与歌曲里都没有提及这种天气，我弟弟也从不在意。现在想起来，他对酸天气的感受就像鱼儿对水的感受，千言万语都在沉默，或许我们全家都没有意识到，那年夏天我弟弟伟大的梦游，与酸天气有着密不可分的联系。

有一天早晨我在一股浓郁的酸味中醒来，发现我弟弟的蚊帐打开着，透过蚊帐的空隙，可以看到他的脚，脚是脏的，脚指头上竟然沾着黄泥巴。我走过去掀开蚊帐，一眼看见他的枕头边上有一颗鹅蛋。他当时还在睡觉，咯咯地磨牙，睡相看起来很幸福，带着些疲惫。他的额头上渗出细碎的汗水，湿漉漉的头发上沾着一撮干草，脖子上也有几根，莫名其妙的干草。他的白色汗背心掉在地上，看起来很脏，上面沾了几片黑尘。我看见他的塑料拖鞋，一只在床底下，一只在门边，两只鞋子都沾满了泥巴。

夜里他一定出门了。我不知道那是怎么回事。

我和我弟弟在一个房间里睡觉，他上床比我早。我记得临睡前他考过我一个问题，长颈鹿的脖子为什么那么长？当时他正在看《十万个为什么》，知道了一个答案，他必定要来考我。我不屑于理他，反问了他一个问题，人为什么会放屁？他咯咯地笑着去翻书，一时没找到答案，后来就安静了。我曾经听见过他含糊的梦呓，我不知道他是什么时候偷偷出门的。

我到厨房告诉我母亲，弟弟夜里偷偷跑出去玩了。开始我母亲不相信，她说你别诬赖他，夜里能跑哪儿去玩？我说他枕边有一颗鹅蛋，不信你自己去看。我母亲诧异了，她跑到我弟弟的床边，看见了我弟弟脑袋旁边的鹅蛋。它像一件来历不明的礼物，闪着神秘的淡青色的光。我母亲惊愕地推醒我弟弟，嘴里喊起来，你夜里跑哪儿去了？你从哪儿弄来的鹅蛋？

我弟弟懵然起床，看看我母亲，看看那颗鹅蛋。他下意识地用手指我，他搞的鬼！他说他什么都不知道，鹅蛋一定是我放在他枕边的。这让我很气愤，我把他的拖鞋拿给我母亲看，展示拖鞋上的泥巴。这样的证据再清楚不过了，我母亲用我的削笔刀刮掉了鞋子上的泥巴，然后举起拖鞋朝我弟弟挥舞起来，你还撒谎？还冤枉你哥哥？快说，你半夜里究竟跑哪儿去了？

我在睡觉！我哪儿也没去！我弟弟似乎真的气急了，嘴里模仿我父亲的腔调，对我母亲吼，神经病啊，我睡觉怎么跑？莫名其妙！你神经又搭错了啊？

我母亲不客气了，她用拖鞋打了我弟弟一下，你敢骂我神经病？连撒谎都不会撒！你哪儿都没去，鹅蛋从外面飞到你枕头边来的？黄泥巴从路上飞到你拖鞋上来的？

我没撒谎。我在睡觉。我就做了个梦，什么都没干。

做个梦能做出个鹅蛋来？你做的什么梦？说！

本来我记得那个梦的。我弟弟护着他的脑袋，委屈地说，你一打我，我什么都不记得了。

我父亲闻声过来，冷静地查看了地上的泥巴和我弟弟的衣服，还翻开我弟弟的眼皮，看了他的瞳孔。他仔细地检查了家里的门窗，在门口的台阶上，他发现了我弟弟的塑料拖鞋的脚印。后来他把我母亲拉出了房间。

孩子恐怕没撒谎，我父亲低声对我母亲说，孩子夜里一定是梦游了。

梦游？为什么？我母亲大惊失色。

你别大惊小怪的，小男孩梦游不奇怪的。我父亲安抚了我母亲。他自称小时候也梦游过，也是这样的夏天，我祖母看见他走到井台边去打水，提一桶水倒在水缸里，他一趟一趟地打水，水缸满了就上床睡了。那件事情，我母亲依稀记得听我祖母说过，她说，你那梦游没什么，去井台打水，还给家里做事了呢，东升这梦游吓人，你看看他鞋子上的泥巴，看看他还拿回一颗鹅蛋，谁知道他梦游去哪儿了？

我父亲又告诉我母亲，他叔叔小时候也梦游，每次梦游就爬到人家的房顶上去揭瓦，揭了瓦后整整齐齐码在屋檐上，家里人对付他的梦游有经验，并不害怕，他叔叔夜里出门，他祖父在后面跟着。他叔叔的梦游路线很怪诞，谁家屋顶高，他就往人家屋顶上爬，有梯子就从梯子上爬，没有梯子就从树上爬，从鸡窝上爬，从漏雨管上爬。他祖父不敢叫醒他，就在下面看着，有时候房子的主人被惊醒，他祖父便央求人家，千万不敢吓着梦游的孩子，会出人命。他向人家晃晃手里的两只桶，一只是泥灰桶，另一只桶里装了几片新瓦和一把瓦刀，说等儿子下了房顶，他就爬上去修，一片瓦都少不了，顺带还给你家补漏了。

关于我叔祖父的故事，听起来荒唐，但不像是我父亲编造的，我母亲稍稍镇定下来。她的焦虑主要来自那颗鹅蛋，梦游归梦游，哪儿来的鹅蛋呢？是这鹅蛋蹊跷呀，我一看见鹅蛋，心里怎么七上八下的？她厌恶地看着手里的鹅蛋，闻了闻，忽然惊惶起来，这鹅蛋一定是从塘西来的，孩子一定是梦游到塘西去了，他不会梦游到黄招娣家去吧？你还记得黄招娣当年藏了孩子的鞋子？现在她的巫术灵验了，是那只小鞋子在作祟呀！

这是什么糊涂话？我父亲不屑地说，要是有人把孩子的鞋子带到北京，他还能梦游到北京去？我懂梦游，梦游的孩子就在家门口转，走不远的。

我母亲恨恨地看着手里的鹅蛋，忽然朝鹅蛋啐了一口，她把鹅蛋交给我，让我扔到街上的垃圾箱里去。把蛋砸碎，扔了！她刚嘱咐了我，又立刻修改，别在街上砸，在垃圾箱里砸，别让蛋黄溅出来！我刚领命而走，她想起什么，又更改了主张，追出来关照我，小心那颗蛋！别砸它了，也别扔垃圾箱，你把它扔到咸水塘里去，朝他们塘西扔，扔得越远越好！

我拿着那颗鹅蛋往门外走，注意到了我弟弟绝望的眼神，那绝望包含着一些痛楚，一些祈望，他在央求我，留下那颗鹅蛋，可是我听我母亲的，怎么会听他的呢？我向他摇头。他的目光落在鹅蛋上，像一簇火苗点燃了鹅蛋，我觉得鹅蛋在我的掌心里燃烧起来。我把鹅蛋从右手换到左手，推开院门走下台阶，一眼看见台阶下面的石子路上，有一摊鹅粪。

当时鹅粪还没有凝固，一摊圆形的鹅粪迎着朝阳，竟然五彩缤纷的，似乎收拢了太阳的所有光芒。很明显，深夜或者凌晨，曾经有一只鹅在我家门口守候我弟弟。那一瞬间，我弟弟梦游的路线清晰地呈现出来，我站在咸水塘边，朝塘西的方向眺望，看见塘西的一片片黑瓦屋顶上升起了白色炊烟。我相信我弟弟梦游去了塘西，但我不知道鹅是引领我弟弟去了塘西，还是从塘西把我弟弟送回了家，或者，鹅把我弟弟领到了塘西，又把他安全护送回家了。

3

女邻居们隆重地提醒我母亲，梦游是一件极其危险的事，孩子怎么顽皮都可以，梦游必须要阻止。小王丽萍说她的表弟当年梦游，半夜三更爬到了化肥厂的水塔上，结果从水塔上摔下来，成了个瘸子，至今娶不上女人。她还告诉我母亲，杂货店的豁嘴曾经有个双胞胎哥哥，叫个大豁嘴，为什么双胞胎现在只有豁嘴一个人了？因为大豁嘴总是梦游，家里人不当回事，有一天夜里梦游，再也没回家，他在梦里以为自己会游泳，一个人往咸水塘里走，在水里扑腾，结果淹死在咸水塘里了。

我母亲受惊不浅。为此她跑到久违的杂货店买了一刀草纸，虚心地向豁嘴打探他哥哥的事。豁嘴对那件往事记忆模糊了，只是豪迈地说，他梦游，朝咸水塘走，淹死啦！我母亲说，不是说梦游的孩子认得路么，怎么会朝水里走呢？豁嘴说，我怎么知道他？他认得路不认得水吧，小时候的事情记不清了，我就记得把他捞上来的时候，他嘴里吐出了一只虾子，人死了，虾子还活蹦乱跳的。

整个夏天，我母亲都忧心忡忡。她向环球水泥厂的厂医们打听梦游症的治疗手段，厂医们都茫然，说从来没有人来看过这个病。至于如何防范梦游，医生也没有相关的经验，需要向别的同行打听，最后他们打听到了结果，告诉我母亲别让孩子吃糖，孩子梦游可能与过多摄入糖分有关。所以，我母亲后来一直禁止我弟弟吃糖。

我母亲曾经采取过最安全的预防措施，搭了个行军床，让我弟弟在他们房间里睡觉，这措施称得上万无一失，不过时间一长，不便之处就暴露无遗。我弟弟当时在男女之事上还很无知，半夜里听到什么动静就要爬起来，跑到我父母的床边，一心要看清楚他们两个人在干什么。我父亲终于不能忍受，不顾我母亲反对，当场拆了行军床，拽着我弟弟回到了我们两个的房间。他把看管我弟弟的任务交给我，还振振有词的。你以后不是想当兵吗？我父亲对我说，当兵都要站岗放哨的，你现在就先锻炼一下，值夜班放夜哨，看着你弟弟的腿。

最初我母亲把我们反锁在房间里，门窗紧闭，半夜凌晨她还要来查一次房。恰逢连续的高温天气，夜里跟白天一样闷热，仅有的一台电扇根本不起降温的作用，我们的身上很快就长满了痱子。尿桶放在室内，很快就散发出强烈的尿骚味，盖上了还是臭。这样过了几天，我母亲不忍心了，允许我们开窗睡觉。但窗子是个隐患，我的责任心是另一种隐患。我不愿意承担这么辛苦的任务。当时我刚刚看了一部叫《在烈火中永生》的电影，电影里的那些烈士生前都戴着脚镣在牢房里艰难地走来走去，我大受启发，建议我母亲去给我弟弟买一副脚镣，夜里睡觉就给他戴上。我母亲大怒，骂我狼心狗肺，她说你弟弟是梦游，又不是犯人，怎么能戴脚镣睡觉？我父亲倒没有骂我，但他觉得我的小聪明用得不是地方，他告诉我脚镣手铐这些东西，现在都是无产阶级专政的工具，不允许买卖，多少钱也买不来的。

我母亲对我放心不下，为了防止我失职，她用橡皮筋特制了一个连环绳，临睡前将其一头套在我弟弟手上，另一头套在我的手腕上。她说，你委屈点，脚镣我自己做不了，你就把它当一个手铐，你只能和弟弟铐在一起了，夜里要是橡皮筋动了，一定要看着他。他要是梦游了，千万别吓他，赶紧告诉我。

我不记得那样奇怪的夜晚持续了多久。我似乎在看守我弟弟，也似乎在等待他的逃逸。两张小床，两顶蚊帐，因为一根橡皮筋编织的连环绳，联系在一起。在黑暗中，我看见手腕上的橡皮筋闪烁着环形的微光，通往我弟弟那边的蚊帐。我们看起来像一对最亲密的兄弟，时刻不得分离，也像各自的囚徒，任何一个都无法逃离。我觉得这种束缚来得冤枉，但我弟弟觉得这是一件有趣的事情，他很享受这样的睡眠，甚至假装过梦游，半夜里爬起来走到窗边，趴在窗户上往外看，等我起身，他就对着我得意地笑，说，我在考验你，看你会不会醒！

事后想起来，我弟弟第二次梦游那夜，应该是夏天的最后一个酸天气了。白天的时候天气还燥热，空气中硫酸的气味很浓烈，塘东街道上到处可闻人们的喷嚏和咳嗽声，傍晚以后灼热的南风便转为东南风，有了凉意，风中的酸味变得有点甜，像是柠檬糖的味道，气候总体上是宜人的，塘东的街道也变得安宁起来。那天夜里我家窗外弥漫着茉莉花的清香，那是从大毛家的院子里飘来的，室内陡然凉爽，凉爽得突兀，令人怀疑天空是否正在酝酿一场什么阴谋。还有咸水塘的月亮也很反常，月亮照理应该挂在塘西那边的天空上，保持安静的，但那天的月亮似乎迷路了，来到了我们塘东，它挂在我们家的窗子里，像一枚纸裁的假月亮。我弟弟透过蚊帐发现月亮在移动，他对我说，月亮怎么在窗子里动？月亮不是卫星吗，为什么会动？我看了眼窗子，月亮似乎真的在缓缓走动，但我说，笨蛋，月亮怎么会动？是你的蚊帐在动，不准看月亮，睡觉！

这本来是一个适宜睡眠的夜晚，但在睡梦中我觉得有什么东西在牵拉我的手，越拉越紧，我醒来，借着月光看见那根橡皮绳逃离了我弟弟的蚊帐，正在窗台上跳动，快被挣断了，窗外传来一阵细碎的声音，我弟弟已经翻越了窗子。梦游。他梦游了。那应该是真的梦游，我弟弟真的梦游了。我从床上跳起来，心里竟然充满了惊喜。也是在那个瞬间，我才知道自己一直在等待这个时刻，见证我弟弟的梦游，其实也是我的愿望。

我翻过窗户的时候，月亮跳了一下，从窗子里闪开了，似乎是给我让路。外面有凉风，月光明晃晃地照着门口的石子路，照着咸水塘的水面。我弟弟正朝着一棵柳树走，那棵树上有一只鸟窝，他仰头朝树梢上看，我以为他是要爬树，我以为有一只鹅蛋藏在鸟窝里，我以为他梦游的目的是为了爬树掏鸟窝。但我弟弟没有爬树，他忽然低头，在树下撒了一泡尿，撒尿的时候他注意到自己手上的橡皮筋了，我看见他把橡皮筋从手腕上摘了下来，扔在地上，眼看我与他的纽带将就此割断，我想阻止他，但想起我父母亲的话，千万不能对梦游的人大声嚷嚷，以免吓着他，所以我像船夫收缆一样，把那根长长的橡皮筋收起来，捏成一团攥在手上了。

我弟弟看了看月亮，朝着塘西方向走了，或者说，他是朝着月亮走了。他穿着蓝色田径短裤，光着膀子，从后面看，左肩比右肩低一些。他走得很快很直，是匆匆赶路的样子，这与我的想象完全不一样，梦游的人走路怎么会这么快，这么稳当？我尾随着他，看见他的后背上还留有残存的墨迹，那是白天我在他后背上画的一只猪。我还看见一团漂浮的月光，它在我弟弟的前方移动，像是一个忠诚的向导。

应该是凌晨一两点钟的样子，咸水塘沉睡时分。通往塘西的土路泡在月光里，显得苍白洁净，路上没有人迹。凉爽的夜风吹拂着咸水塘的水面，水面大部分是深邃的黑色，有的地方闪烁着碎银一样的光，是水里的月光。那么安静。好安静的咸水塘之夜。除了青蛙和蟋蟀在塘边的草丛里鸣叫，四周只有我和我弟弟的脚步声。

我们走到塘西村村口的时候，村巷里响起了狗吠声，有几只狗朝我弟弟跑过来，我弟弟站住了，他终于往后面看了一眼。我怀着某种敬畏之心向他举起一只手，却不敢挥动。这场神秘的旅程，不仅属于他，也属于我，我怕受到惊扰。我不知道我弟弟是否看见了我。我不知道他是因为看见了我继续往前走的，还是因为他在梦中无畏无惧，他迟疑了一下，就迎着狗吠声，穿过了塘西的晒场，然后我就看见了那个奇迹。

来了一只鹅。

又来了一只鹅。

从塘西的各个村巷里跑出来一群鹅，一群鹅簇拥着我弟弟，几只狗就不叫了。我看见一群鹅簇拥着我弟弟，领着他走，他们拐进了一条村巷，然后鹅群像是完成了使命，兀自散去了。

那条村巷忽宽忽窄，宽阔处是泥地，洒满了月光。狭窄处铺着石板，被两侧房屋所遮挡，月光便暗淡一些。有老人咳嗽的声音，还有蚊香、腌菜以及一些说不清楚的气味，从黑漆漆的窗子里传出来。我看见我弟弟站在一户人家的栅栏门外，就像一个夜半归家的人，他熟练地打开柴门，走进了后院。

隔着栅栏，可以看见那人家的后院，空地上种满了蔬菜。院子角落里有一个棚子，棚下堆满了杂物。我看见我弟弟往棚下走，挥手赶走了几只惊飞的虫子，他俯身在杂物里搜寻着什么，很快直起身子面对着我，朝我举起手里的东西。是鹅蛋，一颗鹅蛋。一颗鹅蛋在月光下泛着椭圆形的淡青色的光晕。我记得很清楚，他转身朝我举起了那颗鹅蛋，是一种炫耀的姿势，他的脸上绽露出满意的微笑。

与此同时，那人家的窗子亮了。开灯了。我先看见了黄招娣，然后是好莉，然后是萧木匠。我看见灯光下他们睡眼惺忪的面孔，惊愕的眼睛。我朝他们摆手，想提醒他们，我弟弟只是在梦游，但已经来不及了，黄招娣的身子探出了窗台，我听见了黄招娣喷薄的哭声，好福，好孩子，你总算回来了！

我怀疑我也在梦游。我意识到我的好奇与冒险付出了代价。一件有意思的事情，就这样搞砸了。那个瞬间我顾不上我母亲的嘱咐，我朝我弟弟喊，醒醒！快醒醒，快跑！但我弟弟听不见我的喊声，他茫然地看着黄招娣在灯光下的面孔，似乎在努力辨别她的面容。然后，我听见了我弟弟含糊的声音，塘西妈妈，塘西妈妈。

萧家姐妹在塘东

1

在早晨的阳光下，萧木匠带着女儿们来到了塘东文化站。

来自塘西的三姐妹盛装出行，她们穿戴鲜艳，像是要上舞台表演。好英穿一套鹅黄色的连衣裙，好芳上身是碎花短袖衬衫，下身翠绿的裤子，好莉则穿着一条粉红的裙子，头上戴了一个红色的蝴蝶结。萧木匠走进文化站之前嘱咐了女儿们什么，她们便坐在街对面的一堆水泥预制板上了，三姐妹窃窃私语，像三朵窃窃私语的鲜花，在水泥上次第绽放。

距我弟弟夜游塘西，不过隔了两三天。我父亲猜到那家人的到来，与我弟弟奇怪的梦游有关。果然，萧木匠与他寒暄几句之后，忽然朝我父亲露出了意味深长的笑容。我父亲问，你笑什么？萧木匠抓了下自己的脸，我笑了？我没笑呀。他谦恭地看着我父亲，目光闪闪烁烁的，弟弟，他说，你家的东升弟弟，他夜里去我家，捡了一颗鹅蛋。

不，他不是夜里去你家了，他是梦游。我父亲淡然说，你小时候梦游过没有？梦游的孩子管不住自己的腿脚，他不知道自己去了哪儿，你明白吗？

我明白，他是管不住自己的腿脚，管不住就往我家跑，也不往别人家跑，我不好多说什么，就觉得这是缘分呀，站长你承认不承认，你家弟弟跟我家的缘分不一般？萧木匠眨巴着眼睛，似乎在斟词酌句，我知道东升不是好福，本来这几年我老婆也断了那念想了，谁料孩子半夜三更能跑到我家去呢？我也猜孩子是梦游，我老婆不这么想，她这两天又着魔了，我没办法，怕她又来塘东捣乱，刚刚把她锁在石磨上了。

你把她锁在石磨上了？我父亲的脸沉了下来，忽然拍一下桌子，萧木匠，你想说什么快说，别绕圈子，我有文章要赶写，没空跟你瞎聊。

我不敢耽误你时间，不敢绕圈子。萧木匠说，原先以为我们两家是冤家，这次我想通了，我们两家不是冤家，看在孩子的面上也不该是冤家，我们两家前世有缘，应该是亲家呀。今天来是想跟你商量件事，就是不敢开这口。萧木匠探询的目光落在我父亲的脸上，看他满脸戒备之色，转过脑袋朝窗外的女儿们瞟了一眼，你们是城里人我们是乡下人，你要不嫌我们高攀，能不能给两个孩子结个娃娃亲？萧木匠说，我家好莉，你家弟弟，还有我家好福，他们是一天生日你记得吗？我们想来想去，是老天爷让三个孩子一起投生的，弟弟和好莉，他们两个孩子在学校很要好，给他们结个亲，这是老天爷的意思呀。

我父亲愕然地打量着萧木匠，有点厌恶，有点震惊，还有一点好奇，你要结娃娃亲？还是老天爷的意思？你怎么会知道老天爷的意思？

但萧木匠不容我父亲多说什么，他疾步跑到门边，朝街道对面的女儿们拍了拍手。

三个女孩鱼贯走进了文化站，一眨眼就在我父亲的办公桌前站成一排。穿黄裙的好英，穿绿色的好芳，穿红裙的好莉，她们高矮错落，像一排红绿灯在我父亲眼前闪闪发亮。

我父亲不知道该怎么对待三个塘西女孩，愣怔一会儿嗫嚅了一声，都长高了。

萧木匠先把好莉往前推，顺手压了压她的脖子，这是好莉，快鞠躬，给叔叔鞠个躬！

好莉的眼神锐利地落在我父亲脸上，充满自尊，但她的腰背顺从了萧木匠，给我父亲鞠了个躬。

你看看我家好莉，村里人都夸好莉长得漂亮，说她以后还会更漂亮的。萧木匠说，好莉会跳舞，村里人都夸她跳舞跳得好，快呀，你给叔叔跳个新疆舞，抖肩膀转裙子的！

好莉迟疑着想往后退，反而被萧木匠一把抓住，往我父亲面前推了一步，要伴唱的，她扭着身子对萧木匠抗议，跳新疆舞，要她们伴唱的。

伴唱？你跳她们唱？萧木匠回头，对好英说，快，给妹妹伴唱！好英闪到一边，望向父亲的眼神里明显充满了轻蔑，好芳也把脸扭到一边，一副不配合的样子。萧木匠左脚踢了下好英，右手推了下好芳，你们是两根木头？摆什么架子？天天在家唱，到文化站不肯唱了？快唱，唱！

那姐妹俩终究忌惮父亲，两个人对视一眼，僵硬地挨到一起，开始哭丧着脸唱起歌来：我们新疆好地方啊，天山南北好牧场。好莉对萧木匠摆手说，声音太小了！萧木匠便向姐妹俩喊，声音太小了，你们没吃早饭？好英好芳的歌声勉强升了个调，好莉的双手应声举起，脸上挤出了演员式老练的微笑。她开始举起双臂，抖肩膀，转圈。她卖力地转，一边观察着自己的裙子，直到把裙子转出了喇叭的形状。

你看看我这好莉，跳舞跳得多好！村里男女老少个个都喜欢她，她吃得不算多，洗衣洗碗喂鸡摘菜，家务活什么都会干。萧木匠用热忱的目光看着我父亲，发现我父亲始终铁青着脸，便把好莉拉到后面去了。他又去揪好芳的胳膊，将好芳往我父亲面前推，你要是瞧不上好莉，我这好芳也可以。好芳最懂事最护家，从小知道一分钱掰成两半花，村里人都说谁家以后娶上好芳谁家福气，好芳肯定是贤妻良母，虽说年纪比弟弟大六岁，女大六，乐不够，是大好事呀。

我父亲实在忍不住了，乱弹琴！他拍了下桌子，开始指着萧木匠鼻子教训他，都什么年代了，你还把女儿当大蒜萝卜随便叫卖？当着孩子的面，我都不知道怎么骂你，你们塘西人都是榆木疙瘩脑袋？工作组四下塘西呀，看来都是白费工夫！你还想结什么娃娃亲？别说孩子还小，就算她们长大了，也是自由恋爱，你有什么资格给她们做主？

萧木匠向我父亲点头哈腰，嘴里说，我知道我知道，现在新社会时兴自由恋爱，可是毛主席不是说特殊情况特殊分析么，我们两家的情况就特殊呀，也不是现在就要弟弟给我家做女婿，就是想有个名分，有个名分我们两家就可以走动起来了，我老婆的病肯定能好了。

两家走动是两家的事，不是你们一家的事！我父亲说，你自己想想，我们家能跟你们家走动起来吗？你是为你老婆好，那你考虑过我爱人吗？我告诉你一句话，塘西招娣的病要是能好，塘东招娣就要疯了，你懂不懂我的意思？

萧木匠点头说，我懂我懂，你爱人把我们当阶级敌人呢，她瞧不起我们家，要不我也不会先来跟你商量，邓站长，我们塘西人都说你是好人啊。他看着我父亲的脸，目光几近祈求了，要是你们不愿意，那娃娃亲就算了，我们认弟弟做个干儿子，这总行了吧？

不行。我父亲坚决地摇头，认什么干爹干妈干儿子，都是不正之风，我是共产党员，不能搞这一套。

萧木匠热烈的眼神慢慢黯淡下去了，没听说党员不能认干亲呢，蒋文良也是党员，他怎么干儿子干女儿一大堆？他的声音听起来很沮丧，我就猜到了，还是高攀不上呀，你们瞧不上我家，嘴上说得好听，什么塘西塘东工农一家，你们根本就瞧不起塘西人，还说什么过去的事情让它过去，你们让过去的事情过去了吗？为了你妈妈那坟，你们家到现在还在恨我们，对不对？

我父亲失去了解释的耐心，他突然拿起桌子上的稿纸，对着桌面啪啪地拍打了几下，又朝他竖起稿纸，萧木匠看见没有，你不怎么识字，你女儿都识字的吧？我在给高书记写党委的总结报告，明天要拿到党委会讨论的，我没时间跟你说这些事情，你们赶紧出去吧。

萧木匠对着稿纸上的字发愣，好莉在一旁大声地念了出来，总结报告！萧木匠问好莉，什么叫总结报告？好莉有点茫然，好芳在一边气咻咻地说，总结报告就是总结报告！萧木匠瞪了好芳一眼，开始推着女儿们往文化站门外走，我父亲跟上去想关门，但萧木匠一转身把门撑住了，他顽强地挤进门里，目光投向我父亲，几乎是哀求了，不结亲就算了，不认干亲不走动也算了，我不敢强求你，就求你一件事，弟弟和好莉不是马上过十岁生日吗？让弟弟去我家吃顿生日饭，行不行？

你女儿是你女儿，我儿子是我儿子，我儿子过十岁生日，怎么能跑你家吃饭？

萧木匠端详着我父亲，眼神里忽有暗火闪现，你知道弟弟为什么梦游到我家？弟弟那只小鞋子你还记得吗？弟弟的头发你记得吗？他佯笑一声，说，站长你明白我的意思吗？就去吃顿饭呀，吃好饭就把小鞋子还给弟弟，把头发还给弟弟，你们要是不放心，你们全家人都去我家吃，我要杀三只鸡三只鸭一头猪，好好给两个孩子做个生日饭！

我父亲怔住了，当年的事情他自然都记得，那只鞋子那撮头发他曾经不以为意，现在被萧木匠如此总结，那似乎是一个确凿的阴谋了，我父亲不知怎么表达自己的愤怒，便朝萧木匠大吼一声，卑鄙！

萧木匠只是稍稍后退了一步，他从口袋里掏出半包香烟，抽出一支要敬烟，我父亲推开了他的手，那手却执拗，一定要将烟夹到我父亲耳朵上，我父亲暴怒了，他取下烟来扔在地上，用脚踩着，还蹍了几下。萧木匠谦恭的笑意终于消失，他一把抓住我父亲的手，怒视着他的脸，眼睛冒出了微红的火光，我是贫下中农，我们家三代贫农呀！你是共产党员，你是文化站长，你是干部，不能这样对待我！

我父亲的右手被紧紧地攥住，越攥越紧，这是他第一次注意到萧木匠的手，一个木匠的手。那手并不大，手指粗短发黑，指关节隆起，皮肤的质地粗糙多痕，接近树皮，它有力量，那力量类似一把大锁的力量。我父亲觉得他的右手很疼，这是他用来工作的手，必须保护它，所以他在忙乱中用左手抓过桌上的稿纸，朝萧木匠的脸上打去，放开我的手，你把手放开！

纸张可能刮到了萧木匠的眼角，他痛苦地眨巴着眼睛，但没有松开手，他似乎是准备与我父亲决战了。别以为我们没有文化就好欺负，我们乡下人还有一张嘴一双腿呢，能上访能告状，还能让别人评理，连村里人都说，我老婆这次犯病，是你家弟弟梦游的错呀！他的眼角是被纸张刮到了，慢慢渗出了一些血，他绝望的声音已经接近一种控诉，你是大站长你是大能人呀，你到我们塘西做报告，国家大事国际形势都能讲那么明白，就不能跟你爱人讲讲做人的道理？冤家宜解不宜结，这道理连我们乡下人都明白，她能不明白？你们带弟弟到我家吃一顿饭，不伤你们一根汗毛，我老婆那病多半就能好，她好了我们全家都好了，你们就行行好，就当做件积德行善的事吧。

我父亲后来承认，他那天在文化站答应萧木匠最后的乞求，并没有考虑我母亲的意愿。他可能高估了我母亲的善良，也可能低估了我母亲对塘西那户人家的恐惧与厌恶。我母亲坚持认为来自塘西的邀请，是黄鼠狼给小鸡拜年。她向我父亲宣布，她愿意同情世界上所有人，但黄招娣除外。她愿意带孩子到所有人家去做客，但黄招娣家的饭，她是一口都不敢吃的，我弟弟更不能吃。我父亲无可奈何，最后向我母亲摊牌，你要这样，东升的小鞋子，还有那簇头发，恐怕永远要不回来了。

2

正常情况下，咸水塘工农子弟学校放学的时候，我要去小学部那边带我弟弟一起回家，这是我母亲交给我的最重要的任务。但我弟弟十岁生日那天，我照常去我弟弟的教室找他，他却已经走了，做卫生值日的几个孩子告诉我，我母亲亲自来学校，把我弟弟接走了。

快走到榨油厂的时候，我听见前面的路上有人吵嘴，其中夹杂着我母亲愤怒的声音。我看见一幕奇怪的景象，我母亲骑着自行车，我弟弟坐在自行车后座上，他们像是狼狈的逃亡者，后面有追兵，是萧木匠的女儿们。我看见穿红衣服的好英，她骑着萧木匠那辆老旧的男式自行车，好莉坐在自行车的前杠上，能断断续续听见她尖利的声音，邓东升下车！去我家！吃饭！你爸爸答应我爸爸的！

我跑过去的时候，两辆自行车都停下来了。好莉正拽着我弟弟的海魂衫，嘴里喊着，上我们的车，今天到我家去吃饭，说话要算话，你爸爸答应的！很明显，塘西姐妹是被父母指派，到学校来接我弟弟去塘西赴宴的，她们并不知道我母亲的意见。我母亲说，他爸爸答应我没答应，要是他答应的，你们去文化站请他，让他去你家吃饭！好莉对我母亲嚷嚷，你是女人，他爸爸是男人，男人是一家之主，他答应了就是答应了，邓东升今天必须去我家吃饭！我母亲说，你以为我们塘东是你们塘西？小姑娘我告诉你，我就是我们家的一家之主，我说不去就不去。她推一把好莉，推不动，又上去扒好莉的手，好莉却紧紧地拽着我弟弟的海魂衫，我母亲怒声喊起来，松手啊，衣服坏了你赔不赔？你这孩子吃了什么豹子胆，青天白日的敢动手抢人？吃饭吃饭，到你家吃什么倒霉饭？他到谁家吃饭也不能去你家吃饭！

从榨油厂里跑出来几个工人，一时弄不清楚这场争执的必要性，他们问我弟弟，人家让你去做客，你妈妈为什么要发这么大火？我弟弟说，我爸爸答应了，我妈妈没有答应。工人们又问，那你自己想不想去？我弟弟想了想，气咻咻地说，我妈妈不答应，我想去也去不了！他的态度流露出明显的倾向性，惹恼了我母亲，她拍了他一记头皮，呵斥我弟弟道，你是不是想去？她们家吃山珍海味？吃了她家饭能长命百岁？吃了她家的饭你考试能考一百分？我告诉你，谁家的饭都能吃，她家的饭饿死也不准吃！然后她一抬眼，突然发现了我，你站在那里干什么？你也来看热闹？她朝我厉声喊道，过来，把你弟弟带回家！

我奔过去的时候，看见我母亲的自行车篓子里有一团切面，几只糯米团子，那是她为我弟弟的生日特意准备的食物。她不理睬好英好莉，命令我弟弟坐上后座，把自行车龙头交到我手里，自己则像一个保镖一样，跟在后面压阵。她边走边朝后面的塘西姐妹看，你们赶紧回家去，替我谢谢你父母，就说饭不能吃，这心意我们领了，行不行？

突然，好英呜呜地哭起来了，她的表情看起来不是哀伤，而是绝望，你们不能这样走，叔叔答应得好好的，你们变卦，我爸妈要打死我的。她冲过来要拽我母亲的胳膊，不敢下手，手缩回去，又扯我母亲的衣服，阿姨我求求你，今天让弟弟去我家吃个饭，你要不去就让他哥哥陪着去，就吃个生日饭，我爸爸今天杀了一头猪呀。

好英的哀求在我母亲的预料之中，她冷静地拨开好英的手，说，我儿子也吃不了一头猪，你们没有什么损失的，吃不了就腌起来，以后慢慢吃。其实你不要求我，我还想求你们呢，求你们一家放过我儿子，告诉你妈妈，我儿子半夜三更到你家去，不是回家，是梦游，梦游的孩子管不住自己的腿！

好英抹了下眼泪，我知道他是梦游——我弟弟——我妈妈太可怜了，她看见东升就像看见我弟弟一样，我妈妈说给东升做了这个生日，以后她再也不找我弟弟了。

这可不好说，你们塘西人说话不一定算数的，我不相信你妈妈。我母亲说，我看你是个聪明孩子，你爸爸你妹妹也都不傻，我就是不明白你们这家人怎么回事，你妈妈头脑明明有问题了，怎么一家人都顺着她？要带她去治疗呀，不治疗怎么能好？我儿子梦游我带他去看病，你妈妈那是精神病呀，为什么不带她去草桥医院看病？

我妈妈不是精神病，她是可怜人。好英的一只手又悄悄抓住了我母亲的衣襟，求求你了阿姨！你要是不放心我家的饭菜，不吃饭也行，让弟弟去我家玩一会儿，他喜欢我家后院的，玩一会儿就送他回家，弟弟那小鞋子还有那绺头发，我知道藏在哪儿，都给他带回家，好不好？

这个承诺让我母亲迟疑了一下，但她的眼神很快变得坚毅，不，不行的！她朝好英摇头，这种交换搞不得，交换第一次就有第二次，我早想明白了，巫术灵验是偶然，不是必然！你妈妈偷走我儿子多少鞋子多少头发我都不怕，老母鸡变不了鸭，我儿子永远是我儿子。

好英看起来相信我母亲的道理，只是不甘心，她突然往前跑去，拦住了我们自行车的前轮，少女黝黑的脸上掠过一道凄楚的白光，她的膝盖陡然一沉，然后就跪下来了。

我给你们跪下了。她抓着自行车的轮子，说，求求你们，你们行行好，可怜可怜我妈妈吧。

几乎是条件反射，我母亲跳了起来，不要这样！你怎么能这样逼我？路上的行人喧哗起来，他们本来只是一边朝我们张望，一边赶自己的路，现在一下都拥过来了。有人从临街的窗户里看见这一幕，便从家里跑了出来，为什么下跪？怎么回事怎么回事？四周的声音乱成一片。我看见我的同学春风和红旗从人群里钻出来，他们嬉笑着对好英说，别跪了，快起来，他们不去我们去，我们跟你去塘西吃饭！好英没有理睬他们，好莉对他们喊起来，谁要你们去吃饭？请你们吃屎，猪屎牛屎狗屎人屎，拌在一起给你们吃！

我弟弟应声笑起来，像局外人一样笑得没心没肺的。我看着绝望的塘西姐妹，一时不知所措，然后我手里的自行车龙头就被我母亲抢过去了，这当街演的什么苦肉计？我听见她尖声对好英嚷嚷，还是个小姑娘呀，看不出来有这等手腕，要哭就哭要跪就跪，算你厉害，我们惹不起躲得起！

我母亲匆忙跨上自行车，带着我弟弟夺路而逃。我母亲蹬车蹬得很快，似乎听到背后风声鹤唳，我看见她脖子挣扎了好几下，终于还是回过头来，看了眼好英。这一次回头，也许不合时宜，我母亲眼神里的那一丝恐慌与心虚，被塘西姐妹识别出来了，我看见跪着的好英支起身子，站了起来，她望着我母亲和弟弟，就像望着脱逃的猎物，而好莉尖声叫喊起来，追，追，快追！

姐妹俩的自行车是萧木匠的，看起来很旧很脏，座椅拔得很高，包着一块布垫，后座上还缠了一圈麻绳。以好英的身高，我不知道她怎么骑那辆自行车。等我再回头，就见识了好英的绝技，她竟然会站着骑车。一眨眼我发现姐妹俩都上了自行车，好莉坐在前面的横杠上，好英将一条腿穿过三角杠，踩住另一侧的脚蹬子，那自行车的后座，大概是特意留给我弟弟的。我看见好英拧着身子，半站着蹬起车来，虽然自行车轮轴只转半圈，那自行车却笔直地奔驰起来。红的好英，黄的好莉，两个身影叠在一起，闪烁着正义的光焰，姐妹俩呼唤我弟弟的声音，像持续的惊雷在塘东的街道上空回荡。

弟弟，你下来！

弟弟，你下来，跟我们回家！

正是傍晚塘东街道上最热闹的时间，许多塘东人都驻足，惊讶地看着两辆自行车的追逐。我弟弟坐在我母亲的自行车后座上，东张西望，他似乎身在一场游戏之中，感到某种追逐的刺激，脸上漾起一圈红晕，不知道是害羞，还是因为自豪。沿途一直有人高声喊我母亲的名字，蒲招娣，怎么啦？你们这演的是哪出戏？我母亲无暇回答别人的疑问，因为愤怒与羞耻，也因为逃得仓皇，她呼呼喘气，面孔煞白煞白的。临近塘东联防队的红砖房子，我母亲一眼看见很多年前我父亲刷在墙上的白色标语，现在依然鲜亮，无产阶级专政万岁。门边的宣传栏里，张贴了一幅鲜艳的宣传画，维护治安　打击犯罪，画面上有一只黑色的手被一副手铐铐着，那手铐闪着夸张的银色光芒。她受到启发，眼睛一亮，一下发现了救星，所以她突然在联防队门口停下了自行车，我就不信了，你们两个野丫头没有王法了？我母亲喊我弟弟下来，还示威似的将他往前推了一把，来呀，来！她对塘西姐妹说，你们来抢，快来抢，看你们敢不敢来抢我儿子！

我弟弟站在街上，不知所措。他看见姐妹俩的自行车也停下来了，停在街对面，好莉头上的红色蝴蝶结微微晃动，真的像一只蝴蝶在扑扇翅膀。她们似乎在分析我母亲的用意，好英盯着我母亲，喘着粗气，脸上的泪痕被阳光照着，亮晶晶的。好莉朝我弟弟招手，她说，邓东升快来，你今天去我家，我以后天天给你带米糕吃，好不好？

我弟弟向前迈了一步，先出左脚，但他回头朝我母亲看了一下，看见我母亲绝望而威严的脸，迈出去的右脚就收了回来。我骗骗她们的，谁要吃她们家的饭？他站到我母亲身边，及时地表达了他的忠诚，我才不要吃她们家的饭。

3

那是我母亲生平第一次去敲塘东联防队的门。

门欲开不开，门缝里钻出了香烟燃烧的气味，里面应该是有人的。她用力再推，门上的司必灵锁咔嗒一响，门打开，一只搪瓷脸盘应声倒地，兀自咣咣地旋转，吓了她一跳。

办公室里有个女人。我母亲看见了良种站的金美珠，她从一张椅子上跳起来，头发上挂满五颜六色的卷发器，身上的白衬衫撩到了乳房以上，露出白花花的肚腹。

椅子上还有人。一个年轻男人坐着，是保卫干事小宽，裤子褪到了膝盖上。他敏捷地从桌上抽了一张报纸，盖住自己的大腿，一边提裤子，一边朝着门口怒喝：懂不懂文明礼貌？进门不知道先敲门的？

我母亲下意识要蒙住我弟弟的眼睛，

但已经来不及了，我弟弟看见某种少儿不宜的画面，愣怔了一下，忽然就发出了很不恰当的笑声。金美珠把衬衣往下拽着，来到门边，她弯腰捡起那只搪瓷脸盆，从我弟弟身边挤出去了，嘴里说，你笑什么，我来拿个盆。

我母亲捂住了我弟弟的嘴，对着金美珠的背影说，对不起，对不起了。

金美珠回头，跷起兰花指，在我弟弟脸上刮了一下，这孩子长得好快，一晃都这么大了！她对我母亲说，什么对不起呀？我是来拿回这个盆的，他们联防队的人，借东西从来不还，气死我了。

金美珠走得匆忙，没有顾上关门。隔着狭窄的街道，可以看见塘西姐妹还在街对面站着，像两个执拗的猎人，还在苦等她们的猎物。姐妹俩抬头打量联防队门口的宣传栏，低声争论着什么，对于我母亲选择这个地方停留，她们的理解似乎有分歧。好莉对联防队的意义不甚了解，她看见我弟弟的身影，眼睛一亮，挥手喊，邓东升你出来，我们等你呢！我母亲把我弟弟从门边拉走，朝街对面嚷，你们来，进来呀，到联防队来，我倒不相信了，看你们无法无天到什么时候！

小宽已经整理好自己的衣衫，正对着玻璃柜的反光，用手指梳理自己的头发，大姐你怎么回事？有什么情况？你是遇到小偷了？

不是小偷，小偷不过是要偷钱，她们要抢人呢，光天化日的，她们要抢我儿子去塘西！

小宽吔的一声，打开门朝外面张望，谁这么大胆子？人在哪儿，为什么要抢你儿子去塘西？

塘西黄招娣家的两个女儿，看见没有？她们还在街对面站着呢。

小宽一下就放松了。两个塘西小丫头么，她们为什么要抢你儿子？他眯着眼睛打量街对面的姐妹，目光转向我弟弟，忽然笑了，你来说说，她们为什么要抢你去塘西？抢你回家做小女婿吗？

不是做女婿。我弟弟认真地回答道，是吃饭，她们非要我去她们家吃饭。

为什么非要你去吃饭？天底下还有这等好事，吃饭都是请人，怎么还要抢人呢？

我弟弟看看我母亲，不敢擅自说什么，情况很复杂！他老气横秋地嚷嚷了一声，紧接着又撂挑子，别问我，我什么都不知道，你问我妈妈。

我母亲原本要解释事情的原委，但小宽听得不耐烦，说不用那么详细，咸水塘鸡鸭猫狗的情况他们联防队都了解，何况居民呢，你们塘东招娣塘西招娣两家的事情，他们了如指掌，只是涉及家庭琐事，不便插手罢了。他看着我母亲，给她出主意说，这点小事何必这么紧张？不吃她家饭就不吃了，两个小丫头怎么纠缠，别理她们就行，难道她们还敢拿刀拿枪逼你们去塘西？你带着儿子回家去，把门一关，问题不就解决了？

没那么容易的。我母亲说，你还不知道他们塘西人的德行？大人孩子都一样，今天就算我把两个丫头关在门外，她们哪会善罢甘休？到时候又哭又闹又上吊的，成何体统？我没本事解决，只有靠你们联防队了。

这点小事恐怕用不上我们联防队的。小宽讪笑一声，试探我母亲说，怎么说这都是你们两家的私人恩怨，要处理也该去找塘东居委会吧？我们联防队是对付犯罪分子的，这两个塘西小丫头还是孩子呢，你让我拿她们怎么办呢？

孩子也会犯罪，她们离犯罪也不远啦。我母亲说，居委会连邻里纠纷都解决不了，能有什么用？他们塘西人都欺软怕硬，他们不怕我怕你，怕你，知道吗？你去，去把她们撵走！

小宽答允了我母亲。他从口袋里拿出个哨子，倚着门框，朝街对面的姐妹俩吹哨子，喂，听说你们要抢人家的儿子？你们塘西小丫头抢我们塘东的男孩干什么？这么小就想新郎了？人家小男孩还没发育呢，抢去有什么用？不准站在那里了，快滚，滚回塘西去。

小宽的轻佻也许出乎姐妹俩的预料，好英朝小宽翻了个白眼，用眼神表达了她的厌恶，好莉尖声道，我们站在这儿碍你什么事？我们偏要站在这里，这是你家的地盘吗？你喊一声，看它答应不答应？

小宽开始还是笑着的，他几步走到街上，看姐妹俩在后退，便站住了，天下还有这样的事？人家小男孩不去你家吃饭，人家妈妈不同意，你们还在这儿死磨硬缠有什么用？他揉了下自己的腹部，朝姐妹俩挤了挤眼睛，说，我倒是饿了，我愿意去，我去你家吃饭怎么样？

好莉用惊恐的目光瞪着小宽，嘴里说了声想得美，人就走到好英身后去了。好英扶着自行车站在那里，不时地探头朝联防队门里张望，她的神情焦虑，但看起来有一种不达目的誓不罢休的气势。

还不走？还站在那里？小宽脸上的笑容渐渐僵硬了，限你们一分钟，赶紧从这里滚开，滚回塘西去。他抬起手腕上的手表看着，一只手指着塘西姐妹，我在读秒了，读秒懂吗？读到六十你们不走，后果自负！

但姐妹俩耳语了几句，依然并排站在人行道上，好莉尖声说，是他们不讲信用！我爸妈在家里等着呢，邓东升不去我家吃饭，我们就不走！

小宽跑回办公室的时候，似乎还没有拿定主意，该怎么对付塘西姐妹俩，他在屋里转了一圈，走到办公桌前拉开抽屉，拿出一根电棍在手上拍着，看看我母亲的表情，忽然干咳了一声，大姐，刚才良种站金美珠来取脸盆，你没看见什么吧？

我母亲心里清楚，这是要她作出某个交易的承诺了，她果断地摇头，什么都没看见，我眼神不好的，倒是一推门撞倒那只脸盆，哐啷哐啷的，吓了我一跳。

小宽摆弄起电棍来，嘴里说，我调一下电流量，最高档不合适，吓唬两个小丫头，用最低档就够了，等会儿你们看着，一人捅一下，保证她们乖乖滚蛋。

我弟弟看着那电棍，心神不宁，电棍无疑让他好奇，但他不想让它用来对付门外的姐妹俩。他在小宽身边乱转，问，疼不疼的？有多疼？是麻还是疼？结果又有意外，那电棍好久没用，电池没有了。小宽一时找不到新电池，便遗憾地物归原处，随后从抽屉里面拿出一把钥匙来。他说，联防队别的没有，吓唬人的东西多得是。等着，还有更厉害的东西。

小宽拿着钥匙朝墙边的玻璃柜走过去，打开了柜锁。玻璃柜里陈列的都是塘东联防队历年得到的奖杯奖状，有一副手铐，挂在一只奖杯的杯耳上。那手铐的形状与宣传画上的类似，闪烁着银色的光芒。小宽取出那副手铐，对我弟弟挤眼睛，要不要看我表演一个杂技节目？他抓着手铐的一端，抡起另一端，那手铐便在空中旋转起来，像一只银色的涡轮，熠熠发亮，发出飒飒的清脆的响声。

我母亲有点不安了，小宽，那不是真手铐吗？你有没有假手铐？她说，把她们吓跑就行了呀，真给她们上铐子，小姑娘会不会吓出病来？

又不是小孩子玩游戏，我这里哪儿有假手铐？小宽说，看她们老实不老实，老实就吓唬一下，不老实就铐她五分钟，铐五分钟一定老实了。

我母亲摆手道，不一定要五分钟呀，吓跑她们就行了。

不得不承认，我母亲的善心来得有点迟了。小宽晃着手铐朝塘西姐妹冲过去的时候，我弟弟叫起来，手铐，手铐！他跑到门边，朝塘西姐妹尖声叫喊，手铐，快跑！那是真手铐，不是假手铐，你们快跑！

姐妹俩的反应算是快的，好英拉着好莉就跑，但萧木匠那辆自行车拖累了她们，很明显好英担心小宽会没收自行车，她又返回来去推车，动作慢了，当的一声脆响，小宽的手铐缠住了自行车后架。好英惊恐地回头，一时愣在原地，她似乎被手铐圆润玄妙的形状吸引了，很快是手铐尖利明亮的光泽震慑了她，好英揉揉眼睛，呀地尖叫了一声。

开始有路人注意到联防队门口的动静了，他们看见小宽用手铐铐住了一个塘西女孩的自行车，然后女孩的辫子被抓住了。小宽对路人们说，我不碰她，你们大家都看见了，我只抓了她的辫子，省得以后诬赖人。此后小宽的举动与言辞便令人难忘了，他抓住好英的辫子往后拽，脸抬起来，眼睛对着我，看我，看我！小宽说，你不知道我的眼睛有多么厉害吧？让我好好看你五秒钟，你有没有前科，看你五秒钟就知道了，你信不信？小宽的手往下用劲，好英的面孔便被迫地仰起来，已经满脸是泪了。路人们看见小宽在研究好英的眼睛，他的目光像刀尖在她的眼睛里戳，戳出越来越多的泪水。吔，吔，奇怪！小宽用一种惊喜的声音对路人们说，奇怪了，这是犯罪分子的眼睛呀，我保证，她犯过罪！众人站在一边议论纷纷，都对小宽的自信不以为然，小宽你别过分了，那是塘西萧木匠的女儿呀，人家一个乡下黄毛丫头，能犯什么罪？小宽说，你们不信什么也别不信我的眼睛，一个黄毛丫头也会犯罪，我火眼金睛不会看错的，她一定犯过罪！

好英在挣扎，她的身体歪斜着，肩膀一直在抽搐，她黝黑的面孔变得苍白失血，目光越过小宽的肩头投向联防队的门口，似乎在向谁求援。我母亲拉着我弟弟站在那里，我弟弟看着好英不知所措，而我母亲没有勇气迎接好英的目光，现在她更像一个闯了祸的孩子，一心撇清自己的责任。她突然松开我弟弟的手，一下就闪到门后面去了。人们看见好英艰难地掉转视线，去搜寻好莉的踪影，当时好莉的杏黄色人影还僵立在路中央，进退两难的样子，他们听见好英的喊声，好莉快回村里去，去喊人！

人们看见好莉飞快地跑走了，之后好英便发出了一声尖锐的裂帛般的嘶叫。她趁乱捉到了小宽的一只手，她在小宽的手腕处埋下头去，好像要亲吻那只手。然后小宽像炮仗一样跳了起来，你咬人？还敢咬我？我本来是给你警告，你这样我就不客气了，我现在就铐你，疼死我了！小宽嘴里发出嘶嘶的声音，疼死我了，我告诉你，这是不锈钢铐子，我为你好，现在给你一个钢的教训，以后你就不会有血的教训了。

小宽把好英拷在了自行车横杠上，动作敏捷而夸张。我们听见手铐合拢的清脆一响。咔嗒。只是咔嗒一声，非常清脆的声音。可以清楚地看到那手铐上一抹殷红的血痕，应该是从小宽手腕上渗出来的，它在光滑的不锈钢上蠕动，像细小的分叉的河流。我母亲站在门边，举起手蒙住了自己的眼睛。这个瞬间很多路人已经弄清了事情的原委，他们看着我母亲，目光里都是谴责，有人嘀咕，原来是吃个饭的事，怎么给她弄成这样？塘东招娣塘西招娣，好歹都是招娣，何必要像仇家那样呢？我母亲嘴唇动了动，似乎想为自己申辩，终究放弃了这个努力。她迁怒于我弟弟，在他头上拍了一下，咬牙切齿道，都怪你，都怪你腿贱，惹了多少事！她把我弟弟往自行车边推，我弟弟不动，他只看着好英。慌乱中我母亲把我弟弟架上了自行车后座，但我弟弟的脑袋固执地朝向街那边被铐的好英，看，姐姐尿了，尿尿了！他朝我母亲惊叫，看，她站着尿尿了！

我们看见好英半蹲在自行车边，平举着手铐。她举得小心翼翼，似乎怕弄坏了自行车，也像怕弄坏了手铐。好英小心翼翼地举着手铐，就像举着一支神圣的火炬，姿势如此虔诚。我注意到女孩的手处于极度紧张之中，五指僵直地摊开，手背上有冬天留下的冻疮痕迹，指甲很长，涂过凤仙花汁，红色的花汁已经褪色了，能看见一片指甲上用圆珠笔画了张眯眼微笑的人脸，另几片指甲缝里嵌着明显的黑垢。她的两条辫子散了一根，半边头发散落开来，体贴地遮住了她的面孔。她在哭，没有声音，只是流泪。泪水从她眼睛里流出来，在夕阳光下亮闪闪的。她已经发育好的身体，一半丰腴，一半瘦削，都在一样地瑟瑟颤抖。我弟弟看得没错，她小便失禁了，裤子湿了，脚上的格子布鞋湿了，还有脚下的石子路面上，出现了一片明显的亮晶晶的液体。

4

萧木匠和几个亲戚将好英带回塘西村，正是半个村子人声鼎沸的时候。从萧木匠家到蒋老七家的村巷，看起来就像一个长条形的露天食堂，临时搭砌的灶台上火光熊熊，空气里都是扑鼻的菜香味。萧木匠夫妇事先向各家借来的桌子、长凳和板凳已经摆好，前来赴宴的村民们都早早入席，按照年龄、辈分和性别，一堆一堆地坐着，吵闹着。

他们看见好英披头散发地从萧木匠的自行车上下来，眼睛肿着，神情呆滞，谁跟她说话她都不理睬，她疾步冲进屋里，把自己关在房间里，之后就没动静了。

黄招娣拿着个锅铲过来敲门，门不开，她用锅铲上的油在门铰链上蹭了几下，说，你肯定是不会说话得罪人了，让你好好跟人说话你就是学不会，否则人家答应得好好的，怎么就不肯来了？门里的好英沉默着，黄招娣又说，手不疼吧？我们乡下人皮厚，铐一下也铐不死人，你歇着也好，我现在顾不上你，那么多嘴等着吃呢。

一些村民不知情，问萧木匠好英在塘东究竟犯了什么事，联防队怎么就给她上了铐子？萧木匠虎着脸说，好英没犯屁事，是他们犯事了，塘东人骑在我们塘西人脖子上拉屎，拉习惯了！有人知道点详情，便刨根问底地问萧木匠，为何偏要把塘东招娣的儿子请来做客？这不是热脸贴到个冷屁股吗？这触到了萧木匠的痛处，他瞪着灶台边黄招娣的身影，似乎想骂人，又忍住了，最后朝众人挥挥手说，算了算了，今天是好福好莉的大日子，大家好好吃好好喝，先不管这事了，明天我去塘东，不要回个说法我就不回塘西！

此后主人忙碌，宾客也忙着吃喝，都暂时搁下了好英的事。主桌上的客人注意到桌肚子下有一只小板凳，小板凳上放着一双孩子的小鞋子，他们猜想那是好福的鞋子，黄招娣向来迷信，那应该是黄招娣对孩子回家的祈愿，他们不便多问，只是小心自己的腿脚，以免踢倒那只小板凳。村民们注意到小寿星好莉，说是她的寿宴，其实主桌上并没有她的座位，她蹲在灶台那边，跟着好芳和几个女邻居择菜，而黄招娣在灶台上忙忙碌碌的，脸上强颜欢笑，目光不时地瞟一眼村巷，似乎还在等待什么奇迹。村巷里只有猫狗跑来跑去，来自塘东的奇迹并未降临，她便想起了好英，从灶台上舀了一碗饭，夹了些菜盖在饭上，让好芳端给好英去吃。

好芳端了那碗饭菜跑回家里，发现他们的房间门打开了，里面却没有了人。好芳喊了几声，无人回应，便跑到后院去看，还是没有好英的影子，不过，后院的柴门是虚掩着的，她猜到好英是从后院出去了。

人去了哪儿？好芳的头脑里掠过一丝不祥的念头，她丢下碗要去报告父母，跑到门口看见外面热闹的节日般的景象，便改了主意，从桌子上拿了个手电筒，返身从后院出去，凭着直觉，一路朝咸水塘边奔去。

好英果然坐在咸水塘边，坐在暗紫的夜色里，她的红衣服在夜色里像一团篝火，红得无力了，看起来行将熄灭。好芳差点要喊，怕惊着姐姐，就关了手电筒，捂着嘴巴，蹑手蹑脚地往塘边走。离得近了，好芳看见好英的辫子已经梳好，均匀地垂于双肩，裤子换了，换上了过年穿的那条米色卡其裤子。好英其实不是坐着，而是蹲着，她正光着脚蹲在岸坡上，那双新买的红色丁字形皮鞋脱下来了，放在塘边，小心翼翼地闪着红光。那鞋子证实了好芳的猜想，她一下便失声大哭起来，好英你干什么，好英你要干什么？

好英回头看一眼，家里那么忙，你来干什么？话是这么说，但她似乎在等好芳，等到好芳奔到身边，她叹了口气。你来也好，我就知道你会找到这儿来，我从里到外都换上了最好的衣服。好英指着坡上的鞋子说，皮鞋泡了水就坏了，淹死的人脚上也留不住鞋子，这鞋子留给你，你明年就能穿了。

好芳尖叫道，我不穿你的鞋，你不要犯糊涂！

你别管我，回去，回去帮他们！好英的手伸到水里，似乎在试探咸水塘的水温，她说，我一点也不糊涂，要不是家里煮饭煮粥离不了我，我早就去死了，以后我不煮饭了，你煮饭，记得淘米淘两大碗，煮粥一碗就够，一半陈米一半新米，陈米在袋子里，新米在米缸里。

你不煮饭我也不煮，我也去死，我陪你一起去死！好芳跑到好英身边，挽了下她的胳膊，忽然撒开手弓起身子，率先往水里一跳，一大片水花溅起来，好芳一下站在水里了，水没到了她的腰间，她打了个寒战，抹掉脸上的水，问好英，淹死的人能不能重新投胎？我现在心里想好一个地方，死后能不能投胎到那里去？

我不知道。好英说，你想的什么地方？你想投胎到什么地方去？

我一时想不出来，你帮我想一想呀。好芳说，投到北京去投到上海去，怕没有那个资格，只要投到城里的人家去就行了，香椿树街也行，那边的人家都喜欢女儿的。

真没出息。好英说，既然重新投胎了，为什么还要做女孩？你就那么下贱？

好芳怔了一下说，我再也不要做女孩了，可是我不知道怎样死来世才能做个男孩，你到底知道不知道呀？

我不知道。好英一步步往水里走，她说，你赶紧上来，反正你不能死，我要死你就更不能死，好莉就嘴巴凶，什么事都还不会做，家里那么多事，你死了谁来做？我们都死了你让爹妈怎么办？

应该是被姐姐说服了，好芳被好英往岸上推的时候，并没有太多的抗拒，她就势坐在岸坡上，用手绞干衣服上的水，听见好英在水里说，以后别去塘东，千万别招惹联防队，看见那个小宽你就躲着走。好芳点头。好英又说，那盒子藏在老地方，在第几块砖头后面你记得吧？好芳还是点头，但她忽然哭起来了，为什么一定要死，我们不能跑吗？我们跑得远远的，去城里要饭也比在家好。好英说，不能跑，我们跑了你让爹妈再去找孩子？死了干脆，死个女儿，他们伤心一阵子就会好的，我死了，他们会对你好，对好莉好，我不会白死的。

好英往水深处走，水对她的阻碍有心无力，她蹚水的声音听起来很沉闷，似乎来自远方。好芳已经往村里跑了，跑几步回头，看见月光照着水中的好英，好英的两条辫子在歪斜的肩膀上摇曳，很有节律，像两根风中的树枝，她的身体被水一点点地吞噬，然后辫梢首先浸入了水中，看不见了。好英摇晃着后退了一步，不知为何她仰头看了看月亮，也不知道是否月亮赐予了她勇气，她又向前走，嘴里喊，过几年你就可以嫁人了，找个老实人早点嫁出去吧。

就是这时候池塘对岸的芦苇丛发出了异常的喧哗，似乎在回应好英的嘱咐。姐妹俩闻声朝那里眺望，是好芳先发出了那声尖叫，鬼鹅，鬼鹅，鬼鹅来了！

好芳看见一群鹅从芦苇丛里游出来，大约有十几只鹅从芦苇丛里游了出来，它们向好英这边游来，水面上无声无息，在距离好英几步远的地方，鹅群一字排开，像是拉起了一条警戒线。在月光下可以清晰地看见它们的羽毛，大多数是白色夹杂着红色，星星点点的红色像是溅出来的血痕，也有几只鹅的羽毛是近乎鲜艳的桃红色。好芳清晰地看见游在最前边的那只鹅，白色的鹅身，红色的鹅翅，它没有鹅头，只有一个长长的坚挺的脖子。好芳知道那应该就是传说中最奇异的无头鹅了。

萧木匠夫妇和一群村民来到咸水塘边的时候，鬼鹅已经消失在对岸的芦苇丛里。他们看见好英好芳在岸坡上抱在一起哭，两个人的身上都湿漉漉的，刚刚经历了一场生死洗礼，姐妹俩哭得像泪人一样，分不清那是庆幸，还是崩溃，她们终究明白，在咸水塘，连死也没那么容易。

听姐妹俩对于鬼鹅警戒线的描述，大人们将信将疑。依照塘西村人的经验，不到午夜时分，鬼鹅是不会出来的，即使出来，也不过是两三只，咸水塘里怎么会有那么多鬼鹅？但看那姐妹俩失魂落魄的样子，她们应该真的是被吓着了。不管事情的真相如何，都是鬼鹅救了好英一命，黄招娣遥望对岸黑黢黢的芦苇丛，忽然跪下来，朝着芦苇丛的方向磕了个头。

5

塘西人认定好英是被小宽吓丢了魂。在哪儿丢了魂，就要在哪儿喊回来，什么钟点丢的魂，就要在什么钟点喊回来，这是塘西人喊魂的规矩。

黄招娣她们来塘东为好英叫魂，正好是学生们放学工人们下班的时间，街上乱糟糟的都是人，这时间本不适宜叫魂，但好英偏偏是这时辰里丢的魂，她们似乎也没有别的选择。那是我第一次目睹塘西人隆重的叫魂仪式。除了好芳，黄招娣还带来了三个中年妇女，都穿黑衣，其中一个是独眼女人，满头银发。我们看见她们在联防队对面的街道上忙碌，表情都很严肃，旁边看热闹的人七嘴八舌，有人指着一只木桶向塘西女人虚心讨教，木桶在叫魂仪式中起何作用？有人问那只公鸡是几岁，公鸡几岁是否有讲究？她们一概不予理睬。

塘西女人们带来了一只公鸡，一只木桶，两只热水瓶，还有一件红色的外套，始终被好芳小心地抱在怀里，我记得那是好英当天穿的衣服。我们路过联防队的时候，公鸡已经被宰杀，黄招娣把热水瓶里的热水倒在木桶里，给公鸡烫毛，没过多久，独眼女人便把手伸进红色的热水里，提起公鸡的脖子给公鸡拔毛了，她的手似乎不怕烫。独眼女人拔得很快很用力，神情淡然，拔下来的公鸡羽毛沾着血水，被两个妇女均匀地撒在了路上。公鸡羽毛散光了，叫魂的仪式就开始了。在独眼女人的指挥下，好芳张开了她姐姐的衣服，像是张开一只蝴蝶硕大的翅膀，她在前面走，脚步沉重而谨慎，随后是黄招娣，她虔敬地抱着木桶，眼神庄严。我们能看见桶里那只光裸的死公鸡在颠簸，鸡冠依然是鲜红鲜红的。叫魂的女人在我们塘东街上走，像一支小小的游行队伍，因为肩负崇高的使命，她们的态度是忘我的，目不旁视，并不在意旁观者的喧哗。叫魂的声音其实浅显易懂，独眼女人尖着嗓子喊，萧好英！好芳抖一下她手里好英的衣服，高喊，回家了！然后黄招娣和其他人都应声喊道，回家了，回家了，萧好英，回家了！萧好英，回家了！

有几个孩子一边学着她们的喊叫声，一边欢乐地哄笑着。叫魂的队伍无人顾得上跟孩子理论，倒是我同学赵丰收的奶奶看不下去，她挥起手里的拐杖，向他们发出声色俱厉的警告，不能笑不能笑！人命关天的事情，这会儿千万不敢笑，谁在别人喊魂的时候笑了，回家会得羊癫疯的。

我们尾随着喊魂的队伍到了咸水塘边的岔路，她们要带好英的魂魄回家，应该是往左拐回塘西村，但那支队伍忽然停在了路口。我注意到她们在轻声争执着什么，争执的结果是暂不左拐，她们选择径直往前走，往前走就是往我家的方向走，那一瞬间我预感到什么，我问蒋红根，她们为什么还往前走？蒋红根同情地看着我，说，可能要去你家门口，喊几声。我说，好英的魂又不是丢在我家，为什么要去我家门口喊？蒋红根吞吞吐吐起来，他的表达零乱琐碎，我总结他的意思才明白，好英出事以后，在谁是罪魁祸首的问题上，萧木匠一家人意见并不统一，萧木匠要找小宽报仇，黄招娣记恨的却是我母亲，她认为小宽是被我母亲当枪使了，好英的魂如果丢了，一大半是被我母亲弄丢的，喊魂的地点自然不能放过我家。

我眼睁睁看着她们走到我家的台阶前，

一时队伍静默，好芳和女人们看着黄招娣，而黄招娣仰望着我家刚刚粉刷一新的房屋，神情凄恻，她分明从一个洁净、祥和与圆满的家庭中，看见了自己的不幸与苦难，看见了人世间的不公，我注意到她的嘴角痉挛起来，好像要哭了。她弯下腰要把木桶放在地上，似乎有什么忌讳，不敢放，然后她就以一种奇特的姿态抱着那只木桶，对着木桶里的那只公鸡弯下腰，她弯着腰哭起来了。她这一哭，打乱了大家喊魂的步骤，好芳张开了好英那件衣服，茫然地举着，她眼巴巴地看着独眼女人，等待她给出指令，但独眼女人看了眼哭泣的黄招娣，脸上流露出遗憾之色，她对好芳说，把衣服放下吧，不能喊了，喊魂的人不能哭的，一哭那魂受了惊，又跑了，怎么还能喊得回来呢？

幸好我家的门是关着的。我家的木门刚刚被漆成了暗红色，那是一种流行的颜色，在暮色中显得吉祥而深沉。门上还留着我父亲春节时亲手书写的对联，四海翻腾云水怒，五洲震荡风雷激。我希望家里没人，但我母亲和我弟弟似乎已经到家了，一切都不可避免。我听见门后响起了杂沓的脚步。吱扭一声，门打开一条缝，能看见我弟弟站在门缝后，塘西妈妈——我听见他惊喜的声音，先是响亮，很快降下去，微弱得听不清了。门又迅速合拢，黄招娣抱着木桶的身体晃了一下，弟弟，弟弟。她这么喊了几声，忽然把木桶放下来，人蹲在我家台阶上，放声大哭起来。

过了几秒钟门又被小心翼翼地打开，我看见了我母亲的脸，眼神惊恐，面色惨白惨白的。她的目光扫过门外的人群，扫过黄招娣的泪脸，最后落在木桶里，那只带血的公鸡让我母亲发出一声尖叫，然后砰的一声，我家的门便被撞上了。

门撞得太重，我看见我家屋檐上的一棵瓦楞草被震落下来，在瓦片上翻了个身，掉在台阶上了。

6

塘西人普遍认为，好英轻生的念头之所以那么顽固，就是因为那天的喊魂仪式失败了，黄招娣实在不该哭的，再怎么也要忍住不哭的。按照老人的说法，喊魂只能喊一次，再喊都是白喊，她的魂是彻底丢在我们塘东了。

我与塘西的同学蒋红根过从甚密，与此有关。有一阵子蒋红根来上学，他矮小的身影一旦出现在教室门口，我便紧张地观察他的表情，猜测他是否会带来好英的坏消息。有一天蒋红根告诉我，好英喝了半瓶敌敌畏，嘴里已经都是白沫子，让萧木匠掰开嘴巴灌了一肚子泔水，吐了半天，救活了。又有一天他告诉我好英夜里在房梁上上吊，脖子已经钻进绳套，被好芳发现了，也没死成。这些坏消息最终还算是好消息，但毕竟让人提心吊胆。蒋红根知道我的心思，后来他走过我身边，会体贴地拍我肩膀，回去告诉你妈妈，好英没事了，这一阵她在家刺绣了，家里人看着她，她最近好像不想死了。

所有关于好英的消息，我回家都会告诉我母亲，那胜过国家大事。从我弟弟生日那天起，我母亲一直像一只热锅上的蚂蚁，焦躁不安。她自知自己的德行已被玷污，她的人品受到了绝大多数咸水塘人的质疑，很明显，咸水塘人认为她是萧木匠家灾难的策划者。无论是在环球水泥厂还是在塘东的街道上，总有人向她提出那个雷同而尖锐的问题，让你儿子去黄招娣家吃顿饭能怎么样？不去就不去，何至于要把人家小姑娘铐起来？听说那小姑娘现在一心想死，家里人只好天天看着她呢。

我母亲起初竭力为自己辩护，一遍遍地告诉别人事情的真相，我没让小宽铐她，我让小宽吓唬吓唬她就行，谁知道他真的给她上了铐子？当着面人们勉强能接受她的辩解，背地里却无情地指出，怎么说塘东招娣都脱不了干系，她的偏执与自私，已经毁了那塘西女孩。有一天陈师母去隔壁大毛他妈那里串门，隔着一堵院墙，我母亲听见了她们说的每一句话，大毛他妈尤其可气，她明明知道我母亲在墙这边洗衣服，偏偏要大声地指出我母亲的困境，她说万一那小姑娘真的死了，隔壁那人的良心上不是挂了块大石头吗？还有下半辈子呢，她可怎么过？我母亲被说恼了，就拿了搪瓷盆过去敲墙，忿忿地回应道，能过就过，不能过我也去死，死了不就扯平了？我死了你们的嘴巴就可以闭上了！

我母亲尽量躲避那些正义而饶舌的邻居，但她必须去环球水泥厂上班，必须去菜市场买菜，外面的人群终究是躲不过的。任何人向她打招呼，她的目光尚能回避，装作看不见，但她的耳朵无法逃避人们的声音，它们像两个洞开的伤口，里面灌满了街头的飞短流长，都是碎玻璃碴的形状，碰一碰就扎疼了。好英，好英，好英。死了？死了。死了？有些声音是真实的，来自菜市场扎堆闲聊的女菜贩和家庭主妇，有的声音却在塘东的街道上漂浮着，飞翔着，蚊虫般往她耳朵里钻，嘤嘤嗡嗡的，她分不清那是幻听，还是从供销社的台阶或者别人家的窗口传过来的声音。

我父亲知道我母亲在受煎熬，他安慰她，蒋文良告诉他了，好英现在天天在家刺绣挣钱，不会寻死了。我母亲需要安慰，却又不信任安慰，万一呢？万一她还想寻死呢？她说，她要真有个三长两短我怎么办？我现在是大罪人，他们谁也不怪，就怪我一个人！我父亲说，谁也不敢保证她不再寻死，真要有什么也要实事求是，该谁负责谁负责，你问心无愧就行了。这话并没有安抚到我母亲，她愣了一会儿，眼泪忽然就簌簌地流了出来，实事求是？问心无愧？她抹了下眼睛说，真要问心无愧就好了，偏偏我心里有愧呀，我后悔死了，那天怎么就想起来去联防队的？我可以到文化站去找你呀！小宽从柜子上拿那手铐，我眼睁睁看着，我没有拦他呀！

应该就是那段时间，我母亲动了搬家的念头。离开咸水塘这个是非之地，是一个最简单的脱身办法。她开始和我父亲商量这件事，催促他找门路搬家，我父亲很为难，也不情愿，回顾多年来与萧木匠一家的恩恩怨怨，他忍不住苦笑，说，想想真奇怪，你们一个塘东招娣一个塘西招娣，不就像当年的红军白军吗？一直莫名其妙在打仗，打来打去红军变了白军，白军变了红军，现在他们家还没有烈士，你就认输了，你就要做逃兵了？我母亲沮丧地说，输就输了，谁要跟他们乡下人争这长短？这咸水塘我一天都待不下去，原来是不喜欢塘西，现在这塘东我也讨厌，左邻右舍我都讨厌，明天能换到房子，我后天就搬家。

很可惜，除了塘东这所祖宗留下的产业，这世界上再也没有属于我们家的房子了，要搬家，要远离咸水塘，唯一的办法是与别人家换房。城里的居民互相换房是常见的，你家的房子从东风街换到百花巷，甚至从香椿树街换到人民路都是可能的，但是我们塘东街道不太一样。咸水塘人都清楚塘东街道是这个城市的一块飞地，塘东算城里，城里的居民却不知道，他们普遍认为，到了咸水塘就到了乡下了，搬到咸水塘去便是搬去了乡下。我父亲向我母亲指出了这种窘境，谁也不是傻瓜，想要拿塘东的房子换城里的房子，比登天还难，除非你愿意住到花桥镇那种地方去。他说花桥镇的杨书记倒是曾经向他打听过，塘东有没有人能跟他儿子换房，是幢翻修过的三楼三底的新房子，他儿媳不愿意住花桥情愿住塘东，你要不要去花桥看看那房子？我母亲偏偏又歧视花桥镇，听不得这个建议，亏你想得出来，谁去花桥镇住？她厉声说，难道你不知道花桥有多乱，跟个大垃圾场一样，你不知道花桥镇的男孩子，一半在劳教，一半进了监狱？

我父亲从文化站带回来一叠油印的传单，是他精心撰写的换房告示，告示强调了我家拥有的院子和可观的面积，甚至还用了风景优美这样的词汇。咸水塘附近那些工厂里，有的是家住城里的职工，他们是我父母的希望所在，无论从哪条街道搬到我们塘东来，毕竟上班近了，一年四季不知省下多少精力，说不定有人会愿意，所以他们在每一家工厂的大门口都贴了换房告示。至于城里那些陌生的街道陌生的人家，希望渺茫，只能试试而已，这任务便落到了我头上。我父亲吩咐我用星期天的时间去城里，凡是热闹地方的电线杆上都张贴一份。

那是我少年时代独自完成的一件最大的事。我骑着自行车穿梭在城里的大街小巷，寻找恰当的电线杆，我的自行车龙头上挂着一只小塑料桶，里面是我母亲用面粉熬好的糨糊，自行车后座的书报夹夹着一叠告示和一把小刷子。我从工人文化宫贴到人民商场、解放电影院，最后来到香椿树街时，已经是中午时分。在热闹的香椿树街煤球店的门外，我发现了一根最理想的电线杆，电线杆上贴满了各种小告示。我撕掉了一张破损了的蛇药小广告，又撕掉了一张停水通知，突然看见一则陈年的寻人启事牢牢地粘在电线杆上，油印的字迹大多模糊不清，失踪者的照片依稀可辨，是一个小男孩，穿着个围兜，唯有那最大的几个字看起来依然清晰：寻萧好福。

寻萧好福

我不敢再撕了。我对着那张发黄的脆薄的纸思考了一会儿，最后放弃了那根电线杆。

7

曾经有人来看过我家的房子，其中一对母子，小伙子是环球水泥厂的工人，临时从车间跑出来，穿的蓝色工装上还落满了白色的水泥灰，母亲衣着洁净，戴个眼镜，听说是个退休教师。他们家住城西的扫帚巷，城西一带是我母亲心仪的地方，因此她对客人便格外殷勤，给他们端上了两杯上好的绿茶。

为什么要换房，双方自然都要打听清楚。我母亲这里千言万语，却只能长话短说，草草地归结为邻里关系出了问题。那边的原因容易理解，小伙子要结婚，家里房子局促，未婚妻恰好是群星炭黑厂的，若是跟我家换了房，住房条件改善了，以后小夫妻上下班都方便。

那母子俩在我们家穿梭，一个心不在焉，一个紧皱眉头，像旅行者面对平庸乏味的景色，既不赞美也不否定，多少还有点居高临下。当退休女教师用手指去抹窗台上的水泥灰时，我母亲心虚起来，她突兀地指了指天空说，你们也往天上看看呀，我们塘东虽然灰尘多，但这里的彩色天空，你们扫帚巷是见不到的，我们咸水塘的彩色天空很有名，上过画报登过报纸的，还谱了一首歌！《咸水塘的彩色天空》，你们听过吗？

退休女教师便仰头看了看塘东的天空，嘴角上露出一丝暧昧的微笑，彩色天空？那不都是烟囱里的烟雾吗？她说，不瞒你说，我是化学老师，我告诉你北面那些白烟还好，其他那些黑烟黄烟紫烟红烟，都不是好东西，它们不是二氧化硫就是氮气，硫化物有毒的呀！

我母亲听不懂那些名词，但对方随口贬低咸水塘的彩色天空，让我母亲的自尊与常识一起受到了伤害。这倒是头一次听说，彩色的烟雾有毒？她发出不屑的笑声，反问道，那烟雾有毒政府还让我们住这儿？烟雾有毒还竖这么多烟囱？要是烟雾有毒，我们咸水塘这么多人天天吸着，还能活到现在？

他们的话明显说不到一起去，退休女教师便退了一步，你们咸水塘人体质好，抵抗力好，身体好就没事。她笑了笑，用一种富有教养的态度宣告换房失败，我身体不太好的，一身毛病，又爱干净，你们这个地方，恐怕我住不来的。

最理想的扫帚巷与我们家无缘，并非我们家房子的错，也不是塘东街道的错，竟然是咸水塘天空的错，这是我母亲未能预料的。黄昏时分她抬头仰望咸水塘的彩色天空，不免怅然。她已经筹划了迁居扫帚巷的新生活，连扫帚巷附近哪家学校好哪家菜场便宜都打听好了，结果那新生活还没有来到，陡然便成了泡影。后来她在厂里的食堂遇见那个青年工人，像是撞见了逃窜的猎物，她忿忿地朝他喊，喂！你妈妈究竟有什么毛病？小伙子朝她微笑，示意他身边的长凳上有空位，但某种尊严感突然降临，我母亲只是冷笑一声，从他身边绕过去，坐到别人旁边去了。

香椿树街的王德基一家也来看过我家的房子。他们家人多，上有老下有小，房子却太小，人在里面便像是一串串鞭炮，随时会爆炸。王德基和他病歪歪的老婆生了一大堆孩子，夜里女孩子睡在饭桌上，男孩们则是睡在大人的床底下的。多少年来那家人一直谋求换房，只求宽敞，地点什么的都在其次。也不知道是他们对咸水塘没有偏见，或者是没有偏见的资格，大人孩子在我家吵吵嚷嚷了半天，都莫名地快乐，脸上洋溢着希望之光。王德基当场与我父亲探讨起来，如何在院子里搭建最多的小披屋。王德基的跛脚儿子小拐闯进我父母亲的房间东张西望，被他姐姐锦红拉了出来，他最后爬到了我的床上，四仰八叉地向他的家人宣布，床比水泥地舒服，那将是他的床，别人不得占领。

那时候我父母都还不认识王德基，只知道他家在香椿树街的桑园里，具体什么位置并不清楚。回访自然是必要的，有一天我父母带着我们去了香椿树街。骑自行车从塘东到香椿树街，要在城北公路上骑行十几分钟，过了金属仓库，见到密密匝匝的房子就到了香椿树街，再沿街骑行十几分钟，下了一座石拱桥向右拐，便是桑园里了。我们惊讶地发现，桥下有一间公共厕所，王德基的家就在公共厕所旁边，他家的两扇窗子，一扇正对着男厕所的小便池，另一扇对着化粪池。有个男人匆匆撞开我们家的队伍，站到便池的台阶上，他撒着尿，回头看了我们一眼，不知为何眼神很不满，然后他抖了一抖，又匆匆地离开了。我听见他边走边嘟囔，哪儿来的乡下人，厕所也要参观？化粪池那边弥漫着一股难闻的臭味，有个戴袖套的妇女刚刚倒过马桶，她提着马桶盯着我们看了一会儿，举起马桶刷子提醒我们，男厕所在那边，女厕所在这边呀！

那应该是出于热情或者善意。我母亲朝那妇女笑了笑，笑意是僵硬的。臭死了，臭死了，快把鼻子捂住！她推了我一下，又推了我弟弟一下，走，快走啊，这种房子还有什么可看的？我们一家人往桥上走，在石拱桥的桥头回头眺望，可以看见王德基家的屋顶被一棵泡桐树巨大的树冠掩映着，斑驳的黑瓦上长了好多瓦楞草，比我家的绿，大大小小的，看起来都很肥硕，让人联想起屋顶下的那一大家人。我母亲望了眼那屋顶，对我父亲说，又是一场空欢喜，总算明白为什么没人跟他家换房了，咸水塘再怎么讨厌，也比他家的房子强。

王德基的女儿锦红这时候追了过来，你们怎么走了？锦红站在桥下对我们喊，你们都没有进屋，怎么走了呢？我母亲朝她摆手说，我们不进屋了，你们这房子——算了！锦红愣了一下，转脸看看公共厕所，她的脸很快涨红了，你们是骗子呀？我们昨天在家里搞卫生，收拾了一天！她的叫喊声听起来越来越愤怒，三张床都订好了，我们都准备搬家了，怎么还能反悔？你们咸水塘人，全都是骗子！

8

我母亲从来没有想到，她在咸水塘的声誉会一落千丈，它是否有机会修复，完全取决于一个塘西少女的生死。从塘西传来的好消息都是暂时的，好英今天安然无恙，并不代表明天依然安好，这是我母亲的心病。

有一天早晨我母亲在梦里发出歇斯底里的尖叫，惊醒了我们一家。她告诉我父亲，梦见好英溺死在咸水塘里了，好英穿着红衣服在水面上漂，双眼瞪得大大的，面向天空。塘边很多人追着好英的浮尸跑，却没任何人去捞她。她在梦里也记得自己的处境，怕引火烧身，就往家里跑，没想到她一跑引起了人们的注意，很多人喊起来，那是塘东招娣，别让她跑了，都是她害死了好英！她好不容易跑到家门口，却梦见大毛他妈站在我家台阶上，她拿了一根长长的竹竿往她怀里塞，招娣你接着竹竿，回去，赶紧回去，下水去捞人！

起床后我母亲失魂落魄，觉得胸闷，她打开楼上的窗子透气，正好看见隔壁大毛他妈站在她家院子里，手里拿着根竹竿朝上方张望，她吓了一跳，闪身到窗后，站在暗处窥望，发现大毛他妈是在用竹竿挑大毛的一件背心，背心是红色的，隔夜风大，那红背心应该是被风刮到她家厨房屋顶上去了。

我母亲松了口气，但这样的巧合让她肯定了梦的价值，怀疑那噩梦捎来了某些可怕的消息。她蓬头垢面地跑到咸水塘边，朝四面八方仔细观察了一番，很幸运，咸水塘是太平无事的景象，塘边站着的都是杨柳树，没有人。塘西村的鹅鸭已经放塘了，它们都在塘西那侧的水面上浮游，像一堆堆流动的积雪。塘东这一侧的水面有一只死猫几条死鱼，徒劳地撞击着岸坡，其他什么也没有。远观塘西村，村庄上空已经满布炊烟，除了隐隐的几声公鸡迟到的啼鸣，她没听见任何异常的声音，那个村庄似乎也是太平无事的。我母亲欣慰地回到家里，对我父亲说，没有。我父亲知道她在说什么，他皱皱眉头，说，没有就好。

我父亲很忧虑，我母亲的心病已经非解不可了。他心里清楚，与萧木匠一家的交集此一时彼一时，这一次，该轮到我们家去塘西向萧木匠一家负荆请罪了。他与我母亲商量，趁着现在没有出人命，必须及时出手，要约上蒋文良和其他村干部，去塘西登门道歉，现在向萧木匠一家低一下头，以后不管好英出不出事，我们家便能问心无愧了。

这策略虽然委屈，至少可以换个安心，我母亲最后勉强同意了。随之而来的问题是：要不要带我弟弟一起去登黄招娣家的门？这几乎是我母亲心中的死结，她忌讳，一百个不愿意。但我父亲认为我弟弟代表着最珍贵的馈赠，他是否出场，事关我们家最大的善意，这一条通往和解之路，我弟弟必不可少。我母亲认可我父亲的说法，只是不甘心，她突然便想起我弟弟留在黄招娣家的鞋子，恨恨地说，都是那鞋子，还真让她得逞了！这回真要带儿子去了，那鞋子她一定要交出来，我儿子的鞋子，再也不能留在她家了！

是一个好天气，一个星期天的早晨，我父母带着我弟弟去塘西村。他们一出家门就看见大毛他妈和陈师母各自拿着个畚箕，站在街边说话，两个女人的目光敏锐地盯着我母亲自行车龙头上的一袋鸭梨，陈师母问我母亲，去走亲戚？去谁家呀？我母亲没来得及说什么，我弟弟大声地回答，去塘西，去道歉！陈师母的眼睛亮起来，去黄招娣家道歉呀？大毛他妈斜睨着我母亲，对陈师母说，今天太阳从西边出来的？怎么去塘西道歉了，不是说她没有错，都是小宽的错吗？

我母亲打了我弟弟一下，怪他多嘴，但她心里千般委屈万般屈辱，眼睛一下就红了，对着大毛他妈忿忿地说，不道歉怎么办？不道歉我还有脸做你们的邻居吗？你们不都说我是菩萨面孔毒蝎心肠吗？你们不是说我是罪人吗？我今天改过自新，去道歉去请罪，行不行？

他们的自行车在咸水塘边拐弯，上了去塘西村的土路。我母亲带着的那袋鸭梨是隔天从供销社买来的，价格便宜，仅仅代表道歉的诚意，而我弟弟坐在我父亲的自行车后座上，他价值连城，无疑是献给萧木匠一家最珍贵的礼物。

途经大柳树的时候，有一群鹅听到了某种召唤，它们从咸水塘里爬上岸，沿着岸坡一字排列，虽然有几只鹅在拉屎，灰白色的鹅粪喷薄而下，总体上鹅群还是展现了罕见的温柔，它们像一支白色的仪仗队，隆重欢迎了来自塘东的客人。

事先我父亲与蒋文良约定了，要在蒋家祠堂与塘西村的干部和萧木匠的几个长辈会合，一起去萧木匠家。两辆自行车刚刚停在祠堂前面，蒋文良就带着一群塘西人出来了。他们都在裤腿上擦了手，过来与我父亲隆重握手，表达了对他应有的尊敬。对于我母亲，塘西人的态度明显冷淡，似乎在暗示，夫妇有别，她并非一个受欢迎的人。我母亲看出了差异，干脆就沉着脸，高傲地站在一边，不发一言。

真正让塘西人感到欣喜的，是我弟弟的到来。他们饶有兴趣地打量他的面孔，嘴里发出莫名的唏嘘，眼睛熠熠闪光，有人还悄悄地交流眼神，频频颔首，说，像，很像的。一个老人径直走到我弟弟身边，捏住他的耳朵看了一眼，发出一声轻轻的惊叫，有的，一颗痣！立刻有人朝我弟弟围过去，准确地说是朝他的耳朵围过去，这让我母亲当场怒了，她推了下那个老人，你们没见过孩子的耳朵？你们家的儿子孙子没有耳朵的？那老人说，你不用发火呀，我这么大把年纪推不起的，我又没说什么，耳朵上有痣不说明什么的，好多孩子耳朵上有痣的。

我父母各自拽着我弟弟的一只手，跟随塘西人往村巷里走，我父亲表情肃穆，我母亲怒气冲冲，只有我弟弟咧着嘴笑，他像一个尊贵的王子前来视察民情，对于村民的热情表示满意。他沿路东张西望，村庄杂乱粗陋的景象他是喜欢的，光屁股的孩童，受惊后飞起来的鸡，跑出猪圈漫步的猪，还有村民晾晒在院墙上的玉米，都让他露出了惊喜之色。他仰望群星炭黑厂的三根烟囱，现在烟囱离他那么近，看起来那么庞大，像三个顶天巨人，他很快有了一个惊人的发现，中间那个巨人歪着身子，并非九十度直立。他指给我父亲看那根烟囱，说，那烟囱歪的，不是九十度，以后要倒下来的。我父亲说，烟囱不会歪，是你的角度歪了。我母亲呵斥他说，在这里不准说话！我在家怎么吩咐你的？你不说话没人把你当哑巴！但我弟弟的发现受到了蒋文良的赏识，他立刻夸赞了我弟弟，说，这孩子的眼睛真厉害，那根烟囱竖起来就是歪的，我们天天看这烟囱，远看它是直的，近看怎么看都是歪的。

那是一个好天气。塘西的天空是灰蓝色的，蓝得勉强，但很深邃。群星炭黑厂的黑色浓烟从烟囱笔直向上，到了高空膨胀成几堆黑蘑菇的形状，轻微地蠕动。塘西村的房屋黑黢黢的，屋顶的瓦片和白色墙壁蒙着一层油腻的黑垢，大部分菜地刚刚被水冲洗过，是深深浅浅的绿色，很多塘西人在菜地里忙碌。有个女孩从番茄地里跑出来，怀里抱着几只熟透的番茄，直奔我弟弟，邓东升邓东升，你来干什么？

那是好莉，看起来起床不久，蓬头垢面的，头发上却郑重地扎了个红蝴蝶结。与所有的塘西村女孩一样，好莉去咸水塘工农子弟学校上学，总是三天打鱼两天晒网，但旁人看得出来，她与我弟弟很亲近。我弟弟说，去你家，给你姐姐道歉去。她便抬头看我母亲，瞥一眼她手里的那袋鸭梨，不屑地说，就带几只梨子来道歉，道歉有什么用？我姐姐差点就死了！我母亲一时尴尬，与我父亲面面相觑，蒋文良大声数落好莉道，小小年纪就这么势利，礼轻情义重你懂不懂，怎么能对客人这个态度？好莉竟然对蒋文良翻了个白眼，你才势利，就会拍干部的马屁，她不是我家的客人，是我家的仇人！宣布了这句话，她就揣着那几只番茄往家里奔去了。

这一支奇特的队伍穿过村子往萧木匠家去，沿途吸引了塘西人的注意。塘西人对我父母此行的目的有所耳闻，登门道歉这件事情并没有引起他们的兴趣，是我弟弟的相貌尤其是他的耳朵，使他们迷失在一种盛大的喜悦中。有个妇女穿着棉毛裤从家里冲出来，你们去招娣家？我跟你们一起去。她试图跑到我弟弟的身边去，被蒋文良粗暴地搡走了。蒋文良说，谁要你一起去？懒婆娘，管闲事你倒是勤快，回家睡觉去！那妇女便失望地站住，指着我弟弟的耳朵对众人说，那男孩的耳朵有没有痣，你们究竟看见没看见呀？

他们一拐进萧木匠家所在的村巷，就看见好莉和好芳手拉手，并排堵在前方的路上。好芳的右手拄着一根木棍，好莉的左手握着一把扫帚，姐妹俩的目光迎向人群，很快落在我母亲的脸上，像探照灯的灯光，白色烈焰隐隐燃烧。当人群走近，好芳突然喊起来，我们不要道歉，我们不稀罕道歉！好莉尖声呼应道，塘东招娣罪大恶极，不准你进我家家门！

众人都惊愕，回头看我母亲，她脸色煞白，愣在原地，这局面明显是她没有预料到的。好芳又喊，邓东升可以进我家，邓站长也可以，塘东招娣不准进我家家门！这时候蒋文良朝姐妹俩跑过去，谁让你们两个丫头片子出来迎客的？他一把夺下好芳手里的木棍，又抢下好莉手里的扫帚，你们爹妈呢？他们死了？好芳说，我爹一早就出去了，我妈病了，她躺床上好几天了！蒋文良又说，那好英呢？好英在不在家？好芳便嚷起来，好英说了，她死了也不会原谅塘东招娣！

我母亲恢复了镇静。不原谅就不原谅吧，不让进你家我就不进了。她把手里的那袋鸭梨交给我父亲，一只手拽紧了我弟弟，既然这样，儿子也不能去，老邓你一个人进去，桥归桥路归路，道歉完了事情还要说清楚。她这时候特意提高了声音，说，告诉他们，我没让小宽给好英上铐子，好英要有什么事，我不负这个责任！告诉他们，我也不怕死的，谁要让我背这口黑锅，我也死给他们看！

人群发出了一阵喧哗，有人响亮地咂舌，对我母亲的态度不知道是失望还是宽慰，或者只是代表某种谴责。我弟弟的目光在姐妹俩身上与黄招娣家的门洞之间跳来跳去，越来越沮丧，他的手在我父母之间游荡，挣扎，最终还是被我母亲夺取了。她拉着我弟弟的手往蒋家祠堂去，先是疾步地走，因为有人在后面追赶，他们便几乎是奔跑了。我母亲一辈子都没有跑得这么快过。后来她向我父亲发誓，那天她看见了奇迹。她把我弟弟架上自行车后座的时候，塘西的土地在倾斜，蒋家祠堂在倾斜，她的自行车与我弟弟都是倾斜着的。她看见塘东那侧的太阳在摇晃，蒋家祠堂顶上的那棵树也随之摇晃，树枝与树叶瞬间变成了红色，然后她听见晴朗的天际响起持续的雷声，那雷声在祠堂里发出了恐怖的回响。是一些老人的声音与家禽的叫声交织在一起，一些声音有气无力，一些声音凄苦中带着哭腔，一些声音听起来惊喜，还有一些声音则带着些愤怒，它们在蒋家祠堂周围此起彼伏。

好福　好福　好福
好福　好福　好福

我母亲发誓她听见了塘西鬼魂的声音。她认定这个村庄的鬼魂也认错了人，他们以好福之名，一遍遍呼唤着我弟弟。

9

有一天我母亲去塘东菜市场，看见了久违的好英。

她和好莉在鱼摊那边摆了个摊子，一只大塑料盆放了水，养了一大堆螺蛳，还有一堆草虾，几条猫鱼。好英端坐在一只小板凳上，天棚上的阳光漏到她的身上，她的圆脸上隐隐泛起绿色的涟漪，像一口小小的深邃的池塘。我母亲又惊又喜，却进退两难，看看鸡蛋贩子的身边有根水泥柱子，便闪身到柱子后面，弯着腰，一边选鸡蛋一边观察那姐妹俩。

有好几个妇女很快蹲在了螺蛳盆边，红旗他妈手里抓着一把螺蛳，眼睛看着好英，嘴里一直在说话，她应该是在与好英交谈什么，但好英不看她。好英的眼睛盯着两双手，一双是豁嘴老婆的手，一双是顾家好婆的手，那两双手在盆里挖螺蛳，都挑大的，一把一把地挖，带着点竞争的意思。好莉在旁边嚷嚷，都挑大的，小的卖给谁呀？豁嘴老婆的手就从水里举起来，忿忿地指着好莉说，你这小姑娘真是不懂事，我和豁子都不爱吃螺蛳的，从来不买别人家的螺蛳，为什么要买你们的螺蛳？啊？你说是为什么？她这么义愤地表达自己的仁慈与慷慨，姐妹俩无疑听懂了，都不说话。螺蛳哗啦啦地倒进秤盘，称好了分量，算好了钱，豁嘴老婆习惯使然，还要多抓一把到自己篮子里，好莉伸出一只手要阻拦，又缩回去了。随后我母亲惊讶地发现，在豁嘴老婆转头和红旗他妈说话之际，好英竟然把那点螺蛳又抓回盆里去了，手势非常快捷。我母亲不禁哎呀了一声，旁边卖鸡蛋的女人也看见了这一幕，她对我母亲笑，招娣你不用这样躲躲闪闪呀，买个鸡蛋像做贼似的，塘西招娣那女儿的事我都知道，你还怕什么呢？事情过去了，现在可以放心了，她连一把螺蛳都不肯饶呀，这样精明的小姑娘，怎么可能再去寻死？

我母亲欣慰地点头，从心里赞同鸡蛋贩子的说法。好英放弃了寻死的念头，压在她心上的一块大石头卸下来，她便也得救了。因为开心，每一个鸡蛋在她眼里都是那么完美，她从女人那里买了半篮子鸡蛋，说好久没有吃过鸡蛋羹了，今天回去要打四只鸡蛋，给家里人好好炖一碗鸡蛋羹。

说来也巧，就是那天在塘东菜市场的门口，我母亲遇见了小王丽萍。小王丽萍拎着篮子含笑而来，眼神却是受了惊的样子，她告诉我母亲，小宽和金美珠的私情暴露了，良种站里正在上演一出好戏，差不多有十几个女人闯进了良种站，都是小宽的妻子胡燕燕娘家那边的人，他们带着用绳子拴好的几只破鞋打上门去，把金美珠的衣服扒光了，往她脖子上挂了破鞋，还要把她拽出来游街示众。她说良种站的人拦着他们，双方像打拉锯战一样，打了好久，现在不知道怎么样了。

我母亲一下怔住了，小宽和金美珠？我还是头一次听说，怎么会有这种事？小王丽萍说，你真的不知道，风言风语传了很久了，我都听说了你会没听说？我母亲忙不迭地摆手，我什么也不知道，我怎么会知道？这种事要讲证据的，胡燕燕是当场捉奸了，还是有什么证据？小王丽萍摊手说，我也不清楚呀，胡燕燕怀孕好几个月了，挺着个大肚子，要是没有个证据，她也不敢对金美珠下这毒手吧？

小王丽萍说晚上家里有客人来吃饭，菜还没买，她匆匆地跑进菜场去了，留下我母亲独自站在菜场门口，心里七上八下的。她犹豫了一番，最后勉励自己说，去看看能怎么样，反正跟我没关系。然后她便提着半篮子鸡蛋朝良种站的方向去了。

良种站门口围了一群人，除了老人、妇女和孩子，也包括几个嬉皮笑脸的男人。

大门被良种站的站长老徐反锁着，谁也进不去，人群难以表达那种不正当的愿望，就在外面拼命推两扇大门。可以听见里面传来女人们七嘴八舌的辱骂声，无论是骂得难听了，骂得脏了，还是骂得精彩了，都会得到外面欢乐的呼应。我母亲听见有人在喊她，招娣招娣，到这里来！原来是陈师母，她挤在良种站的窗台下，那里挤了一堆人，有几个孩子攀到了窗台上，几个妇女便占住了窗边的位置，从孩子们的腿缝里朝里面张望。我母亲挤了进去，站在陈师母身边，不知是为了保护自己，还是保护金美珠，她说，金美珠作风很正派的呀，怎么会有这种事？陈师母斜我母亲一眼，冷笑道，你还真是个圣人呀，他们的事，你儿子都知道你会不知道？你儿子告诉二毛的，说那天你们进联防队，他看见小宽和金美珠在——你知道你儿子怎么说的？他说他们在性交——陈师母捂着嘴压低声音，你别这么瞪着我，你儿子就是这么告诉二毛的，小宽和金美珠性交！他说你们都看见了，看见他们在一张凳子上性交。

我母亲的脸一下白了。她瞪着陈师母说，怎么可能？二毛胡说八道，我家东升才十岁，他什么都不懂，他懂什么是性交？陈师母说，是你儿子呀，你问我我问谁去？孩子看见过什么也不会都告诉你，孩子懂什么你也不一定都知道。

在一阵混乱中，有个男孩被谁从窗台上拉了下来，又有人想攀上去，占据那个有利地形，良种站的窗玻璃因此露出了一个角，那个瞬间我母亲看见了金美珠。越过一群人躁动的四肢，她看见金美珠坐在一只篾条筐里，或者说她躲进了那只篾条筐里，筐上用白漆标识的春风二号表明，那应该是用来装稻谷种子的。编织紧密的篾条遮住了金美珠的大部分身体，她的肩膀裸露着，乳房半隐半现，雪白的肌肤上沾着些金黄色的谷粒，由于那群妇女要把她从篾条筐里倒出来，她的双手死死地扒住筐沿。有个烫发穿睡衣的女人，看她眉眼大概是胡燕燕娘家的姐姐，她奋力地推着篾条筐，嘴里喊，倒出来，把她倒出来！倒不出来就拖，连人带筐一齐拖出去！

金美珠绝望的目光突然望向窗外，惊鸟般地撞在我母亲的脸上，我母亲下意识地偏转过脸去，不知为何她头脑里突然闪现出多年前好福坐在草筐里的样子，想起那男童空洞而安详的眼睛。然后她听见什么东西破碎了。那破碎的声音清脆而密集，不知来自良种站内还是外面的人群，我母亲想起她的半篮子鸡蛋，她低头察看，但她的身边挤满了人，她能看见别人的肩膀、胳膊和腿，却看不见她的篮子。就是这时候窗台上的孩子发出了欢呼，倒出来了，倒出来了！我母亲从窗内外很多身体的缝隙里，看见裸露的金美珠，她匍匐着，像冬天咸水塘里的一堆浮冰匍匐前行，散发着苍白的光芒，她在向那只篾条筐爬，当筐子被谁一脚踢飞，金美珠的哭声终于爆发出来，她一边哭一边尖声叫喊：

别这样，我去死，你们别这样！

我保证，我一定去死！

我保证，明天我就去跳咸水塘！

如同惊雷在良种站里一声声炸响，我母亲战栗起来。她从窗台边的人群里一点一点地挤出去，不能这样，怎么能这样？她朝着人群大声呐喊着，情不自禁地啜泣起来，陈师母对她说了什么，她听不清。我母亲啜泣着往街上跑，跑到榨油厂门口缓过神来，发现那半篮子鸡蛋都碎了。蛋液正从篮子里淌下来，像一条镶嵌金边的溪流，她看见一只金黄色的蛋黄突然掉在地上，仿佛一枚小小的精美的太阳，突然掉在地上了。

小宽、我父亲和我母亲

1

很多塘东少年崇拜过小宽。

在小宽出事之前，我们一直认为他是咸水塘最威风的男人。小宽的相貌就像电影里的英雄人物，浓眉方脸，肩宽腿长，眼睛总是无端发亮。冬天他穿军大衣，其他季节所穿的运动衫、汗衫，大多是奖品，从衣服前胸后背留下的字样看，既有武的，来自武术表演、射击比赛、拔河比赛、警民大比武的荣誉，也有文的，来自群众歌咏大会、郊区文艺会演的表彰。至于他的绿色军裤和解放鞋，都是从部队穿回来的，似乎不舍得更换，看起来是对他军人生涯的纪念，或许也是炫耀。

人人皆知小宽当过侦察兵，练就了一身好功夫，前空翻后空翻能连做十几个，刀枪棍棒都会耍，还是郊区射击比赛的冠军。在塘东少年的心目中，这履历辉煌至极，似乎也是小宽能吸引那么多姑娘少妇的资本。

我的同学春风是小宽的侄子，在咸水塘工农子弟学校，春风之所以算个人物，也是因为这一层关系。春风跟我们说话三句不离他叔叔。关于小宽的很多传奇，都来自春风的口中，有的明显是吹牛皮，有的难辨真假。春风向我们透露，小宽至今保持了当兵时的习惯，天天苦练一门叫作雷达眼的绝技。顾名思义，他决心把自己的肉眼训练成一架活动雷达。为此小宽每天要数十盒火柴，一盒火柴有多少根，要在三秒钟内数出来。数完火柴还要数三碗米，每一碗米有多少粒，要在十秒钟内数清楚。雷达不分白昼黑夜都要工作，训练雷达眼便也一样，他夜里练夜功，白天练晨功，春风自称陪他叔叔练过夜功。夜功自然是在夜里进行的，小宽让春风在黑暗中把黑色的棉线或者黑芝麻随意放置在地上桌子上，这么细小的东西，小宽一转身，轻易就能找到。晨功则在户外练习，春风说他叔叔每天早晨都爬到房顶上，向东眺望，那是在看太阳。看太阳十分钟，不能眨一下眼睛，那是晨功的必修功课。

除去夜功与晨功，春风说他还辅助过他叔叔的蚊子功，那是夏季的专项训练，主要训练捕捉飞行物的能力。小宽会在黄昏时分打开一盏诱蚊灯，把门窗打开，等室外的所有蚊子都飞进来，春风去关门关窗，小宽便会报出室内蚊子的数字。然后他们开始拍蚊子，春风得意地告诉我们，有一次他叔叔报出一百八十九这个数字，他们最后一起耐心搜寻核对，果然找到了一百八十九只死蚊子，一只不多，一只不少。

小宽的雷达眼一旦练成必将轰动全国，他本人的名字，也将在咸水塘的历史上闪闪发光，这是可以预见的光荣。但碍于知识局限，我们都不明白一个人靠两只眼睛，怎么可能数得清一百八十九只蚊子呢？就算能数清楚，又有什么意义？春风只好一遍遍地阐述雷达眼的意义，说他叔叔的雷达眼一旦练成，上看天，下看地，中间还能看空气，如果爆发战争，凭他的一双肉眼，就能监视方圆两百里天上地上的敌情，他一个人就是一座雷达站，可以为国家节省一笔巨额军费。

遗憾的是小宽复员回家了，他去塘东联防队，身份是普通队员，连副队长都没任命，明显是一种屈就，这使得他英俊的脸膛上有一丝怀才不遇的阴影。我们塘东街道的治安情况有其特点，流言蜚语多，邻里纠纷多，骂街者众多，打架动粗偶有发生，杀人放火的事情则是从来没有发生过的，大概因为此间居民家境清贫，连小偷都很少光顾塘东。一般来说联防队的工作很清闲，麻烦来自幸福硫酸厂与远处新风制药厂带来的酸天气，不知为何，每逢酸天气，塘东的风化案便烽烟四起。究其原因，可能与那种酸甜的带着一丝水果腐烂味的空气有关，它通过鼻腔刺激，向下，再向下，波及脐下三寸，会产生某种神秘的催情作用。这分析纯属个人观点，没有科学依据，即使有也只能算个外因，内因还在于各人表现。有人在酸天气痛苦不堪，有人对酸天气无动于衷，也有一些人遇到酸天气总是像服了春药一样躁动不安。

可想而知，小宽在酸天气便格外忙碌一些。他在街上巡逻，要去人多的地方，也要去一些僻静的角落，公共厕所则是联防的重点区域。他自然不在厕所逗留，通常都隐蔽在邵家奶奶家幽暗的门洞里，在暗处悄悄观察那些从公共厕所里出来的男人，十五岁以上七十岁以下的都在他监视范围之内，仰仗着锐利的眼睛，他能分辨出那些危险的人，心旌摇荡的人，某些装模作样却亟待监视的人。

很多咸水塘著名的风化案，最初都是小宽在公共厕所那里发现的蛛丝马迹，这其中包括孙福寿在榨油厂的油桶后面非礼红朵的案子，李蓓蕾被郁勇他们三个小伙子带进塘边水泵房的案子，还有供销社张红梅与陈师傅隐秘的奸情。怎么发现的？春风告诉我们，他叔叔主要依赖于一套科学的识别方法，这方法被他叔叔命名为上下结合法。什么叫上下结合法？春风指指自己的眼睛，上，指看眼睛，如果那些男人在酸天气里有了非分之想，他们盯着女人的眼神不是燃烧的，便是像醉酒一样迷离的，这一点我们容易理解。下是什么？我们都似懂非懂，春风却卖关子，微笑良久后指着自己的裤裆，神秘地说，下就是这里！下，就是这里的曲线和角度！

在我们好奇的追问声中，春风不得不详细介绍下的意思。他说酸天气从男厕所里出来的人分两类，一类人解决了内急问题后，他的裤裆部位曲线是平坦的，没有角度，如果那地方是隆起的，尤其是向右隆起，那他们就是他叔叔眼里的嫌疑人，他一定是要追踪的。这说法听起来过于离奇，有卖弄之嫌，便有人质疑春风，说你越说越离谱了，这又不是分辨左倾机会主义右派分子，怎么还分左右？春风指天发誓说，那不是他编造的，是真的，真的分左右。他说他叔叔追踪过榨油厂的李会计，他从厕所出来那部位总是往左翘起的，他叔叔跟踪他多少次，还躲在榨油厂的财务科窗外观察过，每次都发现李会计拿起一份报纸来看，看着看着就念起来，进入了学习状态。相对应的是陈师傅，他与供销社张红梅私通多年无人知晓，双方见面装作不认识，互相都不说话，为什么这对男女会被他叔叔抓了个现行呢？那也要归功于他叔叔的上下结合法。在别人眼里陈师傅是憨厚老实的，张红梅是贞洁正经的，但他叔叔的雷达眼一直盯着他们。有一个酸天气他叔叔守在邵家奶奶的门洞里，看见陈师傅从厕所出来，他穿着蓝色工装长裤，布料很厚，站在厕所外面，似乎在等待什么，然后张红梅和供销社另一个女店员从女厕所那边出来，张红梅向陈师傅那边瞥了一眼，对同伴说，今天天气真是好！陈师傅点了点头，他叔叔一下就察觉了，夸赞一个酸天气为好天气，很可能是个什么暗号，他的目光从上而下，敏锐地滑向陈师傅的下身，透过蓝色工装裤，就知道他们定有奸情，那对男女，已经是他的瓮中之鳖了。

后来的事情我们都知道的，那个酸天气的夜里，小宽和联防队的老孙追踪陈师傅一个小时，就在水泥厂围墙外面黑黢黢的蓖麻丛里，他们的手电筒照住了一对热烈苟合中的男女，女的是张红梅，男的正是陈师傅。

2

小宽并不总是带着那副手铐。

有一些特殊的日子，比如国庆节、五一劳动节这样的重大节日，又比如上级领导莅临指导、各类检查组在塘东明察暗访的日子，小宽才会带着手铐上街巡逻。手铐挂在小宽的腰间，它被衣角遮住一部分，露出一个闪闪发亮的铐环，那种环形的光芒充满悬念，不仅是在警告谁，似乎也在召唤谁。

这样的日子，平素粗俗的欠缺教养的塘东居民必须讲究文明，偷偷在家里打牌的人会被联防队掀了桌子，扎堆聊天的妇女会被分开，最多三个人一组，说话也不许尖声大嗓的，那些习惯穿破衣烂衫的居民是小宽的眼中钉，小宽会当街拦住他们，勒令回家换上体面的衣服，如果不愿意换，那请你老老实实地待在家里，不准上街给塘东街道丢脸。这样的日子，女孩子可以聚集在街头跳大绳，男孩子却不准成群结队，尤其不能快速奔跑，任何家庭邻里之间必须和平共处，严禁发生任何矛盾。菜市场秩序井然，猪肉悬挂在挂钩上，蔬菜要码得整整齐齐，鸡鸭都关在铁丝笼里，鱼贩子不能卖死鱼，只能卖活鱼。菜市场的管理员卢老头要拿着苍蝇拍在各个摊档上穿梭，负责拍苍蝇。公共厕所仍然是重点，由于提前喷洒了大量的花露水，刺鼻的香味掩盖了其他气味，去方便的人都捂着鼻子，便溺格外小心，必须准确入池，凡有遗漏一定要用水冲洗干净。对于勤劳的热衷于洗洗涮涮的妇女，联防队也有约束，这样的日子你家里的卫生状况无所谓，但不可以随便上街倒垃圾，户外晾晒衣物有严格规定，除了新衣服新被单新枕巾允许晾晒，其他东西一律不得当街晾晒。什么可以，什么不可以，经常有居民搞不清楚，这一切都由小宽他们联防队说了算。这样的日子里，有些妇女和老人带着孩子走在街上，看见小宽便会获得教育的灵感，他们往往会指着小宽腰间的手铐，教训调皮的小孩，看见没有，小宽叔叔今天带手铐了？你今天一定要乖，要再不听话，我就让他把你铐起来。

没有人能料到小宽的人生滑铁卢，来得那么突然。他与金美珠的绯闻一夜之间变成丑闻，居民们以往的窃窃私语也就成为公开的街谈巷议，小宽在塘东的威严与权威，就像一堵墙被人抽走了石块，一块一块地抽，最后便颓然倒塌了。一切都还未完待续，金美珠的丈夫道生大家都认识，他在百里以外的青石山铁矿做技术员，每隔一段时间要回家，道生虽然是个戴眼镜的书生，但这顶绿帽子戴在头上，哪个男人能受得了呢？至于金美珠，塘东的人们从来都觉得她是个轻佻的女人，现在名誉扫地，似乎也是自作自受，她在良种站发出死的誓言，多半是急来抱佛脚的自救，胡燕燕那边的人和旁观者都没有当真，她自己也忘了，但无奈道生家里的人每天对她恶语相向，提醒她这样放荡的女人，确实应该去咸水塘里好好洗一洗。她终于承受不住，决定履行自己的承诺。

那天早晨金美珠给道生留下了一封遗书，浓妆艳抹地来到咸水塘边，挟着一股雪花膏的香味，她在众目睽睽之下跳进了咸水塘，但因为水温太低，她明显没有准备，哎呀大叫一声，便一步步往岸边退。她抱紧自己的身体在水里站着，瑟瑟发抖，嘴里嘟哝，水怎么这么冷，春天了，水还这么冷？人群里有脱衣脱鞋准备救人的，也有人在起哄，你不怕死倒怕水冷，既然怕水冷，赶紧上来吧。她回头，看见人群里的春风拿着根竹竿，眼泪一下噙满眼眶，哽咽了几声，对春风喊，去叫你叔叔来，我要跟他说一句话。春风立刻就扔下竹竿往联防队跑，过了一会儿回来了，喘着粗气告诉金美珠，我叔叔在写检查，今天要交给街道。金美珠说，写个检查能用多长时间，你没告诉他我在水里，死之前要跟他说一句话？春风说，我告诉他了，他让你上来，他写完检查还要去巡逻，他说马上五一劳动节了，巡逻任务很重。金美珠在水里愣了一下，便开始往岸坡上爬，我不死了，我才不死呢。她一边爬一边说，我又不傻，为这种男人去死，一点都不值得。

我母亲那天也在围观的人群里，她莫名地心虚，不敢劝，也不敢喊，怕引起大家的注意。金美珠上岸的时候，她匆匆跑回家拿了一件外套，金美珠湿漉漉地在路上走，她就在后面追。她把外套递给金美珠，说，快穿上，不要受凉了！金美珠却不领这份情，她轻蔑地看着我母亲，用力推开了她的手，很多人听见了她对我母亲刺耳的评价，蒲招娣你少装什么好人！两面三刀的假圣人，我冻死也不穿你的衣服！

我母亲的脸红一阵白一阵的，她站在路上打开那件外套的袖子端详着，突然朝着金美珠的背影喊起来了，怎么都来冤枉我？我没说，我什么也没说，不关我的事呀！

3

是五一劳动节那天的后半夜，小宽出了事，隔天咸水塘人便都听说了。

每遇节日塘东联防队是最忙碌的，白天正常巡逻，夜里还需要加班夜巡。那天夜巡，轮到了小宽和老孙。夜里九点钟以后塘东的街道巷子到处静悄悄的，只有街道办事处、榨油厂和供销社房顶的节日灯饰闪着光，附近的街道便亮了几块，他们在供销社的墙上发现了用粉笔画的一幅涂鸦，不知道是什么时间匆匆画成的，它被供销社楼顶彩灯的灯光照得异常醒目。画面很幼稚也很淫秽，是一对交媾的男女，女人的乳房和男人的生殖器都大得夸张，旁边有一行歪歪扭扭的粉笔字，像是一份简约的说明书，顾小宽金美珠劳动节快乐！

这不是第一次了，联防队曾经在公共厕所和榨油厂的墙上发现过类似的涂鸦，只不过文字内容稍有差别，老孙对此见怪不怪。

他们在供销社门口找到一个拖把，拖

把还是湿的，很容易便抹掉了涂鸦，顾小宽金美珠的名字也擦掉，只留下劳动节快乐这几个字。小宽说，我明天到文化站找老邓借个相机，把这几个字拍下来，这不一定是孩子干的，我有十五个怀疑对象，一个个都要比对笔迹，迟早要把这王八蛋找出来。老孙还看见小宽从地上捡起一个粉笔头，用半张草纸把粉笔头包起来，装进了裤子口袋。他告诉老孙，粉笔头上有指纹，查指纹虽然复杂一些，但最可靠，郊区派出所是有指纹仪的，他要去找秦所长帮忙弄指纹，那十五个嫌疑者的指纹都要取证，比对清楚了，谁都跑不掉。老孙追问小宽那十五个人都是谁，小宽却不肯透露，只是说，有的你猜得到，有的你猜不到，你等着，到时候你就知道了。

除此之外，那天的夜巡也是例行公事，偌大的塘东，半个小时之内就走遍了，时有异常的声音从居民家里传来，有的激昂，有的低沉，有的委屈，有的凄苦，明显就是男女在床笫间发出的声音，他们听一下，笑着对视一眼便走了，那是否是合法夫妻，他们也不能保证，但这种事情毕竟不便追查。五一节的夜晚就像其他平淡的节日一样，咸水塘的白天强颜欢笑，夜里无精打采，他们在联防队办公室打了个盹，在老孙的提议下，值班提前结束，他们各自回了家。

小宽每次夜巡归家，四周都是要检查一遍的。那天夜里他在自己家门口闻到了一股烟草燃烧过的气味，似乎是有人在门口抽过烟的，这引起了他的警惕。他用手电筒在四处照了照，照见的是一条睡眼惺忪的街道，他能看见三十米之外路上的几片瓜子壳，五十米之外的一团废纸，百米之外一只从窨井洞里钻出来的老鼠，却没有看见一个人影。他察看自家的门窗和屋顶，屋顶上有一片银色的月光，水一样微微波动，门窗都紧闭着，窗玻璃后面黑黢黢的，只有那只猫头鹰闹钟在桌子上闪着两点绿色的幽光。他用钥匙打开门锁，门缝里涌出一股馊饭剩菜的气味，胡燕燕大闹良种站之后便赌气去了娘家，他这个新房一下便显出了几丝凄凉。小宽查遍了房子的每一个角落，连床底下都看过，确定没有闯入者，他留了个心眼，照例在门后面放了个搪瓷脸盆，还不放心，又摘下墙上的那把剑，那是他参加武术比赛用的剑，虽然卷过刃，毕竟也能防身，他把剑放在了枕头下面，便脱衣熄灯躺下了。应该是凌晨两点钟左右，小宽听见他家的门被訇然撞开，那只搪瓷脸盆尖叫着在地上滚动，他不需要开灯，在黑暗中他的雷达眼清晰地看见一群蒙面人，带着扁担棍棒，踏过门板一窝蜂地闯了进来。小宽从枕头下抽出他的剑，蹦下床来，用剑指着领头的人大喝一声，萧木匠，我知道你迟早要来，你就带这几个人？太少了，我一个人打你们全村都不怕！

这也并非嘴硬，小宽身手不凡，以一当十本来也没什么问题，无奈塘西人是有备而来，他们带了喷农药的喷枪，黑暗中有人喊，喷，先喷他！一种刺鼻的农药应声喷到了小宽的脸上，小宽一时睁不开眼睛，他手里的剑立刻被夺走了。塘西人在他嘴里塞了双袜子，用一只化肥袋套住了他的脑袋，还打了个结，更关键的是他们在床头柜上发现了小宽的手铐，七手八脚为小宽铐上了手铐。在黑暗中小宽靠他的腿上功夫踢倒了好几个人，凭着直觉跑到了门外，总算有微弱的光透过了化肥袋的纤维，他依稀看见前方有个人影，他对着人影喊，快来，帮我把化肥袋解开。但他的嘴里塞着袜子，自己也听不清自己的声音，只听见了那人急促粗重的喘息，然后小宽觉得黑夜剧烈地摇晃起来，他听见某种钝器在他头顶留下的回声，噗的一声，像一个水泡突然破灭，然后他就不省人事了。

都说那天夜里小宽的脑浆都被打出来了，他家门口遍地是血，榨油厂的司机小李是小宽的邻居，他叫了几个人，开着榨油厂的卡车把小宽送去了郊区人民医院，当时小宽的手还是被手铐铐住的，小李他们没有钥匙，也只能让他那么铐着。

第二天郊区派出所的人到了咸水塘，他们拉起了警戒线，在小宽家里门外采集脚印和指纹，忙了一上午，当天中午就奔赴塘西村，带走了七个塘西男人，除了萧木匠，其他都是他的亲戚。是谁砸了小宽的脑袋？塘西人都不承认，他们众口一词，声称杀人偿命这个道理他们是懂的，他们只是为了教训小宽，不能欺负塘西乡下人，不是要他的命，虽然他们带了那么多农具去，不过是为了砸门砸家具，绝不是为了砸人脑袋。砸小宽脑袋的那个人究竟是谁？塘西人是目击者，他们说只看见了一个奔跑的背影，个子矮小，他跑得太快，他们甚至不敢确定那是一个男孩还是一个男人。

线索总归是有的，联防队的老孙说小宽在塘东有十五个仇人，都有作案动机，像道生、陈师傅这样的人具备重大嫌疑，他们都被找到郊区派出所去审问过，但审问结果并不理想。道生那天夜里在矿上加夜班，有很多工友为他作证，他不可能插翅飞回到塘东。陈师傅恰逢妹妹一家来访做客，他和他妹夫、两个外甥横躺一张床，挤了一夜，自然都有人证。小宽其他的仇人都是谁，联防队的人说不出来，派出所去问他妻子胡燕燕，胡燕燕也不知道是悲伤还是妒忌，她说小宽的仇人何止十五个，他干联防队，得罪了多少人？这还不算，他还勾搭女人呢，勾搭多少女人，就有多少男人是他的仇人！

派出所的人觉得胡燕燕说得有道理。这调查确实有难度，也只能慢慢来了，他们告知胡燕燕，说这案子发生的时间不巧，如果发生在小宽夜巡的时间段里，那小宽就是工伤，案子就是重大案子，说不定要成立专案组，可惜是下班以后在家里，还牵扯到城乡矛盾，就只能算普通民事案了。胡燕燕捧着她硕大的肚子说，随便算什么案子吧，你们看看我的肚子，马上要临盆的呀，我现在管不了他，你们去跟金美珠说，让她去医院照顾小宽，要是照顾得好了，我把小宽让给她。派出所的人就笑了，说今非昔比，人家金美珠已经看穿了小宽，把小宽骂得狗血喷头的，你愿意让，人家还不要他了呢。胡燕燕忿忿地说，金美珠那种破鞋，还有什么资格骂别人？谁还会要她？派出所的女警察小潘就把胡燕燕拉到一边，悄悄告诉了她实情，金美珠刚刚发现自己怀孕了，她坚信孩子是道生的，不是小宽的，婆家人和道生一起算过时间，暂且相信了金美珠。因为道生家三代单传，孩子尤其宝贵，道生一家人对金美珠采取了既往不咎的态度，她已经辞去了塘东良种站的临时工，搬去青石山铁矿道生的宿舍了。

4

一个不速之客闯进了塘东文化站。

那人应该是刚从医院出来的，厚厚的

白色绷带包住了整个头部，绷带上洇着斑驳的污渍，暗红色的应该是血迹，黄色绿色的疑是药粉，它们无序地混杂着，绷带上便有了一种抽象的图案。伤者的脸因为浮肿而显得庞大，眼睛淤血，五官搭配在一起，看起来都不团结，处于分裂状态之中，只有那件蓝色球衫彰显了他健康向上的身份，球衫的正面印着郊区群众武术比赛纪念的字样，背面是优秀奖三个字。

我父亲一眼认出那是小宽。小宽的到来如此突兀，带着某种不祥之气，我父亲感到莫名的不安，那是他一直想躲避的人。他与小宽寒暄，问他的伤情，小宽充耳不闻。我父亲不知道小宽是没有听见，还是装作没有听见。小宽紧皱着眉头斜靠在书架上，拿着一本《十万个为什么》，我怎么看不清？怎么这么大的字也看不清了。他用手指在封面上划着，突然骂了句脏话，我练了这么多年雷达眼，都白练了，五十米开外的蚂蚁我都能看见，现在连书上的字也看不清了，十万个为什么，我近看是十七个为什么，远看是十九个为什么。

他把书插回到书架上，径直走向我父亲的办公桌，一屁股坐到桌子上，疼，天灵盖疼，眼睛疼耳朵疼，卵蛋疼，到处疼！他龇着牙，一只手摸向裤裆，痛苦地调整着坐姿，我的卵蛋让他们塘西人捏碎了一颗，我脑子好像也碎了，医生说是脑震荡，我走路的时候看房子都在晃，太阳在晃，你的脸也在晃！他闭起眼睛长吁一声，稍稍平静下来，大站长，你最近在忙什么？你答应我的事情，没有忘了吧？

我答应你的什么事情？我父亲戒备地看着小宽，你们联防队要刷标语吗？我最近很忙，先要刷计划生育的标语，地区计划生育指导小组马上来塘东，要配合他们工作。

不是联防队的标语，是我的文章。他说，你答应要给我写一篇文章，宣传我的事迹，你忘了？

给你写文章？宣传你的事迹？我父亲一惊，我什么时候答应过你？小宽，你记岔事情了吧？你要宣传你什么事迹？

我没记岔，你心里清楚的。小宽说，去年春节你跟榨油厂的豁嘴他们打牌赌钱，我把你们带到联防队来处理，你怎么跟我说的？放你一码，你就给我写一篇表扬稿，先到郊区有线广播里去广播，再到市里的电台广播，还要争取到省里，你都忘了？

哪儿有这档子事？我从来不打牌，我都不会打，怎么会跟豁嘴他们打牌赌钱？我父亲惊叫起来，倏忽想起一件往事，你是说前年春节打牌赌钱的干部？那是街道办事处的老严，不是我！是老严不是我啊！小宽你赶紧回医院去，你的脑震荡很严重，要治好了才能出院。

别跟我来这一套，以为一榔头就能把我小宽砸废了？好人好事我不一定记得清，坏人坏事我记得比谁都清楚。小宽瞪着我父亲，充血的眼睛里有红色火焰在燃烧，那火焰蓦然熄灭，眼神看起来又有点哀伤了，大站长我告诉你一句话，你别不信，我的雷达眼要是练好了，别说是咸水塘，全中国全世界都出名，你想写都轮不到写，《人民日报》才有资格写我，联合国都要来找我，可惜我阴沟里翻了船，这下都毁了，医生说我视网膜坏了，眼底受伤了，这雷达眼以后永远练不成了，我的前途都毁了。

人的眼睛是有局限的，人的视力最高是二点零，怎么能跟雷达比呢？我父亲说，雷达眼不科学，就算我愿意写稿宣传你的雷达眼，上级审批也通不过。

谁说不科学？小宽不屑地看了我父亲一眼，问，大站长，人定胜天这句话你不会不知道吧？这句话谁说的？人都能胜天，怎么就比不过一台雷达？

无论小宽是在抬杠，还是在与他辩论，我父亲知道这话题必须谨慎。他说，我们还是要相信科学，人定胜天是强调人的战斗精神，不是指人眼睛可以胜过雷达。但他说了几句就没有了自信，便岔开话题，向小宽耐心说明他的宣传原则，你在广播里听见我的表扬稿，那都是有具体事例的，不一定是什么光荣事迹，至少也要做过救人救火拾金不昧见义勇为救死扶伤这些好事，没有具体事迹我怎么写呢？

我没有具体事迹？小宽明显激动起来，一激动他就翻出旧账，指出了我父亲的不公，我没有事迹木材仓库那个倪大凤倒有事迹了？木材仓库怎么失火的？是倪大凤在电炉子上烤鞋垫，鞋垫烧起来才引起的大火，你怎么写她的？怀孕女工奋勇闯火海，保住了公家的财产，自己的胎儿流产了？她的胎儿救火前就流产了，跟救火有什么关系？

我父亲说，那是艺术加工，你不懂的，倪大凤是郊区领导树的典型，她上面有人的。

上面有人？小宽沉默了一下，忽然坏笑，斜睨着我父亲问，她上面那人，是谁？你，方主任，马科长，还是高书记？

我父亲听出他的上面的意思，脸上绷不住了，他指着小宽说，小宽你不要开那种玩笑，宣传工作是严肃的事情，你不要什么事情都往歪处想！

不是我要往歪处想，是你们这些大大小小的干部，嘴上马列主义，私底下自由主义，有几个是正派的？世界风云我掌握不了，塘东街道这点风云还不都在我掌握之中？他朝我父亲挤了挤眼睛，说，人家倪大凤喜欢到文化站借书看对吧，她没少到你文化站来，一来你们就聊半天，她还给你带过橘子，剥给你吃，我说得对吧？

这一次，小宽的记忆是正确的，倪大凤确实在文化站给我父亲剥过橘子。恰好因为正确，我父亲反应过度，他猛地拍一下桌子，一个橘子能说明什么问题？我跟倪大凤是正常的同志关系！你还看见过什么？你还有什么证据，当面说出来！

一个橘子不是证据？你说它不是就不是，说它是它就是，要具体情况具体分析，这道理你大站长总是懂的吧？我现在什么都不想说了，我就想问你们树倪大凤那种人做典型，就不怕群众说闲话？还讲不讲公平？为什么我就不能做典型？嫌我没有事迹？好好看看，这么多纱布，这么多血，这么多脑浆，都不算光荣事迹？小宽忽然抬手拉扯脑袋上的绷带，给你参观一下我的脑袋，看看什么叫脑袋开花？我都闻到了自己的脑浆味，医生给我缝了二十针，这要不算光荣事迹，只有死了才算吗？

我父亲赶紧去挡住他的手，别解绷带，会感染的！他凑近小宽的脑袋时，闻到了一种浓烈的腥膻味，像烟一样从小宽头顶蒸腾起来，他不知道那是干涸后的血污，还是药渣留下的气味，或者就是小宽所谓的脑浆味。一阵反胃之后，我父亲拿起茶杯喝茶，嚼了一片茶叶。总算压住了胃部的不适，然后他不无遗憾地叹口气，向小宽透露了郊区派出所的定案性质，我认识郊区派出所秦所长的，我父亲说，秦所长说派出所已经定性了，你这案子归到人民内部矛盾去了。

他们错了，错了，他们的口供都是假

的！小宽几乎吼了起来，我刚刚去过郊区派出所了，告诉他们时间地点都错了，是夜巡的时候，不是我睡觉的时候！不是在我家门口，是在榨油厂的围墙外面！七个塘西人来偷菜油，被我堵在榨油厂的围墙边了，我扣下三只油桶，打跑了七个塘西人，有人在暗处用榔头打了我天灵盖，你现在听明白了吗？我保护榨油厂的菜油不是保护国家财产吗，保护几堆木头算，保护菜油就不算英雄事迹吗？

我父亲一时愣住了。他记得小宽夜巡在榨油厂外面抓到过两个偷油贼，那是去年秋天发生的事，小偷不是七个，只有两个，是一对十几岁的兄弟，他们被小宽拴在联防队门前的电线杆上，一直拴到早晨居民们出门的时间，以此作为夜巡的成果向塘东居民展览。有人认得那兄弟俩，说他们来自花桥，是花桥捡破烂的哑巴女人的儿子，无人知道他们的父亲是谁，也不清楚两个孩子是哑巴女人自己生的，还是捡来的。至此，我父亲发现小宽错乱的记忆，不是故意的移花接木，可能真的来自他受伤的大脑。小宽的脑子真的被砸坏了。他不免动了恻隐之心。为了早点送走这个麻烦的客人，我父亲向小宽作出承诺，只要街道办事处的领导批准，他一定争取为他写出一篇满意的表扬稿。

5

我母亲从未想到过，她从一场可怕的风波中脱身，来得如此意外如此侥幸。当人们热衷于谈论小宽的头脑是否正常，当人们猜测那个神秘的行凶男孩究竟来自何方，她被苛刻的群众舆论赦免了，遗忘了，我母亲获得了她要的公平，生活重归平静，心里却对小宽有了一种说不出的歉疚。

她试图说服我父亲，能不能就依了小宽，好好为他写一篇文章，就算他树不了典型，若是被归为因公受伤，待遇上有了个交代，她良心上也不欠他什么了。

我父亲说他其实已经在构想那篇文章了，只要高书记同意，那篇文章一旦出笼，说不定会引起轰动，对于作者与主人公都是好事，可惜小宽自己的下半身不争气，把事情搞砸了。高书记已经向他明确表示，塘东这么多人，宣传谁都不能宣传小宽，估计那文章永远也写不了了。高书记从来都厌烦小宽，小宽每年都写入党申请书，最终都卡在高书记手里，这内幕我母亲是知道的，但她只知其一不知其二。我父亲告诉我母亲，干部们都在议论小宽的脑袋，从外表上看他的伤口结疤痊愈了，内里却似乎有什么东西在发酵，怎么受伤的事情他都记岔了，受伤之前的陈芝麻烂谷子的事情他却都记得清楚，现在他的怒火烧到了街道领导们的身上，口无遮拦，声称他的雷达眼不是吃素的，所有领导的污点他都看在眼里，只不过以前以大局为重，一直替他们保密，现在既然你们领导不仁，也别怪他不义，他要开始说了。说什么？你说小宽会说什么？你说他那雷达眼能看见什么？他每天都要去街北的井台转转，他站在井台边看对面高书记的家！他说高书记家的纱窗窗帘哪儿能挡得住他的雷达眼？他能看见高书记的儿媳妇在炉灶前炒菜，高书记一只手伸进锅里抓菜吃，另一只手在他儿媳妇屁股上摸来摸去，他儿媳妇不吭声，用一只锅铲拨他的手，拨三次高书记才把手放开——你说这种老公公扒灰的事情能说出来吗？他就在联防队说呀，他还想当典型？他还说方主任床上的事，说方主任夜里喜欢光着屁股在床上倒立，完事之后他鼻孔里还会发出马嘶的声音——你别打我，打我干什么，这都是他亲口告诉我的——他还到处说马科长夜里爱干的事，说马科长虽然没有什么生活作风问题，但他财迷心窍，不放心储蓄，家里的钱都放在一只木盒子里，每过一阵他便要拿出木盒子，在灯下数钱，连毛票和分币都要一一数清了，才关灯上床睡觉。

我母亲听得一惊一乍的，内心却相信小宽曾经的眼睛。她也明白，这不是鱼死网破的事，干部们的丑事一旦被小宽抖落出来，不过是脸上挂不住，乌纱帽多半还能戴在头上，小宽恐怕只能一条路走到黑了，他在咸水塘还能有什么前景呢？不该说的为什么要说出来？我母亲同意我父亲的判断，小宽的脑子被一榔头砸坏了，一切都是小宽脑子受损后的选择，想想也是，一个人的天灵盖多么脆弱，哪儿经得起那一榔头呢？

我母亲与我父亲探讨过那个夜半行凶的孩子。她向来习惯联系自己的梦境看待生活，这一次也一样。她告诉我父亲，她梦见过那个孩子，不是男孩，是一个女孩。她的目光闪闪烁烁地看着我父亲，有点胆怯，又有点自豪。她说她梦见过那个穿雨衣的女孩，在黑夜里她将一把榔头扔进了咸水塘里。我父亲猜到了她要说什么，不是男孩是女孩？是谁？好英？他不耐烦地说，我就知道你会做什么梦，你的梦能不能作破案线索？不能吧？不能你趁早忘了你那些梦吧。

梦没有什么实用价值，我母亲何尝不知道？但这个梦与别的梦不一样，它像一团乱麻缠住了她。梦境显示她还没有彻底脱身，现在她与好英竟然像一根绳子上的两只蚂蚱，如果传说中那个男孩是好英，她便还是难辞其咎。她害怕看见小宽，他头上那蚯蚓般纠缠的伤疤，对于她来说就像一堆欠条，至少有几张是特意向她展示的。她每次走过小宽家门口，都不敢看脚下的路面，只要一低头，就依稀看见地上有一串殷红的血滴，一闪一闪地在前方引路。怎么能过了心里这道难关？她思来想去，塘东这么个巴掌大的地方，人们抬头不见低头见，这么一天天躲着小宽，总归不是个好办法，最后她选择了曲线外交的路子。有个星期天，我母亲去供销社买了一堆礼品，骑着自行车到清水塘胡燕燕的娘家去送礼了。

6

胡燕燕不愿意回塘东，赖在娘家坐月子。她娘家在清水塘是有头有脸的门户，靠养金鱼发了家，盖了三楼三底的新房子，门口竖了一对石狮子。

我母亲走进院门，恰好看见胡燕燕抱着婴儿在一口口鱼缸间穿梭，不知是自己在观赏金鱼，还是带婴儿看金鱼。婴儿养得白白胖胖的，眉眼像小宽，以往时髦漂亮的胡燕燕看起来却憔悴，眼泡肿着，蓬头垢面的。

胡燕燕给了我母亲面子，引她进屋，收下了那堆糕点水果，但她还是不忘申明，她娘家的水果吃不光，最后都烂掉的，糕点也没人吃，最后发霉了，只能扔进垃圾箱。

或许因为刚做了母亲，她心里只放着婴儿，人温柔了一些，敞亮了一些，谈起丈夫的事情能够心平气和了。她撩开衣服给婴儿喂奶，大概想起来金美珠也怀孕了，忽然对金美珠的乳房作出了犀利的评价，你知道吗？金美珠戴两个胸罩，为了显大，勾引男人，垫了多少海绵！又鄙夷地说，她是左边大右边小，右边那个奶水都盛不住，以后喂奶只能用一个，她的宝宝肯定要喝奶粉的！

我母亲一时尴尬，金美珠的乳房她是撞见过的，但她没有什么印象，只能随口附和道，母乳好，还是母乳好。她看见胡燕燕调整了喂奶的姿势，亮出另一只饱满的乳房，她们谈起小宽的伤，关于受伤的地点和行凶嫌疑人，胡燕燕的说法与小宽保持了一致，我母亲实在不便多嘴质疑。她们的交谈忽而热烈，忽而僵滞，似乎在不经意间，胡燕燕向我母亲透露了一个惊人的消息：小宽有一个笔记本，是退伍时候发的纪念品，本子上记录了他练习雷达眼看见的所有东西，不光是高书记方主任那几个领导的丑事，其他党员干部也都一并包括在内。胡燕燕用一种惋惜的口气告诉我母亲，她只草草翻看了一遍，就被小宽发现，小宽警告她本子上的内容不得泄露，之后她再也没找到过那个本子。我母亲莫名地心虚，试探着问，有没有我家老邓的事？胡燕燕想了想说，好像有他。她看看我母亲的表情，又抿嘴一笑说，小宽的字很潦草，看不清呀，我不记得他记了老邓什么事了，你家老邓那么正派的人，能干什么坏事？

我母亲听出来了，胡燕燕替小宽出示了一张新的底牌，这底牌暂时扣着，是否是王牌还不知道，但她还是打了个寒战。她不能刨根问底，便赔着笑脸向胡燕燕打探，若是小宽做不了先进典型，他以后还有什么打算？胡燕燕说，不管怎么样，联防队我是不让他再干了，这工作又下贱又危险，还得罪人，就算任命他做队长，也不让他干了。我母亲问，那他要去哪儿？胡燕燕这时候看了我母亲一眼，眼神有点怪异，也有点犀利，去文化站呀！她说，我跟他商量过了，要是什么荣誉都不给他，就给他一个好去处，我们看来看去，塘东这地方就数你家老邓的文化站好，让他去文化站，当老邓的兵！

我母亲一时愣住了，讪笑道，小宽要去文化站？你们不是开玩笑吧？

开玩笑？胡燕燕咦地一声，皱起了眉头，我们哪儿有心思开这种玩笑？这文化站靠你爱人一个人哪儿忙得过来？我有一次看见老邓爬梯子挂横幅，那梯子的榫头都坏了，嘎吱嘎吱响，旁边都没个人帮他扶梯子呀，那怎么行？摔着了怎么办？小宽去了文化站，写写画画的老邓管，爬梯子刷标语这些活都让小宽干，有什么不好？

听起来那真不是玩笑。我母亲无法掩饰自己的震惊，她说，让小宽进文化站去爬梯子？这文化站又不是房管所，天天要爬梯子筑漏！你们是以为文化站清闲吧？你们哪里知道我家老邓的辛苦？一年多少宣传任务呀，上级精神都要学习领会，国际形势国内形势都要知道，要能写会画，要懂诗懂戏，要能吹笛子能拉胡琴，五线谱都要懂的，他天天趴桌子上写文章，他写的文章摞起来比你家房顶都要高了，小宽这个文化水平，怎么能进文化站呢？

他现在文化水平是不行，我逼着他看书学习呢。胡燕燕斜睨着我母亲，脸上是不以为然的表情，以后让小宽拜你家老邓为师，虚心学习，不就提高了吗？

各人有各人的岗位，文化站的工作小宽干不了的。我母亲频频地摇头，她急于打消那对夫妇荒唐的念头，又怕伤了人家的自尊，脑子里忽然一亮，你们认识张校长吗？工农子弟学校缺个体育老师呀，原来那个小伙子调走了，小宽舞枪弄棍最在行，去做体育老师呀，一年还有两个假期！

做什么体育老师？做什么王都不做孩子王。胡燕燕突然就沉下了脸来，小宽为什么就不能进文化站？要去就去文化站，别的地方都不去。她冷冷地看着我母亲，说，文化站也不是你家开的，对不对？只要领导点头，你们愿意小宽要去，你们不愿意，小宽也要去。

话说到这个地步，我母亲只能悻悻地告辞了。她从清水塘回到咸水塘，斡旋的使命是否见效还有待观察，但来自清水塘的消息挫伤了我父亲的尊严。我父亲将胡燕燕的想法形容为痴心妄想。这不是痴心妄想吗？他对我母亲说，小宽这种人进文化站，文化还算什么文化，我又算什么？领导真要是让他进文化站，我就走，让小宽做这个站长去！

第四章　绿眼泪

我母亲的眼睛：第一次求诊

那年秋天，我母亲的眼睛出了问题。

咸水塘人的眼睛其实很容易闹病，多么美好的世界，你也可能看不清楚，甚至根本看不见，这是常识，但我母亲眼疾的症状极其罕见，它似乎游走在通灵与罪恶的边界线上，用常识已无法诠释，她对此忧心忡忡。

郊区人民医院的眼科门诊挤了很多人，大多来自咸水塘地区。人们在走廊上候诊，不知道为什么都疲惫不堪，满腹牢骚。先到的人霸占了两张长椅，后到的都簇拥在长椅旁边，等待坐下的机会，似乎那长椅是避难的天堂。他们的眼睛因为这样那样的病痛，普遍散发着悲怆的气息，看起来对现实很不满。有人眼角溃烂，眼睑浮肿，有的人遭受了硬伤，伤眼蒙着眼罩或者纱布，有的病人应该是白内障，虽然看不出明显的病灶，但眼神涣散无光，接近鱼类。那些病人的眼睛，已经不配称作心灵的窗户。只有我母亲与众不同，她远离众人站在一个角落里，一边打毛线一边候诊，她的眼睛，炯炯发亮。

我母亲不知道自己的目光有多么明亮。那么明亮的目光，对于其他眼科病人几乎是一种冒犯。秋天的时候她频频出没于医院，曾经在厕所里遇见过环球水泥厂的冷梅珍。冷梅珍刚做了眼科手术，一只眼睛贴满了药膏和纱布，她从隔间里跌跌撞撞地出来，撞在我母亲身上，反而对我母亲嚷嚷，你眼睛呢？我母亲认出是冷梅珍，扶住她笑，冷梅珍呀，是你撞我的，该我问你，你眼睛呢？你眼睛怎么回事？

冷梅珍向我母亲抱怨她在制成车间的工作，每天拿着榔头敲滚笼，太多的水泥粉尘被敲到自己的眼睛里，现在眼角膜烂了，看什么都是白茫茫的。她用一只眼睛端详着我母亲，蒲招娣你来这儿干什么？你的眼睛看上去像探照灯那么亮呢，怎么不好了？我母亲不敢透露她真实的症状，只是含糊地说，我也说不清楚，我的眼病跟你们不一样，要问医生是怎么回事。

她曾在走廊上遇见过塘东街道的几个

熟人，他们的眼疾大多与咸水塘特殊的天气有关。比如供销社的李白兰，每逢酸天气她就不停地流眼泪，她听信偏方，在眼皮上涂了车前草草汁，眼睛肿起来了，后来又相信了科学说法，说是酸碱中和了，眼睛就不会受空气刺激了，她在眼皮上抹了食碱水，结果差点把眼睛烧坏了。

又比如硫酸厂的万师傅，他的眼疾总在黑天气里发作，几年前硫酸厂的一场火灾烧掉了他的眼睫毛，他失去了宝贵的睫毛，眼睛也就失去了一道天然的屏障，黑天气里漫天飞舞的炭黑灰长驱直入，钻入他的眼睛，他的眼睛收纳了太多的炭黑灰，肿大的眼袋像储量丰富的矿脉，有时候炭黑灰夹杂着眼泪溢出来，两条黑线匀称地挂在他瘦削苍老的面孔上，孩子们称其为黑泪，堪称咸水塘奇观之一。

李白兰和万师傅都以为我母亲与他们同病相怜，对咸水塘的天气作出一番控诉之后，他们邀请我母亲加入咸水塘的眼病群体，联合起来向塘东街道讨要说法。我母亲却摇头反对，街道哪儿能负这个责任？这怪不得街道，你要去找郊区领导的麻烦，人家一句话就噎死你了，你要反对社会主义建设吗？你要反对咸水塘的彩色天空吗？多少人为这片彩色天空搭上了性命，你这眼睛闹点病算什么呢，咸水塘搞建设我们一定要支持的！再说这怪天气也不是一天两天的了，你看别人的眼睛不都好好的？她说，什么事都有内因外因的，我们的眼睛为什么出了问题，也要找一找自己的内因的。

他们都觉得我母亲不愧是文化站长的家属，深明大义，内因与外因，这理论浅显易懂，给他们提供了思考眼疾的新角度。李白兰承认她的内因在于病急乱投医，用食碱水洗了眼睛，万师傅的内因更明显，就因为他缺乏正确的防火知识，脱下衣服用衣服去扑火，被燃烧的衣服烧掉了眼睫毛。他们都好奇我母亲的眼疾症状，李白兰问，蒲招娣，我们外因都一样，内因不一样，你是什么内因？我母亲沉默了好久，最终还是不敢说出她的内因，我跟你们不一样，我的内因很复杂。她敷衍地说，我的眼睛大概是疑难杂症。

我母亲遇见的第一位眼科医生长着一张娃娃脸，戴眼镜，看起来很年轻，因为年轻，因为他戴眼镜（说明自己也不懂得保护眼睛），也因为他在盥洗台前洗手的时候，吹了几声口哨，我母亲难以信任他。所以，她在椅子上一坐下来就发出了一声悲观的叹息，心里说，医生还吹口哨呀，这么年轻，还戴眼镜，能当眼科医生呀？质疑不便公开，但她还是用一种先发制人的口气说，我的眼睛太麻烦，你肯定治不了的。

尽管不信任，面对医生总要如实叙述自己的病症，我母亲一下便紧张起来。我这眼睛真不好说，很奇怪的症状，说起来你不一定相信的。她指了指外面的走廊，吞吞吐吐地说，我的眼睛跟他们都不一样，我不是看不见，我什么都看得见，就是——就是突然分不清黑白了。

分不清黑白？你黑白不分？年轻医生狐疑地盯着我母亲，他说，什么意思？哪方面分不清黑白？你举个例子说说看。

我母亲看出对方误解她的意思了，连忙摆手，不是那种意思呀，政治上的黑白是非，我分得清清楚楚的，就是颜色，主要是黑色和白色，我分不清了。她说，我们咸水塘的天空是彩色天空，上过报纸上过画报的，这你知道的吧？我们那儿满天都是烟囱啊，社会主义建设欣欣向荣的！我们环球水泥厂的烟囱冒白烟，群星炭黑厂的烟囱冒黑烟，南边轧钢厂的烟囱冒红烟，东边硫酸厂的烟囱冒黄烟，这你知道的吧？我每天看烟囱里的烟辨别风向的，可就这黑烟白烟，我最近都看错了！我看见我们水泥厂的烟囱在冒黄烟，跟硫酸厂一样的黄烟，他们炭黑厂的烟囱冒起了红烟，跟轧钢厂的烟一样红红的！我还告诉别人这稀罕事呢，他们都说我花眼了，他们都笑话我，说我黑白不分，该挨批判了。

除了分不清白烟黑烟，还有什么分不清的？

看粉尘也不行。我不是在水泥厂的储运仓库上班么，天天跟水泥打交道的，但我现在看见白水泥觉得那是灰水泥，真要看见灰水泥，我以为那是黑水泥，可是我们厂根本不生产黑水泥的，他们说世界上还没有黑水泥，怎么会让我看见了呢？

你是色盲吗？检查过色盲吗？

检查过，我不是色盲呀！我问过厂医的，她说色盲的人是分不清彩色，分不清红绿灯什么的，我不一样，看彩色从不出错，我看硫酸厂的黄烟，从来没把它当白烟，我看轧钢厂那边的红烟，也是红的，不是黑的呀！红的绿的黄的紫的蓝的，多少颜色在一起我都能分清，偏偏就是黑白不行，我黑白分不清了！我母亲惊恐的陈述中带着些歉疚，她抬起手痛苦地压了压眼睛，你说我这眼睛怎么闹的，从没听说有这样的眼病，连两岁的小孩都能分清黑白，我怎么能把黑白看错了呢？

年轻医生的椅子咯嗒一响，身子前倾，他端详着我母亲的眼睛，指指自己的白大褂，那你说我这大褂是白的黑的？

我母亲说，白大褂，白大褂都是白的。

年轻医生又朝我母亲抬起他的皮鞋，说，你再看看，我的皮鞋什么颜色？

我母亲说，黑色，男人的皮鞋都是黑色。

你究竟是靠眼睛看见的，还是凭脑子猜出来的？

看见的。我母亲说，现在是看见的。

那你不是能分清黑白的吗？

衣服鞋子布料这些我能分清，在这里我什么都分得清，回到咸水塘就不好说了。我母亲嗫嚅道，我们咸水塘有白天气黑天气，还有酸天气，你听说过的吧？昨天闹黑天气，街上不都是炭黑灰么，我看着满地的炭黑灰都是红灰，街上好像烧起来了，都不敢出门！我还问我儿子外面哪来的这么多红灰，我儿子以为我开玩笑，他用手指蘸了点炭黑灰给我看，说那不是黑的么，可我怎么看他手指头上都是一摊红色，像血迹一样的。

你这病情，全世界大概也没有先例。年轻医生笑起来，黑白不分的人，我头一次碰到，教科书上也没记录，这症状太奇怪了，我看你这个病例，不该挂眼科的号，你不是眼睛的问题。年轻医生稍作思忖，指着自己的额角说，应该是精神方面的问题，你跑错医院了。

我母亲愣了几秒钟，拍案而起，这是什么话？你说我有精神病，我该去精神病医院看病？

年轻医生摆手道，大姐你别激动，我没那么说，精神方面有问题不代表是精神病，就算有精神病还分各种类型，如果不并发躁狂症，也没有什么攻击性，没那么可怕的。

你放屁！气急之下，我母亲用三个字回敬了年轻医生，站起身来就往诊室外面走。走廊上候诊的人都诧异地望着她，她涨红了脸，眼睛里涌出屈辱的泪水，泪水被她忿忿地擦去，抹在了诊室的门框上。张培芳迎上来挽住了她胳膊，招娣你究竟是怎么了？看个眼病这样激动，你跟医生吵架了？我母亲平息了自己的情绪，用一种冷静的态度对张培芳说，去把挂号费退了吧，别浪费这个钱，这医院的眼科不行的，都是年轻人！医生上班哪儿有吹口哨的？眼科医生自己戴个眼镜，镜片子像酒瓶底那么厚！我一看这年轻人就不行，给你配几瓶眼药水而已，他哪来的本事治你的眼睛？我算是倒了八辈子霉了，大老远地跑来治眼睛，他说我眼睛没问题，是精神有问题呀！

我母亲的眼睛：第二次求诊

我母亲第二次为她的眼睛求医，换了红旗路上的第一人民医院。顾名思义，那算是本地最好的医院了，唯一的问题是那家医院并非环球水泥厂的特约医疗单位，医药费什么的报销起来很麻烦，好多费用要自费，我母亲节约惯了的人，自然心疼，但郊区人民医院的眼科她是决心放弃的，为了自己的眼睛，她只能做好破费的准备。

这一次她刻意找了个面相和善的中年女医生。女医生的态度是贴心的，她还仔细欣赏我母亲编织了一半的毛线帽，又摸又捏，夸赞了她的手艺。不过，与在郊区人民医院的遭遇不同，这次是女医生不信任她了。我母亲在陈述自己黑白不分的症状时，发现对方脸上的笑意凝固了，温暖的眼神先是变得疑惑，渐渐变得尖锐，最后便充满拷问的意味了。她把椅子往后挪了挪，冷冷地注视我母亲，就像注视一个可憎的骗子，黑白不分？你真的是黑白不分？那怎么可能？别说了别说了！病人不能这么随便编造病情的，编造得越离谱越没用，把医生当小孩子骗吗？我问你，你是不是想要开病假条？

女医生的误解让我母亲非常委屈，人像是掉进了冰窟窿里。她对自己的眼疾有自知之明，眼科医生见过多少人的眼睛啊，连这么好的医生都不相信她的症状，还有谁会相信呢？她想赌咒发誓，澄清自己的道德品格，但她莫名地胆怯，今非昔比，当她的道德品格在咸水塘失去了公信，她自己竟然也受牵连，对此没有那么自信了。倘若她用眼睛起誓，万一眼睛真的瞎了呢？倘若她用自己的生命起誓，万一真的有个三长两短呢？她不敢，手向上指了指，慌忙又放下了。她向女医生强调咸水塘特殊的地理气候与环境，倾诉自己的遭遇，因为言不及义，越说越乱，她又一次在眼科医生面前流下了眼泪，这一次，是冤屈的泪水。我不是骗子！她说，从来都是别人骗我，我不骗人的，我从小到大都不骗人的！

女医生似乎被她的泪水打动，动了恻隐之心，我也没说你是骗子么，她说，不用解释那么多的，你说不定是太累了，家庭负担很重吧？你要实在想开病假条歇两天，我给你查一下眼睛，人的眼睛总能找到点问题的，可以给你开两天病假。

依然是误解。我母亲果断地摇头，我不要病假条，我是厂里的先进生产者，年年全勤，从不休病假的。我自己也不相信我的眼睛为什么会这样，我的眼睛里面一定长了什么东西，要不就是发生什么病变了？她说，你看看我的眼珠子，是不是跟别人不一样的？这几年我的眼珠子一会儿发黄一会儿发绿，厂医说一定是疑难杂症，要去上海北京的大医院才能治好吧？

女医生为我母亲检查眼睛时有点好奇，又有点不快。上海北京的大医院不还是人给人看病？大医院的医生是神仙？你们病人就喜欢自说自话，你知道什么叫病变？你知道什么叫疑难杂症？她的手最后在我母亲的双眼眼眶上，分别画了一个圈，说，好的，两个都好的，哪儿有病变？你眼睛里什么都没长，连沙眼都没有。你的视网膜组织很好，角膜眼底也好，你要是年轻二十岁，去考女飞行员都行。

这次我母亲勉强笑了笑，笑容瞬间又消失了。与其说她对女飞行员的说法感到欣慰，不如说诊断结果令她更加紧张，那可能是女医生善意的安抚而已。否则这么好的眼睛，怎么会看不出黑白呢？这不是活见鬼吗？我这眼睛不是在闹鬼吗？你们都不相信正常人的眼睛会闹鬼，对不对？这样下去，你们医生真的要把我送进精神病院去了。她沮丧地嘟囔着，眼睛忽然一亮，似乎在瞬间找到了某条出路，她向女医生宣告了新的决定，算了算了，我这种疑难杂症，你们西医也没有什么好办法的，我还是去看看中医吧。

那女医生一定很生气，我母亲走出诊室的时候听见她在里面说，你这不是眼病，是思想病，西医中医都治不了你的病，黑白不分的思想病，只有进学习班才能治得了！

我母亲的眼睛：第三次求诊

在咸水塘口碑最好的老中医，是城北香椿树街的翁先生。

去香椿树街的翁先生家求诊那天，天下着雨，我母亲没有骑自行车，打伞步行而去，路上花费了不少时间。翁先生的家在街东的煤球店隔壁，是一座带天井的老房子。诊所有过好几个名称，但人们还是习惯按照旧名，称其为回春堂。我母亲记得我祖母活着的时候，一有头疼脑热的就要去香椿树街找翁先生，那时候回春堂里总是坐满了人，但翁先生下放到农村很多年，他家的前厅也被房管所隔成两间屋子，安排了一户不知什么人家居住，墙边堆满了纸板和杂物，有一只痰盂上盖了一块纸板，一股尿骚味依然喷薄而出。我母亲进去的时候，看见一个老妇人坐在门边糊纸盒，她怀疑自己走错了，问，这是翁先生的回春堂吗？那老妇人指了指天井说，往里面走，里面才是回春堂。她与翁先生家的邻居关系一定不睦，我母亲朝里面走，听见老妇人兀自嘟囔，天天来这么多人，翁先生翁先生，回春堂回春堂，他不是神仙呀，能回什么春？自己都快死了，还能给你们看什么病？

我母亲穿过了天井，看见天井里尽是菊花盆栽，红色、黄色或紫色的菊花都枯萎了，白色的菊花却还在雨中怒放。她惊异于自己的眼睛在赏花时候的表现，白色的菊花，青黑色的瓦盆，菊花花瓣与叶子上晶莹的雨滴，她现在分辨得那么清楚，白的就是白的，黑的就是黑的，透明的就是透明的，她因此有点忐忑，自己究竟能不能分清黑白，一会儿她将如何向翁先生陈述自己的眼疾呢？

翁师母从后厅迎了出来，她拿了张小纸片记下我母亲的名字，又问，你什么政治面貌？我母亲诧异，说，我是工人，普通群众，现在什么时代了，上这儿看个病，怎么还要问这些呢？翁师母说，翁先生思想觉悟很高的，不愿犯错误，四类分子地富反坏右这些人，他不给看病的。然后她朝我母亲竖起一根手指说，一块钱。这是要诊费，诊费涨价了。我母亲掏钱的时候嘀咕道，翁先生思想没变，收费怎么变了呢？上次陪我婆婆来，翁先生还只收一角钱呢。翁师母撇嘴道，你那是什么老黄历了？过去青菜五分钱一篮子，现在多少钱一斤？她接过我母亲的雨伞，放在屋檐下，说，恐怕要等一会儿了，今天下雨，还来这么多人，难得你们这么相信翁先生的医术，他八十多岁了，自己身体也不好，硬撑着给大家治病，治一个是一个了。

翁先生前不久下肢瘫痪了，终日斜卧在床上。所以，慕名而来的病人都坐在翁先生的床边，切脉，问诊，开药方，翁先生都是在床上进行的。卧房门上挂了个布帘，门边的长凳坐了好几个人，都焦灼地盯着那布帘。我母亲一坐下来，就有人向她埋怨，说里面的病人神神鬼鬼的，太唠叨了，半个小时没出来，她一个人耗费了翁先生太多的精力，也浪费了他们宝贵的时间。众声嘈杂之际，布帘子被掀起了，翁师母一定听见了外面的声音，她拿了茶壶向其他等待的病人一一敬了茶水，顺便表达了歉意，但她强调那不怪翁先生老迈迟钝，是里面那个女病人很特别，她的耳朵出了问题，半夜三更总是听见有人敲门，一趟趟去开门，夜里睡不好，白天就打瞌睡，什么活都做不了了，这病情古怪，翁先生负责起见，只能在她身上多花点功夫了。有人自作聪明地猜测，会不会是鬼敲门？翁师母摇头，不是鬼，她以为是她儿子敲门，儿子失踪很多年了，她以为是儿子回家来了。

候诊的人群发出唏嘘之声，说，那是想儿子想的吧？遇到这种事情，最可怜的是亲妈。我母亲好奇了，抓着布帘子谛听后面的动静，听见一个女人固执的声音，翁医生，是我儿子敲门呀，肯定是我儿子敲门，敲得门咚咚响，我怎么会听不出来？有一个男人粗鲁地打断了她，你还犟，敲门敲门，半夜三更我们开了多少次门了，哪里有人敲门？鬼敲门啊？我们四个人加起来八只耳朵，比不过你一双耳朵？

那声音太耳熟了，我母亲掀开布帘子，朝里面探头一望，一眼就看见塘西村的萧木匠夫妇，女的坐着，愁眉苦脸，男的站着，看起来又焦躁又无助。我母亲甩掉了布帘子，逃回到凳子上，瞪大眼睛看着翁师母，嘴里说，真是冤家路窄。翁师母说，你怎么了？怎么像见了鬼似的？我母亲示意翁师母过来，有悄悄话要告诉她，你不认识塘西村的黄招娣？她凑着翁师母的耳朵说，黄招娣的耳朵没有病，是头脑有病，翁医生看不了她的病。翁师母有点不悦，你怎么知道翁医生看不了她的病？什么叫头脑有病，不能这么说话的，你们两个咸水塘的招娣，是仇人吗？我母亲发出一声长叹，想说什么，又觉得这么漫长而复杂的故事，没必要去跟一个陌生人讲述，她起身往外走，嘴里说，她在这里，我就不在这里了，我一看见她会胸闷，透不过气，我要到外面呼吸点新鲜空气，她走了我再回来吧。

天井里的雨水忽然收敛，天色亮了许多，只有瓦檐上还有零落的滴水声。我母亲想着要避开那对塘西夫妇，干脆利用这点等候的时间，去不远的绸布店看看，有没有合适的零头布可买。她去拿自己的伞，伞尖带到了旁边一把笨重的油布伞，那油布伞跳起来，跟着她走了两步，伞面上用红漆写的那个萧字，也跟着她走了几步，像是一个凶神恶煞的符咒。我母亲猜到那是萧木匠夫妇的伞，她厌恶地看着那把会走路的伞，隐隐觉得伞的挑衅就是人的挑衅，需要回击，于是她用自己的伞尖捅了捅那把油布伞，将伞捅回了原地。

我母亲夹着一把雨伞，径直走进了街北的新风绸布店，那是我母亲最热爱的去处。她看见五颜六色的布匹，鼻孔里闻见棉布特有的清香，暂时便忘记了塘西夫妇。一匹新上架的白底黑圆点的棉布被营业员抱到了柜台上，啪啪地展开，有好几个妇女围在柜台边，表示她们欣赏这个花色，要剪几尺回去做衬衣，或者做裙子。我母亲也凑过去了，她看见布匹黑白分明，白色的底子白得纯正，黑色的小圆点分布均匀，在我母亲看来，那匹布就像是咸水塘气候的写照，黑天气撞上了白天气，群星炭黑厂的炭黑以标准的圆形嵌入环球水泥厂的水泥，黑与白和平共处，那么整齐那么清晰。我母亲忍不住去摸那布匹，摸了白色，又摸黑色小圆点，为了证实自己的视觉，她问女营业员，这是白底，这是黑圆点，对不对？女营业员说，是白底黑圆点呀，现在很流行的，你这个人分不清黑白吗？我母亲窘迫地说，有时候分不清有时候分得清，我眼睛有毛病，好奇怪，到了你们布店，什么颜色都分得清了。

等到我母亲走出新风绸布店，天彻底放晴了，街上行人自行车多了起来，石子路湿漉漉的，偶尔可见浅浅的水洼，倒映着街道狭窄的天空，她从水洼里看见了一小朵白云，棉絮那样小巧的白云，她抬头仰望香椿树街的天空，天空中的那朵白云比水洼里的更白，她很久没有看见过这么白的白云了，在香椿树街，她认得白色，认得黑色，她分得清黑白，这使她感到欣慰，也让她开始感念这条街道，这才是她想居住的地方。

我母亲忽然就想起了王德基家的房子，后悔那天做了如此草率的决定，人家的房子虽然是在公共厕所旁，但毕竟是在香椿树街上，搬到那里鼻子会受点罪，她的眼病心病或许就全好了。是一个人的鼻子重要，还是眼睛与心灵重要？傻瓜都会得出正确的答案。为了挽回什么，也为了避免遗珠之恨，我母亲决定对王德基的房子进行一次认真的考察。

通往桑园里的石桥湿漉漉的，泛着一层层的青光，它以洁净的面貌迎候着我母亲。她走上桥的时候闻到了一股浓烈的焦糊味，它盖住了公共厕所固执的臭味，因为具备了某种正义，显得并不那么难闻。我母亲当时不知道那股气味从何而来，她下了桥，走到公共厕所外面才大吃一惊，隔壁王德基家门口放了几只花圈，从他家洞开的大门里，飘出了袅袅的烧纸钱的烟雾。

后悔来不及了，我母亲捂着胸口站在公共厕所的门口，一时缓不过神来。几个吊唁的人从花圈丛里出来，大概是桑园里的邻居，嘴里都啧啧地响着。我母亲问他们，是王德基家的老母亲过世了？一个妇女撇嘴道，她哪里舍得过世？人家活得好好的呢，天天跟人吵架，是秋红呀，王德基的小女儿秋红你认得吗，才十二岁，她在河边洗碗，不知怎么就掉河里去了，淹死啦。另一个妇女说，河对岸孙阿姨看见的，说她是被谁拽下去的，这么冷的天了，谁能在河里？肯定是给水鬼拽下去啦，我们这街上每年都有孩子淹死的，你看看现在河水那么脏，水鬼在下面没东西吃，只能吃孩子了！

水鬼吃孩子？我母亲吓了一跳，这地方住不得！她咕哝了一声，掉头就往桥上跑。她依稀记得秋红的样子，那天去我家看房子，秋红的辫子上扎了一对红色的蝴蝶结。到了桥顶，我母亲回头看了眼王德基家的房子，那房子看起来像是沉在水里，一副自暴自弃的样子，她能看见通往河水的石阶，它沿着墙壁小心地探进河水，河水轻轻拍击最后的一级石阶，在一堆漂浮的菜叶与废弃塑料制品中，她依稀看见一只红色的蝴蝶结，它像一只沉溺的红色蝴蝶挣扎着，似乎要从水里飞上石阶。

我母亲不记得她是怎么回到回春堂的，只记得煤球店的门口有一群女孩子在跳大绳，她们与秋红年龄相仿，看起来都很快乐，嘴里齐声喊着什么口令。这是香椿树街，桑园里的秋红死了，另一群女孩在街上跳大绳，看起来如此快乐，那不算什么冒犯，我母亲只是觉得凄凉。她走进回春堂的前厅，看见糊纸盒的老妇人站在煤炉边，用火钳夹起了一只燃尽的蜂窝煤，我母亲说，桑园里有个女孩淹死了，才十二岁。老妇人把一只新的蜂窝煤夹进炉膛，她说，淹死有什么稀奇的？我的小女儿八岁就死了，发一夜高烧，人就没了。

我母亲穿过天井，注意到萧家那把笨重的油布伞已经从后厅门前消失，塘西夫妇肯定是离开了。回春堂里候诊的人已经寥寥无几，翁师母迎上来问我母亲，你这是去哪儿了？脸色这么难看，那塘西村的招娣早就走了呀。我母亲摇头，不是为她。她说，桑园里那王德基家的小女儿，你们认识吗？叫个秋红，前天在河里淹死了，才十二岁。翁师母眨巴着眼睛说，好像有点印象，这街上人多，天天都有生老病死的，他们桑园里的人家出什么事，我们大街上都不一定知道。

翁师母引导我母亲进入了翁先生的卧房。屋里拉着窗帘，开了一支暗淡的日光灯，光线呈现阴冷的淡蓝色。我母亲看看那灯光，莫名打了个寒噤，翁师母向她解释，翁先生这几年体质虚弱，很怕阳光，房间太亮会影响他望闻问切的效果。

翁先生坐在一张老式红木大床上，膝盖以上架着一张茶几，茶几上放着一副眼镜，一个放大镜。老人面容枯槁，满头银发，目光略显困倦，他后背倚靠着一堆枕头，下半身埋在一条棉被里，我母亲闻到一种膏药与尿骚混合的气味，它似乎是从棉被里钻出来的。多年不见，翁先生如此老迈如此衰弱，他坐在床上行医，这让我母亲觉得古怪。床边的一张椅子是给病人坐的，铺了椅垫，我母亲瞄了眼椅垫，一眼看见椅垫上有一根女人的头发，她怀疑那是黄招娣遗留的头发，指着椅垫说，上面是谁的头发？翁师母有点不高兴，手指上去捏住那根头发，随手往地上一扔，说，一根头发有什么？你这么爱干净的？

我母亲小心地坐在椅子角上，似乎这样坐，便可以避开黄招娣留下的体温与痕迹。她还记得翁先生以前和蔼可亲的笑脸，现在他的模样却是一副病容，我母亲不免想起了门口那老妇人的话，或许翁先生自己也不久于人世了。她不敢多看他的脸，只看他的手，从那只颤索的枯枝般的手上，我母亲预见到她的求医之路走到了尽头，没有谁能治得了她奇怪的眼疾了。

翁先生的手触到我母亲的手腕，听了一会儿就松开了，他皱起眉头，用质问的口气说，这位女同志，你怎么又来了？你不是才走的吗？

我刚刚进来呀。我母亲很诧异，她说，我上次看见你，还是好多年前的事呢，那时候你们还没有下放农村，我陪我婆婆一起来看头痛病的，我婆婆是咸水塘的邓家奶奶，你还记得吗？

你为什么回来？药方配不齐？是没有当归和白术吗？要是为群药店没有，你就去红星街的向阳药店，那儿什么药都有，抓了药赶紧回家，好好煎药去。翁先生掩嘴咳嗽了几声，说，这位女同志，你是不是怀疑我老了没用了？一天来看两次病？我告诉你了，你耳朵没毛病，是心病，心病要扶正元气安神醒脑，我的药方很管用，你喝上一个月，肯定就会好，保证不会再听见你儿子敲门了。

我母亲醒悟过来，翁先生是把她错认为黄招娣了。咸水塘也有人认为她们两个招娣身形容貌都相像，但也就那么说说而已，我母亲没有想到翁先生已经昏聩到了这个地步，一个医生怎么能给病人张冠李戴呢？她感到被冒犯，伴随着某种说不出的惶恐，人一下从椅子上站了起来，翁先生你的眼睛看不见了吗？我是蒲招娣，她是黄招娣！我从塘东来，她从塘西村来，我凭什么去配她的药？我来看眼病，不是看耳朵的呀！

外面的翁师母已经在淘米准备晚饭了，她掀开布帘子，让我母亲息怒。我母亲看见翁师母坐到床边，提示翁先生看清楚纸条上的名字，这个招娣不是那个招娣，这个招娣叫蒲招娣，那个招娣叫黄招娣，不是一个招娣，你眼花认错人了。

翁先生瞪着翁师母，像是受到了羞辱，他枯槁的老脸上绽放出愤怒的光芒，我眼花了？我认错人了？他忽然拍了拍茶几，我一辈子靠眼睛和手指吃饭的，就算我眼睛会花，我的手指能错吗？我搭了她的脉了，我的手指比我的眼睛还要灵验，我的病人用得着看长相吗？一搭脉就知道是谁，这个招娣就是那个招娣，她们的脉息脉气一模一样，骗得了别人骗不了我。

我为什么要骗你呀？我母亲叫了起来，翁先生你不能这么主观，我是我她是她，我是塘东的蒲招娣，在环球水泥厂上班，那个招娣是塘西村的乡下人，我们不是一个人呀。

不管你是塘西的乡下招娣，还是塘东的城里招娣，工人阶级农民姐妹我都一样看病。翁先生说，你不要以为你是工人阶级就高人一等，工人农民我一视同仁，一个病一个药方！

翁师母见我母亲气得跺脚了，一把拉住我母亲说，千万别见怪，今天翁先生很累，看了十几个病人了，毕竟岁数大了，有点犯糊涂了。她挽着我母亲往房间外面走，这位招娣你别急，我反正记得你了，过两天你再来，不收费，让先生再好好号个脉，他会分清你们两个招娣的。她这么打着圆场，眯眼打量一下我母亲，又说，也不怪翁先生认错人，你们两个咸水塘招娣，虽说一个土气一个洋气，相貌真像双胞胎姐妹呢。

我母亲几乎是逃出了回春堂，差点忘了拿自己的伞。路过天井的时候，她的伞尖戳到一盆紫红色的蟹爪菊，蓄存的雨水从花叶间洒下来，我母亲依稀听见一种嘈杂声，像是抱怨的声音，分不清是菊花在抱怨还是雨水在抱怨。有两朵盛开的蟹爪菊挤在一根枝茎上，大小相仿，一朵朝东，一朵朝西，看起来披头散发的，却很美。双胞胎。我母亲陡然想起翁师母的话，她与黄招娣交缠半生，平添了多少苦恼啊，什么双胞胎？她想让它们分开。她用伞尖拨开两朵菊花，分离只是一瞬间，它们很快又亲密地靠在一起了。我母亲不甘心，将伞尖插入两朵菊花的缝隙，更加用力地晃动伞尖，那两朵菊花仍然在抗拒，它们卷曲修长的花瓣颤抖着，更加紧密地簇拥在一起。我母亲决意要分开它们，她猛然用力，像舞刀一样左右砍击，这次菊花发出了连续的呻吟，然后，一朵蟹爪菊颓然地落在了地上。

终于分开了。我母亲看见一朵蟹爪菊留在了枝头，另一朵躺在她的脚下。她有点迷惘，两朵蟹爪菊，形状与颜色一模一样，她不知道哪一朵菊花代表她，哪一朵代表黄招娣，她是泄愤了，还是自残了，便也分不清楚。

糊纸盒的老妇人站在前房的屋檐下朝我母亲张望，那个塘东人，你怎么啦？站在那里干什么？我母亲脱口而出，分开，把它们分开！老妇人明显没有听懂，她说，把什么分开？我母亲醒悟过来，顿时对两朵无辜的菊花充满了歉意，掉了一朵菊花呀！她将打落的蟹爪菊放回到花盆里，说，我难得有时间赏花呀，真好，这菊花养得真好。

我母亲疾步离开，听见那老妇人在后面嘟囔，什么赏花，明明看见你在打花呀！让你们相信回春堂，什么狗屁回春堂？这下好了，眼睛没治好，头脑也出问题了吧。

我母亲装作没有听见，心里发誓，这辈子也不会再登回春堂的门了。

白蝴蝶

1

陈师母来我家串门，与我母亲谈起了塘西黄招娣的耳疾。以陈师母的说法，有一只小壁虎钻进过黄招娣的耳朵，壁虎虽然很快逃出来，但她耳朵里恐怕留下了壁虎残留的一条腿，要不就是壁虎的唾液或者屎尿。塘西人普遍认为壁虎进耳会招致耳聋。萧木匠听从老人的建议，用艾草搓成条，点燃了塞她耳朵里熏，壁虎的腿没有熏出来，又用耳挖子挖，最后从黄招娣的耳朵里涌出一股脓水，黑红交杂，红的是血水，黑的是凝结的炭黑灰，塘西人都觉得奇怪，大家都在群星炭黑厂的烟囱下面住着，别人的耳朵都没事，不知道为什么会有那么多的炭黑灰钻进了黄招娣的耳朵。

邻居们一直热衷于比较塘东招娣塘西招娣，现在一个眼疾一个耳疾，像是约好了一样，自然是他们的话题。我母亲习惯了他们的闲话。不过她强调黄招娣有心病，心病导致耳疾，算是事出有因，而她遭受的纯属无妄之灾，所以她比黄招娣更为不幸。她认为人的眼睛与耳朵相比较，眼睛重要很多，眼疾无尽地发展下去，可能会变成一个瞎子，耳朵的问题再大，最多也就成为一个聋子。我母亲对陈师母说，如果有得选，她情愿跟黄招娣交换各自的疾苦。陈师母笑，聋子瞎子半斤八两吧，还要换？我母亲坚定地摇头，不是半斤八两，一个是福气，一个是灾祸！她说她娘家的聋子姑妈一生都很幸福，因为三个儿媳妇齐声骂她，她也听不见，一辈子从来没有烦心事，活到了九十多岁，一顿还能吃两碗白米饭，可惜有一天她突然听见了，听见的是天上的响雷声，人一下就从床上掉了下来。她的后代到现在都不知道她是被雷声吓死的，还是被自己的耳朵吓死的，只记得她临终时大喊一声，天怎么响了？

我母亲的举证似乎有力，陈师母不便反对，但她也婉转地举例，指出了我母亲的偏颇之处。她说瞎子也有长寿的，眼不见为净这句老话你不知道吗，什么也看不见，人的心情就好呀，你看看张培芳的老公公呀，早过了八十大寿，人家眼睛看不见手能看见，还能干活，他能给张培芳择菜呀，择青菜不稀奇，他还能择菠菜韭菜，我见过他择的菠菜韭菜，干干净净，一片黄叶都逃不过他的手。

因为对失明的担忧，我母亲对咸水塘地区的盲人格外关注。正如陈师母所说，张培芳的公公德庆算是盲人的传奇。德庆一年四季都坐在家门口，冬天晒太阳，夏天在树荫下乘凉，陪伴他的是一只半导体收音机。即使是在择菜的时候，他的两只眼睛也徒劳地瞪着街道，眼神远看一片苍茫，近看空洞无物。那是我母亲最想咨询的盲人，德庆的病历对她有重要的参考意义，但是看见德庆的眼睛，就像看见自己未来的眼睛，她害怕靠近他，似乎走近德庆，便也靠近了自己的未来。

德庆的眼睛是在四十岁以后变瞎的。以前他在榨油厂上班，有一双明亮锐利的眼睛，他是凭眼睛吃饭的，周边农民送来的油菜籽，都由他定级，他看一眼菜籽，就能判断榨油之后的等级。传说德庆习惯睁着眼睛睡觉，有一天午睡眼睛痒，恍惚中抓了一下眼角，捉到了一只白蝴蝶，白蝴蝶被他攥在手心里，一把捏死了。之后他继续睡，等到眼睛再次奇痒，他醒过来，看见满屋子的白蝴蝶在眼前翩翩乱飞，三天之后他便什么也看不见了。所有塘东居民都听说，是白蝴蝶在德庆眼睛里下了卵，之后他的世界就是一片黑暗了。

我母亲以前对德庆神秘的失明不以为然，她相信*偶然与必然*。白蝴蝶在人的眼睛里下卵是偶然的，德庆睡觉睁着眼睛，不合常理，也不安全，那才是失明的必然。但现在不一样了，我母亲相信一个人的眼睛耳朵嘴巴都有自己的命运，由不得自己，每次看见德庆，她远远地望着他空洞的眼睛，依稀能够看见他的眼角栖息着一只白蝴蝶，那一团模糊的白影，就是灾难之光。

有一天下午德庆在家门口晒太阳，大概阳光适宜，晒得舒服了，他长年郁郁寡欢的脸上露出了难得的微笑，这给了我母亲勇气，她试探地走近他，还没开口问候，就听见德庆大声说，张培芳不在家！

我母亲很惊讶，说，你看不见，怎么知道我来找张培芳？

德庆指指自己的鼻子，我看人不用眼睛，用鼻子！是男是女我一秒钟就闻出来了，女人的年龄我也闻得出来，你满身雪花膏味道，头发上还有油烟气，肯定是个妇女同志，妇女同志肯定找张培芳！

我母亲正啧啧称奇，德庆又指着自己的耳朵说，我耳朵也灵，听你走过来的脚步声，我就知道你是男是女，是老人还是孩子，你是谁家的儿媳妇？

我母亲说，你没有见过我，我嫁到塘东来那会儿你已经看不见了，我是街西邓家的儿媳妇，文化站老邓的爱人呀。

福来？德庆哼了一声说，你嫁了个书呆子么，你婆婆现在还出来闹鬼吗？

我母亲笑起来，说，我婆婆现在不出来了，自从封了她的坟，她就没再出来闹鬼了。

德庆又哼了一声，你以为坟地上封个水泥就能封住一个鬼魂？她为什么不出来了，你们家属都不知道吧？有我一份功劳的！你们都不知道，我这眼睛看不见活人，专看鬼魂，哪个鬼魂从我身边飞过去我都知道！德庆说着从凳子边拿起他的茶杯，举起来，这茶杯看见没有？你婆婆的鬼魂前两年在咸水塘东奔西颠的，累了渴了就到我这儿来，来偷喝我的水！她以为我看不见她，我告诉她她喝水咂巴嘴的声音我都听得到，水尽管喝，以后再也不要出来闹事了，安定团结是第一，人鬼也要团结，不能给组织添乱，我告诉她不要以为做了鬼魂无产阶级专政就奈何她不得，鬼魂也要遵纪守法，要是引起了民愤，该记过处分就记过处分，该判刑就判刑，人间阴间都一样！

托你的福呀，她受了你的教育，真的不出来闹鬼了，我们小辈也省心了。我母亲嘴里说着客套话，目光审视着德庆的眼睛。德庆的眼睛像两口干涸的池塘，瞳仁、眼白和眼白里的斑点，垃圾般地漂浮其中，她看不见传说中的白蝴蝶的影子，却联想到自己未来的眼睛，多么丑陋的眼睛呀！她打了个寒战，小心点试探说，德庆伯伯啊，不瞒你说，我的眼睛也患了怪病了，中医西医都搞不清楚我的眼病是怎么回事，我就打听一件事，在你看不见以前，你的眼睛能不能分清颜色，黑的是不是白的，白的是不是黄的，黄的是不是黑的？

哪儿有颜色让我分？只有白蝴蝶在我眼睛里飞，飞了三天我就看不见了。德庆说，你要不是白内障，一定就是让白蝴蝶飞进去下了卵了。我那会儿什么都不懂，以为扛两天就没事了，没洗过眼睛，也不知道怎么洗，现在医疗水平提高了，你去医院清洗一下眼睛，蝴蝶卵洗掉就没事的。

我洗过眼睛的。我母亲说，在医院洗过，在我们厂里的医务室也洗过，没有用。我不记得白蝴蝶咬过我的眼睛，我这眼病来得太奇怪了，就怕今天分不清黑白，明天连黑白都看不见，这么发展下去，最后变个瞎子呀。

只要白蝴蝶没钻进你眼睛下卵，你不会瞎的。德庆嘴里安慰着我母亲，脸上的表情却是戒备的，这收音机里刚刚还在播一篇文章呢，说眼睛是心灵的窗户，这话说得多好！他说，你会不会是在心灵上分不清黑白？心灵上分不清黑白，眼睛可能就分不清黑白了。

眼睛关心灵什么事？我母亲脸上变了色，一句尖刻的话已经到嘴边——那你是心灵瞎了，眼睛才看不见的？她冷静地咳嗽一声，咽了回去，又缓和了语气说，德庆伯伯呀，你都看不见我的眼睛，怎么能了解我的心灵呢？告诉你我有一颗红心你别不信，要不是我家庭成分不好，我在乳牛场那些年就已经入党了！

关于心灵与眼睛的关系，他们的讨论无法深入，便戛然而止了。德庆拿起茶杯喝了口茶水，突然叹口气说，你也不用那么害怕变瞎子，瞎了也有瞎的好处，你看我现在活得不也很好？能吃能睡，晒晒太阳听听半导体，还能择菜还能扫地，眼睛看不见，你就把鼻子嘴巴当眼睛用，把手脚当眼睛用，我明年八十三了，你看我左邻右舍，顾家伯伯去年走了，身体那么硬朗，比我小三岁呢，马师傅前几年走的时候才六十多岁，当年还是他用自行车驮我去医院看眼睛的！

类似这样的话陈师母也说过，为什么要拿寿命跟眼睛比呢？我母亲从心里觉得那是歪理，在认定德庆的病历对于她没有参考价值之后，我母亲明确表明了她的立场。我跟你不一样，离不开眼睛呀，我天天要上班，要靠眼睛数水泥包的，我回家要买菜做饭洗衣服，要伺候一家人，我有两个儿子呀，以后老了还要带孙子孙女的，哪能离得开眼睛？要是有得换，我情愿做个聋子哑巴，也不能变个瞎子。她说完就告辞了，走到街对面，回头看看德庆独坐的身影，那身影散发着苟活的气息，自足而凄凉。活着就行了？眼睛真的用来出气了？她小声地咕哝道，我情愿死了，也不要成一个瞎子。

环球水泥厂的冷梅珍自然也是我母亲关注的人。她们在厂里的食堂相遇，不免要坐到一起，互相交流各自的眼疾。冷梅珍的眼疾算是好得快的，视力什么的都没问题，就是见不得米饭。她看见饭盒里的米饭就觉得里面有很多蠕动的白色小虫，她只能吃馒头与饼，但是食堂里很少供应馒头与饼，为此她没少和食堂里的人吵嘴，被人训斥惯了，她便认输了，每次端过饭盒来，先让别人检查，米饭里是否有白色小虫。冷梅珍理解我母亲的痛苦，她建议我母亲学她，既然自己眼睛有问题，就相信别人，问问别人。我母亲说，你能问我不能问呀，你问别人米饭里有没有虫子，谁都不介意，有就是有，没有就是没有，我怎么问？黑白分不清，别人都不相信呀，以为我有别的什么意思，我哪儿开得了口？冷梅珍是聪明人，又为我母亲想了个对策，说你那麻烦其实也有办法的，你以后看见白的就当它是黑的，看见黑的就当它是白的，眼睛不就没问题了吗？

指黑为白，指白为黑。那就是指黑为白指白为黑。我母亲当时打了个寒战。冷梅珍极具针对性的建议是大胆的，合理的，但是真要执行她感到恐惧，试想想，一个人为了分清黑白，必须先要颠倒黑白，那是多么荒唐呀。

那个硫酸厂的万师傅，我母亲很久没有在街上看见他了。有一天她在菜场遇见万师母，问起万师傅的眼疾，万师母一脸苦笑，说他眼睛是能看见了，可头脑里不知哪根神经搭错了，现在万师傅分不清白天黑夜，日子过得晨昏颠倒。太阳出来他就犯困，上班要睡觉，月亮升到树梢上他就有精神了，拿着象棋满街找人下棋，深更半夜哪有人能陪他下棋呢？万师母说，人又不是猫，这样下去怎么行？我干脆让他去申请上夜班，上夜班还有夜班费拿呢，领导也乐意，现在他天天上夜班，白天你看不见他的，现在他就在家躺尸呢。

在我母亲看来，万师傅比她幸运多了。分不清白天黑夜不碍大事，至多影响休息，总比分不清黑白好。要论不幸，在塘东街道众多的眼疾患者中，只有供销社的李白兰与她不分伯仲。

李白兰在郊区人民医院治疗之后，眼睛不疼不痒了，但她新添了一种奇怪的症状，她怕玻璃瓶。无论店里是什么光线，她总是分不清玻璃瓶上的商标图案。在玻璃的反光作用下，她把商标上的一座桥梁看成一只飞鸟，把地球看成橘子，所以把好几瓶高档的铁桥白酒当廉价的海鸥啤酒卖了，又把上海产的环球牌水果罐头当成本地的橘子罐头卖了。供销社盘点过后，她赔偿了不少钱。是谁利用她的眼疾占了便宜？她记得那几个人，尤其是老秦，他是酒鬼，每隔几天就要来买酒的，李白兰想起她把海鸥啤酒错当铁桥白酒递给老秦时，他立刻纠正她，反过来能占便宜，他就不提醒她了。她上老秦家去索赔，老秦却装糊涂，他带着李白兰到墙角辨认那些酒瓶子，你看我这里的酒瓶，啤酒瓶白酒瓶黄酒瓶，什么瓶子都有，你告诉我，哪一瓶是你错卖给我的？那么多的酒瓶子站在一起，看起来都一模一样，李白兰哪里能辨认得出来？她两手空空回到供销社，越想越伤心，这么赔下去不是个事情，她只能放弃供销社最轻松的糖烟酒柜台，与马慧娟替换，去卖油盐酱醋了。

我母亲去供销社买油盐酱醋，总是要和李白兰聊一会儿眼睛的事。李白兰说咸水塘的眼疾患者越来越多，有很多人开始去街道办事处闹事了，她去那次就遇见了七八个人，大多数是因为眼睛，也有个别人是耳朵不好了，现在办事处天天闹哄哄的。

古阿婆在办事处闹出半条人命，李白兰当时就在现场，这事我母亲也听说了。古阿婆家住塘边，年轻时候是个接生婆，她的眼疾似乎与过往的营生有关，听起来却很不吉利。只要遇上黑天气，窗外的咸水塘在她眼里就会一点点变黑，变成黑水塘，当塘水变得黑漆漆了，她就会看见三个死婴，三个死婴在黑水上漂，都拖着长长的脐带，那些脐带一会儿沉下去，一会儿浮上来。古阿婆大呼小叫跑出去，喊人去捞孩子，最初有人相信，上了几次当，就没人理睬她了，都骂她神经病。她委屈，怪罪黑天气，在办事处一把眼泪一把鼻涕地控诉黑天气，说这样下去她活不长，要求街道领导出面去群星炭黑厂商谈，遇到刮东南风的时候要停工，禁止黑烟囱里的炭黑飘到塘东来。负责群众来访的年轻干事小罗用科学观点解释了半天，黑天气是无辜的，咸水塘里的死婴与群星炭黑厂无关，是她自己老眼昏花而已，古阿婆怎么也听不进去，小罗一赌气就说了句狠话，别说咸水塘里没有三个死婴，就算真的有，就算你自己浮在咸水塘里，群星炭黑厂也不会停工的！古阿婆听得急火攻心，她说小罗你爸爸你伯父你姑姑都是我接的生你怎么敢咒我死，抬手要扇小罗的耳光，手却举不起了，人突然瘫软在地。幸亏塘东卫生所就在办事处旁边，曾医生来又掐人中又做人工呼吸的，把古阿婆救过来了。

据我母亲所知，塘东街道抗议酸天气的人，其实一点也不少。其中陈素珍瘸着一条腿，拄着拐棍，几乎天天去街道办事处报到。腿伤怪罪到酸天气，似乎有点勉强，但若是联系陈素珍的家事来看，一切便显得顺理成章了。

陈素珍的卵巢是被切除的，这事很多塘东妇女都知情。她私下里告诉过几个亲密的女友，这不幸归咎于她丈夫郭师傅在酸天气里格外亢奋的性欲，她本来就患有妇科病，不适宜频繁的性生活，哪儿经得住他白天黑夜地要，来例假了都不能忍。手术之后房事禁绝，郭师傅只能忍，忍得像一只热锅上的蚂蚁，陈素珍便有了心病。

隔壁女邻居林巧英素来喜欢向男人抛媚眼，郭师傅人老实，以前对那媚眼也麻木，但现在不一样了，在陈素珍的眼里，郭师傅回应林巧英的目光，燃烧着某种滚烫的岩浆。她怀疑郭师傅与林巧英勾搭上了，苦于没有证据，平时只能严密监视，也不便声张。遇到酸天气的早晨郭师傅还会像以往一样求欢，被拒之后清醒过来，说，没关系，我忘了。她看着丈夫又雄壮又可怜的样子，心里无比内疚。内疚之后是恐慌，疑心病就发作了，没关系？怎么就没关系了呢？陈素珍亲眼目送郭师傅离家去上班，但眼睛送走了丈夫，耳朵却送不走他。她听见一墙之隔的林巧英家里有郭师傅的声音，有时候郭师傅在轻声谈笑，有时候则是在床上才会发出的呻吟与呐喊。她想捉奸，又怕打草惊蛇，从林巧英家门里进去不可能，翻窗子也不行，她想起林巧英的房间里有个天窗，就搭了把梯子，蹑手蹑脚地，从自家的房顶爬到隔壁的房顶上去了。

透过天窗，陈素珍一眼看见床上的男女交缠的身体，他们明显听到了房顶上的声音，大概以为是老鼠，都瞪着眼睛望房顶。陈素珍当时就觉得那男人的皮肤比郭师傅白，屁股也比郭师傅的大，但她以为是天窗的反光，大白天的也只有郭师傅爱干这种事情。陈素珍热血冲头，站在房顶上就喊起来了。街上的行人都立定，仰望着林巧英家房顶上的陈素珍，听她痛骂奸夫淫妇，骂了几句，前因后果陈素珍还没来得及展开，一个穿三角裤的男人从林巧英家冲了出来，浑身白乎乎汗津津的，他叉着腰仰望房顶，满脸疑惑，嘴里骂着脏话，我跟我老婆睡觉，关你什么屁事？大家都认识那是小穆，与林巧英是合法夫妻。陈素珍看清下面的男人，嚷嚷一声我认错人了，急着往梯子那边走，却听见下面响起林巧英的喊声，小穆，把梯子撤走，让那个醋坛子在房顶上晒太阳去！陈素珍当时一只脚已经伸到了梯子上，她眼睁睁看着梯子离开了自己的脚尖，被小穆扛走了。她无奈地坐在屋檐上，看见街上的人越聚越多，都昂着头笑，朝她指指点点。她觉得自己像一个罪人在房顶上示众，一着急，就从屋顶上跳了下来，当场摔断了腿。

陈素珍的苦楚，有的我母亲不解，有的地方她又是同情的。陈素珍在那么多街坊邻居面前出了丑，颜面扫地，本来需要在家养伤，偏偏隔壁的林巧英得理不饶人，天天往她家窗台上放一碗醋，她那么伶牙俐齿的人，理亏又不敢应战，该有多么憋屈。我母亲看见过陈素珍拄着拐杖在街上走，问她去哪儿，她说散散步练练腿劲，谁知道她在忙着发动群众去街道办事处告酸天气的状呢？谁知道她成了一个幕后指挥呢？

我母亲认为陈素珍的主张夹杂了私利，却又合乎逻辑。陈素珍苦口婆心地劝说大家，黑天气受苦，受的是炭黑灰之苦，白天气受苦，受的是水泥灰之苦，不管黑灰白灰，肉眼看得见，都可以清扫，只有酸天气的酸，谁也看不见，摸不着，看不见摸不着最可怕，既然一口吃不成胖子，就各个击破，先放下白天气黑天气，大家集中火力抗议酸天气，要说服街道领导，让他们出面与幸福硫酸厂谈判，当咸水塘刮西北风西南风的时候，幸福硫酸厂务必要停产。

很明显，在街道办事处聚集的闹事者中间，基本形成了两派，一派是以陈素珍为代表的反酸派，一派是由古阿婆那些老人们组成的反黑派。我母亲不站队，谁也不拥护，谁也不反对。她只担心自己的眼睛。

2

塘东街道的领导最懂塘东街道的群众，他们历来都有这样那样的呼声，往往是呼错了的，这一次针对天气的诉求，错得尤其离谱，在街道领导们看来甚至接近天方夜谭。他们做群访工作早有经验，接待归接待，安抚归安抚，记录归记录，不过也就到此为止。谁都懂得原则，若将此等事情汇报上去，可以想象会受到郊区领导多么严厉的批评，乌纱帽不保也是有可能的。

陈素珍在这场风波中的表现令人意外，在干部们的印象中她不过是个病歪歪的家庭主妇，未料想有这等幕后指挥的谋略。很难说陈素珍是引起了领导的重视，还是警惕。妇女干事大王丽萍带着礼物登门看望了陈素珍，她是先礼后兵，聊过一番家常之后，大王丽萍的每句话里便都有话了，她告知陈素珍要爱惜自己的健康，好好养病，不要再往街道跑了，她的名字已经引起有关方面的注意，再怎么闹，酸天气消灭不了，她自己闹出什么事，街道方面也只能爱莫能助了。

事情的转折来得很突然。有一天早晨街道的干部们去上班，发现办事处的两层楼里到处都是白蝴蝶，它们在楼梯上飞，在厕所里飞，在办公室里飞。白蝴蝶编成了一支支小分队，以烟花般的形状一簇簇地开放，白花花的，可以清晰地听见它们扇动翅膀的声音，像胡琴拖曳不断的尾音，也有点像蜂鸣声。干部们齐心协力地驱赶白蝴蝶，忙乱了好久开始办公，打开办公桌的抽屉，却发现抽屉里也有成群的白蝴蝶飞起来。

起初大家以为是办事处的门窗没有关好，每天下班前的头等大事是关闭门窗，但没有用，办公室里的白蝴蝶少了，走廊上的却比之前更多了，还有大批的蝴蝶集结在天花板上，看起来处于调整休息的状态。他们继而怀疑白蝴蝶在哪个角落里筑了窝，所有干部都出动，整个办公楼及时搞了大扫除，到处喷了消毒水，第二天初见成效，白蝴蝶少了好多。但不过安静了两三天，有人开窗通风，眼见着白蝴蝶像一排破堤的海浪冲进了办事处。这一次蝶群来得汹涌澎湃，似乎是报复或示威，也似乎经历了消毒药水的熏陶，白蝴蝶已经百毒不侵，它们本该轻盈的飞翔姿态变得那么凶猛，那么狂野，沿途发出胡蜂那样刺耳的轰鸣声。

干部们束手无策了。他们很久没有见过这么多白蝴蝶了，天知道白蝴蝶是从哪儿来的，为什么要往街道办事处飞？有人大胆猜测，那些白蝴蝶很可能与塘东群众一样，染上了流行的眼疾，它们错把街道办事处当成了一片花丛、菜地或者树林，莽里莽撞地飞进来，见人就扑，专扑人脸，干部们的每一张脸，在它们看来都是一簇盛开的野蔷薇。白蝴蝶尤其热衷人的眼睛，总是试图栖息在干部们的眼睫和眉毛上，这落点引起了他们的恐慌。当年榨油厂的德庆为什么成为了瞎子，大家都有所耳闻，以前干部们认为那是德庆想当然，缺乏科学依据，但现在白蝴蝶飞临自己的眼睛，便都防患于未然了。

是大王丽萍先想出了最简便实用的防蝶方法，她将脖子上的丝巾解下来蒙住了自己的面孔，白蝴蝶无法突围，在她头发上盘旋一会儿，就失望地飞走了。大家群起效仿，不管男女，每个人都找到了浅色的丝巾，用以裹住脸部，这样，既防范了白蝴蝶，也不影响日常工作。不过，有个问题随之而来，他们的眼睛隔着一层薄纱，视觉有了一种障碍感，蒙白丝巾的干部总觉得办公室里弥漫着莫名其妙的风雪，选择浅蓝色丝巾的干部总觉得同事的脸青面獠牙的，闪烁着阴森的蓝光，很不友好。几个戴粉红色丝巾的女干部感受好一些，但她们总是傻笑个不停，为什么笑呢？因为她们眼里的男同胞看起来都抹了胭脂，嘴唇脸颊红扑扑的，似乎是马上要登台表演的孩子。

干部们面临着一个共同的困扰，他们离不开丝巾了。不管上班还是下班，只要摘下丝巾，便有一群一群白蝴蝶的影子追

图/徐累《蝴蝶志》

逐他们。在这种情况下，女干部还算好办，遇到白天气或者黑天气，她们本来就是蒙着纱巾出行的。男性干部就很为难了，一个大男人谁好意思戴着丝巾招摇过市呢？所以他们走在街上，手总是焦躁地左右挥舞，驱赶那些白蝴蝶的影子，引得其他路人侧目而视。其中症状最严重的是杨主任，他甚至在家里也能看见一群一群的白蝴蝶，一回家就要紧闭门窗，但家里上有老下有小，房子小得憋闷，房间、厨房和马桶间都需要通风，除了他自己，其他亲属都看不见那些白蝴蝶，一致认为那不过是从窗子透射的光斑而已，他一关窗他们就去开窗，杨主任没办法，只好蒙上纱巾以保护自己的眼睛。家人起初笑话他，后来看惯了他蒙面的样子，也就随他去了。

在干部们中间流行的白蝴蝶眼疾症状并不统一。其中高书记起初是眨眼症，不管是去郊区开会，还是在办事处上班，他总在不停地眨眼睛，在旁人看来，眨眼往往是乐于思考的表现，无碍大局，他的症状算是最轻微的。有一天他的香烟抽完了，想起衣架上备用的外套口袋里有半包香烟，伸手到口袋里摸，没想到一只硕大的白蝴蝶从口袋里飞了出来，他从来没见过那么大的白蝴蝶，白蝴蝶在他的衣袖上稍作停留，果断地向上飞，扑向他的眼睛，高书记听见他的眼睑处响起噗的一声，似乎是蝴蝶排泄的声音。出于谨慎，高书记仔细地洗了脸，侧重清洗了眼部四周，回到办公桌前，他拿起看了一半的报纸，这时才意识到问题的严重性，他的视觉已经被白蝴蝶篡改，除了黑龙江早稻丰收这个通栏标题能够勉强看清，文章的内容都看不清了。不是模糊，不是因为老花眼，他看见所有的字都处于急遽的运动之中，它们像蚂蚁一样在纸上爬行，从左向右，从右向左，从下往上，从上往下，每一个句子都在爬向另一个句子，甚至越过栏目，努力爬向相邻的另一则新闻。那是第一次，干部们听见高书记在办公室里发出了惊恐的怒吼，字在爬！字怎么爬起来了?!

大王丽萍的情况比较冤，她的防蝶措施做得那么细致，可惜百密一疏，应该说是爱美之心害了她，蒙粉色头巾蒙腻了，她想摘下换一条鹅黄色的，哪想到几秒钟的工夫，几只白蝴蝶趁势咬了她的眼袋。她的症状有点奇怪，明明是白蝴蝶来袭，偏偏造成了黑眼泡病，尤其是在黑天气里，她的眼袋成为天空的写照，原本一双美丽的水汪汪的大眼睛下面，会适时地鼓起来两个黑色的大眼泡，看起来像动物园里的熊猫。

杨主任的眼疾症状最为蹊跷，它处于不断的变化之中，让人摸不着规律。他是街道办事处最后一个摘纱巾的男人，当他能够准确地分辨阳光光斑与白蝴蝶之后，却分不清垂直与角度了，什么是直的，什么是歪的，他与所有人的见解都不同。最初是因为办事处窗外的电线杆，杨主任不停地给供电局打电话，反映那根电线杆向右歪斜足有六十度，急需抢修。旁边的同事们自然都要看一眼那电线杆，结果每个人都说它与地面保持着完美的直角，一点都不歪。杨主任听不进同事们的意见，反而在别人的坐立姿势上发现了新的问题，每一个端坐或者行走的同事，在他眼里都歪着身子，足有六十度角。他诚挚地提醒他们，作为干部要注意自己的仪态，群众如果来访，看见干部都这样歪着身子办公，歪着身子走路，影响多么不好。同事们检查了自己的形体，都莫名其妙，他们坐得直，站得稳，走得正，仪态没有任何问题，毫无疑问，是杨主任的眼睛出了新的问题。

因为干部们自己有了切身的体会，为群众解决眼疾问题的方向就明确了。十月里秋高气爽的一天，塘东街道在咸水塘工农子弟学校的操场上，举行了向白蝴蝶宣战的动员大会。主席台上除了街道干部，还有来自群星炭黑厂、环球水泥厂、幸福硫酸厂以及制药厂轧钢厂石灰厂的代表，中心位置则坐着郊区来的两位领导，有个戴眼镜穿白大褂的女人，始终保持着甜美的微笑，大家最初以为是上面派来的眼科专家，后来看清她白大褂上的一圈字，原来是来自郊区卫生防疫站。

咸水塘工农子弟学校的操场上从来没有过这么多人。教室里所有的板凳都搬了出来，有序排列，以供前来参会的咸水塘群众落座，全校师生则以班级为单位，站成了一个个方队。主席台横幅上的几个大字引人注目，动员起来，向白蝴蝶宣战！

那是一个好天气，秋阳灿烂。没有风，云很稀少，咸水塘的天空出现了难得的湛蓝色，透亮透亮的。阳光照耀我们的衣服，很多人的身上散发出一股清香，分不清是棉布的香味，还是阳光本身的清香。咸水塘周边林立的烟囱似乎达成了默契，所有的黑烟白烟黄烟红烟都笔直向上，轻盈地消失在天际线上。学校的锣鼓队在会前进行了表演，咚咚锵。咚咚锵。在这样的节奏里，会场的气氛显得热情高涨。高书记首先发言，他用严峻的语调宣布了塘东眼疾大流行的原因：所有的眼疾与黑天气白天气无关，与酸天气无关，真正的罪魁祸首已经确定——是白蝴蝶。尽管他不停地眨巴眼睛，目光还是努力地定焦在陈素珍、李白兰和古阿婆那些闹事者的脸上，很明显，这是在宣布最终的结论，这结论也是给予反酸派反黑派共同的忠告，你们的不幸是白蝴蝶造成的，与黑天气酸天气毫无关系，你们的眼睛要想恢复健康，就团结起来，与白蝴蝶斗争到底。

动员报告有好几页，开始时高书记脱稿说话，后来要用科学观点论证咸水塘白蝴蝶的有害性，他拿起了讲稿，但只念了一两句话，便出现了一个漫长的停顿。高书记眨眼的频率接近疯狂，脸上露出惶惑的表情，手也颤抖起来，我们都听见了他沮丧的嘟囔声，这些字，又在爬来爬去！他坚持往下念，我们听见他艰难地说，精子受卵——污染——奇（畸）形——有菌细害——铲除——坚持白蝴蝶——坚决白蝴蝶！台下有学生插嘴说，听不懂，怎么全是病句？这骚动立刻被马桂红制止了，你们不要吵，高书记自己的眼病很严重，看不清稿子，他是带病工作！

台上的高书记毕竟有经验，他及时放下稿子，即兴发挥了一段话，意思反而明确了，国际形势国内形势天天在变化，我们塘东街道的形势也在变化，现在我们最大的敌人是白蝴蝶，塘东群众必须全民一心，无论老幼从我做起，消灭白蝴蝶，与白蝴蝶斗争到底！

动员结束之后，盲人德庆作为群众代表被高书记邀请上台发言，这人选又引起一片骚动。作为塘东街道历史上的第一个白蝴蝶受害人，人们曾经普遍怀疑德庆的说辞，现在诚信得到了正名，他的脸上因此焕发着一种明亮的光彩，看起来有一点腼腆，又有点自豪。德庆的儿子扶他上台，从盲人踉跄急促的脚步中看得出来，他很珍惜这个机会，虽然看不见，但凭借他敏锐的耳朵与嗅觉，他粗略地估计了现场的人数，即使在台下，我们也能听见德庆轻声问儿子，来了有五百人？德庆的儿子则响亮地回答，不止五百，起码六百人，你好好说！

如何不负领导重托，如何有效地现身说法，德庆应该有所准备。德庆指着他空洞的眼窝，回忆了他惨痛的盲眼经历。回忆虽然细碎，但很生动。德庆说他从小家境贫困，被父母送到油坊做学徒，老板让他睡在灶膛边，白天黑夜都要看火，所以他习惯睁着眼睛睡觉。他榨油榨了一辈子，油坊本来招虫，苍蝇蚊子都飞进过他的眼睛，老鼠把他的额头当成一个广场，臭虫把他的眼睛当成两个花坛，时不时地要路过他的脸，他在脸上抓到过好多老鼠屎，掐死过好多臭虫，从来没有任何害虫能伤到他的眼睛，他做梦也没想到，睁眼睡觉睡到四十多岁，是一只白蝴蝶在他眼睛里下了卵，让他成了瞎子。这些年来他一直提醒别人防备白蝴蝶，没几个人听他的，大多数人对他冷嘲热讽，还有人说他造谣，现在街道领导明察秋毫，他也总算得以沉冤昭雪。说到最后德庆有点动情，他的盲眼里流出了一滴晶莹的眼泪，眼泪像珍珠一样镶嵌在他干瘪的面颊上，闪闪发亮。他说可惜他活到四十多岁才知道白蝴蝶的危害，更可惜的是，到了八十岁他的忠告才得到重视，这辈子他没有机会擦亮眼睛了，大家要汲取他的教训，一定要擦亮眼睛，认清白蝴蝶白色的外表下包藏着一颗黑心，它虽然不要你的命，却要你的眼睛，要想保住自己的眼睛，必须消灭咸水塘所有的白蝴蝶！

坐在前面的塘东群众都被感染了。他们大多数是流行的眼疾患者，其中反黑派和反酸派以一条过道分割，各自为营，渐渐地两派群众便打破壁垒，开始隔着过道互相交流了。传说中高书记奇特的症状，他们现在有幸亲眼看见，纸上的字是怎么爬来爬去的？他们很少阅读，体会不深，但人眼的痛苦是相通的，他们理解那份痛苦，并且多少有点欣慰，领导自己的眼睛也出了问题，终于也撇清了他们无理取闹的污名。

无论是反对酸天气的群众，还是抗议黑天气的老人，现在都后悔自己的武断了。在蓝天白云之下，他们忘了酸天气，忘了黑天气。反黑派的老人们鄙夷地看着古阿婆愚蠢而苍老的脸，懊悔自己猪油进脑，竟然与一个迷信老太婆站到一边。反酸派有人不断地朝狗头军师陈素珍翻白眼，埋怨自己耳朵根子软，听信了她的挑唆。什么酸天气？什么黑天气？祸害就是白蝴蝶，祸害应该就是白蝴蝶，祸害一定就是白蝴蝶。

盲人德庆下台之后，高书记带头领着人群喊起了口号：动员起来，向白蝴蝶宣战！全民一心，与白蝴蝶斗争到底！保护眼睛，消灭每一只白蝴蝶！

此起彼伏的口号声首先造成了麻雀的误会，不管是栖息在树上的还是楼顶上的麻雀，都仓皇地飞起来，分批分次地消失在天边。然后是老鼠，很多老鼠钻出学校的窨井和下水道，大老鼠引领着幼鼠沿着围墙奔逃，鼠群像一条黑色的波浪，在蓖麻丛那里穿越了围墙的洞隙。之后，塘东榨油厂的卡车开入了学校的大门，停靠在会场边。押车人开始卸货，无数的扑蝶兜和喷雾器被卸下车，瞬间在操场上堆成了一座小山。

喷雾器是常见的家用喷雾器，扑蝶兜是特制的，应该来自正规的加工厂，看起来制作精良，它的金属杆子很长，闪闪发亮，纱兜很深很大，由密实的尼龙线编织而成。那么漂亮的扑蝶兜引起了很多男孩的兴趣，春风和红旗他们冲过去要抢，被街道的干部们立刻制止了。高书记向校长李胖说明了情况，扑蝶工具是为与会群众准备的，他们每人可以领取一只喷雾器一只扑蝶兜，学校人数众多，无法保障，孩子们要参与塘东街道的全民扑蝶运动，只能自己动手制作工具了。校长李胖当场表示，马上在我们咸水塘工农子弟学校作校内动员，每个孩子今天放学回家就要动手做扑蝶兜，人手一只，明天上学时会有老师在校门口校验。后天将会布置新的任务，每个学生上学时必须交验一定数量的白蝴蝶，至于是三只以上，还是五只七八只，或者更多，他还要结合具体情况，与有关部门认真讨论一下。

3

我和我弟弟的扑蝶兜是我母亲帮着我们制作的。家里找不到金属杆子，也没有合适的尼龙网线，一切只能因陋就简。我母亲锯掉了一根晾衣服的竹竿，粗铁丝一时找不到，是我母亲去陈师母家讨要来的，至于兜网，一般用白纱布替代，不过我们家里储存的那些白纱布根本不够，她便狠狠心，绞了我父亲的一件半新不旧的白汗衫，汗衫正面做一只，背面做一只，缝在粗铁丝上，正好合适。

这种事情本该是我父亲做的，但那段时间他太忙了。众所周知，动员之后是宣传，塘东文化站承担了最重要的宣传任务。那几天我父亲每天早出晚归，夜里从文化站回家，还带回来一股油漆与墨汁的气味。我每天路过塘东街头，能看见新刷的标语一天多于一天，每一条都出自我父亲之手：动员起来，向白蝴蝶宣战。全民一心，与白蝴蝶斗争到底。保护眼睛，远离白蝴蝶。消灭白蝴蝶，从我做起。

此外，预防措施必不可少。塘东居民每家每户收到的防蝶五要五不要通知，是我父亲根据卫生防疫部门的建议，综合概括出来的。其中的五要规定得细致透彻：要消灭每一只白蝴蝶，要装纱门纱窗，要勤洗脸，要保持脸部卫生，要及时清除眼屎。这对于循规蹈矩的塘东居民来说，都容易做到。五不要的规定就不一样了，除了不要睁眼睡觉这一条无碍他人（毕竟正常人睡觉本来都闭起眼睛睡），其他几条多少影响到居民们的正常生活，引起了不小的争议。不要在户外长时间逗留、闲聊，不要在户外玩耍这两条，贪玩的孩子们普遍反感，爱在街头扎堆闲聊的老人妇女也难以遵守。不要养花养草这一条限制了那些喜欢花草园艺的居民，他们舍不得扔掉多年精心养护的花草，外面不能摆放，便只好将花盆搬回室内。万师傅做得最过分，他有一天把一盆兰花搬到我家，逼着我父亲接受这份愤怒的礼物，连兰花也不让养？官僚主义害死人，你还是文化站长呢，没有调查就没有发言权这句话都不懂？这盆兰花我养了七八年了，现在送给你，随你放在家里院子里，你自己养几天看看，兰花招不招白蝴蝶！

五不要中争议最大的一条是：不要在脸上涂抹香粉面霜。这几乎侵犯了所有中青年女性的利益。有几个女人不重视护肤呢？要护肤总要在脸上涂点抹点，难道抹了点面霜就能招惹白蝴蝶？塘东的妇女们都觉得这规定荒唐，不愿遵守也罢，她们心里还恨，认为那一条剥夺了妇女爱美的权利。有人知道五要五不要是我父亲的杰作，故意香喷喷地闯入文化站，指着自己的面孔问我父亲，大站长，你看我脸上有白蝴蝶吗？我父亲气咻咻地说，别问我，去问高书记，我哪儿有资格规定五要五不要？那是倡议，领导集体研究的结果！

我记得隔壁大毛他妈有一天在门口遇见我母亲，径直便奔过来了，她什么也不说，一下一下地吸着鼻子，闻我母亲脸上的气味。我母亲说，你在闻什么？我又不是鱼，你又不是猫，我有什么可闻的？大毛他妈揉一下鼻子，失望地说，你现在，真的不用菊花牌雅霜了？我母亲一下就明白了，这是在检查，作为直系亲属，她是否做到了以身作则。我母亲如实相告，自从五要五不要的通知出来，她就不再抹菊花牌雅霜了，脸上如果觉得干燥，她就抹一点无色无香的蛤蜊油，也很好。当然，我母亲知道大毛他妈代表了很多反对五不要的塘东妇女，最后她话锋一转，尖锐地指出了她们认识的盲区，她说，不怪人家说我们女人头发长见识短呀，眼睛不比脸重要？现在是非常时期，不让抹粉就不抹吧，皮肤皴一点就皴一点了，皱纹多几条就多几条，能有什么损失？招惹什么也别招惹白蝴蝶，眼睛是你自己的，上级领导都是为你好呀！

4

现在回想起来，在塘东街道全民扑蝶的日子里，我们其实度过了一段快乐的时光。每天早晨和傍晚，都有出门扑蝶的孩子，或者三五成群，或者单枪匹马，他们手持扑蝶兜，在咸水塘周围兜兜转转地寻找白蝴蝶，那盛况像是惊险的狩猎，也像是欢乐的野游，我至今记忆犹新。

很快就开始抢地盘了。所谓地盘，当然是指白蝴蝶出没的区域。塘西村那边的竹林和菜地，咸水塘边的大柳树，还有水泵房附近，当时还能找到白蝴蝶。塘西村的孩子一贯精明，他们在村口放了岗哨，所有携带扑蝶兜的塘东人一律不得进入塘西地界，塘西的竹林里菜地里白蝴蝶再多，进不去你也没有办法。

塘东的孩子先是把目标锁定在大柳树上。那棵大柳树本是塘东塘西的分界树，很难说它属于塘东还是塘西，所以树上的白蝴蝶大家都有份。塘东的孩子一旦爬上了树，一定会有塘西的孩子也跑到树下，一声声地警告树上的人，这树一半归你们塘东，一半归我们塘西，你只能爬东边的树干，扑东边的白蝴蝶，我看着你呢，你要是扑了我们塘西的白蝴蝶，连蝴蝶带兜子，一起没收！这约束有点苛刻，毕竟算有理有据，但被惊飞的白蝴蝶并不懂得这一套，它们有时候从东边的树枝逃到西边，有时候从西边逃到东边，这就让树上树下的孩子都很为难，一时难以区分那些白蝴蝶算是塘西的，还是塘东的。塘西的孩子从不肯吃亏，往往也爬到树上去，这样，那棵大柳树上同时会有好几个孩子，塘东的扑蝶兜和塘西孩子的竹竿树棍如同战场上的长枪短炮，它们在树丛间激烈交火，柳叶纷飞，柳枝折断，粗壮的树干摇摇晃晃，树上的白蝴蝶都仓皇地往咸水塘对岸飞，没几天，大柳树上的白蝴蝶就绝迹了。

对于塘东的孩子来说，他们只剩下水泵房这一块宝地了。水泵房位于塘东这一侧水岸，此处的白蝴蝶，自然归属于塘东。麻烦在于水泵房的白蝴蝶挑选天气，它们几乎只在白天气里出现，刻意乔装打扮了，白色蝶影狡诈地混杂在漫天的水泥粉尘中，栖息在水泵房白色的房顶上，需要最好的视力才能辨认。更大的问题是那儿的白蝴蝶数量不多，而塘东的孩子太多，供给远远不能满足需求，纷争也就不可避免了。

必须要抢。我们幸福班的人先下手为强，将一块自制的告示牌立在了水泵房的门口：此处白蝴蝶属于咸水塘工农子弟学校幸福班，他人不得捕捉。水泵房暂时成为我们的地盘，有时候我们会在那里扑到上百只白蝴蝶，分三天上缴到学校，依然每天都在光荣榜上名列前茅。这引起了环球班郁勇他们的嫉妒。有一个白天气的早晨，我们几个人带着扑蝶兜在水泵房会合，发现这最后一块宝地已经被郁勇他们侵占，他们把幸福班的告示牌拆了，扔在塘岸上，水泵房的屋顶上飘扬着一面古怪的旗帜，是用蓝色球衫改制的，中心画了一个红色的地球，我们知道那是郁勇为环球班制作的班旗。

说来奇怪，从那天以后，水泵房的白蝴蝶便消失不见了，似乎是为了维护我们幸福班与环球班的团结。无论是白天气还是别的天气，我们再也没在水泵房见到过白蝴蝶。塘东街道的全民扑蝶运动并未停歇，咸水塘工农子弟学校仍然号召大家每天上缴白蝴蝶，任务逐渐降低，从每天五只降到了每天一只，却还有光荣榜，光荣榜陈列在学校门口的橱窗里，适时更新，所以大家仍然需要白蝴蝶。

塘西同学的白蝴蝶生意就是这时候应运而生。虽然在塘东几近绝迹了，塘西同学还是能在塘西村的竹林和菜地里扑到一些白蝴蝶。最初是蒋根土卖了两只白蝴蝶给张莉莉，要价两分钱一只，张莉莉讨价还价，三分钱两只成交的。他们的这笔交易鼓舞了所有的塘西同学，那些爱慕荣誉的塘东女生也从中受到启发，纷纷向塘西同学预定白蝴蝶。其中李蓓蕾最豪气，一次性向蒋根土购买十只白蝴蝶，花了三毛钱，交到学校，很轻易地登上了光荣榜的榜首。

下面要说到我弟弟了。

低年级的孩子无法与我们竞争，只能另辟蹊径，去别的地方寻找白蝴蝶，只是没有人想到，他们的目的地竟然是大坟地。有一天，我弟弟所在的小勇士小组对大坟地进行了实地调查，发现了无数的白蝴蝶，他们一致认为，大坟地才是咸水塘白蝴蝶的老巢。这个伟大的发现不能声张，一方面是为了保密，另一方面则是因为禁忌，毕竟咸水塘的孩子都记得各自的家训，祖先的魂灵安息在大坟地，永远不得惊扰，你在大坟地不能笑，不能嬉戏打闹，不能大声说话，甚至连撒尿都必须忍着，怎么能去大坟地扑蝶呢？道理他们懂，但道理敌不过对荣誉的渴望，在咸水塘工农子弟学校的扑蝶光荣榜上，小勇士小组上缴的白蝴蝶数量一直处于落后状态，他们决定去大坟地，打一次翻身仗。

一个星期天的早晨，我弟弟和他的七个战友带着扑蝶器和塑料桶在幸福硫酸厂的后门口集合，之后他们分成三批，悄悄地下了公路，直奔大坟地而去。

起初一切都很顺利。不是上坟祭祖的时节，也无新墓落葬，大坟地四周没有人迹，偌大的坟地向孩子们敞开了怀抱，是欢迎的姿态。离公路近的大多是新墓，可以看见零星的黄色粉蝶，彩色的凤蝶、绢蝶和斑蝶，那些蝴蝶虽然漂亮，却不是白蝴蝶，也就留不住我弟弟他们的脚步。八个孩子往坟地深处的老墓进军，松树柏树和苦楝树组成的树荫越来越浓，路边的灌木杂草越来越深，在一些墓碑边可以看见白蝴蝶一摊摊的蝶卵，微微蠕动着，很多幼小的白蝴蝶刚刚长出翅膀，摇摇晃晃的，想飞又飞不起来。林荫下萦绕着沉闷的蜂鸣般的声音，他们抬头，发现那是一群一群白蝴蝶扇动蝶翅的声音，蝶群正在他们的头顶上飞舞，一片片的，一圈圈的，好像全世界剩余的白蝴蝶都聚集在此处了。在八个孩子的惊呼声里，分散的蝶群迅速集结在一起，保持低空飞行，看起来像一朵巨大的白云朝他们迎面撞来。有的蝴蝶悲观地撞进网兜，可谓自投罗网，有的蝴蝶撞在杆子上，发出清脆的噼啪声，有的蝴蝶撞在他们的脸上，逗留时间很长，分不清它们是吻了孩子，还是咬了孩子。

当孩子们的药水桶里装满了死去的白蝴蝶，他们从丰收的狂喜中冷静下来，意识到他们身上留下了一场战争的硝烟，那硝烟带着清香，类似野蔷薇的花香，夹杂着一股淡淡的腥气。有人开始觉得眼睛痒，有人耳朵刺痛，有人觉得额头上黏糊糊的，一抹便摸到了一手黑色的虫卵。那些虫卵钻进了好几个孩子的鼻孔，导致他们鼻子奇痒难忍，不停地要打喷嚏。

我弟弟那天提着一桶白蝴蝶，一路打着喷嚏回到了家，他的右眼角出现了一块红斑。我母亲很诧异，她用手指按了按那块红斑，问他从哪儿扑到这么多白蝴蝶。他不敢向我父母透露自己的行踪，说是去了寺前村。由于他一个接一个地打喷嚏，表情慌张，我母亲一下警觉起来，这是花粉过敏，还是谁在牵挂你？你们究竟去哪儿扑蝴蝶了？现在只有大坟地还有那么多白蝴蝶，你们不会是去大坟地了吧？

我弟弟不懂得如何撒谎，在我母亲严厉的拷问下，他终于承认了。我母亲怒不可遏，每年都要上坟，难道不知道你们的祖坟都在大坟地吗？你爷爷奶奶太爷爷太奶奶都埋在那儿呀！我弟弟为自己申辩说，他们八个人都认得自家祖坟，自家祖坟白蝴蝶再多也绕了过去，去的是别人家的祖坟。我母亲便跺起脚来，好聪明！谁家祖宗的鬼魂能得罪？鬼魂又不讲尊老爱幼那一套，谁惹他们他们缠谁，你们八个蠢货，今天夜里都会发高烧的！

来自大坟地的白蝴蝶当然不能留在我家，我母亲提起那只小塑料桶就往门外走，一直走到了咸水塘边。我和我弟弟跟出去，看见她在塘边放下了小桶，双手合十，低头做了一番祷告，隐约能够听见她恳切的声音，孩子们不懂事，祖宗饶了他们啊，都是你们的亲子孙，祖宗千万别计较，饶了他们啊。在我弟弟痛惜的叫声里，我母亲蹲下来，把一桶白蝴蝶小心地倒进了咸水塘里，她的姿态僵硬而虔敬，像是在驱邪，也像在祈福。幽暗的水面上立刻漾开一片白色，死去的白蝴蝶轻盈地浮于水面，组成了花环的形状，每一只白蝴蝶都似落花的花瓣，紧紧地倚靠着，互相安慰，互相祭奠。我们亲眼看见一只挣扎的白蝴蝶，它从花环里匍匐出来，最后艰难地展开翅膀飞了起来，不知是复活了，还是本来就没死透。

那天夜里我弟弟没有发烧。兴许是白天太累，他睡得比往日更加香甜，一直在打呼。担惊受怕的是我母亲，一旦有什么心事她照例会失眠。凌晨时分她刚有睡意，那只白蝴蝶来访了。它先是栖息在窗玻璃上，像迷路的胡蜂一样撞着玻璃，撞击声轻微，但听起来刺耳。我母亲打开窗子，看见一只硕大的白蝴蝶在外面盘旋了一会儿，往院子里飞去了。她关好窗，对我父亲说，我就知道大坟地的蝴蝶惹不得，你看看，深更半夜的来了只蝴蝶，撞窗子告状呀！我父亲说，蝴蝶会告什么状？你不要整天疑神疑鬼的，连蝴蝶也怕，赶紧睡觉吧。

我母亲重新躺下不久，窗外又有动静，这次是笃笃敲击窗玻璃的声音，敲得温柔，节奏却很坚定。她推醒了我父亲，你听，那蝴蝶又来敲我们窗子呢，不信你自己去看看。我父亲睡眼蒙眬，腾地从床上坐起来，马上又气鼓鼓地躺下，他翻了个身说，你自己不睡觉还不让我睡？蝴蝶能敲什么窗子？那是风啊！

我母亲只好自己跑到窗前。外面确实是起风了，窗子一开，一阵夜风急迫地灌进窗内，似乎要找谁算账的样子，我母亲觉得她被风搡了一下，正要关窗，听见有人在风中呼唤她的名字——招娣，招娣。

那声音瓮声瓮气的，听起来清晰，却像来自远处。我母亲探身察看，院子浸泡在月光里，寂静无声，水泥桌、大水缸、腌菜坛子和晾衣架都在月光里站着，站得规规矩矩，她推测那声音的来源，觉得大缸和坛子都可疑，一个看起来心怀鬼胎，一个看起来幸灾乐祸。

我母亲壮起胆子，拿了手电筒，披衣下楼察看。她首先走到大水缸边，那水缸闲置多年，现在是倒扣着的，我母亲敲了敲缸壁，听见缸里发出了无辜而空洞的回声。随后她把目标锁定在我祖母生前留下的腌菜坛子上，当她靠近那只腌菜坛子时，感到莫名的紧张，她用手电筒照亮腌菜坛子，预先发出了警示性的咳嗽声，警示是有效的，她看见一只白蝴蝶从腌菜坛子里惊飞起来，掠过她的耳边，飞往隔壁大毛家的院子里去了。手电筒的光颤抖起来，它照着坛子里积存多时的雨水，底部沉淀的灰白色污垢是白天气带来的水泥灰，表面漂浮的是黑天气带来的炭黑灰，一坛雨水不安地波动着，我母亲听见一个哀怨而愠怒的声音在腌菜坛子里回荡：

> 我的棺材呢
> 我的棺材呢

我母亲大惊失色，她断定那是我祖母的声音，她断定我弟弟惊扰了一个本已安息的鬼魂，是他把我祖母的鬼魂从大坟地带回家了。

大约凌晨三点钟左右，我父亲在睡梦中被我母亲摇醒了。你还睡得像猪一样，孩子把你妈妈的鬼魂带回家了，她在腌菜坛子里！我母亲满脸惊惶，说话几乎带着哭腔，你妈妈做了鬼魂还记恨我呢，我不敢碰那坛子，明天你早点起来，去大坟地把坛子埋起来。

5

我弟弟右眼的那块红斑迟迟没有消褪，它像一枚印章，证明了他特别的身份，现在想起来，他应该是塘东街道最后一个眼疾患者了。最后的往往也是最奇特的，直到今天，塘东人偶尔还会谈论起他奇特的眼睛，从某种意义上说，那也许不算什么眼疾，而是关于眼睛的传奇了。

首先是那些莫名其妙的绿色眼泪，它们最早出现于我们去上学的路上，我是第一个见证者。恰逢一个酸天气的早晨，我弟弟看了眼幸福硫酸厂烟囱上方的太阳，他对我说，太阳好酸！然后他的眼睛便开始流泪了。

起初我没注意到他的眼泪是绿色的，他一遍遍地抹眼睛，眼泪抹了又流，它们夺眶而出，异常明亮，闪烁着奇异的绿色光芒。偶尔有一滴两滴泪停留在他脸颊上，看起来就像晶莹细小的绿宝石。我好奇地用手指蘸了一下，发现那绿光在我手指上稍显暗淡，但仍然是嫩叶般的绿色，它粘在我的手指上，看起来就像一颗晶莹细小的绿宝石。

在酸天气里有很多塘东人会流泪，包括孩子，这属于正常反应，但我从未见到任何人流出过绿色的眼泪。我对我弟弟叫起来，你的眼泪是绿色的，你的眼泪为什么是绿色的？他不相信，抬手在脸上搽了一滴眼泪，举起来对着阳光察看。绿色的眼泪。就是一滴绿色的眼泪。他明显被吓到了，扭头仰脸朝四周张望，大概要寻找树木和绿叶，证明那绿色仅仅是树荫的反光而已，但我们的身边没有一棵树，我弟弟惊恐起来，眼泪怎么是绿色的？他求援地望着我，流了绿眼泪，我的眼睛会不会瞎掉？

我也惘然，人的眼泪应该是无色透明的，为什么我弟弟会有绿色的眼泪呢？这是否与他眼角上的红斑有关？究竟属于奇迹还是属于病症？我没有那么丰富的科学知识去分析，出于好心，我郑重地告诫他，千万要忍住眼泪，万一忍不住也要马上抹干净，千万不要让别人发现他的眼泪是绿色的，否则他一定会被我父母送到医院去。

当时我怎么也想不到，我弟弟源源不断的绿色眼泪，其实堪称奇迹的恩典。我们走进咸水塘工农子弟学校的大门时，那些绿色眼泪像一帘绿丝绒帷幕，在我弟弟眼前徐徐拉开。我们班的张莉莉和顾红正并排走在我们前面，张莉莉走路采用了成年妇女妖娆的走法，扭腰摆臀的，而顾红像以往一样，为了掩饰过于丰满的胸部，她含胸驼背，步态像一个老人。我弟弟睁大眼睛瞪着她们的背影，好像受到了惊吓，我以为他过早地被女孩的身体吸引了，我说，你在看什么？我弟弟揉了揉眼睛，惊恐地看看我，忽然指着张莉莉说，她，头上有两只角！我没有听懂他的意思，什么角？你说她的辫子像两只角？他凑到我的耳边，轻声而坚定地说，不是辫子，就是两只角，像梅花鹿的角，长在她的头顶上，一边一个。

我笑起来，警告他千万别编排张莉莉，她很凶，惹了她没什么好果子吃。我弟弟委屈地说，我没有编排她，她真的有两只鹿角！似乎为了表明他的公正，他审视着顾红的背影对我说，那个胖姑娘是正常人，她的头上就没有角。他的目光跳过顾红丰满的臀部，落在顾红的右手上，一下呆滞不动了。我看见顾红那只手提着一只花哨的淡蓝色塑料书包，并没有什么异常，但我弟弟倒吸了一口凉气，向我指着顾红的那只手，她也不正常！你看她的手，毛茸茸的那么长，那不是手，是一条尾巴！你看不见吗？它还摆来摆去，像长尾猴的尾巴！

我不知道我弟弟的眼睛是怎么回事。可能是平时对于动物世界过于迷恋，也可能是那些绿色的眼泪暂时损害了他的视觉，他的神秘发现未免过于离谱，我怎么会当真呢？这时候学校的预备铃声正好响起来，操场周边的所有人都加快了脚步，我们分道扬镳，朝各自的教室走。我记得很清楚，隔壁的二毛从走廊上飞奔而来，差点撞翻了我弟弟，二毛估计是忘了带什么东西到校，要回家去取。我看见我弟弟敏捷地往旁边一闪，然后便发出了一迭声的惊叫，木桶，木桶，一只木桶！他向我指着二毛的背影，嘴里发出语无伦次的评价，二毛是一只木桶变的，一只木桶在跑，一只木桶跑那么快！

应该是那些绿色眼泪改变了我弟弟眼里的世界，这改变带给他一些不安，一些恐惧，但恐惧与不安加起来也敌不过他内心的惊喜。他匆匆跑进教室，就像奔赴一个奇妙的新大陆。黑板状如一片绿茵茵的草地，黑板上遗留的粉笔字像白色的虫子在蠕动，白色墙壁也发绿了，似乎覆盖着一层青苔。教室里的同学都已入座，向着绿色的黑板频频点头。差不多有一半人幸运地保持着以往的样子，另一部分人却奇形怪状，其中有人勉强保留着正常的四肢，肩膀以上却模糊不清，脑袋酷似灯罩、斗笠、脸盆、钢精锅的形状。还有人头部看起来正常，身体却像太湖石垒起的假山，造型嶙峋多姿，肩上手臂上环绕着绿色的藤蔓。有人的身体像一只箩筐，箩筐里的气味因人而异，整洁干净的女孩散发青草的香味，邋里邋遢的男孩则有一股腌萝卜的酸味。有人的身体像一只煤炉，闪烁着暗绿色的火苗，从他们身边经过时，我弟弟能感受到一股热浪。有人的身体是一只腰鼓的样子，他们的双臂像鼓槌，我弟弟能听见他们的腋窝里传来了欢乐的鼓声。还有几个人坐姿别扭，我弟弟经过他们的座位，发现他们其实是蹲在凳子上的，有人蹲姿像猫，有人像小狗，有人像一只疲倦的母鸡，嘴里发出叽叽咕咕的声音，好像是要下蛋了。

那天上午我弟弟在教室里东张西望，时而傻笑，时而惊恐，当他的语文老师陈娟走进来的时候，他捂住了自己的嘴巴，以防惊叫出声。美丽的陈娟没有变形，但他看见陈娟的两条细黑弯曲的眉毛之间，长出了第三只眼睛，是一只绿色的眼睛，眼帘低垂，看起来有点忧伤，又很困倦。

我弟弟当时的同桌是顾小弟，他很难得地经受了考验，在我弟弟绿色眼泪的放射下，保持着平时的人形。我弟弟反常的举止引起了顾小弟的好奇，他认真鉴别了我弟弟的眼泪，承认那是真的眼泪，真是绿色的眼泪。可是在顾小弟看来，绿色眼泪折射的世界至多变成绿色，不可能让人变形。他不相信我弟弟的描述，尤其是美丽温和的陈娟老师。顾小弟起码花了两分钟凝视陈娟的眉心，终究看不见第三只绿色的眼睛，以他对我弟弟的了解，那不像谎言，所以顾小弟转脸端详着我弟弟的眼睛，他发现我弟弟的瞳孔映射出两片小巧玲珑的森林，左眼的森林在摇曳，右眼的森林在下雨。顾小弟恍然大悟，你的眼睛会不会有特异功能？你的眼睛，有特异功能啊！

下课的时候我弟弟被班上的孩子们团团围住了。由于他的绿色眼泪已经止住，奇迹悄然消失，很多孩子围观我弟弟的眼睛，只看见他的两个瞳孔反射出一张张好奇的人脸，并没有顾小弟所说的两片神秘的森林。所谓的特异功能无法佐证，他们都有一种上当受骗的感觉，尤其是被我弟弟认定为脸盆人、箩筐人、钢精锅人和家禽人的几个孩子，他们觉得受到了无端的侮辱，好多孩子质问我弟弟，为什么我是一只箩筐？为什么我是一只猫？凭什么说我是一只脸盆？你呢？你自己是什么东西？

你是一只猴子吗？你以为你是孙悟空吗？

面对他们愤怒的质疑，我弟弟很茫然。他不知道绿色眼泪赐予的奇迹如此短暂，当太阳在咸水塘的天空越升越高，阳光消融了空气中那股浓烈的酸味，最后一滴绿色的眼泪从他脸上跌落在课桌上，随着绿光黯淡下去，一个滑稽有趣的世界也消失了，他身边所有的同学都恢复了原有的模样。

他诚恳地告诉他们，他看不见自己，所以不知道自己是人，还是别的什么物件或者动物。这样的态度听起来很客观，让大家稍感安慰。有孩子要求他提供具体的数据，班上究竟有多少人是正常人，又有多少人变形了。我弟弟环顾周边的人，努力回顾他们在绿色眼泪中呈现的样子，最后他把同学分成了两支队伍，经过计数，未变形的有二十三人，略多于变形的十九人。变形的十九人中最多的是变成各种容器炊具，其次是家禽猫狗，也有个别孩子变得古怪，有人的脑袋变成一只南瓜，有人的身体变成了一只鸡毛掸子，还有一个塘西男孩变成了一根扁担。

塘西的好莉排在二十三人的队伍里，她被我弟弟鉴定为正常人，不仅没有感激之情，反而很不屑。她说邓东升你那眼睛算什么火眼金睛，流绿色眼泪又有什么稀奇，你连鬼魂都看不见，我家好芳只要遇上黑天气，就会流出黑色的眼泪，只要流出黑色的眼泪，她就能看见咸水塘里的鬼魂。

这一番炫耀引起了别人的兴趣，在大家纷纷追问之下，好莉透露了她二姐曾经目睹咸水塘里的水鬼上岸开大会的盛况，说他们坐在塘岸上，黑压压的一片。好芳能从水鬼们身上苔藓的颜色分辨出他们溺水死亡的时间，翠绿色代表新水鬼，深绿色或者黑色意味着水鬼溺水有些年头了，而年迈的水鬼已经长出了鱼鳞和鱼尾，能够在岸上吐泡泡了。好芳还说只要她在黑天气里从塘边走过，水鬼们便都举起长满苔藓的手臂，向着她高声抗议，脏死了！脏死了！咸水塘脏死了！

水鬼开大会的事过于奇特，大家怀疑那是好莉编造的故事，纷纷向塘西女孩蒋根妹求证，蒋根妹说她本人与好芳不睦，从不说话，她自己也没有见过水鬼开大会，不过她嫂子在黑天气里见过水汪汪的塘岸，到处是泥浆，泥浆里留下很多屁股印子，大的小的，圆的尖的，排出去好远。

我弟弟有点迷茫。黑色眼泪帮助好芳看见了水鬼，绿色眼泪让他识别出很多人的原形，比较起来哪一种眼泪的功能更加优异，实在不好定论。最遗憾的是他的绿色眼泪来得快去得也快，无论他怎么努力回忆伤心的事情，都挤不出一滴眼泪了，他知道要让奇迹再度降临，至少要等到下一个酸天气了。

6

那年秋天我弟弟一直在等待酸天气，等待酸天气带给他绿色的眼泪，等待绿色眼泪带给他欢乐的魔法。

早晨我弟弟走出家门，他向硫酸厂烟囱上的太阳行注目礼，嘴里数着：嘀嗒，嘀嗒，嘀嗒。三秒钟。接受了一次神圣的召唤之后，他就跳下台阶，去迎接自己的盛大节日了。我弟弟走在塘东的街道上，双眼像两股泉眼，绿色泪水源源不断，越流越清澈，他的脸上充满了神秘的笑意。奔涌的泪水洗濯了我弟弟的眼睛，咸水塘地区的天空在他目光里状如一片绿色的草原，流云在奔跑，有时像羊群，有时像奔马。他仰望塘西方向群星炭黑厂的烟囱，烟囱口冒出的烟是墨绿色的，像颜料慢慢洇开，画出了山水层林，塘西村的房屋与蒋家祠堂都变成了绿房子。他仰望东面的幸福硫酸厂，那一侧天际线下垂了，黄绿色的烟雾横向移动，遇到阳光仿佛烫了一层金粉，看起来是一片金碧辉煌的宫殿。他仰望北面环球水泥厂的大磨和烟囱，那座水泥磨像一个绿色的城堡，而远处第二轧钢厂烟囱里的烟，呈现出绿色花瓣的形状，他头一次看见轧钢厂的天空盛开着绿色鲜花，那么热烈，那么美丽。

以前他从未热爱过他的上学之路，现在不一样了，这条路上到处都是奇异的风景。塘东平时肮脏嘈杂的街道、房屋和店铺都显出难得的洁净，青砖、红砖、水泥、石板与瓦片一齐闪着绿色的光晕。最为奇特的是人，他不知道是绿色泪水识破了那些人的隐私，还是绿色泪水制造了那些人的秘密。沿途所见之行人，都会被绿色泪水严格地甄别，一部分人像风浪里的船，急遽地颠簸之后，经受住了考验，保持了直立行走的人形。有些人则变得神奇，他看见杂货店的歪嘴在店门口搬纸箱，脸部正常，嘴还是歪的，但他的身形状如一头巨熊，浑身是毛茸茸的绿毛，动作变得笨拙而可爱，平素凶狠的眼神也很友善。他看见骑自行车的马师傅由多种物质混合而成，他的头部由一个轮胎和几个轴承组成，装饰了松树枝，他的身体是一包水泥，双臂是两根粗壮的树杈，它们尽职地扶着自行车龙头，他的自行车经过时，我弟弟闻到了一股奇异的香味，是松针与汽油交织在一起的清香。红旗的小脚奶奶沿着墙根蹒跚而行，绿色眼泪向我弟弟显示了老妇人的秘密，她后脑勺的发髻是一只绿色的苹果，她的行走不是依靠那双著名的小脚，其实是靠她短小干瘪的手臂，那手臂静止的时候是手臂，当它们挥动起来，就是一双蝙蝠的翅膀。

他路过榨油厂，看见司机小李与张厂长坐在门口下棋，绿色眼泪显示小李是人头蛙身，肚子鼓鼓的，身上交织着绿色黑色的条纹，张厂长虽然勉强保持着人形，但眼睛的颜色、比例与位置很像兔子，尤其是耳朵，它们长长软软的，毛茸茸的，一直耷拉到肩膀上。一只青蛙与一只兔子下棋，这多么有趣，我弟弟不由得笑了起来。张厂长听见了我弟弟刺耳的笑声，你这孩子，究竟在哭还是在笑？你在看什么？我弟弟不能透露他的秘密，他凑近了张厂长的屁股，想看看他有没有长出兔子的尾巴。张厂长穿着藏青色的卡其裤子，屁股部位微微隆起了褶皱，我弟弟怀疑那是尾巴造成的，他忍不住伸出手，在那褶皱上摁了一下，张厂长惊愕地回头，这孩子究竟怎么回事？鬼头鬼脑的，你摸我老头子的屁股干什么？我弟弟被他的喊叫吓了一跳，他嗫嚅着宣布道，你没有尾巴，然后就一溜烟似的跑走了。

奔跑的时候，所有的路人在他眼里都像船一样颠簸，一个匆匆赶路的塘西男人颠簸过后回归石板的身份，颓然倒地，有个瘦小的老人坐在家门口，忽然向上矫健地一跳，手挂到了檐下的钩子上，晃荡几下就变成了一只拖把，还在往下滴水。李蓓蕾变形之后依然漂亮，她以孔雀开屏的形象示人，款款地走在街上。我弟弟之前见过变成梅花鹿的女孩，见过变成水晶花瓶的女孩，相比起来李蓓蕾最难得，但对我弟弟来说，美丽的变形没有什么意思，变得有趣才是他的心爱。

我弟弟看见了久违的小宽，他站在联防队办公室门口抽烟。小宽在绿色眼泪里剧烈地摇晃，努力保持他英武的形象，但是摇晃的结果并不理想，他肩部以下健美的四肢虽被留住了，脖子脑袋很快变成了一只坛子，有袅袅的烟雾从坛子里升起来。一只坛子冒着烟。一只冒烟的坛子与一个健美的身体搭配，看起来威武而和谐，这让我弟弟感到神奇。坛子冒烟了！他这么惊叹着，不禁朝小宽多看了几眼。这下惹了麻烦，小宽扔掉了半截香烟，朝我弟弟追过来，蒲招娣的儿子，你刚刚喊我什么？给我站住！

我弟弟撒腿就跑，但他哪儿跑得过小宽呢？他听见身后小宽的脚步声里混杂着咕咚咕咚的声音，应该是坛子里晃动的水声，那声音越来越响，然后他的衣领就被小宽拽住了。

也算是旧地重游，我弟弟被小宽拽进了塘东联防队的办公室。恐惧让他哭泣起来，这是真正的哭泣，他看见自己的眼泪落在手背上，晶莹透明，很快消融，只留一小点湿痕。不是绿色的。那是真正的眼泪，真正的眼泪赶走了绿眼泪，绿眼泪的魔法便消失了。

他看见小宽站在他面前，挺拔威武。他肩部以上的坛子不见了，坛子里的烟消散了。小宽脖子上的喉结深沉地耸动着，他英俊的面孔略显浮肿，鼻孔里钻出了一根黑色的鼻毛，他抹了发蜡的头发遮不住头上的伤疤，那些伤疤闪烁着粉红色的光，纵横交错，很像一张交通路线图。

除了三个联防队员，办公室里还有人在等候处理。其中一个塘西老头卖菜骗秤，被人从菜市场揪来，他手里紧紧抓着半截秤杆，朝联防队员小陈大声抱怨，他最多骗了二两青菜的重量，三分钱都不到，这把秤却被折断了，损失起码要五块钱。还有两个半大的男孩蹲在墙角，脚边堆着两条腌鱼一块咸肉，还有一块肥皂一只板刷，那都是容易被小偷顺手牵羊的东西，明显属于起获的赃物。兄弟俩的眉眼看起来似曾相识，我弟弟记得那是花桥镇的小偷兄弟，上次来榨油厂偷过菜油，这次竟然又来，他们如此执着地选择塘东作案，一定激怒了塘东联防队，他们大动干戈，对兄弟俩动用了手铐，一副手铐两个环，恰好供两人的脚踝共享。那小男孩一定是对我弟弟产生了误会，他伸手抓我弟弟的书包，好奇地捏了捏，你偷了什么？我弟弟踢了他一脚，怒吼道，这是书包！我什么都没偷，你们是小偷，我不是小偷！

关于我弟弟的绿眼泪传闻，联防队员们明显都听说了。小宽用手指刮了一滴我弟弟的眼泪，眯着眼睛看了会儿，这不是透明的么，什么绿色眼泪？我就知道是谣言。他对老秦说，谣言满天飞，这塘东街道的人，没有谣言就活不下去，现在连小学生也开始造谣了！

老秦说，那不是邓站长的小儿子么，看上去是个好孩子呀。

看上去好能说明什么？小宽说，他头脑里的东西你又看不见，肚子里不知道装了多少坏水呢。

我弟弟怯声道，我不是故意造谣的。

造谣还分故意不故意？造谣都是故意的！小宽吼起来，你的绿色眼泪呢？流一滴出来，给我们看看。

没有了。我弟弟诚恳地说，现在没有了，绿眼泪不是说有就能有的，要遇上酸

天气，要在早晨，要在阴天，太阳升高了就没有了，我也不知道怎么回事，

你还有科学根据？还讲究天气条件？小宽似乎有点想笑，又忍住了，你说陈娟老师有三只眼睛？你说歪嘴是一头熊？你说春风是一把斧头？你说塘东人只有一半是正常人，还有一半都是妖魔鬼怪变的，是不是你说的？

我弟弟观察着小宽的表情，鼓足勇气矫正了他的说法，他们不是妖魔鬼怪，妖魔鬼怪吓人，他们不吓人，他们害怕人。我统计过了，变鸡鸭牛羊的最多，说明他们好心，有牺牲精神，愿意给人吃掉！变箩筐变扁担变铲子变斧头的，说明他们爱劳动，还有变石块变木料变水泥包的，盖房子建工厂都需要，说明他们要为国家建设添砖加瓦——他的辩护越来越流利，眼睛渐渐流露出自信的光芒，最后他用响亮的声音宣布，就算他们是鬼怪，也在为社会作贡献！

我弟弟听见了小陈和老秦的笑声，他们不是被他的智慧感染了，便是被他的稚气逗笑了。那个塘西老汉一定是文盲，他木然地瞪着我弟弟，听不懂我弟弟的观点，只是低声咕哝，这孩子的嘴真能瞎说，做了鬼还能上工地干活？盖鬼屋吗？被铐着的小偷兄弟反应不一，弟弟在咧嘴傻笑，哥哥却对我弟弟的口才厌恶透顶，他斜眼看了我弟弟一眼，骂了句恶毒的脏话，屁眼抹香水，放香屁！

小宽没有笑，但他为了表达某种赏识，摸了下我弟弟的头。我弟弟以为可以离开了，他往门边走，却被小宽一把拉住了。小宽弯着腰凝视我弟弟的眼睛，突然问，那我呢，我变了什么？你刚才说我是坛子？是烟？我是坛子还是烟？

我弟弟愣了一下，他决定隐瞒真相。我没看见坛子，没看见烟。他坚定地说，你是人，你是一个人。

小宽这次笑了，他的眼神里有一丝难得的暖意，使我弟弟受宠若惊。那他们呢？小宽用手指指他的同事，老秦和小陈两个人呢？他们是什么？

人。我弟弟说，他们没变，都是人。

小宽又指指那个塘西老汉，他呢？他是不是人？

我弟弟看了眼塘西老汉，说，他也是人，很老的人。

怎么会？小宽嘴里吔的一声，他也是人？你好好看看这老头，卖个青菜还骗秤，怎么会是人？

我弟弟为难了，他揉揉眼睛，看看那老汉，又看看他手里那半截秤杆，最后他顺应了小宽的诱导，他是一堆柴禾。他咽了口唾沫说，他是一堆柴禾变的人。

小宽开心地笑起来，他的手最后指向蹲在墙角的兄弟俩，他们是什么？他们是不是人？

我弟弟的目光首先与那哥哥撞在一起，瞬间撞出复仇的火花，这次他毫不犹豫地宣布，他是小偷，小偷不是人！我弟弟用响亮的声音说，他是一堆大粪变的，他是一个粪人，粪人！

7

我父母不相信我弟弟的绿色眼泪。

最初来向我母亲告状的是隔壁大毛他妈，她也不相信什么绿色眼泪，只是来声讨我弟弟的嘴巴。招娣，你知不知道你儿子在学校怎么诬蔑二毛的？他说二毛不是人，是一只木桶变的！木桶是什么意思？

大毛他妈忿忿质问，二毛是我生出来的，他是一只木桶我是什么？我也不是人？我也是一只木桶变的？

我母亲当时认为那是小孩子斗嘴的胡言乱语，大人不该为此较真，她甚至都没向大毛他妈道歉，只是随口敷衍，我家东升从小就喜欢胡说八道，他嘴巴是讨厌的，一只木桶能是啥意思？我也不懂呀，下次你让二毛骂回去，也骂他不是人，骂他是一只脸盆变的！

第二个告状的是红旗的奶奶。老人年岁大了，告状告得悲怆，却多少有点言不及义。她在街上拦住我母亲，要求我母亲好好教育孩子如何尊重老人，不能随意羞辱一个老人。你儿子到处说我走路不靠两只小脚，靠背上的蝙蝠翅膀飞的，那我还是人吗？那不是骂我蝙蝠精吗？老妇人眼里噙满屈辱的泪水，她说招娣呀，我待你一直客客气气的，我一只脚都踏进棺材的人了，孩子为什么要这么糟蹋我的名声？我怎么就是蝙蝠精？怕是他在家听大人说我什么闲话了吧？

我母亲判断那是一个误会，她向红旗奶奶表明了我们全家对她的爱戴之情后，话锋一转，把错误怪到了我父亲头上，红旗他奶奶呀，我知道孩子为什么胡言乱语了，都怪那些小人书！他爸爸喜欢给孩子买小人书看呀，那什么孙悟空三打白骨精，孩子天天看一遍，这不把脑子看坏了？他以为自己是孙悟空，看谁都是妖怪呀。

这似乎连道歉都算不上，明显是在为我弟弟开脱了，红旗奶奶很不满意，她怒视着我母亲，突然冷笑一声，那按你这么说话，也不算是他爸爸的错，都是孙悟空的错了？老妇人迈开小脚就走，走了几步又回头，指指自己的小脚，拍拍自己的肩膀，招娣你看清楚了吗？我这双小脚还能不能走路，我肩膀上有没有蝙蝠翅膀？我是不是蝙蝠精？

我母亲羞惭地看着老妇人的背影，头脑里灵光一现，蝙蝠是吉祥的呀！她追上去，凑着老妇人的耳朵大声劝慰道，红旗奶奶你没有文化你不懂，当年大户人家的家里，床架上屋檐上椅子上都要雕几只蝙蝠的，蝙蝠代表福气代表长寿呀，红旗他奶奶，我儿子不是糟践你，他是看出来了，你会长命百岁的！

直到学校的陈娟老师来家访，我母亲才相信我弟弟的绿色眼泪惹了大事。陈娟告诉我母亲，我弟弟指认她有三只眼睛，害得她现在每天要多照几遍镜子，半夜被噩梦惊醒，也要跑到镜子前检查一下。班级里好多孩子被我弟弟鉴别为动物容器树木什么的，甚至还有鼠人、癞蛤蟆人、痰盂人，带着明显的侮辱性了，这其中大多是三好学生——这说明什么呢？陈娟分析我弟弟可能是出于妒忌，故意丑化他们的形象，虽说童言无忌，她也不敢草率认定我弟弟的道德品质有问题，但孩子的眼睛一定出大问题了。陈娟诚挚地督促我母亲，绿眼泪必须引起重视，家长再忙也要带孩子去医院看病了。

我母亲送走陈娟，在门口站了半天才缓过神来，厉声喊我弟弟，听不见回应，隔壁二毛幸灾乐祸地跑过来，用一种喜悦的声音对我母亲喊，他怕了，他逃亡了，他说他逃亡去了。

黄昏时分我和我父亲在环球水泥厂的围墙下找到了他。我弟弟正钻在蓖麻丛里，独自摆弄扑克牌，屁股下面垫着一件来路不明的破雨衣。原来的逃亡计划应该是被取消了，他在蓖麻丛里进退两难，看见我们倒有了台阶，冷静地收起了扑克牌，没有了没有了！他对我父亲喊着，声音听起来很委屈，我的绿眼泪，早就没有了！

我弟弟畏惧我母亲，一进家门，看见我母亲拿着扫帚迎候着，他意识到大难临头，眼泪便簌簌地流出了眼眶。我母亲很轻易地得到了他的眼泪，蘸了放在指尖看，那滴眼泪透明无色，像一滴露珠。不是绿色。不是绿色眼泪。

怎么是透明的？怎么不是绿色？你的绿色眼泪呢？在我母亲的嚷嚷声里，我弟弟哭得更加悲恸了。他一边哭，一边尖锐地抱怨着什么，因为泣不成声，抱怨的内容需要仔细分辨，大致的意思是：绿眼泪是在酸天气里自然分泌的，要有绿眼泪就不能哭，真哭就没有绿眼泪。绿眼泪是珍贵的神秘物质，没什么可怕，现在给你们大惊小怪的吓没了，你们害我哭，流了那么多真眼泪，连酸天气我也没有绿眼泪了，你们什么也没损失，我的损失才是最大的，现在我看谁都是原来的样子，都不肯变形，这个世界一点意思都没有了。

那滴眼泪快要从我母亲手指上滴落了，由于我弟弟的哭泣来得快去得也快，那很可能是最后一滴眼泪，我母亲一着急便将手指放进了嘴里，吮了一下。像是品尝烈酒一样，她皱着眉头，咂巴舌头，脸上是类似探险的表情。我们三个人都惊骇地瞪着她。她对我父亲说，你们这么看着我干什么？他小时候连屎尿都进过我嘴，一滴泪还能是毒药？还能吃死我？我倒要尝尝，他流的是人泪，还是神仙的泪？

品尝的过程一波三折，我母亲的表情忽而紧张，忽而享受，忽而又显茫然。她告诉我父亲，我弟弟的眼泪果然不普通，其滋味不咸不涩，先是苦，后是甜，带有一丝明显的清香，像是当年乳牛场青草堆散发的气味。她建议我父亲亲口尝一下，我父亲挥挥手拒绝了。他说，明天带孩子去医院看眼科，他的眼睛究竟怎么回事，谁说了都不算，眼科医生说了算！

我母亲其实内疚。她怀疑我弟弟的绿眼泪来自她的遗传或者传染，母亲黑白不分，儿子人鬼混淆，他们眼睛里的世界似乎在互相呼应，又在相互补充，他们分享了一个奇迹，也拥有了一个共同的污点——他们的眼睛一样地不被信任。谁能信任他们呢？之前没有人相信她的眼睛分不清黑白，现在没有人相信我弟弟的绿色眼泪具有魔法，谁敢相信呢？医生也仍然不敢相信。我母亲看着我弟弟的眼睛，就像在镜子里注视自己的伤疤。在一番思忖之后，她作出了一个令人惊异的决定，明天不去医院。她像是安慰我弟弟，也像是向我父亲宣布，那些狗屁医生治不了我们咸水塘的眼病，妈妈来试试，妈妈来治。

8

我母亲为我弟弟配制秘药的灵感，主要来自塘东菜市场。

她多次遇见冷梅珍守在家禽摊子边，等着人家现杀活鹅，冷梅珍不是要鹅肉，要的是鹅心鹅肝，还要鹅眼睛，她不免好奇，问她为什么如此喜欢这些鹅杂，冷梅珍说哪儿是我喜欢，是给我女儿卤了吃的，她喜欢鹅心鹅肝，鹅眼睛不肯吃，要逼着她闭上眼睛吃的。我母亲问她为什么要逼女儿吃鹅眼睛，冷梅珍说，那是我婆婆告诉我的秘方呀，治胆小病的，你知道我女儿胆小到什么程度，七八岁了，街上哪个陌生人看她一眼，她就能吓哭了，现在七八只鹅眼睛吃下去，胆子大多了，一个人能去供销社打酱油了。我母亲不以为然，还是吃什么补什么那一套么，因为鹅眼看人小，鹅胆大不怕人？她说要按照这个道理，人吃了老虎胆就敢吃人了，吃了鸽子翅膀就能飞了吗？这秘方一听就不科学呀。冷梅珍却自有主见，她说，你不要学你家邓站长说话呀，满嘴科学满嘴思想的，我告诉你，老人那一套不可全信也不可不信，吃什么补什么也要区别对待，不都是错的，不信你去问问你家老邓，吃过牛鞭驴鞭没有？吃了夜里有没有用？我母亲一怔，捂嘴笑起来，打了冷梅珍一下，你怎么扯那事上去了？我跟你说正经的呢。那冷梅珍说，我也说正经的呢，实践是检验真理的唯一标准，我昨天还看见你家老邓在供销社门口刷这标语呢，这话有点道理，不实践你怎么知道呢？我反正检验过了，小孩吃了鹅眼，胆子真的大多了呀！

或许是逼上梁山了，我母亲也决定去实践。她想到的第一个方法是收集塘东孩子健康完美的眼泪，去补我弟弟的眼睛。她认真地拟了一份名单，选的是大家公认的好孩子，身体健康，学习也好，隔壁二毛的名字被列在最后，也许我母亲认为他的眼睛虽然很好，但思想品德不能保证，所以名字后带了个问号，是机动或者候补的意思。

我弟弟的同学马凯歌在名单中位列第一，也是我母亲第一个上门拜访的对象。马凯歌的妈妈是幸福硫酸厂的财务会计，平素对谁都很客气，她听我母亲解释半天，虽然觉得她的偏方古怪，马凯歌的眼泪也不容易收集，但看在我母亲送去的鸡蛋份上，还是勉强接过了我母亲的小瓶子。偏偏马凯歌当时正在家里写作业，都听见了，他从房间里冲出来，明确表达了不合作的态度。他对我母亲喊，你家邓东升丑化我，他说我是一个锣鼓人，他说我没有头没有身体，只剩两条腿是人腿，他说我的头是一面锣，我的身体是一只鼓！我母亲对他赔着笑脸说，哪来什么锣鼓人？我家东升的眼睛出了问题，你们不是看见他流过绿眼泪吗？他不是故意丑化你呀，他在家里都夸你，说马凯歌是班上最好的学生。马凯歌不屑这样的吹捧，瞟一眼桌子上的小瓶子和几个鸡蛋，对我母亲嚷嚷道，我不哭，哪来的眼泪？就算有，也不给邓东升。女会计过来拉扯他，骂他对长辈不讲礼貌，他便对她喊起来，你不是爱流眼泪吗？你把你的眼泪攒起来给他。

出师不利。我母亲没想到收集好孩子的眼泪会那么难。原来列举的好孩子名单，她估算了一下成功率，毅然删掉了好几个。凭借她与小王丽萍深厚的友情，她从小王丽萍手上顺利地得到了她儿子强强的眼泪。但强强的泪量实在太少，连一个小瓶子的底都盖不住，要斜着瓶子才能看见。小王丽萍从我母亲的表情中看出来她不满意，小王丽萍脸色便也不好看了，我儿子不爱哭的，怎么骂他都不哭，要打狠了才能流眼泪。她用一种爱莫能助的语气解释了她的难处，我找了个借口拿鞋底打他，才得到这点泪，再要多就要下重手，你说我儿子那么乖，平白无故的我怎么舍得往死里打？

从张培芳那里，我母亲得到了她小儿子的小半瓶眼泪，数量不算少，不过打开瓶盖就能闻到一股清凉油刺鼻的气味，很明显，那不是自然流出的眼泪，张培芳一定是给她小儿子眼眶边抹了清凉油，通过药物刺激得到的眼泪，无疑属于次品，那只瓶子便被我母亲随手放进了碗柜。

泪量最多的一瓶是我弟弟从学校带回家交给我母亲的，瓶盖上小心地贴了封条，那是李白兰的儿子小光的眼泪。我母亲一开瓶子就闻到了一股尿骚气，倒出来一看，液体黄黄的，哪儿是什么眼泪？分明是孩子的尿液。我母亲气疯了，问我弟弟小光为什么作弄他。我弟弟承认小光在报复他，因为他告诉过其他同学，小光在他的绿眼泪面前虽然有完整的人脸，但身体是一匹马，马尾巴有两条，一条在屁股上，另一条长在脖子下面。我母亲便忿忿地说，人脸马身也不算什么呀？有两条马尾巴又怎么了？怪我瞎了眼，怎么还以为小光是个好孩子？可惜了我的鸡蛋，白白喂了个小坏蛋，明天我就去供销社找李白兰！

无论数量还是质量，收集到的眼泪都很不理想，但我母亲还是咬牙坚持她的实践。让她费神的是一些制剂的细节，好眼泪是直接口服还是用以滴眼？这是第一个问题。要不要消毒则是第二个问题。按照她的卫生习惯，应该是煮沸消毒的，但收集来的眼泪本来不多，如果煮沸了，会不会挥发光了？即使不挥发，煮沸的眼泪还是不是眼泪？带着这些疑问，她去环球水泥厂的医务室咨询了厂医年医生。尽管年医生医疗水平有限，毕竟接受过专业培训，她对我母亲的奇思异想表示鄙夷，向我母亲直率地指出，所谓以泪补泪的实践就是旧时代神汉巫婆的把戏，可笑之至。我母亲说，我也讨厌神汉巫婆的，可是摊上这样古怪的眼病，跑医院都说你不是眼病，要不说你瞎编，要不说你是精神病呀，你还能有什么办法？只能自己治。随别人怎么说吧，为了儿子，做一次巫婆也没什么丢脸的。

都是做母亲的人，年医生似乎被我母亲打动了，她许诺我母亲，一定帮她去咨询最权威的医学专家。过了几天她告诉我母亲，专家认为我弟弟的头脑里可能有脑雾，脑雾是罕见的疾病，可能不是眼疾，而是脑疾。我母亲惊叫，脑子里还能起雾？是酸天气的空气钻进我儿子的脑子里了？从哪儿钻进去的，耳朵？鼻孔？嘴巴？还是眼睛吧？专家有没有说，他的绿眼泪是怎么回事？年医生也不敢贸然判断，不过，对我弟弟的眼睛，她抱有较为乐观的态度，你儿子的绿眼泪说不定就是酸天气过敏，过敏了会有暂时性的幻觉，孩子的适应能力强，他迟早会适应的。当然，她也尽职地警告了我母亲，蒲招娣你千万不要犯糊涂，孩子的眼睛是多么金贵，俗话说人眼睛里揉不得沙子，怎么能揉进去别人的眼泪？你要是这么胡来，不怕你儿子受感染成个瞎子？我母亲坦然地看着年医生，要感染也是我先感染，要瞎也是我先瞎。她淡淡地说，我早想好了，先拿我眼睛试验，我早做好了准备，反正孩子也大了，我自己眼睛也有病，要是成个瞎子什么都看不见，心倒也定了。

我母亲最终还是从年医生那里得到了支持，针管、针筒、酒精、药棉、各种清神明目的眼药水都拿到了。她先是试了口服，用的是那些被她列为二级品的泪瓶。倒一点在调羹里一口喝下去之后，她坐在椅子上等待什么，结果并没有任何不良反应，只是打了个嗝。她大胆起来，用针筒抽了点强强的泪水，喊我过去帮忙。在她的催促与鼓励下，我用针筒往我母亲眼里注入了强强的泪水，因为慌乱手抖，大概只有三毫升泪水成功注入了我母亲的眼睛，其他都浪费在她的额头与脸颊上了。我记得我母亲的瞳仁里闪出一道璀璨的光亮，犹如太阳与月亮相撞，她的眼睛深处訇然作响，似乎有一个星球破碎了，另一个星球冉冉升起。她闭上了眼睛，僵硬的身体在椅子上一动不动，过了一会儿她缓缓睁开眼，看了看我，又看了看厨房四周，目光最后落在墙上挂着的一只铝锅上，她的脸上露出了一种神秘的微笑。

你看看那只锅，锅底是不是黑了？她指着那铝锅，欣慰地说，总算能看见那黑灰了，明天要好好用钢丝球擦一下了。

我母亲的人体试验称得上是成功的，随之而来的是原料供应问题。她收集到的好孩子的眼泪本来就稀缺，在试验中用了一些，不小心洒了一些，自然挥发了一些，到她下决心给我弟弟使用的时候，那几个宝贵的瓶子都空空如也了。我母亲又去找小王丽萍帮忙，没想到这次小王丽萍坚决地拒绝了，脸色也显得很难看。我母亲追问原因，小王丽萍说，我公公婆婆不让给呀，孩子他爸爸也不让，都说你那不是科学发明，是巫术，还说你自私，他们说强强的眼泪要是能治好你儿子的眼病，强强自己的眼睛就保不住了。我母亲百般委屈，却莫名心虚，想为自己辩护，终究缺乏有力的论据，最后她说，不给就不给吧，我这到底是巫术还是发明创造，你家公公婆婆说了不算，要靠实践证明的。

原以为最可靠的人选，不得不放弃了。她尝试去买通马凯歌，在他家门口守着他放学回家。她塞给他五毛钱，马凯歌开始是犹豫的，但当我母亲递给他瓶子的时候，他突然醒悟过来，那瓶子被狠狠地砸在地上，五毛钱也扔到了我母亲脸上。你这个巫婆，谁要你的臭钱！马凯歌说，你满脑子封建迷信思想，迟早要游街，迟早要批斗！

我母亲捡起那五毛钱，眼泪簌簌地流了出来。这是她人生中罕见的屈辱，她被一个小学生骂哭了。自尊让她放弃了原先的计划，张培芳家不去了，李白兰家也不敢去了，在黯然伤神的回家路上，她想起了我。是迫不得已，也是最可靠的一条路了，她决定采集我的眼泪。

问题是我哭不出来。我祖母去世的时候我应该哭，但葬礼上哭丧的亲戚那种表演般的哭号，甚至让我觉得好笑，我哪里哭得出来呢？我都不记得上一次哭是什么时候的事了。我没有眼泪，我母亲就没有原料。由于她笃信自然流淌的眼泪，不得使用清凉油之类的催泪物，我无法采集自己的眼泪。还有一种方法可以让人流泪，那就要长时间凝视太阳，但那么做明显会伤了我的眼睛，我母亲不允许。皮肉之苦当然也可能让我流泪，这又不免有拆东墙补西墙之嫌，她不忍心。我母亲一再让我想想伤心的事情，可是我想来想去，伤心事虽有一些，但哪一件事都不至于让我流出泪来。不管我怎么费劲地培养伤心的情绪，我母亲每次都只能收到一个空碗。她急眼了，挥着空碗对我喊，你给我闭着眼睛想想，你只有一个亲弟弟，他眼睛要是瞎了，以后拄着个棍子在街上要饭，别人什么都不给他，还放狗咬他，你伤心不伤心？我闭上眼睛屏息想象那一幕场景，心里真的难受起来，眼圈红了，但眼泪还是流不出来。我母亲看到了一点希望，就像一个导演给演员说戏，因为演员愚笨，她不得不层层加码。还是流不出来？她说，那好吧，你干脆再想一想我，要是我和弟弟眼睛都瞎了，我没有什么活头了，要是我把弟弟丢给你和你爸爸，自己投了咸水塘，淹死了，淹死了——你别瞪着我，就当那是真的，从此以后我就像你奶奶一样挂在墙上了，你想想你想想啊！

这次，我母亲的引导产生了奇异的效果，我只是看了一眼我祖母挂在墙上的遗像，又想起花桥镇的那对小偷兄弟被拴在联防队门口示众的情景，眼泪一下奔涌了出来。我母亲自己的眼睛也红了，但她还是冷静地将碗放到了我的下颌处，接住了我所有的眼泪。

9

遇到酸天气，我母亲每天要为我弟弟点她自制的眼药水，原料主要是我的眼泪，辅以医院配给的红霉素、清神明目滴眼液之类的东西。她像一个谨慎的医生时时观察自己的病人，当然，医疗效果少不了要听我弟弟的自述。

我弟弟告诉我母亲，自从我的眼泪进入了他的眼睛，每个酸天气的早晨，太阳恢复了金色，咸水塘的天空是彩色的天空，空气中的酸味也类似橘子皮，闻起来类似一股清香。这样泛泛平庸的描述，似乎来自他的语文课本，不足以让我母亲完全采信，她要他说得具体一点，详细一点。我弟弟抬头审视咸水塘的天空，他具体描述了水泥厂上空的一大片棉花地，说棉铃像一串串白色的葡萄，一群女孩出现在棉花地里，女孩自己的形状像棉花，所以他看见一群棉花在天上摘棉花。这描述既美好，也有了童真的特点，使我母亲受到了感染。她抬头北望，虽然天上没有那群像棉花的女孩，但水泥磨上空的云朵确实有点像一片棉花地。我母亲心中暗喜，她用手指向幸福硫酸厂的烟囱，问他在东边看见了什么。我弟弟告诉我母亲，幸福硫酸厂的烟囱旁边围绕着一条椭圆形的跑道，跑道是金黄色的，霞光一片片的，五颜六色，它们在运动，像是很多彩色的小鸡小鸭在跑道上参加跑步比赛，有时小鸡跑在了前面，有时小鸭超越了小鸡。这描述同样出乎我母亲预料，硫酸厂一侧的天空在她眼里是浑浊的一片，霞光被黄色烟雾所笼罩，是有苦难言的样子，她怎么也看不见环绕烟囱的金黄色跑道，自然也看不见跑步的小鸡小鸭。我弟弟对硫酸厂天空的评价如此独特，我母亲怀疑他故意夸张，但验证其真伪有难度，也没有必要，既然看见了美好，她算是安心了。

剩下的便是街上的人。如何辨识塘东的居民？我弟弟还会不会指人为兽？这是最得罪人的事，也是我母亲最在意的结果。他们最早遇见的是红旗的奶奶，她正坐在家门口，用一把刨刀为白萝卜去皮，削下来的萝卜皮都收入了一只小篮子里，那是要用来腌制做酱菜的。那善良的老妇人被我弟弟指认为蝙蝠精，我母亲想起来就歉疚，她问我弟弟，你看今天红旗奶奶的肩膀上，还有没有一对蝙蝠翅膀？我弟弟果断摇头，没有，现在她没有翅膀了。我母亲追问，那红旗奶奶不是蝙蝠精了，是个正常的老人？我弟弟点头，说，只要她爱劳动，她会活到一百岁的。这让我母亲很欣喜，为了还清某种道义债务，她拉着我弟弟跑到了红旗奶奶身边，让他亲口说出那份祝福。我弟弟忸怩了一下，对着茫然的老妇人说，奶奶，只要你热爱劳动，你会活到一百岁的。红旗奶奶明白过来，明显有点感激，她对我母亲说，招娣啊，托孩子的吉言，我本来就劳碌命，怎么会不劳动呢？等我腌好了这些萝卜皮，送一碗去给你尝尝。

他们走过榨油厂门口的时候，司机小李正在用水管清洗他的解放牌卡车，晨光映照着绿色的卡车，小李矮胖的身体套在一件旧军服里，稍稍鼓突的眼睛以及全身都反射出一种暗绿色的光。我母亲忽然觉得他被我弟弟指认为蛤蟆人，似乎是无风不起浪，所以她偷偷地捂嘴笑了一下。她问我弟弟，你看小李叔叔今天怎么样，他还是蛤蟆人吗？我弟弟认真看了眼小李，他说，他的眼睛虽然像蛤蟆，但他不是蛤蟆人，只要他天天这样辛勤工作，他明年不是先进个人就是劳动模范。我母亲有点惊讶，她能猜到我弟弟是从我家墙上的奖状懂得这些成人世界的荣誉，但她不知道他的眼睛吐故纳新之后，会如此赞美他人，这样的赞美听起来刻板，却是那么世故。

她开始怀疑我弟弟是否真诚，这与她的临床诊断息息相关。在春风家门口她突然让我弟弟停住，检查了他的眼睛。我弟弟的眼睛晶莹透明，眼神无辜，没有泪水。他明亮的瞳孔反射出她的脸，依稀有几只幼小的白蝴蝶匆匆掠过，那不是专家所说的雾，是白蝴蝶。但她不能确定白蝴蝶是飞过了我弟弟的瞳孔，还是飞过了她自己的眼睛。当他们走到咸水塘工农子弟学校的门口，恰好看见隔壁的二毛走在前面，我母亲对我弟弟进行了最后一次问询，那二毛呢？他今天怎么样，是不是一个木桶人？我弟弟看看二毛的背影，看看我母亲，说，二毛不是木桶人，他虽然头脑不太聪明，只要努力学习，他今年会评上三好学生的！

那天早晨有很多人在学校门口听见我母亲大声教训我弟弟，你的眼睛好没好还不知道，怎么又添了个说谎的毛病？说谎就说谎了，你还是个小马屁精，每个人的马屁都要拍？我们家没有拍马屁的家风，你这是跟谁学的？很明显，我弟弟对二毛的积极评价让她感到挫败，她怒声道，二毛只要努力学习就会评上三好学生，那你呢？二毛得过脑膜炎的，你脑子还不如二毛聪明？你为什么不肯好好学习，领一张三好学生的奖状回家？

现在回想起来，我弟弟的改变就是那天开始的，改变的不是他的学习态度，是智慧。他的智慧节节攀升，主要用来应对我母亲，保护他眼睛的主权。酸天气来临的日子里，我母亲照例陪他上学，当他接受问询的时候，他不再饶舌，不再展望别人的美好前程，而是用简短而科学的语言向我母亲宣布，他的眼睛完全恢复了正常。

问：顾红他爷爷还是拖把人吗？他今天有没有跳到屋檐上，挂在钩子上滴水？

答：他是人，是老人！哪儿还能跳那么高？他不正坐在凳子上发呆吗？

问：那歪嘴呢，他今天还是不是熊人？

答：歪嘴也是人，嘴巴歪的也是人！虽然他身上长了好多毛，但那是男人的汗毛，不是熊皮上的毛，人是从猿猴进化来的，又不是从熊进化的。

问：看见李蓓蕾没有？你说她是孔雀人，在街上开着屏走路？

答：她是人，是女孩！她爱美，虽然她有条孔雀裙，不代表她是孔雀变的。

问：你那同学叫顾胜利？你说顾胜利是个灯罩人？灯罩人会发光？为什么他是灯罩人？

答：顾胜利是人，因为他的头很大，所以学习好，他头再大也大不过灯罩，我是开玩笑的。

问：那是塘西金娥的儿子吧，你说他

是个扁担人？他是竹子变的，他太瘦了？

答：蒋根土是人，瘦子也是人！他上学顺便挑一担菜到菜市场给他奶奶卖，经常带着根扁担进教室，我说他是扁担人，是一种形容！

或许归功于我弟弟的智慧，或许是我母亲自认为她的秘方取得了良好的疗效，她渐渐信任了我弟弟，停止了她的秘方实践。我不必再为我弟弟生产眼泪，卸下了这个沉重的负担，自然让我高兴。不过，我对我弟弟的可信度有所保留。有一天夜里我逼问他，他究竟有没有再流过绿眼泪，他带着深深的遗憾告诉我，他的绿眼泪被吓跑了，一去不返。但随后他吞吞吐吐地告诉我一件事，似乎在怪罪我，他说自从我的眼泪混进他的眼睛，他在酸天气里至少看见过三次奇异的景象，与以前不同，不是人变成动物变成器具变成植物，一切都倒过来了，是一些东西或者动物会在他眼里摇身一变，突然就成人形了。他说有一天早晨，他看见倚靠在供销社墙边的一把竹帚晃了晃，变成了李白兰，李白兰拍了拍身上的灰，还用脚扫掉了台阶上的落叶，扭着腰肢就走进供销社大门，去柜台里站着了。还有一个酸天气的中午，他看见一只鹅大摇大摆走进我们学校，走到操场边那鹅越变越大，翅膀一扑闪，便变成了我们的体育教师，体育教师在单杠上连续做了三个大回环，跳下来喘几口气，心满意足地走了。最离奇的是他在李师母家房顶上看见一只花狸猫，那猫走到屋檐边朝他喵呜喵呜叫了几声，忽然就变成了顾小兵，他坐在屋檐上吃一根玉米，还晃荡着双腿。

我弟弟依然认为自己有一双火眼金睛，只不过他变聪明了，火眼金睛不是一件可以炫耀的事，它只会招来灾难。一切必须对我母亲有所隐瞒。他在黑暗中要我保证，任何情况下都不能告诉任何人。我答应了他。很明显，为了我自己的利益，我也要为他保密。所以那天夜里我们相互指天发誓：

不告诉妈妈。

不告诉爸爸。

不告诉老师。

不告诉任何人。

绝对不告诉任何人。

谁也不能说！

永远不能说！

永远不能说出来！

第四章　外篇：塘西之乱

1

在咸水塘那边，有好些塘西村民得了嗜睡症，尤其是在黑天气里，他们嗜睡的症状会特别严重。

即使在我们咸水塘工农子弟学校，你也可以轻易地分辨出得了嗜睡症的塘西学生，只不过我们当时称其为瞌睡虫病。他们在课堂上努力坐直，与瞌睡虫搏斗，等到脑袋歪过去，基本上就睡着了。我亲耳听见前排的蒋小妹在睡梦中一边低声啜泣，一边说，喂过了，喂过了。也不知道她说喂过什么了，是猪还是鸡，或者是她出生不久的小弟弟？隔排的蒋根土擅长睁一眼闭一眼睡觉，起初瞒过了老师，以为是一种思考的表情，但他打呼噜，呼噜声还很响亮。老师用教鞭敲他的背，敲醒了他坐起来，撑了几分钟，呼噜声又响起来了，老师就把他赶出了教室。我们都记得蒋根土很委屈，他在门外忿忿地喊了一声，不怪我，怪我爹，是他传染给我的！

蒋小妹蒋根土都声称他们的瞌睡虫病是被家里的大人传染的，这很难让人相信，大家向蒋红根求证，他向我们证实那并非撒谎，但他强调不是所有塘西人都会得瞌睡虫病，有人会染上，有人不会，他自己就没有。问其究竟，蒋红根面露神秘之色，他说，我爸爸不让说出去，他说这件事情会影响安定团结。大家听着费解，蒋红根一着急，说了句没头没脑的话，你们不懂，蒋根土蒋小妹他们家，都在第一组！

瞌睡虫病还分组？这就引起了大家的兴趣。当我们向蒋红根发誓不往外声张之后，他勉强告诉了我们实情。由于塘西各家各户从事的行当不一样，村民被划分为三个小组，塘西的裁缝木匠石匠都属于第一组（手工业组），这些吃丧事饭的第一组村民，几乎所有家庭都染上了瞌睡虫病。第二组是农业组，专事棉花稻米和蔬菜种植，第三组是副业组，养家禽养水产，还养猪羊，这两组村民一切如常，每天神气活现的，没有任何人染上这古怪的毛病。

这是属于塘西的秘密：你嗜睡不嗜睡，看你属于第几组，听起来很蹊跷。具体分析，在塘西村得病也有分工，你是在为活人们的餐食忙碌，还是在为死人们缝制寿衣加工骨灰盒打造墓碑，决定了你是否染上瞌睡虫病。我们后来就明白了，蒋文良对安定团结局面的担心是有道理的，塘西人的劳作被瞌睡虫病进行了一次莫名其妙的褒贬，似乎一些人劳动光荣，理应受到保佑，另一些人的劳动不光彩，明显受到了刁难，这样的村子，怎么能安定团结呢？

可以想象，除了懒惰之人，没人愿意染上瞌睡虫病，这种反常的休眠，使半个村子的村民无精打采，该干活的时候想睡觉，该睡觉的时候往往醒着，醒着难受，又不想起床干活，就捉住枕边的人行事，所以半夜三更的，村子里到处会响起女人的叫喊与男人的喘息声。塘西人从来都是靠勤劳苦干过日子，创造财富主要依靠第一组，他们都是手艺精湛的匠人，那手艺专门奉献给整个城市的亡灵。他们的劳动常年发出特别的声音：缝纫机、锯刨的声音接近歌声，前者轻快，后者深沉，石匠打碑的声音犹如清脆的鼓声，那些声音默契地混合在一起，是我们熟悉的塘西村的声音。然而在瞌睡虫病侵袭塘西村之后，那声音喑哑了。塘西村人心惶惶，谁都知道，第一组的人瞌睡了，塘西村的经济便也打瞌睡了。

嗜睡症也让塘西村换了人间。那些老弱病残者或者头脑愚笨的人，不在第二组就在第三组，他们本来缺手艺，只在田里种菜种稻子，在塘边养鱼养鸭养黄鳝，在村里的牲口棚养猪养牛养长毛兔，赚得的工分也低些，现在却靠他们这些人日出而作日落而歇，勉强维持着塘西村的农耕景象。因此在塘西村出现了前所未有的局面，村子里经常能听见老人与妇女在训斥第一组的能工巧匠，还在睡还在睡？你们能睡我们不能睡？再这样下去明年大家都喝西北风去！

不管是在户外还是室内干活的，塘西的匠人们从早晨开始就哈欠连天了，裁缝们一拿针线眼皮就发沉，面对桌上裁剪好的寿衣料子，似乎面对一片星空，很快进入香甜的睡眠状态。石匠们木匠们大多是身强力壮的男人，但他们拿起工具手就发软，很多陌生死者的名字从墓碑上爬出来，从骨灰盒里跳出来，以长者的身份向他们发出催眠的嘘声。有无数瞌睡虫在他们头脑里飞来飞去，赶也赶不走，斗也斗不过，他们只好放任自己，睡吧，睡吧睡吧，睡就睡一会儿吧。这样，第一组的匠人们整天也不出活，著名的塘西牌寿衣、塘西牌墓碑与塘西牌骨灰盒，也就不能正常出品了。

其他组村民到蒋家祠堂找蒋文良告状，说第一组的人多拿工分，却每天都在睡觉，不干活。蒋文良最初以为他们是偷懒，只是纳闷，为什么那么多平时勤快的工匠，一下变成了大懒虫。此后他天天在村里游荡，挨家挨户去捉那些睡觉的工匠。告状的村民所言不虚，上午九点钟这样的大好时辰，他看见好几个裁缝的脑袋耷拉在桌上，下巴抵着陌生人的寿衣，有人竟然熟睡打呼，嘴里流出的口水把寿衣都打湿了。户外的石匠也一样，他们用草帽挡住灿烂的阳光，扣在脸上，将人家的石碑做枕头，躺在石料堆里呼呼大睡。

蒋文良在口袋里揣上了几盒清凉油，只要抓到睡觉的人，不问青红皂白，便用清凉油伺候人家的脑门，左边一下，右边一下，对方惊醒了，蒋文良便开始骂人，睡，睡，这时辰睡觉，怎么不进棺材睡去？你们第一组的人真不知好歹，每天多记两分工，大白天你们不干活就想睡觉？你们夜里在干什么？干那事一夜能干几次？从天黑干到天亮？你裤裆里那玩意不是肉做的，是铁钎吗？什么？夜里也睡？夜里睡白天睡，那不是猪吗？猪都知道要拱食，白天都有醒着的时候！

怎么骂也没用，蒋文良将塘西匠人们都喊去蒋家祠堂开会训话。他们坐了满满一屋子，互相交头接耳，打听别人瞌睡的情况，比较之后都觉得安慰，自己的瞌睡时长好歹比别人还短一些。谁也不知道自己的瞌睡虫是从哪儿来的，他们对此作出了各种猜测。有人抱怨群星炭黑厂的黑烟黑灰把塘西的天空弄得太黑了，他们错把白天当黑夜了，才有那么多瞌睡虫，这个观点得到了大多数人的支持，却受到了蒋文良的谴责。你们拉不出屎怪茅坑？人家炭黑厂是什么来头？一千个塘西村也抵不上一个群星炭黑厂，这厂子建了就搬不走了，要走是你走，你走哪儿去？你哪儿都去不了对不对？那就老实给我待在塘西。他看一眼祠堂窗外正午的天光，确实黑得无理，黑得压抑，便叹了口气，说，塘西天黑天亮太阳不做主了，你们自己的眼睛也不能做主，大家要看钟，让钟做主。谁家没有闹钟的，都给我去供销社买个闹钟，以后每天干活上闹钟，睡觉也上闹钟！

几个老木匠怀疑他们的嗜睡症是死者们诅咒塘西的结果，根子出在塘西裁缝们身上。或许这儿那儿有太多的死者不满塘西寿衣的品质与款式，那毕竟是人生最后一件衣服，马虎不得，寿衣上身的时候，很多死者的魂魄没散，身体还有余温，以前坊间传说，很多死者穿上塘西寿衣时，会满意地抬胳膊抬腿，配合那些穿老衣的人，现在呢？多少年都没听到这样的传说了，倒是听说香椿树街上有死者穿上塘西寿衣后，肩膀与袖管连接处绽了线，露出了腋窝下的毛，家人只能塞一块手绢进去遮丑。一旁的裁缝们听不得木匠们的怪责，他们说，一针一线缝出来的寿衣啊，哪能保证每一件都不脱线呢？死人又开不了口说话，你怎么知道他们是怪罪塘西寿衣，还是怪罪塘西骨灰盒？你们做的骨灰盒又好到哪里去了？木料不如以前了，油漆越刷越薄，榫卯也不讲究了，骨灰盒万一在地下烂光了呢？死人没了住处，一下雨，在地底下淋成个落汤鸡，他们就不生气？

第一组的匠人们内讧起来，蒋文良便要主持公道，他承认木匠与裁缝相比，确实占了便宜，塘西骨灰盒毕竟是埋在地下的，好坏只有骨灰知道，谁也不会挖出来检查质量，死人活人都评判不了。他向裁缝们指出了危机，随着蒋四奶奶和老哑巴这批老裁缝纷纷过世，最精致的手艺不复存在，塘西寿衣的口碑越来越差了，无论外贸公司还是街市上的各家寿衣店，每年都有商家要求退货。不过，塘西村有坏消息，也有好消息，好消息是蒋文良努力的结果，他自豪地透露，他最近能从外贸公司拿到一笔出口大订单：一千个手工骨灰盒，一千件寿衣，出口到欧洲，出口到港台东南亚，其中一部分寿衣是西装款式，还有一部分是非洲拉丁美洲当地的民族服饰，他看过了样品，面料都普通，款式说不清楚算是裙子还是马褂袍子，不过无所谓了，按样画葫芦，本来就是塘西裁缝的长处。

毫无疑问，出口寿衣对于塘西裁缝的手艺是一个巨大的考验，事关国际影响，有两个女裁缝当即表现出了畏难情绪，嘴里嘀咕起来，做洋寿衣呀？洋人的手脚尺寸都跟我们不一样的，要么又高又瘦，要么胸大腰粗脖子短吧？洋女人的胸有一口锅那么大呢，很容易绽线的，这寿衣让我们怎么做？做不了的，我们只会规规矩矩地做中式寿衣呀。

蒋文良听不了这泄气话，朝他们大吼一声，住嘴！你们就不配做塘西裁缝，怎么能这样瞧不起自己？还有塘西村做不了的寿衣？难道你们忘了，当年清宫里的王公贵族皇后妃子，他们的寿衣都是我们的老祖宗做的？塘西裁缝连贡品寿衣都能做，洋人又没有三头六臂，有什么不能做的？

塘西寿衣辉煌的进贡历史，匠人们也略知一二，他们对自己的手艺是自信的，只是为自己的瞌睡虫感到茫然，还有点内疚。虽然吃的是大锅饭，但大锅里有了碗里才有，这道理谁不懂？起码的集体主义精神他们都具备，要是蒋文良真的能从外贸公司拿到大订单，那么塘西牌寿衣塘西牌骨灰盒就走出国门扬威国际了，那是塘西村莫大的光荣，他们在某种程度上受到了鼓舞，都表态要与瞌睡虫病作斗争，不能给塘西村的传统手艺丢脸。最资深的老裁缝蒋老五甚至扬言，只要他不瞌睡，就算西哈努克亲王宾努亲王的寿衣，他也是敢做的。

也有人对外贸公司有所了解，他们不相信蒋文良画的大饼，担心塘西村竞争不过城里那两家国营的大型服装厂，他们说那种服装厂的生产线，几分钟就能下一件衣服，平时虽然是为活人生产服装，但遇上那么大那么光荣的订单，制作寿衣他们肯定也不会计较，我们塘西村怎么争得过人家呢？蒋文良挥挥手说，争不过也要去争取，城里那几家服装厂规模是大，可是他们是机器生产线，我们是手工，外贸公司说洋人喜欢手工的。我倒是担心板桥村跟我们抢生意，他们村不是有家小服装厂做丝绸睡衣么，你们猜那何秃子跟外贸公司怎么说的？他说做睡衣做寿衣一回事，都是穿上就躺下，只不过一个明天还要脱，另一个穿上了就永远不要脱了。

一大半匠人应声笑起来，祠堂里沉重的气氛变得有点欢快了。蒋文良依然板着脸，你们还笑？你们要是这样瞌睡下去，哭的日子在后面呢。我问你们，塘西村为什么比别的村子富裕？为什么我们做死人生意比别人做童装做奶粉生意还红火？一靠你们的手艺，二靠我挖空心思在外面跑关系呀！他手指着祠堂外面的拖拉机，你们看看那拖拉机！现在塘西村剩那么点地，也用不上拖拉机了，为什么我还留着它？逢年过节要送礼的户头太多了，我要开着拖拉机出去送礼啊。第三组为什么要养那么多鸡鸭猪羊？为什么要养那么多鱼那么多鳖？是为了你们第一组，为了塘西牌寿衣塘西牌骨灰盒的销路啊。我不吹牛，你们第一组去年的分红收入，超过人家服装厂工人一年的工资，不信？不信你们自己去打听！

匠人们都开始赞美蒋文良的领导之功，只有年轻的木匠蒋秀明不屑地摇头，说，他算什么好领导？现在什么年代了，他还天天捧着老黄历，这样的领导，早就该被历史淘汰了。

被历史淘汰是什么意思，不是人人都懂，但匠人们听出那一定不是什么好话。有人干脆挑事，直着嗓子对蒋文良喊，文良，有反对意见呀，秀明说你不是好领导，该被历史淘掉了。蒋文良一愣，说我被历史怎么了？淘掉？逃掉？什么叫被历史淘掉？及至反应过来，他几个箭步冲到了蒋秀明面前，历史是你蒋秀明写的？你想淘谁就淘谁？蒋文良指着蒋秀明的鼻子说，我为了村里的事情，天不亮就出门跑腿，半夜才有空躺下睡觉，累得我下面都硬不起来，孩子他妈都怀疑我外面有姘头，你说我该被历史淘掉？蒋秀明瞥一眼蒋文良，竟然理直气壮地说，要不要被淘汰，不是看你累不累，不是看你下面硬不硬，是看你的头脑，看你的思想观念先进不先进，不光是你要被淘汰，我们塘西村所有的产品都快被淘汰了！

蒋秀明预告塘西产业的末日时，显得有理有据的，工匠们最初听得茫然，渐渐就频频点头了。蒋秀明说最著名的塘西棺材如今已经没用了，塘西骨灰盒虽算转型产品，榫卯工艺也已经落伍，好多地方的骨灰盒不要木料也不要木匠，用金属加塑料的新材料，机器几秒钟就压出来了，雕花刻字也靠机器，他在同学家的丧事上亲眼看见一只机制骨灰盒，盒子正面印了死者的彩色照片，盒子的两侧，一侧镌刻死者生平和显赫的荣誉，另一侧刻了一首唐诗，丞相祠堂何处寻锦官城外柏森森……出师未捷身先死，长使英雄泪满襟！蒋秀明多少带着点炫耀，流利地背诵了杜甫那首诗，叉着腰问木匠组的人，你们猜一猜，两侧加起来得刻多少字？我数过的，要三百个字，要是用手工，三百个字你们要刻多久？那一个手工骨灰盒得卖多少钱才能赚回来？

这一问把木匠们都问傻了，蒋文良一时也语塞。老石匠这时候插嘴了，秀明你别在那里显摆了，还不是你同学那爷爷官大？骨灰盒上刻那么多字有什么用，埋地下给谁看？给土地爷看？要说刻字凿字，那本来就是我们的活计，谁不是天天在墓碑上凿字呢？遇上立碑的孝子贤孙多，要凿上百字呢。机器压的字不耐磨，哪里比得上手凿牢靠？蒋秀明对老石匠也不示弱，他说，你们石匠也别得意，塘西木匠塘西石匠都一样，马上也会没活干了，花桥镇上的石料加工厂已经准备接墓碑生意，你拿凿子锤子打五天，别人的水磨切割机，几分钟就能切好一块墓碑，人家凿字也不用锤子铁钎，用进口电钻！我们塘西人的营生，迟早都要淘汰，都要淘汰！

蒋文良听不得淘汰这个词，他朝蒋秀明喊了起来，淘汰淘汰，淘汰不就是像淘米淘掉砂子？你怎么不说这世界也天天在淘米，活人是米，留下来，砂子是死人，都要淘掉？别以为你有点文化就先进了，秀明我告诉你，只要这世界上天天死人，我们塘西就能活下去。我问你，就算塘西骨灰盒生意不好了，塘西墓碑卖不出去了，塘西寿衣死人要不要？哪个死人会穿塑料雨衣连衣裙羊毛衫滑雪衣落葬？你睡觉不肯好好听我说什么，人家外贸公司说外国人香港人就要我们塘西村的寿衣，就要手工的。手工你懂吧？就要一针一线缝出来的，现在听明白了？

什么叫手工，蒋秀明自然是懂的，来自外贸公司的说辞，蒋秀明一时反驳不了，但还是满脸不屑，他说塘西村做了一百多年的死人生意了，现在什么时代了，活人永远比死人多，我们为什么不面向活人，非要面向死人？做什么不能挣钱，为什么非要挣这种死人钱？

这是数典忘祖，也是在抹黑塘西村悠久的荣耀历史了。蒋文良很恼火，祠堂里的人清晰地看见他的手指戳到了蒋秀明的额头上，唾沫喷到了他脸上，蒋秀明你懂个屁，念了几本书以为自己是经济学家了？我们的祖宗不比你聪明？你知道他们聪明在哪儿？我告诉你，人人都有翘辫子的那一天，对不对？你跟活人做买卖，人家永远可买可不买，卖什么都不保险，只有寿衣，谁也没办法，不管是死前买还是死后买，每个人都要买一件，你说对不对？

匠人们看得出来，蒋秀明那年轻人对塘西村祖业的鄙视发自内心深处，不对！他梗着脖子对蒋文良喊起来，塘西人只会做死人生意，你还光荣了？难道你不知道？就是因为在死人身上赚钱，别人才瞧不起我们塘西人！

别人瞧不起算个屁，是你自己瞧不起自己。我们祖宗留下的生意哪里不光彩了？不光赚钱糊口，还做了善事——难道不是善事？要是没有我们塘西村，你让全城的死人光着屁股下葬？要是没有塘西村的骨灰盒，你让人家把骨灰装在塑料袋里下葬？要是我们塘西村不打墓碑，谁能认得自家老人的坟墓？让人家用个纸牌牌竖在墓地里？我们塘西人靠这手艺过日子，过得不比别的村子好？秀明，我原本觉得你有文化，头脑也聪明，还想培养你接我的班呢，没想到你是蒋家的不肖子孙！你既然这么嫌弃塘西，怎么还在村里当木匠？去省城去上海去北京呀，不，干脆去国务院，总理轮不上你，你争取去做个副总理吧！

这讥讽是足够辛辣了，也不知道蒋秀明是否被戳到了痛处，他忽然站起来，对蒋文良说，我迟早要走，去哪儿，干什么，是我的自由，不用你操心。

蒋秀明拂袖而去了，有几个年轻人想跟着他走，态度迟疑点的，就被长辈们摁住了。这样，绝大多数匠人都还留在蒋家祠堂，表明蒋文良依然是他们的主心骨。正逢黑天气，祠堂外面的天色昏暗，窗子上暗淡的一抹阳光很像月光，贸然提醒大家正是打瞌睡的好时辰。他们尽管哈欠不断，还是纷纷抹擦自己的眼皮，努力地谈论着塘西村的前景。蒋文良深知这时候要让村民继续开会有多难，他事先做好了准备，从口袋里一下掏出了五盒清凉油，举起来说，抹，每个人都要抹，什么都要节约，现在这清凉油节约不得。

清凉油从一个人手里传到另一个人手里，传到黄招娣的时候，她摆手拒绝了，说她不瞌睡，无需清凉油的刺激。萧木匠在旁边解释，她确实不瞌睡，她的瞌睡虫病前一阵就已经好了。别人都向黄招娣打听她有什么妙药良方，黄招娣面有难色，似乎无意透露。萧木匠在一旁说，告诉你们也没用，她拿了好福的照片放在桌子上，瞌睡虫来了就看一眼照片，看一眼她就能飞针走线，一点不犯困了。萧木匠的说法得到了会计的佐证，会计说自从第一组开始闹瞌睡虫病，塘西寿衣的产量急遽下降，只有黄招娣，过去是三天交一件寿衣，现在两天就能交一件了。

众人一时寂然，萧木匠说的应该是实话，他们都能理解黄招娣漫长的悲伤，有文化的几个年轻人互相嘀咕，说，那不就是化悲痛为力量吗？问题在于黄招娣的悲痛难以复制，别人家都没丢过儿子，有人遇到过孩子早夭父母早亡之事，要说看照片能管用，也都是死者的遗照，挂在墙上了，最伤心最悲恸的时刻早已过去，你再往墙上看那些消失的亲人，就像看着一个熟悉的陌生人，若是努力唤回些记忆，兴许还能掉下些泪，但至多能止住五分钟的瞌睡虫，怎么能保证从早到晚精神焕发呢？

大家围住黄招娣，要她亲口传授经验。黄招娣的眼睛里放出了难得的光亮，我也瞌睡了好一阵子的，别说是拿着针线打瞌睡，我做饭往灶膛里填柴禾都能睡着，手都差点烫坏呀。她说，我想想只有我家好福能止住我的瞌睡虫了，就拿了他的小照片放在眼前，开始是哭，流不尽的眼泪，后来眼睛哭肿了，眼泪也流光了，说出来你们不相信的，只要我一瞌睡，就听见照片开口说话了，妈妈别睡，别睡，我马上回家了！

匠人们了解黄招娣的思儿之苦，但照片说话这样的事情谁能相信呢？他们纷纷表示，那不是黄招娣的耳朵出了问题，便是她的思子之心战胜了瞌睡虫病，对于他们来说，那秘方是没用的。黄招娣很委屈，说，我就知道你们不相信，随便你们信不信，你们虽然没丢儿子，但谁不是爹养娘生的？回家试一试，看看他们的照片，哪怕他们的照片不说话，你想一想爹娘活着时候的事，从记事时候想，这不起码能想个一整天吗？

毕竟是找张照片摆在眼前而已，不费什么事，开始有人效仿黄招娣了。匠人们各家各户状况不同，父母双亡的人中，有的感念父爱，有的爱戴母亲，一打瞌睡就看一眼父母的照片，会想起业已消失的母爱或者父爱，照片沉默着，像一张照片该有的样子，他们听不见父母在照片上说话，但会回忆起一些别的声音，譬如小时候母亲催促去菜地摘菜的声音，父亲训斥自己懒惰的声音，又比如父母夜间在床上发出的奇怪的声音。有人刚刚还热泪盈眶的，忽然又噗嗤笑出了声来，这样又哭又笑的，确实把瞌睡虫赶走了。像女裁缝王大妹那样的情况特殊，她母亲难产而死，王大妹此生从未见过亲生母亲，也没有她的照片，手上只有父亲和继母生前的一张合影，也是被水洇湿过的。她看照片上的亡父，眼神恐慌，脸部半黄半白，怎么都不像父亲的样子，只像一个似曾相识的故人，他的好与坏，记忆一概都已经模糊。而照片上的继母人还健在，住在百里之外她的异母兄弟家里，父亲在照片上保持沉默，这个继母却应了黄招娣的说法，盯她盯久了，她的嘴巴便撇起来，在照片上发出了清晰而刻薄的声音，太阳都升那么高了，你还打瞌睡？没看见猪都起来拱食了？吃了两碗粥了，吃了三根咸萝卜了，你还要吃？猪都没你吃得多！王大妹回忆起她弟弟妹妹纷纷出生以后，有好几年她睡在猪圈一角的草堆上，天天听着猪的呼噜入睡。她盯着照片看，看得心里充满了恨，那仇恨绵长而尖锐，穿越岁月而来，足以消灭她的睡意，不仅不瞌睡，王大妹的儿女亲眼看见她在飞针走线的同时，忽然用针去戳几下照片，嘴里说，你还活着？不该死的死了，该死的不死，死的怎么不是你？

还是有些幸福的匠人家庭，父母双全甚至四代同堂的，他们就没有办法学习黄招娣。家里所有的照片只能彰显他们的福气和幸运，偏偏在黄招娣的秘方流行之际，福气与幸运反倒成了他们的软肋，怎么挑选照片，都会让他们感念自己的幸福，而这种幸福感只能加剧瞌睡的症状，他们眼看着一些人的瞌睡病好了，自己却不好，就有人尝试移花接木的办法，向黄招娣索要好福的照片，看看那不幸的孩子能否赶走自己的瞌睡虫。

当年满世界寻子，黄招娣去照相馆印了不少好福的照片，没用掉的装在照相馆的纸袋里，放进了抽屉。那照相馆偏偏叫个幸福照相馆，幸福两个字便赫然印在那纸袋上。这么多年过去了，幸福一直默默收藏着不幸，好福的照片虽然发黄了，黄招娣起初还是不舍得随便给人，但转念一想，儿子若还在世上，早已不是照片上的模样了，反正底片还在，照片自家留两张便行，其他的不如给人试试，要是好福的照片也能止住别人的瞌睡病，也算是件积德的好事。

几个女裁缝从黄招娣那里得到了好福的照片，黑天气一来，就把照片摆在桌子上做活，瞌睡了便看一眼。之前她们对那个失踪的小男孩已经了无印象，现在他在照片上木然地瞪着你，生死不明，他的相貌既不可爱也不丑陋，就像塘西村所有的小男孩，就像她们自己的儿子。从驱赶瞌睡虫的角度来说，几个女裁缝从照片那里得到了不同的疗愈效果。

吴巧娣听到过照片的哭声，那哭声很像自家儿子的啼哭，这使得吴巧娣心神不宁。她的儿子刚学会走路，是最熬人的年纪，白天她把儿子送到公婆家去，晚上才接回家，当好福的照片发出最初的啼哭，吴巧娣不敢相信，以为是公婆悄悄把儿子送回家了。她在家里四处搜寻，最后将耳朵贴着照片仔细倾听，确定是照片在哭。惊慌之下吴巧娣随手抓起一只杯子，盖住了照片，哭声被盖住了，但她的瞌睡虫很快便来了。于是她又拿走杯子，面对着好福的照片，她看那男孩的眉眼，越看越像自己的儿子。当照片爆发出第二次啼哭的时候，她从凳子上跳了起来，奔出门去，径直冲到了公婆家。隔着公婆家窗子她便听见了自己儿子的啼哭，似乎是照片的回声。她从半掩的窗子里看见婆婆在给孩子换尿布，一下就推开了窗子，孩子怎么了？哭个不停的？她婆婆向吴巧娣挥动着一块脏尿布，没好气地说，什么叫哭个不停？总共就哭过两回，刚才是跌了一下，现在是换尿布，孩子一换尿布就要哭，难道你不知道的吗？吴巧娣一下愣在窗外了，今天总共哭过两回？她说，好福那照片，也真是有灵了。

女裁缝谷三妹声称她听到过好福的照片说话。午后两点是她的瞌睡虫最厉害的时候，每当墙上的挂钟当当敲两下，那照片便会回应钟摆，跳两下，发出两个清晰的音节，妈妈。虽然不如黄招娣描绘得那么神奇，但这一声妈妈对于谷三妹充满了别样的滋味。谷三妹生下两个女儿之后就结扎了，未曾有过儿子，以后也没有机会为婆家贡献子嗣了。她丈夫蒋得寿是塘西村出名的厚道人，从未怨恨过她不争气的子宫，公公婆婆明显有遗憾，却从没在她面前说过什么难听话。好福在照片上发出的声音，最初像一个好梦，给予了她温暖和怜悯，继而就像是警钟了，那声音令她内疚，一个生不出儿子的女人，生活还能如此幸福，她何德何能，不都要归功于丈夫与公婆的宽厚与善良吗？她要报答这一切，就要努力做寿衣，给家里多挣工分，有什么理由放任瞌睡虫，一天睡两次觉呢？

事情一下便在塘西村传开了。连萧木匠自己也好奇，把好福的照片揣在兜里，犯困了就看一眼照片，或许因为他是男人，对于儿子的思念，渐渐会被一种愤恨替代，他愤恨他的女儿们，让自己唯一的儿子丢了，好英好芳那么大了，竟然看不住弟弟，好莉偏偏在那天生病发烧去医院。愤恨赶走了他的瞌睡虫，干起活来他的手脚也愤怒，愤怒加快了他使用榔头锯刨的速度，萧木匠意外地发现，他每天做出的骨灰盒要比瞌睡虫病流行之前还要多出几只。

这似乎还是头一次，萧木匠黄招娣一家在塘西成了受欢迎的人家，他们家的门槛都要让人踏破了，这一切光荣受益于他们夫妇的失子之痛，也是人们始料未及的事。男人们大多不信任一张照片驱除瞌睡虫的神效，就算它像传说那样神奇，你盯着别人家失踪的男孩照片看，总觉得别扭。来要好福照片的都是女人，有人家里的孩子随大人染上了瞌睡虫病，她们便带了孩子来，问能不能多要两张好福的照片，黄招娣也慷慨，从幸福照相馆的纸袋里抽出一张张儿子的照片给人，说，先到先得，好福的照片能帮你们，也算是他帮到塘西村了。

但女儿们开始反对父母的慷慨了，她们记得当初去幸福照相馆印弟弟的照片，花了不少钱，印每一张照片都要花钱，那些登门索要的村民难道不懂吗？既然她们这么讨厌这么自私，想白占便宜，她们就也不客气了。

是好芳先想到了收费，她对好英说，以后他们再来要弟弟的照片，我们收钱，一张照片一毛钱！好英认可了这个点子，不过她觉得那价格可能有点贵，加印一张照片是五分钱，要不要再赚五分钱，赚多少钱合适，最好去问问妈妈。她们去找黄招娣商量，黄招娣骂，你们钻钱眼里了？弟弟那么多的照片，现在也没什么用了，乡里乡亲的，怎么能开口要这钱？好芳说，乡里乡亲的，我到金凤家去要几根葱她都要我还，为什么弟弟的照片她就可以白拿？好英说，至少五分钱要还给我们的，你要不肯收钱，就让她们送鸡蛋，一张照片三只鸡蛋。

黄招娣无意出售儿子的照片，但女儿们一心维护自家的利益，自此以后，只要有人登门求照片，三姐妹就像排练好了，各自扮演自己的角色，为乡亲们上演了一幕令人尴尬的戏。好莉说，又来了又来了，我弟弟的照片没几张了，你们还来要？好英说，我弟弟的照片又不是我们画出来的，是花钱从照相馆印的！好芳则在一边说，你们好意思空着手来？我妈妈客气你们当福气？不收你们的钱，带两只鸡蛋总要的吧？

虽然登门者听见黄招娣厉声训斥女儿们不懂事，还是尴尬，换个角度听，那似乎也是在训斥自己，女孩们不懂事，你也不懂事，毕竟有求于人，怎么能空着手来呢？她们往往对三姐妹赔笑脸，最后让好莉跟着她们回家，补上鸡蛋之礼。吝啬一点的村民给好莉两只鸡蛋，大方一点的会给五只鸡蛋，给了气又不顺，问，五只鸡蛋够不够了？听上去这多少带着讥讽的性质了。

2

那些妇女后来都后悔了。

尽管好福的照片为她们驱走了瞌睡虫，带来的副作用却如此强烈，完全令人猝不及防。主要是耳朵，好几个妇女的耳朵犯了共同的幻听症。她们在大清早必须起床，只要窗子上打上了一点阳光，耳边就会响起一个小男孩催促的声音，快起床了，快起床了。

如果光是催促早起，不过是让勤劳的塘西妇女再勤劳一点，倒也无妨，但那个小男孩似乎从照片上成功脱逃，开始满村子乱窜了，他的声音也越来越讨厌了。金娥好端端地在村巷里走路，听见身后传来了一个男孩的声音，快干活去，快干活去。她当时急着去开会，以为是儿子春宝跟着她，她说你跟着我干什么，我不是去干活，我去开会。她回头找春宝，身后却没有人影，她以为春宝躲在路边的草垛后调皮捣蛋，绕到草垛后面，只看见一对惊飞的鸡，一公一母。金娥起初没有在意，开了会回到家里，忙着升火做饭，没想到那小男孩的声音又在灶间的窗外响起来了，你去开会，快去开会。金娥说，刚刚开会回来，怎么又要开会？她还是怀疑春宝恶作剧，将头探出灶间的窗子，高喊儿子的名字，听不见春宝的回应，村巷里也没有任何孩子的人影。金娥很纳闷，她当时只觉得是自己的耳朵出了问题，并不知道别人也遭遇了相似的怪事。

再说秀明他妈，她是第三组的人，瞌睡虫病本不严重，只是听说好福的照片能提神，便也上门去要了一张。秀明他妈饲养塘西村的鹅鸭，隔天早晨她把一大群鹅鸭赶到水里，有一只鹅怎么也不肯下水，她就用鹅哨竿子打了它一下，打一下鹅跳了几步，还是不下水，她便打第二下，那鹅突然便蹲下来，发出了一个小男孩的声音，别打人，别打人。

那声音如此熟悉，类似秀明小时候挨打的哀求，鹅的姿态也与秀明小时候相仿，你打他他就蹲下来。秀明他妈吓得扔掉了鹅哨，弯腰瞪着那鹅，鹅也瞪着她，秀明他妈先指着鹅叫道，你会说话？你一只鹅会说人话？再说一遍我听听。你让它说话它又不肯说了，鹅以一种自尊的姿态走下塘岸，下到水里。秀明他妈跟着它走，观察了好久，她努力地记着那鹅的样貌，可惜，那只鹅很快游向咸水塘中央，混杂在大群的鹅鸭中间，与所有的鹅一模一样，她怎么也辨认不出来了。

之后秀明他妈便在大柳树下遇到了第二组的狄云仙。云仙蹲在树下研究一只破烂的草筐，看起来手足无措的样子。秀明他妈问云仙是怎么回事，云仙指着草筐告诉秀明他妈，那破草筐很奇怪，她不过是嫌它挡路，无意中踢了它一脚，那草筐竟然发出一个小男孩的声音，别踢我，别踢我！云仙强调，那是她儿子红生的声音。

秀明他妈一下就想起了云仙的小儿子红生，红生七八岁的时候在咸水塘里跟蒋老四的孙子打水仗，被蒋老四的孙子摁在水下，摁得太久，呛死在塘里了，那是云仙一辈子的伤心事，也是云仙与蒋老四一家结下世仇的根本原因。与秀明他妈一样，云仙明显也不相信自己的耳朵，她对秀明他妈说，你踢草筐一脚试试，看看红生还在不在里面说话？秀明他妈禁不住云仙再三央求，小心地抬腿，踢了破草筐一脚，两个人一起俯下身子，侧耳倾听草筐的动静，听不见什么。云仙说，你恐怕踢太轻了，下脚重一点，再试试呀！秀明他妈便抬腿又来了一脚，这一次踢得很重，那草筐在岸坡上翻滚了几下，扑向了咸水塘，与此同时，秀明他妈和云仙都听见那草筐发出了清晰而愤怒的声音，别踢我，别踢我，别踢我！

两个塘西女人都吓白了脸，捂住了耳朵。狄云仙也曾向黄招娣索要过好福的照片，现在怪事唤醒往事，智慧之火瞬间点亮了她们无知的头脑，秀明他妈先叫起来，不好了，我明白了！是好福那照片，半个村子的人有那照片，是好福的鬼魂沾了人气，从照片里跑出来了呀！她惊恐地瞪着狄云仙，小孩子的声音都很像的，那不是你家红生，也不是我家秀明小时候的声音，那一定是好福的声音，是好福在村里闹鬼，好福一定是成了鬼魂，从照片里跑出来啦。

最轰动塘西村的事情，发生在七奶奶身上。

七奶奶曾经是个手艺出众的好裁缝，但这些年年事已高，手抖得拿不住针线了，家里人并不需要她的工分，她瞌睡不瞌睡都无所谓，是她儿子德康和儿媳妇先染上了瞌睡虫病，德康媳妇从黄招娣家要来了好福的照片，用糨糊粘在缝纫桌上。七奶奶平时勤劳惯的，害怕被传染了瞌睡病，本着预防为主的想法，她也天天要看几眼好福的照片。

七奶奶平素就起得早，那一阵子起得就更早了。她家在蒋家祠堂的对面，有一天清晨她在院子里掰玉米，无意中抬头，朝蒋家祠堂的屋顶上看了一眼，屋顶上竟然有个人，是个小男孩的身影，他在屋顶那棵杂树下转来转去，不知道要把什么东西挂到树上去。小孩子怎么能上祠堂的屋顶玩呢？这是冒犯祖宗的大忌。七奶奶慌忙丢下手里的玉米跑出去阻拦，她穿过打谷场的时候，注意到屋顶上的小男孩穿着蓝色的家织布衬衫，那是多年前塘西男孩普遍的服饰，是谁家的孩子？她认不出来。七奶奶朝着屋顶喊，谁家的孩子？你吃了豹子胆了，敢上祠堂屋顶玩？你踩那屋顶上的瓦，就是在踩祖宗的头顶，懂不懂？踩不得呀踩不得，快下来，回家玩去。

七奶奶听见那男孩踩着屋顶上的老瓦走，像一只鸟在瓦片上踱步，并没有发出任何声响，这让七奶奶有点惊奇。她听见了那男孩稚气的反问声，猫能上屋顶，我为什么不能上？七奶奶说，傻孩子，亏你问得出口，猫是猫，你是人，你是我们塘西祖宗的后代呀。

那男孩沉默了一下，然后他说，不要你管，老不死。

七奶奶不相信自己的耳朵，你在说什么？你是谁家的孩子？我让你不要在祠堂屋顶上玩，你怎么敢骂我老不死？

那孩子说，我没有骂你，你本来就快死了，你快死了。

七奶奶气得浑身发抖，她环顾四周找人，谁来告诉我，祠堂屋顶上是谁家的孩子呀？谁家会生出这么个孩子？我就不信了，你父母不教你怎么说人话，我来教你，有种你别下来，你就在屋顶上等着我！

时辰太早，祠堂四周寂静无人。愤怒的七奶奶回家找了根竹竿，还带来了她家的黄狗。等人和狗来到蒋家祠堂，屋顶上已经没了人影，她看见一个小男孩的身影从祠堂后面闪出来，朝着村巷飞奔而去，边跑边喊，你快死了你快死了。

七奶奶小时候曾经裹过小脚，后来半途而废，所以她算半大脚，一个小男孩的腿脚虽比不过，但比一般的小脚老太太快多了。有黄狗引路，她挥着竹竿一路追过去，发现黄狗停在黄招娣家后院的栅栏前吠叫，叫得胆怯而执着，有点奇怪。那男孩一定是跑进黄招娣家的后院了，七奶奶气喘吁吁地赶到那里，恰好看见萧木匠也早起了，正在后院里锯木板，她问萧木匠，是谁家孩子跑你家后院了？这该死的孩子在祠堂屋顶上玩，我让他别在那里玩，他咒我死呀。

萧木匠茫然四顾，说七奶奶你看花眼了吧，我五点钟就在这儿锯木板了，哪儿有孩子跑进来？要不是鹅吧，你家那狗，最喜欢追我家的鹅。七奶奶说，不是鹅，是个小男孩，我眼睛再老花，孩子和鹅总分得清的。萧木匠说，这大清早的，村里的孩子们都没起床呢，怎么会爬祠堂的房顶？一定是你看花眼了。他的锯子在木板上锯了几下，忽然停住，朝院子前后看了看，叹口气说，七奶奶，我倒不想你看花眼，要是真有个小男孩往我家院子里跑，那我梦里都笑醒了。

七奶奶一下想起了这户人家失踪多年的儿子好福，她站在栅栏门外面，瞪着萧木匠悲戚的面孔，还有他手里闪亮的锯子，忽然脸就白了，不好了，吓死人了。她扔掉手里的竹竿，捂着胸口说，吓死人了，我恐怕是看见好福的鬼魂了。

离开萧木匠家之后，七奶奶和她的黄狗在蒋家祠堂下面停留了好一会儿。金娥路过的时候，看见七奶奶在仰望祠堂的屋顶，嘴里喃喃自语，脸上已经老泪纵横。金娥问七奶奶为什么那么难过，七奶奶指着屋顶说，金娥你帮我看看，那孩子把什么衣裳挂在那棵杂树上了？金娥眯起眼睛看那棵杂树，她说，不是衣裳，树上是有什么东西，太阳反光，什么也看不清楚呀，有点红有点黄的，好像是一条丝巾？要不是孩子玩的纸风车？七奶奶说，我看是衣裳，是不是一件寿衣，红底镶金黄寿字的？金娥说，怎么会是寿衣，谁会把寿衣挂祠堂屋顶上去？昨天夜里刮大风的，是谁的丝巾让风卷到那树上去了吧。七奶奶摇头说，不是丝巾，像是我自己的那件寿衣呀，那孩子怎么会有我的寿衣？我的寿衣今天在院子里晒太阳呢。金娥说，你在说谁家的孩子，谁家的孩子会拿你的寿衣？七奶奶犹豫着，朝村东方向看了看，贴着金娥的耳朵说，我不敢说，说出来吓人的，我们村子闹鬼了，萧木匠家那好福恐怕回来了，他爬到祠堂屋顶上去了。金娥想到自己的遭遇，诧异地问，不是那孩子的声音？你都看见他人了？七奶奶点头说，听见了，也看见了，吓死我了，那孩子不像是个鬼魂呀，我不让那孩子爬祠堂房顶，那孩子就咒我死。七奶奶说着说着哭泣起来，我赶紧回家，看看寿衣在不在院子里，要是寿衣不在了，那我真的要死了。

德康媳妇后来告诉村里人，七奶奶与

黄狗从外面回来后，就收走了晾晒在竹竿上的那件寿衣。德康媳妇问婆婆，你不是今天刚拿出来的吗，太阳都没晒上多久，怎么又收起来了呢？七奶奶把寿衣搂在怀里进了屋，说，不能晒外面了，会让那孩子偷走的。德康媳妇当时不明白婆婆在说什么。正值七奶奶熬粥做早饭的时辰，德康媳妇看她在房间里老不出来，问她要不要熬粥，七奶奶说，米都淘好了，你放锅里熬吧，我恐怕快死了，以后家里的粥要你熬了。德康媳妇说，大清早的你说什么晦气话呢，谁又得罪你了？七奶奶说，不是你们得罪我，是我得罪了鬼魂。我恐怕快死了，我撞见萧木匠家那好福的鬼魂了，他爬祠堂的房顶，我让他下来，他就咒我死呀。活人咒活人咒不死，我让一个小孩的鬼魂咒了，肯定活不了了。

家里人都不知道七奶奶在说什么，毕竟老人话多，难听的比好听的多，小辈也不当回事。德康媳妇后来喊七奶奶出来喝粥，听不见回应，她推开房门，看见七奶奶穿着她亲手缝制的红底绣金黄福字的寿衣，端端正正地躺在床上，已经咽气了。那条黄狗在床下低声呜咽，狗眼泪汪汪的，作为一个奇遇的证人，它似乎在用眼泪申诉七奶奶的不幸。

七奶奶的死讯传开之后，所有得到过好福照片的塘西人都慌了。与死亡相比，瞌睡病毕竟就不算什么大事了，怎么处理那孩子的照片，成了很多塘西人的当务之急。大部分人想去黄招娣家归还照片，但既有今日何必当初，仔细一想，实在是没有颜面再登人家家门的。用一根火柴焚毁那照片，那么做最省事，有人都擦着了火柴，看一眼照片上那神秘的孩子，既敬畏又害怕，怎么也下不了手，便想起了古老而仁慈的水淹术。他们把好福的照片揣在口袋里朝咸水塘边走，未料在塘边遇上了好几个村里人，大家都想到一起去了，大家都来做同一件事，水淹好福的照片。其中谷三妹恭敬有礼的举动得到了大家的效仿，她把照片小心地放进水里，朝它鞠了个躬，还双手合十，轻声做了祈祷：好孩子，你保佑塘西全村人，我们谢谢你。

七奶奶在家中停灵的那几天，村外前来奔丧的几个老人在咸水塘边看见了一幕奇景，是一口漂浮的棺木，它像一趟定时的水上航班，早晨从塘西方向往塘东漂浮，傍晚从塘东回归塘西，处于某种繁忙而神秘的运输过程中。有一个小男孩坐在那口棺木上，就像坐在一条船上。

老人们对小男孩的描述基本一致，说他五六岁的样子，穿着蓝色的家织土布衬衫，两条腿裸露，坐在棺木上还不时地用脚拍打水面。对于塘里的那口棺木，老人的说法有一定的出入，有的说是枣红色，有的说是黑褐色，有人说棺头上的花纹是仙鹤青松，流行于三十年前，是塘西木匠当年擅长雕刻的花纹，因此断定是塘西村出品，也有老人说所谓的花纹不过是个圆形的寿字而已，是由现代化的雕刻机雕出来的，可能出自国营木器厂。老人们为此在守灵日争论拌嘴，使得七奶奶的葬礼吵吵闹闹的，气氛很不恰当。七奶奶的子孙们为了主持公道，纷纷都来咸水塘边守候那口航行的棺木，想亲眼见证老人们嘴里的奇迹。但他们看见的只是一条无缆的舢板，舢板上有时站着一只鹅，有时站了几只鸭。是一条舢板在咸水塘里漂来漂去，是鹅与鸭蹲在舢板上而已，并没有什么小男孩。

舢板属塘西村公有。年轻人眼力好，

他们所见一致：那舢板壁下部已经长满了青苔，舢板头上既无青松仙鹤的图案，也没有刻什么寿字，只是会计当年用红漆写了个塘西 15，至今还清晰可见。

3

在塘西村，七奶奶家可谓最庞大的家族，由于人丁兴旺，在村里的势力便不言自明。子孙们难以容忍这样一个现实，勤劳善良的七奶奶，身体那么硬朗，眼看着要过八十岁寿辰，寿宴流水席的鸡鸭鱼肉都准备好了，竟然让一个孩子咒死了。

七奶奶膝下的孝子贤孙中间，有人相信鬼魂的存在，有人不信，但他们的立场一致，都发誓要捉拿那个该死的小男孩，不管他是一个孩子，还是一个鬼魂。尤其是两个儿子德康和德奎，他们为母复仇心切，立下誓言绝不轻饶小男孩，如果那是活人，就绑他去七奶奶的坟地，跪上一天一夜谢罪，如果是个鬼魂，哪怕他是个影子，也要消灭它，不留后患。

葬礼结束后的第二天，德康德奎兄弟俩带着七奶奶的黄狗，闯进了萧木匠家。德奎带了一个缠着红布带的绳圈，那是他听人传授的捉鬼工具，德康手里拿了一个加长手电筒，也是别人教的，说鬼魂最怕手电筒的光。他们在萧木匠家里横冲直撞，如入无人之境，德康的手电筒这儿照照那儿照照，没有放过任何阴暗的角落，对于草筐、米缸、咸菜缸、木桶、灶膛这样的东西，检查尤其仔细。

萧木匠与黄招娣早已听闻村里的流言，他们自己也曾经捉拿过我祖母的鬼魂，对抓鬼的程序记忆犹新，德康兄弟那样打上门来，他们知道是来捉鬼了。黄招娣伤心欲绝，对德康说，早知道这样，我就不给你媳妇照片了，有你们这么不知好歹的人吗？七奶奶那么一大把年纪了，走了是福报，你们怎么能赖到好福头上？你们口口声声说那鬼魂钻进我家了，除了死人看见了，还有哪个活人看见了？我都看不见我儿子，你们怎么能找到我儿子？

萧木匠端坐在桌边，冷冷地看着那兄弟俩，他说，好福的鬼魂在哪里，你们找呀，我找好福找了这么多年也找不到，找到个鬼魂也行，你们倒是帮我找，找到了我给你们做牛做马都行。德康哼了一声，抖抖手里的红布绳圈说，萧木匠老实告诉你，真要找到了，恐怕还不能归你，你儿子咒死了我妈妈，也会咒死蒋家其他老人的，难道你没听说，我们蒋家七十岁以上的老人都看见过好福，说他坐在一口棺材上在咸水塘里漂来漂去？我们这是为民除害呢。

七奶奶平时待萧木匠夫妇很好，黄招娣的裁缝手艺都是七奶奶手把手教出来的，他们或者是感怀故人，对待德康兄弟俩的无礼之举，夫妇俩是忍让的，不甘受辱的是好英她们三姐妹。三姐妹虽不敢指着人家鼻子骂人，但用自己的方式给兄弟俩制造了难堪。好英拿了口铝锅过来，掀开锅盖，对德康说，德康叔，这锅你还没查，要不要看看我弟弟躲没躲在这锅里？好英端着痰盂对德奎说，德奎叔，你看看我弟弟在不在里面？好莉效仿姐姐们，从后院拿了个沤肥的破坛子过来说，我弟弟一定躲在这坛子里了，你们把他带走吧。

坛子臭烘烘的，德康明知好莉在捉弄他，还是条件反射，掩着鼻子用手电筒朝里面照了照。好福是人还是鬼，他们本没有把握，现在兄弟俩都相信，那一定是个鬼魂了。如何能找到一个孩子的鬼魂，他们没有信心，就把希望寄托给了黄狗。那狗也怪，似乎不敢冒犯这户人家，躲在院子里不肯进屋。德康出去，又踢又骂地把狗撵了进来，狗还是怯生生的，甚至对三姐妹摇尾巴示好，路过萧木匠夫妇的房间时，它却突然勇猛起来，德康兄弟看见狗冲进房间，对着五斗橱上的相框狂吠起来。

他们看见了相框里的好福。是另一张照片，人工着色的，同样出自幸福照相馆。小男孩骑在一匹木马上，穿着蓝色土布衣裳和棉裤，虎头棉鞋，两只手谨慎地抓住木马的耳朵。他的脸颊被照相馆的人涂抹了两坨红色，喜气洋洋的，但小男孩的眼睛瞪着德康兄弟，稚气中带着些许迷茫。

德康与德奎对视了一眼，惊喜交加，兄弟俩都相信七奶奶的黄狗，他们在一瞬间达成了共识，找到了。他在相框里。找到了。小男孩的鬼魂藏在相框里，人认不出来，黄狗能认出他来。德康冲过去拿照片，德奎已经预感到什么，下意识地冲过去掩护德康，他张开双臂，挡住萧木匠一家人。德奎看见那一家人惊恐的脸，黄招娣发出一声尖叫，先向德康扑过来了。德康在德奎身后高举着相框说，就是他，就在这里！房间里的人都能看见好福在明亮的玻璃后面摇晃，鲜艳的面孔倾斜着，那匹木马一会儿跳动，一会儿与它的小主人一起卧倒。德康朝黄招娣吼，你们放明白一点，一张照片算什么？这孩子害死了我妈妈，还会害死其他的老人，我是为民除害。德奎推挡着黄招娣，这孩子的照片，你们不能供着了，供它就是供一个害人的妖怪，他要把村里老人都害死的，你们懂不懂？

德奎力气大，他掩护哥哥突围，一路轻松地推开了黄招娣和三姐妹，但黄招娣伏在地上，一只手掏到了德康的裤裆，并且准确地捏住了他的睾丸。德康没想到一个病歪歪的女人会对他使出这种招数，下身的剧痛使他一下丧失了力气，但他还是顽强地抓紧相框，把它转移到了德奎手里，我卵蛋恐怕给她捏碎了，德康疼得龇牙咧嘴，德奎你冲出去，别管我，冲出去！

可是德奎已经冲不出去了。

萧木匠堵住了房门，手里拖着一把铁镐，腰间还别着一把斧子，他瘦削的身体隐约冒着一些火光和黑烟，像是要烧起来了，往哪儿冲？萧木匠说，德奎，把我儿子的照片放回去！

德奎扫了眼铁镐，又瞪着那把斧子，萧木匠你冷静一点，我问你，照片和人命哪个重要？德奎说，我妈妈已经死了，你想想我妈妈活着的时候对你们家有多好，你供着你儿子的鬼魂，村里还会死人，你也是老人父母养的，于心何忍呢？

萧木匠举起了铁镐，你往前走一步试试。他对德奎说，村里永远都会死人的，今天也要死人，死的不是你就是我，我给你两条路，要不把我儿子的照片留下，要不就留下人命，是一条人命还是三条人命，我们试试看。

兄弟俩从萧木匠夫妇的眼睛里看到了某种誓死的决心，德康先冷静下来，对德奎说，今天算了，我卵蛋疼得受不了了，把相框放回去，明天再说。他呻吟着捂着裤裆，一手推着德奎，痛苦地走出了房间。德奎在房门口对萧木匠说，那照片你留不住，今天你不给我们，迟早要交给别人的。

当天德奎带着家族一群人去蒋家祠堂找蒋文良。蒋文良已闻此事，他说你们一脑袋糊涂虫，还以为自己聪明？你们家那条癞皮狗能认出鬼魂来？就算警察破案用的警犬，也是靠鼻子闻味儿的，你们谁能说出来鬼魂有什么气味？酸的？甜的？苦的？腥的？臭的？照片就是照片，照片里的孩子会跑出来？你们家里都挂祖宗像的，你们看见祖宗从照片里跑出来过吗？蒋家祠堂里的老祖宗天天吃供果都没这个本事，萧木匠那儿子能有这个本事？

七奶奶的家人说不出鬼魂有什么样的气味，也没见过祖宗从照片里跑出来的盛况，一时无言以对。蒋文良又数落他们，你们一脑袋糊涂虫呀，孤魂野鬼是什么意思你们懂吗？凡是鬼魂都在外面游荡的，退一万步说，就算那好福真成了个鬼魂，也是在外面吓唬别人，怎么能躲在家里，天天吓唬自己家人吗？

七奶奶已经出嫁的女儿德娟当即眼睛发亮，那可说不定。她说，有的鬼怕人呀，那孩子太小，怕活人，才躲在自己家里的。德娟以自己在花桥镇的听闻为基础，向大家娓娓介绍了一个鬼怕人的故事，她说花桥镇曾经有个女孩子，从小不出门，父母要把她许配给人家做童养媳，她不肯，把腌菜缸里的腌菜都晒出去，自己钻到一缸盐卤里淹死了，之后家里人把那缸搬到院子里，只要有人揭开缸盖，就听见那女孩子的声音，我不去，我不去。德娟最后总结，两个小孩的鬼魂其实一样，好福作为一个幼小的鬼魂，害怕活人，害怕出门，所以躲在自己家里也是不足为怪的。

德奎大概受到了德娟的启发，也诚恳地告诉蒋文良，他家的黄狗与别的土狗不一样，它是七奶奶从大坟地抱回来的。之所以从那种地方抱狗回家养，实在是因为那狗太忠诚了。当时它还小，老主人落葬之后，那小狗守着新坟不走，别人喂它东西它不吃，只吃七奶奶带去的东西。那狗不是一般的狗，从不乱叫，既然黄狗对着好福的照片那么狂叫，它一定认出那是咒死七奶奶的孩子。蒋文良摇头，他说连你们这些人我都不相信，我怎么会相信一条土狗？狗就是狗，狗就是会乱叫的，要是你家的狗真能认出鬼魂，那我们塘西村都要在全世界出名了。

德康是后来由媳妇用自行车推来蒋家祠堂的。作为七奶奶的长子，他的意见最重要，不过因为下身疼痛得厉害，他坐在角落里，一边说话一边呻吟，别人都听不清。蒋文良对德康说，德康，你这会儿倒像个知识分子了？说话轻声细语的，谁听得懂？德康媳妇把蒋文良拉过去，脱下德康的裤子，给蒋文良展示了丈夫涂满红药水的阴囊。你看看都肿成什么样子了？他疼得没有力气说话了呀。那黄招娣平时可怜巴巴的，谁料想心肠那么歹毒，怎么能对男人下这种毒手？蒋文良皱着眉头瞄了一眼德康的下身，示意德康系好裤子，还是你们犯错在先呢。蒋文良说，你男人有命根子碰不得，她女人也有命根子，儿子不见了，那照片就是她的命根子，怎么能随便碰？她不跟你拼命才怪。

德康断断续续地言明了他们家族的态度，反正他们夫妇也不指望怀孕生子了，只要捏不死他，卵蛋的事他不与萧木匠夫妇计较，至于七奶奶，人死不能再生，找萧木匠家偿命也不现实，但本着对家族其他老人和全村老人负责的态度，蒋文良一定要出面去做通萧木匠夫妇的工作，把好福所有的照片交出来，消灭那孩子的鬼魂，能烧了最好，要是不能烧，就把它送到别处去，越远越好，反正不能让它留在塘西村害人了。

蒋文良坚决地摇头。他劝导七奶奶家的人，凡事要将心比心，萧木匠夫妇是可怜人，儿子丢了这么多年，不知是生是死，人家留着儿子的照片，是留着个念想，也是唯一的纪念，别说是他蒋文良去，就算警察上门，他们也不肯把照片交出来的。德奎听出他的立场，当场嚷嚷起来，你蒋文良就跟萧木匠黄招娣将心比心，怎么不跟我们这么多人将心比心？收张照片这么难？反正我们家老人已经没了，要是村里别的老人让那小孩带走，你蒋文良要负责任！蒋文良哪里听得这种威胁，他过去朝德奎踹了一脚，我负什么责？我蒋文良吃你们的穿你们的？我天天为村里忙得昏天黑地，忙活人的事，忙死人的事，你还要我忙鬼魂的事？滚出去，你们都给我滚出去，以后我蒋文良要再管你们这一大家子的事，就是猪就是狗，你们要找领导找公社去，公社不行找郊区领导去！

话说到这样，祠堂里响起一片叹息声，一片嘟囔声，大家就不欢而散了。

4

七奶奶之死给塘西村的老人留下了一个教训，人老了，必须言行谨慎，远离所有调皮捣蛋的小男孩。他们纷纷系上了红裤带来辟邪，尽量足不出户，不去祠堂，更不去萧木匠家，即使过村走巷要路过那户人家，他们也情愿绕路而行。

问题是人与鬼不容易辨别。塘西村有好多五六岁的小男孩，正是满村乱跑的年纪，胆大的老人会躲在暗处，努力辨认那些玩耍的男孩中是否有陌生的面孔，他们是否在阳光下留下了正常的影子。根据普遍的常识，凡是鬼魂没有影子，如果没有影子，那应该就是好福的鬼魂了。有胆小的老人，甚至不敢与平素溺爱的孙儿曾孙亲昵，人命关天，他们总结了自我保护之道，只要不去招惹任何小男孩，也就招惹不到好福的鬼魂，他们互相劝导，老人命如残烛，见鬼就要见阎王，惹不起躲得起，以后就算看见小男孩们上房揭瓦，也装看不见，随他们闹去了。

好在那段时间安稳地度过，塘西的老人们都平安无事，鬼魂风波也就过去了。但七奶奶家依然不太平，他们家的黄狗有一天忽然死了。狗死在家门口的墙角边，安安静静地躺在那儿，像人一样得了瞌睡虫病，昏睡不起。德康媳妇给它扔了根肉骨头，过一阵子出来，看见肉骨头上爬满了蚂蚁，才知道狗醒不过来了。起初家里人以为狗老了，寿限已到，或许出于忠诚，愿意随七奶奶而去。是德康媳妇觉得此事蹊跷，她把死狗抱到兽医那里，咨询狗的死因，结果兽医掰开狗嘴闻了闻，断定狗并非老死，是让人喂了毒食了。

德康媳妇想起隔天夜里狗叫过几声，说明有人夜访门户，结果了黄狗的老命。她后悔当时没有起床察看，但那个毒狗的人，她一下就猜到了。德康媳妇从兽医家出来，就抱着死狗在村里慢慢地走，一路走一路高声喊，我家的黄狗让人毒死了，我家的狗是咸水塘最好的狗，从不咬人，谁干得出这种事，不怕天打雷劈吗？在黄招娣家门口，她刻意停留，流畅的诅咒也开始夹杂了更具体的分析，有针对性，因此招来了很多村民围观。他们看见德康媳妇一边轻轻拍打死狗，就像在哄婴儿睡觉，一边拍一边说，可怜的狗啊，也怪你自己本事太大了，你能认出人家的鬼魂，他们能容下你？容不下你不就要毒死你？他们心虚呀，这不是杀人灭口，这叫杀狗灭口，说明这家人供着鬼魂呢，说不定供了不止一个，是一大窝鬼魂！

屋里的人有所反应。好芳从门后闪出来，往人群这边泼了一盆淘米水，她把盆拿在手里，朝门框上当当敲了几下，以示警告，然后朝德康媳妇翻了个白眼，进门，砰的一声把门关上了。德康媳妇对众人说，你看看，她还朝我们敲盆呢，这不是心虚了吗？做了伤天害理的事情，还不让别人说？

黄招娣家左邻右舍大多是出来看死狗的，过去没人在意七奶奶的黄狗，刚听说那狗能辨别鬼魂，没想到它就死了。除了对死狗表示惋惜，他们不宜表态，不过他们的眼神都跟随德康媳妇，观察着黄招娣家的动静，带有一定的倾向性，这让德康媳妇感到安慰。黄招娣的脸从窗子后面闪了一下，人始终没出来。有人说，她不会出来的，做贼心虚么。有人爱怜地摸了摸德康媳妇怀里的死狗，说，可怜的狗，还是嘴馋呀，别人喂你的东西，你怎么能随便吃呢？杀人偿命，杀狗不偿命的呀！德康媳妇高声说，那不一定，我是不敢让他们偿命，谁知道狗会不会放过他们？我家的狗不是一般的狗，连鬼魂都能认出来，谁知道它会不会给自己报仇呢？

出了一口恶气之后，德康媳妇暂时偃旗息鼓。她抱着死狗往家走，发现有人悄悄地跟着她，是锁根媳妇，她向德康媳妇使了个眼色，似乎有什么机密相告。快到蒋家祠堂的时候，锁根媳妇四处张望一番，忽然三步两步跑了过来。她贴着德康媳妇的耳朵说，我是看在七奶奶面上，告诉你一件事，你可千万不能告诉别人，那不是黄招娣干的，也不是萧木匠干的。德康媳妇说，那是谁干的？锁根媳妇说，昨天半夜里我上茅房，看见那三姐妹从外面回家，她们一进门萧木匠就在屋里吼起来了，你们半夜三更跑哪儿去了？出去做什么？我当时也纳闷，三个女孩子半夜三更出门做什么？现在就明白了。德康媳妇瞪大了眼睛，拍一下大腿，你看看这家人，我一下就猜到是谁家，倒没想到是那三姐妹，女孩子这么歹毒，敢毒死狗就敢毒死人，以后谁敢把她们娶进门？

德康德奎历来相信世上的作恶该有惩罚，一报还一报，一命抵一命，让他们憋屈的是遇上萧木匠这一家人，什么规训都不灵验了。咒死七奶奶的是好福，偏偏好福是个鬼魂，不好抓，就算抓到也抵不了七奶奶的人命。德康的睾丸让黄招娣捏坏了，现在还肿胀着，萧木匠的睾丸却好好地挂在裤裆里，但一报还不了一报，难道德康能差遣自己的媳妇去捏碎萧木匠的睾丸吗？这次轮到了七奶奶的狗，照理说狗命要用狗命抵，但萧木匠家偏偏不养狗，总不至于要萧家女儿的人命来偿狗命，那肯定是犯法的。兄弟俩不想再轻饶他们，却苦于没有合适的复仇方法。他们思来想去，决定去抓两只萧木匠家的鹅杀了，两只鹅抵一条狗，鹅命偿狗命，虽然便宜了他们，至少可以出口气。

德奎拿了把菜刀往门外走，德奎媳妇也跟了出去。德康媳妇过去拉住了他们，夺下了德奎的菜刀，她说杀他家的鹅干什么？鹅命能偿得了狗命吗？要抓就抓活的，卖了赔我家钱。其他人都觉得她说得不无道理，杀鹅祭狗，抓鹅变卖，后者明显实惠多了。德奎媳妇本来也精明，盘算一番后，又建议把鹅换成鸭子，因为人们很少吃鹅肉，鹅不好卖，而咸水塘的鸭子膘肥肉嫩，在各个菜市场都受欢迎，可以卖出个好价钱来。

他们去到了咸水塘边，一时却无从下手。满塘的鹅鸭在水里都是相似的。他们知道六根从小有辨认鹅鸭的本事，塘西村那么多饲养员里，只有六根认得出来，哪一群鹅鸭是集体的，哪一只鹅鸭是属于谁家个人的。德奎就去找到了六根，请他去咸水塘走一趟，把萧木匠家的鸭子唤上岸来。六根问他们为什么要抓萧木匠家的鸭子，德康忿忿地说，赔命啊，要他家五只鸭子，四只赔我妈妈的人命，一只赔我家黄狗的狗命，他们不吃亏的，他们家赚了！

德康媳妇和德奎媳妇妯娌俩提着五只鸭子去塘东菜市场，很顺利地卖了钱。从菜场出来之后，她们顺路进了塘东供销社，德康媳妇买了一对铁壳热水瓶，德奎媳妇买了一只烧水壶，各自心满意足。她们提着东西回到塘西，一到打谷场就猜到，六根已经走漏了风声。好英和好莉坐在蒋家祠堂的台阶上，面对着德康媳妇家的门洞，看起来是在严密监视她的动静。妯娌俩在打谷场若无其事地分了手，德康媳妇提着一对热水瓶往家走，忽听后面一声喊，站住，偷鸭贼！她回过头，看见姐妹俩的目光落在热水瓶上，好莉尖声道，我家的五只鸭子哪儿去了？好英说，你用我家五只鸭子换了一对热水瓶？你不怕这热水瓶里出来的水，烫坏你们的嘴？德康媳妇镇定地说，你家鸭子在哪儿，问咸水塘的水去，我买热水瓶花我自己的钱，关你们屁事。

德奎已经在后院里挖好了一个坑，准备把狗埋了。德奎媳妇让他把土填回了坑里，她不允许把狗埋在自家后院。德奎说，这是老娘捡回来的狗，活着给我们看家，死了给我们护院，不是很好吗？德奎媳妇说，你是糊涂了，活狗能看家，死狗还能护院？这狗能认鬼魂，不招鬼魂恨？怎么能把它埋在自家院子里？说不定会给家里招鬼魂来，你赶紧把狗埋到菜地里去吧。

德奎就把死狗装在化肥袋里，扛在肩上，拖着把铁锹往他家菜地里走。他刚刚挖了几锹土，德康风风火火地跑过来了，弟弟如此处理死狗，并没有与他商量，这让德康很生气。他把装死狗的化肥袋塞到德奎怀里，抢过德奎的铁锹就走。德奎说，你要去哪儿？埋你家菜地去？德康说，亏你说得出来，这狗不能埋你家菜地，不能埋我家菜地，谁家毒死老娘这条狗，就埋谁家院子里去。德奎说，你要把狗埋萧木匠家去？那不是骑在人家头上拉屎吗？人家能答应？德康说，是他家先骑在我们头上拉屎的，他们不答应也要答应，塘西村从来没人敢欺负我们家，我们要是再让这家人给欺负了，以后还有谁会把我们家放在眼里？

德奎有点为难。一方面他女人已经将人家的五只鸭子换了两只热水瓶回来，德康家也得到了一只新烧水壶，算是理赔了，另一方面他知道德康的那口气迟迟没有咽下，有一个合理的埋狗地点就是萧木匠家的自留地，他想悄悄把狗埋到那里去。德康说，不行，是他家的女儿毒死了老娘的狗，又不是他家的青菜干的，要埋就埋他家的后院去，我就不信收拾不了萧木匠这家人。德奎没办法了，只能跟着德康走，他知道萧木匠不可能答应这件事，要让他们屈从，必须要用点武力，所以在通往萧木匠家的路上，他沿途拍门喊人，把家族里身强力壮的男人都叫上了，一大群男人就跟随那兄弟俩和死狗，浩浩荡荡地拥进了萧木匠家的后院。

萧木匠看见德康怀里的死狗，一下明白他们是干什么来了。他数着对方的人头，脸上是镇定的，但手指在颤抖。他说，好，好，来了这么多人，这哪儿是为了狗命，是来要人命？他差遣好英去喊蒋文良，让好芳去找村里的萧姓亲眷，自己抱着胳膊看着德康德奎。他说，你们挖，别吝惜气力，挖深一点，挖大一点，看着我的人形挖，别人家的狗是不能埋在我家院子里的，只能埋我家的人，你们要把坑挖好了，我下去，你们有种就把我埋了。

但七奶奶的后人们无处下手，黄招娣举着把剪刀在人群里冲来撞去，阻挡着他们的铁锹铁镐，用脚，用手，用尖叫。在发出几声凄厉而愤怒的尖叫之后，她抓住德奎的铁锹，人忽然倒在地上，昏厥过去了。德康媳妇他们小声探讨黄招娣的表现，是不是装死呢？是装死吧？就是装死。大家都围过来观察，看见黄招娣面如死灰，紧闭着眼睛，但她的眼泪潸然流出眼眶，是真正的眼泪，它们像两条细细的黑色溪流，流出深陷的眼眶。在咸水塘的黑天气里，塘西人见过别人黑色的泪水，那是偶然的，稍纵即逝的，谁也没见过溪流般奔涌的黑色泪水。黄招娣的脸浸泡其中，像是一种丑陋的妆容，也像人们在露天电影的新闻简报里看见的非洲妇女，它唤起的不是同情心，而是一种说不清的恐惧，不知不觉地，七奶奶家族的人大多后撤了，他们在一个安全适当的距离内交头接耳，静观其变。

德奎执意在萧木匠面前打开了化肥袋，死狗的脑袋露出来，像活着时一样，狗眼睛是睁开着的，目光向上，仰视着群星炭黑厂的烟囱。塘西人人皆知，七奶奶的黄狗最喜欢看烟囱，在家门口看，在村巷里看，在打谷场上看。众人说，看看，这可怜的狗死不瞑目，还在看烟囱呀！他们啧啧感叹，目光追随死狗的目光，投向群星炭黑厂的烟囱，几乎是瞬间，人群大呼小叫起来，一片哗然。眼尖的人都看见了烟囱上的奇景，有个孩子！他们指着烟囱喊，有个孩子，他在爬烟囱！包括萧木匠在内，所有人都仰头望向不远处的烟囱，在黄昏落日下，群星炭黑厂黑黢黢的烟囱上可见一个小小的蓝色人影，他在沿着烟囱上的铁脚蹬子往上攀爬，是一个穿蓝色土布衣服的小男孩，他慢慢地向烟囱的顶端攀爬，已经快攀到烟囱的顶端，快要被黑烟淹没了。

好福！好福！是好福！

不知是谁先叫出了好福的名字，人们惊叫着跑出了萧木匠家的后院，朝炭黑厂的围墙那边拥去，只留下德康德奎还有萧木匠，三个男人惶然地仰望烟囱。德康问萧木匠，你看见了吗？是你儿子在烟囱上吗？萧木匠白着脸摇头，那不是我儿子，我儿子要是能爬烟囱，早就回家了。德奎有一种说不清楚的奇怪感受，他的眼睛突然不属于自己了。他意识到了什么，扔下手里的铁铲，眼睛凑近死狗的眼睛，狗眼睛睁开着，与它活着时一样，闪烁着莫名的悲伤的光芒。他看不清死狗眼睛里的映像，但他怀疑一切都是狗眼在作祟，便试着用手抹下了狗的眼皮，让狗眼睛闭合，黄狗顺从地闭上了眼睛。这时更为神奇的景象出现了，当狗闭上眼睛，他们再看群星炭黑厂的烟囱，烟囱上那蓝色人影也不见了。

他们不知道那是因为死狗闭上了眼睛，关闭了他们的视线，还是因为死狗的眼睛掩藏好了小男孩的鬼魂，或者仅仅因为黑烟，那小男孩攀到烟囱的顶端，被炭黑厂浓密的黑烟瞬间吞没了。

5

黄狗的后事迟早要料理。经过蒋文良和一些老人的调停，七奶奶家族饶恕了萧木匠的女儿们，他们同意把黄狗埋到村西的竹林里去，不妨碍任何村里人，靠着群星炭黑厂的围墙，要出什么事，也是炭黑厂的工人们担待了。

这条狗已经到了令人敬畏的份上，一方面，德康他们不敢慢待它，另一方面竹林里笋子乱蹿，天长日久狗坟就不好找了，他们决定要给狗立个碑。德康到村里的石料堆里找了一块废弃的石碑，用箩筐挑到竹林里，立在了狗坟上。

德康后来向别人发誓，那石碑肯定无主，他搬出来的时候刮掉泥巴仔细看过，是一块空碑，石匠打料打坏了一个角，所以才丢弃的。立碑的时候德康什么也没发现，只是把铁锹忘在了竹林里。此后连续两天下雨，雨停了德康去狗坟找铁锹，发现那石碑被雨水冲刷得干干净净，碑上竟然显现出一个陌生的人名：王龙大。

这真是咄咄怪事了。七奶奶生前喊狗黄黄，黄狗从来没有正经名字，即使有，也不适合这么威武的人名。德康不知道王龙大是谁，更不知道黄狗埋在这个人的碑下是凶是吉。他不敢动作，回家把这事告诉了家人。德康媳妇是见过那废碑的，也认定那是空碑，雨水不可能让空碑长出一个人的名字，只有人，可是谁又会费那么多功夫，冒雨跑到狗坟上给碑凿字呢？德康媳妇也好奇，跟着德康跑到狗坟上察看究竟，果然，不是德康看花了眼，在雨后的阳光下，夫妇俩都清晰地看到了石碑上的三个大字：

王龙大

要不要把碑移走，是个问题。德康夫妇商量了一番，都觉得人是人，狗是狗，他们家的狗再伟大，也不应该冒用一个人的名字。虽然谁也不知道王龙大是谁，一个死者也无法跑到塘西村来抗议什么，但活人要敬重死者的在天之灵，有哪个死者愿意让一条狗埋在自己的碑下呢？他们去搬石碑，准备把碑拖回村里的石料堆，但是两个人一碰石碑便同时撒了手，那石碑竟然是烫手的，德康媳妇朝手上吹气，嘴里惊叫，烫我手呀，这碑怎么烫手？

这稀罕事违背了夫妇俩拥有的常识，这是春天，不是在夏天的骄阳烈日下，石碑为什么会是热的呢？他们察看了狗坟的泥土，泥土下面还是泥土，除了几根狗毛，并没有任何东西。最初德康想让石碑降温，最简单的方法当然是用水浇碑，德康拎着一个拌料桶已经往水塘那边走了，德康媳妇追了上去，我去找水。她抢过德康手里的桶说，这狗坟太吓人了，我一个人不敢在那儿。

德康媳妇提着一桶水回到竹林，远远地看见德康撅着屁股跪在狗坟上，正朝着石碑作揖磕头。她从来没有想过德康会在狗坟上行如此大礼，再神奇的狗也是条狗，人怎么能给狗磕头呢？德康媳妇觉得德康太可笑了，她咯咯地笑，笑得桶里的水晃掉了一半。德康愤怒地朝她扔过来一颗小石头，她不敢笑了，提着半桶水要往石碑上浇，德康制止了她。德康说，别浇了，这碑我们不能移，也万万不敢移了，你猜我刚才看见了什么？德康媳妇问，你看见了什么？又看见那孩子的鬼魂了？德康摇头，他的脸上洋溢着一种少女般的红晕，指着群星炭黑厂的烟囱说，我刚才看见那烟囱吐出一条龙啊，不是黑烟，是一条黑龙，腾地飞起来了，我看得清清楚楚，那黑龙有眼睛有龙鳞还有龙爪的！德康媳妇说，你是做梦呢，世上哪儿有真的龙？我怎么看不见？德康说，飞走了，龙也不是随便谁都看得见的，你是女人，就算你刚刚在这儿，也不一定能看见。德康媳妇说，我也不要看见，我连老虎都不敢看，别说是龙了，总是吓人的。她关心石碑是否还是热的，要用手去摸，德康一把拍掉了她的手，这碑以后不能碰它，只能拜它，你赶紧跪下磕头吧。德康媳妇说，这是狗坟呀，你自己磕头我不管，我才不给狗磕头。德康骂道，你个糊涂女人到现在还不明白，我们家的狗是一般的狗？那是天狗，能分人鬼的！这碑是一块废碑？它怎么长出个人名字来的？这是神碑呀！你的膝盖有那么金贵？拜一下你会死吗？德康媳妇一时茫然，她问德康，那我是让狗保佑我们平安，还是让这个王龙大保佑平安呢？德康想了想说，让狗保佑不合适，还是让王龙大保佑平安吧。

德康夫妇开创了七奶奶家族拜狗坟的先河。尽管家族中人都觉得拜狗坟有点过分，但鉴于这条狗生前神奇的事迹和死后神奇的碑文，拜一下似乎更加安心。七奶奶家族很多成员去拜了狗坟，他们虽然没有德康的眼福，亲眼见识群星炭黑厂烟囱里飞出来的黑龙，但是男性可以摸那块墓碑，它确实是热的。墓碑上王龙大的名字一时会令人恍惚，他们跪拜的是一条名叫王龙大的狗，还是一个名叫王龙大的陌生人？这似乎很难分清，他们都尽量避免这个困扰，只在心里默念：王龙大保佑平安。

王龙大保佑平安
王龙大保佑平安
王龙大保佑平安

6

塘西谣言满天飞，惊动了有关部门，三二三工作组应运而生。

顾名思义，三二三工作组成立于三月二十三日。当日塘西村鞭炮齐放锣鼓喧天，中午时分我跟随蒋红根他们去塘西看热闹，看见我父亲正指挥着两个塘西人，将一条横幅挂到蒋家祠堂的牌匾上，热烈庆祝三二三工作组进驻塘西村。从蒋家祠堂通往各条村巷的墙壁上，已经用石灰水刷满了标语口号，我一眼认出，那些规范漂亮的美术字出自我父亲的手笔。

扫帚不到，灰尘不会自己跑掉
破除封建迷信，揭开塘西的盖子
动员起来，揪出塘西村的牛鬼蛇神
塘西村是人民的天下，不是鬼的天下
任凭黑灰飞扬，保持一颗红心

时隔多年，我父亲再一次作为工作组成员进驻塘西，并没有多少意外，他了解塘西村，这个村庄的村民愚昧、自私并且野蛮，从来都是需要训诫与指导的。我父亲记得上一任工作组名为铁拳工作组，铁拳工作组处理过塘西人与五家桥村民持续性的宗族械斗问题，处理过十二个妇女集体性的超生超育问题，处理过七个村民擅自成立丧葬班子走街串巷承接丧事的问题，处理过村干部售卖棺材板棺材钉中饱私囊的问题，处理过民兵队长、会计与妇女主任的三角通奸问题。这一次工作组的任务不一样，并没有确凿的人与事要处理，他们要打击谣言，打击鬼魂，都是看不见摸不着的，工作自然要艰巨很多。

我父亲对塘西的一切见怪不怪了，工作组组长张部长和其他组员则不同，他们几乎不敢相信，在火红的欣欣向荣的咸水塘地区，还会有塘西村这么古怪的地方，一个被群星炭黑厂的烟囱与厂房遮蔽的村庄，似乎应和了村民们特殊的营生，要随时为世界送葬，到处死气沉沉，连空气闻起来都是诡谲多变的。尤其是在三月的黑天气里，整个塘西村的村舍、菜地甚至咸水塘边的杨柳都是黑黢黢的，污秽中透出几丝萧条。村民走路忽快忽慢，显得鬼鬼祟祟，似乎刚做了什么见不得人的事，他们从竹林里钻出来，从蒙了塑料的蔬菜地里钻出来，从低矮的门洞里走出来，脸上或多或少都沾染了漆黑的炭黑灰，像是涂了一层潦草的戏妆。对于来访的工作组成员，他们毕恭毕敬，满脸都是谦恭而木讷的笑容，但他们闪烁的眼神似乎在提醒你，你们来得正是时候，塘西村的秘密不可告人。

你们拜过狗坟吗？

你们见过群星炭黑厂的烟囱飞出来一条龙吗？

村民们都摇头，手指祠堂对面七奶奶家的门洞，这要问七奶奶家的人，我们不拜狗坟，我们没看见过龙，哪来这个眼福？

你们拿过好福的照片吗？你们见过那个小男孩的鬼魂吗？他是什么样子的？他怎么咒老人死的？你们看见他爬祠堂房顶吗？你们看见他爬炭黑厂的烟囱了？

这个话题让村民们眼睛发亮，很明显他们有话要说，但蒋文良陪在工作组身边，他的目光像一枚巡航导弹在村民们头顶上巡逻，带有强悍的威慑力，小心说话，不准乱说，赶紧闭嘴。所以村民们的回答大多有上句没下句，牛头不对马嘴。他们说那照片能赶走瞌睡虫是真的，但是没见过好福是怎么从照片里跑出来的。他们说没见过爬祠堂房顶的鬼魂，也没见过爬炭黑厂烟囱的鬼魂，倒是听说夏天咸水塘里有鬼魂拽行人的脚，都是溺水而死的绿毛水怪，有人看见了水怪的手，长满了绿色苔藓，也不知道是小男孩还是别的什么人的手。当然他们额外表明了自己的思想觉悟，说他们不相信世界上有这种鬼那种鬼，都是听别人这么说的。

四奶奶家在咸水塘边，她是村里最高寿的老人，正因如此，郊区历任领导走访塘西村的时候都要光顾四奶奶家，这待遇也是她与子女们一直努力维护的荣耀，她不死，家里就光荣。自从七奶奶死后，塘西村老人都害怕遇见好福的鬼魂，四奶奶尤甚，她腿脚一直硬朗，但突然就不敢出门了。老人们辨识鬼魂的方法本来很简单，看他们在阳光或者灯光下是否有影子而已，四奶奶苦恼的是自己老眼昏花，连最起码的辨识影子的能力都丧失了，一个在阳光下奔跑的小男孩有没有拖着影子，她从来都看不清，越是看不清，她便越是焦虑。所以她经常指着窗外路过的小男孩问家里人，快帮我看一下，那小男孩有没有影子的？最初家里人还认真，告诉她那是谁家的孙儿谁家的儿子，是人，不是鬼，自然拖着影子，时间长了，家里人就懒得跑窗边去替她看影子了，烦躁的时候不免朝她嚷嚷，这个没影子，是好福来了，你赶紧躲房间里去！

渐渐地，四奶奶看见任何小男孩都心惊肉跳，甚至包括自己的后代。恰巧她有一对双胞胎的曾孙，正值调皮多动的年纪，他们经常鲁莽地撞开四奶奶的房门，要在昏暗杂乱的房间里捉迷藏。四奶奶在恐慌中用各种方法驱赶曾孙们，都没用，便动用门闩打了孩子。这反常的粗暴难免激起小男孩的怒火，他们对曾祖母的尊重与爱戴荡然无存，然后两个孩子真的像传说中的小男孩好福一样，诅咒了自己的曾祖母。一个说，你快死了，你马上就要死了。另一个说，老不死的，你今天就要死了。

工作组去四奶奶家登门拜访，恰遇这个四代同堂的家庭兵荒马乱，状如一个混乱的战场。四奶奶瘫坐在地上号啕大哭，因为边哭边发出种种怨诉，听起来像是一个活人在提前为自己哭丧。她儿子在咒骂孙儿孙儿媳，主要骂他们教子无方。孙儿让两个小男孩站在一张凳子上，盘问是谁教他们说出了那么恶毒的话，双胞胎都否认受到过教唆，一个委屈地嚷嚷，她先骂我们是鬼的，说我们在院子里玩没有影子，她用门闩打我们。另一个率真地吐露真言，朝他父亲大喊道，太奶奶的牙都没有了，脸像树皮，她身上那么臭，她瞌睡的时候嘴里流口水，就是快死了呀！孙儿一怒之下，左右开弓掴双胞胎儿子的小嘴巴，打得狠了，孩子哭得凶，儿媳妇与孙媳妇一起心疼起来。她们平素关系不睦，这会儿一起从凳子上抢下受难的孩子，一人抱一个，婆媳俩难得地站在一起，共同声讨起四奶奶来。儿媳对四奶奶说，你真是老糊涂了，人鬼都不分。两个小孩是你自己的骨血呀，他们要是鬼我们算什么？你自己又是什么？我们一家不都是鬼吗？孙儿媳气得口无遮拦，一边搂着孩子一边对着丈夫尖叫，她都活了八十多岁了，还这么怕死？别人死得她就死不得？连毛主席他老人家都去世了，难道她有资格万寿无疆吗？

工作组不宜介入琐碎的家庭纠纷，他们进屋安抚四奶奶。四奶奶握住张部长的手，声泪俱下地诉说了她对死亡的恐惧，说得很实在，我大半辈子吃糠咽菜，托政府的福，现在刚刚过上好日子，天天能吃白米饭了，想吃肉就吃肉，想吃鸡蛋就吃鸡蛋，实在不想死呀。她强调说，我哪儿能万寿无疆？要是生老病死了也没有什么，若是让一个小男孩的鬼魂咒死了，那死得不是太冤了吗？不小心点怎么行？她央求工作组要为村里的老人做主，一定要抓到萧木匠家儿子的鬼魂。张部长笑问，除了抓鬼，你对工作组还有别的什么要求？四奶奶摆手，这么幸福的生活我知足了，别的什么要求也没有，把那小孩的鬼魂抓住就行了。

这昏聩的要求来自一个塘西村老妇，工作组也不觉得意外。工作组成员马桂红来自我们咸水塘工农子弟学校，本是教政治的，出于职业本能，准备向四奶奶宣传无神论思想，但说了几句就被张部长打断了。他暗示马桂红，要在短时间内矫正四奶奶的世界观绝无可能，出于尊老爱幼的传统，工作组并没有批评四奶奶，张部长还幽默地向四奶奶保证，四奶奶你放心，我有枪，只要找到鬼魂，我一枪击毙他，村里的老人都会长命百岁的。

已故的七奶奶家族是工作组调查的重

点，这个家族成员拜狗坟的事件影响广泛。关于狗坟上烫手的石碑，关于碑上飞来的陌生人名字，关于炭黑厂烟囱上的黑色飞龙，已经在郊区地带传得沸沸扬扬，所以塘西村迎来了很多慕名而来的访客，甚至有人从香椿树街骑自行车过来，到处打听狗坟的位置，这是工作组亲眼所见。在蒋文良的引导下，所有工作组成员穿越塘西村竹林，亲临狗坟现场实地观察。他们发现传说有真有假，王龙大这个名字确实清晰地呈现在石碑上，但与正常的碑铭不同，王龙大三个字字体略显稚嫩，缺乏必要的前缀与后饰，也就缺乏立碑的郑重与敬意，显得不伦不类。工作组成员都认为，飞来之字是不可能的，倒好像是谁草草地凿出来的。至于石碑是否烫手，工作组成员都亲手试过，说它烫手是明显夸张了，但是石碑确实是温热的，与这个季节石头的触觉不同。这让人有点迷惑，但工作组成员中的小秦来自第二轧钢厂，在厂里是技术员，他认为那可能是石碑的材料结构含有多种矿物质，有些矿物质能够有效储存阳光中红外线的热量，手摸觉得热，也属正常。

好多谣言与七奶奶家族的人有关，工作组与他们的交流不免频繁一些，细致一些，这也让七奶奶的孝子贤孙们有点像惊弓之鸟。工作组问他们，谁在碑上刻的字？他们说，没人在碑上刻字，是一场雨啊。张部长一听就火了，厉声质问，你们有没有常识，一场雨能在石碑上刻字吗？他们意识到自己的愚蠢，都有点羞惭，承认一场雨是不能在石头上刻字的，一切都是德康说的，他们都听德康的。工作组问他们，王龙大是狗的名字还是人的名字？他们茫然，那狗叫黄黄，不叫王龙大，王龙大是人的名字吧？工作组问，那王龙大是什么人？你们认识这个人吗？他们都摇头，表示认识叫王龙的人，金娥的娘家哥哥叫王龙生，花桥镇那里有亲戚叫王大龙，二里桥也有个王大龙，就是不认识这个王龙大。工作组又好气又好笑，说你们既然不知道王龙大是谁，为什么要去拜他，为什么要让王龙大保佑你们平安？他们更羞惭了，都低下头说，我们不知道拜了有没有用，是德康关照我们的，他说就是跪一下，拜一下，不花钱也不花力气，不管有没有用，求个心安罢了。

德康就是那个自称看见过黑龙的人。那年春天他成为了咸水塘的名人，也是三二三工作组调查摸底的主要对象。工作组去德康家访问的时候，觉得那个塘西男人看起来憨厚老实，不像是阴谋家，也不像野心家，更不像精神病人。他们问起狗坟见龙的事情，德康在蒋文良的暗示下，识趣地改变了口径，他说他一个凡人，哪儿有资格看见龙？他在狗坟上看见的是群星炭黑厂烟囱冒出的黑烟，那黑烟有龙眼龙爪龙鳞，形状像一条黑龙而已。问起王龙大是怎么回事，德康赌咒发誓王龙大那三个字不是他凿的，至于是雨水打出来的，还是什么别有用心的人偷偷凿的，他也不敢保证。

工作组见识了七奶奶家在塘西村兴旺而嚣张的血脉。由于传说德康会被送到有关部门去受审，七奶奶家族的老老少少都被暗自召集，天天聚集在蒋家祠堂门口，有伸冤的意思，也有点示威的暗示。大部分人还在为七奶奶披麻戴孝，女人头发上别着白花黄花，男人的鞋子钉了麻片，借助这哀痛的服饰，他们强调了自己受害者的身份，他们七嘴八舌地向工作组申诉，债有主冤有头，一切都要怪罪萧木匠与黄招娣一家，他们的儿子咒死了七奶奶，他们的女儿毒死了黄狗，我们拜狗坟拜错了，德康见龙见错了，他们养鬼害人就对了？他们毒狗就对了？这样下去，我们塘西村还有没有公平呢？

外面人多嘴杂，吵得张部长烦躁，蒋文良出去轰人，轰不走，反遭德康媳妇当场揭露，说她亲眼看见萧木匠提着香烟老酒去蒋文良家送礼，蒋文良这么处处护着萧木匠家，是拿了人家好处的。蒋文良对着德康媳妇破口大骂，骂得脏了，马桂红捂住了耳朵，张副部长也听得不适，他劝离了蒋文良，让门外七奶奶家族派几个口齿清楚的代表，进来开个小会，把问题说清楚。

德奎夫妇和德娟作为代表进了祠堂。他们一进门就表明自己的态度，有工作组为正义撑腰，不必看蒋文良脸色说话，他们保证畅所欲言，虽然不能以科学依据来举证好福是人是鬼，但他们一口咬定，所有悲剧的根源在于好福的照片。德奎夫妇以人格向工作组保证，黄招娣一定是在儿子的照片上放了蛊，要把她一家的不幸传染给全村人，那孩子的照片虽然止住了村民们的瞌睡虫，祸害却上了各家各户的门，身强力壮阳气足的人还能抵抗，村里的老人就不行了，好几个老人现在连人鬼也分不清，看见五六岁的小男孩就魂飞魄散，还有当场尿裤子的。德娟伶牙俐齿，说得更加绘声绘色了，领导知道嫁出去的女儿泼出去的水，我不住塘西，没有染上瞌睡病，我看问题最客观，对不对？我那天回娘家来，一眼看见大嫂桌子上那好福的照片，大嫂在裁布料呢，她把布料翻一翻，照片就跳一下，翻一翻它就跳一下，开始我也没疑心，以为是风吹的，没想跑到二嫂家，二嫂见我来了，随手把手里的剪刀放照片上了，你们猜怎么的？那照片忌讳剪刀，它会躲呀，我亲眼看它从剪刀下走出来，走到剪刀外面去了！德娟诚恳地指着屋顶，我要说半句假话就天打雷劈，我跟一般妇女不一样，眼窝子比男人还深，从不爱流泪的，可是那照片真的有妖气呀，好端端的一看见那孩子的脸我就想哭，连小时候的伤心事都想起来了，哭得稀里哗啦的，哭了还打嗝，差点哭岔气。领导你们自己想想，那是一张正常的照片吗？

工作组认为德娟的陈述可能夸大其词，但应该不是谎话，一切都与好福的照片有关，这在塘西村已经是公众舆论，群众的呼声再愚昧，你还是要正确对待。怎么给一张失踪孩子的照片定性？这变成了工作组最棘手的问题。他们互相交流眼神，谁也没有急于表态。德奎德娟他们知道工作组不得相信鬼神，就算相信，也绝不能公开表露，再说黄狗已死，不管它如何通灵，也只是一条狗而已，一条狗指认一个鬼魂，干部们怎么可能采信呢？所以德奎最后自己下了个台阶，说我们反正也没有抓到那个小男孩，没有证据提供给你们领导，不管塘西村有鬼没鬼，你们领导也看见了，现在整个村子人心惶惶，老人吓得不敢出门，好多小男孩又被冤枉是鬼，只能靠领导做主。如果领导收缴不了好福那相框，能不能出面让萧木匠一家离开塘西搬到别处去？只要这户人家离开，塘西村一定就能够保持安定团结的局面了。

七奶奶家族的人口覆盖半个塘西村，德奎的愿望便称得上半个塘西村的愿望。安定团结当然最重要，张部长对他们的想法表示理解，但他强调，村里的大家族与小家族是平等的，工作组无权强迫任何一家人搬离塘西村，除非他们自愿。

三二三工作组去萧木匠家走访，差点吃了闭门羹。这对于我父亲来说是最艰难的一次走访，他一看见那熟悉的房子就打了一个莫名其妙的喷嚏，喷嚏太响，把同行的马桂红吓得跳了起来。他的脚步尾随着张部长，心里却在拒绝自己的脚步，真心希望他们不要开门。蒋文良敲门敲不开，开始踢门，好芳好莉就出来了。门开了半扇，姐妹俩一高一矮地掩在门后，两双眼睛都闪着敌意的光芒。踢坏我家的门，要照价赔偿。好莉对蒋文良尖声说，我爸爸病了，我妈妈发烧，他们都躺着呢，我们家不接待客人。

蒋文良一步冲上台阶撑住了门，什么屁话？都躺着？他们是怎么躺的，还能不能站起来？没看见这么多领导来你家，你们烧三年高香也修不来这个福气，快让你爸妈出来，要是站不起来就爬，爬也要爬过来，快来欢迎工作组！

黄招娣还是出来了，她推开两个女儿，弯腰弓背地拉开门，对工作组的到访表示欢迎。黄招娣在塘西村太出名了，所有工作组成员的目光都好奇地盯在她脸上，一个四十多岁的女裁缝，虽然面色枯黄，但容貌算是标致的，穿着打扮也洁净大方。她用衣袖擦干净了客堂的一张长凳几只竹凳，请工作组落座，脸上始终保持逢迎的笑意。她的眼神与我父亲的记忆有所不同，悲伤与愤怒少了，畏惧与戒备多了，因为对客人怀有某种猜忌，某种期望，她的眼眸时而黯淡，时而又闪闪发亮。

蒋文良径直闯进了夫妇俩的房间。萧木匠果然躺在床上，身上裹着被子，额头上放了一块毛巾。蒋文良过去摸一下，就把毛巾举起来了，萧木匠，你发烧用干毛巾捂脑门？就知道你装死，我最瞧不起你这种人，敢掘人祖坟，敢砍乡亲的脑袋，就是不敢见领导？领导能吃了你？你不是要伸冤吗？你不是天天嚷嚷蒋家人欺负你吗？工作组上门来了，你不去伸冤，躺床上装死？

我父亲听见萧木匠嘴里嗫嚅的声音，我没有冤要伸，我真的发烧了，头痛得要炸开了。他的一只手伸出被窝，抢过毛巾要放回到额头，另一只手停留在被子下面，蒋文良一定是察觉到了什么，猛然掀开萧木匠的被子，萧木匠大惊失色地坐起来，我父亲看见他怀里抱着一个相框，是一个相框。我父亲看得很清楚，那是好福的照片。

这个塘西男人有时候敦厚，有时候鲁莽，有时候残酷，有时候奸猾，更多时候是愚不可及。我父亲了解他的品行，但这幕景象让他心里忽然难受，他看不下去了，悄悄退出房间，伸手将虚掩的房门关上了。隔着门，他能听见蒋文良在训斥萧木匠，猪脑子啊，你以为工作组上门来缴你儿子的照片？他们又不是德康德奎，就算工作组也要抓鬼，人家抓的也是大鬼，反党反社会主义的大鬼，怎么轮得到你儿子这种小鬼？

既然男主人称病卧床，张部长也没有勉强他出来，他听村民说过，这个家庭的主心骨其实不是萧木匠，是黄招娣，甚至三个女儿的地位都比萧木匠高。工作组走访这个处于舆论旋涡中的家庭，也都好奇，其实他们很想看一眼那传说中男孩的相框，但若提出这要求，明显又不符合自己的身份，于是走访很快变成了某种僵持。三个女孩站在灶间的暗处，一动不动，像是三枚炮膛里的炸弹，随时准备向来犯者发射。黄招娣的表现让工作组所有成员深感意外，或许是深思熟虑的谋略，也或许是自作聪明，她断然否认了所有关于她家庭的传闻，甚至包括她儿子好福生死不明的消息。

马桂红试探地问：你儿子那照片，我们能不能看一眼？我们保证就看一眼，绝不碰一下，行不行？

黄招娣坚定地摇头，不敢，再也不敢让别人看了。她脸上露出一种凄楚的神色，说，好心没好报的，我儿子的照片赶走了多少人的瞌睡虫，没落下一个好，你看看村里人现在怎么对我们家的？现在老人死了怪我儿子的照片，以后谁要是白内障眼瞎了，耳朵听不见成聋子了，不都要怪我儿子的照片？

既然这态度，马桂红便也没有强求，她又问：你儿子失踪很多年了吧，你们有他的消息吗？他究竟是——（此处停顿，考虑措辞，是死是活没有问出口）你们知道村里人对他的议论吗？好多人说他是一个鬼，说他到处咒老人死？

黄招娣惊惶地看着马桂红，嘴里叫起来，领导冤枉呀，那都是蒋家人的谣言，我儿子是活人，怎么会是鬼呢？她眨巴了几下眼睛，刻意压低了声音，不瞒领导，我儿子早就找到了，他在他舅舅家，活得好好的呢！为什么不告诉村里人？一是怕这孩子命薄，命薄的孩子一怕坏人二怕水，这村子里的坏人多，我不方便点名，这咸水塘到处是水，你们都看得见，这些年多少孩子淹死在咸水塘里了？我是不放心，才把孩子送到他舅舅家去了，你们要不信，我明年春节就接他回来过年，让大家亲眼看看，我儿子是人是鬼。

众人震惊的表情大概让她尴尬了，她脑袋忽然转向灶间，手指着三姐妹说，好英好芳好莉，你们是哑巴？领导不相信我，你们孩子的话总归相信的，快告诉领导，弟弟是不是活得好好的？弟弟是不是在你们舅舅家？

好英没说话，推推好芳。好芳说，我弟弟去年就找到了，我爸妈怕在咸水塘养不好他，把他寄养到舅舅家了。好芳说完又推好莉，好莉就用尖利刺耳的声音喊起来，不管我弟弟在哪儿，反正他不是鬼，谁说我弟弟是鬼，谁自己就是鬼。

不仅蒋文良，所有工作组成员心里都清楚，这个弥天大谎是出于一个女人的本能，掩盖不幸并非目的，她是在用有限的智慧保护儿子的声誉，保护她的家庭。不过，工作组还是措手不及，连张部长也对蒋文良直摇头，说这位女同志思想包袱太重了，你劝劝她，对我们工作组不要有任何顾虑，有什么问题要反映，让她畅所欲言。蒋文良就对黄招娣说，听见没有？领导让你畅所欲言呢，什么叫畅所欲言懂不懂？就是想说什么说什么，只要不撒谎就行，你要凭良心说话，不说假话只说真话，听懂了没有？

黄招娣有点紧张了，听懂了，我听懂了。她嗫嚅着，目光从工作组成员的脸上逐一扫过，似乎在辨认什么，掂量什么，过了几秒钟，她说，既然领导让我想说什么就说什么，既然要说真话，我要说了你们千万别怪罪我——她瞄了蒋文良一眼，痛苦地咽下一口唾沫，要我说这塘西村最大的问题，就一句话，这村子，人心不善。

这话真诚而刺耳，出乎所有在场者的预料。蒋文良立刻黑了脸，这村子人心不善？村里那么多人呢，我也不善？蒋家人都骂我蒋文良包庇你们家，你们没听见？

让你畅所欲言是让你随口喷粪的？这世界上哪个地方会都是好人，哪儿不都有几个坏人？你把一个村子都抹黑了，说话有没有摸着良心？

黄招娣看起来有点慌乱，朝蒋文良摆手道，我不是说你，文良你是好人好干部，你们蒋家大房二房里的人，多数都是好人，我要是说你，明天就让我烂了舌头！

这样的女人明显难缠。工作组对她本来抱有极大的同情，现在发现她有一张非凡的嘴巴，上一秒钟说谎不眨眼睛，下一秒钟一句话，又能像针一样挑破一个村庄的脓水，有人开始在心里嫌厌她，有人暗自感叹这个女人不一般。他们照例向黄招娣宣传塘西村安定团结的重要性，黄招娣频频点头，眼睛却不时瞄着桌上缝了一半的寿衣，那是含蓄的逐客暗示。蒋文良便朝地上响亮地吐了一口痰，用鞋底擦一擦，说，要送客了？以为谁稀罕跟你们打交道？走之前我们把话说清楚了，黄招娣你听着，萧木匠你在里面也听着，工作组的领导不方便，我来转达一下群众的呼声，现在很多群众希望你们离开塘西村，这村子不是人心不善吗？你们非要守在这村子干什么？萧木匠的表姐夫不是牌楼村的书记吗？什么都是他说了算，牌楼村工分收入比塘西村还要高，你们为什么不去那里落户？

他们看见黄招娣慢慢蹲在了地上，她注视着蒋文良，眼睛里满含屈辱之光，很明显她要哭了，但她仰起脸，似乎努力要把眼泪收住，这个姿势未能奏效，然后眼泪便喷涌而出了。黄招娣的眼泪一滴一滴地落下来，落在地上有轻微的反弹声，令人想起春天淅淅沥沥的雨点。屋里弥漫起某种酸楚的气味，酸得那么浓郁，除了蒋文良无动于衷，我父亲和张部长他们几乎同时打起了喷嚏，马桂红不仅打了喷嚏，还瞬间红了眼睛。大家凝视着黄招娣脚下的泥地，那块地上已经亮晶晶的，像春天的雨点打出了一小片水洼。男人们很快止住了喷嚏，但马桂红的眼泪停不下来了，作为女性，作为母亲，她感染了一阵突如其来的哀伤，所有人都看见她热泪盈眶，哭得双肩乱颤，她没头没脑地重复一句话，可怜，可怜，可怜死了。

黄招娣终于止住了哭泣，她平静地看着干部们，还清了清嗓子。她最后的表态清晰有力：塘西村不是蒋家的，是我们大家的，塘西村的每一寸土地都是国家的。她说，谁要是讨厌我们，他们可以离开塘西村，我们为什么要走？我们又不是苍蝇，又不是蚊子，让人家挥挥手就撵走了？

7

至少在三二三工作组驻扎蒋家祠堂期间，好福的鬼魂是不见了。这个现象令人欣慰。村民们天天路过蒋家祠堂，没有任何人在祠堂屋顶上见过那个穿土布衣裳的小男孩，而群星炭黑厂的烟囱，村民们低头不见抬头见，七奶奶的黄狗死后，从未有人看见过小男孩攀爬群星炭黑厂的烟囱。恐惧一旦消失，塘西村的老人们便有了主心骨，他们的勤劳恢复了，爱心也恢复了，有人去田间拔草浇水，有人在村巷里看管玩耍的孩童，更有热心的老人响应号召，三五成群地跑到蒋家祠堂，向工作组反映村里的问题，倾诉他们的烦恼。

五花八门的塘西怪事，老人们说得那么真挚，不由你不信。大多问题涉及身体健康，听起来莫名其妙，又像是罕见的病因不明的地方病。如何对待老人们的健康，如何调查如何处理，对工作组是一个新课题。张部长要求我父亲将老人们的问题都记录下来，所以，我父亲的工作手册无意中统计了塘西村流行过的很多怪病。

调查记录：宝塔病

据我父亲统计，塘西村民中有十余人患上过宝塔病。初始症状不过是老眼昏花，患者们一致宣称他们在咸水塘里看见了一座黑色宝塔，白天阳光照耀水面，七层宝塔是黑色的，塔檐下的七七四十九只风铃清晰可见，夜晚即使月光暗淡，仍然可以看见水里的七层塔影，不是黑色了，反而微微泛出银色的光亮，那银光一层比一层亮。他们辨认出七层宝塔的造型，与城北著名的铁佛寺塔如出一辙，因此一口咬定，那就是铁佛寺七层宝塔的倒影。在工作组看来，这是违反最起码的物理学常识的，铁佛寺离咸水塘有十公里之遥，宝塔如何能将塔影投射在咸水塘里呢？如果承认那是建筑物的投影，所谓的黑色宝塔，毫无疑问是群星炭黑厂的烟囱在水中的倒影，但烟囱是烟囱，简单的柱形结构，宝塔是宝塔，有棱有角，水波再怎么晃动，眼睛再怎么昏花，烟囱的影子也成不了七层宝塔。

工作组起初对宝塔病不以为意，那症状即使真实，至多只是塘西老年人中间流行的眼疾。但蒋来土和蒋来水两兄弟有一天结伴闯入蒋家祠堂，一副大难临头的样子。他们告诉工作组，自从在咸水塘里看见了黑色宝塔，两个人的肚脐眼便开始发痒，痒了他们就挠，没几天那里就长出了肉，一层一层的，每天一层，一个礼拜下来，那肚脐眼就突得很高了，就像一座七层宝塔。为了证明自己的说法，兄弟俩都大方地掀开了衣服，向工作组展示了他们的宝塔肚脐眼。包括我父亲在内的工作组男性成员，都目睹了这个人体奇景。蒋来土的宝塔肚脐眼大约有四五厘米高，气势不凡，蒋来水的稍微小一些，宝塔形状却更为逼真。它们虽然不是黑色的，也难以说清那是一种肉瘤还是瘊子（或者是死而复生的脐带），但看起来确实酷似一座七层宝塔。这样的肚脐眼谁也没有见识过，神奇是神奇，但毕竟令人不适，张部长强忍厌恶让兄弟俩穿好衣服，这要找医生，去医院！他果断命令蒋文良，要割掉！带他们去医院，赶紧割掉它！

兄弟俩都坚决摇头，表示他们万万不敢割这东西。他们说养猪的老人蒋三根是前车之鉴，他是塘西第一个宝塔病患者，赤脚医生带他去医院割掉了肚脐上的宝塔。回来之后蒋三根天天肚子疼，他怀疑那是报应。第三天夜里蒋三根疼得彻夜难眠，他从猪圈里抱起一头小猪来到咸水塘边，虔诚地将小猪献祭给水中宝塔，作为自己背叛宝塔的祭品。但事情就这么奇怪，蒋三根那夜没有能回家，第二天他的尸体从塘里浮了起来，那小猪却安然地守在塘边，嘴里咔嚓咔嚓地嚼着水葫芦草。此事听起来真伪难辨，工作组便向蒋文良求证。蒋文良说蒋三根是他远房堂叔，那天夜里他献祭的猪从咸水塘里游上来了，蒋三根自己却掉进咸水塘淹死了，那是真事，是他亲自料理的后事。蒋文良还用手向我父亲他们比画，说当年亲眼看过蒋三根肚脐上的宝塔，那是最大最高的宝塔，足有五厘米，竖起来就像男人的第二个鸡鸡。

后来我父亲联合村里的赤脚医生，代表三二三工作组起草了一份报告给上级，名字叫《塘西村宝塔病的分析报告》。为此他用照相机专门拍下了蒋来水蒋来土兄弟的肚脐眼，加上其他几个宝塔病患者的照片，附在报告中。他们认为那是一种值得重视的地方病，呼吁上级部门派医疗专家到塘西调查。可惜我父亲不是医学方面的专业人士，赤脚医生在专家眼里不算什么，他们的呼吁没有得到重视，报告一定被束之高阁了。很多年后我父亲想找回那几张珍贵的宝塔肚脐眼的照片，却怎么也找不到了。

工作记录：白蝴蝶之灾

向工作组控诉白蝴蝶的以妇女为主，她们的言辞紊乱零散，难以作出有效的记录，但有一点取得了统一，妇女们都激愤地指责塘东街道自私自利。她们说历史上咸水塘就盛产白蝴蝶，塘西的白蝴蝶历来都往东飞，飞往塘东、竹板庄、花桥镇一带就不见踪影了。由于塘东街道扑杀白蝴蝶的全民运动大获成功，咸水塘地区的白蝴蝶不敢向东飞，便牢牢地盘踞在塘西了。越是黑天气，白蝴蝶越多，从早到晚都有一群一群的白蝴蝶从群星炭黑厂的围墙里飞出来，飞到咸水塘的东岸，好像听到了什么警报，便纷纷往塘西村方向飞回来了，黑天气里塘西村黑一片白一片的，弄得人莫名心慌。

妇女们向工作组强调，近些年来白蝴蝶越来越聪颖了，它们不喜欢在花朵植物上栖息，却喜欢进塘西人的家。好奇怪，那些邋遢的不讲卫生的人家它们不爱去，谁家收拾得干净卫生，它们就往谁家去。白蝴蝶侵入了这些人家的房屋，满屋子飞舞，如果飞一会儿能走也就算了，可恶的是那些白蝴蝶疯狂地交配，到处产卵。它们在窗台上产卵，在衣服被褥上产卵，在萝卜与卷心菜上产卵，它们飞进主人的卧房，在枕头与床单上产卵，在米缸与橱柜上产卵，甚至在婴儿的尿布上产卵。由于蝶卵的孵化时间太快，他们来不及发现蝶卵，家里已经到处是白蝴蝶了。

有塘西妇女端着一碗苋菜跑到蒋家祠堂向工作组反映，她炒菜的时候从油锅里飞出来两只白蝴蝶，她没介意，谁想到一碗苋菜炒好了放在桌上，又有两只白蝴蝶从菜碗里飞出来，扒开苋菜，发现还有两只死去的白蝴蝶伪装成蒜瓣，藏在菜里面。那妇女向工作组展示了菜碗里那两只死去的白蝴蝶，她说，你们领导自己看看，这菜还让人怎么吃？你们来查塘西这个问题那个问题，我看这些白蝴蝶才是最大的问题，实在太讨厌了，你们领导要帮我们想想办法，把白蝴蝶赶走呀。

蒋秀明刚过门的新媳妇曾经是马桂红的学生，她天天找马桂红抱怨塘西村的生活，最热衷的话题也是白蝴蝶。她说塘西的白蝴蝶欺生，让她苦不堪言，遇上黑天气，白蝴蝶便把她的身体当成一株花树，死缠烂打地追着她，她的衣服上经常停歇了密密麻麻的白蝴蝶，赶走一只来三只，很恶心。这是马桂红亲眼见证的，即使她们说话的时候，她也能看见祠堂门口盘旋的白蝴蝶，它们在她们两个人之间稍作选择，果断地飞往了蒋秀明媳妇的肩膀、后背甚至头发上。马桂红毕竟是政治老师出身，她打量了对方花枝招展的打扮，发现了第一个问题，又敏感地吸紧鼻子，嗅到了第二个问题。她对蒋秀明媳妇说，新娘子呀，要说白蝴蝶欺生，我在塘西比你更生呢，我看不是白蝴蝶欺生，是白蝴蝶把你当成花了，看你穿得像花一样，脸上抹的什么雪花膏？怎么那么香，比花都香啊，你以后穿得朴素一点，脸上别抹雪花膏，看看白蝴蝶还会不会盯着你不放。

蒋秀明媳妇虚心接受了马桂红的建议，过了几天，她又找到马桂红，一脸委屈地指着自己身上的蓝色土布大褂，马老师我听你的意见，穿的是我婆婆的旧衣裳，脸上连蛤蜊油也不抹，可白蝴蝶还是不放过我呀，我都要让白蝴蝶烦死了！马桂红绕着新媳妇走了一圈，通过各个方位仔细察看她的衣服，说，现在不是好好的嘛，我没见着白蝴蝶，连蝶卵都没找着。那新媳妇就带着哭腔叫起来，在这里呀，在袖子里呀！她跺着脚，抖了一下衣袖，袖管里飞出来一只白蝴蝶，不光袖子，口袋里肯定也有呢。她又张开上衣口袋，果然，一只白蝴蝶从那口袋里飞出来了。马桂红看得目瞪口呆，说，这白蝴蝶也真是奇怪，怎么跟色鬼男人一样，喜欢年轻漂亮的女人呢？

塘西的妇女们对白蝴蝶意见太大，工作组每天在蒋家祠堂也会看见成群的白蝴蝶在窗边飞来飞去，蝴蝶扑翅的声音酷似金属在震颤，说不清是悦耳的还是刺耳的。他们认真观察过，塘西的白蝴蝶确实来自群星炭黑厂的围墙里侧，这与村民们的反映一致。如果要按村民们的要求，剿灭白蝴蝶的老巢，需要群星炭黑厂的配合。马桂红去过群星炭黑厂与厂方探讨过此事，结果碰了一鼻子灰。厂方宣称他们的生产任务非常紧张，他们要抓炭黑的产量与质量，根本顾不上什么白蝴蝶。那么由塘西村派人进厂搜寻白蝴蝶的老巢呢？马桂红提出了这个建议，被厂方断然拒绝。厂方说他们群星炭黑厂是保密单位，不可能放一批塘西农民进厂来捉蝴蝶的。

塘西村怪象种种，白蝴蝶终究是个次要矛盾，工作组只能暂时搁置此事。当然，马桂红主管白蝴蝶问题，她赞成张部长的决定，又觉得对塘西妇女该有个交代。在马桂红的提议下，我父亲专门在塘西妇女喜欢聚集的地方，张贴了一条特别的充满善意的宣传标语，其内容主要为三条：

不抹香粉

不穿花衣

走路不扭腰，与白蝴蝶保持距离

塘西怪象：蛇行症

塘西很多怪事，说起来都令人半信半疑。那年春天的好多个早晨和黄昏，我父亲骑自行车往返于塘东塘西之间，眼见杨柳绿了，眼见杨柳飘起柳絮。在咸水塘边的土路上，他注意到一些塘西村村民特异的走路姿势，他们从不直行，也不抬头看路，他们弯着腰沿着一条扭曲的路线前行，速度缓慢，看起来若有所思小心翼翼的，就像蛇在行进。我父亲最初以为他们在躲避路上的蚂蚁虫子，后来经过深入调查才发现，那是在一部分塘西人中间流行的蛇行症，其实由来已久了。

患蛇行症的村民有男有女，都自称在塘西村通往塘东的路上遭遇过一条金色大蛇。大蛇有九尺之长，蛇腹金光闪闪，蛇的脊背上有复杂的金色纹络，像是镶嵌了层层叠叠的金线，它游过的路面上会留下一条金色的湿润的亮线，黏糊糊的，弯弯曲曲，这是蛇行症村民对金蛇统一的描述。至于金色大蛇如何能够引导人模仿蛇行，村民们的表述差异就大了。

有人说金色大蛇在他们的前面逶迤游走，像世界上所有的蛇一样，保持着弯曲的弧线。他们很清楚蛇是爬行动物，作为四肢健全的人，没有必要去学习一条蛇行路的方式，他们不过是对金蛇莫名尊崇，害怕惊扰了它，你既然不能走到金蛇的前面去，干脆就遵从它的路线了。还有人说金色大蛇在他们前面几米处游走，扮演的是一种向导的角色，你走它走，你停它停，偶尔它还回头向你召唤，似乎要将你带往一个幸福的目的地，他们心驰神往，就开始模仿蛇行了。还有村民承认他们并没有看见过那条金色大蛇，只是听说金色大蛇经常出没在塘边，这是大吉大祥之兆，他们不想错过，就只能采取引蛇出洞的办法，他们以蛇行的姿态走路，只不过是努力地诱惑它，感动它，希望那条金蛇出来，自己能尾随它一程。

一般来说，蛇行症村民是在走上咸水塘边的土路之后，才条件反射地蛇行，但有人例外，即使在村巷里走路，也严格保持蛇行姿势，比如老石匠马三卵一家。他家邻居向工作组反映，说马三卵的老婆在厨房走动都是蛇行的，去院子里晾晒黄豆，抱着那么大的匾也要蛇行。马三卵内急到龇牙咧嘴的程度，忙不迭地解了腰带，却还要以蛇行的步态往茅房奔。他家的小孩子开始都能正常走路，善跑善跳的，等到长大成人之后，便再也跑不快，都像他们的父辈一样，慢吞吞地蛇行了。

塘西蛇行症患者都不介意别人怎样看待自己，工作组询问过马三卵一家为什么要这样走路，他们都茫然，说不过是走路姿势，自己习惯这样走了，要是工作组不允许蛇行，他们也是可以改成直行走路的。又补充说，如果遇上救火救命这类急事，他们肯定跑得比谁都快，就不会蛇行了。

塘西蛇行症算不算一个原则性问题，在三二三工作组内部有过讨论。工作组长张部长是军人出身，一贯重视风纪仪态，平时走路始终保持仪仗队式的步态，看见蛇行症村民，他自然有本能的厌恶。那些人若与张部长搭讪问候，他一般不屑于搭理他们，有时忍不住了，突然发出一声严厉的口令：立正，给我立正，立正了再跟我说话！

张部长曾经利用自己的特长矫正过蛇行症村民的步态。他让蒋文良通知那些人，每天下午到蒋家祠堂门口集合，由他亲自训练正确的步行姿态。那些村民开始还很踊跃，训练效果也不错，没几天积极性就退了，张部长站在祠堂门口等，只等来几个风烛残年的老人，那些老人再怎么走路也走不了几年了，张部长没有兴趣训练他们，他让蒋文良去喊人。蒋文良就挨家挨户地去拉人，结果他们都称自己坚持不了了，问为什么不能坚持，回答说张部长的要求太严格，也累人，训练一次比干一天农活还累，何必要让他们像仪仗队一样走路？反正塘西村永远也不会有什么阅兵仪式，他们不过是靠手艺吃饭的人，怎么走路都是走，现在能走得笔直就很不错了。

传说中的那条金色大蛇，工作组成员并未见过。

咸水塘本属于沼泽湿地，加之天气怪异多变，有蛇出没是正常的。人们在塘边见过的蛇，种类也不算少，竹叶青、火赤链、金环蛇、银环蛇、眼镜蛇，包括在水里游动的水蛇，黑色的褐色的红色的黄色的暗绿色的，蛇皮各种色泽都有。工作组最初以为村民口中的金色大蛇，不是金环蛇便是火赤链，但见过金色大蛇的村民都矢口否认，说他们从小在咸水塘边长大，怎么会不知道金环蛇和火赤链？金环蛇黑黄相间，火赤链红黑相间，它们都是普通的毒蛇，他们遇见的金色大蛇遍体金色，不夹杂一丝异色，与金环蛇火赤链完全不同。

鉴于塘西蛇行症有扩散趋势，验证金色大蛇的真实性，也成了三二三工作组迫切的任务。工作组曾经全体出动，环绕咸水塘塘岸，步行四十分钟寻访金色大蛇的踪影。结果很遗憾，别说金色大蛇，他们连一条竹叶青或者火赤链都没见到，只看见一条水蛇慌慌张张钻进塘边的土洞里。蒋文良婉转地提醒他们，蛇就是蛇，怕人的脚步，你们那么多人去找蛇，路上全是脚步声，金蛇早就跑走了，你们怎么能看见金蛇呢？

自此，寻访金蛇的任务落实到个人头上了。由于马桂红怕蛇，工作组的男性成员都肩负了这项使命，他们独立出行，在咸水塘边兜兜转转，四处搜寻金蛇的影子。村民们在暗中观察工作组，有一个现象让他们很欣慰，甚至捂嘴偷笑，他们发现工作组在寻蛇途中走路姿势也发生了明显的变化，他们弓腰低头，不走直路走弯路，大部分行走路线呈现出S形，那是明显的蛇行迹象，与蛇行症村民没有什么不同。

我父亲是真正的咸水塘人，最为熟悉咸水塘的环境，找到金色大蛇是他的执念，也是张部长暗示过他的义务。他怀疑金蛇的出现与否，可能与咸水塘特殊的天气有关。我父亲问过那些蛇行症村民，打听他们遇见金蛇的天气情况，可是塘西人天生难缠，那些蛇行症村民更加不好对付，他们似乎害怕我父亲要分走自己的好运，要么刻意保守机密，语焉不详，要么抓耳挠腮地反问我父亲，金蛇能出来，应该都是好天气吧？

我父亲分别选择了黑天气、白天气、酸天气和好天气，在塘西通往塘东的路上耐心观察，他从未看见过塘西人所说的金色大蛇，自然也看不见传说中那条弯弯曲曲的金色亮线。他无奈地瞭望咸水塘边的灌木与草丛，忽然想到打草惊蛇这个成语，一下受到了启示，说不定打了草，那条金蛇就出来了呢？因此那年春天很多咸水塘人看见我父亲古怪的样子，他手持一根竹竿在咸水塘边兜兜转转，寻找那条金蛇。

在酸天气里我父亲边走边用竹竿打草，他看见过成群的蜥蜴从草丛里爬出来，爬上柳树，柳絮般地挂在树枝上，而大片的蜻蜓从灌木丛里飞出来，聚集在一起，像蚂蚱一样沿着路面跳跃，似乎忘记了蜻蜓飞翔的本能。在白天气里他看见两只小鸭子被他的竹竿惊扰，摇摇摆摆从草丛里走出来，他不知道两只小鸭子是被母鸭遗弃的，还是从蛋壳里孵化出来的。黑天气往往大风肆虐，我父亲的目光总是被塘边的杨柳树吸引，柳枝从绿色转变为黑色，只需要几分钟时间。那样的日子，黑烟从群星炭黑厂那侧蘑菇云般地喷涌而出，向东飘散，从塘西通往塘东的土路是黑色的，炭黑灰由西向东喧嚣着漫过路面，微微颤索，像是一片黑潮涌向塘东。他找不到金色大蛇，便仔细地观察炭黑。炭黑的细腻与油性使其形状丰富多变，有时候它粘结紧密，黑潮看起来是一支壮观的黑色集团军，有时候风打散了黑潮的队形，黑潮自动分化成多支独立纵队，有组织有次序地奔赴塘东方向，它们确实像黑蛇的队伍，但它们不是蛇，只是炭黑灰。

我父亲将希望寄托于好天气。在好天气里从塘西通往塘东的土路上人来人往，他躲在僻静处，暗中观察村民们的走路姿态，这是无奈之举，他不得不将蛇行症村民当作诱饵，只有借助他们，他才有可能看见传说中的金蛇。有一次，我父亲差点以为自己成功了，当时他看见马三卵提着两只空酒瓶往塘东方向走，他的蛇行曲线开始较为散漫，走到塘边的大柳树下，马三卵的身体忽然前倾，蛇行的姿态变得工整紧凑，步速也明显急促起来，一切都表明，马三卵正跟随那条金蛇往塘东去。等我父亲追上去，他发现马三卵很恼怒，我知道你想干什么！马三卵忿忿地说，金蛇走啦，你的脚步声响起来它就走了，你是塘东人，你是外人，金蛇才不管什么工作组，它不会给你们外人看见的！

我父亲仔细打量马三卵四周的路面与岸坡，它们被一大片午后的阳光照耀着，淡黄色夹杂了褐色与黑色，斑斑驳驳的，除了行人的脚印与自行车的轮胎印子，没有值得追究的痕迹。岸坡上的草疏密不均，色泽看起来未老先衰了，绿得有点寂寞。我父亲比马三卵更恼火，他审视着马三卵的眼睛与表情，发现的不是诚实率真，而是奸佞与狡诈。他在刹那间认定那条吉祥的金蛇从未存在过，它只在那些愚昧的塘西村民头脑里游走，最后他指着马三卵手里的酒瓶说，金蛇带你去买酒？哪来的金蛇，你告诉我它往哪儿跑了？什么金蛇？你天天喝得醉醺醺的，说不定是看见了一条大黄鳝，一条大鳗鱼！这一定是谣言！谣言！谁第一个看见金蛇，谁就是造谣者，我现在断定，谣言就是从你马三卵那里来的！

马三卵倒很镇定，他鼻孔里哼了一声，谣言，谣言，谣言！只要你们不相信的事情就是谣言，你们这些干部，就会这一套。他自顾向前走，忽然不甘地回头，邓同志我倒要请教你，造谣总有个目的吧？我造这个谣，图个什么？你能不能告诉我，我是图什么？

我父亲一时被问住了，最后指着马三卵的背影喊，你能图什么？你能看见金蛇你光荣，金蛇保佑你们全家对不对？马三卵我告诉你，这咸水塘没有金蛇，是你们这些人的思想有一条毒蛇，一条毒蛇天天在你们头脑里游来游去！

针对蛇行症的调查收效甚微。工作组最后在蒋家祠堂的墙上张贴了告示，将金色大蛇的存在明确定性为谣言，而蛇行症被归结为村民的不良生活习惯，需要自我纠正。后来在塘西村通往咸水塘的路口，竖起了一块图文并茂的标语牌，配以祖孙三代排队走在一条红线上的宣传画，提醒村民们要正确行路，那当然也是我父亲的杰作：

走路请你昂首挺胸
只走直路不走弯路

8

三二三工作组驻扎塘西期间，处理了太多人的问题，也处理了不少鬼的问题，还有些非人非鬼的问题难以处理，这其中最棘手的是王龙大的墓碑。

王龙大究竟是谁？德康在王龙大问题上究竟扮演了什么角色？他们本应该追究到底，但工作组都是唯物主义者，谁也不相信龙的存在，更不相信烟囱腾龙这类虚假传说，大家有意无意地忽略了这件事。从事态发展来看，他们低估了龙在村民心目中至高无上的地位，也低估了德康这样执迷不悟的村民，他一条道走到黑，别人便也容易黑白不分。

趁着工作组的主要精力都用于追查蛇行症了，德康经常掩人耳目地跑到狗坟上，手扶王龙大的墓碑，仰望炭黑厂的烟囱，一望就是半天。村里人都知道他去狗坟干什么，他在等龙。德康一心要再见一次龙。私底下他告诉过德奎，见龙不那么容易，有一定的诀窍，王龙大的碑是最重要的预兆，只要石碑发烫了，龙就可能来。他声称等到过第二条龙，那一次石碑滚烫滚烫的，他听见群星炭黑厂的烟囱里有飞沙走石的声音，伴随一种庞然大物从金属管道里挣脱而出的撞击，然后烟囱口吐出了第二条黑龙，比第一条还要大，黑色的龙体，银色的龙爪，白色的龙牙，金色的龙鳞，它訇然飞起，朝着城北方向去了。

群星炭黑厂政工科的李科长来过蒋家

祠堂，向工作组反映龙的问题，龙的问题又引出别的问题，工作组的成员都摸不着头脑。原来群星炭黑厂烟囱吐龙的谣言，已经从塘西村传到了群星炭黑厂之内。工人阶级也崇拜龙，爱慕龙，这导致一些工人每天上班都很分神，动辄就离开车间岗位，跑到外面仰望烟囱去看龙，厂里的生产不免受到了影响。

听李科长抱怨，群星炭黑厂的工人现在都热衷于观察烟囱，评价烟囱里吐出的烟雾。他们认定了很多龙状烟雾。有的时候龙状烟雾在群星炭黑厂的烟囱上面会盘旋很久，遇上晚霞，龙鳞金光闪闪，而龙头、龙身与龙尾沐浴着金色霞光，一切都清晰可辨。群星炭黑厂的工人具备起码的文化，最初以为塘西村人所见之龙，也是类似的龙状烟雾，但关于龙的传言越来越具体，说工人们在炭黑厂围墙内侧只能看见龙状的烟雾，只有翻过围墙到塘西村那一侧，才能看见真正的烟囱吐龙的盛况，具体地点也有鼻子有眼，就是王龙大的坟。

工作组知道李科长所言不虚，他们自己也看见过几个工人在村里转悠，从他们蓝色工作服上群星炭黑那几个字，很容易分辨是来自围墙那边的工厂。工人们图省力，通过一把高梯子上了围墙，又把梯子放到塘西这一侧，快捷轻松地来到塘西地界。工作组的人明白，只要看见竹林里有梯子，就说明群星炭黑厂有人来塘西看龙了。

工人们找到了王龙大的墓碑，却没有什么收获，从围墙外看烟囱里的黑烟，与围墙内差别并不大。他们不甘心，跑到村里打听王龙大的家在哪里。有村民好心透露实情，塘西没有叫王龙大的人，谁也不知道王龙大是什么人，王龙大的墓其实是一条狗的狗坟。工人们不相信，以为村民在愚弄他们，便有村民建议他们去找德康，说你们厂烟囱吐龙的事，都是德康说的，要找龙，只有德康能帮到你们。

他们贸贸然地跑到了德康家里去，要德康陪同他们去王龙大的坟上看龙。德康这时候却装傻，他说，哪来的龙？你们要见什么龙？烟囱里哪儿有什么龙？龙是随便见的？工作组就在我们塘西村呢，就算有龙，龙也不敢出来的。他们从德康闪烁的眼神里看出他言不由衷，话里有话。在德康媳妇的暗示下，有个青年工人掏出了口袋里的大半盒香烟，放在德康家的桌子上。德康勉强同意带他们上狗坟，但有言在先，队伍要分散行动，不能让村民们看见，更不能让工作组知道此事。另外他强调，人龙相见终归要讲缘分，他带他们去，也不能保证看见龙，只能试一试工人与龙是否也有缘分。

他们悄悄在狗坟上集合。王龙大的墓碑在经过德康的抚摸之后，渐渐发热了，这与工人们在厂里听到的传说是一样的。他们一眼不眨地仰望炭黑厂的烟囱，唯恐错过飞龙冲出烟囱的奇景。德康却给他们打预防针，说墓碑的温度还远远不够烫，今天你们恐怕见不到龙的。工人们问，怎么能让石碑更烫，我们有的是力气，大家一起搓行不行？德康摇头说，石碑发烫不是手搓出来的，何时有幸见到龙，也不是他说了算，是王龙大说了算。工人们又问，这王龙大究竟是一条狗，还是一个人？德康说他不知道王龙大是狗是人，说不定既不是狗也不是人，是个什么神灵。他让工人们保持静默，仔细谛听烟囱里的动静。今天烟囱里什么声音都没有吧？要是龙出来，里面会有声音的。他说，龙懂人心的，你们这些小青年就是图个新鲜，心不诚，如果心不诚，你们想见龙，龙凭什么要见你们呢?

工人们很泄气，在短暂的自省之后，他们都赌咒发誓自己是心诚的。眼见德康要走，他们拉住了他，恳求德康再想想办法。德康的目光从几个工人的脸上一一扫过，最后落在一个青年的手腕上，那手腕上戴着一块崭新的上海产手表。德康沉吟了几秒钟说，心诚不是嘴上说说的，要有行动，舍得那手表吧? 那手表是防水的吧? 你们要是真的心诚，就把手表埋在碑下试试，三天后再来这里，看看龙会不会出来。

这个提议明显唐突，不免让人戒备，那个戴手表的青年狐疑地瞪着德康，你什么意思? 以为我是傻瓜? 手表怎么能埋在这儿，被人挖走了呢? 德康笑起来，朝竹林四周看了几眼，说，你看看，还是心不诚么，你要是担心我来挖手表就不要埋了，埋了我也不能保证让你们看见龙，要不要试试随便你。那青年还是忿忿的，说龙也不需要戴手表，为什么只能用手表向龙表达诚意呢? 但德康指着石碑说，龙是不戴手表，但龙来不来，是王龙大做主，王龙大说不定喜欢手表呢。

其他工人都同意德康的说法，他们开始嘲笑那戴手表的青年小气庸俗，一块上海产手表算什么? 如果一块手表能换来与龙谋面的机会，那将是每个人一生的幸事，何乐不为? 他们共同向青年保证，如果三天之后他的手表不见了，不管能否看见龙，其他人凑钱赔偿他的损失。那青年终究爱面子，摘下手表交给德康，德康刻意避嫌，摆摆手转过身子说，你们自己埋，埋哪儿我不看，我给你们看着，有没有村里人过来。

李科长来访让工作组陷入了尴尬之中。群星炭黑厂有工人翻墙来塘西看龙，工作组早已知情，工人阶级也有愚昧之人，他们管不了，也不归他们管，谁也想不到有人会听德康的鬼话，把一块手表埋在狗坟上了。张部长把李科长送走，承诺要好好调查手表的下落，如果事情确凿，那德康无疑是涉嫌诈骗了。工作组还没来得及对德康采取什么措施，当天下午便听见不远处的德康家一片喧闹，金娥突然跑到祠堂外拍窗子，嘴里大喊，领导快去德康家，要出人命了!

他们跑到德康家的时候，短暂而激烈的械斗已近尾声。一群穿蓝色工装的青年工人正朝炭黑厂的后门方向奔跑，有人的脑袋开花了，人跑了，血留在塘西的村路上，一滴滴排列得很匀称，像是打翻的红色油漆。有个小伙子很讲风度，手持一把链条锁在队伍的最后面殿后，他还蹲下系鞋带，一边对着工作组发出嚣张而残暴的宣言，我们厂要是生产原子弹，第一颗就炸了你们这个烂村子，让你们从地球上消失。

德康家门里门外挤满了村民，除了蒋文良，大多是七奶奶家族的男人，他们明显参与了那场斗殴，此刻都还在呼呼喘粗气。德康家院子里一片狼藉，窗玻璃被打碎了，地上到处是蚕豆与萝卜片，几只竹匾都被踩烂了。德康媳妇一边扫玻璃碴子一边哭泣，德康坐在台阶上，赤脚医生正在为他包扎伤口，他们看见德康的上衣脱掉了一半，裸露的胸膛上有一片殷红的血污，面色晦暗。蒋文良告诉工作组，德康的肩膀被炭黑厂的工人扎了一刀，是用电工刀扎的。

事情的原委已经清楚了，不是龙的问

题，也不是狗坟与王龙大的问题，是一块手表的问题。工作组的人都毫不掩饰自己的态度，狗坟上的手表不翼而飞，德康确实是最大的嫌疑人，也怪不得炭黑厂的工人会打上门来，这是把人家工人阶级当傻子骗了。他们窃窃私语之际，德康那边叫起来了，他向工作组赌咒发誓，他不是骗子，他从小到大就没有骗过人，那几个青年埋手表的时候他是背转身的，一眼都没偷看。工作组问德康，那么小一个狗坟，你不看不能证明你没挖，你不是说竹林里没有旁人吗？那手表是让谁挖走了呢？德康沮丧地说，我真的不知道。我知道上海产手表很金贵，谁不想要一块呢？不瞒你们，我是琢磨了一夜，都起床走到外面了，结果撒了泡尿又回床上了。工作组的人又问，你想挖？为什么又没挖？德康诚恳地看着张部长，我对你们实事求是说，想来想去还是不敢做这种没屁眼的事，不敢给塘西人丢脸，谁知道手表会让别人挖走呢？第二天我去看了，狗坟上好好的，土给他们踩得很紧，什么都看不出来，到了第三天才有那个洞，领导啊，我是跳进黄河也洗不清了，我要挖了那手表，不得好死！

德康媳妇这时候停止了哭泣，她走到张部长身边，用眼神示意，她对此有重要的看法。张部长问，你知道是谁挖的？她点头，犹豫着说，知道是知道，就是不知道当说不当说。张部长鼓励了她，怕她有什么忌惮，还把耳朵往她那边凑，是谁，你告诉我名字就行。德康媳妇小心地用两只手护住自己的嘴巴，不一定是大人，可能是那个小孩。张部长诧异地问，小孩，谁家的小孩？德康媳妇的神情一下就严峻起来，她用手里的扫帚指向竹林的方向，说，昨天我又看见好福了。四奶奶也看见他了。早晨四奶奶看见他上了她家房顶。下午我看见他在竹林那边，他在炭黑厂的围墙上走路，还一蹦一跳的。

张部长知道好福就是萧木匠与黄招娣的儿子，一个传说中的鬼魂，德康媳妇的愚昧如此诚挚，对张部长几乎是一种侮辱，张部长勃然大怒。工作组的成员们听见张部长罕见地骂起了粗话，放屁！放屁！他说，你把这事赖到鬼魂头上去了？一个鬼魂要手表干什么？我看是你心里有鬼，手表一定是你们夫妇挖的，限你们三天之内，把手表交到工作组手上！

七奶奶家族的人都惊呆了。德康媳妇像个炮仗一样跳起来，随即颓然坐地，她一边用扫帚拍打着地面，一边放声大哭。她的表态因为泣不成声，要仔细听才能听清，我们没挖手表，德康想挖不代表我们挖了，我们没挖到手表，三天之内怎么交得出来？要交手表交不出来，只能把我们的人命交给你呀。

9

我父亲后来回忆，工作组决定在塘西村成立村民学习班的那天下午，蒋家祠堂外面天色晦暗，雨始终在酝酿，却下不下来，天空中不时地响起雷声，似乎要唤醒什么，却又欲言又止，他受天空的启发，建议张部长将学习班命名为春雷学习班，张部长欣然同意了。

开始的时候，春雷学习班分为全日制与半日制两个班，场所就在蒋家祠堂外面的大帐篷下面，要求所有学员自带板凳。进入全日制班的村民，大致有三类人，一类是信奉鬼魂的人，一类是拜过狗坟的人，一类是像黄招娣、德康这样的话题人物，他们已经被工作组列为塘西村的不安定因素，属于当然人选。半日制班的村民中，有懒惰成性的，有偷鸡摸狗的，有生活作风不端的，也有一些人是宝塔病蛇行症的患者，他们顽固不化，要么不肯割除身上的宝塔状肉瘤，要么走路不肯直行，只能通过学习来提高他们的认识了。

为了鼓励村民进班学习，全日制班记全天工分，半日制记半天的工分，被召集的村民大多乐意进班学习。甚至有个别人明明不符合全日制的要求，为了要挣全天的工分就赖着不走，说想学习个全天的，工作组当然不会纵容他们，明确告知半日制班不管学习多久，都只记半天工分，他们占不到便宜，就搬着凳子讪讪地走了。

春雷学习班的主要教学由我父亲和马桂红负责。我父亲每天要向村民们宣讲当前国际形势与国内形势，这是他擅长的事情。他把塘东文化站的地球仪搬去了蒋家祠堂，每天从文化站拿一堆报纸去塘西，为塘西的村民解读报刊上的文章。很多时候他转动地球仪，告诉那些无知的村民，喜马拉雅山在哪里，长江黄河在哪里，亚洲在哪里，欧洲在哪里，坦桑尼亚赞比亚巴基斯坦在什么地方，美国苏联又在什么地方。但有些村民的问题难住了他，有人忿忿不平地问，为什么我们国家的领土像一只鸡，这儿缺一块那儿少一块，人家美国苏联的领土却方方正正的，分的都是好地，面积还比我们大？他们多少人口多少地，我们多少人口多少地？这是谁给分的地？不公平呀。还有人向他抱怨，为什么医疗队要跑到那么远的坦桑尼亚，我们塘西村那么多人生了怪病，却不见派一个医疗队来？类似的问题我父亲难以回答，一应记到了他的工作手册上。

马桂红的任务更艰巨。最初她有决心，要在十天半月之内用马列主义毛泽东思想去武装村民们的头脑，为此她特意在蒋家祠堂挂起了伟人们的肖像。当她宣讲马克思恩格斯思想的时候，听到有村民在下面议论，那两个伟人留那么多的胡须，他们怎么喝粥喝汤呢？她哭笑不得，只能耐心地告诉他们，马克思恩格斯都是德国人，天天吃西餐，并不喝粥。当她提及列宁的无产阶级专政理论时，村民们联想到他们看过的露天电影，便用一堆热烈的杂乱的声音回应她，列宁我见过，列宁没有头发的！列宁让一个女特务刺杀了！那个女特务抽香烟，长了一张马脸！

对于马桂红来说，她在塘西村遭遇了曲高和寡的窘境。既然原有的目标在塘西村不可完成，她及时调整重点，主要向村民们宣讲无神论思想。但这也是一厢情愿，村民们恰好对所有的神灵鬼怪都感兴趣，无神论观点让他们觉得索然寡味，原先热烈的学习场面也就变得沉闷了。当她引经据典告诉村民们世上不存在鬼魂这个东西时，没有人明确发声反对，但一些人眼神诡秘，互相使眼色，意思是有鬼没鬼我们心里最清楚，我们只是不跟你争辩罢了。更多人开始打瞌睡，甚至有人打起了响亮的呼噜，嘴里流出口水。这让马桂红很气恼，春雷学习班毕竟不同于咸水塘工农子弟学校，她不能像对待学生一样用教鞭去敲村民的脑袋，就因地制宜地宣布了一个规定：谁在学习时打瞌睡，便扣谁的工分。这措施果然有效，春雷学习班上谁也不敢打着呼噜睡觉了，马桂红偶尔发现有人瞌睡，她刚走过去，那人会从板凳上跳起来，嘴里大声说，我没睡，都听着呢，世上没有鬼。我都听着呢，世上没有鬼没有鬼没有鬼的！

对塘西村春雷学习班的评价，始终存在着争议。现在看来，争议是正常的。此处引用我父亲起草的三二三工作组的工作总结报告：

> 春雷学习班彻底改变了塘西村的风气，老人们不再惧怕好福的鬼魂，都勇敢地走出了家门，也没有人在村头巷尾鬼鬼祟祟地谈论这个鬼那个鬼了。蒋老七等老人未能进入春雷学习班，但他们每天自愿地搬了凳子，聚集在离祠堂不远的大树下，旁听学习班的课程。那些蛇行症村民改变了走路的姿势，能够自如地保持直线行走。蒋来水蒋来土等宝塔病患者，都去医院做了宝塔状肉瘤切除手术，术后安然无恙，他们主动戒除了去咸水塘边看宝塔的恶习后，身上并没有再长出任何宝塔状肉瘤来。

出于实事求是的原则，我父亲也在工作手册上记下了春雷学习班给塘西带来的不良副作用，主要是脱产学习记工分的制度造成的。那段时间塘西村民分成两半，一半在祠堂学习，一半在田间后院劳作。后者眼看别人每天搬个小板凳去蒋家祠堂坐一天，就轻松挣得一天的工分，心里非常妒忌，愤愤不平之中，大多人采取了磨洋工的方式来争取公平。也有几个裁缝匠人商量好了，结伴跑进蒋家祠堂，主动要求进春雷学习班，问他们为什么，有人声称自己看见过好福的鬼魂，只不过没有声张，有人说自己拜过狗坟，只不过趁着天黑去的，还有人说自己也患有蛇行症，只不过蛇行时故意掩人耳目了。工作组一眼看透他们的小算盘，张部长严正声明，进春雷学习班学习，不是赶庙会看电影，谁进谁不进是集体研究决定的，由不得你们自己。你们如果现在想进班也可以，只能列席旁听，不计工分，要不要进班，你们自己看着办。那几个裁缝匠人支吾了一会儿，说回去考虑考虑，也就没有下文了。

思想政治学习是春雷学习班的阶段性任务，这个阶段结束之前，本来需要村民们提交一份思想汇报，总结各自的学习成果，考虑到村民大多是文盲或半文盲，思想汇报改为了口头发言。发言与说话不一样，对于大多数村民也是障碍，他们平时与乡邻吵架能够高声大嗓吵半天，说理也好骂人也好，都算得上行云流水，但真要汇报思想了，每个人都畏葸，要不就扭扭捏捏地不肯说，要不就是文不对题不知所云。只有黄招娣再次闪耀了奇特的光芒，她平时听讲就比别人认真，等到她开口汇报的时候，所有人都意识到，这应该是春雷学习班最好的学员了。她的发言条理清楚，简洁明了，而且多有感人之处。我父亲在工作手册上详尽地记录了她的发言内容：

> 黄招娣发言：我很感激工作组。我是真的感激，要是虚情假意就遭天打雷劈。我从来没上过学，活了大半辈子，还是第一次有学习的机会。以前我除了做寿衣，操持家务，其他什么都不懂，我还以为美国在我们国家隔壁呢。我在村里人缘不好，主要要怪我自己，凡事一根筋，眼里只有自己的一亩三分地，都是因为没有觉悟造成的。下面我来谈两点认识。第一点：我原来相信妖魔鬼怪，不知道马

列主义是什么意思，更不懂唯物主义和唯心主义有什么区别，经过这段时间的学习，我提高了认识，现在我充分认识到，自己的头脑不好，就别相信自己，自己的心眼小，就别相信自己的心。我原来天不怕地不怕就怕鬼，现在我懂了，世界上本来是没有鬼的，你心里有鬼才会看见鬼，你心里没鬼永远不会撞见鬼，谢谢这个学习班，替我把心里的鬼赶走了啊（此处张部长带头鼓掌，全体鼓掌）。第二点：大家知道我原来是泡在眼泪里过日子的，为什么我的眼泪流不光？因为我只有一个儿子，偏偏丢了这个儿子，我觉得我是全世界最可怜的女人。现在春雷学习班一声春雷把我惊醒了，世界上有那么多受苦受难的人，连粥都喝不上，比我可怜多了，我丢了儿子还有三个女儿，难道女儿就不是你血肉吗？她们嫁了人就不管亲爹亲妈的死活吗？有什么可哭的？我现在不想我儿子了，也不哭了，我们现在的生活这么好，笑都笑不够，再有那么多眼泪，就对不起组织对不起领导了（此处张部长再次带头鼓掌，全体鼓掌）。

大部分村民也承认黄招娣汇报得最好，说她嫁到塘西村这么多年，总算一鸣惊人了。因为黄招娣的发言征服了所有人，思想汇报这环节有了亮点，得以顺利完成。工作组确定黄招娣为春雷学习班第一阶段的优秀学员。张部长亲自给她颁发了一个奖状，还额外赠送一只白色搪瓷脸盆，作为实惠的奖品。很明显，张部长从黄招娣身上得到了巨大的惊喜，他长时间握住黄招娣的手，赞美了她朴素的情感流露，鼓励黄招娣在第二阶段再接再厉，争取更大的荣誉。在村民们艳羡的目光下，黄招娣流出了感动的泪水，她抹着泪告诉张部长，说这是开心的泪水，那奖状是她人生的第一个奖状，而搪瓷脸盆是她人生获得的第一个奖品。

第二阶段是张部长亲自主持的揭盖子环节。由于村民们对揭盖子的含义似懂非懂，张部长用工作组成员的三只茶缸打了比方。他一一打开茶缸盖子，给大家展示了一杯茶水，一杯白开水，最后揭开小李的茶缸，什么叫揭盖子，村民们一下就明白了。小李最近回轧钢厂参加一项技术攻坚战，遗留在蒋家祠堂的茶缸好久不用，里面残存的茶水结了一层厚厚的霉菌，张部长指着那杯茶说，大家现在明白了吗？塘西村就是这只茶缸，只有揭了盖子才知道，哪杯茶是好的，哪杯茶发霉了。

村民们懂得了揭盖子的意思，却又不知道一个村庄的盖子在哪里，该怎么揭。有人大胆问，村干部就是盖子吧？揭盖子是不是要从蒋文良他们干部开始？张部长说，群众干部都一样，每个人都可能是盖子，任何事都可能是盖子，只要大家敢于批评别人，敢于自我批评，塘西村的盖子自然就揭开了。有村民小声嘀咕，哪儿有人喜欢自我批评？都喜欢批评别人呢。张部长说，要敢于批评别人，也要敢于自我批评，批评与自我批评必须相结合，盖子才揭得开。然后他透露了上级领导的意思，在五一国际劳动节之前，三二三工作组要撤出塘西，最后这几天，春雷学习班的村民需要人人过关，以优异的成果迎接节日的到来。这当即引起了村民们的骚动，有人在下面大喊，不要闭幕不要闭幕，我们还要学习，我们还没学够，怕过不了关啊。

基于对村民们的了解，工作组早已准备好了最后的方案。不是所有人都愿意自我批评，也不是所有人都愿意批评他人，为了防止一些老油条的村民蒙混过关，工作组制定了奖罚分明的过关措施，每个人是否过关，需要民主表决。三分之二的村民举手同意，你才能过关，届时不能过关的，在学习班所赚的所有工分，一律要扣除一半。这个措施击中了很多村民的要害，他们当即发出了一片遗憾的叹息声。

这样，在四月将尽之际，春雷学习班迎来了最后一波白热化的高潮。

村民们在自我批评上的不痛不痒避重就轻，本在工作组的预料之中。除了普遍的对于信奉鬼神的悔恨，最多的自我批评是批评自己重男轻女超生超育的，也有人供认自己砍过村里公有的竹子，偷过祠堂后面堆放的木料，有人当众检讨，说自己在菜地里施肥，舀了别人家粪缸里的粪肥。女人们大多批评自己的脾气，家里的公婆关系处理不好，与乡邻也搞不好团结。这些走过场的自我批评，工作组不满意，但既然村民们都举手通过，他们也不宜反对。像德康那样问题严重的人，本来难以过关，但他真心忏悔了自己对龙的迷恋，多次用脏字辱骂自己的愚蠢，在回顾那起著名的手表事件时，德康承认自己蒙骗了那个青年工人，说到这里他忽然打了自己一个耳光，打得很重很响亮，把脸膛都打出了手印，五个指印清晰得像一枚印章，这博取了村民们的同情，德康竟然也顺利过了关。

在工作组看来，第一阶段表现优秀的黄招娣，在自我批评的环节依然优秀。那天黄招娣突然走到我父亲面前鞠躬的时候，我父亲预感到她会向自己道歉，却没想到她的道歉如此真挚感人。黄招娣说要是她在十年前能够进春雷学习班学习，头脑就不至于是一团糨糊，我祖母棺材的事情，就会妥善处理，后来也就不会造成我们两家人那么大的误会了。她说她要洗心革面痛改前非（此处虽然用词不当，但我父亲点头鼓励了她）。她又羞愧地表示，她要是在十年前就懂得偶然和必然、内因和外因，不管我弟弟是如何闯到她家，不管我弟弟耳朵后面有没有那颗痣，她都不会把我弟弟当成好福了，她一定会把我弟弟送回家去。我父亲频频点头，表扬她理论联系了实际。

黄招娣得到了我父亲真诚的宽恕，但其他村民不宽恕她。黄招娣自我批评的时候会场上响起了一片嗡嗡的杂音，工作组隐约察觉到颁发给她的荣誉激起了村民们的妒忌与敌意，他们似乎达成了某种默契，齐心协力地阻挠黄招娣过关。德康媳妇干脆站起来喊，黄招娣你怎么只认小错不认大错的，你家萧木匠还挖了人家邓站长的祖坟呢，你怎么不说？我父亲向德康媳妇摆手说，这事他们早就道歉了，既往不咎既往不咎了。又有德奎媳妇喊，黄招娣你就这些自我批评吗？我们塘西村本来太太平平的，就你们家总是出鬼，把一个村子搞得鸡犬不宁的，你们家是塘西村的不安定因素，你自己就是个盖子，你嘴巴那么能说，还要好好揭，先揭你自己，我们还没听够呢。

黄招娣坐下了又站起来，她眨巴着眼睛，仰视祠堂的屋顶，似乎在回顾自己更多的罪孽，又无从说起。德奎媳妇尖声说，要不要我提醒你，你儿子的照片究竟为什么能害人？你施的什么咒，有什么秘方，说出来大家听听呀。黄招娣表情愕然，说话声音是镇定的，天地良心，我没有施什么咒呀，最多是让眼泪落在好福的照片上了，我以为那照片能治大家的瞌睡病，我以为在帮别人，谁知道会惹出那么多事呢？德康媳妇说，你有那么好心吗，真的是让别人治瞌睡病吗？你以为村里人的耳朵都是摆设，没听见你家女儿怎么说的？好芳说把好福的照片送出去，你们家的苦也送出去了，好莉说谁得了好福的照片，以后就比你还苦命，该丢儿子的丢儿子，该丢钱财的丢钱财，有没有这么回事？

黄招娣脸色发灰了，她的目光在那妯娌俩脸上跳了几下，跳到张部长脸上，最终羞愧地看着地面，那是好芳她们瞎说的，小孩子不懂事。她叹了口气说，我从来没有说过那么阴损的话，要说有什么做错了，就是收了那些鸡蛋，乡里乡亲的怎么能计较两分钱？我明明知道家里多出来的鸡蛋，是孩子跟你们回家取的，我后悔没有教训她们呀。

即使黄招娣这样坦诚，七奶奶家族的人也无动于衷，只有不多的几个杂姓村民，东张西望地举起了手，表示她的自我批评可以通过。七奶奶家族的人好像是合谋过的，他们轻蔑而夸张地抱紧双臂，对黄招娣冷眼相向。德康媳妇忿忿地说，这嘴巴是能讲，可惜口是心非，没一句是真话，你揭得了别人的盖子，怎么敢揭自己的盖子？你盖子打开，就是那杯长了霉的茶！德奎媳妇讥讽黄招娣道，看你能不够，凭两片嘴皮子，还想拿几个搪瓷脸盆？真想当先进当标兵，也要看自己配不配，就算我们大度给你过关，我婆婆的在天之灵也不答应你过关的！

谁都看得出来，大多数学习班的村民不接纳黄招娣的进步。这个局面让张部长很失望，他心目中理想的样板还未树起，就被村民们七手八脚地推倒了。树标兵要有一定的群众基础，这是常识，而黄招娣在塘西村如此不受欢迎，打乱了工作组的步骤。公允地说，如果黄招娣评不上学习标兵，那春雷学习班就没有人配当标兵了。自我批评环节结束以后，工作组在蒋家祠堂总结当天工作，都对黄招娣的人缘表示了遗憾。他们原计划在第二天的批评环节中鼓励黄招娣好好揭塘西的盖子，即使她不能扳回一城，工作组也要为她颁发特别奖励，表彰这个不同凡响的塘西妇女。但是谁也没想到，第二天上午黄招娣端着那个白色搪瓷脸盆来到蒋家祠堂，看起来神情凄恻。她恭敬地把脸盆放到张部长的桌子上，说她不配得到这个奖品，脸盆应该属于别人，因为她接受了荣誉会给工作组添麻烦，不想再争取自己的荣誉了，今天她头疼病犯了，批评别人的环节就不参加了。

张部长问她为什么不再坚持半天，还只有半天学习班就结束了。黄招娣摇头，我头痛，坚持不下去了，半天也坚持不了了。她的眼睛里出现了久违的泪光，领导你们看得出来，我在塘西村的群众基础太差了。怪我过去太落后了，他们不相信我能进步。我现在不恨他们了，他们还在恨我，我已经原谅了他们，他们不肯原谅我。她几乎哽咽着说，要是我再批评了别人，他们不知道会对我怎么样，我们家是赖在这个村子里的，一大家人还要在这个村子活下去呢。

马桂红在旁边善意地提醒她，塘西招娣，你要是不参加今天的批评会，最后一关不过，一半的学习班就白上了，按照规定要扣好多工分呢。

我知道规定，扣就扣吧，我手上勤快，

多做几件寿衣，那一半工分就出来了。黄招娣毅然地走到祠堂门口，回过头看着工作组的人，又鞠了个躬，算是感恩，也算隆重的告别。张部长和马桂红都追过去与她握手，这隆重的礼仪打动了她，她又站住，目光闪烁，明显有重要的话要说。张部长鼓励她说，招娣同志，你有话就说，我们会重视的。她幽幽的声音听起来像是随意的感叹，也似乎是一种高瞻远瞩的预言，领导啊，我懂这个村子，塘西村的盖子很难揭的，再揭下去，蒋文良恐怕要成靶子了。她叹了口气说，文良他，其实是这个村子最好的好人呀！

10

我的同学蒋红根有一天差点被几个塘西同学埋在操场的沙坑里，他的脑袋至少有一半陷进了黄沙里。那场面看起来不像是游戏，更像是一个行凶现场，这让我们大家都很吃惊，塘西似乎是变了天了。

以前塘西村的同学结伴上学，蒋红根的书包是背在蒋根良肩上的，如果遇到下雨天，蒋根良一路上还要负责给他打伞，据我们所知，蒋红根也从不写课堂作业，都是马新根和蒋福生替他写的。那天下午我们看见蒋红根站在沙坑边，一边吐出嘴里的沙子，一边呜噜呜噜地叫喊。由于嘴里的沙子影响他的发音，我们听不清他在咒骂什么，但我们都听见了马新根愉悦的声音，他说，蒋红根的末日就要来临了，他爸爸马上要下台了！

听说在春雷学习班的最后阶段，大多数村民都靠揭露村干部的问题得以过关，黄招娣预言成真，在德康夫妇带头发泄了对蒋文良的不满之后，村民们消除了忌惮，将蒋文良作为了批判的标靶。有人批评蒋文良的封建宗族思想，说他胳膊肘子往里拐，无论是生产还是分配，只有他的近亲才能从他手里获得好处，其他人家都休想。有人反映他在祠堂打扑克赌钱，只能赢不能输，村民只好故意输给他。还有几个妇女控诉了他的手，说他遇见那些大屁股的妇女手就犯贱，总是要去拍人家的屁股，谁要是逆来顺受，他就加码，还要拧一下，拧了以后还作比较，说张三你这屁股还可以，但不如李四的肥，还要多加努力。这些批评在工作组看来都是乡村干部常见的陋习，真正致命的批判来自马三卵，他自己过关不得，揭发了蒋文良在去年村里的分红大会上的言行。蒋文良当时向村民们大发感慨，说塘西人的日子要过得好，别人的日子就不能好，外面的人都健康，塘西人就活不好，外面的人不死，塘西人就活不了，他要求塘西人在勤劳致富的同时，不能忘了一件大事，要天天祝愿外面的人越死越多。工作组的人不敢相信自己的耳朵，当场向学习班上的村民核实，结果大家都点头默认，有人回忆蒋文良开会前喝了酒，满身酒气，但那番话确实是从他嘴巴里说出来的。

一切正如黄招娣的预测，塘西村最大的盖子，果然是蒋文良。不过，蒋文良算是幸运，三二三工作组马上要从塘西村撤离，他在分红大会上石破天惊的愿望，难以甄别其性质，工作组来不及采取什么行动了。我父亲起草的总结报告经由张部长审阅过后，递交给了郊区领导，开创性的春雷学习班的所有日程内容，也都被记录在案，包括蒋文良的问题，全都上缴给了上级组织。

蒋红根有一天给了我一张珍贵的中华

牌香烟的烟标，想以此交换他父亲的情报，工作组在报告里写了他父亲什么问题，他父亲究竟会不会下台？但我什么都不知道。蒋红根说，问你爸爸去，你要是能问出来，我就再给你一张老刀牌的烟标。为了那张更加珍贵的老刀牌烟标，我回家向我父亲打听了蒋文良的前途。他不肯向我透露任何内容，只是说郊区领导们忙于其他事务，工作报告应该是被暂时搁置了，塘西村村干部班子是否会调整，连他也不清楚。

之后蒋文良亲自到我家来了，送了一堆咸鸡咸鸭和刚出水的荸荠，用意明显。我母亲很喜欢他的礼物，我父亲却很为难，这礼物收下了，事情是办不了的。他婉转地告诉蒋文良，他成为塘西最大的盖子，是很正常的事情，任何地方揭盖子，最终都要揭到领导头上，他在塘西的群众基础，虽然已经不如以前稳固，但还是有不少村民拥护他。至于他是不是会下台，要看有没有合适的人选接班，一切都要等郊区领导忙过了这一阵才会做决定。蒋文良当时眼眶就红了，他说他为塘西村辛苦了半辈子，方圆百里之内的村乡，塘西村村民口袋里是最有钱的，没想到会落到这个下场，要不干也是他自己不干，怎么轮得到他们赶他下台？说着说着他又激愤起来，我算什么大盖子？赌过几个小钱就算盖子了？拧几个女人的屁股就算盖子了？我说外面人死得越多塘西人活得越好，那是我酒后吐真言，村里人谁心里不这样想？谁让我们祖祖辈辈吃这碗饭呢？要说大盖子，这个村子才是个最大的大盖子，都靠我捂着才捂住臭气！

那段时间蒋文良频频骑车出去，村里人问他出去干什么，他看谁都是叛徒，忿忿地说，我是个大盖子，出去干什么？去找一口大锅，看看有没有那么大的锅，配得上我这么大的盖子！

蒋文良算得上咸水塘的知名人士。他的权势特别，虽然帮不上活人的忙，但人终有一死，他能够让别人死得体面一些，风光一些，这是不争的事实。若论咸水塘的消息灵通人士，他也肯定名列前茅，所有关于死人的消息，总是像骏马一样奔向塘西村的蒋家祠堂，奔向他的耳朵，早前的范围限于郊区的城乡居民，现在咸水塘被大大小小的工厂包围，死人的消息滚雪球一般越来越大，蒋文良越来越忙，塘西村的机会便也多了起来。蒋文良跑遍了周围所有工厂，与各厂的工会后勤部门都混成了朋友，如果哪家工厂里出了伤亡事故，都是他带人料理现场，厂里谁家有丧事的，工会知道他便知道，塘西村以批发的价格向对方提供丧葬物品，双方都能获利。至于工厂领导甚至郊区领导的家庭状况，蒋文良就更加用心，人家家里的老人、病人的健康状况，他心里都有数，根据寿岁与病情，几乎能掐指算出办丧事的日子。死人消息刚刚传出，他便在第一时间赶到别人的家里，奉献那个著名的塘西大布包。喜丧的包是红色丝绒布的，用金线绣了个大大的寿字，其他是黑色的，绣有一行红字：为人民服务。布包里是他特意挑选的寿衣寿鞋，外加一袋子锡箔，都是最好的塘西货，出口转内销的品质，收一点点工本费，只是象征性的。

除了传递塘西村特殊的温暖，蒋文良本人也有绝活手艺：给死者穿衣。他家世代都是咸水塘最出名的穿衣人，附近无数死者，不管身体是否已经僵硬，都靠他们几代人的巧手，熨帖地穿上人生最后一件衣服，风风光光地送走。当了塘西村的领导以后，蒋文良不怎么干老行当了，但领导家的丧事例外，他会主动请缨。那样的时辰对于家属是悲伤的，对于蒋文良却充满荣耀之光，从给死者擦洗身体到灵堂的摆设，一直到繁琐的出殡仪式，这一路都是他做主。一般来说，前后过程是三天，这三天他是领导的领导，别人都这么说，蒋文良心里也是这么想的。咸水塘人都知道，蒋文良红光满面春风得意的日子，往往是领导们家里操办丧事的日子。

当然，话也需要倒过来说，蒋文良是否风光，并不取决于他自己的努力，一切要看领导们家里是否平安无事，他们的生活吉祥如意，他便无用，这其实是蒋文良说不出口的遗憾。借由丧事的料理，他与很多领导建立了一定的关系，但这关系不吉祥，不牢靠，更多的时候他在别人的眼里像一只乌鸦，蒋文良对此有自知之明。在这些无用的日子里，他尽量保持谦卑，避免交际，很少往公社跑，更不用说郊区办公大楼了。但现在塘西村风言风语，到处传闻他要下台，连家里人都忧心忡忡，他不得不跑了。

他趁午休时间去咸水塘公社的办公楼，这时间他是算计好的，宜公宜私，适合探人口风。他在办公楼里东张西望，小心翼翼地踮脚走路，不发出声音，期望别人主动招呼他，但熟人从他身边走过，愣一下，随后便装作不认识的样子，走了。他相信他的问题在公社已经传开，理智上容忍这种冷漠，心里却有几分凄楚，毕竟那些干部的父母何年何时仙逝，穿的什么寿衣，灵堂什么样子，甚至他们的父亲或岳父临终时生殖器是萎缩的，还是翘着的，他都还记得一清二楚。

在行政干事老秦的办公室门前，蒋文良犹豫了好久，最终还是将脑袋从虚掩的门缝里钻了进去，朝着里面的人笑。他认为自己对老秦还处于有用的阶段。老秦的岳父几个月前死了，他包揽了所有事，剩下墓碑还没有完工，那是因为要等上好的花岗岩石料。他站在门口，恭敬地向老秦解释了石料的事，保证墓碑在冬至落葬之前完工。老秦没有请他落座，漠然点头，忽然想起什么，指着他咯咯笑了几声，那笑声意义不详，反而让蒋文良心虚。老秦一定是看过三二三工作组的报告了，他猜不到是哪一件事让老秦觉得好笑，斟酌了一下，问了一个刺探性的问题，秦干事啊，三二三没有彻底解决我们塘西的问题吧，上面是不是要派新的工作组来塘西了？

什么工作组？再也不会派工作组去塘西了！老秦竖起报纸挡住自己的脸说，你自己心里还不清楚？派一百个工作组去塘西也没用的，劳民伤财而已，现在有办法了，你们塘西的问题马上就可以解决了。蒋文良心一紧，脱口而出道，是要调整干部班子吧？老秦说，还调整什么，暂时不需要调整了。蒋文良眨巴着眼睛，屏息等着下文，却听见老秦又笑了一声，这次笑得含蓄，他说，你们塘西村马上要撤销了，没有了塘西村，塘西的问题不就都解决了吗？

此言既出，蒋文良一时反应不过来，他观察老秦的面孔，对方虽然表情轻松，但明显不是玩笑。蒋文良突然跳了一下，身体像一枚炮弹撞到了老秦的办公桌，发出咚的一声响。撤销？他的脸一下涨得通红，撤销这话我听不懂了，我的职务能撤销，一个村子也能撤销吗？往哪儿撤，往哪儿销？撤销了塘西村，我们全村老少几千口人怎么办？

老秦终于放下报纸，脸上有了些歉意，他说，你别在我这里嚷嚷，我是听陈书记说的，撤销塘西村具体是什么方案，你去问陈书记，他们在会议室开会呢。

蒋文良昏头昏脑地在走廊上转了几个圈，走到会议室门口偷听，里面忽而有声，忽而安静，他听见一个女干部在发言，认定那不是太重要的会议，便大胆地敲了门，一共敲了三下，敲得谨慎而执着，里面有人喊，谁敲门？没听到在开会吗？他横下一条心喊道，我塘西村蒋文良，有急事，要找陈书记谈。

会议室的门开了半扇，办公室赵主任冲出来，搡了蒋文良一下，开会呢，你乱敲什么门？你们塘西村能有屁个急事，是失火了还是死人了？蒋文良失声道，比失火死人的事还大呀！然后他听见陈书记的声音，会议马上可以结束了，蒋文良你来得正好，你在门外稍等。

几分钟后，开会的干部们鱼贯而出，没有人看他一眼，蒋文良贴墙而站，觉得面前掠过一阵一阵的冷风。他听见柳副书记在对谁说，他这个塘西村，一颗老鼠屎坏了一锅汤，今年公社一面流动红旗都没拿到，全是塘西村的功劳。妇联的马干事倒是瞪了蒋文良一眼，不过那是厌恶的目光，她掉头而去，嘴里说，这种村干部，再能干有什么用？道德品质不过关，村里的妇女就全是他的三宫六院，天天吃豆腐，自己迟早成豆渣。

这话实在刺耳，蒋文良急了，追上去说，马干事你把话说清楚，我吃谁的豆腐了？马干事不理他，兀自走向妇联办公室，砰地撞上门。他愣在走廊上，胳膊被赵主任一把拉住了。赵主任用古怪的眼神看着蒋文良，像是研究什么怪物，忽然拍一下蒋文良的肩膀，蒋文良我佩服你，你还真是敢说话，为了塘西村分红多分几个钱，你发动群众干什么了？天天早晨下咒语，咒外面人死得越多越好？蒋文良一下打了个寒战，摆手道，我怎么能发动群众做那么缺德的事？那天我喝多了，说了些酒话，自己都后悔了，你们领导千万不能当真。

蒋文良弯着腰走进会议室，看见陈书记端坐在长桌边抽烟，不抬头，只在烟灰缸里弹一下烟灰，说，坐。蒋文良坐下，还是弯着腰。几乎是一种条件反射，看见陈书记，他便依稀看见了对方久病卧床的老母亲。那老妇人他多次探望过，她患了好几种癌症，切了乳房，摘了子宫，还割除了半只胃，按照他的估算，大概活不过今年了。如果一切照常，陈书记不久就会用得上他，但现在形势突变，他手里这唯一的筹码，也就不知道是否有机会兑现了。他恭敬地坐在椅子上，看见对方突然抬头，目光射到他脸上，有点嫌厌，有点冷淡，更多的是疲惫。这让蒋文良感到不安，他暗自揣度，陈书记家老母亲的后事不管什么时候操办，一定轮不到他了。

老秦所透露的消息是真的。关于撤销塘西村的计划从陈书记嘴里说出来，具备了天然的权威性，而且显得天经地义。事关群星炭黑厂的三期工程扩建，厂区本来要往西扩，征收五家桥村的土地，现在计划变了，要往东扩，这样，塘西村就撤销了，村里的土地和房屋都要划给群星炭黑厂，预计所有村民会搬迁到硫酸厂后面的杨家闸去，两个村子合而为一。

尽管有了思想准备，蒋文良还是如闻晴天霹雳。他惊恐地看着陈书记，内心认定那是一种可怕的惩罚，惩罚塘西村，惩罚蒋文良，惩罚塘西村的过去、现在和未来。从陈书记疲倦而平淡的表情中，蒋文良能分辨出某种解脱的喜悦：塘西村没有了，塘西村的问题也就没有了，塘西村的问题没有了，咸水塘公社的问题也就没有了，流动红旗就有希望，以后他们领导就再也不用为塘西村背黑锅了。

蒋文良在会议室里当场痛哭失声。他问陈书记这一切是不是他的错，要是他甘愿下台，塘西村换一个优秀的领导班子，群星炭黑厂是否就能往西边五家桥村方向扩建，塘西村是否就能保住了？陈书记笑了起来，说蒋文良你把自己看得太重要了吧？群星炭黑厂东扩还是西扩，撤销他们五家桥村还是你们塘西村，由不得我们做主，甚至郊区领导也做不了主，群星炭黑厂自己也做不了主，那是部里省里市里领导共同决定的，谁也反对不了。

这些规矩蒋文良都懂，但他努力地要讲清自己的道理，让陈书记也能听懂他的话。他说我们塘西村只剩下巴掌大那么块地方了，还能竖几根烟囱？我也知道大局为重，可是凭什么要牺牲我们塘西村保护他们五家桥？别说群众想不通，打死我也想不通呀，五家桥村的地盘比我们大呀，起码多竖四五根烟囱，炭黑厂为什么不往五家桥村扩，偏偏要往我们塘西村扩？平时你们领导口口声声谈贡献，他们五家桥村有什么贡献，不就是给人加工一点小孩玩具吗？这方圆几百里的死人全靠我们送上路，连香港人马来西亚人死了，也穿我们塘西的寿衣睡塘西的骨灰盒子，我们塘西村的贡献不比五家桥村大？

陈书记皱起了眉头，蒋文良！你满脑子本位主义思想，还跟我摆起功劳来了？别管他们五家桥村一年加工多少儿童玩具有多少产值，那都是对公社的贡献！你们呢？塘西村给死人做的贡献，你要让我们怎么统计怎么考评？你自己摸着良心说，哪个领导部门愿意看见你们塘西村的贡献？一年给死人生产多少寿衣多少骨灰盒多少墓碑，这能宣传吗？能汇报吗？不能宣传不能汇报的叫什么贡献？

这还是第一次，有领导如此开诚布公地评价塘西村在咸水塘公社的地位。蒋文良眨巴着眼睛，无力争辩，似乎又未被彻底说服。他抹干眼泪，头脑习惯性地开了小差，依稀看见陈书记的老母亲临终的样子，一个被切除了乳房的老妇人，若要讲究，她的寿衣应该是特制的。有那么几句话在他嘴里翻来滚去的，终于脱口而出，书记，我好久没去看望您老母亲了——陈书记一怔，立即打断了他，蒋文良你说哪儿去了？我母亲跟你有什么关系，跟你们塘西村的事情又有什么关系？蒋文良虽然窘迫，还是执着地表达了自己的善意，他说陈书记我也不怕热脸贴你的冷屁股，说起来我跟您老母亲有点缘的，她的老表姐嫁给蒋秀明他爷爷的，跟我们塘西蒋家也沾亲带故，谢天谢地老人家很长寿，要是有什么也是喜丧了，我会去给老人家穿衣服，她的衣服要特制，不瞒你说，去年外贸公司让我们加工了两套寿衣，是给东南亚一个王室准备的，全手工龙凤刺绣，我看布料有多，金箔金线也够，回去让寿衣组多做一套，与王后那套一模一样。

你什么意思？陈书记勃然大怒，我母亲现在活得好好的，要你给她穿什么王后的寿衣？他拿起手边的一叠文件，用力拍打了桌子，为了表示愤怒，又拍了三下。蒋文良的身体也随之抖了三下。有一页纸飞起来，落到蒋文良脚边。塘西村的问题调查汇总，那几个字一下跳入蒋文良的眼帘，像是一排尖刀闪着整齐的红光，他弯腰去捡，手不敢碰，愣了几秒钟，才捡起来交给陈书记。

陈书记显然没有兴趣再与他作什么交流了，他拿着文件往门边走，忽然回头指着蒋文良的鼻子，我母亲不需要你来孝敬，她是劳动人民，不穿王后的寿衣，让你母亲自己穿去！蒋文良嗫嚅道，我母亲早去世了，她也不配穿那么贵重的寿衣。陈书记在火头上，竟然说，那你留给自己穿去。他随手带门，用力过大，砰的一声，蒋文良被关在会议室里了。隔着门，蒋文良听见陈书记愤怒而决绝的声音，蒋文良我告诉你，跑哪儿搞关系都没用了，谁也挽救不了你们塘西村，领导的决定我举双手赞成，公社给你们塘西村擦屁股，擦了多少年了？要彻底解决问题，只有一条路，撤了塘西村，把你们合并到杨家闸去！

会议室里只剩下蒋文良一个人了，他拉了一把椅子坐下，忽然觉得自己的身体像一垛黄沙在椅子上塌陷，发出沙沙的破碎的声音，泪水再次涌出他的眼眶。有一只麻雀从窗子外面飞进来，在会议桌上大胆地跳跃，啄一堆瓜子壳。他从烟缸里捡起一颗烟蒂朝麻雀扔过去，麻雀飞走了。这间会议室的桌子、椅子和玻璃柜子都散发着某种他熟悉的气味，那是塘西村的木匠们一手打造的。他环顾会议室的四面白墙，墙上陈列着一些锦旗奖状，一眼望过去，咸水塘公社得到的荣誉，都与塘西村无关，柳副书记说要不是塘西村拖了咸水塘公社的后腿，这墙上的锦旗奖状还要多一些，他想起柳副书记的话，心里有点愤懑，随手抓起一把椅子往地上砸去。那椅子在地上跳了一下，竟然完好无损，他又心疼，摸了下椅子的四条腿，说，好手艺，大概是蒋老六做的。这时候走廊里响起了脚步声，赵主任推开门，拿着一块钥匙板敲门框，嘴里喊，出来出来，要锁门了。

蒋文良抹抹眼睛走出门去。这应该是一次告别，从此以后，他恐怕再也没机会进入这间会议室了。他的手伸向会议室的门，轻轻抚摸了一下，又敲了两下门框，说，赵主任你记得吗，这会议室里的门窗桌椅都是你交代我做的，这扇门是我让蒋老六做的，你看我们塘西木匠手艺多好，用到现在漆水还像新的，板材一点都不变形。

赵主任笑了笑，你们塘西木匠做棺材，手艺不是更好吗？

那句话可能是赞美，可能是讽刺。蒋文良顿时想起当年他是如何为赵主任的祖父运送棺材的，当时塘西村还没有拖拉机，大板车在半道上扎破了轮胎，他和蒋得寿将棺材扛到了赵主任家，扛了十几里路，两个人的肩膀最后都血肉模糊。因为感染过，他的肩膀至今还有一块疤斑。想到那疤斑，蒋文良一把扯开自己的衣领，看看我肩上这块疤！赵主任，你不记得这块疤，我可是记得清清楚楚，是给你爷爷扛棺材扛的！你们不能这样对待我们塘西村啊！塘西棺材没有了，我们还有塘西寿衣塘西墓碑塘西骨灰盒，我们塘西能给社会作贡献的，他们五家桥村给小孩子做点玩具都算作贡献，我们塘西给老人准备后事，怎么就不算贡献？你们要跟上级反映呀，世界上天天有丧事的，千万不能撤我们塘西村，活人不在意我们塘西村，死人需要我们服务的，撤了塘西村，死人怎么办？

赵主任摇头，说，蒋文良你这个人就喜欢摆功劳，做这行当也要骄傲自满？没有了你们塘西村，难道死人都光屁股去火葬场吗？你知不知道花桥镇的服装厂也有个寿衣车间？人家是流水线，产量比你们塘西高三倍！

产量高不算本事，他们那叫什么寿衣？蒋文良不屑地说，我又不是没见过花桥寿衣，有人贪便宜吃过苦头的，花桥货一个袖子长一个袖子短，扣子都不牢，我骗你不算人，死人穿上了花桥货，扣子都还要重新钉一遍的。

现在去比寿衣质量还有什么用？书记不是告诉过你了，能不能保住你们塘西村，公社肯定做不了主，我就更没用了。赵主任把自己办公室的门也锁了，抖抖钥匙说，我们爱莫能助，你去找上面，有什么你去找上面说。

我这就去找上面，官僚主义害死人，怎么能这么欺负我们塘西村？蒋文良在走廊里喊了起来，一个人有错还能改，一个村子有错还不让改了？好好的一个村子，活了几百年人了，说撤销就撤销？难道我们塘西村是个养鸡场，是个猪圈，你们说不要就不要了？

离开了公社，蒋文良心急如焚，他骑车在城北公路上疾驰，依稀觉得暮色在追逐他，但他没戴手表，不知时辰已晚。路上有人跟他打招呼，他也挥手致意，却不记得遇见了谁。来到郊区办公大楼的时候，绿色的大铁门已经关上，嵌在大铁门上的小铁门还开着，他满头大汗地往小门里钻，一个男人从传达室里冲出来，朝他大喝一声，干什么的？退回去！

蒋文良认识这里原来的门卫老王，从某种角度来说，老王算是他的徒弟，可能是家里丧事频繁，老王曾经向蒋文良虚心求教，如何给死者洗身穿寿衣，如何操办丧事，他也不怠慢，仔细教过老王，甚至不惜亲自扮演僵硬的死尸。老王呢？老王今天不在？蒋文良探头朝传达室里看，老王为什么不在？

那门卫斜着眼睛说，他在不在你都不能进去，干部都下班了，你是来告状的吧？要告状明天再来。蒋文良诧异道，你怎么知道我来告状？门卫似乎有点得意，你的脸上写着状子呢，别人看不出来，我看得出来。

蒋文良打量新来的门卫，他五十出头的样子，脸膛黝黑，看起来是庄稼汉出身，但中山装的口袋上突兀地别着两支钢笔。蒋文良觉得对方面熟，好像以前是五家桥村的拖拉机手，忍不住问，你不是五家桥开拖拉机的吗？叫什么根的还是什么生的？你怎么在这里了？老王介绍你来的？门卫鼻孔里发出嗤的一声，老王？老王能有这个资格？他随手向后面的大楼一指，我侄女婿介绍的。蒋文良眼睛亮了一下，你侄女婿是哪个领导？穆书记？杨副书记？门卫戒备起来，我侄女婿是谁关你什么事？要你问那么多？他张开双手，像赶鸭子一样把蒋文良赶出了小铁门，咯的一声，小铁门的铁销从里面插上了。门卫说，蒋文良，你不认识我我认识你，天不早了，赶紧回塘西村去吧。你们塘西村，能待一天是一天了。

外面的天色已是一片灰黑，西边天际线还残留着一抹晚霞，颜色像淤血，恰如蒋文良的心境。蒋文良望了望三层办公大楼的几扇窗子，每个窗子后面依稀都有五家桥人亲戚的影子。你看看你看看，我就知道不公平，为什么要保五家桥牺牲塘西村？蒋文良怒吼道，傻子都知道内幕，你们五家桥村在上面有人，我们塘西村没人，活该被欺负呀。

里面的门卫没有搭茬，蒋文良骂得不过瘾，抬起一脚踹门，铁门发出一阵脆响。门卫喊起来，蒋文良你白当那么多年村干部了，服从组织的原则都不懂？你吃了豹子胆了？敢到这里来耍泼？我告诉你，保卫科有人值班的。蒋文良说，我怕什么保卫科？不都是一回事么，你们保卫一扇门，我就不能保卫一个村子？门卫撸了下袖子说，你保卫你们村子是你的事，跟我没关系，我就保卫门，有种你再踹一脚试试？

虽然膝盖已经稍稍抬起，蒋文良还保留着最后的理性，并没有接受这个挑战。他仰望西边的天际，看见最后一抹晚霞消失了，它像淤血一样消失在一片暗蓝之中。蒋文良掏出了香烟，要用火柴点烟，手抖，风又大，怎么也点不着，他干脆把那支烟扔在地上了。在一阵沉默之后，他用异常冷静的声音对门卫说，麻烦你转告一下这里的领导，一定要转告，塘西人不好欺负，我们什么都靠不上，只能靠人命了，塘西人祖祖辈辈与死人打交道，什么都怕，就是不怕死，明天让他们到咸水塘来捞尸吧。

11

那天在咸水塘工农子弟学校的操场上，我的塘西同学蒋红根一脸神秘地问我，要不要去塘西看热闹？当时我还不知道塘西村酝酿着什么样的风暴，我问蒋红根是什么热闹，他眨巴着眼睛说，暂时保密，你去了就知道了。

放学后我跟着蒋红根往塘西走，还没到塘西地界，就看见了那些奇怪的塘西人的队伍。三三两两的塘西人沿着咸水塘的岸坡站着，一直延伸到蒋家祠堂旁边。如果不是时值暮春，咸水塘地区依然风寒水冷，你会误以为那是塘西人集体沐浴的节日。我问蒋红根那些人要干什么，蒋红根说，投塘。又朝我挤挤眼睛，说，投塘，保卫塘西村。我已听说了上面要撤销塘西村的消息，一下明白了，原来是一场有组织有预谋的行动，为了保卫塘西村，塘西村村民要投塘。

仔细看，投塘者男女老少都有，似乎是以家庭为单位，有的一看就是祖孙三代，也有家庭青壮年缺席了，是老人带着孩子。有好几个人早早脱了鞋子，几乎站在水里，他们的身体是准备投塘的姿态，但表情看起来都鬼鬼祟祟的。他们不时地朝路上的人张望，然后仰头看向塘西村的方向，似乎像一群演员，正焦灼地等待开幕的铃声。

我问蒋红根他们在等什么，蒋红根说等领导来塘西，领导来了他们才会往塘里走。至于领导什么时候来，他也说不出，一切要以消息树为准。我不知道消息树在哪里，起初蒋红根也不肯透露，但禁不住我再三追问，蒋红根指着远处蒋家祠堂的屋顶说，你看见屋顶上那棵树了吗？那棵树就是消息树，我爹现在守在屋顶上，各级领导他都认得，要是他在树上挂了红旗，说明领导来了，所有人就要往塘里走了。

我的另一个塘西同学蒋根土也在塘边站着，身边是他年迈的祖父，穿着一套黑色寿衣，坐在一只小马扎上，不停地向塘里吐痰。蒋根土的裤腿挽到了膝盖处，他向我们招手致意，脸上洋溢着快乐的红晕。那老人向蒋根土嘀咕了句什么，蒋根土便高声对蒋红根喊起来，你怎么不下来？你们干部家怎么不带头？蒋红根没有理睬蒋根土，但他向我仔细解释，塘西人的投塘行动是分组分批的，今天轮到蒋根土家，明天就轮到他们家了。

我问蒋红根那些人是否会游水，蒋红根说投塘的人大多有水性，即使不会游水也无妨，反正谁也不准备死，在水里扑腾几下也行，主要目的不在于死，是要吓唬领导。他又指着前方的大柳树告诉我，有一些村民不会水，或者怕水冷，自愿加入了上吊组。那些人守在大柳树下，树上已经提前套好了几个绳套，树下放了好多凳子。那是领导们进塘西村的必经之地，一旦领导驾到，他们就要上凳子钻绳套的。

我们经过大柳树，看见树下果然聚集着另一群塘西村民，其中的老人都穿着寿衣。那些寿衣年代不同，款式、图案与布料也不同，但能看出精湛的手工与剪裁，因为被主人悉心珍藏，它们散发着樟脑丸的气味，绸缎面料闪烁着庄重的黑色与暗红色光芒，似乎在为其主人争奇斗艳。有一个老汉的寿衣应该是多年前缝制的，不知道他有什么历史问题，我们看见黑绸子的寿衣正面有个大大的福字，背后却用金线绣了弧形的口号：要斗私批修。我忍不住笑，蒋红根说那是孤老头蒋松生，以前当过国民党兵，还担任过保长，早早给自己准备了寿衣，这类人生前死后保持一种谦恭的态度，并没有什么奇怪的。

相比之下，我觉得上吊组的表演比起投塘组更危险，人在水里扑腾几下没什么，脖子钻进绳套，踢掉了凳子便不好控制了，要是真的被勒死怎么办？我与蒋红根交流了这看法，蒋红根挥挥手说，勒不死他们，有剪刀，我爹他们都安排好了，有人专门剪绳套的。

在大柳树下我意外地看见了黄招娣和她的女儿们，他们家很积极，一下来了四个人。黄招娣已经今非昔比，看见我不再有任何热情的反应，我猜她已经认清了一个事实，我弟弟不是她儿子，我与她便也没有丝毫关系了。她形容憔悴地坐在一只凳子上，手里还在绣一块脸帕，我看清了图案，是一朵牡丹花。好莉爬到柳树上去了，她在摘树上的皮虫，一个一个往下扔，好芳在树下捡皮虫，放进一只篮子里，皮虫应该是带回家去喂鸡的。树上的绳圈在母女们的头上晃荡，并不代表死亡的召唤，她们在绳圈下面也不负光阴，看起来非常从容。

唯一异样的是好英。好英蹲在树下，她在哭，看见我们注意她，她用双手蒙住了脸，转过身去，但她的肩膀在悲切地颤动。她的哭泣声听起来是那么绝望，这让她从大柳树下的人群里脱颖而出，咸水塘边并没有人准备赴死，好英不一样，似乎只有她一个人，正在用哭泣来告别这个世界。

暂且不提好英。那天蒋红根带我一直走到了晒场上，他朝祠堂屋顶努努嘴，说，你朝上面看，总指挥，在上面。我就朝祠堂屋顶上面看，我看见蒋文良伏在火墙后面，头上戴了一顶旧军帽，解放鞋上绑了一股防滑的草绳。让我惊讶的是蒋文良手里有一台望远镜，他的脑袋不时转动，通过望远镜观察着从城北公路和炭黑厂通往塘西的几个路口，就像一个战场上的指挥官观察前线的动静。

那台望远镜让我羡慕不已。我问蒋红根望远镜是不是他家的，蒋红根说不是，是刚刚从他姨父家借来的。我试探蒋红根，能不能求他父亲，让我上去用一次望远镜？蒋红根坚决摇头，说你不看看现在是什么时候，消息树上的红旗能否及时挂出来，全要仰仗望远镜，怎么能把望远镜给你看呢？我说我只看几秒钟行不行，蒋红根说不行，一秒钟也不行。我赌气要走，没想到屋顶上的蒋文良朝下面探出头来，是邓站长家儿子吧？你可以上来，小心点，给你看一下望远镜。

我惊喜地爬上祠堂后面的梯子，蒋红根想跟我一起上去，但被蒋文良制止了，他差遣儿子说，你快去跟四叔会计他们说，让他们去塘边维护一下秩序，这投塘组太乱了，马三卵家的孩子一直在水边打打闹闹，金娥笑得那么大声，我在这里都能听到，投塘要有个投塘的样子，上吊要有个上吊的样子，让他们向好英学习，就算哭不出来，也不准笑，谁家捅了娄子，就扣他们全家的工分。

那是我第一次登上蒋家祠堂的屋顶，黑色的塘西村一下匍匐在我的视线之下，显得那么狭小，那么卑微。祠堂屋顶上盖满了厚厚的炭黑灰，炭黑灰凝结得很紧，踩在上面像踩在地毯上一样，有轻微的弹性。我第一次看清楚长在屋顶上的那棵杂树，它是从瓦缝里钻出来的，树干细长，枝杈发黑，都裹了一层油腻的炭黑灰，我注意到它的叶子，除了刚刚爆出的绿芽，其他叶子都是黑的。这是一棵黑树，我不知道它是快枯死了，还是快复苏了。树下摊开了一面红旗，一眼能看见旗上歪歪扭扭的几个字：誓死保卫塘西村。那笔迹我熟悉，应该是蒋红根的。

我看清了那台绿色的苏联产望远镜，样式笨重而威武，它一定是被很多双手抚摸过的，金属镜筒已经磨损得很厉害。那是我第一次对着这个世界举起望远镜，也是第一次从望远镜里看见咸水塘的风景。这风景被准确地对焦后，收缩在两个小小的圆形世界里，因为清晰了，具体了，反而显出几分陌生。我看见了咸水塘著名的烟囱，所有的烟囱现在都近在咫尺，它们似乎不再通往天际，而在积极向我靠拢。幸福硫酸厂烟囱里的黄烟翻滚着，像是煮沸了，有的地方镶嵌了金边，第二轧钢厂五个烟囱里的红烟很美观，它们像节日的礼花，一簇簇地盛开，在环球水泥厂的冷却塔顶上，我看见一群棕褐色的鸟，在白色的水泥灰里跳来跳去。我朝塘东方向看，看见了塘东街道上的行人、自行车，榨油厂的运油车恰好穿过了望远镜的镜头，越过咸水塘与塘边的柳树，我找到了我家的屋顶和窗子，窗台上的一盆葱，甚至我母亲早晨晾晒在院子里的一排袜子。

看好了吧？我听见了蒋文良催促我的声音。只看几秒钟，这是我们的约定，我必须守信。但这时我从望远镜里看见了令人意外的一幕，领导的身影还没有出现在城北公路，大柳树下突然乱了起来。那里的人群明明属于上吊组，但我看见一个女孩从大柳树下往咸水塘里飞奔，一眨眼就扑进水里了，应该是好英，肯定是好英，她疯狂地往水深处扑，四周溅起了一片水花，刹那间我分不清是我的眼睛出了问题，还是望远镜出了问题，所以我赶紧把望远镜交还给了蒋文良，我指着大柳树的方向说，好英不听指挥，她是上吊组的，怎么去投塘了呢！

第五章　塘西三姐妹

1

我们都看见了那个真正赴死的人。

溺水的好英被萧木匠倒驮在背上，脚朝上头朝下，嘴里吐出的东西一路喷洒，像一道污秽的瀑布。我们尾随着那父女俩，沿路察看，发现好英吐出了很多污泥、水草和食物，其中包括一些玉米粒，它们坠落在路上，依然金灿灿的，像黄金珠宝。

只是在好英投塘之后，我们才注意到她是精心打扮过的，这表明她做好了足够的准备，死也要死得美丽一点。那天她穿了一件崭新的浅绿色外套，领子是时髦的铜盆领，米黄色的卡其布裤子严密地罩住她匀称修长的腿，鞋子则不在脚上了，露出两只崭新的尼龙袜子，袜子上编织了小熊猫的图案。有一只亮蓝色带银色星星的发箍，还勉强箍着她湿漉漉的头发，闪闪发亮。因为好英的身体倒挂在萧木匠的后背上，一直在颠簸，那件绿色外套便像一片荷叶不时地倒垂下来，露出里面的旧棉毛衫，好芳一定认为那不雅，所以她一直跟着父亲奔跑，一只手努力地扯住好英的外套。我们听见萧木匠对好芳喊，别管衣服，拍她背，快拍，拍呀！让她吐，让她吐干净就好了。

好多塘西人一时忘了自己的职责，纷纷离开塘岸，乱哄哄地跟着萧木匠父女。除了几个没心没肺的孩子，大多数人的表情看起来不是困惑的，便是惊恐的。依据咸水塘人抢救溺水者的经验，从水中捞人与捞木头是一个道理，趁人还没沉下去要赶紧捞，捞得快就没事。萧木匠捞女儿捞得很快，这样跑上几百米，好英应该很快能活过来，不会出什么人命，但当时谁都不清楚，好英为什么真的要去死？

咸水塘里的投塘者，村民们见得多了，自然练就了识别的本事。真要寻死的人总是选择夜深人静的时候，绝不给你救人的机会。大白天投塘的，往往并不真的想死，多数是做戏吓唬人。也有人例外，他们在水里会处于犹豫状态，似乎往水深处走是一种诱惑，往岸边退是一种希望，最后希望往往战胜诱惑，人就往岸边慢慢地退，谁拉他一把就顺势上岸了。好英不一样，看她箭一般地离开大柳树，奔赴咸水塘深处，是真的一心赴死的样子，这就蹊跷了。之前蒋文良那些干部与村民们达成了共识，为了保卫村子，以死相抗虽然做不到，但塘西村绝不能让人欺侮，集体投塘吓唬一下领导，多少会有些作用，对于大家也并非什么难事，甚至还有村民私下觉得此事有趣，摩拳擦掌的。这样大规模的集体行动，必须讲规则。蒋文良在祠堂里交代得清清楚楚，投塘组的人什么时候跳塘，什么时候扑腾，扑腾多远，要看祠堂屋顶上消息树的命令，谁家先跳谁家晚跳，也早已作过安排，不得乱来。上吊组人少，归黄招娣领导，将此重任赋予黄招娣，是村干部破天荒的决定，尽管有人不屑被黄招娣领导，但村干部一致认为在这种事情上黄招娣有能力有天赋，一旦上级领导抵达塘西村，你什么时候钻绳套，什么时候踢凳子，什么时候剪绳套，由黄招娣挥动一块绣花面帕指挥。

好英的投塘来得猝不及防，打破了蒋文良的部署。他在祠堂屋顶上焦急地大喊，太早了太早了，看我这里的树啊！那喊声传出去很远，村民们都懂他的意思，领导还没来，她作为上吊组的人，怎么能擅自心急慌忙投了塘？还有一个念头，大家都说不出口，这个当口塘西村需要献身者，村里真要出了几条人命，上面领导也招架不住，塘西村说不定就能保住了。不过，好英明显不是英勇的献身者，村民们一致判断，她一定真的不想活了。问题也就来了，既然不是为了塘西村献身，好英究竟为什么要死？当时村民们都一无所知。

黄招娣还守在大柳树下。上吊组的其他人都跑光了，只有她依然守在树下，手里提着好英的一双红色丁字形皮鞋。那是好英最珍贵的鞋子，在奔向咸水塘之前的一刹那，她停顿了几秒钟，就是为了将它从脚上脱下来，很多人看见好英对好芳挥舞着皮鞋，鞋在这儿！她对妹妹喊，好芳，给你穿了！

村民们觉得黄招娣有点奇怪，这种时候她还在大柳树下守护着那五六个绳圈，与女儿的生死相比，似乎她的职责更为重要。黄招娣面如死灰，目光僵滞地追随着远处那堆奔跑的人，嘴里咕哝着什么。偶尔她回头仰望塘西村，不知道是在关注祠堂屋顶上那棵消息树，还是在向村庄默默地祈求。她的眼泪曾经是那么神奇，但哀痛来临之际，那双眼睛里并没有人们预期的眼泪。一个做母亲的如此漠然，让村民们都很意外，他们不知道她泉眼般的眼泪是干涸了，还是像她自称的那样，三二三工作组的洗礼使她告别了软弱，永远不再哭泣。村民们看见她用手剥掉了红色丁字形皮鞋上的几片泥巴，将鞋子放在一张凳子上，鞋尖朝向塘西村。暮春的阳光穿过柳树枝条投射在她脸上，有一只绳圈的环形影子在黄招娣脸上微微跳动，从左脸晃到右脸，那影子看起来是淡黄色的。

你怎么还守在这里？

你家好英到底怎么啦？

你家不是上吊组的吗？好英为什么要跳塘？

好英吓死人了，她是真的不想活了？为什么呀？

村民们七嘴八舌的声音，黄招娣好像没有听见。人们猜测那对母女的关系一定出现了致命的裂痕，无论是出于羞耻、悲伤还是怨恨，黄招娣都该有所表示，但她保持了沉默。她左手手持一块绣花面帕，右手抓了一把剪刀，漠然地守护着大柳树上那些绳套，就像一名卫兵，守卫他负责的疆土。她的表现不近人情，却又传达着某种难得的操守——集体的利益比女儿的性命更重要，这让村民们对黄招娣平添了一丝尊敬。当然，妇女们更多的是迷惑，她们不知道这个做母亲的，究竟为何如此冷酷。也就是这时候，咸水塘边投塘组的人们躁动起来，好几个声音在高喊，挂红旗了！消息树上挂红旗了！浮躁的村民们回头望向蒋家祠堂的屋顶，心跳骤然加快，祠堂屋顶的那棵杂树上，果然有一面红旗在迎风飘扬。

每个村民都清楚，那是蒋文良发出的指令，它预示着郊区的领导已经从城北公路下来，很快将抵达塘西村。领导们抵达的时机是巧还是不巧，一时谁也分不清，领导们是坐汽车来的还是骑自行车来的，一共有多少人，他们也不清楚，但大家都记得与村干部的约定，现在每个人应该各就各位，回到咸水塘边或者大柳树下了。

尾随萧木匠父女们的村民都戛然止步，因为一幕意外的插曲，他们几乎忘了原先准备的大戏，现在大戏开幕的铃声响了，好多人一下慌张起来，甚至有点害怕了。好英的示范如此决绝，对于他们的影响首先是消极的，那女孩倒挂的湿漉漉的身体状如死畜，看起来很丑陋，她一路吐出秽物，没有呻吟没有哭声，这静默让人恐惧，淹死是可怕的，淹不死也痛苦，即使做戏，这戏份未免也太危险了。那些村民因此作出了不同的选择，有投塘组的人慌慌张张地跑回了咸水塘边，嘴里嘟囔道，我不管，我就站水里做做样子。上吊组有人慢慢走向大柳树下的绳套，走得很迟疑，一边走一边还摸着自己的脖子，似乎要预先测试一下脖子的韧性。也有村民临阵退缩了，比如德康媳妇，她号称自己内急，自私地背叛了集体，拔腿便往村里跑。

当然，塘西村从来都不缺聪明人，像蒋根生、金娥、福根媳妇那样脑瓜灵活的人，反应完全不同。他们对面临的形势作出了快速的判断，溺水的好英已经为塘西村的大戏开了场，是一个意外的满堂彩，所以他们对萧木匠说，好英不能白淹水了，你别往塘东跑，往城北公路那儿跑，往环球水泥厂那里跑，领导们肯定是从那个方向来的。

溺水者最可怜。湿漉漉的好英倒垂在她父亲背上，绿色外套还在滴水，像一大片荷叶在滴水。他们看不见好英的脸，但从她后来发出的干呕声中判断，她已经无碍了。所有村民都真心认为，好英活过来是一件好事，但美中不足，时机不巧。福根媳妇压低声音跟金娥耳语，说好英跳塘跳早了，现在醒过来也早了一点，这样真的也变假的，吓不着上面的领导了。金娥和蒋根生其实同意这看法，却不忍心表达出来，蒋根生对萧木匠喊，坚持住，现在不要放手，还要驮着好英跑一会儿，我们就往领导面前跑！金娥说，咸水塘里的水太脏了，要吐干净才好，原来塘里只是鸭屎鹅粪，现在还有炭黑灰水泥灰，不吐干净留在肚子里，以后会长结石的。

福根媳妇终究放不下心里的疑问，不敢问萧木匠，便追着好芳问，好英究竟怎么回事？是不是和你妈妈吵架了？好英是不是和你妈妈赌气跳了塘？

好芳不理睬福根媳妇，她一直抓着好英的一只手，攥得紧紧的，流泪不止。多嘴的福根媳妇受到了好莉的谴责，你胡说些什么？你们这些人有没有良心？难道你们不知道好英为什么跳塘？好莉尖声说，塘西村马上就要没有了，好英是为集体跳的塘，是为了集体，跟我妈妈没关系！

福根媳妇很尴尬，其他人也静默不语，好莉的回答他们不相信，却又不宜反驳。谁也没想到萧木匠会突然发怒，放屁！他这么朝好莉大吼了一声，忽然把好英甩在了地上，像是甩掉一只沉重的麻袋。好英湿漉漉的身体在地上翻滚了几下，没有发出一丝声响。她要坐起来，坐不住，身体歪倒在好芳的腿上。不知是绿色外套映衬的缘故，还是因为过度的充血，她的脸一半发绿，一半发红，眼睛鼓突出来，眼珠子是暗红色的，咸水塘的水似乎为她化了可怕的妆容。她的干呕已经停止，但她还是张大了嘴巴，什么也吐不出来了，村民们最后看见她嘴里吐出一堆黑乎乎毛茸茸的东西，像是凝结的炭黑，也像陈年的苔藓。

那只蓝色带星星的发箍从她头上无声地坠落，断成两截了，好英伸手抓过两截发箍，木然地拼接，此举徒劳，她自己也意识到了，便把两截发箍交到了好莉手上。村民们听见她叹了口气，不知道是为了那只发箍，还是为自己的获救感到遗憾。她的目光闪避着愤怒的萧木匠，忽而一跳，跳往咸水塘的水面。阳光投射在咸水塘里，大部分水面闪闪发亮，是金色的。她似乎想站起来，好芳去拉她，但她放弃了站立的念头，推开了好芳。她开始爬。爬。好英开始向咸水塘边爬，爬了几步，所有人都反应过来，她一定还想投塘，她一定还想去死。在众人一片惊呼声中，福根媳妇向好英发出了刺耳的劝告，等一下，好英等一下呀，还早，领导还没到这儿呢。

好莉好芳过去堵住了姐姐的去路，金娥和蒋根生也一起拥了上去，嘴里说，吓唬一下领导就行，好英你不要当真。但他们的眼睛都望着公路的方向，明显心有旁骛。这时候人们听见了萧木匠嘶哑的怒吼声，谁也别管她，让她去，让她去死，她就该去死，她这条贱命要是能保住塘西村，我放三天鞭炮！

2

遥想当年，塘西村的那幕闹剧让塘西村的干部们背负了一半恶名，一半英名。用我父亲的话来说，政治影响和社会影响都太恶劣了。此后村干部的班子彻底换血，蒋文良和几个村干部被一辆警车带去花桥镇，拘留了好几天才放出来，不过，塘西村幸运地保存下来了。

为了安抚塘西村村民，也为了公平，有关部门最终修正了群星炭黑厂的三期扩建规划。原来的厂区东扩计划变为两翼齐飞，塘西村与五家桥村各取一片土地。从结果来看，塘西村反而占了便宜，大半个五家桥村的房子都拆掉了，甚至五家桥著名的冷家祠堂也变成了一片废墟，而在塘西村这边，被圈进炭黑厂围墙的是蔬菜组的菜地、村民的自留地与竹林，虽然失去了大多数土地，塘西古老的房舍还在，七纵一横的村巷还在，蒋家祠堂还在，饲养组的鸡鸭鹅还在，所有村民还在，这样，塘西村便还在。

现在想起来，塘西村无尽的秘密中一部分是哀伤，一部分是丑闻，有时候则是哀伤的丑闻。塘西那么多户人家，故事最多的还是萧木匠黄招娣家，很奇怪，他们家似乎是被命运诅咒过的，少有平安之日。当塘西村复归宁静，这家人却再次卷入了舆论的旋涡，他们小心地守护着一件家庭丑闻，但世界上没有不透风的墙，何况在咸水塘呢？大家终究还是得知了好英投塘的真相。那年春天，这真相大白于天下，轰动了整个咸水塘。

从事情的因果关系看，最大的功臣是我们塘东联防队的小宽。小宽曾经以他著名的雷达眼闻名于咸水塘地区，他有名言：这世界上谁是好人，他不一定知道，但谁不是好人，他一眼便能辨认出来。对于这样的才能，人们过去还似信非信，不过，自从小宽成为一个脑震荡后遗症患者之后，一切便失去了可信的基础，所以当他向联防队的其他队员宣布，用榔头敲他脑袋的人，一定是塘西萧木匠的大女儿好英，别人都觉得他不是钻了牛角尖，便是故作惊人之语，人家一个乡下姑娘，虽然跟你结了怨，也不至于那么可怕。小宽自信地说，你们记住我的话，不光是我，她弟弟的事，她也脱不了干系，那姑娘的眼睛就不寻常，哪儿是姑娘的眼睛？是一双罪犯的眼睛，是杀人放火的眼睛！我说她犯过罪，她一定犯过罪！我会找到证据的，你们等着看吧。

联防队员们并没有在意小宽的预言，他在上班巡逻时间会莫名地失踪，大家都以为他偷跑回家歇息了，谁也没有想到，小宽一直在跟踪萧木匠的大女儿好英。

所有塘西人去城里，都习惯抄近路，从塘东这侧上城北公路。有人习惯沿公路步行，有人在环球水泥厂门口等郊区线公共汽车，家里有自行车的人家，自然选择骑车。萧木匠的两个女儿打扮得花枝招展结伴出行的时候，往往使用萧木匠的自行车。姐姐蹬车，妹妹坐在后车座上，两个女孩的身影，远看近看都很鲜艳。别的塘西人出行目的明显，去就近的香椿树街红旗街这些地方，买到要买的东西就打道回府了。那姐妹俩不一样，她们总是直奔市中心东风广场一带，逛那里的百货商店，在点心店里吃鸡汤馄饨和小笼包子，似乎要充分地享受城里人惬意的生活。小宽亲眼看见过姐妹俩在成衣柜台前试穿一件带花边的白色连衣裙，那裙子价格不菲，虽然她们最后犹犹豫豫地没买，只挑选了两双丝袜，但在小宽看来问题已经暴露，那是她们能买得起的裙子吗？敢试就说明她们有钱。

她们不该有钱，但她们竟然有钱。她们为什么有钱？钱从哪儿来的？小宽因此感到亢奋，他对姐妹俩的跟踪也因为有了神秘的前景，变得更加细致更加全面了。那天下午恰好下了小雨，他穿上雨披骑着自行车，与姐妹俩保持一定的距离，一直跟踪她们进了塘西村。雨有越下越大的趋势，塘西的村巷里到处都有人在奔跑，还有人在喊，快收玉米，雨要下大了！快收布料，下雨了！照理说雨势是在催促她们回家，但姐妹俩在蒋家祠堂外面停留下来了，人和自行车都慌慌张张的。好英将自行车推到祠堂后面之前，朝四周看了一眼，这警觉在小宽看来也说明了问题，小宽哪能让她们认出他来呢？他快速地蹬了几下车，自行车便从蒋家祠堂门口过去了。然后他将自行车上了锁，靠在村巷的墙上，悄悄地返回蒋家祠堂。他掩在祠堂墙角，清晰地窥见姐妹俩爬过一个砖瓦堆，穿越几簇竹子，面对祠堂爬满青藤的北墙，最后站定了。小宽瞬间便相信这诡异的目的地，一定藏着姐妹俩的秘密，他的努力要有回报了。

姐妹俩有一个藏宝洞。藏宝洞在祠堂北墙暗绿色的藤蔓后面，嵌入蒋家祠堂的墙体里，不知有多久历史了。小宽先是看见好英将手伸进藤蔓之中，卸下墙上的一块青砖，让好芳捧着，好英的手在藤蔓后面掏，很快掏出了那只饼干盒子，隐约可见盒盖上两朵褪了色的红牡丹。好英打开盒子的时候，小宽还不知道里面是个什么样的秘密，等到她将口袋里的东西放进盒子，他确定放进去的是一叠钱。小宽朝姐妹俩冲过去的时候，好芳尖叫了一声，好英手里的饼干盒子应声落地，打翻，两个塘西女孩秘密的珍藏完全展露在小宽的眼前：盒子里都是珠光宝气的首饰，红的绿的蓝的金色的白色的，项链、手镯、戒指、耳环，什么都有，各种漂亮的头簪发箍蝴蝶结。最让小宽惊讶的是钱，盒子里有很多钱，十元一张的就有很多张，用一个牛皮筋捆着，看起来厚厚的。

后来的事情大家都知道了。在忽疏忽密的雨中，好几个塘西村民看见小宽腋下夹着一只饼干盒子，一手拖拽着好英，朝萧木匠家走。好芳跟在后面，一路向小宽哀求着什么。村民们能听见好英绝望的哭泣声，她似乎一直想努力挣脱，但她失去了力气，人像一个木偶，被小宽提在手里。村民们追着小宽问，好英怎么了？姐妹俩怎么了，犯了什么事？她们在塘东供销社偷饼干了？小宽朝他们露出了自得而神秘的笑容，偷饼干？他哼了一声，说，比偷饼干起码严重一百倍，她们肯定犯罪了，犯了什么罪，你们迟早都会知道的。

3

黄招娣对两个女儿的盘问持续了两天。

姐妹俩似乎预先商量过口供。第一天她们一口咬定是以前割草卖的钱，瞒报了一部分，但黄招娣知道卖草的价钱，无论怎么瞒报，姐妹俩也藏不了那么多钱，况且她们还买了那么多东西。黄招娣断定那钱来路不明，那也是姐妹俩如此惊恐的原因。她们是从不敢在母亲面前撒谎的，现在她们越是坚持说谎，黄招娣就越是觉得姐妹俩的丑闻很吓人很丢脸，一个黑暗的深渊正在等待他们一家坠落下去。她本是个聪明人，经历了春雷学习班的洗礼，便愈加多了些智慧和手段。她掌握了工作组攻心的技巧，第二天好英好芳被分隔开来审问，各个击破。凭着对女儿们的了解，黄招娣认定好英是主犯，好芳是从犯，也因为好英已经出落成一个大姑娘的样子，容貌俏丽，有胸有臀，她难免先往那个方面想，怀疑钱从男人那里来，很明显，这意味着女儿做了什么见不得人的丑事。

黄招娣点了几个塘西青年的名字，甚至还点了两个老光棍的名字，好英先是懵懂，等她明白了母亲的意思，眼泪一下就涌出了眼眶。她哭得蹲在了地上，因为过度受辱，她对母亲的还击便显得很激烈。我们为什么这么倒霉？我们为什么摊上了你这种妈？你把我当什么人了？垃圾在你眼里都比我值钱！我为什么要投胎到你肚子里？你根本就不要女儿，为什么当初不把我们掐死？黄招娣说，你别东拉西扯，我让你交代问题你就交代问题，钱究竟从哪儿来的？你要是没做脏事，一定做了坏事，是不是偷来的？从哪儿偷来的？好英跺着脚喊，我不是小偷，我不偷钱，我说过一百遍了，草，割草，就是割草割来的钱！黄招娣说，坦白从宽抗拒从严你难道不懂，还敢说割草割草！割草能割来那么多钱？那你马上再去割，家里翻盖房子缺钱，你去把那钱给我割出来。好英跳起来，真要去拿镰刀，被黄招娣一把拉住了，你还想溜？现在哪儿也不准去，不把问题交代清楚，不准吃饭，不准睡觉，不准出门！

好英泪如雨下。一部分眼泪释放了她的恐惧与慌乱，另一部分眼泪浸泡着她对自己生命的短暂回顾。她认定那是一场错误的苦难，是母亲制造了这个错误，而不是她自己。都怪你，怪你自己不好！蒋老五家扔掉过三个女孩，德奎家也往咸水塘里扔过两个女孩，既然在你眼里女儿就不算人，你为什么要让我们活着？她突然控诉起母亲来，上气不接下气的，提及的是多年前的往事，我跟你去塘东，想吃一根油条你都不舍得买。好芳过年想买一件红衣服，你也不肯，非要把我的旧衣服染了红颜色给她穿。黄招娣拍拍桌子喊，什么油条？什么旧衣服染红颜色？还在东拉西扯？我让你交代问题交代问题，交代问题你听不懂？还是你耳朵聋了？她揪住女儿的耳朵，大声说，聋子！我在问你，那盒子里的钱，究竟是从哪儿来的？

好英忽然止住她的哭喊，用冰冷的目光看着母亲，你不是怀疑我卖身吗？算你对了，我卖身，我就是卖身了，凡是村里的男人，我都卖了一遍，一次十块，钱都是他们给我的。

这无疑不是答案，只是挑衅而已，老实交代老实交代老实交代呀！黄招娣挥手打了好英一个耳光，打在嘴角上，打得狠了，好英的嘴角立刻渗出了血。

好英摸了下嘴角，看看手指上的血，又将另一侧脸转向母亲，再打，你再打这边，你再打我还这么说，我卖身，卖身，卖身！她无畏地望着母亲的手，看那手举在半空中颤抖，她啜泣起来，我们为什么投胎到你肚子里？太不公平了，我们为什么不能投胎到塘东去？塘东人家都把女儿当宝贝的，就算投胎到塘西，我为什么不能到金娥的肚子里？哪怕做狄云仙的女儿，也比做你的女儿好。

黄招娣听得恼火，停滞在半空中的手再次落下，打了好英第二个耳光，她说，狄云仙绝经了，你要做她女儿都没这个福气了，你去投金娥的胎，现在就投金娥的肚子里去。

好英奔涌的哭声一下止住了，要重新投胎，先要去死。她捂着脸，似乎在征询母亲的意见，也似乎是自言自语，死很容易，那我先去死吧，死了才能重新投胎。她说，今天死不了明天死，明天死不了后天死，反正我一定要换个人家投胎。

黄招娣愣在那里了。或许一时找不到台阶下，她开始眯着眼睛观察女儿的眼睛，眼泪犹在好英的脸颊，那泪珠比她自己的显得晶莹，颗粒也小巧一些，圆润一些，好英很少哭，泪水便也珍奇一些。黄招娣用手指在好英脸颊上蘸了一点泪水，放在舌头上鉴别它的滋味。那泪水没有苦涩味，也不咸，带着一丝酸味，似乎是受到了什么启发，她朝地上啐了一口，果断地否定了女儿的愿景，你想得美，你不坦白钱的事情，死都不准死！就算死了也没有用！好人活着积了德，死了才能重新投胎做人，坏人死了投哪儿你知道吗？投粪缸里做蛆，投老鼠肚子里去，投蟑螂臭虫肚子里，最走运也是投母狗肚子里，变一只狗！

好英的身体抽搐了一下。母亲描绘的坏人投胎的恐怖前景，可能是信口开河，可能仅仅是恐吓，但母亲突然宣布她是一个坏人，这结论本身让她感到震惊，那似乎也是一个令她迷惘的问题。她倔强的目光破碎了，它从母亲脸上坠落，盯着自己的脚，有一只蚂蚁在她的小白鞋上爬。什么叫好人？什么叫坏人？好人有两个肚脐眼的？她突然用手指捻那只蚂蚁，捻得很用力，嘴里不屑地说，你自己呢？你算好人吗？你活着积德了吗？你以后能重新投胎吗？

这反问本身让黄招娣意外，她没有贸然作答，想了想，做母亲的也有点歇斯底里了，我黄招娣不要来世，还投什么胎？黄招娣嘶喊道，这一辈子泡在苦水里，已经活够了，我是不是好人无所谓了，什么时候见阎王也由不得我自己，你是我女儿，出嫁之前都归我管，你做什么人我要做主，好英，我最后问你一遍，那钱是不是偷来的，从哪儿偷的？

我不偷。我从来不偷。好英抬起手指，看着指尖上被捻死的蚂蚁，反正我是要去死的，变蟑螂变老鼠随便吧，变成这只蚂蚁也行。她说，我想明白了，只有人知道自己是人，蟑螂不知道自己是蟑螂，老鼠不知道自己是老鼠，这只蚂蚁也不知道自己是蚂蚁，变什么我都不怕，只要不是萧好英就行，只要下辈子不做你的女儿就行！

那誓言像毒箭戳中了黄招娣。黄招娣久违的眼泪瞬间就流了出来，她不甘心向女儿展示她的哀伤，转过脸去，用衣袖擦了擦眼睛，然后便冲出了房间。你想得美，投胎还想吃后悔药？黄招娣用一把挂锁反锁了房门，拍着锁对里面喊，你现在还是我女儿，我十月怀胎养你到这么大，你该死还是该活，你自己说了不算，我说了才算！

对于好芳的盘问相对容易，却也没有得到黄招娣能够信服的真相。好芳自称发烧了，蜷缩在被窝里。黄招娣从被窝里抓到她的手，拽出来，举起尺子，对准手心打了第一记，好芳就哭了。好芳在被窝里边哭边喊，钱是偷的，偷来的！黄招娣说，我猜也是偷，你们从哪儿偷的？偷了谁家的？好芳说，不是谁家的，是公家的，以前去塘东乳牛场卖草，从那柜子的抽屉里偷的。

黄招娣一下又不信了，以她对塘东乳牛场的了解，好芳的供词明显是谎话，你们能从那柜子里偷钱？乳牛场那几个女人多精明，她们本来就把塘西人都当贼，谁能从他们眼皮下偷钱？就是神仙也没那个本事！不准撒谎，快说实话，那盒子里的钱，究竟怎么来的？

好芳在被窝里犹豫了一下，说，就是偷的，我们趁塘东招娣和小王丽萍去上厕所的时候偷的。这明显是在圆谎，黄招娣一下就把棉被从好芳身上扯下来了。我怕！好芳这么喊了一声，想往她怀里钻，被黄招娣搡开了。她朝好芳举起那把尺子，还没有想好尺子落在什么部位，好芳又喊了一声，我怕！然后黄招娣看见好芳抽搐起来，她惊悸的瞳仁里爆发出两片白光，向蚊帐的顶棚翻了个白眼，人就昏厥过去了。

这边黄招娣忙着掐好芳的人中，往她脸上喷冷水，那边好莉跑过来了，快去看好英！好莉朝母亲一声声地尖叫，好英上吊了，我从门缝里看见的，好英上吊了！

黄招娣开了挂锁，房门却被好英从里面上了门闩，撞不开了。透过门缝，可以看见房梁上垂下一个五颜六色的绞索，那是由几条丝巾、裤子、裙子编结起来的。好英站在柜子上，头部钻进了自制的绞索，她上吊的姿态如此娴熟，像是无师自通的天才，脚一蹬，身体轻盈地离开了柜子，开始在空中晃荡。黄招娣尖叫着踹门，勉强进了房门，她上去扛住了女儿的身体，哭喊道，你还真想死？世上哪儿有这么便宜的事，我不会遂你的愿。

幸亏好莉能干，她按照母亲的吩咐，拿了剪刀爬上柜子，剪断了那绞索。好英从半空中跌下来，脖子上恰好裹着一条粉色的丝巾，美丽得仓皇。她干呕了几声，往房门口爬，黄招娣挡住了她去路，好英便顺势一跪，抱住了母亲的腿。

妈妈，别去怪好芳，是我的主意，我对不住你，你让我去死。好英仰着脸对黄招娣说，我们把弟弟卖了，卖给了驼子，卖了一百八十块钱，我该死，我真的该死，你让我去死吧。

4

即使是小宽后来也承认，塘西姐妹俩的罪愆超出了他的想象。他猜想过好福的失踪与姐姐有关，却独独没有想到卖弟弟这个结局。那可以称得上咸水塘有史以来最惊人的新闻了。即使在我们咸水塘工农子弟学校，也有人在谈论塘西萧木匠家的事情。男孩子不屑于评判善恶，他们从那件丑闻中得到的竟然是某种幽默感。那段时间如果有男生好久没来上学，等他再次出现在学校，必定有人会卖弄那种幽默，说，你怎么又来上学了？还以为你让你姐姐卖掉了呢。

真相浮出水面，如此突兀。以前五家桥发生过哥哥卖妹妹换一把玩具手枪的事，花桥镇一带的农家私下卖女婴换钱，几成习俗，但卖的都是女婴，塘西姐妹敢把她们唯一的弟弟卖了，这么大胆，这么毒辣，人们做梦也梦不到这个结局。有些疑问还有待解开，那姐妹俩究竟是为了报复父母的重男轻女，还是为了一百八十块钱，或者本来就是一举两得？不管怎么样，姐姐这个美好的名称是被萧家姐妹俩彻底玷污了，在咸水塘人的心目中，这名称从此闪烁着寒光，甚至是杀气了。

很多塘西女孩心情复杂，一方面为自己与萧家姐妹的密切交往感到后怕，另一方面却觉得她们的劣行多少闪烁着智勇双全的光彩。塘西女孩怎样做一个姐姐，姐姐怎样伺候弟弟，姐姐怎样爱一个弟弟？她们天生是懂得的。父母的儿女心从来不公平，这种不公，得到了多数女孩子心里的允诺。举例来说，如果菜碗里只剩下最后一块肉，弟弟要吃，姐姐断然是不会伸筷子的。在塘西人的记忆里，也有个别天性刚烈的女孩子，比如老石匠的女儿巧兰。她虽然容忍父母对兄弟的偏心，但为偏心规定了尺度，那碗里最后一块肉，她一定要先咬一口，才放到弟弟的碗里去。父母一旦过分，她就在家里的大门上写下男女平等、妇女能顶半边天的口号，为了碗里一块肉，为了一件过年的新衣裳，巧兰甚至能闹到跳塘的地步。像巧兰这样的塘西女孩，强行从父母那里匀来一点爱和宽容，在家里的境遇，无疑会好一些。有趣的是在她们出嫁以后，自己做了母亲，一切便另当别论了。巧兰后来嫁到竹板庄，与丈夫生了一儿一女，偶尔她带着儿女回塘西村娘家，村民们总能看见巧兰抱着那个做哥哥的，小女孩在后面跌跌撞撞地尾随。那小女孩向外公外婆哭诉母亲从不允许自己吃鸡腿，鸡腿只给哥哥吃，她只能吃鸡脖子鸡屁股，老石匠问巧兰为什么如此偏心，巧兰说她吃多少鸡腿也长不出小鸡鸡，有什么用？老石匠的老婆拍着腿说，真是一代还一代呀，原来你自己也这样想，没有小鸡鸡，吃鸡腿是白吃？不是说男女平等养儿养女都一样吗？我们以前上了你的当了！

塘西村民心里自有一笔账，村里那么多家有儿有女的，萧木匠夫妇待女儿算不上好，也不算苛刻，好英和好芳做女儿却属上乘，她们勤劳、懂事、顾家，受到村民们普遍的赞美，现在他们有点糊涂了，不知道那姐妹俩的好，是出于天性，还是为了赎罪。谁敢想象两个小姑娘做得出这样歹毒的事情呢？谁又能想象这些年来姐妹俩如此团结，守口如瓶，能将一团火包在了纸里，她们是怎么做到的？村民们也揣摩做母亲的黄招娣，平素那么精明的人，丢儿子那一阵连鬼魂都怀疑，却独独没有怀疑过自己的女儿，这似乎又应了一句老话，可怜天下父母心呀。

在我们塘东街道这边，有人听闻了塘西村奇事，却对萧家姐妹了无印象，他们觉得遗憾，难耐好奇，便结伴去塘西村看那对姐妹。

塘东人像一群游客在黄招娣家前门后院兜兜转转的，看见了鸡鸭，看见了后院的菜蔬和竹竿上晾晒的寿衣布料，却看不见人。那房子犹如一座庞大的坟墓，埋葬了罪恶之后如释重负，显得寂静而肃穆。有人去扒黄招娣家的窗子，由于玻璃后面糊了报纸，只留下几条缝隙，要想看个清楚，便要调整各个角度，动静不免大了一些，结果窗子忽然打开，从窗后泼出来一盆泔水，浇到了窗外人的脸上。那个泼水的小女孩怒目圆睁，站在幽暗的客堂里，她用盆敲着窗台，声音听起来尖利而刺耳，我们家不是电影院，没有电影给你们看，都给我滚回塘东去！

那不是他们想亲眼看见的两姐妹，那是黄招娣的小女儿好莉，他们见识了无礼的好莉，却没有看见她的两个骇人的姐姐。当时，谁也不知道好英和好芳去哪儿了。

话说回来，塘东街道那么多居民，与塘西萧木匠一家交集最深的，自然是我们家。好多年过去，一切已成往事，我母亲作为著名的塘东招娣，原以为与塘西招娣摆脱了干系，没想到人们依然怀旧，热衷于两个招娣持久的对比关系。萧木匠家丑闻传开之后，她去塘东供销社买东西，意外地陷入了女店员们热情的包围之中。

在女店员们的眼里，我母亲永远都是塘东招娣，是塘西招娣的反面，现在她不仅确立了蒙冤者的身份，也在一场漫长的苦斗中最终胜出，恢复了善良而美好的声誉。她们纷纷拉住我母亲说话，言辞中有愧疚，也有感慨。马慧娟记性好，她首先为我死去多年的祖母抱屈，说可怜她的鬼魂被封在水泥板下面这么多年，一直背负着拐孩子的恶名，现在终于得到了平反，她以前去大坟地给公婆上坟都绕着我祖母的坟走，以后就再也不用怕了，事实证明我祖母是无辜的。李白兰诚实地向我母亲忏悔，当年在塘东招娣与塘西招娣之间，她选择轻信了塘西招娣，以为我弟弟就是好福。李白兰第一次承认，当年她偷偷地验证过我弟弟耳朵后面的那颗痣，看了好几次，现在回想起来，真是羞愧难当。

我母亲的表现出乎她们的意料，她低头挑选匾里的咸鸭蛋，神色淡然，反正都过去了，我怎么也是个工人阶级，不能像黄招娣觉悟那么低，她也是可怜人，丢了儿子已经够可怜，生出这两个女儿，就更可怜了，怎么可以跟她计较下去呢？店里的妇女们赞许她的高姿态，却又急于探询她对此事的意见。我母亲稍作思忖，平静地说，凡事都有两面性，我要是黄招娣，干脆就饶了两个女儿，姐姐卖弟弟虽然天理不容，但毛主席怎么说的，要把坏事变成好事对吧？她们毕竟给弟弟留了条活路，也给萧木匠黄招娣留了个念想，只要弟弟活着，说不定就能找到，对不对？

然后便说到了久违的驼子，供销社里大部分人都不记得他了。我母亲说，那驼子我还记得呢，他不像个人贩子，估计是一辈子娶不到老婆，才给自己买了个儿子，他能把弟弟带哪儿去？又不能带月亮上去，又不能带到外国去，天南海北也有个边对吧，就算一时找不到，孩子对咸水塘总有点记性，说不定有一天真的就回家了。

他们听塘东招娣指出塘西招娣的希望，都点头称是，觉得那希望并不渺茫。是的，儿子被女儿卖给那驼子，远远好过别的下场。你花钱买一只碗还要用它盛饭派用场，何况是买个男孩呢？驼子不把好福好好养大，怎么给自己传宗接代？在这种情况下，好福归家，至少还有念想。当时塘西的金娥恰巧到供销社来买草纸，我母亲的话她都听见了，她惊讶地告诉女店员们，塘东招娣和塘西招娣不仅用了一个名字，也似乎用了同一个头脑，黄招娣就是这么对女儿表态的，这事她捂了一阵子了，家丑不外扬，她已经饶了两个女儿，是好英自己觉得没脸，天天寻死觅活，事情才闹出来的。

我母亲对金娥摆手苦笑，谢谢你抬举我，谁敢跟黄招娣一个头脑呢？这缘分我受不起。你们都不知道我的苦，她是塘西招娣，我就不该叫塘东招娣。我去过郊区派出所，要把名字改成蒲红，他们劝我说招娣就招娣了，别蒲红了，这把年纪再改名太迟，别人不习惯，我自己也不习惯，想想他们说得有理，只好就算了。众人都笑，你要是叫个蒲红，我们恐怕还真喊不出口呢。我母亲正色道，不瞒你们，我不光想躲她的名字，还想躲她人的，躲得远远的才好，我一直催我家老邓走门路跟人换房，不管住哪儿，离开咸水塘就好，可是我们这儿不是黑天气，就是白天气酸天气，你要走没人稀罕来呀，我家二楼二底四间房，外加一个院子，换人家两间房别人也不肯，我有什么办法？只能将心比心，不管怎么委屈，比起塘西招娣，我塘东招娣算是幸福的，政府怎么号召我们的，要向前看对吧？凡事只能向前看了。

妇女们了解了我母亲的冤屈，现在又见识了她的宽厚与仁慈，她们对我母亲有点肃然起敬了。她们看见塘东招娣站在一匾咸鸭蛋前，她的身后依稀拖拽着塘西招娣的影子，一个人与一条人影若即若离，好像幸福拖拽着不幸，也好像不幸窥望着幸福。与幸福的塘东招娣相比，妇女们更加关注不幸的塘西招娣，她们向金娥打探，黄招娣下一步会作如何打算？金娥还没说什么，我母亲说，换了我，两个女儿要保住，卖了的儿子也要找，不都是你身上掉下来的一块肉？要是能找到那个驼子，黄招娣说不定就能找到儿子了。

确实很神奇，我母亲与黄招娣堪称心心相印，她又猜对了塘西招娣的下一步步骤。金娥说小驼子从咸水塘消失多年了，虽然不知去向，但还有很多塘西人记得他来自北方，另一个名叫咸水塘的地方。金娥告诉供销社里的人们，萧木匠夫妇找到了当年炭黑厂建设指挥部的人，打探到了消息，他们已经离开塘西村，踏上一条寻子之路了。

第五章　外篇：小驼子的故事

1

群星炭黑厂的一号烟囱产自遥远的东北地区。它之所以比远处黄家塘发电厂的烟囱还要高出十厘米，成为郊区一带最高的烟囱，是因为当时工程指挥部强烈的荣誉感，凡事追求第一，他们说服上级领导，在咸水塘的烟囱丛林里，为群星炭黑厂争夺到了第一高度。

运输调度却出了差错。烟囱从东北地区分成两截运来，上半截早就运抵工地，下半截烟囱却迟迟未能运到咸水塘。听说几百里之外也有个叫咸水塘的小火车站，那烟囱被错误地卸在那里，无人接收，耽搁了很久，工程指挥部费尽周折，才将它重新送上了南下的火车。

一号烟囱是钢制的，下半截的重量、长度与体积都很惊人，从铁路货运站转公路，需要特殊的载重卡车。指挥部好不容易找到了堪当重任的加长型货车，但咸水塘的公路并没有做好准备，这事需要工程指挥部负责，还是郊区政府方面负责，一直存在争议。简单说，咸水塘并没有可供加长货车通行的道路。那火车般的卡车从铁路货站开到六号桥那里，桥面太窄，无法再往前开了，临时架桥不现实，烟囱勉强卸下，装卸工们却无力继续搬运。当天塘东塘西紧急动员，近百个青壮年肩扛手拽，用人力把巨大的烟囱运到了炭黑厂的工地。

我父亲是那支队伍中的一员。当年那幕团结一致的劳动场景我父亲至今难忘，但他记得更清楚的是，那个奇怪的外乡人，是如何从那截烟囱里走出来的。

像是大雁衔来的一颗草籽，驼子与群星炭黑厂的烟囱一起降临在咸水塘。运烟囱的队伍临近塘西村的时候，先有白色的蝴蝶从烟囱里飞出来，一群一群地掠过搬运者的头顶，这让人怀疑烟囱里面有一片灌木或者草地。队伍末端的人朝烟囱管内张望，那个圆形的空间像一条隧道微微摇晃着，很深很暗，另一头的光并非圆形，它似乎被什么物体分割了，当时谁也没有发现，除了白蝴蝶，烟囱里面有一个人，是一个人与他破烂的行囊，分割了烟囱里的光。

看外乡人的身形，大家最初以为是个孩子。他站在烟囱口朝外张望了好一会儿，开始把一张草席慢慢往外面踢，破草席出来之后，人也出来了，并不是一个孩子，细看他的长相，脸膛黢黑粗糙，眼泡浮肿，头发油腻蓬乱，年纪可能是三十多岁，也可能有四十岁了。他弯腰走到人群里，垂着头，腰背始终直不起来，人们最初以为那是在烟囱里养成的习惯，仔细观察过后才发现，那是个驼子，那就是一个驼子，怪不得他栖身在一截烟囱里，能够如此自在。

我父亲记得驼子当时穿着一件肮脏的海魂衫，蓝条纹还是蓝的，白条纹已经发黑了，好像是儿童的尺寸，肩膀部位局促，撑得绽线了，露出了一截黑乎乎的肩膀。他肩膀上有接种牛痘的疤痕，表明他来自文明世界。除了草席，他的怀里还抱着一只化肥袋，袋子塞得鼓鼓囊囊的，里面似有活物，一直在抖动。在人们探究的目光里，那袋口里缓缓升起了一只鹅头。一只鹅。鹅的头部有一簇黑色羽毛，不知是天然的还是涂黑的，鹅的脖子朝着众人转动了一圈，鹅眼傲慢地打量着咸水塘，看起来比主人英武，比主人威风。

驼子的眼角分泌了很大一块眼屎，应该是在烟囱里待得太久了，他明显不适应外面的阳光，不时用手遮挡眼睛。众人的喧哗声惊着了他，他疑惑地看看人群，嘴里咕哝着什么，突然开始撒腿奔跑。他怀里的化肥袋发出了搪瓷或者金属互相撞击的声音，那鹅嘎嘎地叫起来。由于他的背部畸形地隆起，头部前倾，他奔跑的姿势很古怪，像是随时会扑倒在地，也像要用脑袋鲁莽地撞开人群。一些旁观者下意识地后退，另外一些人条件反射，勇敢地扑上去，把他围了起来。你跑什么？你是干什么的？你躲在烟囱里干什么？

我以为在火车上呢。他漠然地环顾着人群，努力解释他的来历，声音很轻，听起来更像是埋怨，我睡着了，不知道你们在抬烟囱，我以为火车还在开。

他的口音是咸水塘人所陌生的，大约只能听懂个六成。咸水塘人习惯把所有北方人称为山东人，所以他们自信地问，山东人吧？你是山东人？驼子茫然，先是摇头，随后又点头。但问题来了，山东人说话他们能懂，与这个驼子交流却很费劲，一切都显得可疑。人们对驼子强烈的兴趣中有好奇的成分，更多的是某种警惕。他们纷纷盘问他，这么多人抬着你，你能睡得那么安稳？你从哪儿来？你从哪儿扒的火车？

驼子眨巴着眼睛想了想，说，咸水塘。

你从咸水塘来？人们嚷嚷起来，这儿才是咸水塘，问你从哪儿来，不是问你到了哪儿！你又不是三岁小孩，这话你能听不懂吗？

我听得懂。他脸上的表情看起来有点委屈，又有点倔强，你们这儿是咸水塘？那儿也叫咸水塘呀，这有什么可撒谎的？我是从咸水塘上的火车，我也不知道怎么回事，我从一个咸水塘到了另一个咸水塘来了。

工地指挥部的人告诉大家，一号烟囱之前滞留的地方确实也叫咸水塘，大家相信了驼子奇异的旅程，从那个咸水塘到这个咸水塘，驼子抵达了我们的咸水塘。巧合的出发地与终点虽然被印证，但还远远不能消除人们心中的疑云，毕竟一个正常人是不会住在烟囱里的。我父亲首先怀疑他的智力，他伸出三根手指在他眼前晃，问，这是几？驼子瞪着我父亲的手指，说，三，这是三啊。我父亲又同时竖起左手一个巴掌，右手两根手指，问，这是几呢？驼子认真地数那些手指，忽然觉得受辱，瞪着我父亲怒声道，七，这是七，我不是傻子！我父亲说，知道你不是傻子，你就是很可疑呀，火车带你走了那么多路，卡车带你走了那么多路，我们抬你走从二号桥走到这儿，你怎么会不知道？你在烟囱管里能睡得那么香？

白天我睡觉，我什么都不知道。他说，夜里我不睡觉，我白天才睡觉的。

怎么可能？你白天不劳动的？你又不是猫，夜里不睡白天睡？你不劳动，那你吃什么？

我捡破烂。他说，白天人家不让捡，我也不好意思给人看见，夜里才出去，也能捡着点东西。

塘东街道当时的民兵队长老方一下听出了驼子话里的破绽，捡破烂哪儿有夜里捡的？那不是捡破烂，是偷吧？老方指着驼子的化肥袋，你那头鹅怎么回事，捡破烂能捡到一头鹅，一定是偷来的吧？

驼子低垂的脑袋忽然抬起来，他瞪着老方的目光是凛冽的，一只手开始抚摸鹅脖颈上的羽毛，动作却很温柔。它自己来找我的，有一天我在烟囱里睡觉，一睁眼就看见这鹅，它睡在我身边，怎么撵它也不肯走，我干脆就养着它做个伴了。他对老方说，我拿祖宗十八代起誓，我从来不偷，我只捡破烂。

在鹅的来历上，人们暂时接受了他的告白，不过，老方心里依然疑窦丛生，另一个咸水塘究竟在什么地方？有多大的水面？你叫什么名字？你家庭成分是什么？你今年多大年龄，有父母有家室吗？你究竟为什么要睡在烟囱里？

驼子指着自己的耳朵，朝人们摇头，表示他们太吵了，或者提醒他们，当地的口音让他一知半解，偶尔他又点头，朝人们露出谦卑的笑意。至于众人最关心的焦点，你为什么会住在烟囱里？他的回答令人哭笑不得。那烟囱在火车站旁的野地里扔了很多天，我以为没人要，那么大的铁家伙，能卖好多钱的，我守烟囱守了一个星期，天天睡在烟囱里，谁料想他们半夜把烟囱抬上了火车呢？他环顾着众人的面孔，语气很诚挚，我想反正是搭火车，不能让别人捡了，就跟着这烟囱走吧，谁料想这烟囱从一个咸水塘又到了另一个咸水塘呢？

事情算是说明白了。抬烟囱的人们都笑起来，世上怎么会有这么无知的人，他竟然要把烟囱当破烂捡了，要把烟囱当废铁卖了。对比驼子可怜的体型与巨大的烟囱，人们都觉得这个贪婪的梦想已经到了幽默的程度。你怎么卖烟囱？你要把烟囱卖给谁？好多人控制不住自己的笑声，甚至有人对他竖起大拇指，以示崇敬。驼子的坦诚初步洗清了他身上的疑点，就像舞台上的小丑，在悬念中登台亮相，滑稽浑然天成，一切那么离奇，却又那么自然，大家从中感受到某种说不出的快乐，这一路上的劳累与辛苦，都烟消云散了。

我父亲在搬烟囱的时候被别人踩了脚，伤到了脚踝，最后脱离了那支光荣的队伍。他从地上摘了几片蒲公英的叶子，揉搓着痛处，目光依然瞄准了奇怪的外乡人。他记得小驼子一手抱着他的化肥袋子，另一只手拖着破草席往咸水塘边走，在一块平整的岸坡上，他停下来，让那只鹅从袋子里出来。这儿有水了，这也是咸水塘，去，去。我父亲听见了驼子对鹅的命令，但那头鹅站在主人身边不动，它观察着咸水塘里鹅鸭的影子，似乎比主人还要谨慎。驼子便抱着鹅坐下了，他的目光离开了搬烟囱的队伍，缓缓升起来，以斜向的角度久久地凝视天空，他的眼睛闪闪发亮，看起来，他是被咸水塘的天空吸引了。

当时咸水塘的天空还默默无闻，所谓的彩色天空远不及后来那么绚丽那么壮美，但各色烟雾已经初具规模，第二轧钢厂、幸福硫酸厂以及新风制药厂的烟囱暂时占领了咸水塘的天际线，它们平静地向高空喷放工业的礼花，黑的，白的，黄的，红色的。那个从烟囱里钻出来的驼子，正努力仰望咸水塘四周的烟囱。一根平卧的烟囱与一根直立的烟囱如此不同，他张大嘴，发出了含糊的惊叹，竖立的烟囱使他感到震惊。从一个咸水塘到另一个咸水塘，平躺的烟囱站立起来，现在他看清楚了，那烟囱不是废品，它属于天空，那烟囱是工业烟雾的家，不是他的家。

我父亲朝驼子走过去时，他没注意，是那头鹅不欢迎我父亲靠近他们，它向我父亲狂叫，那声音有别于咸水塘的本地鹅，尖锐，短促，显得莫名地哀痛。驼子安抚了他的鹅，他的目光首先落在我父亲中山装的口袋上。那口袋上插着两支钢笔，准确地表明我父亲的文化程度和干部身份，他朝我父亲恭敬地笑，以示尊重，一只手伸进化肥袋子，掏出半包干瘪的香烟。我父亲摆手拒绝了那支明显发霉的香烟，他至今记得驼子向他请教的问题，稚气无知，像一个孩子。

领导，那烟囱冒红烟的是什么厂？

冒红烟的是轧钢厂，第二轧钢厂。

他又转头指着硫酸厂的烟囱，领导，那烟囱冒黄烟的是什么工厂？

我父亲说，幸福硫酸厂，造硫酸的。

硫酸？小驼子眼睛一亮，我知道硫酸，泼脸用的。

不，不，造硫酸不是用来给人泼脸的，硫酸是做农药用的，硫酸厂属于化工企业！

不知道小驼子是否懂得化工的意义，但他至少意识到了自己的无知与偏狭，他感激地朝我父亲点点头，咕哝道，泼硫酸违法，我知道的，我也没有硫酸。

关于硫酸的问题，稍稍阻碍了他们之间的交流。驼子的目光离开天空，沉下来，投向咸水塘的水面，领导，这个池塘为什么也叫咸水塘？这塘里的水也是咸的？

我父亲说，以前大概是咸的，现在不

咸了。

那个咸水塘的水，是有一点点咸呢。他说，都叫咸水塘，两个咸水塘不一样，那边的水差不多干了，没有这么大的水面，塘边也没有这么多人家，这么多树。不过，那儿的空气干净，不像这儿，怎么有种说不上来的怪味？他吸了好几下鼻子，问我父亲，领导，这鼻子里究竟是什么味？

一个简单的问题恰恰把我父亲难住了，他的鼻腔早已习惯了咸水塘的空气，在他看来，那天的空气已经算得上清新纯净了，所以他吸了几下鼻子，果断地告诉他，没有怪味，今天是好天气，阳光灿烂，空气很好呀！

他疑惑地注视我父亲的鼻子，终究不敢质疑什么，说，领导说空气好，那这里的空气就是好。

我父亲从驼子恭敬的眼神里看见了自己的权威，这也是一个咸水塘相对于另一个咸水塘的权威。他记得那天在咸水塘边，认真地问过驼子，你从咸水塘来，又到了咸水塘，你看这两个咸水塘，哪个更好？驼子坚定地说，当然是这个咸水塘好，这还用说么，哪个地方烟囱多，哪个地方好，社会主义建设搞得好，就是好地方。我父亲随后问了他此后的打算，你是要回到那个咸水塘去，还是要留在这个咸水塘？驼子的神情显得犹豫起来，看得出来，他其实没有明确的打算，他用手抚摸了一下鹅颈上的羽毛，我不知道，这儿也有咸水塘，能养鹅，鹅有这么多水就行了，你们这儿是个好地方呀，我不知道我能不能在这儿。他茫然地看着我父亲，又补充道，领导，你们这地方，有没有破烂能捡？可以随便捡破烂吗？

2

驼子留在了咸水塘。

群星炭黑厂的建设工地当时驻扎了很多建筑工人，人手还是不够，工头老吕收留了驼子，让他在工地食堂里打个下手，做点零工，换口饭吃。

他本来是可以睡在工棚里的，但工人们不允许他把鹅带进去，鹅被拴在外面的脚手架下，叫了一夜，很聒噪。半夜有工人推醒驼子，管管你的鹅去！你还让它叫？再叫我就宰了那畜生，明天大家吃红烧鹅肉。他在黑暗中愣怔，坐立不安，过了一会儿，他朝那工人的棉被上啐了一口，便拖着他的破草席和化肥袋离开了工棚。

第二天工人们便发现工棚外面多了一个简易帐篷。驼子有一双巧手，他借用工棚的铁皮墙，连夜用铁管、竹竿和塑料布搭了那个帐篷，人与鹅共用一卷草席，一个躺着，一个卧着，像一对亲密的兄弟，也像一对无法分离的父子。

工人们一致认为那头来自北方的鹅有点奇怪，它的叫声尖利如鸟，体格硕大，脖颈那么长，还长了一簇黑毛，外形特别倒在其次，工人们从来没有看见过如此眷恋主人的鹅，它似乎比狗还要忠诚，比狗还要黏人。当然，那鹅的主人也荣幸，驼子似乎是把鹅当孩子养的。他们问小驼子，你养的是狗还是鹅呀，难道鹅会不喜欢水吗？旁边那么大的咸水塘，你为什么不把鹅放到咸水塘里去？小驼子看起来也很无奈，他说，我撵了好几次了，它不肯下水，也不知道它是不喜欢这里的水，还是害怕这里的鹅，两个咸水塘，总归是不一样的。

老吕本以为驼子是个勤劳的人，但事

实并非如此。驼子吃饭狼吞虎咽，干活却无精打采，他告诉食堂的人，以前流浪被恶人欺负，一脚踢坏了他的肾脏，所以他尿频，一会儿就要撒尿的。食堂的人理解尿频之苦，但他撒了尿往往就失踪了。老吕到他的帐篷里找他，那头鹅像一个忠实的卫兵迎上来，踮脚展翅的，明显在警告老吕不得靠近主人。老吕进不去，能听见驼子的鼾声在帐篷下回荡，他捡了一颗石子往里面扔，驼子，大白天的你睡懒觉？一个驼子这么好吃懒做，都不知道你怎么活到现在的？快出来，去干活！

驼子慢吞吞钻出帐篷，看起来面有愧色，我不是故意偷懒，我白天乏力，动不动就犯困，干不了活呀。他看了看天上的太阳，显得无可奈何，月亮出来我就有力气了，天越黑我越有力气，那些活我夜里干行不行？老吕说，你要上夜班？这工地上哪儿有夜班上？你个驼子还搞什么自由主义？太阳起来你起来，连鸟都守这规矩，你一个大活人，怎么就做不到？他谦恭地点头，我能做到，这毛病是要改，一定要改的。

表态归表态，改正行为却敷衍。他上午会去灶边帮着淘米择菜，下午也一样，其他的作息还是晨昏颠倒。工地上的夜晚是寂静的，工人们习惯了在咸水塘的蛙鸣声中入睡，但驼子的到来改变了夜晚的声音。他们意外地发现驼子会吹口琴，口琴声一阵一阵地飘入工棚，谈不上有多么动听，但也绝不刺耳。因为那些旋律是亲切的，家喻户晓的，听着听着，工棚里的人们便跟随口琴声唱起了歌。他们唱了《社会主义好》，又唱《五星红旗迎风飘扬》，唱了《当我们荡起双桨》，又唱《人说山西好风光》。老吕喊起来，深更半夜唱什么歌？明天一早就要干活的。但工人们唱得忘情了，根本不听老吕的劝阻，一些年轻人或许是出于激情，或者是由于某种生理宣泄的需要，他们甚至提高嗓门，用声嘶力竭的歌声来呼应外面的口琴声，还有人开始敲击搪瓷盆助兴，半夜的工棚一下喧闹起来。

老吕忿忿地跑出工棚，他用手电筒朝驼子的帐篷里照，看见了一幕奇景，一群白色的蝴蝶在帐篷里飞，像一大片飘扬的雪花，驼子与鹅端坐在草席上，驼子手里是一只绿色的口琴。老吕用手电筒照驼子的脸，驼子你混账，白天睡觉夜里吹口琴？深更半夜的，明天大家要干活，你为什么要吹口琴？

驼子嘟囔着什么，神情委屈，我以为你们喜欢听呢，我一吹你们都唱起来了，我听见了，我吹什么曲子你们唱什么曲子。驼子把口琴放进了那只化肥袋，手在里面摸索，又从袋子里拿出一支笛子，他举着那笛子问老吕，我吹笛子行不行？笛子声音小，吵不到别人，我一吹口琴白蝴蝶会来，一吹笛子会有蛐蛐往这边跳，你信不信？

你还会吹笛子？你是三岁小孩，非要去招蝴蝶招蛐蛐？老吕恼了，抢过那笛子往蛇皮袋里塞，半夜不准吹口琴，不准吹笛子，赶紧睡觉，明天一早起来，给我干活！

夜里刮东风，塘西村的村民们能够听见工地夜晚的口琴声，那声音传到村里已经很缥缈了，老人们甚至不知道那是什么乐器发出的声音。当时群星炭黑厂的围墙还没有砌好，偌大的工地与塘西村隔着一道简陋的铁丝网，若即若离。塘西村名声在外，工人们忌讳这个做死人生意的村庄，从不愿意进村，饮食起居有什么需要，他们情愿跑到远一些的五家桥村去。塘西村的村民对工地却有兴趣，他们闲来无事会跑到铁丝网边，欣赏工地上的起重机推土机挖掘机卷扬机，还有空中越来越高的吊臂，有村民家里要垒猪圈修院墙，会跑到工地上向工人索要水泥和黄沙。一号烟囱已经矗立在热火朝天的建设工地上，直插云霄。那个从烟囱里钻出来的驼子，起初并没有引起村民的注意，直到有人注意到铁丝网出现了一个豁口，附近地面有鹅粪，还有人的脚印，他们担心村里的鹅跑到工地上去，会不会让工人们宰了打牙祭，没有人想到，那是驼子夜晚放鹅的道路。

大家后来才知道，驼子白天睡觉磨洋工，他在夜里放鹅。

塘西人普遍睡得早，每天夜里九点钟，整个村子就没有灯光了。驼子出现在塘西村的村巷里，狗照例是叫的，但因为一头鹅跟着他，狗分辨不了那是谁家的鹅，叫几声便安静了。驼子走路很轻，村民们听不见他的脚步声，但那头鹅不像主人那么谨慎，遇见塘西的狗它叫，遇见野猫它也叫，这就惊扰了熟睡的村民们。他们推窗开门，看见驼子领着他的鹅从村巷里走过，那驼背的人影在夜色里显得卑微而诡秘，鹅挺起脖子尾随人影子，看起来倒像是驼子的主人。

村民们能辨认出驼子，却看不清那是谁家的鹅，也就不能确定驼子是不是偷鹅贼。他们一向喜好抓贼，德康德奎几个村民当即追了出去，顺利地包围了驼子和他的鹅。在月光下，他们怀着一半好奇心，一半戒备心，耐心地审问了驼子。

那是谁家的鹅？驼子，你偷了谁家的鹅？

不是你们的鹅，是我的鹅，是我从咸水塘带来的鹅。

咸水塘的鹅，不就是我们村里的鹅吗？

不是这个咸水塘。驼子指着北面的方向，离这儿几百里地，也有个咸水塘，你们看看这鹅，鹅脖子上有一簇黑毛，是那边咸水塘的鹅，是我的鹅，不是你们的鹅。

他们用手电筒照那鹅，鹅脖颈上果然有一簇黑毛，比夜色更黑，鹅的体型与脚蹼也大些，不像本地鹅，但疑点不能排除，驼子，这深更半夜的你带着一只鹅进村干什么呢？

我要去咸水塘放鹅，我不是到你们村子来，我是路过你们村子。驼子说，白天塘里都是你们的鹅鸭，我这鹅不敢下水，夜里它才愿意下水。

村民们还是听出了破绽，他们说，当我们是傻子，深更半夜你去放鹅？鹅又不是猫！我们世世代代在咸水塘里养鸭养鹅，从来没听说过夜里放鹅的，你养的这是什么鹅，是鬼鹅？鬼鹅才怕太阳，鬼鹅才在夜里游塘呢。

从驼子愕然的表情中看得出来，他是头一次听说鬼鹅。既然他无知，村民们乐于向驼子传授鬼鹅的知识，他们七嘴八舌地告诉他，咸水塘里就有鬼鹅。要是谁宰鹅不会宰，不懂放血只知剁头，鹅头掉了鹅还会跑，要是跑进咸水塘，说不定还能活下来，有的无头鹅不死，慢慢地能长出鹅头来，不止一个鹅头，有双头鬼鹅，还有三头鬼鹅！

驼子似乎想否定村民们夸张的说法，却找不到翔实的理由，他抱起他的鹅，恭敬地送到村民们面前，我的鹅不是鬼鹅，你们来看，它就一个头，你们摸它的脖子，热乎乎的，你们摸摸它的鹅毛多么软，它就是一头鹅，不是鬼鹅。

村民们自信地围上去，以行家的姿态检查了驼子的鹅。或许因为在驼子的怀抱里，那鹅显得很顺从。村民的检查侧重于鹅的脑袋和脖子，他们仔细地撩开鹅毛，搜寻它脖子上是否有可疑的疤痕，但鹅脖子的皮肉看起来光滑自然，没有什么异常，比起咸水塘的鹅，它的脖子长一些，羽毛稍软一些，屁股稍小一些，这些特点在村民们看来是正常的，引起争议的是鹅头与脖颈交界处那簇黑毛，他们见过太多毛色不纯的鹅，却从未见过鹅头上长黑毛的。他们问驼子，这是什么品种的鹅？鹅头上为什么会有这簇黑毛？驼子眨巴着眼睛思忖，很快为那簇黑毛找到了理由，人和人都长得不一样呢，你们看我是驼背，你们的腰背都挺得那么直，那也不能说明我不是人是鬼，对吧？他诚恳地说，鹅也是这个道理，北方的鹅跟这儿的鹅长得也不一样，那边咸水塘里的鹅，鹅头上都有这一簇黑毛的。

塘西村的村民谁都没去过北方，自然也没去过北方的咸水塘，他们都不敢确定，那是一头北方的鹅，还是一头鬼鹅。不是所有人都见过鬼鹅，但德康媳妇德奎媳妇见过鬼鹅，她们都描述过鬼鹅的特征，德康媳妇说鬼鹅的羽毛在月光下是浅蓝色的，德奎媳妇则说是淡绿色。德康德奎兄弟认为要验证此事，必须亲眼见证那鹅毛在水里的色泽，大家都觉得合理，因此村民们尾随着驼子和他的鹅，一起到了咸水塘边。

村民们至今记得驼子的鹅夜游咸水塘的情景。正值月圆之夜，咸水塘上空的月光如水银泻地，照亮了寂静幽暗的水面。那头鹅在偌大的咸水塘独自游弋，岸边的村民甚至可以听见鹅掌拨开水波的声音。在近处，鹅啄食了岸坡上的螺蛳和水蛆，它头上的一簇黑毛仍然清晰可辨，像是一顶黑色皇冠，在远处，那鹅的羽毛看起来雪白雪白的，白得很坚定。不是绿色，不是蓝色，它应该就是一头来自北方的鹅。德康德奎亲眼目睹那鹅追逐一条小鱼，熟练地叼进了嘴里。夜已经很深，塘西村的鹅鸭都在棚里，偶尔发出一两声聒噪，也许它们已经知道，一头来自异乡的鹅，统治了深夜的咸水塘。

尽管有所保留，德康德奎他们终究还是统一了观点，驼子的鹅是一头鹅，至少不算鬼鹅。

3

饲养组的村民清晨时分赶着鹅鸭往咸水塘边去，偶尔会遇见牧鹅归来的驼子。

驼子睡眼惺忪，而他的鹅刚从塘里上岸，羽毛还是湿漉漉的，看起来精神抖擞。当塘西村鹅鸭的队伍从他们身边经过，驼子会识趣地抱起他的鹅，停在路边等候，那是谦逊的礼让，塘西的饲养员懂，塘西的鹅鸭却不领情，几只好斗的塘西鹅识别了外来者的身份，立刻张开翅膀，做好了攻击的准备。它们恶狠狠地朝驼子冲过去，既示威，也逐客，其他的塘西鹅塘西鸭一起发出了助威的呐喊。在这种情形下，饲养员亲眼看见过驼子与他的鹅默契的配合。驼子的手一拍，那鹅便会跨坐在主人的肩背上，在安全而舒适的高处俯视塘西的鹅鸭。驼子对一群好斗的塘西鹅赔着笑脸，不能打架不能打呀。你们都是鹅，要团结，人要团结，你们鹅也要团结。

饲养员与家禽打惯了交道，懂得鹅鸭的禀性，却从未见过这样听话的鹅，它甚至比一条家养的老狗更顺从主人。他们把塘西村的鹅鸭统统撵入塘里，在铁丝网外追上了驼子，向他咨询驯鹅的秘诀。驼子承认了他特殊的禀赋，口气里带着些许的自豪，他说，我这鹅喜欢听口琴我就给它吹口琴，喜欢听笛子就给它吹笛子！看几个饲养员疑惑，他从口袋里摸出了一只口琴，我不骗你们，这鹅能听我口琴的命令，我让它停它就停，让它走它就走，让它跑它就跑，要是吃饱喝足高兴了，它还跳舞，现在它就能跳舞，你们信不信？

驼子吹起了口琴。饲养组的人听出是《社员都是向阳花》的旋律，这是属于人民公社广大社员的歌，每个人都能跟着哼哼几声。他们惊奇地发现，驼子的鹅也酷爱这欢快亲切的旋律，它闻声起舞，张开双翅原地蹦跳起来，蹦跳过后，又在地上转了好几个圈。鹅的舞姿有点滑稽，远远谈不上美妙，但毫无疑问，那应该算是尽心尽力的舞蹈了。他们很领情，不禁为驼子和他的鹅拍手喝彩起来。

塘西的孩子们很快得知了驼子驯鹅跳舞的绝艺。为了一睹盛况，会有孩子凌晨起床跑到咸水塘边，守候夜牧的驼子，我的同学蒋根土去了好几次。之前他曾经跑到工地上尾随驼子，学他走路，但驼子不计较，他很喜欢小孩子，甚至到了讨好的地步，对于孩子他有求必应，甚至听取了蒋根土异想天开的建议，允诺他继续训练他的鹅，让它学会倒立、钻火圈、空翻、前滚翻后滚翻这些高难度的动作。

驼子很快便受到了塘西孩子共同的拥戴，几乎成为塘西村的孩子王。塘西人懂得孩子们的乐趣，却无法理解驼子那颗扑朔迷离的心。一个来自北方的驼子，有时候可怜，有时候卑琐，有时候像个孩子，有时候又像个垂暮的老人。他如此卖力地讨好塘西村的孩子，究竟是一种美德，还是一种怪癖？村民们对此普遍有点疑惑。

听我在塘西的同学蒋红根说，当初在塘西，孩子们与驼子的友谊是分等级的，决定这友谊等级的，一半是驼子，另一半是他的鹅。那鹅对塘西孩子的态度有显著的差别，虽然鹅从不宣布它的好恶，但鹅执掌了孩子们与驼子的交流程度，最主要的参照是：鹅是否给你放行，你是否能够获得那头鹅的许可，顺利地钻进工地上的那顶帐篷。

蒋红根后来回忆，在驼子滞留群星炭黑厂工地时期，只有他和马军生蒋根土三个男孩进入过那顶帐篷，他们与驼子共度了一个美好的黄昏。

帐篷聚会是蒋红根的主意，之所以得到驼子的首肯，是因为他们事先承诺，一定给驼子带去一顿特别美味的晚餐。蒋红根从家里带去了烧熟的菱角、塞了糯米的莲藕和桂花米糕，马军生从家里偷了半只煮熟的咸鸡，蒋根土带去了几只咸鸭蛋和一碗螺蛳。那碗螺蛳或许关键，它贿赂了驼子的鹅，当主客双方一起享用晚餐时，鹅也享受了最心爱的美食。

那应该是驼子有生以来第一次吃到塘西的菱角、莲藕和米糕，他尤其赞叹桂花米糕的滋味，感慨塘西人的生活是多么幸福，能有这么好吃的食物。对于蒋红根他们来说，食物是寻常的，与驼子建立深厚的友谊，则带着某种说不出来的浪漫，不同寻常。未到下班时间，工人们都还在工地上忙碌。群星炭黑厂的一号烟囱离他们的帐篷不远，它像一个从天而降的巨人，也像一个从地底下突然冒出的怪物，矗立在天际，等待着大展宏图的时刻。那烟囱曾经是驼子与鹅的家，现在他们的家矗立在半空中，是夕阳与晚霞守护着它了。蒋红根他们看烟囱的时候，驼子也仰脸看着烟囱，驼子的面孔半明半暗，他在咀嚼，胃口很好，下颚泛起幸福的油光。驼子告诉蒋红根他们，他再也不能在那烟囱里住了，但那群来自北方的白蝴蝶还住在烟囱里，如果他们想看，他能把那群白蝴蝶召唤出来。

他们之间的交易堪称完美。那天黄昏，驼子卖力地展示了他剩余的绝艺。一切都是蒋红根他们亲眼所见，他的口琴能从烟囱里招来大片的白蝴蝶。那些白蝴蝶从烟囱里飞出来，像一片云朵一样下沉，它们飞进帐篷里，在蒋红根他们的头顶上盘旋，当驼子的口琴离开唇边，蝶群便很快飞出去了，队列整齐有序，像是前来看望故人，也像是应邀表演的飞行嘉宾，完成演出之后便谢幕归去。之后是笛子，驼子的笛声唤来了蛐蛐，那么多蛐蛐不知从何处来，它们在帐篷外面跳，有几只还发出了响亮的激动的叫声。蒋红根他们跑过去抓蛐蛐，可惜好蛐蛐天性灵敏，都逃走了，只剩下几只大胆而愚钝的三尾蛐蛐凑热闹，它们突破了鹅的防线，往帐篷里跳，蒋红根他们都不想要三尾蛐蛐，就一齐拍手把三尾蛐蛐撵走了。

驼子对友情的回报超出了蒋红根他们的预期。当工人们纷纷返回工棚，探头朝驼子的帐篷里张望，孩子们感到某种不适，准备离开，但驼子还在挽留他们。他突然将那只鼓鼓囊囊的化肥袋拉到身边，慢慢打开来。蒋红根他们知道那是驼子唯一的行囊，他们怎么也没想到，那些搪瓷盆、塑料杯和破衣服盖着的，是一大堆五光十色的宝物。他们看见了玩具手枪、卡宾枪，铁皮制的小飞机、小火车、小汽车、小轮船，还有布老虎、布熊、长毛绒猴子，那是所有孩子梦想的收藏。蒋红根他们在震惊之余感到纳闷，悄悄耳语起来，捡破烂如何能捡到这么好的玩具？会不会是驼子从玩具店偷来的？驼子一定猜到了什么，他郑重地向塘西的男孩们声明，他从来不偷，他只捡不偷，袋子里收藏的所有玩具，都来自幸福玩具厂的废品垃圾堆。蒋红根他们齐声嚷嚷，是幸福硫酸厂还是幸福玩具厂？幸福玩具厂在哪儿？驼子笑了，幸福硫酸厂在这个咸水塘，幸福玩具厂在那边的咸水塘啊，太远了。他用手指指北方的方向，我认得去玩具厂的路怎么走，可惜离这儿好几百里地，太远了，你们去不了。

蒋红根他们下意识地向北瞭望。此处也是咸水塘，咸水塘北边有一条公路，是刚刚铺好沥青的城北公路，幸福硫酸厂就坐落在城北公路上，是幸福硫酸厂，而不是幸福玩具厂。当时环球水泥厂还没有开建，公路以北是一片蓖麻地，很多水潭，在幸福硫酸厂的后面，还有一家小型砖瓦厂，一家生产油毛毡的工厂，在他们能够抵达的地方，从未听说过有任何玩具厂。他们遗憾地认识到，从这个咸水塘到那个咸水塘，隔着千山万水，也隔着一个美好而缥缈的神话。

面对玩具，孩子终究是务实的，三个人的脑袋很快抵在一起，三双眼睛急迫地鉴别着百宝袋里的东西。它们真的来自遥远的幸福玩具厂，有的玩具还粘着标签：幸福玩具厂。字迹清晰可辨。他们凭着直觉判断，有些玩具可能是出口到国外的产品，尤其是那架银灰色飞机，它足有半米多长，机身上印了一排红色的外文字母，闪烁着令人眩晕的高贵的光芒，他们同时看上了那架银灰色的飞机，三双手一齐伸向袋子，我要飞机，飞机给我，飞机给我！

他们开始吵嚷，三双手在袋子里争夺，驼子对此没有思想准备，怎么能抢呢？不能抢！他惊叫着掰开了三双男孩的手，用自己的双手捂住了百宝袋，这飞机现在飞不起来，我要留着修，还不能给你们。他的表情严肃而诚恳，等我修好了，飞机能飞了，我要把它送给咸水塘最好的孩子。

给咸水塘最好的孩子。蒋红根他们自知不是咸水塘最好的孩子，谁是？三个人面面相觑，每个人心里都有模糊的人选，但谁也不甘心说出来。蒋红根忿忿地说出了他的观点，世界上没有最好的孩子，孩子跟大人一样，都有优点，都有缺点！蒋根土指着自己鼻子直率地问驼子，我们三个人中间，我算不算最好的孩子？驼子为难地摇头，他的目光从三个塘西男孩的脸上慢慢掠过，终究难以选择，我也说不上来。他带着些歉意说，那边的咸水塘好多坏孩子，坏孩子都跟在我屁股后面，学我驼背走路。你们这边好孩子比坏孩子多，你们三个都算好孩子，从来不学我走路，不过谁最好，我现在还看不出来呢。

他们不得不放弃那架飞机，剩下的热门玩具是驳壳枪、卡宾枪与冲锋枪，照理说每个人起码能得到一种枪，他们正在谈判每把枪的归属，驼子把所有枪都塞到了袋子深处去了，枪暂时也不能给你们呢，不小心会伤着人。他支吾着说，好孩子才能玩枪，以后看你们的表现再说。

这样的托辞听起来多么熟悉，似乎来自他们的父母长辈。现在不给你，看以后，看表现，蒋红根他们怎么能不懂呢？驼子要的不仅是这一顿帐篷里的晚餐，还要以后。以后。那其实代表着一份长久不衰的友爱。三个塘西村男孩意识到，他们与驼子之间突兀的友谊，远远比想象的复杂。驼子的算计与防范，无疑是为了延长这份友谊，驼子给予他们馈赠，也只是一种友谊的诱饵。后来他们看着驼子将手伸进袋子，先后摸出了一台铁皮小火车头，一辆红色小轿车，一艘白色的轮船。火车汽车轮船一一排列在他脚边，他逐一摸了一下，这些玩具我都修好了，火车汽车都能跑，轮船放水里也能开一会儿。他对孩子们隆重地说，今天一人先拿一样，别的以后再说。

在蒋红根他们看来，火车、汽车与轮船这三件玩具也是尊卑有别的，各自心仪的都是那台黑色嵌有红五星的铁皮火车头。为火车头的归属，他们又争执不休起来。这次驼子主持了公平，他让三个孩子做了剪刀石头布的竞赛，幸运者是蒋红根，他得到了那辆红五星的小火车头。

帐篷一夜的收获，对于蒋红根他们是意外，也是遗憾。毫无疑问，那只百宝袋像一个砝码，加固了他们与驼子的友谊。只是做所谓咸水塘最好的孩子，他们不知如何做起，这实在太虚幻太困难了，只剩下一个共同的梦想是务实的，你一定要好过他人，好过他人便能先于他人，先从驼子手里弄到玩具枪，最后得到那架银灰色的飞机。

塘西村三个男孩开始了某种竞争。蒋红根后来告诉我，那段时间他常常从他父亲的烟盒里偷几支烟，酒瓶里的酒也匀出来一些倒入空瓶子，揣在口袋里往炭黑厂工地上跑。他在驼子的帐篷里撞见过马军生，当时帐篷里弥漫着莫名的桂花香，驼子的饭盒打开着，里面堆满了马军生家的桂花米糕，他与马军生都回避对方的目光，彼此心照不宣。烟酒与米糕都是驼子的心爱之物，他根据其不同价值，给予了公平的回报。蒋红根后来得到了百宝袋里的卡宾枪，而马军生拿到了那把驳壳枪。

蒋根土取悦驼子的方式不太一样，他家在塘西属于困难户，没有那么多食物或烟酒可以偷出家门送给驼子，但蒋根土发育早，有力气，他便一心为驼子出力。蒋根土时常钻过铁丝网到工地上去帮驼子干活。驼子在厨房择菜，他负责切萝卜洗白菜，驼子在搅拌机边拌沙泥，他提了泥桶在一边打下手，驼子在工棚里打扫卫生，扫地抹灰这些都是蒋根土做，他还替驼子洗过袜子。大概基于一种朴素的识人原则，驼子对蒋根土很偏爱，他曾经当着很多工人的面，赞扬蒋根土是个好孩子，说他比蒋红根憨厚，比马军生勤劳。虽然没有把他认定为咸水塘最好的孩子，这评价也够高了，所以蒋根土不吃亏，除了得到玩具，驼子还教蒋根土吹笛子，那百宝袋里的两支笛子，其中一支也归了蒋根土。

塘西村的其他男孩之所以知道这事，是因为蒋红根他们擅自巡逻，带着卡宾枪驳壳枪在村里招摇过市。别的孩子不免眼红，但此时知情为时已晚，驼子的百宝袋因为只出不进，已经越来越空瘪了。

有的孩子妒火中烧，特意走到工地的铁丝网前，向着驼子的身影大喊，驼子驼子两头翘，走路不见天，站着一口锅，躺下一条船！德奎的两个儿子大胆地钻进铁丝网，趁着驼子在工地上干活，径直闯入他的帐篷。他们找不见传说中的百宝袋，只发现帐篷靠墙处放着一只木板箱，上了挂锁。兄弟俩去晃木板箱，箱子里瞬间传来了各种细碎清脆的回响，那声音神秘诱人，听起来就属于宝物的声音。他们正商量怎么撬锁，一道白影一闪，驼子的鹅无声地冲进了帐篷。塘西孩子从小不怕鹅，无奈驼子的鹅不是普通的鹅，它更像一条恶狗，发起袭击的时候不作警告，直接啄人，尖利的鹅喙啄在兄弟俩的腿上，犹如刀割。兄弟俩惊叫着逃出了帐篷，到了铁丝网外边，他们撩开裤管检查自己的伤处，发现小腿上落满了奇怪的淤青，它们小小的，扁扁的，错落有致，呈现出一片片月牙的形状。

村民们都知道蒋红根他们三个人与驼子的友情，别人不能轻易替代，他们没有料及的是，那个友谊的圈子很快有了裂痕。最大的裂痕来自塘西男孩这侧，蒋红根在塘西最好的朋友从蒋根土变成了马军生，马军生上学便背上了两只书包，那本是蒋根土的特权，也是他效劳蒋红根的付出。那是我们在咸水塘工农子弟学校亲眼所见，来自塘西村的三人集体分裂了，蒋红根与马军生仍然形影不离，而蒋根土已经被他们疏远。有塘西村同学透露内情，蒋红根马军生两家的大人都觉得驼子是怪物，忌讳孩子与驼子的友谊，不允许他们去找驼子了，现在只有蒋根土天天还往炭黑厂的工地上跑，他珍惜与驼子的友谊，而且，蒋根土开始在家里学吹笛子了。

蒋红根和马军生都曾经将驼子赠与的玩具带来学校，向我们炫耀。那把卡宾枪看起来是崭新的，除了扳机不太灵活，其他都堪称完美，尤其是枪口喷出的红色的火光，让所有人心醉神迷，那个黑色小火车头也是我们从未见过的，它真的能在水泥地上奔驰，每次奔驰之前还会鸣笛三声。

有件事情我至今印象深刻。我白天触摸了驼子馈赠的玩具，夜里便梦见了那个幸福玩具厂，准确地说，是梦见了一个巨大的玩具垃圾山，一个世界上最美好的垃圾山，所有的垃圾都是玩具，所有玩具都贴着幸福牌标签。幸福玩具厂坐落在一口池塘与一条公路之间，池塘的面积形状类似我身边的咸水塘，但水面上漂浮着无数的小轮船，闪着五颜六色的光。公路类似城北公路，路上空旷无人，只有一排排的玩具汽车玩具拖拉机列队停留在路边，似乎在等待出发，也似乎刚刚经历了长途跋涉，处于休整状态。在梦里我朝玩具之山走，我明明看见驼子已经在那座玩具之山上了，驼子向我高高地举着一架银灰色飞机，好孩子，快上来！我以为他在喊我，但我怎么走，也无法靠近玩具山，然后我很快知道他在呼唤谁了，在梦里我看见了蒋根土，他弯着腰，正踩着满山的玩具向山顶攀登。

我与蒋根土短促的友谊也许与那个梦有关。有种种迹象显示，蒋根土可能将成为驼子眼中咸水塘最好的孩子，获得那百宝袋里最后的珍藏，蒋根土自己也这样暗示过我们。有一天我随蒋根土去他家，看了驼子送给他的所有宝物，他慷慨地将一辆木质玩具汽车转赠给了我，之后，他拿出了驼子送他的笛子，主动为我表演。驼子的笛声能召唤咸水塘的白蝴蝶，但蒋根土吹得太拙劣，太刺耳，笛声打扰了他祖父的午睡，招来的是他祖父粗鲁的叱责声。我看他怏怏地收起笛子，问他何时能得到驼子最珍贵的宝物。蒋根土的淡漠让我有点意外，那架飞机？他说，那架飞机永远也飞不起来，给不给我都无所谓了。他说他已经认真地研究过，那是一家航模飞机，要飞起来需要遥控仪，而遥控仪驼子是做不出来的，不是做航模的人绝对做不出来，就连我们学校的物理老师也做不出来。

然后他诚挚地告诉我，他最近这几天也不去驼子的帐篷了。我问他为什么，蒋根土迟疑着说，他要认我做他干儿子呀，我才不给一个驼子做干儿子，就算我愿意，我家里人也不会同意，他们说我认了驼子做干爹，自己也会变驼子的。

4

秋风乍起，群星炭黑厂的厂房落成，三根烟囱渐次安装成功，塘西村的天空被三根庞然大物所分割，一下显得破裂了，逼仄了，露出了缝隙，同时，人们觉得塘西村的土地陡然长高了许多，原先巍峨的蒋家祠堂却矮了许多。

工地上绝大部分的工人走了，剩下些泥瓦工负责砌围墙，为工程收尾，驼子被老吕留了下来，给工人们做饭。很快，一堵蜿蜒数百米的水泥围墙将塘西村与工地隔开，形成井水不犯河水的局面。工厂正门的门楼面向城北公路，气势恢弘，能容四辆卡车同时进出，西侧围墙开了一个后门，开在五家桥村那边，而不是塘西村这侧，工程指挥部为何作出这个选择，不得而知。至此，群星炭黑厂的建设完全竣工，工厂的归工厂，塘西的归塘西，隔着高高的围墙，从塘西村这侧再也看不见工地，自然也看不见驼子在工地上的身影了。塘西村的村民之所以知道驼子还在，是因为夜晚时分他们还能听见驼子的笛声穿越围墙，在村巷里飘荡，眼尖的人甚至还能看见一号烟囱口的白蝴蝶，它们在夜色里犹如白色焰火喷发，盛开，然后悄悄地落在围墙里侧。

听说工程队长老吕喜欢驼子做的面食，他准备带上驼子奔赴下一个建筑工地，驼子或许与工友们处出了感情，或许是无处可去，他愿意跟随老吕。不过，告别咸水塘的那一天出了意外，工程队迁徙的卡车当时已经上了城北公路，驼子的鹅却突然从卡车上飞了下来。鹅站在公路旁的坡上，面向咸水塘，明确表达了它的意愿，它不走，它不愿离开咸水塘。卡车停了下来，老吕他们看着驼子下车，等待他把鹅重新抱上车，但结果出乎他们预料，驼子没能说服他的鹅，反而被鹅做了主。在鹅发出一阵激烈的叫声之后，驼子朝老吕示意，让他把车上的那只化肥袋子扔下来，这鹅不肯走呀，他带着歉意捡起了化肥袋，对老吕喊，鹅不走，我也不能跟你们走了。

那是一个早晨，驼子背着化肥袋走进塘西村，身后跟着他的鹅。他先向村巷里几个早起的老人打听蒋根土家在哪里。在蒋根土家门前，他停留了好几分钟，还站到了石磨上，贴着窗子朝蒋根土家的厨房里面张望，不知看见了什么，也不知他是否跟厨房里的人说了话，他跳下了石磨，又返回到老人们面前，问马军生家在哪里。老人们又给他指路，随口问，你究竟要找谁呀？他一愣，嘴里咕哝道，我也没想好。他慢吞吞地走到马军生家门口，不敲门也不喊人，只是站在门口，隔着木门听院子里的动静。马军生他妈出来泼洗脸水，他躲闪不及，一盆水差点泼到他身上，马军生他妈惊叫，驼子你吓我一跳，大清早的你站我家门口干什么？他朝她挤出了笑脸，问，军生在家吗？马军生他妈说，在家，还在躺尸呢。她眯起眼睛打量一下他的脸，又问，这么早找军生，你是没早饭吃了吧？他摆手说，不不，我早饭吃了两个馒头，吃得很饱。马军生他妈瞄了眼他肩上的化肥袋，又看看他的鹅，说，你要走了？有什么事交代军生吧？我去叫醒他。他还是朝她摆手，别叫醒他。他两步退下了台阶，边走边说，让他睡，我什么事也没有。

最后驼子找到了蒋红根家。蒋红根家他是认识的。那是塘西村最豪华最气派的房子，唯一的三层楼，落成不久，因为南北都是大玻璃窗，墙面贴满了白色马赛克，房子在朝阳下熠熠闪光。前院地基是垒高了的，有十一级台阶通往门楼。那门楼高大威武，装饰了琉璃瓦飞龙，与远处的蒋家祠堂遥遥相望。驼子往台阶上走，仰头打量那条琉璃瓦飞龙，它沐浴着晨光，黄色与绿色交相辉映，威风凛凛，他看看龙头，看看龙尾，嘴里发出啧啧的赞叹。那头鹅也奇怪，它似乎被琉璃瓦飞龙震慑了，掉头往下跑，一直跑到最后一级台阶，拉了一摊屎。驼子失声嚷嚷，不敢在这里拉屎呀。他追过去用草纸擦干净鹅屎，顺势放下化肥袋，坐在了台阶上。别怕，过来。他招呼他的鹅，过来坐下，怕什么，这是红根的家。

蒋红根家里的人一定在楼上看见了驼子，所以蒋红根睡眼惺忪地打开门时，手里提前抓着两块米糕。但驼子的表情告诉他，事情没那么简单，驼子不是为了食物而来。在早晨的阳光下，驼子讨好的笑容显出几分悲戚，几分窘迫，我都跟着老吕他们上了卡车了，是这鹅不肯走。他小心地陈述自己的唐突之举，这该死的鹅，它从卡车上飞下来了，它带我往这里走，它喜欢咸水塘，不肯走啊。

蒋红根明白了他的意思，驼子与他的鹅，是要留在塘西村了。他记得曾经对驼子作出的承诺，就算工地不养他，他们也能养活他。那承诺当时便有点浮夸，现在时过境迁，更像一句胡话了，蒋红根本能地往后退，嘴里推托起来，你怎么找我？为什么不找蒋根土去？你不是夸蒋根土是咸水塘最好的孩子吗？你给他东西最多，连笛子都给了他！

驼子有点窘，摇头道，我没说他最好，他是好孩子，你们也是好孩子，你们三个人，都是好孩子。然后他似乎要挽回些什么，叹口气说，蒋根土好可怜，他睡在灶间，我看见了，他睡在两条长凳上，连枕头都没有，垫一块砖头睡觉。

你知道什么？蒋根土有床有枕头，是他自己喜欢睡长凳枕砖头，他说他在练硬功！蒋红根说，就算他没有床，马军生睡的是床，他个子那么小，一个人一张床，你可以跟他睡一张床去，反正我家你不能住，我爸爸是塘西村的领导！

驼子注视着蒋红根，不时眨巴一下眼睛，他还赔着笑脸，但眼神一下暗淡了，不，我没有那个意思，我不给你们添麻烦，我谁家也不去。他仰脸看了眼门楼上的琉璃瓦飞龙，说，我知道你爸爸是村里的领导，能不能求他给我找个什么地方待下来？我就一个人一头鹅，能够遮风避雨就行。蒋红根说，我爸爸只管塘西村的事，你是外来的人，他不会管你的。他看驼子的样子已经显得颓丧，想了想，又坦率地说，村里的大人都讨厌你，我爸爸也不准我跟你打交道，我不敢跟他说，你要有什么事求他，等八点钟以后自己去蒋家祠堂找他，问问他，能不能带你的鹅去塘边那个鹅棚里住。

此时楼上响起了开窗的动静，台阶上的人回头，看见蒋文良在二楼的窗口俯视着他们，满嘴牙膏沫子。他应该是在刷牙时听见了楼下的谈话，当下便用牙刷指着驼子问，驼子，你什么家庭成分？

驼子愣了一下，看看蒋红根，看看楼上，说，我不知道，我从小没有家庭，不记得爹妈，我没有什么家庭成分吧。

怎么可能？是个人都有家庭成分！蒋文良吐出一口牙膏沫子，说，从小没有爹妈？那倒不算坏事，总比地富反坏右家庭好，驼子，那你有没有犯罪记录？犯罪你总懂吧，杀人放火偷抢拐骗调戏妇女什么的？没犯过罪吧？

这次蒋文良说得明白，驼子也听得清楚，他朝着楼上慌张地摆起手来，我不犯罪，你问问你儿子，我有没有犯罪，我从来不犯罪的。

楼上的蒋文良朝楼下吐了一口牙膏沫子，我相信你了。他咔咔地清理着喉咙，说，谅你这身板也犯不了什么罪，既然小孩子喜欢你，你也看得上我们塘西村，那就在村里待着吧，我会给你找个地方的。

5

塘西村那个废弃多年的贮木棚，是蒋文良划拨给驼子的栖身之处。无论是出于应有的善心，还是出于对蒋文良的尊重，村民们都不便反对。从贮木棚所处位置上看，此处其实位于塘西村的心脏地带，隔着七奶奶家的屋顶与金娥家的后院，就是马军生家，往北走十几步路拐入村巷，就是蒋根土家，往南走十几步路，就是蒋红根家的大门楼了。

贮木棚是塘西棺材业的黄金时期留下的产物，当时塘西村要堆放来自五湖四海的木料，贮木规模大，棚子的面积也不小，现在被七奶奶家和蒋老五家割去了一部分，还有两间屋大小的地方，堆了一些朽坏枯裂了的木料，天长日久的，木料上不知怎么都长出了蘑菇。蒋红根带着驼子去看贮木棚，驼子首先注意到的就是那些蘑菇，他摘了一朵仔细辨别，惊喜地说，这蘑菇很好吃，你们不摘呀？

驼子对贮木棚是满意的。因为紧挨着七奶奶家和蒋老五家院子，两面借到了墙，驼子就地取材，将长长短短的木料拼凑了一面墙，另一面透风，就算做门洞了。

驼子选择留在塘西村，多半与蒋红根他们有关，只不过他高估了那份友谊，也高估了塘西男孩的信用。他们相互之间的距离近了，曾经热烈的友谊反而一天天淡了下去。对于蒋红根他们来说，那友谊陡然变成了负担。驼子在贮木棚里修木墙的时候，蒋根土去帮过忙，在一边递钉子递榔头什么的。他似乎不想辜负驼子，只不过做驼子忠贞的朋友，要顶着莫名的压力，对此他有点畏惧。有一次他端了一碗菜粥走出家门，要往驼子那里送，他母亲追了出来，邻居听见了她呵斥蒋根土的声音，你配做善人吗？自己家吃了上顿没下顿，你还往他那儿送粥？蒋根土从不拂逆他母亲，就端着碗回去了。他母亲不依不饶，指着远处蒋红根家的门楼说，蒋红根家那口粮，养十个大肚汉都够，人家都不管他了，你去管他？蒋根土说，蒋红根怎么不管他了？那棚子是蒋红根他爸划给他的。他母亲又指着马军生家的方向说，那马军生呢？他家人少，口粮也比我家富裕，他怎么不给他送粥？蒋根土不说话了，气呼呼地坐在门槛上，也不知道他是生谁的气，最后他端起粥碗一仰头，自己把那碗菜粥喝光了。

那是蒋根土最后一次履行朋友的义务，还半途而废，之后村民们在贮木棚里就看不见他的身影了。有时候你会听见蒋根土在家里吹笛子，那笛声刚起，突然受到什么惊吓，呜咽几下便沉下去了，像是害怕笛声飘到贮木棚，惊扰了原先的主人，更像是害怕笛声招来什么不必要的麻烦。

塘西村的村民普遍担心驼子的手脚不干净，虽说村里没什么破烂可捡，能捡的都是垃圾，卖不了钱，他们依然采取了预防措施，七奶奶甚至把门外的破坛子破扫帚都拿回了家。他们万万没有想到驼子与孩子的缘分如此神奇，虽然蒋红根他们冷落了他，但东方不亮西方亮，塘西村的其他小孩子欢迎他，甚至愿意供养他，在他们的眼里，驼子与他的鹅代表着无所不能的奇迹，而他栖身的贮木棚就像一个游乐场，随时向他们开放。

驼子的新朋友包括了各个年龄段的塘西孩子，有男孩也有女孩，甚至包括德康家的两个儿子。他的驯鹅表演一直在更新与进步之中，以此迎合不同的追捧者。那鹅也神奇，现在它不仅能跳舞，能飞行，还能翻跟斗了。吹笛子还是保留节目，他将一支笛子送了蒋根土，另一支的笛声听起来便更加珍贵而美妙。因为季节已过，咸水塘周围没有什么白蝴蝶了，他的笛声唤不来白蝴蝶，代替白蝴蝶的是一群一群蜻蜓，它们飞进棚子，在孩子们的头顶上嘤嘤嗡嗡地盘旋，有的蜻蜓是红色的，有的是绿色的，还有长着金色翅膀的蜻蜓，孩子们之前从未见过。他也还给孩子们吹口琴，村里的昆虫不如野地里多，没有几只蛐蛐前来报到，但驼子的口琴声招来了村巷里散养的鸡，包括隔壁七奶奶家养在院子里的母鸡，纷纷越过了栅栏往棚子里跑，有一只母鸡不知是因为惊慌还是喜悦，它跳到木料堆上，在众目睽睽之下下了一只鸡蛋，还咯咯地报喜。

去棚里的孩子往往带着食物，几只煮熟的红薯，几块桂花米糕，甚至还有孩子手里抓了两把米。这是从蒋红根他们那里继承的规矩，让驼子吃饱肚子，他才有力气表演，孩子们能够遵从这公平交易，但蒋红根他们曾经从驼子那里得到过更丰饶的回馈，这在塘西村人所皆知，因此，好多孩子对于驼子的化肥袋都抱有幻想。有人一进贮木棚便心猿意马，四处搜寻那只著名的百宝袋。那袋子通常是被藏起来的，偶尔挂在墙上，看起来有些空瘪，里面还有没有宝物是一个谜。总有孩子不懂礼貌，去偷偷摸索那个袋子，甚至爬到铺上去摘袋子，无须驼子出面，那鹅这时候会扑过去啄孩子的手。孩子们懊丧地发现，做驼子的朋友要趁早，他的礼物先到先得，现在驼子从蒋红根他们身上汲取了教训，再也不随便派赠玩具了。

去贮木棚的塘西女孩不少，萧木匠家三姐妹算是常客，她们的弟弟好福，通常被大姐好英背在身上，这是他们在好多年以后才想起来的。三姐妹是喜欢听驼子的笛子和口琴，还是对鹅的表演更感兴趣，或者只是喜欢贮木棚的热闹，他们不记得了，只记得好福得到了驼子明显的宠爱。这份宠爱有回报，好福对驼子也很亲近，尤其是驼子畸形的背部让他很感兴趣，他们亲眼看见过好福撩开驼子的衣服，用手摸索他的背，还拍拍打打，似乎要把那个弯曲的脊椎拍直了。驼子一点也不恼，他喊好福好孩子。好孩子。在这么无礼的冒犯下，他竟然如此赞美好福，好孩子。好孩子。好孩子。

他们之间似乎达成了什么默契，萧家的孩子们总是最后才离开贮木棚。当别的孩子回到家中，会看见萧家孩子的队伍鬼鬼祟祟地通过村巷，三个姐姐簇拥着弟弟，看上去是在掩护什么。有人冲出门去察看究竟，一下就发现了秘密，好福的怀里抱着玩具，不是长毛绒玩具，便是一把小手枪一辆小汽车。然后他们会听见好芳的声音，似乎是解释，也似乎是炫耀，这是驼子给我弟弟的奖品，他说我弟弟是咸水塘最好的孩子！

6

据村民们回忆，驼子在塘西村的生活称得上安分守己，但还是懒惰。如果不是傍晚时分贮木棚里传来孩子的喧闹声，村民们几乎感受不到这个外乡人的存在。早晨是塘西人最忙碌的时候，贮木棚里寂静无声，隔壁七奶奶有时会盛碗粥端进棚里，顺便看看驼子在干什么。大多数时候驼子在睡觉，他倚靠着墙，其实是半躺半坐的睡姿，他的呼噜声很克制，一旦响亮了，自己似乎能听见，咽一口口水，很快就不出声了。七奶奶算是通情达理的老人，送一碗粥而已，不好张扬自己的善举，她把粥倒在驼子的饭盒里，只用碗边敲敲饭盒，作个提醒。驼子在地铺上有了动静，他一定是醒了，该说声谢谢的，不知为何他却不说，七奶奶转身就走，心里不满，到了棚外忍不住了，回头朝里面喊，就算喂猫喂狗，猫狗还会朝你摇摇尾巴呢，你这驼子真奇怪，怎么不知好歹呢？这么大的人，说声谢谢能死人吗？

蒋老五讨厌黄昏时分贮木棚里吵闹的声音，有一天在孩子们离去之后闯进棚里，他先告诉了驼子一些为人的道理，世界上任何地方都是大人做主，作为一个外来户，你只会讨好孩子，能有什么用？大人们看你顺不顺眼才要紧。蒋老五说着说着就倚老卖老，教训起驼子来，昨天半夜我起夜，看见你带着鹅往塘边走，你是人又不是猫，你的鹅也不是猫头鹰，怎么能这样？白天不起夜里不睡，哪个正经人这样？哪头正经鹅这样？你别怪我们看不惯，谁能看你们顺眼？驼子没有反驳他，只是嗫嚅着说，我随着我的鹅，它白天不敢下水，只肯在夜里下水呢。那解释在蒋老五听来很荒唐，他嗤地冷笑起来，你这鹅能下金蛋？你这鹅长了一身唐僧肉，要你这么伺候？天底下都是人放鹅，鹅归人管，从没听说过你这样养鹅的，你好端端一个人，难道归鹅领导的？驼子一时无语，蒋老五乘胜追击，他直率地劝诫驼子，塘西村并非良善之地，塘西的孩子也不能指望，此地不宜久留，这世界上到处都有好地方，到处能找到水塘，哪里养不了一头鹅？他应该另觅去处才好。

驼子有没有听进去他的话，蒋老五不敢确定，但驼子的鹅似乎受教非浅，它渐渐改变了习性，喜欢上了塘西村热闹的白昼生活。那头鹅的胆子一天比一天大，一天比一天独立，驼子在贮木棚睡觉的时候，它敢于离开主人，独自在村里四处游荡了。村民们注意到那鹅的体态比初来时肥硕了好多，在塘西的村巷里昂首阔步的时候，像一个巡游的国王，它头上的那簇黑色羽毛格外醒目，看起来是一顶威严的冠冕。由于塘西村的鹅鸭都在咸水塘里游弋，它受到的膜拜主要来自村巷各处散落的鸡群，甚至有几只母鸡急急地跑到它前面，伏在地上撅起了屁股，但驼子的鹅不为所动，它穿越鸡群往蒋家祠堂走，目标很坚定。谁也不知驼子的鹅为什么喜欢蒋家祠堂，有好几次，它攀上高高的台阶，无声无息地闯进了蒋家祠堂。

蒋文良认得出驼子的鹅。他赶那鹅走，它不解其意，还朝他嘎嘎地叫，以示抗议。蒋文良挥手撵它了，它才知道自己在此不受欢迎，翅膀一抖，飞出去了。这样被撵了好几次，鹅不进祠堂了，但蒋文良惊诧地发现，那鹅懂得示威，懂得报复，它天天在蒋家祠堂的台阶上拉屎，悄无声息的，几乎每一级台阶都留下过它的粪便。

这几乎是挑衅，可想而知，蒋文良有多么恼火。蒋家祠堂是塘西村的门面，这么大的塘西村，一头鹅哪里不能拉屎，为什么偏偏要到祠堂门口拉屎？蒋文良唯一一次跑到贮木棚里，就是为了那鹅粪的事。他要驼子对他的鹅严加看管，鹅犯的错，主人自然要承担，鹅若是再跑蒋家祠堂去拉屎，就是在蒋家宗族头上拉屎，塘西村就不容他们了。

驼子骂了他的鹅，说要让鹅向蒋文良磕头赔罪。鹅怎么能懂得给人磕头？蒋文良也好奇，他瞪着驼子和他的鹅，看见驼子一把抓住鹅的脖子，缓缓往下压，鹅先是努力挣脱，发出抗议的叫声，但抗议归抗议，它毕竟效忠于主人，很快顺从了主人的旨意，鹅的脖子忽然主动垂下去，鹅喙暴烈地打在地上，啪啪啪，三声清脆的声响，蒋文良看明白了，那应该代表它的三次磕头。

得到一头鹅的磕头道歉，虽然新奇难得，还不足以让蒋文良息怒。蒋文良给驼子下了最后的通牒，驼子，我收留你，知道多少人在背后说闲话？你不要不知好歹，入乡随俗的道理懂不懂？你和你的鹅要是还想留在我们村，鹅要守塘西鹅的规矩，人要守塘西人的规矩，要是守不了规矩我也不逼你，那就卷铺盖走人，回你自己那个咸水塘去！

驼子面有愧色，频频点头，他向蒋文良作出了承诺，态度很真诚，我和鹅都要改了这毛病，从今往后，我们跟着太阳起，跟着月亮歇，从今往后我早晨去放鹅。我的鹅要是再去祠堂拉屎，我就——他似乎要发誓，又忌惮什么，迟疑了一下，跺脚道，它要是再去拉屎，我就去把祠堂台阶舔干净，我说话算话，我要不舔就不是人。

第二天早晨，饲养组的六根赶着村里的鹅鸭去咸水塘时，发现驼子带着他的鹅从贮木棚出来，悄悄尾随在他们身后了。人睡眼惺忪的，打着呵欠，鹅脚步踉跄，看起来也半梦半醒。六根对驼子说，今天太阳从西边出来的？一大早的，你的鹅要下塘去吗？驼子在后面说，书记找我谈话了，我们的毛病不改不行了，要守这里的规矩，从今往后，我早晨放鹅了。

那鹅似乎有记性，太阳下的咸水塘属于本地的鹅鸭，月光下的咸水塘才属于它，它到了水边，怎么也不肯下水。驼子抓着鹅脖子往水里扔，扔下去鹅又嘎嘎叫着跑上岸，它在离主人稍远的地方看着驼子，似乎在向他追讨一个理由。六根听见驼子大声地训斥他的鹅，鹅高昂的脖颈渐渐地低垂下来，它缓缓地朝水里走，双翅紧张地张开。鹅终于开始沿着岸边游弋，游得小心翼翼的，到了大柳树下，开始有塘西村的鹅鸭朝它游过来，先是隔着一段距离辨别试探，很快有几头热情好客的塘西鹅鸭簇拥过来，尾随着驼子的鹅。六根听见了驼子紧张而喜悦的叫声，好，在一起！你们要团结，不要分裂！

来的都是塘西母鹅，它们真的与驼子的鹅游在一起，真的团结了。饲养员六根小时候得过脑膜炎，头脑不太灵光，对于美与丑的认识有点偏狭。他认为驼子的鹅长相丑陋，不如本地的公鹅漂亮威风，它为什么能吸引那么多塘西村母鹅，奥秘究竟在何处，这是六根始终想不明白的事情。此后的日子里，他在咸水塘的岸坡上，亲眼看见驼子的鹅与塘西母鹅激烈狂热的交配，甚至有几只母鸭也追着它，发出某种隐晦的呼唤。这让六根联想到自己作为光棍灰暗乏味的生活，心情非常复杂，照理说一个男人不该与一只公鹅攀比，但六根忍不住自己的妒意，他多次反拿鹅哨，用竹竿头去打驼子的鹅，嘴里骂，阉了你，迟早阉了你，阉了你的鹅卵子。

饲养员们心里清楚，塘西村鹅蛋明显是丰产了，很多鹅蛋的蛋壳颜色变得比以往更绿，蛋形也比以往大了一些，这应该是驼子那头鹅的功劳。饲养员们乐享其成，但是蛋归蛋，鹅归鹅，他们深知塘西鹅的禀性，那些公鹅们一定要讨伐驼子的鹅了。

塘西公鹅对入侵者的小规模攻击，在水里岸上都时有发生，只是由于驼子的鹅身怀绝技，能飞能跳，每次都能凭借自己的本领摆脱困境。饲养员见惯了鹅鸭打架，一般都不以为意，轮到六根放鹅，他旗帜鲜明，干脆是为塘西公鹅助威的，很多村民在塘边听见过六根莫名其妙的呐喊声，啄卵子，啄它卵子！但后来在咸水塘发生的鹅战，堪称百年不遇，那番盛况，连六根这样的老饲养员也从未见识过。

7

那天是群星炭黑厂正式投产的日子，厂方举行了隆重的誓师动员大会。从早晨开始，围墙那边的高音喇叭就奏响了激昂雄壮的歌曲《咱们工人有力量》，歌声一遍一遍地重复，咱们工人有力量，嘿！咱们工人有力量……

塘西村村民已经习惯了高音喇叭的声音，也有个别人多心，感到这不断循环的歌声有某种示威的意味，德康夫妇便跑出家门，指着厂里的高音喇叭对村民喊，你们听听，他们工人有力量有力量，知道他们工人有力量有力量，就想问他们一句话，要不是我们乡下人种菜种粮，他们工人吃什么？没吃的哪儿来的力量？他们有力量有力量，有那么多力量要对付谁？要对付我们塘西乡下人吗？

在巨大而庄严的声浪中，塘西村的猫狗鸡群受到了惊吓，它们在村巷里奔来跑去蹦蹦跳跳，有狗在追逐猫，有很多鸡飞上了人家的屋顶。到了八点多钟，音乐停止，围墙那边响起持续的鞭炮声、工人们的掌声和欢呼声，誓师动员大会开始了。好多村民扛着梯子往围墙边跑，想观赏工人们的盛典。本来他们可以悠闲地坐在墙头上，工厂的风景便一览无余，可惜厂方对塘西村的村民存有戒心，他们在围墙顶端安插了密密麻麻的玻璃碴，看热闹的村民们就只好站在梯子上，一梯两人，孩子在梯子的上面，大人在下面。德奎从家里扛去的竹梯老旧了，榫头突然脱节，德奎父子从梯子上一齐摔了下来。孩子没事，恰好落在父亲的背部，在地上打个滚就起来了。德奎摔得很不巧，是狗啃泥的姿势，嘴巴磕到了一块碎砖，门牙当场掉了，满嘴是血。德奎满地寻找他的门牙，他儿子眼尖，从草丛里捡起了父亲的牙齿。德奎把自己的门牙摊在手心端详了一会儿，用手指捻干净，闻一闻，装进了裤子口袋，嘴里忿忿骂起来，×他炭黑厂八辈子祖宗，看个热闹，赔上了一颗门牙！儿子应该是心疼德奎，当场复仇，他捡起那块碎砖，奋力地扔向围墙那侧。

炭黑厂那侧响起几个人的惊叫，他们扔砖头！塘西人在扔砖头！然后便是一片巨大的嗡嗡的骚动声。有几个工人朝围墙边跑来，谁？谁扔砖头？墙头上的村民朝他们摆手，表明自己的清白，是小孩子不懂事，我们没扔砖，我们看你们开大会。

很快，那边也有人扛着梯子朝围墙边跑，他们的梯子疏密有致地架在围墙上，三个小伙子两个中年男人分别攀上五把梯子，凛然地站在了梯子上。他们的蓝色工装与其他工人不太一样，有点像夹克衫，胸前印有保卫的字样，有见识的村民在围墙这边高声问，保卫科？你们是保卫科的？你们保卫科有多少人？

他们点头，但没有透露保卫科有多少人。这样，从低处往高处看，半空出现了一幕有趣的景象，村民们与工厂的人都站在梯子上，隔着围墙面面相觑。双方开始是一种对峙的样子，直到那边的络腮胡子开始向村民打听蒋老七的近况，问蒋老七的哮喘有没有好转，这边的人才想起来，那是蒋老七在香椿树街的亲外甥，原来塘西村是络腮胡子的外婆家。由于这一层亲近的关系，围墙两边的气氛一下缓和了。他们很快互相搭讪，聊起天来了。这边的村民问，等会儿有没有唱戏跳舞的？那边的络腮胡子说，今天是誓师动员大会，没有文艺演出，不过，有部里领导来讲话，从北京来的。

那是塘西村历史上最热闹的早晨，连咸水塘里的鹅鸭都在等待着什么。饲养员六根从未见过塘西村的鹅鸭如此安静，它们都停止了游弋，所有的鹅头鸭头都面向西侧，倾听着炭黑厂传来的声音。一个领导开始慷慨激昂地发言了。他先是对国际形势国内形势作出了总结，此后分析了国内炭黑工业的发展与现状。炭黑。炭黑。炭黑。有的内容六根能听懂，比如群星炭黑厂要努力造出全世界最黑的炭黑，力争世界第一。有的六根听不懂，比如那领导隆重宣读一封来自北京的贺信之后，全场热烈鼓掌，领导随后表示群星炭黑厂的产品，一定会为国家的国防事业作出巨大的贡献，语气坚定，六根却听得云里雾里。炭黑的用途是所有塘西人都打听过的，六根能够想象炭黑与轮胎、墨水、油毛毡的关系，但他不懂飞机大炮枪支弹药怎么会用得上炭黑？他最想知道的事情，领导始终没有详细说明。在高亢而冗长的动员报告后，又有一男一女分别代表车间工人与科室干部发言，女的口齿伶俐，男的说话结结巴巴，表达的决心大致一样，要用一颗红心为国家生产最优质的炭黑，就算累死，也要累死在生产岗位上。六根记得这时候咸水塘还算风平浪静，塘里的鹅鸭也保持着聆听的姿态，它们的骚动始于动员大会最后的尾声，高音喇叭里突然响起一个清脆响亮的女声，其音质犹如惊雷与闪电，令人热血沸腾。她带领与会者宣誓，得到了成千上百的呼应：团结一心，说干就干，多快好省，大干三十天！群星炭黑，为国争光！

六根记得很清楚，五十多只塘西公鹅就是这时候从四面八方游向驼子的鹅，在水面上形成了一个密集的包围圈。五十多只塘西公鹅的激情似乎是被喇叭里的女声点燃的，它们团结一心，它们说干就干，它们要消灭来犯之敌了。一场鹅战瞬间打响，甚至有几只公鸭也参与其中。咸水塘的水面上一时昏天黑地，羽毛乱舞。驼子的鹅在水面上孤军奋战的情景，六根看得很清楚，他见识了它飞翔的本事，他从未见过这么善于飞翔的鹅。它从塘西公鹅的包围圈里飞出来，腾空六尺，像一头受惊的天鹅飞到岸上，以六根的肉眼估算，驼子的鹅当时起码飞了有三丈之远。

那鹅的翅膀出了问题，六根隔了很远就注意到了。它狂叫着朝塘西村的方向跑，明显还想飞，但一侧翅膀耷拉着，应该已经受了伤，飞行的努力便变成了艰难的跳跃。六根看见五十多只塘西公鹅穷追不舍，涌上塘岸，将驼子的鹅围得水泄不通。他从未听见过塘西公鹅的齐声嘶吼，他的耳朵都快被震聋了。六根见过太多的鹅战，这样声势浩大的围歼战却从未见识过。由于相隔甚远，六根并没有看清驼子的鹅如何自卫，只是看见空中纷纷扬扬的鹅毛，像漫天的雪片一样落下来。

当六根挥舞鹅哨奔到现场，群星炭黑厂的高音喇叭里传来一个男人宣布散会的声音，动员誓师大会结束了，在一阵雷鸣般的掌声之后，响起了《运动员进行曲》的乐曲声。塘西村的鹅鸭这时候也纷纷退场，就像比赛得胜的运动员，它们踩着乐曲的节拍，回到了咸水塘里。

只剩下驼子的鹅，孤零零地蜷缩在塘边，一时看不出来是死是活。最后时刻它似乎想回到水中，脖子低垂着浸在咸水塘里，有殷红的血在四周围荡漾，鹅脖子部位的羽毛全部脱落，露出粉红的脖颈，它头上的那簇黑毛奇迹般地幸存，不知是受到了额外的尊重，还是作为某种罪证，被塘西村的公鹅保留下来了。鹅屁股四周的羽毛所剩无几，光秃秃的，六根因此注意到它隐秘的生殖器官，或许是被啄出来示众的，它罕见地突了出来，带着一丝受创的血迹，看起来有点羞耻。

六根蹲下来，用手拨了一下鹅卵子，它不动，那意味着鹅死了。他曾经怀着恶意想象过这幕场景，但想象成为现实的时候，他不免有点惊慌，一头鹅在自己面前死去，作为饲养员毕竟脱不了干系。六根扛着鹅哨跑到村里的贮木棚，向驼子报告了这个不幸的消息。驼子驼子快起来，你的鹅死了！他朝棚子里大声嚷嚷，首先撇清了自己的责任，不怪我，今天我们村的鹅疯了，炭黑厂开动员大会，鹅都不听我的，它们听高音喇叭的！喇叭喊团结起来，五十多头公鹅就团结起来，把你的鹅啄死啦！

驼子从被窝里爬出来，光着脚跟六根往咸水塘边跑。他们来到鹅的丧生之处，只看见了岸坡上散落的那些鹅毛，有几片鹅毛带着殷红的血迹，驼子的鹅却不见了。六根莫名其妙，他向驼子保证，那鹅刚才还在岸边，它不是沉到水里去了，就是让谁捡了带回家了。

他们用目光搜寻着咸水塘的水面，塘西村的鹅鸭在水里游弋，一切如常，似乎什么也没发生过，他们看不见驼子的鹅。六根也是在很久以后才想起驼子是怎样呼唤鹅的，龙大！龙大！驼子沿着岸坡边跑边喊，喊声渐渐嘶哑，跑到水泵房边他放弃了，蹲在了地上。

六根听见驼子喉咙里先是咕咕响了几声，像是打嗝，随后爆发出一阵号哭。他的哭声时而像女人一样尖利凄楚，时而像婴儿一样响亮而无助。六根听得难过了，过去向驼子澄清，这一切并非他的责任，谁能想到群星炭黑厂的高音喇叭能够指挥塘西村的公鹅呢？当然也不能全怪塘西村的公鹅，他的鹅也有责任，谁让它——六根一时不知怎么总结属于鹅的过错，最后指指自己的裤裆，又指指驼子的裤裆，都是这东西惹的祸，你懂吗？他对驼子说，鹅跟人一样，母鹅公鹅男人女人都是一个道理，我们的母鹅喜欢你的鹅，我们的公鹅就饶不了它了。

8

那天上午驼子到蒋家祠堂来告状的样子，蒋文良至今还历历在目。驼子怀里抱着一堆鹅毛，站在祠堂的门槛外面，他的面孔看起来是紫色的，身体瑟瑟发抖，嘴唇哆嗦着，似乎有千言万语，但一句话也说不出来。他的身后跟着饲养员六根，还有一群吵吵嚷嚷的孩子。

驼子说不出话来，是孩子们吵吵嚷嚷地喊，驼子的鹅不见了，找不见了，只剩下这堆鹅毛。

蒋文良问驼子，你的鹅让人宰了？煮了吃了？是谁宰了你的鹅，我带你去找他们家赔。

驼子先点头，又摇头，过度的悲伤让他说不出话来。六根在旁边告诉蒋文良，不是人宰了他的鹅，是鹅，他的鹅让我们的公鹅活活啄死了，鹅卵子都掉了出来！我亲眼看见那鹅死在塘边，带他去找，莫名其妙又不见了。

那不都怪你？蒋文良对六根说，你是鹅倌，鹅都听你的，你看着我们的鹅把他的鹅咬死？

怎么能怪我？六根不停地朝蒋文良摆手，怎么说也怪不到我头上，要怪就怪炭黑厂那高音喇叭，今天塘里的公鹅都着魔了，它们不听我的，听那喇叭的，喇叭里一喊口号它们就扑上去啄他的鹅了，五十多头公鹅呀，我一个人怎么拦得住？

六根，就你这脑子编谎话，连鬼都骗不了。蒋文良笑起来，公鹅能听高音喇叭的？今天人家炭黑厂开动员大会，动员谁？动员的是人家工人阶级，难道是我们村里的鹅吗？

我要编谎天打雷劈，那个女人最后喊口号你听见了吗？就是那个女人的声音！动员起来动员起来，我们村里的公鹅听她的，五十多头公鹅都让她动员起来了！六根赌咒发誓道，信不信随便你，怪谁都怪不到我，也怪他的鹅太下流，它是一头外地鹅呀，怎么能天天干我们塘西鹅塘西鸭？这不把塘西村的公鹅都得罪了？鹅跟人是一回事呀。

六根你闭嘴，那么多小孩子听着呢，别脏了他们的耳朵！蒋文良呵斥了六根，转身又来安慰驼子，不过是一头鹅么，你不至于这么伤心，我们塘西村有的是鹅，你去咸水塘挑，喜欢哪头鹅，哪头鹅就归你，一头不够给你两头，给你一公一母两头鹅，行不行？

驼子摇头，不说话。祠堂外面的孩子们替驼子喊起来，十头塘西鹅也换不来驼子的鹅，驼子的鹅不一样！驼子的鹅会唱歌会跳舞，驼子的鹅能飞，还会翻跟斗！

蒋文良挥手驱逐了火上浇油的孩子们，他开导驼子说，你的鹅是有点本事，但鹅就是鹅，会跳舞会翻跟斗的鹅，不还是一头鹅？你这样子像死了儿子一样，那鹅是你儿子吗？你以后要靠它养你吗？一头鹅能给你养老送终吗？

驼子木然，他看着蒋文良的脸，明显想说什么，喉咙里咕噜响了几下，只朝蒋文良点了点头，不知道是表示赞许，还是感谢，也或许他谅解了蒋文良，蒋文良在塘西村管天管地，却管不了鹅的事。驼子抱着那堆鹅毛走下祠堂的台阶时，好多孩子围上来，他们无法准确地向驼子表达哀悼之情，只能默默尾随着驼子。有孩子想到以后再也见不到驼子的鹅，便朝他怀里伸手，试图摘走一根鹅毛留作纪念，驼子开始是闪避的，但他似乎突然想通了，塘西村的孩子爱他的鹅，他们值得拥有一根鹅毛，留作纪念，所以他站住了，允许那些孩子每人摘一根鹅毛。

很多塘西孩子尾随着驼子往贮木棚走，手里拿着一根鹅毛。孩子们的心都向着驼子，有人向驼子保证，要挨家挨户去检查垃圾，谁家吃了鹅肉，去看一下他家垃圾里有没有鹅骨头就知道了。还有孩子安慰驼子，说他的鹅不一定就死了，也许它逃进芦苇丛成了一头鬼鹅，白天见不着，夜里可以去咸水塘边试试，若是看见羽毛发蓝发红的鹅，说不定就是他的鹅。

这些安慰驼子没有回应，也不知道他是否听进去了。他抱着剩余的鹅毛朝贮木棚走，隆起的脊背像一座沉默的山峰，那山峰颠簸着前行，某种哀痛也在艰难地前行。尾随驼子的塘西孩子都记得，就是那时候一阵大风突如其来，大风是从群星炭黑厂的两根烟囱里撞过来的，打着呼哨，风势很猛烈，驼子怀里剩余的鹅毛被风卷起来，瞬间在空中高高飘扬起来，它们在村巷里飞行了一段路，忽然纷纷落下，落在萧木匠家的门口了。

他们记得幼年的好福从门里边摇摇晃晃冲出来，捡起了地上的一根鹅毛。好福鼓起嘴巴吹了一下羽毛上的灰，朝驼子举起鹅毛，他举得很高，似乎举起了整个村庄的歉意。后来回想起来，那羽毛像一个约定，塘西村那么多热爱驼子的孩子，是好福承诺了驼子，必须有足够的赔偿，他将代替一头鹅，成为驼子的依靠，陪他一起去远方。

后来他们才回想起来，驼子在咸水塘大半年的生活，可谓有失有得。他在咸水塘失去了一头鹅，得到了一个儿子，然后便从本地消失了。

第五章　外篇之外：鬼鹅

1

萧木匠夫妇出门寻子，要先往北边去，那是黄招娣生平第一次出远门。

北方多么陌生，多么辽阔，咸水塘的人们只知道他们要去北方的咸水塘，那里有一个火车站，是驼子的来处。但多年过去，当村里的文化人在地图上寻找北方的咸水塘时，却怎么也找不到那个地方了，只有一个叫咸水滩的小站，一个叫清水塘的地方，勉强符合记录。他们推测，要不是群星炭黑厂留下的记录错了，便是北方那个咸水塘更名了。那几年很多地方在更名，如果咸水塘更名为甜水塘也属正常，但萧木匠黄招娣几乎没有文化，寻子目的地不明，便会让他们夫妇的希望更加渺茫。

出远门要开介绍信，否则寸步难行。蒋文良为萧木匠夫妇打开祠堂角落里的老柏木棺材，找出了一叠介绍信。介绍信要写抬头，写事由，偏偏那夫妇俩的目的地不能确定，要找的驼子也不知姓甚名谁，如果他们识文断字也行，偏偏萧木匠只会写数字，一家人的名字勉强认得，其他都不行，黄招娣则干脆接近文盲，这让蒋文良很伤脑筋。他挠头半天，说，反正就是找儿萧好福，反正哪儿都是党领导，到了地方先找组织，你们要看办公室招牌，是咸水塘还是咸水滩，是清水塘还是苦水潭，是支部还是总支还是党委，自己依样画葫芦填上，行吗？萧木匠听着就畏难了，朝蒋文良不停地摆手，黄招娣却笃定地点头，她说，书记你放心，我虽然不识字，可我绣花绣了一辈子，依样画葫芦我会，把字当花当鸟当小猫小狗描就行了。

蒋文良大夸黄招娣聪明，他认真填写好了七八页介绍信，拿起塘西村的公章，忽然想起自己的乌纱帽朝夕不保，给村民开介绍信肯定是最后一次了，他忽觉悲怆，转身从棺材里拿了一整本介绍信出来，举起公章逐页敲上去，啪啪啪啪地敲。这公章迟早要交给蒋秀明，反正是我最后一次掌管了，反正你们就是去找驼子找儿子，料你们也不会拿这介绍信干什么坏事。他啪啪啪啪地敲，嘴里说，世界上还有什么比找儿子重要？干脆这一本介绍信都敲给你们，多跑一个地方多一份希望。

塘西人懂得萧木匠夫妇的心情，北方人海茫茫，寻找驼子或者寻找好福，无异于海底捞针，但只要针在海底，希望便在人间。是的，还有希望。在萧木匠家的家丑轰动四方之后，村民们发现他家后院的水泥桌上悄悄烧起了高香，每天烟雾缭绕。有好多天那对夫妇在外奔波，早出晚归，他们看见夫妇俩缩着脖子，沿着村巷的墙角走，与所有乡邻保持谨慎的距离，但他

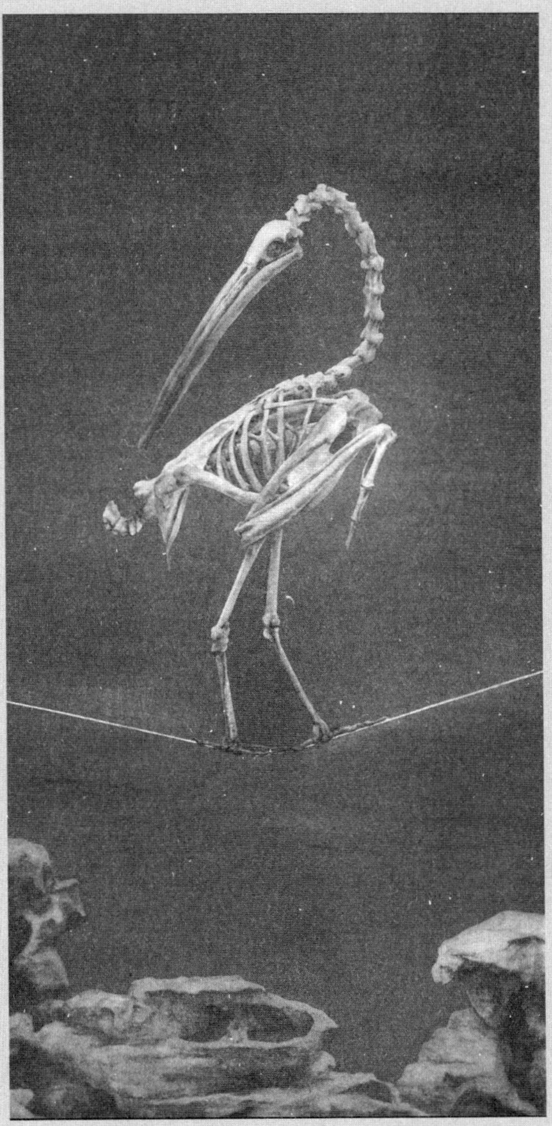

图/徐累《一生悬命》

们平素死鱼般的眼睛里，明显迸发出了亮光，萧木匠脸上甚至红光满面。夫妇俩对两个女儿的惩罚，远远低于旁人的想象，有一些妇女偷偷跑到萧木匠家窗外要偷听什么，总是失望而归，那家里死寂一片，似乎什么都没有发生。起初村民们都觉得不可思议，细想之下，那宁静又是好的。谁也不能保证夫妇俩会原谅好英好芳，但有一点是确凿的，那姐妹俩让这户人家失去了颜面，却给家庭血脉保留了希望。至少还有些别的安慰，至少一个流传在咸水塘多年的谣言被澄清了，两个姐姐未将弟弟沉塘，她们虽然不可饶恕，但卖了弟弟，总比溺死弟弟好。

那天很多塘西村村民将萧木匠夫妇送到了城北公路的汽车站。从夫妇俩准备的行李来看，他们是作好长期打算的，黄招娣背着棉被和褥子，挎在肩上的布包里装着裁缝的针头线脑，萧木匠带上了必备的木工家什，沉甸甸的一个大化肥袋里，露出了一把锯子的锯齿，锯齿反射了阳光，就像一排希望之光驻扎在袋子里，整齐而锋利。亲戚们心里对这趟远行普遍抱着悲观态度，但他们不忍心流露，反而都衷心地祝愿了夫妇俩，他们忽略了北方之大，盲目鼓励道，一定能找回好福的，不管到哪儿，找驼子总比找其他人容易，只要找遍北方的驼子，一定就能找到好福了。

临行前他们把三个女儿托付给了村里的亲戚们。这样的托付是泛泛的，夫妇俩心里或许清楚，亲戚们现在视好英好芳为怪物猛兽，谁会真心实意地照顾他们呢？所幸好英好芳已经大了，饮食起居都能自理，唯一不放心的是好莉，所以她们又把好莉托付给两个姐姐。听说黄招娣还让好英跪地发誓了，她对大女儿的要求既简单也务实，我们走了以后不准寻死，不管能不能找到弟弟，你要活到我们回家，以后你想死想活，都随便你。

萧家三姐妹其实是两个阵营，一个阵营属于父母，另一个阵营属于她们自己，两个做姐姐的管了好莉的吃穿，还要管别的，好莉却不答应了。有一天夜里好莉抱着个枕头，哭哭啼啼地跑到堂姐春花家，声称她被两个姐姐赶出了家门。春花打听其中缘由，好莉说她们吵架了。那你们为什么吵，吵什么呢？好莉抹开了眼泪，她们说我是叛徒，她们说我是女孩子的叛徒。春花问，什么叫女孩子的叛徒呢？好莉毕竟词汇贫乏，啰嗦好久，总算让春花明白了什么叫女孩子的叛徒。原来三姐妹那天夜里谈起了弟弟，好英告诉好莉，卖弟弟不是为了钱，是为了给爹妈一个教训，她不同意。好芳告诉好莉，卖了弟弟，才有她们三个女孩的幸福，她也不赞同。春花忍不住叫起来，她们好狠心呀，要给爹妈那么大教训？卖了弟弟凭什么你们就能幸福呢？好莉说，我也这么说呀，她们骂我蠢，她们说爹妈不把女孩子当人，卖了弟弟我们才是人，弟弟不在家了，爹妈才会疼我们女孩，她们说我是猪脑子是叛徒，气死我了，她们卖了弟弟，还要我谢谢她们呢！

堂叔家收留了好莉。她就和堂姐春花挤在一起睡，一日三餐本来不多一张嘴，好莉便像个客人在春花家住下了。只是她真的把春花家当成了食堂和旅社，人在春花家，心在自己家，让她帮着摘个豆角都不耐烦，你问她什么，前一秒钟她还答着，后一秒钟就不见她人影了。春花追出去找人，远远地看见好莉正绕着自己家的墙蹑手蹑脚地走，一会儿扒窗子，一会儿躲在后院的篱笆外，那样子实在诡秘。春花问她干什么，好莉说，我不干什么，我看看她们在干什么。我妈说她现在只相信我了，她关照我的，要我时刻看着她们。

亲戚们普遍认为，萧家三姐妹中最让人担心的是好英，其次是好芳。大姐一心向死，活着也是苟活的样子，二姐虽然没有寻死觅活，却每天心思恍惚，现在谁也不知道她们的算盘，会不会利用父母远行的时机寻了短见，以此谢罪一了百了？亲戚们心中一直有这样的担忧。他们有时候端点饭菜去敲门，以示关心，有时候只是觉得那屋里静得蹊跷，莫名地紧张，不免要去看看两姐妹的动静。但好英好芳似乎是下了决心与众为敌，亲戚的热脸都贴了冷屁股，她们根本就不给谁开门。只有春花例外，她与那三姐妹从小就亲密，她去登门，好英好芳听见她的声音，会给她一个面子，把家门打开。

你们为什么把好莉撵出家门？春花从好英好芳那里得到了不同的答案。好英伤心地告诉春花，好莉的可恶超出了旁人的想象，这次她奉母亲之命，做奸细，做间谍，每天负责监视两个姐姐的一举一动，连她们打嗝放屁都要记录下来，实在是气人。春花不相信，说好莉能认识多少字，怎么还能记录？好英便向春花出示了一本学生练习本，说是从好莉书包里搜到的。春花一看练习本封面上写了情况汇报四个字，打开一看，里面都是好莉歪歪扭扭的笔迹：

今天上午好英上马桶两次，下午三次。大便时间大约三分钟。

好芳今天睡烂（懒）觉。起床后发呆，咬指甲。刷牙前对水缸说话一分钟。

好英在门口与金娥说话，说她迟早还要去寻死。

昨天夜里好芳磨牙，说梦话，哭，说什么梦话没有听清。

今天好芳来月经了。

……

春花能够明白黄招娣的良苦用心，让她惊讶的是好莉，难以想象好莉那么低的文化水平，竟能记录这么多琐事隐私。春花不便表示什么，只能对着好英讪笑，说，你妈妈这一套，恐怕是从春雷学习班学来的，没想到她真是活学活用，用在你们三姐妹身上了。好英咬着嘴唇沉默了一会儿，说，我不恨我妈，我就是恨好莉！

事实上春花的拜访多少也带着使命。长辈们要她来看看，好英好芳天天躲在家里究竟在做什么，会不会出事？春花的母亲甚至让她来当面探听，姐妹俩现在究竟有什么打算。但问她们的打算，就是问她们准备活下去，还是准备去死，如果要死，什么时候死，怎么死，春花怎么也问不出口，她就让好芳带她去房间里找好莉的换洗衣服，小奸细也该换换衣服了。她对好芳说，好莉的身上有股酸味了。

这个曾经人影幢幢的房子，现在只剩下两个少女，显得比平时杂乱了一些，也自由了一些。灶台上放着吃剩的饭菜，有咸鱼在碗里散发着淡淡的腥味。春花注意到黄招娣的毛线背心还搭在椅子上，从窗户里透进来的日光打在黄绿交杂的毛线上，那波浪形的图案看起来还在跃动，似有生命。缝纫桌上堆着剪刀、尺子与线团，有一件粉红色的衣服，缝好了大半，还有两只粉红色的袖子，一只摊在桌上，一只抓在好英的手里。春花以为她们在制作母亲留下来的寿衣活计，疑惑的是那寿衣的颜色，怎么是粉红色的？好英说那不是寿衣，是她自己的衣服，她第一次学做自己的衣服，其他都顺利，就是上袖子太难，上了几次，都不熨帖。春花已经是个有经验的裁缝，就动手帮着把两只袖子缝了上去。她没见过手里这种粉红色的涤卡面料，夸赞了一番，问好英布料是谁剪来的，从哪儿来的？好英骤然脸红，支吾了一会儿，说那布料是她们前几年从香椿树街的绸布店剪来的，一直藏在家里，不敢给妈妈看见。

春花一下就明白了，买那布料用的什么钱，为什么一直藏着，姐妹俩这些天在家静悄悄的，原来是在做这件衣服，她们作为亲戚，真是多管闲事想多了。站在姐妹俩的角度看，这确实也是她们缝制这衣服最好的时机。春花对好英有了一种说不出的敬佩，同时，另一种深深的畏惧像乌云一般弥漫开来，春花忽然不敢看好英的眼睛了。

毕竟都是女孩子，春花认为美丽的布料总归无罪，不可浪费，所以她平复了心情，看好英试穿那件粉红色衣服。好英的新衣很合身，不仅合身，那衣服的款式是时髦的修身的，除了好英天才的缝纫技艺让人惊叹，春花第一次注意到好英有着纤细的腰身与丰腴的胸部，她似乎是借助了黑暗茁壮成长的，被一片粉红色衬托之后，她原本灰暗阴郁的面孔明亮了很多。春花记得很清楚，当好英扣上最后一个扣子，她侧转身子，对着镜子笑了一下。好英从来不笑，那是多年来春花第一次看见好英的笑容，她的笑容那么隐秘那么灿烂，带有一种风暴的气息。

2

她们应该是凌晨时分离开塘西村的，村里的狗此起彼伏地吠了几声，很快安静，那说明狗认得夜行人，被吵醒的村民们便也不以为意，继续酣睡了。

狗吠的时候好莉似有感应，她突然从床上坐起来，迷糊地揉眼睛，对春花说，狗在叫，我要回家看看，看看她们在干什么。春花说，外面这么黑，她们两个女孩子怎么会出门？你也别出去，天亮了再说。

好莉是什么时候跑回家去的，春花也不知道。大约早晨五六点钟光景，她被好莉的哭喊声惊醒了，好莉拿着一只手电筒站在她的床边，一边哭一边跺脚，她们跑了，还是跑了！我就知道她们会跑，我一个人怎么看得住她们？

亲戚们很快聚集到了萧木匠家里。他们察看姐妹俩的床铺，铺是凉的，被子叠得方方正正，上面是一叠洗好晒干的衣服，衣服有好莉的，更多的属于好英好芳，有一只饼干盒子藏在衣服最下面，打开一看，是些蝴蝶结、珍珠项链、塑料头箍什么的，那应该是两个姐姐有意留给妹妹的。

起初亲戚们都惊慌，担心出人命，几个男人拖着竹竿就往咸水塘边跑，留在屋里的人都在搜寻，上至房梁，下至床底，橱柜和水缸也都打开了，还有人跑到后院，掀开盖在木料堆上的塑料布察看。是春花眼尖，一下发现了好莉的那个练习本，情况汇报。它正摊开在桌上，桌上的电灯似乎刻意为它开着，练习本翻到了新的一页，上面的几行字笔迹各有不同，是清清楚楚的告别与决心，并非诀别与遗言。

好莉辨认出前面一句话是好芳的笔迹：

爸爸妈妈对不起了，我们去南方挣钱，我们会汇很多钱给家里。后面的笔迹是好英的，读起来更像是一个具体的保证：爸爸妈妈对不起，如果弟弟找回来，我们负责供他上学结婚娶媳妇。如果弟弟找不到，我们负责给家里翻盖新房，负责给你们养老。

春花念不下去，一下哭起来了。她的哭声惊动了院子里的公鸡，公鸡忽然高声啼鸣，声音响亮而无奈，那是迟来的报晓声，公鸡似乎有意掩护姐妹俩出走，故意拖延这个早晨的来临，但这个早晨终于还是来临了。对于亲戚们来说，这不过是一个普通的早晨，对于这户人家来说，却是又一个离散的早晨。萧木匠夫妇往北方寻找儿子，两个女儿竟然离家往南方去了。

这可怎么办呢？亲戚们面面相觑。萧木匠黄招娣夫妇当年丢了一个儿子，现在又走了两个女儿，哪天夫妇俩回来，儿子没找着，两个女儿却又走了，该是什么样的心情？他们这么低声交谈着，头脑里想象着夫妇俩的悲伤，神情却是释然的。在萧家三个女儿中，他们普遍喜欢好莉，但心里对好英好芳还有着一份疼惜，再怎么千夫所指，毕竟还是两个花一样的女孩，死不了，便还要活下去。若是为好英好芳的活路着想，离家出走未尝不是一件好事。亲戚们都没出过远门，不知道她们要去南方的什么地方，也不知道两个女孩准备怎么谋生，但他们默契地达成了共识，走比留好，对于这一家人来说，这样的分离好过团聚，也算是一个了结。

所以亲戚们带着好莉跑到城北公路上，沿途朝四周胡乱喊着两姐妹的名字，他们的声音竟然带着一丝丝喜悦。从三岔路的路口可以看见早晨的咸水塘，水面上霞光倒映，倒映的霞光在流动，它们的形状色泽看起来不像是霞光，而像一片不慎打翻的油渍在肆意流淌，泛出斑斓的光。饲养员六根睡了懒觉，村里的鹅鸭还没有下塘，咸水塘里静悄悄的，除了几只鸟偶尔掠过水面，谁也没看见鹅鸭的影子。但亲戚们看见从水泵房的方向忽然飞来大片白蝴蝶，白蝴蝶的队伍蔚为壮观，它们在咸水塘上空犹豫不决，像迷途的云阵，一时不知往哪儿飞。众人都远远观望着白蝴蝶的去处，耳朵里听见好莉突兀的叫声，一头鬼鹅！蓝色的，是一头鬼鹅！好莉瞪大了眼睛，有点害怕，又有点喜悦，手指一丛芦苇对众人喊，鬼鹅！我看见蓝色的鬼鹅了，快看那边，鬼鹅钻芦苇里去了！

不是谁都能看见鬼鹅，亲戚们只看见了白蝴蝶，没能看见那头鬼鹅。除了孩子，大人们并不想看见传说中的鬼鹅。他们眺望着城北公路，眺望路的尽头，不免有点感伤。塘西村人人安居乐业，但萧木匠一家六口人，一个不知去向，四个在离乡路上，竟只留下好莉一个女孩在家里了。

亲戚们眺望着城北公路。从咸水塘去北方或者去南方，都要从这条公路上出发。路上现在还很安静，上早班的工人们的人流还没会合，长途汽车还没有出发，群星炭黑厂的运货卡车还没有开出厂门，幸福硫酸厂的特制车辆还没有路过。早晨的阳光照耀着白色的碎石子与裸露的沥青，无论是萧木匠夫妇的足迹，还是那姐妹俩的足迹，都隐匿在石子与沥青下面了。亲戚们什么都看不见，只知道那一家四口人都在各自的路上，向南去，或者向北去了。

第五章　篇外篇

1

来自五家桥的消息越过群星炭黑厂庞大的厂区，像喜鹊般地落在塘西村的树枝上，叽叽喳喳，向村民们报告别人的喜讯。塘西人都听说了五家桥的幸运，他们牺牲的土地换来了足够的回报，群星炭黑厂二期扩建工程结束之后，厂方招收了十五个五家桥村民进厂务工，虽不算正式职工，但也不是临时工外包工农民工什么的，他们被叫作合同工，听起来很新鲜，也很庄严。

其中有一个五家桥小伙子名叫容生，长得尖嘴猴腮，他看上春花有一年多了，有事无事常到塘西来，名义上是找春花家对门的孙家兄弟玩，实际上就在春花家门外的磨盘上坐着，望着她家的门窗，单相思。春花嫌他丑，从来不搭理他，她父母也瞧不上五家桥的小伙子。但是容生有一天穿上了群星炭黑厂的深蓝色工装坐在那磨盘上，不知为何就换了个人似的，相貌显得英俊了一些，人看起来也可靠了很多。他把一盒大前门香烟拆开了，放在磨盘上，不知是在晒霉，还是在吸引嗜烟如命的春花她爹。春花她爹不在家，她妈出来了，跟容生有一搭没一搭地聊，问他进了厂能赚多少钱工资，每个月能领几块肥皂。后来春花她妈就把他引进屋里去喝水，她打开白糖罐子的时候，春花在里屋看见了，她朝母亲嚷了一声，别放糖！但母亲不听女儿的，她在一杯温开水里加了一勺糖，用筷子搅匀了端给容生。这在咸水塘一带是人人皆知的风俗，一杯糖开水意味着父母认可了毛脚女婿。容生的父母没多久便来登门提亲，春花三心二意的，但她父母铁了心要让女儿嫁给一个工人，春花后来便成为第一个嫁到五家桥的塘西姑娘，此为后话，暂且不提。

塘西村的人们愤愤不平。

同样是割让自己的土地给群星炭黑厂，一期工程是白给，塘西村什么回报都没有，二期工程却有偿还政策，五家桥那么多人摇身一变进厂做了工人，端起了铁饭碗，这显然不公平。村民们原先接受了群星炭黑厂带来的黑天气，菜地黑就黑了，收来的蔬菜洗一下就干净了，该卖的还能卖，该吃的还能吃，人辛苦一些而已。黑天气不能往外晒东西，不晒就不晒，布料衣物和粮食在屋里阴干，虽会有一股子霉味，但总能等到好天气，晒一下就好了，不讲究就行。现在不一样了，他们觉得受欺负了，一旦遇到黑天气，几乎半个村子的人会指着群星炭黑厂的烟囱骂娘，他们骂烟囱，烟囱岿然不动，黑烟兀自在空中翻腾，他们要骂人，觉得该骂某些领导，却不知道那些领导在哪里，姓甚名谁。

塘西村这一方故土是蒋文良保住的，之前村民们认为那是蒋文良一世的功德，现在这功德依然在，却悄悄地打了些折扣。蒋文良下了台，年轻的蒋秀明上任了，村里的年轻人拥护蒋秀明，而且还带着些崇拜之心，因为他什么都懂，懂得潜水艇、鱼雷、导弹、隐形飞机的知识，苏联、古巴、巴基斯坦、赤道几内亚这些国家的政坛风云都了如指掌，他口袋里常年揣着一个小半导体收音机，会跟着播音员说英语说日语。当然，年纪大一些的村民并不赏识这样的才能，总觉得蒋秀明浮夸无用，在他们眼里瘦死的骆驼比马大，蒋文良依然是塘西村的无冕之王。

每天都有人到蒋文良家去，陪他打扑克下象棋，一些忧心忡忡的村民进了他家院子，先在旁边观看，他手风不顺的时候是不能多嘴的，只能为他加油，等他赢了便可以向他讨要主意，一起探讨村庄的前途。也有像德康兄弟那样的人，当面发牢骚，说他们托了蒋文良的福，保住了祖辈留下的村庄，却没有了改变命运的机会，连一墙之隔的工厂都进不去，只能一辈子打扫门前院内的炭黑灰了。对于前者，蒋文良的态度不耐烦，他说你们还找我商量什么？我头上这顶乌纱帽一钱不值，为了保住这个村子，我差点进班房去，现在这乌纱帽好不容易摘下来，我才轻松了几天？能不能进厂，你们去蒋家祠堂找蒋秀明去，现在塘西村的事情他说了算！对于德康那样嘴欠的人，蒋文良不客气，他在棋盘上用炮打掉了会计的一个卒，直接把那个棋子砸到了德康的脸上，骂了德康家十八代祖宗，说他们既然不稀罕塘西村，还有两个选择，一可以卷铺盖滚蛋，二可以去寻死，死了重新投胎，就可以不做塘西人了。

话是这么说，蒋文良自己也咽不下这口气，五家桥获得的福祉，不一定能证明他们村领导的才干，却变相证明了他的无能，这是他的憋屈之处。蒋秀明和李文清、金娥这几个新干部后来去郊区找领导，是蒋文良亲自开着手扶拖拉机送他们去的。一路上他还在教导三个村干部，分配各自的角色。蒋秀明理应唱白脸，利用他的文化水平来表述村民的呼声，一期工程与二期工程必须一视同仁，五家桥村有多少人进了厂，塘西村便该有等同的待遇。李文清适合唱红脸，他要负责传达村民们对群星炭黑厂越来越深的恨意，一定要让领导知道，围墙两侧已经出现了某些危险的苗头，问题不解决，肯定不利于一个工厂与一个村庄的和睦相处，说不定什么时候就出大乱子了。至于金娥的角色要特别一些，她作为塘西妇女的代表，事先带上了一只黑色萝卜（其实是沾满炭黑灰的白萝卜），一件孩子的黑衬衫（其实是她儿子的一件旧白衬衣，黑天气忘了收进屋了），那是两个物证，至少可以直接明了地向领导展示，塘西人的日常起居受到了群星炭黑厂多么大的污染，要求些回报是无可厚非的。蒋文良吩咐金娥一定要以苦情动人，该哭就哭，该跪就跪，反正领导们不会跟妇女多作计较的。

可惜，蒋秀明他们在郊区办公大楼里待了十几分钟就出来了，金娥手里还拿着那只黑萝卜。他们确实是按照蒋文良的嘱咐做的，只是红脸白脸苦情戏各自都演过了，人家无动于衷。郊区领导说政策就是政策，此一时彼一时，塘西村维持原状，五家桥村分配进厂指标，都是上级领导的决定，他们没有权力修正政策。这踢皮球的说辞在蒋文良的预想之中，但蒋秀明他们都记得顾书记认真地看了金娥手里的黑萝卜，流露出怜惜之意，他最后表态说工农一家亲必须维护好，塘西村对群星炭黑厂有什么要求，可以自行与厂方协商解决，一切都遵循一个原则，犯法必究，只要不犯法，郊区领导不会干涉。

一番思量过后，蒋文良问蒋秀明他们，你们听懂顾书记的意思了吗？你们说顾书记站在哪一边的？蒋秀明说，他是领导，怎么会站边？就是打官腔，哪一边都不站。蒋文良摇头。李文清说，他最担心我们动粗犯了法，给他添麻烦，让我们去跟厂里协商，协商协商，协商个卵！人家炭黑厂的干部都戴眼镜有文化，肚子里有墨水，我们乡下人的嘴皮子哪里说得过人家？蒋文良哼了一声说，你们还嫩呢，听不出人家顾书记的意思，谁规定协商一定要用嘴皮子的？顾书记毕竟是我们乡下人出身，他心里是站在我们这边的。不就是不准我们犯法么，光脚不怕穿鞋的，只要不犯法，对付他们厂里的办法有的是，我们路上慢慢商量。

塘西村向群星炭黑厂提出的著名的三个要求，就是在回塘西村的手扶拖拉机上酝酿的。其中深受塘西妇女拥护的洗浴权，提议者是金娥，她曾经用一篮子红薯疏通群星炭黑厂职工浴室的女管理员，带着女儿溜进去洗了个澡，浴室清洁宽敞的环境以及淋浴龙头的出水量，都远远超过五里之外香椿树街上的工农浴室，她对此留下了深刻而美好的印象。至于震惊四方的塘西天罩子计划，其灵感得益于蒋秀明李文清出外打工的手艺生涯，他们曾经为城里的一个广场搭建巨大的天棚，用以在节日盛典避免雨水的侵扰，既然那样的天棚能遮挡雨水，自然也能隔绝满天满地可恶的炭黑灰，让塘西村的房屋与菜地重归洁净。蒋文良对这个大胆而实用的想法很欣赏，当即表示支持。当然，要求多多益善，厂方接受与否是另外一回事，他们四个人在手扶拖拉机上达成了共识，三个要求是基本要求，以他们的预判，洗澡权与天罩子相对来说容易被厂方接受，只有那个进厂名额，要双方满意有一定的难度，只能从长计议了。

2

塘西村的村干部第一次去群星炭黑厂，孟厂长不在，办公室的人说他开会去了，他们怀疑是谎话，只是不在乎，他们有的是时间等他回来。一群人就坐在孟厂长的办公室里，打起了扑克。办公室的人撵不走他们，便去找来了工会主席老罗。

老罗把塘西人带到了工会办公室。他与蒋文良熟稔，待他们算是客气的，还泡了茶。只不过塘西人看着白色搪瓷杯子上群星炭黑几个字，总下不了嘴喝茶。

黑天气对塘西村的影响，老罗自然知情，除了强调塘西村为工业建设作出牺牲的必要性，他也释放了很多善意。由于工会掌管了劳保福利用品的发放，他代表厂方表态，可以适当地向塘西村村民发放一些口罩、手套、防尘帽，还有光荣牌肥皂。不用肥皂券，每家每户每个月领一块是能够做到的，这让金娥当场喜逐颜开，说一个月一块肥皂哪儿够，起码两块才够。蒋文良立刻给她使眼色，告诫她不能因小失大，金娥便捂住嘴不敢说话了。

老罗与蒋秀明不熟，但他一眼看出新上任的蒋秀明是有知识文化的人，所以用一种诚恳的态度告诉他，塘西人也许因为无知，夸大了他们厂的污染程度。对于黑天气要有科学的认识，黑的不一定脏，白的不一定就干净，看不见的污染有时候比看得见的更加危险。他还举出详细的例子，说群星炭黑厂飘扬的炭黑灰虽然又黑又油腻，其实危害远远小于幸福硫酸厂的酸雾，小于新风制药厂烟囱里的紫烟，甚至轧钢厂的烟囱升腾的红烟里，也含有大量的二氧化硫，比炭黑的毒性大多了。塘西村的人们其实算是幸运的，沾上了炭黑灰就用光荣牌肥皂洗，碱性遇到酸性就中和了，无所谓。

李文清听不下去，他正患感冒，当场擤了一把鼻涕丢在地上，还无所谓呢，你看看，我的鼻涕都是黑的，是炭黑鼻涕呀，这炭黑鼻涕能卖钱吗？鼻子通喉咙，喉咙通肠子，这炭黑灰最后不都在我肚子里结块了？老罗低头察看地上李文清的鼻涕，果然是黑色的。他又让李文清仰头侧脸，检查他的耳朵和鼻孔，说，黑是有点黑，比起我们一车间三车间的工人，那就是小巫见大巫了。

随即老罗打开了抽屉，出示了一根竹制的耳挖子，他说只要保证炭黑灰不从人的五官进入身体就行，那耳挖子是两用的，也属于劳保产品，用小的一端掏耳朵，能挖出耳朵里积存的炭黑灰，大的一端对付鼻孔，能有效清除钻入鼻孔里的炭黑灰。李文清当场试了一下，成功地挖出了一坨发黑的鼻屎，蒋文良也用它掏了下耳朵，掏出了两粒发黑的耳屎。老罗当即慷慨表示，这种两用耳挖子也是厂里特殊的劳保产品，可以给他们一大包，发放给塘西村的每家每户。

塘西人乐于接受这些劳保产品，但这不过是蝇头小利，他们先向老罗提出了两项要求，群星炭黑厂的职工浴室向塘西村村民免费开放，厂方需要为塘西村建造一个天罩子。洗澡这一项要求老罗觉得可以接受，他说职工浴室不归工会管，归后勤科，怎么个洗法，什么时间段能洗，那需要孟厂长和后勤科商议决定。天罩子的要求则明显超出了老罗的想象，你们真的要给整个村子做个罩子？他瞪大眼睛说，材料呀工程呀技术那些先不说，你们塘西人难道不要阳光吗？你们的蔬菜不要阳光吗？你们的鸡鸭牲畜不晒太阳吗？蒋文良苦笑，高声说，要呀，怎么不要？可是要不起呀！你又不是不了解情况，要么炭黑灰，要么阳光，我们塘西人只能选一样，你说我们选哪样？蒋秀明这时候按住蒋文良的手，示意他冷静，他对老罗说，要不要阳光，看具体情况，我们塘西这个天罩子要搞半自动化的，能开能合！我在外面干活的时候见过，用手柄控制，天棚想开就开想闭就闭。老罗笑起来，你倒是有见识，不过你们塘西村算什么级别的单位呀，要用那么先进的天棚？他大概怕说下去伤人，便收回了话茬，指指门外说，这事归基建科管，我不能做主，你们上二楼右拐找基建科去。

他们没有动。剩下进厂名额那件最大的事情，应该是跟孟厂长谈的。蒋文良只是以老友的身份，虚心向老罗讨要建议。老罗当即摇头，说你们塘西人这胃口有点太大了，是跟五家桥攀比？我们群星炭黑厂的征地工程，一期是一期政策，二期是二期的政策，政策不一样，你们两个村子的待遇自然就不一样，五家桥人能进厂，不代表塘西人也能进厂。蒋文良应声叫起来，为什么不一样？我们知道不一样，就是咽不下这口气呀，一样的土地，一样的村子，为什么政策就是不一样？老罗说政策都是上边定的，他怎么解释得清楚？这方面的条文规定，楼上的劳动工资科，还有楼下的人事科都清楚，要问去问他们。蒋文良说，我们是皮球吗，让你们这样踢来踢去？我们不找他们了，我们就找孟厂长，他不是躲我们吗？躲得了初一躲不了十五，我们有的是时间！

塘西人回到孟厂长办公室门前，发现门已经反锁了。门口站着两个保卫科的人，一个男人的目光看起来凶悍，另一个对塘西人嬉皮笑脸的，分不清是戏谑还是蔑视的态度。老罗追过来，把蒋文良拉到一边，向他诚恳地透了底，别看我们是炭黑厂，要进我们厂，比进面粉厂难一百倍！你们若是要进厂做临时工农民工什么的，孟厂长有权力做主，但你们若要享受五家桥的待遇，进厂做合同工，孟厂长也不敢擅自做主。你们别小看了我们厂，群星炭黑厂是省属企业，要招收农业户口的人进厂，需要批示的。

那天，蒋文良他们从群星炭黑厂带回来很多劳保防护用品。其中口罩、手套和耳挖子数量比较充裕，防尘帽的式样有点像电影里日本鬼子的军帽，连脸带脖子都能罩住，不过数量少了一些，远远不够公平分配，只能先发放给村里那些爱美的姑娘媳妇。当然还有别的收获，他们向厂方提出的三个要求，洗浴权最早得到落实。老罗和厂里的后勤科长专程来到蒋家祠堂，告知了塘西人这个喜讯。

塘西村村民可以去群星炭黑厂的职工浴室洗澡了。由于闲杂人等不得随意进出厂区，厂里专门凿开了邻近职工浴室的围墙，开了一扇小门，砌出一条夹弄，以供村民们出入浴室。当然，浴室不可能无条件向村民开放，厂方按照季节向塘西村发放洗浴券，冬春秋三季每个村民每周洗浴一次，夏季优惠，每周增加到两次，凭券入场。因为不能影响职工们的正常沐浴，洗浴券对村民们的沐浴时间有明确标示，只能在星期天厂休时间早晨八点到中午十一点之间，至于夏季的另一个时间段，规定为周三夜里十点半至十一点半之间，以此避开午班工人下班洗澡的高峰期。

这条件限制得苛刻，尤其是夏季优惠的一次洗澡权，塘西人都习惯早睡早起，谁为了洗澡熬夜到半夜呢？蒋秀明提出了异议，但老罗声称他们已经仁至义尽，塘西人夏季历来都是在咸水塘里沐浴的，是依然在塘里洗，还是半夜进厂洗，是他们自己的选择。蒋秀明没有再说什么，他从老罗手里接受了厚厚的几叠洗浴券，勉强表达了谢意。

这是塘西人第一次享受到群星炭黑厂的福利。对于塘西村的干部们来说，喜欢什么样的福利，其实人各有志，金娥见到那些洗浴券欢天喜地，李文清和蒋文良最关心那个合同工的名额，蒋秀明本人志向不同，应该说更为远大一些，他更向往的是天罩子。为塘西村争取一个举世无双的天罩子，有政绩考虑的成分，更多是缠绕他的个人梦想。多年来塘西村做死人生意的名声在外，蒋秀明深以为耻，在他看来，那个幻想中的天罩子是重塑塘西村形象的最佳项目，如果得偿所愿，塘西村的历史将在他手里被改写。私下里他已经在咨询搭建天罩子的材料，也在悉心研究天罩子自动开合的装置。他向老罗探询此事的进展，老罗说孟厂长已经明确表态，塘西村的三个要求只能满足洗浴权，其他的暂不考虑。孟厂长的说法经过老罗婉转的转达之后，仍然显得强硬，他说哪儿都是党的天下，群星炭黑厂与塘西村的工农关系能处好是求之不得，如果处不好，他们也不强求了。

3

塘西人迎着早晨的阳光去炭黑厂洗澡

的盛景，现在我们想起来还历历在目。

洗澡的队伍一般以家庭为单位，一家老小端着脸盆或者抬着箩筐，盆里筐里装着肥皂、丝瓜筋和换洗的衣物。有的妇女喜欢顺手在浴室里把脏衣服洗了，带上了搓衣板和棒槌，这是被浴室管理员严令禁止的。女浴室的管理员王阿姨来自香椿树街，她懂得如何对付塘西妇女，她会突然闯入，把那些妇女的搓衣板和棒槌都没收了，洗好了才还给她们。她质问违规者，公家的水难道不要钱的？好心让你们来洗澡，不是让你们来洗衣服的！

村民们大多在八点钟以前就等在那个铁栅栏门前了。男浴室赶早的好处很明显，男人都喜欢泡池子，那时候大池里的水还是干净的，没有漂浮的污垢和令人厌恶的阴毛，也没有小孩子在里面撒尿。进女浴室也要早，尽管女浴室的淋浴龙头不算少，但女人洗澡太仔细，不足以随到随洗，先来的抢占了龙头，晚来的便要排队在旁边等，看着别人洗。不知道是算机遇，还是算尴尬，有人身体部位的隐私第一次暴露在村民们的眼里，引起了议论甚至哄笑。比如蒋寿生长着一个巨大的肚脐眼，它威武地突出来起码三厘米，身上看起来像长了两个生殖器，一上一下，一大一小的，村民们顿时了解他夏天不光膀子的原因了。有好奇的孩子毛手毛脚，擅自去触摸蒋寿生的肚脐眼，免不了被打耳光。又比如李文清，他身板那么魁梧硬朗，有儿有女，下身却状如未发育的小男孩，细看还只有一个睾丸，旁观者便有点怀疑，李文清那对儿女究竟是怎么生出来的。至于女人们在浴室里暴露的隐私自然也不少，只不过我们听不到，唯有关于我们的塘西同学蒋福兰的传言，最终传到了男孩们的耳朵里，传言称蒋福兰臀部上的紫色胎记至今未消，它的形状与一只打鸣的公鸡一模一样。

总体上说，塘西人沐浴的日子有一种节日气氛。他们迎着太阳走进浴室时，大多蓬头垢面睡眼惺忪，等到洗好出来，往往已是正午时分，灿烂的阳光照耀着刚刚出浴的男女老少，他们个个容光焕发，身上散发着光荣牌肥皂洁净的气味。金娥家的队伍最壮观，她家人口多，五代同堂，孩子们调皮，老人们腿脚不方便，她尤其珍惜家人们沐浴的成果，怕他们刚刚洗干净的身体又被炭黑灰弄脏了，从浴室出来时，她要求家人都戴上口罩，穿上一件塑料雨披。这个方法后来被很多塘西人沿用，成为他们在星期天特有的装束，尤其在黑天气里，我们看见的塘西人，无论在路上走路，还是在蔬菜地里拔草施肥，或者在咸水塘边放鸭子，几乎无一例外地戴口罩穿雨披，而那些爱美的姑娘媳妇在村巷来来往往时，都头戴群星炭黑厂的特制防护帽，又能遮脸又能遮脖颈，那帽子有的是深蓝色，有的是黑色，正面后面都有字，分别是群星炭黑与安全生产。

那毕竟是一个良好的开端，至少塘西人被黑天气玷污的身体得以免费清洗了，特别是妇女们，平日里对炭黑厂的诅咒声明显少了许多。金娥代表村里的妇女，要求蒋秀明与厂方再谈判，将一周一次的洗浴机会增加到两次甚至三次，但蒋秀明只是敷衍，他从不觉得洗澡有那么重要，心里挂念的还是那个天罩子。

村民们没少看见蒋秀明往群星炭黑厂跑，女人们以为他去跑洗浴票，男人们以为他去争取进厂名额，他们不知道他心里的头等大事是天罩子。蒋秀明的目的地主要是基建科，他与基建科的刘科长谈得拢，很快混熟了，有刘科长穿针引线，他总算有了与孟厂长谈判的机会。

蒋秀明对天罩子的狂热和执着，让孟厂长疑惑不解，他是技术员出身，所谓的半自动开合方案，他听得懂，却无意附和，其中最重要的原因是那工程需要花费巨大的人力物力，厂方没有这个义务，也无力负担。他反问蒋秀明，塘西村有那么多事要管，你为什么满脑子都是天罩子的事？这似乎问到了要害，蒋秀明的目光被一下点亮了，他问孟厂长知不知道山西大寨村的梯田，孟厂长说，大寨梯田谁不知道？人家村子在山头上，没有耕地，开垦梯田是为了种粮食。蒋秀明又问孟厂长，知不知道河南林县的红旗渠？孟厂长有点明白了，那是蒋秀明的野心罢了，他轻蔑地笑起来，红旗渠谁不知道？人家那边没有水喝，开山造渠是为了引水，跟你的天罩子能是一回事吗？年轻人，你考虑问题要务实一点，你们塘西村想要树样板，靠一个天罩子怎么可能？蒋秀明先点头，又摇头，他的脸上是一种无比坚定的表情，能树样板最好，树不了我也不强求。孟厂长你什么时候到塘西村走一走就明白了，塘西村每天黑天黑地的，人是能进厂洗澡了，我们的菜地洗不了澡，青菜小葱大蒜都是黑黢黢的，屋子洗不了澡，白墙都成了黑墙，鹅鸭天天能下咸水塘，不过它们又不懂给自己洗澡，你看见我们的鹅没有？都是半黑半白的鹅呀，鹅肚子鹅爪给水泡干净了，鹅毛是黑的，鹅脖子鹅翅膀都是黑的！我们村里原来有好多白洛克鸡，现在你去看看还有没有白洛克？都成了黑洛克鸡！村子搬不走，人要活下去，我想要给村子造个天罩子，这不是我一个人的理想，孟厂长你一定要支持我呀！

能够看出来，孟厂长心软了，他在犹豫。蒋秀明识趣地退了一步，作出保证：具体工程无须厂方负责，只要群星炭黑厂答应资金与材料的支持，他有信心带领塘西村的能工巧匠们造出那个天罩子，为咸水塘创造一个奇迹。孟厂长最后点头答应，由财务科为天罩子拨出一部分资金，属于一次性支出，多出的部分由塘西村自行解决。另外，他再三强调，厂方支出了这笔款项之后，他们与塘西村井水不犯河水，再也不会答应塘西村的任何要求了。

4

为了天罩子的事，塘西人吵翻了天。

从群星炭黑厂拨出来的钱，塘西村的会计很快领到了。蒋秀明和会计做了计算，发现那钱用来建造他想象中的天罩子，远远不够，别说是那些菜地鹅寮，连村里的房屋也最多能罩住一半。唯一的办法是全村集资，蒋秀明去向蒋文良讨要主意，蒋文良给他泼了盆冷水，他说秀明你在这个村子是白活了三十年，难道你还不知道塘西人的德行？就算造天罩子不花一分钱，也会有人闹意见，说你这天罩子挡了炭黑也挡了太阳挡了雨水，何况还要他们自己掏钱？不信你开个村民大会，看看有多少人愿意掏钱？

村民大会很快就召集了，蒋家祠堂挤得满满的，有人以为会领到新的洗浴券，有人以为进厂名额有了眉目，没有人想到是集资建天罩子。正如蒋文良的预料，绝大多数村民愤怒了，他们指责蒋秀明好大喜功不切实际，塘西村能向群星炭黑厂索取的筹码本来不多，现在他不去争取珍贵的进厂名额，却一心要造个天罩子，造就造了，竟然还要集资。德康夫妇当场指着蒋秀明的鼻子说，你的书都念到哪儿去了？念到屁眼里变屎拉出来了？要这个天罩子干什么，你这打的是什么算盘？监狱里的囚犯都要放风晒太阳，你给我们一村人遮了太阳光，还要我们自己掏腰包？那夫妇说话这么难听，蒋秀明有心理准备，他冷静地描绘了塘西天罩子的半自动化设置，大致的意思是你想要阳光天罩子就能打开，遇上黑天气的时候天罩子就关闭，遇到夏季酷暑，天罩子起码能给村子降温五度以上。村民们大多不以为然，说蒋秀明就是想着用天罩子来沽名钓誉，要出名出政绩罢了。祠堂里吵作一团，蒋秀明镇不住场子了，让蒋文良拿主意，自己气咻咻地坐着，嘴里咕哝，小农思想，都是小农思想，你们活该落后一辈子！蒋文良倒是沉着，与几个干部合计一番，当场宣布了一个新决定：整个村子一体化的天罩子计划暂停，各家各户要不要把自己的房子和自留地罩起来，采取自觉自愿的原则，既然群星炭黑厂为天罩子拨了工程款下来，明天就把钱分摊到各家各户，你家要不要天罩子，要什么样的天罩子，都由各家自己决定。

一个宏伟的天罩子计划流产了，蒋秀明闹情绪，村里什么事都丢给李文清和金娥，自己干脆连蒋家祠堂都不去了，他后来在自家的房屋四周制作了第一个半自动化的天罩子，引起了短暂的轰动，但也仅此而已了。毕竟人各有志，村民们各自领到了钱，也获得了选择罩子的自由。房子、院子和自留地，你家要罩房子还是罩院子、自留地，或者什么都不罩，把钱省下来，一切自便。大多数村民选择做一个小天棚，罩住自家的门、窗，或者后院，也有人决定在菜地里搭天棚，材料所限搭不了那么大，就搭小一点，能罩着的干净菜蔬自己吃，罩不住的黑菜放进箩筐，投进咸水塘里泡一下，看上去还是碧绿鲜嫩的，挑到市场上卖，谁能看出来那曾是炭黑菜呢？

记得是春天的事，塘西村很多人家的前门后院做了天棚。从我们塘东这边望过去，群星炭黑厂的三根高耸入云的大烟囱，忽然显出了某种内疚的神色，烟囱下面的塘西村天空低垂、杂乱，一下打满了补丁。那些补丁大多数是白色的，其次是绿色、蓝色与粉红色，很多篷布上写有化肥或饲料的字样，明显是拆了废弃的化肥袋饲料袋再精心缝起来的。有人家讲究，使用了蓝白条相间的塑料纤维布，看起来洋气，正规，像城里百货商店夏天用的凉篷。不过，在塘西称得上天罩子的只有两例，蒋秀明家的被称为小天罩子，我同学蒋红根家的被称为大天罩子，那是他父亲蒋文良请专业工程队的人来做的。蒋红根曾经带我去塘西参观他家的天罩子。他家的天罩子规模大，不仅罩住了院子的四周，还罩住了门前的路和院墙后面的自留地。我注意到那天罩子使用了很多昂贵的白色有机玻璃，可以透光，所有立柱横柱都是不锈钢的，柱子上的尼龙绳可以让天罩子自由开合。我问蒋红根他家从哪儿弄来那么多有机玻璃，他对此讳莫如深，后来自己忍不住告诉我了，是炭黑厂给我们家的，只给了我们家，你要保密，不准告诉任何人。

可惜天公不作美，塘西人的第一批天棚，大多数毁于一场大风。咸水塘的春天从来多风多雨，但那天夜里的狂风超出了气象台的预报，也让咸水塘人感到惊骇。塘西的人们在睡梦中听见自己家的天棚在风中挣扎，不过几分钟，木棍、瓦片与竹竿砰然倒地，似有很多东西在暴风中飞翔，发出呼啸之声。有人隔窗往外看，不知视线是被玻璃上的黑灰覆盖了，还是外面太黑，竟然什么也看不见。有人披衣起床，开门察看，看见微弱的月光下，整个村子一片狼藉，瑟瑟发抖，屋顶上积存的炭黑灰漫天飞舞，它们与夜色融合在一起，夜空看起来便在颠簸，在摇晃，在碎裂。风太大，人在外面都站不住，他们逃回屋内之前抬头往上看，哪儿还有什么天棚？刚刚辛辛苦苦做好的天棚，一场大风过后，竟然飞走了，甚至连竹竿木棍，都不知去向了。

早晨有很多人在村巷里奔走，寻找自己家被风卷走的东西。竹竿木棍不值钱，且难以辨认，大家也不在意。主要是那些棚顶的篷布，有人家用化肥袋饲料袋拆了一针一线缝起来，不花钱，但花了心血，有的用考究的塑料布，那是花了钱从供销社买来的，谁舍得让风给白白卷走？很多村民在村巷里找不到，一直找到咸水塘边，发现自家的篷布正在咸水塘里漂着呢，像一堆垃圾一样。靠塘岸近的好办，用根竹竿就能挑回来，麻烦的是那些漂在远处的，隔得远看不清是自家的还是别人家的。德奎家的篷布就找不到，他们夫妇断定是在咸水塘里漂着，解开了舢板划过去捞，捞回来好几堆形形色色的篷布，一看都不是自家的。德奎不甘心，想想自己家的篷布一定给别人拿走了，自己便有理由拿别人的，所以他最后挑了那堆蓝白条的化纤篷布，对他媳妇说，这就算我家的了。

德奎夫妇拖着那篷布往家走，没走几步路，偏偏撞见了蒋福兰和她母亲狄云仙，那母女俩一眼认出德奎拖着她们家的篷布，她们拦住德奎，德奎却不肯放手，说，我从塘里捞出来的，怎么是你家的？德奎媳妇说，蓝白条的篷布多了去了，怎么证明那是你们家的？你们喊它一声，看它能不能答应你们？狄云仙说，德奎家的你不讲理了，我是见过你家那天棚的，那篷布不是你用尿素袋子缝起来的吗？你倒是不眼瞎，会挑我家的好篷布拿！

旁边过来几个村民，他们主持公道，虽不保证那篷布属于狄云仙，但都证明德奎家的天棚是用尿素袋子缝的。德奎夫妇丢了脸面，又不肯认输，德奎回头看了看咸水塘水面，突然说，好，还可以还，不过没这么容易，我在哪儿捞的就还到哪儿去！在众目睽睽之下，德奎拖着篷布返回到舢板上，狄云仙母女和几个村民看着他划舢板往咸水塘远处去，狄云仙气得跺脚，说，你们大家看看，大家乡里乡亲的，说起来都是蒋家人，做事怎么至于这么绝？我的同学蒋福兰当场发誓，对德奎媳妇说，我以后一定要当女兵，要是领到枪，第一个就崩了你家德奎！

暴风过后的塘西村，照例是一个黑天气。整个村子像是被战火吞噬过的一片废墟，油腻腻黑黢黢的。只有蒋文良家的大天罩子和蒋秀明家的小天罩子还耸立在塘西村瘦削的空中，一个巍峨，一个秀丽，印证了一分价钱一分货的真理，也彰显了主人的远见卓识。

至于萧木匠家，他们家人去屋空，只剩下好莉一个人寄居春花家，没人为她家做天棚，自然也就不存在什么损失，只是因为那房子曾被左邻右舍的天棚包围，无遮无挡，似乎塘西村所有的炭黑灰都落在了她家的门窗墙壁和屋顶上，远看那房子，就是一座黑房子了。

5

塘西人选择了一个星期一的上午去群星炭黑厂请愿。

工厂门口黑压压的都是塘西人，男女老少都有，他们分成两大片坐在地上，中间理性地留下了一条路，以供工厂的人正常进出。我的同学蒋红根和蒋根土在队伍的最前方，他们展开了一条横幅，横幅内容出自蒋秀明之手，显得文采飞扬：还我绿色的蔬菜。还我干净的身体。塘西村五家桥一视同仁，给我们进厂的权利。

蒋红根与蒋根土那天刻意在脸上抹了炭黑灰，抹得过分黑了，看起来像是舞台上扮演非洲孩子的小演员，但大人默许了他们。他们的身边各放一筐蔬菜，一筐被炭黑灰玷污的白菜，看起来是黑菜，一筐白萝卜，半黑半白，作为最好的人证与物证，都显得滑稽，却又触目惊心。

除了蒋文良和蒋秀明、李文清几个村干部，其他塘西人都席地而坐，他们穿着被炭黑灰所玷污的衣服，远看黑压压的一片，像是前来出席一场巨大的葬礼。大多数人表情庄严，坐姿端正，也有人松松垮垮心不在焉的，还有人歪着屁股半坐半蹲，互相咬耳朵说话，最过分的是几个妇女，人坐在那里，手里居然还在纳鞋底打毛衣。蒋文良在人群里穿梭，检查村民们的仪态，他发现蒋义伯把他痴呆的孙儿也带来了，那小男孩被难得的热闹所感染，一直咧嘴咯咯地傻笑，以为这个悲壮的日子是一个欢乐的节日。由于傻孩子的笑声听起来太刺耳，蒋文良当场就让蒋义伯带他孙儿离开。蒋义伯很务实，问蒋文良，你们干部说好的，今天来这里算工分，一大一小算一个半工，那我带孩子回家，你们还算不算我家的工分？蒋文良气得直咬牙，回头对蒋秀明说，你看看，你看看我们塘西人，就他娘这种德行，人家瞧不起我们，怪得了谁？蒋秀明平日喊蒋义伯叔叔的，血缘近，又不好意思训长辈，贴着蒋义伯耳朵说，一个半工肯定记不了，叔叔你带孩子回去，我让会计给你记一个工。

群星炭黑厂的两扇大铁门紧闭着，从实心铁门下端与地面的空隙里，可以看见一些厂里人慌乱的裤腿和鞋子，塘西人无法从中辨认，炭黑厂的领导是否出来了。他们齐声呼喊，郝书记出来！里面有人喊，郝书记不在厂里，他去局里开会了。塘西人又喊，孟厂长出来！里面立刻有人回答，孟厂长也不在，他去北京出差了！

工厂侧门原先是开着的，以便让迟到的工人与邮递员进出，那是一扇网格状的铁门，塘西人能清晰地看见当天值班的门卫，恰好是从五家桥村进厂的齐老四。八点钟一过，齐老四从传达室里冲出来锁了侧门，对着外面喊冤，你们这不是为难我吗，昨天不来，明天不来，偏偏我当班时候来，你们等我下了早班，下午四点以后再来行不行？李文清说，齐老四你做个看门狗而已，慌个屁？我们今天是来伸冤的，你进去通报一下领导，要不让我们进厂诉诉苦，要不我们就在外面，等你们领导出来。齐老四嚷嚷道，这事归保卫科管的，早就通报过保卫科了，他们说了，我们撵不走你们，会有人来把你们撵走！

保卫科长提着一只电喇叭奔来了。他阔脸蒜鼻黑皮肤，身形五大三粗，穿着旧军装，其长相与职务显得很协调，听其口音，应该是北方人。通过扩音放大，他洪亮的声音瞬间压住了炭黑厂门口嘈杂的人声：塘西村的村民们，请你们迅速离开，迅速离开！卡车车队马上要出厂了，今天运输出口炭黑，先运往上海港，然后上远洋货轮，最后运往非洲赞比亚，支援非洲人民生产建设，你们阻碍我们卡车出厂，就是破坏我们与非洲人民的友谊，请你们悬崖勒马，悬崖勒马，赶紧离开！

大多数塘西人对广播内容一知半解，几个年轻人能听懂他的警告，他们首先对炭黑的行程充满羡慕，说那些炭黑倒是福气，能坐车去上海，能坐轮船去非洲，我连上海都没去过，轮船没坐过，火车没坐过，想想我的命，还不如他们厂里的炭黑呢。蒋寿生说，你们听他吹牛皮！炭黑运到非洲赞比亚去？人家非洲兄弟那么黑，还要你们群星炭黑厂的炭黑干什么？还往脸上涂吗？好多人应声而笑，保卫科长似乎被塘西人的无知激怒了，说话一下就变了调，你们他妈的不要得寸进尺，他妈的不要自作聪明，以为坐在厂门口就不犯法了？坐着闹事就不是闹事？我知道你们塘西人不见棺材不掉泪，我们已经联系警方了，你们就给我坐着吧，看你们能坐到什么时候！立刻有人在外面喊，你骂人？嘴里给我放干净点！什么叫不见棺材不掉泪？你他妈的才自作聪明，我们塘西人见了棺材怎么会落泪，你不知道我们塘西人祖祖辈辈都是做棺材的？

厂门仍然紧闭，能够听见里面有卡车鸣笛的声音，司机等得不耐烦了。塘西人万万没想到，在尖利的汽车喇叭声中，一片大水忽然汹涌而至。隔着大铁门下面的空隙，能看见厂里有人在拖动高压水管，他们还来不及反应，一股强大的水流穿越厂门，涌向门外的地面。开始是白花花的，很快变成一片黑水，塘西人摆在铁门前的几个菜筐瞬间倾翻，我同学蒋红根和蒋根土一下被水流冲到了人群中间，他们保护的横幅也落在了水里。塘西人万万没想到，炭黑厂对他们采用了水淹战术，在一片慌乱的叫喊声中，坐着的塘西人队伍一下被水流冲散了。很多人忙不迭逃开，膝盖和裤腿已经被黑水打湿，德奎和德康卷起裤腿跑到铁门边，对着门那边的几只胶鞋骂起来，德奎骂得文明一些宽泛一些，你们还算工人阶级？狗屎阶级！这么刁钻，这么下流！德康骂得就粗俗了，由于他认得门里的好几个人，咒骂对象有名有姓，塘西人听了便格外解气，齐老四，祝你断子绝孙！马科长，祝你老婆给你戴绿帽子，一顶不够戴三顶，王师傅，祝你明天屁眼里长个食道癌出来！

听我同学蒋红根说，那天塘西人显示了前所未有的团结精神，既然不能在地上坐着了，他们便站了起来，手拉手，在满地黑水里堵着厂门。群星炭黑厂的运输卡车出不来，几个司机还在按喇叭，无论他们怎么按，塘西人还是手挽手挡着路，在李文清的带领下，他们一遍遍地齐声高喊，孟厂长，出来！郝书记，出来！

郊区派出所的白色警车没能及时抵达，那天情况特殊，化肥厂那边有人群殴，打出了人命，警力都派去了化肥厂，只来了两个骑自行车的警察，一老一少。他们注意到了厂门口的大片黑水，听塘西人七嘴八舌地控诉厂方，也不作什么表态，只是要求聚集的村民们赶紧回家。

两个警察应该是去找孟厂长斡旋了，过了不久他们出来，老警察朝蒋文良竖起三根手指说，你们派三个人做代表，跟孟厂长去谈，其他人赶紧散了！年轻的警察对塘西人横眉竖眼的，语气也凶悍，要是还堵着人家厂门，下面是谁来对付你们，怎么对付你们，你们清楚不清楚？

蒋文良赔着笑脸说，清楚。随后他朝人群挥了挥手，都回家去，回家做午饭去。

厂门口黑压压的人群一下子就散了，只留下蒋文良蒋秀明和李文清三个人，是谈判的当然人选。齐老四为他们打开了半扇门，他们便侧着身子进去了。

孟厂长与蒋文良毕竟都世故，隔空为敌，见了面便像无事人一样，还握手寒暄。已经是中午的饭点时间，孟厂长带三个塘西代表去了食堂的小房间，厨师给他们做了一桌小灶菜，孟厂长还拿出了一瓶白酒。

因为热闹地喝着酒，谈判就容易了一些。塘西人的核心要求不外乎是像五家桥村村民一样，进厂务工。双方在临时工、农民工、合同工的问题上来回拉锯，最后孟厂长表态，他冒着掉乌纱帽的危险，同意从塘西招收五个合同工进厂。至于招收合同工的要求，孟厂长原先有点苛刻，除了性别基本规定为男性（女性不超过一名），具有小学文化程度，年龄必须四十岁以下，政治面貌还需是党员。蒋文良当即说明，其他要求可行，但整个塘西村一共才八个党员，都是村干部，要是让这些人进厂，还不让村民骂翻天？孟厂长便在政治面貌上作出了让步，不是党员那最好是团员，不是团员也要是进步群众。他忧心忡忡地看着三个塘西干部，说，我说句老实话，也不怕你们见怪，我是了解你们塘西村的，你们塘西群众的思想觉悟工作态度，做工人也不一定合格，我真的是一百个不放心！

6

好歹算是一场胜利，但只拿到了五个进厂名额，对于塘西村来说，明显是僧多粥少了。

蒋秀明最初和蒋文良商量，要大家一起推选那五个幸运者。蒋文良当即否定了这个方案，选举？选个屁！你还不知道我们塘西村？连选个五好社员都能吵翻天，选一天也选不出来，德宽和李家兄弟都打起来了，那天德宽的卵蛋子都给捏碎了，你都不记得了？这进厂名额那么金贵，那不要打出人命来？

蒋秀明自然记得那事情，德宽去医院还是他送的。他问蒋文良是否召集塘西村的党员团员村干部开个会议，研究一下五个名额的人选，蒋文良挥挥手说，不研究，你辛辛苦苦研究出什么结果，他们都骂你！要公平，只有一条道，抓阄！凭手气，他们要骂，只能骂自己的手！

这决策出乎蒋秀明的预料，也让他为难了。他说文良叔你不是开玩笑吧，这进厂名额怎么能抓阄？人家厂里年龄有要求，文化水平有要求，至少要念过小学呀！蒋文良轻蔑地摇头，念没念过小学，这学历能写在脸上吗？进厂做个工人出力气罢了，又不要你去搞技术读报告，你自己不说，谁知道你念没念过小学？蒋秀明摇头说，文良叔，读没读过书瞒不了人呀，瞒得了一时瞒不了一世，塘西村这么多睁眼瞎，连自己名字都不认识，万一他们要你读一段报纸，怎么办？蒋文良还是不以为然，他说当工人又不是当广播员，凭什么要你读报纸？我认识硫酸厂好几个工人是文盲，文盲能造硫酸，凭什么就造不了炭黑？退一万步说，就算他们非要有文化的，也只有先抓阄，手气最公平，抓到了阄，阄可以买卖呀，你明白不明白？我们塘西人能做棺材生意寿衣生意，这进厂名额怎么就不能买卖？万一手气好的全家不识字，可以把名额卖给那识字的人家，怎么交易随他们去，村里哪五个人进厂，要不凭自己手气，要不凭自己的财力，谁也怨不得。

蒋秀明一时分不清那是蒋文良的智慧，还是蒋文良的狡诈，但他心里承认，对于他们村干部来说，抓阄是最稳妥的办法，可以免于一切后患。最后蒋秀明拍拍自己的膝盖，文良叔，那就听你的，抓阄吧。

7

塘西村的事情，本来与我们塘东无关。但对于塘东的孩子来说，节日总是太少，抓阄大会闻所未闻，这份热闹足以替代节日。为了看塘西人抓阄，那天很多塘东孩子相约结伴，沿着咸水塘往塘西村走，我和春风、红旗他们也去了。

我们到了蒋家祠堂，第一次发现塘西村有这么多人口。祠堂外面到处是塘西人，春风懂得抢占制高点，率先爬到了老榆树上，红旗也勉强站到了一根树杈上，他们上去了，树杈上就没有我的位置了，所以我像一只没头苍蝇到处乱撞。祠堂的门半掩着，李文清和蒋根土的哥哥站在门口，前者手持铁锹，后者用一根门闩撑着地，看那架势，闲人是绝对进不了祠堂门的。我从这扇窗子跑到那扇窗子，所有的窗前都挤满了人，好在我看见了蒋红根的大脑袋，他和另外两个塘西男孩占住了一个窗台。我喊蒋红根的名字，他朝我招手，我挤上去，他们大方地侧过身子，给我让出一条缝。你来得正巧，蒋红根说，马上就开始抓了。

窗内黑压压的人群里，我一眼就发现了好莉，她是祠堂里唯一的女孩子，穿着一件红衬衫，脖子上系着红领巾，特别显眼。我问蒋红根，小女孩不是不能进祠堂吗，为什么好莉能在祠堂里？蒋红根说萧木匠黄招娣家只剩下她一个人寄居在叔叔家，为了公平，村干部特许她进祠堂，替他们全家抓阄。她明显意识到了自己的特殊，我看见她倾着身子，低垂着头。她的目光偶尔会从地上跳起来，扫过周围的人群和窗外的人影，看起来有点惊惶。祠堂里有很多男人在抽烟，他们的面孔在缭绕的烟雾里忽隐忽现，有人在咳嗽，有人嘴里念念有词，或许是在祈祷，还有人撩起袖子，不停地搓手。祠堂中央放着一口大缸，大缸被一个木盖子盖着，木盖子上挖了一个圆孔，正好可以容纳一只手进入。很明显，你走运也罢，不走运也罢，一切都在那只大缸里了。

祠堂的墙上挂着一块黑板，上面用粉笔写了几个字，抓黄球结果。这读起来有点费解，蒋红根解释了其中原委，本来应该在黑板上写抓阄结果的，但是那个阄字他父亲不会写，连蒋秀明也不会写，干脆就写抓黄球了。不管怎样，那块黑板将写下五个幸运的名字。蒋红根告诉我们抓阄抓的是乒乓球，考虑到塘西人多不识字，很多人连数字也不认识，只能辨认颜色，所以大缸里装的是乒乓球，乒乓球里只有五个是橘黄色的，其他都是白色的。

我同学蒋福兰的哥哥蒋福良是第一个抓到黄色乒乓球的人，蒋老七是第二个，蒋秀明的堂兄蒋秀林抓到了第三个黄球，他们都当场下跪，向蒋氏祖宗的灵位磕头致谢。大多数人手气不好，当场踩碎了白色的乒乓球。大多数白色乒乓球被人踩瘪了，羞愧地躲闪着人们愤怒的脚底板，满地乱滚，有一个弹到了我们所在的窗台上，被蒋红根抢到了，蒋红根很慷慨地塞给我，说，拿回家用开水泡一下，还能用。

身后有村民在愤愤地议论那几个幸运者，其中一个妇女捶着祠堂的门，朝里面高喊，不能在这个祠堂里抓阄，看看呀，抓到黄球的人都姓蒋，我们李家萧家范家抓的都是白球，这是他们蒋家的祠堂，老祖宗只保佑姓蒋的后代，不公平，我们把大缸搬到打谷场上去，太阳当头，让毛主席老人家看着抓，那才公平！

她大概说出了其他杂姓人家的心里话，祠堂内外都有人呼应，不能在蒋家祠堂里抓呀，把大缸搬到打谷场去，去打谷场抓阄去！范家萧家都有人往大缸边走，撸起袖子要搬大缸的架势，蒋秀明没有来得及反应，蒋文良从板凳上腾地站起来，我倒要看看，谁敢把这缸搬出去？蒋文良的目光锥子一般从那些人的脸上一个个扎过去，忽然，他苦笑了一声，不怪别人瞧不起我们塘西人，这么多不知好歹的东西，我们干部都不参加抓阄，我们挖空心思给大家公平，你们倒放起这种咸菜屁来了，把大缸搬到打谷场上，让毛主席看着你们抓阄？他老人家在天之灵管我们村这点破事？

尽管退位了，村民们对蒋文良仍然惧怕三分，几个要搬大缸的人快快退下，大缸得以留在原处，在人们的视线里，它愈发像一座黑黢黢的迷宫了。后来蒋秀明就喊到了萧木匠的名字，我看见好莉从凳子上跳了起来，一团红色跳了起来，可能是过度紧张，可能是红衣服与红领巾的映衬，她的面孔看起来也是红的。她躬着身子，蹑手蹑脚地走到大缸前，似乎怕惊扰了藏在缸里的神灵。因为个子矮小，她将身体伏在木盖子上，才能将手伸进木盖子的圆孔里，这样，好莉的两只脚便悬在空中了。我看见她努力地掏着，嘴里念叨着什么，脚上的布鞋鞋尖不时地踢到缸壁，不知是否因为承受了意外的侵犯，大缸里响起一片嘤嘤嗡嗡的声音，听起来那声音似乎是风声，似乎是雨声，又有点像孩子抽泣的声音。

当好莉举起那只乒乓球时，祠堂内外发出了一片惊呼声，那既不是白球，也不是黄球，是一只红球。从我们窗台这边望过去，那乒乓球的色泽处于粉红与桃红之间，红得柔弱，但很鲜艳。所有人都没有料到这个结果，怎么会有一只红色乒乓球呢？没有人见过红色的乒乓球。蒋秀明和李文清他们向村民们保证，他们仔细清点检查过所有的乒乓球，缸里只放了五只黄色乒乓球，其他都是白色，好莉怎么可能抓到一只红球？

他们立刻想到要检查好莉的手，还有那只乒乓球。蒋文良负责手，他仔细察看了好莉的手心手背，就是一只普通的乡下小女孩的手，不脏，也不干净，指甲好久没剪，指甲缝里有点黑垢，并没有涂过红药水或者颜料的痕迹。蒋秀明负责那只乒乓球，他举起球对着光线端详球体，又用手指甲刮了一下，那红色并没有被刮掉，这意味着那就是一只正常的红色乒乓球。

红色自然不是白色，那算不算橘黄色？祠堂里的村民们吵作一团，萧木匠的几个亲戚在喊，红球就是黄球，红球不是白球，肯定要算黄球！其他村民们都反对这种见解，有人嚷起来，红就是红，黄就是黄，红的怎么能算黄的？有人举起自己抓到的白球，蛮横地喊，歪理谁不会讲？既然红球能算黄球，那我手里的白球也算黄球！

蒋秀明和蒋文良他们一时也拿不了主

意，他们商量了一番，让好莉先坐在旁边等候，等到所有村民抓阄完毕，五个幸运者水落石出，好莉的红球应该算作黄球还是白球，自然就见分晓了。

我看见好莉抓着红色乒乓球坐在板凳上，亲戚们簇拥着她，因为好奇那只乒乓球为什么是红色，要从好莉手里拿球亲眼验证，不过他们都被拒绝了。好莉紧紧抓着那乒乓球，就像抓着她全家的希望，时刻提防这希望被别人拿走，她的审慎超出了年龄，让人对她刮目相看。

第四只橘黄色乒乓球是被范金堂从大缸里抓出来的，这人选虽然平息了一些杂姓人家的抗议声，却给剩下的十几户人家带来了更深的忧虑。谁也不知道好莉手里的红球是不是属于黄球，谁也不知道缸里还有没有第五只黄球。他们走向大缸的步履异常沉重，有人用颤抖的手在裤腿上不停擦拭。无论他们的手在缸里怎么掏来掏去，无论他们嘴里念叨了什么，向谁祈祷，那十几个人抓出来的都是白色乒乓球，祠堂里响起一片骂声。等到蒋秀明揭开缸盖，向大家展示空空如也的大缸，所有人都看着好莉。我看见好莉的眼睛里流出了眼泪，她哭了。照道理她应该笑的，但是她开始哭，哭得肩膀一颤一颤的。无人知道黄球在好莉手里为什么变成了红球，但大多数人默认了这个奇特的结果，红色就是橘黄色，红色乒乓球就是橘黄色乒乓球。

随后祠堂里再次骚动起来。德康当场指着蒋秀明的鼻子骂娘，说干部们制定的抓阄规则不公平，不该一个家庭抓一个球，应该按人口来，他家三个儿子符合进厂条件，却摊不上一个名额，萧木匠家里明明都没人能去做工人，好莉明明抓的红球，怎么就能算黄球呢？德奎呼应了他哥哥，突然举起手里一只黑乎乎的乒乓球嚷嚷起来，红球不算数，绝对不能算数，要是红球算黄球，我这黑球为什么不能算黄球？

有人咯咯地笑起来了。德奎的把戏虽然幼稚，在这个场合却很实用，他挨着祠堂窗边坐，窗台上积存着厚厚的炭黑灰，他将手里的白色乒乓球放在炭黑灰里磨来磨去的，白球自然就变成了黑球。蒋文良走到德奎身边，抢过他的黑球，用手指蘸了蘸，冷不防就往德奎的脸上抹，德奎躲闪不及，脸上便有了一道黑痕。蒋文良说，德奎，你让大家看看你脸上是什么？炭黑灰吧？世界上从来没有什么黑色乒乓球，你这不是黑球，是炭黑球，对不对？

德奎倒是镇静，用衣袖擦了下脸，文良我也要问你，世界上没有黑色乒乓球，就有红色乒乓球了？你问问祠堂里这些人，之前谁见过红色乒乓球的？就算我这是炭黑球，那你要告诉我，为什么红球算黄球，炭黑球就不能算黄球？

蒋文良恼了，指着德奎鼻子骂，德奎你这搅屎棍，在这儿胡搅蛮缠呢？这事情明摆着，人家好莉的红球算黄球，你这黑球不是黄球！红的就是黄的，黑的不是黄的，红球就是黄球，黑球不是黄球，你心里不明白吗？

那德奎似乎铁了心要抗争，他坚定地摇头，嘴上的笑意明显带着挑衅，不明白，打死我也不明白，要说黑的不是黄的我也同意，你们村干部非要说红的能算黄的，非要说这红球算黄球，我们去郊区评理，郊区不行去市里，市里不行去省里，我非要让上级领导评一评，世上有没有这个道理？德康这时候站起来声援他兄弟了，红球不是黄球，说到联合国也是这个道理！他高声嚷嚷道，好莉的红球不能算，还有一个名额要重新抓阄，一定要重新抓！

差不多是一呼百应，除了萧木匠家的几个亲戚态度暧昧，祠堂里坐着的人都站了起来，齐声喊，重新抓，重新抓！德奎冲到黑板前，当着蒋秀明的面，把刚刚写上去的萧木匠的名字擦掉了。蒋秀明没有阻拦，从他犹豫的神态不难看出，红球能不能算黄球他也持怀疑态度。蒋文良觉察到自己四面受敌，突然向蒋秀明发难，红球到底算不算黄球，你倒是表个态呀！看蒋秀明还在为难，他一下便撂了挑子，你们当领导的没有态度怎么行？我现在只是塘西村的普通群众，头上乌纱帽早没了，我又不要抓阄，这黄球红球白球，关我什么屁事？下面怎么办，你们自己看着办吧！

蒋文良扬长而去，祠堂里一时安静下来。蒋秀明和李文清他们商量一番，最后决定走最稳妥的程序，让村民们举手表决，第五个黄球是否要重新放入缸内再抓？表决结果在大家的预想之中，萧木匠家的几个亲戚掀不起风浪来，祠堂里的绝大多数人都举起了手。

这次轮到老光棍独臂金根走运了，他用唯一的右臂伸进大缸，抓到了唯一一只黄色乒乓球。由于金根年过五旬，只有一条胳膊，连自己名字都不认识，完全不符合进厂条件，有几户村民当场就要与他做交易。德奎愿意出钱买名额，德康承诺在一个月之内为他娶到媳妇，蒋老五当场将小儿子冬生推向金根，表示要过继给他做儿子，以后负责为他养老送终。金根都摇头，他把黄色乒乓球揣在口袋里，不知道是要待价而沽，还是另有打算。

一幕好戏终于散场，祠堂里的人开始往外走，大多数人嘴里骂骂咧咧的，外面看热闹的人也一下散了。我记得很清楚，我和蒋红根他们正要跳下窗台，忽然看见祠堂里一个红影子朝金根撞了过去，是好莉，她尖叫着朝金根撞过去，手往他的裤兜里伸，似乎要挖出那只黄色乒乓球。我们听清了她的尖叫声，那是我的，是我的，是我们家的！

从我们所在的窗台上看过去，金根开始是在躲闪好莉的，他明显不愿意与一个小女孩计较，绕着大缸跑了两圈，但好莉不依不饶地追，还扯住了金根的空袖管，他突然发怒，用独臂将她的身体揽起来，扔进了那口大缸里。

咚的一声，我们听见大缸里响起了好莉尖利的哭声，很快她开始嘶喊，为自己伸张正义，那声音经过了缸体的扩音作用，听起来瓮声瓮气的，语意混乱，却异常响亮：

你的球是我的球，红的就是黄的，你的黄球不是黄球，那就是我的红球，那是我们家的球，我家的红球就是你的黄球！你的黄球就是我们家的红球！

8

好莉不懂魔术，好莉不是魔术师，她的手为什么能让橘黄色变成红色，这是一个很有趣的谜。

我弟弟那年有幸成为好莉在咸水塘工农子弟学校的同学，她抓阄的奇事全班学生都听说了，包括他们的老师陈丽丽，大家都对她的手充满好奇。为了亲眼验证奇迹，陈丽丽拿了一只橘黄色乒乓球来，但是那乒乓球勾起了好莉的伤心事，她呜呜哭起来，说她一辈子都不会触碰黄色乒乓球了。陈丽丽灵机一动，随手从我弟弟的铅笔盒里拿了块黄色的橡皮，说，黄球不行，那试一试黄橡皮？这次她顺从了，认真地握住那橡皮。她屏息凝神咬着嘴唇，明显在努力，不想辜负别人的期望。过了几秒钟她缓缓打开手掌，教室里顿时爆发出一片惊呼声。我弟弟说他们看见的是一块浅绿色的橡皮，不是想象中的红色，或者橙色，是一块浅绿色的橡皮。好莉自己也意外，她对陈丽丽的解释听起来有点愧疚，我知道橡皮会变颜色，我想让黄橡皮变红色的，不知道怎么就变绿色了。她说，把黄色变绿色，我也是头一次。

陈丽丽愕然。她仔细研究好莉的手，连掌纹和手指都一一捏过，怎么也看不出异常之处。她问好莉平时都用手做什么，触碰过什么特别的东西？好莉茫然摇头，说她寄居在堂叔家，平时也不干什么活，主要负责去堂叔家的自留地摘菜回家。她最早是从蔬菜上发现自己的手出了问题，她明明从西红柿地里摘了熟透的西红柿放进篮子，带回家那些西红柿就变得半黄半绿的，不熟了。她从豇豆架上挑选最嫩的豇豆摘，那碧绿鲜嫩的豇豆放进篮子后就变皱了，变得干巴巴的，扯都扯不断。为了这事，她没少让婶婶数落，说她那么大个人了，连摘个菜都不行。她汲取了教训，再去自留地的时候就特意挑选那些半生不熟的蔬菜瓜果摘，可是她的期盼落空了，因为她的手倒行其事，半黄半绿的西红柿摘到篮子里，不仅没有变红变熟，看起来反而更加青涩了。她又去摘老豇豆尝试，那些老豇豆进了她的篮子，也一样成了更干瘪的样子，像是晒过好几天的豇豆干了。说到这儿好莉悲从中来，呜呜哭了起来，她问陈丽丽要是一个人把自己的手剁了，会不会长出一只新手？陈丽丽叫起来，你这傻孩子，千万不敢往那儿想！人的手又不是地里的韭菜，割了还能长，手没有就没有了，怎么还能长出来？你的手很宝贵呀，要好好留着，以后让科学家做研究！

塘西村总出这样那样的稀奇事，现在轮到好莉的手了。要说那是奇迹，也不算过分，只不过这奇迹的效用有点蹊跷，它带来的不是欢喜，不是好处，而是一些遗憾，一些恐慌。陈丽丽抓着好莉的手思考了好久，怀疑其根源可能来自好莉手心上的汗液。汗液属于分泌物，可是什么样的分泌物能让橘黄色的乒乓球变红色乒乓球？能让浅黄色橡皮变成浅绿色？能让熟透的西红柿变得半生不熟？陈丽丽想不出其中的科学原理。有多嘴的孩子在旁边提醒她，她手上有汗，黄的变红的，黄的变绿的，都不稀奇，她要能把白的变黑的黑的变白的，那才是特异功能，那才了不起！

立刻有人给好莉递过来一块白色橡皮，嚷嚷道，萧好莉，你要能把白橡皮变黑橡皮，这橡皮就归你！陈丽丽用鼓励的眼神看着好莉说，试一试？好莉摇头说，不行，我又不会变戏法，我的手碰到颜色才能变颜色，有一种颜色才能变另一种颜色，白的变不了黑的，黑的变不了白的。陈丽丽说，变不了也没关系，你试一试给我们看看就行。

好莉这次勉强接过白色橡皮，紧紧地握在手心。旁边有孩子鼓励她，握紧一点，变黑！让白色变黑！让白色变黑！她嘴里发出了咕哝声，白的变不了黑的，黑的变不了白的，我告诉过你们了。过了一会儿她摊开手，撇起了嘴，果然，这次奇迹没能发生，大家看见的依然是一块白色橡皮，颜色似乎比原先更白了。陈丽丽和孩子们都发出了惋惜的声音，他们最终认识到好莉的能力还是有限的，虽然她神奇地将一块黄橡皮变成了绿橡皮，但把白橡皮变成黑橡皮这样的事，她依然做不到。

更可惜的是，好莉在咸水塘工农子弟学校名噪一时之后，忽然就不来上学了。塘西村的孩子上学三天打鱼两天晒网，本算常见的事，只不过好莉的座位空了好多天，陈丽丽便向塘西村的同学打听好莉出了什么事，几个塘西孩子争先恐后地告诉陈丽丽，萧木匠和黄招娣回家了，他们从北方带回了失踪多年的好福，好莉之所以不来上学，应该是父母让她留在家里照看弟弟了。

这是个天大的喜讯，连陈丽丽都不禁为之鼓掌。不过，塘西孩子随后透露的消息多少显得诡谲，甚至有点阴森了。他们说好福是个小驼子，当年一个外乡驼子买了好福做儿子，把好福也培养成了一个驼子，好福是驼着背回家的。陈丽丽听出了破绽，你们胡说八道些什么？驼背是脊柱毛病造成的，又不是培养出来的，好莉和好福不是双胞胎么，好莉那么健康，她弟弟怎么可能是驼背？几个塘西孩子很委屈，他们都声称自己亲眼看见过好福，他的后背上像是驮着一口锅，走路抬不起头，直不起腰，家里的长辈都说，好福走路的样子，与当年那个外乡驼子一模一样的。

9

很多塘西人都记得，萧木匠夫妇回家的时候，大门上的挂锁沾满了炭黑灰，锁眼生了锈，萧木匠开了半天打不开，一气之下便去邻居家借了榔头，砸了锁。尘封多日的家门被推开的瞬间，村民们闻到一股奇怪的气味涌出来，浓烈的酸味中融合了明显的霉味，一些腥味，还有腌腊品的浊气，很多人鼻孔受到刺激，当场打开了喷嚏。然后他们看见一群白蝴蝶从灶台那边飞出来，它们在门框上端集结成队，从村民们的头顶上飞过去，飞得很镇定，也很整齐。

这个家今非昔比了，夫妇俩从北方带回了儿子，两个女儿却已经离家出走，对此家变，他们似乎早已知情，亲戚们没有听见夫妇俩提及过好英好芳的名字，看起来心里已经默认，离开，或者滚出家门，算是姐妹俩恰当的归宿了。

敏感的妇女们注意到了好莉那天的表现。她躲在堂叔一家人后面看萧木匠砸锁，眼神飘忽不定，间或又悄悄打量黄招娣，还有那个弟弟隆起的背脊。与家人的久别重逢，与其说给她带来了欢乐，不如说是惶恐，好莉脸上的表情，似乎是自知做错了什么，正在等待惩罚。所幸黄招娣对待小女儿并没有苛责，她把好福领进家门，回头对着人群喊了一声，好莉回家，好莉，回家！

这一声回家，那母女之间失散的秩序一下就恢复了，好莉响亮地应着，一个箭步就冲出了人群，不仅如此，她果断地推开了几个要跟进门的亲戚，关上了大门。她说，你们不要进来，我妈他们赶路赶累了，要歇一歇！

村民们窃窃私语，议论的核心是那个驼背小男孩。好福失踪多年，几乎没有人记得他的模样了，在七奶奶家族后裔的心目中，很多人相信好福已经成为了一个鬼魂，七奶奶的老命，当初就是被他的鬼魂索走的。世上只有小孩变鬼，哪儿有鬼变小孩的？现在一切被颠覆了。德康媳妇拽一下德奎媳妇袖子，悄悄问，你看那小驼子，是人是鬼？德奎媳妇揉着眼睛说，实在看不出来，他面色那么红，驼背那么厉害，嘴角上还有口疮，看上去不像个鬼魂呀！话是这么说，她们都有点惊恐，谨慎起见，决定远离这是非之地。人们看着那妯娌俩各自拽着自己的孩子离开萧木匠家，能够听见德康媳妇数落孩子的声音，看什么驼子？你怎么知道他是一个驼子，万一是鬼魂变的驼子呢？我告诉你，那孩子究竟是人是鬼，现在还搞不清楚呢！

剩下的村民还围在萧木匠家门外，意见相对一致。小驼子可能是好福。小驼子应该就是好福。萧木匠夫妇千里寻子，吃尽了苦头，如果不是好福，他们怎么可能把一个小驼子带回家？有人特意靠近了男孩，用手摸了他隆起的背部。有眼尖的人注意到了他右耳后面的那颗痣，那是好福身上最明显的特征，在塘西村人所共知，所以人群中响起来一片嘤嘤嗡嗡的声音，耳朵后面有痣？有痣。是好福。有一颗黑痣。是好福。也有思维缜密的村民，一下回想起我弟弟当年被黄招娣错认为子，也因耳后一颗痣而起，他们认为人耳朵上有痣实属寻常，不能算什么铁证。村里的赤脚医生也在人群里，他听大家妄自猜测，各说各理，觉得他们都太无知了，他告诉大家，小驼子是不是好福，谁说了都不算，连黄招娣说了也不算，只要母子俩去专门的医院测一下血，一切便水落石出了。赤脚医生还说，验血认子的知识他早就告诉过萧木匠夫妇，既然他们千里迢迢地把一个小驼子带回家，应该是验过血了。

赤脚医生只说通了一件事，是不是儿子，要靠验血才能证实，另一件事却是没有人能自圆其说的，为什么好福被驼子买走，便也成了一个驼子？即使驼背能遗传，好福与那个北方驼子不存在任何血缘关系，又如何能遗传？村民们怎么也放不下这个疑问，问赤脚医生是怎么回事，这超出了赤脚医生的知识结构，他东拉西扯也解释不清。村民们估计萧木匠夫妇知道实情，又或者小驼子自己最清楚，他究竟是怎样成为一个驼子的？但考虑到他们旅途劳顿，家门紧闭，谁好意思去打听呢？反正来日方长，既然他们回来了，所有的谜底总有一天会揭开，稍等几天也无妨。

那一阵子很多村民想去看好福，都被黄招娣挡在门外了，连萧木匠的亲戚也概莫能外。她拒绝的理由听起来很合理，孩子丢了这么多年，人虽然回家了，要把魂也收回家，还有待时日，他不能再受任何惊吓，自然也不能随便见人。有亲戚抛出众人的疑问，也就几年的工夫，好好的孩子跟着那个驼子，怎么也变成了一个驼子？这一定戳到了黄招娣痛处了，她眼圈泛红，怔怔地说，我也想不明白这事，都是让那死驼子教的吧，有样学样？他带孩子捡破烂，低着头走路走惯了，他带孩子住水泥下水道管子里，天天弯着腰背，孩子的营养又不好，脊柱骨头歪了，怎么能不驼背呢？亲戚又问滴血验子的事情，她不屑地撇嘴，自己十月怀胎掉下来的一块肉呀，闻一下也能闻出来，要验什么血？亲戚就不好说什么了，迎合着她说，也是呀，天下做娘的都一样，哪儿有认错儿子的呢？这千山万水千辛万苦找回来的儿子，别说是驼背，就算是个瘫子，也要好好养大他，可不敢再把他弄丢了！

萧木匠夫妇在北方的寻子遭遇，蒋秀明他们了解得稍多一些。当时村里已有流言，说那夫妇既然不肯滴血认亲，那小驼子不一定是好福，很可能是夫妇俩一报还一报，从别人手里拐回来的儿子。干部们认为此事有必要调查，问题在于找谁调查，萧木匠与黄招娣相比，男人愚笨口拙，女人善于察言观色，也能说会道，恰因如此，她反而不值得信任，所以他们更多的是找萧木匠问话。

以萧木匠的陈述，他们的寻子路线是从北方的清水塘开始的。坐火车，搭汽车，住旅店，盘缠很快用完，幸亏他有木匠手艺，黄招娣有裁缝手艺，找到活赚了点钱就又能上路。更幸运的是人海茫茫，他们只寻找一个驼子。驼子在哪儿毕竟都是少数，容易打听，一般的驼子都单身，有家室妻儿的，便是希望所在，他们煞费苦心找上门去，结果可想而知，人家驼子的儿子都是自己的，不是他们的好福。之所以能找到好福，得益于夫妇俩的手艺，萧木匠帮一个老驼子修缮好了他的棚屋，黄招娣帮他做了一件寿衣。之后老驼子出于感激之情，向他们透露了一个重要的线索。有个捡破烂的王姓驼子从南方买了个小男孩做儿子，那男孩小时候可以挺胸直腰正常走路，驼子看不惯，也不允许，他说世上的儿子都要像父亲一样走路，他训练男孩像自己一样躬着腰走路，这样被驼子驯养了几年之后，那男孩也变成一个小驼子了。

夫妇俩最终找到了甜水塘水库工地。当他们眼前出现辽阔的水域，大片茂密的芦苇，在水面上游弋的白鹅，他们看见了一个北方的咸水塘，空气里飘散着儿子香甜的气息。萧木匠连续打了三个响亮的喷嚏，而黄招娣的身体颤索不停，怎么也止不住。工地上到处都是忙碌的人，每个人都直着腰背，独独不见驼子的踪影。他们向人打听，确有一对驼子父子住在工地上，有人指着一堆水泥涵管说，你们去管子里看看，大驼子出去捡破烂了，小驼子好像在管子里，那水泥管子，就是他们的家。

结局听起来是神奇的，干部们都啧啧惊叹。萧木匠说他们走到一个水泥涵管外，听见涵管里有动静，弯腰察看，能闻到里面有一股馊饭剩菜的气味，有人影在涵管深处活动，他先喊了一声好福，里面没有回应，但响起了一阵奇怪的声音，是金属与水泥摩擦的声音，什么东西突然从里面冲出来，撞在萧木匠的脚上，竟是一架银灰色的玩具飞机。黄招娣抓起了那玩具飞机，放鼻子下闻，她认定那是儿子的气味，是儿子！她对萧木匠喊了一声，便放声大哭起来，好福！好福，你出来！

好福没有出来，他只是跑到了涵管口，朝外面的人张望一下，很快缩了回去。黄招娣看见了他半明半暗的面孔，她对萧木匠说，我看见了，那是儿子，是我们的儿子！夫妇俩蹲在涵管口，一起朝里面喊，好福，好福，快出来！他们的喊声无济于事，直到涵管里忽然出现一些白花花的飞翔的影子，包围着孩子，有几只白蝴蝶从夫妇俩的肩膀上飞了出去，他们终于发现，那是一群白蝴蝶。他们不知道白蝴蝶是本来与孩子栖居在一起，还是从涵管的另一侧飞进来的，他们一时也分不清，白蝴蝶是来帮助他们还是要驱逐他们。此后奇迹降临，好福在白蝴蝶的簇拥下跑出了水泥涵管，他们惊讶于一个孩子躬着腰背可以跑那么快，他们看见一个驼背男孩站在阳光下，努力地仰起头，他对着黄招娣喊，大姑。他对着萧木匠的脸辨别了半天，随后喊，大舅。

一个喊大舅，一个叫大姑。萧木匠夫妇当时不知道那是孩子认错了人，还是临时赐予他们的某种称谓。

在村民们中间传播的流言其实对了一半。萧木匠承认他们是在驼子不知情的情况下带走好福的。他背着好福离开甜水塘，刻意地避开了人多眼杂的工地，但还是被几个工人发现了，他们飞奔过来阻止夫妇俩离开。工人问萧木匠，你怎么把人家的孩子背走了？萧木匠说，这是我的孩子呀，你们不想想，那驼子没有女人没有家，哪来的孩子？我就只有这一个儿子，让他买了，骗了，偷了！离家一千多里地呀，你们知道为了找这孩子，我们受了多少罪？工人说，不管你受过多少罪，找儿子又不是找米袋子，米袋子上写谁家的名姓就是谁的，孩子脸上又不刻字，你说是你的就是你的？就算是你的，你也要等人家驼子回来，把事情了结再带孩子走呀。萧木匠看了眼工人手里的铁锹，把好福交给了黄招娣，忽然走过去一把夺下那铁锹，等他回来也可以，要了结这事还不简单？他将铁锹啪地铲进土里，嘴里说，我也想了结呢，了结就一个办法，我一锹一锹打死驼子，该坐牢坐牢，该枪毙枪毙，孩子跟他妈妈走，回家去！

话说得干脆，工人们看萧木匠的样子，真像是以死相搏的。他们又问好福，小驼子，你认得他们吗？为什么跟他们走？他们要带你去哪儿？好福当时伏在黄招娣的肩膀上，他指指黄招娣的齐耳短发，指指她耳朵上的金耳环，这是我大姑，我记得大姑，她家有棵枣树。他又指着萧木匠说，那是我大舅，我大舅当过解放军，拿过枪！工人们闻声嚷嚷起来，你们自己看看，非说是你们的儿子，人家孩子说一个是他大舅，一个是他大姑，大舅大姑八竿子打不着，凭什么一起来了？凭什么要一起把孩子带走？黄招娣这时候哭起来，孩子是认错人了，我不怪孩子不记得妈妈，不记得爸爸，他离家实在太久了。她对工人们诚恳地说，就算我们一个是大姑一个是大舅，孩子跟着我们也比跟着那死驼子强，对不对？至少一日三餐有的吃，至少不用住水泥管里，我们家有三间大瓦房呀！

萧木匠告诉干部们，黄招娣那番话说动了水库工地上的人，他最后把好福背在身上时，那几个工人在后面喊，小驼子，听你大姑话，听你大舅话，跟他们回家好，有吃有喝，还有三间大瓦房！

10

塘西的孩子们常常跑到萧木匠家的后院去看小驼子好福。运气好了，会在院子里看见小驼子好福。除了七奶奶家族的小孩子受大人的影响，怀疑好福是重返人间的鬼魂，其他孩子都坚定地认为，好福是一个正常的活人，一点也不像什么鬼魂。

能够看见好福，就会看见好莉。那段时间好莉不去塘东上学了，她不仅充当了弟弟的卫兵、佣人，还像一个教官一样，在后院教弟弟走路。栅栏外面的孩子还是头一次看见这样的情景，一个姐姐训练她的弟弟如何走路。训练的目标一言难尽，概括地说就是要一个驼子直着腰背，昂首挺胸，目光向前，像一个正常人那样走路。

他们看见好福隆起的背部绑了一块木板，那块木板像一只熨斗，决意要熨平一个孩子弯曲的脊背，不知道那矫治办法有何出处，是好莉想出来的，还是来自他们的父母。孩子们判断那是经过萧木匠夫妇同意的，否则好莉不敢那么蛮干。好莉教得认真，教得严厉，他们一直能听见她尖利的声音，一二一，抬头挺胸！告诉你多少遍了，怎么摆手不要紧，你胸挺不起来就不挺胸了，难道你不会抬头？抬头先抬下巴，先抬下巴呀！

可惜好福听不进去，他学得马虎，学得不耐烦，不仅如此，他明显不屑于服从好莉，姐弟俩在后院吵嘴，吵得激烈，只不过好福说的是北方话，听起来一知半解。孩子们看见好福解开腰上的绳子，把那块木板扔在地上，他们清晰地听见好福在骂好莉：婊子。他骂好莉婊子。孩子们虽然对婊子的具体含义理解模糊，但谁都知道那是最难听的骂人话，在他们眼里好莉是个不好惹的女孩，他们以为她会发怒，给小驼子一点颜色看，但好莉只是委屈地跺脚，对着屋里嚷嚷，我不教他了，他愿意做驼子就做驼子去！

黄招娣出来了，她朝好莉翻了个白眼，搀着好福，开始训斥好莉，教个走路还撂挑子，你还能做什么事？弟弟的驼背不是一天两天了，他驼背走路走惯了，骨头歪了，你让他一下直起身子，他不疼吗？告诉你要有耐心，要慢慢来，心急吃不了热豆腐，这么简单的道理，你怎么就听不懂？好莉说，他骂人呀，他骂我婊子！黄招娣说，你弟弟跟着那死驼子这么多年，能有什么好家教？他们北方人都喜欢骂人婊子的，这点小事，你就别跟他计较了。

说起来，好莉的教官生涯其实很短暂，萧木匠夫妇很快放弃了矫正儿子驼背的幻想。其中缘由，一半是因为好福抗拒，一半是夫妇俩的怜惜，不舍得好福受太多皮肉之苦。驼背儿子也是儿子，他们对亲戚们这么解释，好不容易找回来的儿子，千万不能再让他受苦了，他愿意怎么走路就怎么走路，驼背就驼背，随他去吧。

大概半个月后，萧木匠夫妇允许好福出家门了。遇上好天气，塘西村的村民们能看见小驼子在村巷里走走停停，东张西望，好莉跟在后面，手里拿着一把芦花扫帚，沿途不时用扫帚扫扫地。她有使命，父母要求她时刻保护失而复得的弟弟，她手里的扫帚也有使命，村里人都知道那是给大病初愈的孩子驱邪的，所经之处扫一扫，是为了防备妖魔鬼魅近身。姐弟俩走过德康德奎家的时候会遭遇麻烦，那两家人对七奶奶的死因记忆深刻，至今不肯承认好福是一个正常孩子，坚称他是一个精心伪装的鬼魂，之所以扮演一个驼子，不过是装可怜麻痹别人罢了。每当好福走过那两家门口，德康媳妇便朝他挥舞一捆蒿草，嘴里念念有词，德奎媳妇惊惶地把儿孙都拽进家门，儿孙们惊惶而亢奋，在院子里蹦蹦跳跳的，朝村巷里的姐弟俩齐声叫喊，鬼来了，鬼来了！鬼魂不准从我家门前过！

好莉一定预先听取过母亲的吩咐，该怎样对付七奶奶家族的那些人。她在弟弟走过的地方用扫帚扫三下，还用扫帚柄在那两家的台阶下划一条线，作为某种警戒线。做完了这些她回头，朝那些心怀恶意的孩子喊，你们自己才是鬼，你们一家都是鬼，只有鬼才分不清，谁是人谁是鬼！

看起来，好福本人并不在意被称为鬼魂。他不一定觉得鬼是什么尊称，但在他看来至少有趣，不算什么羞辱，他甚至朝着德奎的小儿子撑大眼眶吐出舌头，扮成鬼的样子吓唬他，看对方受惊，便咧开嘴自得地笑了。姐弟俩在村巷里走走停停，像一个主人紧跟着尊贵的客人，陪对方巡察，也像一个仆人尾随着她的主人，时刻准备服务。好福的身影招惹来不少追随的村民，对于这个突然回归塘西村的孩子，大多数人持欢迎态度，表示友好，只是总有人尝试与好福搭话，因为好奇与疑惑，他们搭话的方式接近盘问，或者说是挑事：

你为什么跟着你大姑你大舅？你爹妈呢？他们去哪儿了？你大姑家有几个姐姐还记得吗？还有两个姐姐叫什么名字，你还记得吗？

好莉横过手里的扫帚将他们与好福隔开，嘴里吩咐好福，不要跟他们说话，他们不安好心！然后朝村民大喝一声：我弟弟不想说话！尾随的村民纷纷责备好莉的无礼，我们怎么不安好心了？你弟弟又不是哑巴，他难道没有嘴巴，要你替他说话？好莉斜睨着那些人，忽然冷笑一声，他是有嘴巴，他是会说话，就怕你们打听的事他不爱说，他爱说的话，你们不爱听。村民们一时不解，说你怎么知道他爱说的话我们不爱听，你弟弟到现在什么都没说，都是你好莉在说呀。那好莉似乎赌气了，拽一下好福的衣襟说，既然这样，你就说，说！你好好看着这些人，想说什么就说什么！

好福低垂的脑袋慢慢抬高，他看看好莉，从姐姐的眼神里得到了某种默许，甚至挑唆。他的脸艰难地抬起来，目光移向围观的人群，一一打量围观者的每一张脸。他似乎在挑选什么，鉴别什么，村民们发现他的眼睛越来越亮，瞳孔里射出的光芒，类似玻璃渣被阳光照耀的样子。他忽然指着人群里的蒋国富高声喊道：你快死了，等到夏天你就死了，在公路上，你死在公路上！你在公路上让一辆卡车撞死了！

蒋国富惊得跳起来，朝好福挥起了手臂，好莉敏捷地用扫帚挡着他，蒋国富你还想打人？让你们别跟他说话，你们不听，怪谁？蒋国富骂起来，我就在这里看看热闹，这小驼子怎么咒我死？真是有爹娘生没爹娘教呀，是她们妇女在问东问西，我又没有惹你！旁边的村民们也受惊匪浅，嘴里说，这不是咒人么，我们不过是好意，再怎么样也不能咒人死呀！好莉撇撇嘴，多少有点得意地说，告诉你们你们不听呀，他听不懂你们说话，他不喜欢谁就咒谁！

村民们怕晦气，纷纷退远了，既不愿做好福的靶子，又不甘心离去，都等着看好戏，看还有什么不幸者会被好福选中。他们注意到好福的眼睛像玻璃尖闪耀着白光，它在众人的脸上跳来跳去，忽然落定在福根媳妇的脸上，你的眼睛明年就要瞎了！他手指福根媳妇的眼睛，用一种喜悦的声音宣布，明年过完年你就是一个瞎子了，过完年你就什么也看不见了！

由于福根媳妇患有白内障多年，本有失明的担心，所以她与蒋国富不一样，像是被人突然撕下了一块遮羞布，她惊恐地摸摸自己的双眼，发出一声尖叫之后就跑了。她一路跑一路喊，这小驼子究竟是人是鬼呀？我又没惹他，问他两句话就咒我成瞎子？明年过完年我要真成了瞎子，一定找黄招娣去算账！

村民们像一片小心翼翼的落潮退走了。虽说童言无忌，那是预言还是咒语，是出于恶意还是信口开河，大家也不确定，但谁心里都忌讳。他们认定好福对塘西村的乡亲充满了莫名的仇恨，这个归乡的孩子惹不起躲得起，就都走开了。只有一群孩子不知深浅，围着好福不肯离去。我同学蒋根土的弟弟为了表现他的勇敢，指着自己的眼睛问，小驼子你说说我，我会不会变一个瞎子？蒋老七的孙子不甘示弱，干脆追着好福问，我天天上公路，你说我会不会在公路上被卡车撞死？大家以为好福会回敬这样的挑衅，但好福看看那两个男孩，似乎那两张脸都太平淡，不值得深入探索，他的目光忽略了对方，从孩子们的脸上一个个跳过去，最后停留在金娥的儿子小龙的脸上。那男孩正在吃一根香蕉，带着些炫耀。好福的眼睛倏地一亮，还吃香蕉呢，以后你就没香蕉吃了，你会死掉的。他用手指向不远处的咸水塘说，你会淹死在那里，等到夏天来了，你会淹死在那池塘里。小龙怒了，他匆忙吞下最后一截香蕉，上去要踢好福，被好莉挡住了，谁让你惹他的？吃香蕉不会在家吃，非要吃给别人看？好莉朝小龙举起扫帚，她说的话听起来很有道理，我弟弟说你淹死你就会淹死？你要是怕他的话，夏天别下咸水塘洗澡，不就没事了吗？

11

听说蒋国富是在幸福硫酸厂门口出的事。

那天中午他骑着自行车，驮了一堆手编的淘米箩去铁佛寺门前的市场贩卖，恰逢一辆运硫酸的卡车驶出厂门，司机拐弯没有鸣喇叭，先是那堆淘米箩被卡车撞飞了，然后是骑车的人，他像一只惊飞的大鸟飞起来，飞到公路边的杨柳树上。路人们看见他在树杈上挂了几秒钟，最后跌落在路坡上。他的一条腿也像折断的杨柳枝，牵强地悬挂在他的腹部以下，人当场昏迷，手里不知为何还紧紧抓着一只淘米箩。

蒋国富被司机送去了郊区人民医院，过了好久才苏醒过来。家属们记得他缓过劲来说的第一句话，去找萧木匠算账，我是让他家小驼子咒的！家属们知晓车祸的原委，不便附和他，安慰他说，幸好卡车把你撞到了树上，幸好先挂到树上才落地，那孩子咒你，有杨柳树救你，那棵杨柳树救了你一命呀。蒋国富不记得杨柳树了，他说，要是杨柳树救了我，我好了就去那树下烧一炷高香，好好谢谢树，不过一码归一码，那小驼子的嘴巴该死，我饶不了他，等我回家，一定要好好收拾他。

村民们不知道蒋国富会怎样收拾一个驼背孩子。以大家平素对他的了解，称之为好人不够格，称其为恶人又抬举了他，这个人只是以固执难缠闻名塘西村。蒋国富从医院出来以后就用竹棍给自己做了个拐杖，他认定医生取走了他的一节腿骨，导致他走路一瘸一拐的，与一个跛子无异。等到能多走几步路了，他果然践行自己的誓言，去了萧木匠家问罪。好莉早就听说了此事，一见他就砰地撞上了门。蒋国富在外面用拐杖敲门，敲很久敲不开，便喊起来：赔我一条腿！萧木匠，让你儿子赔我一条腿！

隔着萧木匠家的大门，蒋国富能听见屋里杂乱的脚步声，门后响起好莉的喊叫，赔你什么腿？鸭腿还是鹅腿？我家连一条鸡腿都不欠你！过了一会儿，好莉想到了更合理的抗议，又在门后喊，蒋国富你有没有记性？我弟弟那天怎么说你的？他说你会在公路上被卡车撞死，又没说卡车撞断你一条腿，你要是死了才有资格来我家闹事，断一条腿关他什么事？蒋国富在外面气得跳脚，你这丫头好狠心，我要是死了还怎么来你家？变个鬼魂来你家？这么说我倒是想起来了，你家从来不怕鬼魂闹鬼，就怕活人来找你们算账！

萧木匠黄招娣终于出来与他周旋，能听见门在他们身后反锁的声音。黄招娣最初赔着笑脸，她说国富你要讲道理，是人家硫酸厂的卡车撞了你，你老婆自己告诉别人的，硫酸厂赔了你家不少钱，比一年的工分还多，一点没吃亏呀。蒋国富说，一码归一码，那是硫酸厂赔我的钱，跟你儿子有什么关系？你儿子咒断我一条腿，这笔账要另外算！黄招娣说，蒋国富你不能随口讹人呀，既然你说是我儿子咒断你一条腿，那你要拿出证据来，医院出来都有报告的，要是医生的报告说你的腿不是卡车撞断的，是被我儿子咒断的，我们就认账，该认错就认错，该赔钱就赔钱。

蒋国富一时无语，旁边他老婆赵桂英忽然朝黄招娣冷笑，儿子！儿子！口口声声都是儿子，谁不知道你儿子喊你们什么？喊你大姑喊他大舅呀！你们这儿子是真还是假，本来不关我们屁事，可他是个妖魔鬼怪呀，你们养着他，迟早全村人都会给他害死的。黄招娣说，赵桂英你当自己是孙悟空呢？我儿子是真是假是人是妖，凭你一张嘴就定了？万一我儿子是孙悟空呢？谁是人谁是妖他一眼能认出来，否则他怎么不咒别人就咒你男人呢？

蒋国富开始用拐杖打萧家的门，小驼子你出来，孙悟空你出来，看看我是人是妖？他敲门敲不开，隐约看见好福的面孔从窗边闪过，竟然在嬉笑。他愈发气愤，追到窗前用竹棍敲窗子，小驼子你怎么躲起来了，不是在笑么，快出来看看，我是人还是鬼？萧木匠容不下蒋国富了，过来一把夺下了竹棍，他力气大于蒋国富，竹棍本来已经举起来，黄招娣在一旁高喊道，不打人，我们家从来不打乡亲！萧木匠回头一看，围观的村民越来越多，蒋国富的弟弟蒋国林和侄儿蒋福生都来了，他便将竹棍扔到了蒋福生的脚下。福生，你是念过书的人，知书达理，能不能劝劝你大伯讲讲道理？那福生捡起竹棍，反手在屁股上敲几下，说，我念书都念裤裆里了，念了就从这儿拉掉，都白念了，你懂道理你跟他讲道理。旁边有人哄笑起来，萧木匠便转向蒋国林，国林你是老实人，你给评评理，自己骑车不小心出了事，能不能怪到小孩子的嘴巴上？世上有没有这个道理？那蒋国林瞪着萧木匠，脸上表情丰富地变化，突然指着萧木匠嘎嘎笑，萧木匠你是对别人马列主义对自己自由主义呀，你现在跟我哥哥讲这个道理，当年你把人家塘东邓站长家的祖坟挖了，怎么就不懂这种道理？

有些村民记得萧木匠挖我祖母坟的往事，这时频频点头，表示支持蒋国林的观点。那萧木匠语塞，脸一下涨红了，他用求助的目光看着黄招娣。黄招娣便拍拍衣服上的线头，朝着众人说，过去的事情只能让它过去了，现在计较它有什么意思？既然大家评不出这个理来，那就一报还一报，这总公平吧？蒋国富非说是我儿子咒断了他的腿，那他也可以咒我儿子，看我儿子能不能断一条腿？要是还嫌不够，随便怎么咒，咒他死也行，当着大家的面我起誓，要是我儿子有个三长两短，绝不找他算账，我要说话不算话，大家以后喊我畜生！

村民中有明白人，也有迷信糊涂的，明白人能够站在黄招娣的立场看问题，只是不知道咒人是否要负法律责任，更不知道怎么说服蒋国富。糊涂人自然袒护蒋国富，其中福根媳妇故意高声与赵桂英说话，借机指出黄招娣的软肋，儿子，儿子，哪儿是什么儿子？要真是她亲儿子，哪个做妈妈的，敢用儿子的性命起誓？她轻蔑地说，要真是有骨气，就让国富拿他全家人的性命起誓，家里四口人，外面还有姐妹俩，看她急眼不急眼！

蒋国富眨巴着眼睛，不知是在思考黄招娣的提议，还是在掂量福根媳妇的狠话。看得出来，他对自己下咒的才能缺乏信心，犹豫一会儿就放弃了。我从不咒人，我这把年纪去咒谁家死光光，那这把年纪不活在狗身上了？蒋国富给自己下了台阶，但他射向萧木匠夫妇的目光里明显有了寒意，我劝你们两口子一句话，好好听着，以后少让那小驼子出门，出门也不准他说话，他不光咒了我，还咒了好几个人，再要是应验了，你们这儿子——才找回来这儿子——蒋国富的最后通牒终究没说出口，他说，难听话我也不想说下去了，萧木匠黄招娣你们自己心里有数，这儿子不管是真是假，既然领回家了，就要好好管教，让他长大成人才好！黄招娣吔了一声，蒋国富你这什么意思，你教教我，怎么才叫好好管教？怎么才能让他长大成人？蒋国富厉声道，管教孩子都不懂？不要让他随便出门，不要让他随便说话！黄招娣说，蒋国富你算几级干部，就算是皇帝也不能下这诏吧？我儿子虽然是驼子，他有腿，有腿就要出门，他也不是哑巴，有嘴就要说话！难道我还能把他嘴巴缝起来？蒋国富拍拍自己的腿说，有腿不一定非要出门，就像我这腿，断了还怎么出门？萧木匠说，蒋国富你什么意思，你是不是要我打断我儿子的腿，让他以后再也出不了门？蒋国富摆手，我没有这么说，是你自己这么说的。然后他扫一眼黄招娣，对着众人说，孩子有嘴也不一定非要说话，要看嘴巴长在谁脸上，嘴巴里会吐出什么话，对不对？孩子的嘴巴倘若有毒，为什么要说话？村里都是好裁缝，我不是吓唬人，他那嘴巴要是再惹什么事，她做妈妈的不舍得缝，自然会有别人缝，对不对？

话说到了尽头，蒋国富自己满足了，他从侄儿手里接过竹棍，对赵桂英说，回家，做饭去。萧木匠要追上去，被黄招娣一把拉住了，村民们听见她劝告丈夫的声音，缝孩子的嘴巴？给他一百个胆子谅他也不敢，随他说什么了，就让他出口气吧。

一场好戏就此散场，村民们有点遗憾，又有点庆幸。黄招娣终究是聪明人，蒋国富要出一口气，她愿意咽下这口气，这姿态是值得赞赏的。况且，蒋国富不过是放了狠话，人心都是肉长的，谁能让一个说话的孩子变哑巴呢？村里的裁缝确实多，都跟布料打交道，谁又下得了手，在一个孩子的嘴巴上做针线呢？

此后好莉还带着好福出门，有时候姐弟俩会沿着咸水塘一直走到我们塘东的供销社，买些油盐酱醋针头线脑什么的，还有榨菜。供销社那些女店员惊讶地发现好莉将一大块榨菜递到弟弟手上，那驼背男孩即刻咬了一口，嚼几下又咬一口，看起来他是把榨菜当水果吃的。女店员们不免大惊小怪，对着好福喊，榨菜不是水果，不能那样吃呀！好福看看他们，似乎为了回应他们的善意，他又咬了一口榨菜，嘴里发出清脆的声音。女店员便朝好莉喊，你是他姐姐吧？怎么能让弟弟这样吃榨菜？榨菜又辣又咸，是喝粥吃的，这么空口吃，要把肾吃坏的！好莉说，我有什么办法？我妈说他喜欢吃什么就给他买什么，他什么都不要吃，就要吃榨菜么。

不过，好福自己是真的不说话了，我们甚至没有听见过他的北方口音。塘东的居民对这个驼背男孩也好奇，很多人想方设法地逗他说话，都被好莉阻挡了。好莉说，你们别去惹他，他不能随便说话，我爹妈不准他在外面说话！有人固执，一心要听到好福说话，他们努力说服好莉，你弟弟又不是哑巴，怎么不能说话？他跟我们塘东人无冤无仇的，为什么也不让说话？他在塘东地界可以随便说话呀，说什么我们都不怕。好莉撇嘴道，真要说出来，你们就怕了，什么叫无冤无仇？他嘴里本来就没有好话，在塘东在塘西都一样。有人特意将姐弟俩隔开，拽着好福问东问西。好福摇头，指指好莉，指指自己嘴巴，表示他不能说话，如果被包围得厉害了，如果有人大胆邀请他辨认周围的人，其中谁将会遭遇灾难，他会看着众人笑，笑容有点害羞，更有点自得，然后他敏捷地钻出人缝，嘴里喊，我是哑巴我不说话！我是哑巴我不说话！

那声音听起来无疑是很快乐的。

再说福根媳妇，她是我同学蒋根土的婶婶，自从蒋国富在公路上出事以后，她一直忧心忡忡。听蒋根土说，他婶婶有一天早晨去后院喂猪，进猪圈之前还好好的，等她喂好了三头猪，她觉得刚刚升起来的太阳陡然掉落，猪圈四周退回黎明之前，一片漆黑。福根媳妇在后院哀号的声音，左邻右舍都听到了。与蒋国富相比，她对好福的仇恨稍有不同，恨意中带有一些敬畏。医生警告过她，她的眼疾如果不及时治疗，有可能导致失明，现在她分不清好福是一个可怕的先知，还是他的咒语让灾难提前降临了，因此她的恐惧与愤怒都比较紊乱，左邻右舍听见她骂了小驼子，骂了萧木匠黄招娣，又骂了赤脚医生蒋文梅。该死的小驼子，你究竟是何方神圣？本事真大呀，说我要瞎我就瞎了！该死的黄招娣，你就活该没有儿子，找儿子找儿子，找回来的什么儿子？那嘴巴舌头都是毒，真该用针线缝起来呀！蒋文梅，你也给我听着，我问你这赤脚医生怎么当的？每次跟你要眼药水，都说发完了，你发给谁以为我不知道？你公公婆婆没事就往自己眼睛里滴眼药水，我看见多少次了，他们多大年纪我多大年纪？我不问你谁的眼睛更要紧，就问你一句话，你要保你公公婆婆的眼睛，那我的眼睛就该瞎了？

福根媳妇让她小女儿巧巧扶着，找到萧木匠家门上去了。

这家人应该听到了什么风声，也处于震撼之中。好莉出来，先是认真研究福根媳妇的眼睛，嘴里嘀咕，不可能不可能，眼睛不是还亮亮的么，怎么能说瞎就瞎？巧巧对好莉嚷，什么不可能？可能不可能你用手试试不就知道了？好莉就用手掌在福根媳妇眼前挥了几下，左边几下，右边几下，对方的眼珠子果然一动不动，这下好莉尖声喊起来，不好了，真的不好了，巧巧她妈真的瞎了！

黄招娣白着脸出来了，她明显觉得事态严重，招呼福根媳妇进屋里说话。福根媳妇捂着眼睛说，借我一百个胆子我也不敢进你家门了，我来谢谢你那神仙好儿子，他那天咒我变瞎子，今天早晨我从猪圈出来，真的瞎了，什么也看不清了。黄招娣说，福根家的你不能这么讹人呀，你那眼睛有白内障村里人谁不知道？这白内障迟早会看不见，你自己心里清楚，怎么能怪到我儿子的嘴巴上呢？福根媳妇说，白内障也不是我一个人，八奶奶得白内障大半辈子了，到现在也没瞎，我瞎得那么快，肯定是你儿子的功劳呀，你说我年轻轻的哪离得开眼睛？以后我下地也下不了，针线也做不了，我家的生计恐怕要靠你家接济了。黄招娣说，你这话越说越没道理了，我们家比你家穷，你家的生计我怎么接济得了？你实在要纠缠我儿子的一句话，就让巧巧也咒我一句话，咒我儿子瞎，咒我瞎，咒我全家变瞎子都行，怎么咒，随巧巧的便。

那巧巧正犹豫，福根媳妇的手摸到女儿脸上，捂住了她的嘴，不咒！不咒！我们不跟他们一般见识！福根媳妇说，老天爷公平的，好有好报恶有恶报，咒了别人，自己迟早也会有报应。最后她牵着女儿的手离开黄招娣家，忿忿地丢下一句话，招娣我提醒你一句，随便你听不听，你这儿子在太阳下走路没有影子的，他是人是鬼真不好说，你要是心里还有其他乡亲，以后千万别让他出门害人了。黄招娣追出来喊，我儿子他是人是鬼，都是我儿子对不对？怎么管教是我的事不是你的事，他现在已经扮哑巴不说话了，你连出门都不让？让我用链子锁住他的腿吗？就算犯人也有放风的时间，我儿子怎么就不能出门了？

话是这么说了，黄招娣一定有所关照，好福后来跟着好莉出门，都走在姐姐的身后，他的目光扫过大人孩子的身体与面孔，时而发亮，时而淡漠，表情有时候是欢愉的，有时候是惊悸的，这显示出他对各人的灾难与福祉都心中有数，只是遵照家人的嘱咐，保持缄默罢了。村民们开始忌讳这个小驼子，谁也不敢去逗弄搭讪他了，甚至有像蒋国富和福根媳妇那样的人家，一旦看见那姐弟俩路过自家门前，会朝地上啐一口，然后砰地把门关上。

历数好福对村里人灾难的预言，唯有在小龙身上留有悬念。入夏以后，蒋老七全家本着预防为主的原则，严禁小龙下咸水塘游水，所有亲戚也都承担了监督员的职责，就算他下了水，也会被众多的长辈或堂兄弟撵上岸去。无奈小龙咽不下这一口气，整个夏天不能嬉水，他视其为莫大的损失，一心要补偿自己，另外一方面，针对好福可怕的预言，他多少存有挑战之心。是一个秋风乍起的早晨，小龙在上学路上拐了个弯，走到了水泵房边，他把书包放在水泵房的墙角下，一个人偷偷地下了咸水塘。算是小心谨慎的，他不往水中央去，只靠着塘岸游水，在挑战的同时，又给自己的安全留有余地，这样，他顺利地游到了大柳树边，那是塘东与塘西的分界之地，他觉得满意了，自豪了，出水坐到岸坡上，向着塘西的方向（或者黄招娣家的方向）大喊了一声：放屁！小驼子，你放屁！

小龙不知道自己高兴得太早了。也就一瞬间，他浸在水里的一只脚被什么东西捉住了，似乎是一只手，似乎又不像手，它轻盈滑腻，带着安静而强烈的吸附力，小龙甚至来不及呼救，便堕入了水里。算是不幸中的大幸，那天蒋秀明骑车去公社开会路过咸水塘，他听见了小龙莫名其妙的呐喊，闻声望去，只看见孩子的手在水面上胡乱拍打。蒋秀明当时以为小龙是抽筋了，但事后的情况没有那么简单，当他把小龙拽到岸上，发现男孩的脚踝以下有奇怪的绿色指痕，五根指痕是清晰的绿色，呈现出苔藓的色泽与形状。

此事在塘西村传开去，村民们几乎谈虎色变了。即使是那些不相干的村民也疑惧万分，担心灾祸有一天会落在自己的头上，他们开始与蒋国富家蒋老七家福根家的人一起积极谋划，如何将这个不祥的孩子从塘西村撵走。他们先去找蒋秀明，蒋秀明说做什么都要有法律依据，他没有权力给一个孩子的嘴巴定罪，也就无权去撵走一个孩子。村民们不甘心，又涌去蒋文良李文清家金娥家，吵吵嚷嚷的目的只有一个，要他们干部们出面去做通萧木匠夫妇的工作，让小驼子离开塘西村，只要能送走好福，村民们甚至表示，愿意筹钱给萧木匠夫妇，以此弥补他们寻子的所有损失。

干部们最终拗不过民意，一群人登了萧木匠家的门。萧木匠夫妇之前就清楚了他们的来意，早早搬好了五只凳子，主人与凳子都有点严阵以待的样子。很明显，黄招娣是想好了才表态的，那态度一半是拒绝，一半算妥协，却很明朗。这么辛辛苦苦找回来的儿子，就算她死了也不会把孩子送走。另一方面她让干部们宽心，虽然她不会拴住儿子的腿，缝上他的嘴，但她可以保证，好福以后不出家门，永远不让村民们看见好福，永远不让他和村民们说话，以后谁也不用担心他可怕的嘴巴了。干部们都好奇，说那毕竟是个孩子，天天在家不出门能行吗？萧木匠说，怎么不行？天天在家可以干活呀，要不学木匠，要不学裁缝，我们让他选了，他选了学裁缝！

那夫妇俩的态度，总体上是通情达理的，干部们离开萧木匠家，看见里屋的房门开了一条缝，好福的半张面孔在幽暗中闪了一下，他们都注意到男孩的眼睛闪着光，偏蓝，很像猫眼里的光。

此后有很长一段时间，村民们真的看不见好福了。大家知道萧木匠一家履行了诺言，不过，有时候在村巷里遇见好莉，不免又有人多嘴多舌的，你家小驼子呢？你弟弟呢？怎么看不见他了？好莉也不客气，目光铮亮，瞪着对方，你想他了？你想挨咒？你是想聋想哑还是想死了？对方一下被噎住，说好莉你这嘴巴也该缝了，小姑娘家说话何必这么难听？我们不就是好奇么，你弟弟天天关在家里不出门，他在干什么呀？好莉的态度端正了些，说，总不能养在家喘气吧？他在跟我妈学裁缝！他听我妈话，我妈不让他出门他就不出门，他在家缝寿衣扣子，缝得比我好！

人们恍然大悟，对黄招娣也生出了几分敬佩之心，这真是一个绝顶聪明的母亲了。让一个驼背儿子干什么？做裁缝，做裁缝去，做裁缝多好！世界上有多少驼背是好裁缝呀，比如香椿树街最好的裁缝顾驼子，东门裁缝铺的陆驼子，还有什么比裁缝更适合一个驼背男孩呢？而蒋文良他们熟悉塘西村的历史，联想起塘西村的祖先蒋姓三兄弟，那老大是个石匠，老二是木匠，手艺最好的老三，恰恰就是一个驼背裁缝。

12

听我同学蒋红根说，好福白天在家学裁缝，夜里还是会出门的。这也正常，世界上有哪个孩子长着腿脚，愿意永不出门呢？萧木匠夫妇应该是作出了两全其美的安排，为了避开村民们，好莉只在夜深人静的时候带好福出行，他们姐弟俩成了一对夜游神。蒋红根起夜撒尿的时候，亲眼看见过萧家姐弟俩在村巷里行走的身影，因为好福的人影在月色中呈现的独特曲线，他不可能看错。蒋红根说还有好几个村里人在凌晨时分被窗外的脚步声惊醒，打开窗子便看见了夜游的姐弟。有人大胆，虽然睡眼惺忪，还远远地尾随他们往村外走，一心要发现他们深夜出行的秘密。

走着走着就到了咸水塘边，那姐弟俩坐到了岸坡上，不再走了。凌晨一点钟的咸水塘，连群星炭黑厂的烟囱都以站立的姿势入睡了，四周一片寂静，只有蝉鸣还繁忙，月光有点像雾，水面昏暗，塘边的柳树影影绰绰的。尾随的村民能够勉强分辨出姐弟俩的身影，一高一矮，他们坐在岸上等待着什么。忽然，小驼子的手会指向咸水塘的水面，他对好莉说话，说什么听不太清，但偶尔会有几个音节被风吹进村民的耳朵，那里！在那里！凌晨一点钟的光景，会有什么在咸水塘的水面上？他们很快反应过来，鬼鹅。是鬼鹅。一定是鬼鹅。姐弟俩一定是在塘边看鬼鹅。鬼鹅就是鬼鹅，它们在传说与真实之间游弋，有人天生能够看见，有人怎样努力也看不见。人们说咸水塘白鹅是世界上最强悍的鹅种，每年都有被宰杀的咸水塘白鹅，鹅头断离之后鹅身能从刀下飞起来，那些无头鹅依然能够奔跑，在失去鹅眼之后，它们凭借羽毛与脚蹼的记忆辨认咸水塘，回到了咸水塘里，再也不上岸。

塘东人大多对鬼鹅的说法持怀疑态度，他们长年生活在咸水塘边，未曾看见过塘里的鬼鹅。但我们的邻居陈师母是见过鬼鹅的人，她亲口告诉过我母亲，有一天凌晨她从塘西村娘家回塘东，看见一只无头鹅钻出芦苇丛，靠着塘岸游弋，她跑它也跑，她慢下来它便慢下来。陈师母在塘西村长大，知道自己遇到了鬼鹅，鬼鹅不伤人，她倒没什么害怕的，只是从此以后，平素爱吃的卤鹅头，她再也不敢吃了。

说起来真是一场有趣的纪念。我弟弟少年时代的最后一次梦游，发生在好福回归咸水塘之后。是那年秋天的凌晨时分，照理说已经不是适合梦游的季节，但我弟弟梦游了。他在秋天的梦游以秋天的方式进行，隐秘，诡谲，但是成熟。他从床上爬起来，提起院子里的一只吊桶，摇摇晃晃地走出家门，还没有忘记关门。恰恰是那关门的声音惊醒了我母亲，我母亲来不及叫醒我，她提着我弟弟的鞋子与外套，匆匆跟着他出了门。他们一个在前一个在后，沿着咸水塘边的土路走到了大柳树下。是一个好天气留下的月光，月光特别皎洁，照得四周明晃晃的，我母亲看见我弟弟提着吊桶下了岸坡，他应该是要从咸水塘里吊一桶水上来，不管他吊水要做什么，这举动本身不算危险，我母亲紧绷的神经松弛下来，她的目光离开我弟弟，一眼便看见了岸坡上萧家姐弟的身影，他们泡在月光里，离我弟弟仅仅几步之远。

尽管事前我母亲听说过，萧木匠夫妇白天不让儿子出门，有时候好莉会带好福深夜出行，但姐弟俩的身影还是把她吓了一跳。我母亲想走过去提醒他们，千万不要惊到我弟弟，但来不及了，好莉已经嚷嚷起来，邓东升，深更半夜的，你在干什么？我母亲很慌乱，她朝好莉拼命摆手，手脚并用地告知她，我弟弟在梦游，惊吓不得。然而我弟弟并没有醒，或者他听不见好莉的声音，或者在梦里他更清楚自己要做什么。我母亲看见他提着一桶水走到了萧家姐弟俩身边，小心地放下了那桶水，看起来就像是一个神圣的使者，专程前来赠与萧家姐弟这件礼物，一桶水，一桶咸水塘的水。然后我弟弟就走上了岸坡，他的步态不像是梦游，他认得回家的路，走得笔直，走得轻松，我母亲总算舒了口气。

因为舍不得那水桶，我母亲爬上岸坡之后又返回去，要把水桶带回家。但她看见小驼子好福把双手浸在了水桶里，那似乎是与我弟弟的默契，也似乎是对待友善的回应，好福在那只水桶里洗了洗手，抬眼望着我母亲，忽然说，三姨，三姨。

我母亲很惊讶，你喊我什么？三姨？我不是你三姨，我要是你三姨，不就是你妈妈的亲妹妹吗，我不是呀。

三姨。好福说，你就是三姨。

千万别这么叫，折杀人了。我母亲尴尬地摆手，不信你问你姐姐，你妈妈不把我当仇人就托福了，我哪有缘分跟她做姐妹？

好莉的反应是诚实的，她对着好福的耳朵急促地说着什么，明显在澄清他的误会。然后我母亲看见好福推了好莉一下，他的眼睛在月色中闪闪发亮，有点偏蓝，像猫的眼睛。他凝视着我母亲，就像一个弃儿凝视久违的亲人，有点怨恨，有点悲伤，你是，你是三姨！他突然用一种赌气的声音说，你是三姨。你就是我三姨！

夜色里的咸水塘似乎也被惊动了，一条鱼从水面之下跳起来，满身鳞光，落回水中的时候激起一片涟漪，涟漪是银色的。我母亲当时感到一阵奇特的眩晕。三姨。三姨。她清晰地记得，我弟弟在那个大风天从塘西村归来之后，曾经将黄招娣称为塘西妈妈。时隔多年，一切竟然发生了如此工整的对仗，三姨，三姨。这亲切的称谓究竟是一场报复，还是一次福报？或者，这是她与黄招娣之间命运的一张契约吗？我母亲一时惘然。后来向邻居们谈及那天夜里的奇遇，她总是要感喟一场。很多年前一起降生在郊区人民医院的三个婴儿，在凌晨一点多钟的咸水塘边如此相聚，有点神奇，又有点诡秘，她不知道这么漫长的故事还会怎样延续下去。她不知道是美好开始了，还是麻烦开始了，也不知道是爱开始了，还是恨又卷土重来了。她唯一庆幸的是，从此以后，我弟弟的梦游症自动痊愈，再也没有梦游过。

第六章　咸水塘新世界

1

世界当时已不安详，或者无关安详，世界的额头冒出了热汗，世界时刻揉搓着它的巨掌，那是一副踌躇满志的样子。一切处于躁动之中，包括天上的太阳与月亮，地上的人与房屋，甚至河流与草木，这样的时代，通常被称为发展的前夜。

一个崭新的咸水塘已经画好了宏伟的草图。因为众所周知的原因，绘图者意见不一，那份草图总是处于修改与完善之中。但有一件事情没有争议，那就是关于大坟地的迁徙计划。要发展就要迁坟，死人要给活人让路，这是所有领导的共识。我父亲说他制作好了很多这样的横幅，原本要挂在我们塘东街道的各个路口，但突然又接到叫停通知，原来有关领导仔细斟酌标语的措辞后，怕引起不必要的舆情，迁坟一事要求低调宣传了。

春节以后，迁坟公告通过电视电台报纸向社会公布，最早响应的是咸水塘周边的居民。我跟随我父亲去了大坟地。我们两个人的自行车龙头上都挂了两个尼龙丝网兜，兜子里装着大小不一的坛子，每个坛子底部都事先铺了一层锡箔灰，那是我母亲叮嘱的，要将祖先的骨殖放在化好的锡箔灰上，死人搬家也要一张床，这样才是善待祖先。她还特意关照我父亲，到时一定要念叨几句，向祖先们说清楚，不是后代要折腾你们，是咸水塘要发展，家家户户要迁坟，小辈也没有办法，只能劳驾你们顾全大局，为活人挪个窝了。

在城北公路上我先后看见了春风和他父亲、伯伯以及几个堂叔，看见了杂货店的豁嘴夫妇，还看见了李蓓蕾的父母。我注意到春风的手里抓着几只塑料袋，红色的，蓝色的。我问他拿那么多塑料袋干什么。他先举起左手说，装死人骨头，这红塑料袋，装女的。又举起右手的蓝色塑料袋，说，这蓝的，装男的。我有点惊讶，春风家人对迁坟的态度竟然如此草率，要用坛子呀，你们这么多家人，就找不到几个坛子？春风看一眼他父亲，又瞟瞟他的叔叔伯伯们，向我挤挤眼睛说，我们家的坛子都腌了萝卜泡了药酒，他们几家的坛子也腌了雪里蕻，腾不出来。看我仍然疑惑，他用胳膊捅了我一下，低声告诫我，快别提坛子了，为了谁该出坛子，出几个坛子，昨天我妈妈跟我伯母吵了半天，我三个堂婶也吵，我爸说不要为了坛子伤了一家人和气，祖宗骨头反正还是要入土，干脆就用塑料袋先装上吧。

天气还很冷，公路的边缘有残存的冰雪，酸天气的日子还没来到。但一下城北公路，我们便闻见大坟地四周弥漫着一股古怪而浓烈的酸味，分不清那气味来自幸福硫酸厂，还是来自各个年代留下的坟茔。原先守墓人的小屋旁边，突击加盖了一个简易棚屋，棚屋的铁皮墙上刷了一排字，迁坟办公室。办公室外面聚集了一堆身强力壮的男人，好像都是大坟地东边花家村的，他们手里带着铁锹、铁镐和铁铲，一见来人就围上来，老坟还是新坟？你家有老坟吗？要不要挖棺材？挖棺材我最便宜，大棺材三十块一个，小棺材二十块钱，捡骨头五块钱一根，保证不损坏。

这钱该不该花，我父亲有点犹豫，最后他还是挑选了一个壮实的中年男人，说，你就替我挖老坟，揭开棺盖就行，骨头我自己捡，自家祖宗的骨头，怕什么？

棚屋里面有人值班，三男一女，女的负责登记迁坟信息，三个男的分批负责监督迁坟过程，等到迁坟完毕，他们会在坟边泥地上插一面小旗，旗上事先盖好了公章，写着两个字：已迁。另一面同样的小旗交给迁坟者，已迁。他们持小旗回到办公室，会得到政府发放的一笔补贴，如果家属同意将坟茔迁往桃树湾的墓地，一个坟补贴一百块，如果家属执意要另找坟地，政策也允许，那样的话，每一个坟便能拿到三百元补贴了。

已迁。已迁。已迁。大坟地的空穴已经随处可见，这证明有很多捷足先登的孝子贤孙，早早地为自己的祖先乔迁新居了，剩下的坟茔看起来便都危在旦夕，坟头和墓碑都显出对亲人翘首以待的样子。旧时的坟茔下埋着旧时的棺木，它们大多靠着硫酸厂北侧的围墙，长方形的土墩笨拙地隆起来，有点野蛮，有点张狂，一些坟头上长了枯草，去年的野菊花随风摇曳，经过一个冬天，黄色的花朵变成了黑色的残絮。近代的坟茔大致上显得精致些，也局促一些，稍早的麻石石碑与新近流行的大理石花岗岩墓碑被阳光照耀，闪烁出不同的光芒，不同的光芒都呈现冷色，看起来正在抒发某种彻骨的哀伤。

毫无疑问，这是我们最后一次在大坟

地祭扫祖先了，祭扫过后祖先们将乔迁新居，其中当然包括我祖母。由于我祖母的坟当年被封，没有了墓碑，我父亲凭着记忆，让那个花家村男人在我祖父的坟头左侧挖，他说挖开那片水泥地，应该能看见我祖母的骨灰盒子。那男人力气大，干活也熟练，他很顺利地挖开了一层层水泥，水泥下是黑黝黝的板结的泥土，土坑越来越大越来越深，却看不见我祖母的骨灰盒。那花家村男人首先疑惑了，在不在下面？骨灰盒会不会烂掉了？我父亲也困惑，他说，我当初买了最好的骨灰盒，是檀木的，不可能烂掉，他们跟我保证过的，保证永不腐烂的。挖坟的男人嗤地一笑，是塘西盒子吧？他们塘西人的保证你也相信？埋在地底下的木头，哪儿有永不腐烂的？再说了，人家告诉你是檀木就是檀木了？说不定是假檀木呢。我父亲还是不相信，他仔细端详着洞穴四周，对我说，你奶奶真是奇怪了，就算盒子烂掉了，也会留下木渣子的，怎么就不见了呢？她的骨灰盒在地底下还能逃走吗？

本来最容易处理的坟，反而变得棘手了。难以想象我祖母的骨灰盒在地底下是如何消失的，这就像她著名的鬼魂一样，来无影去无踪，从根本上违背了物质不灭定律。花家村男人提醒我父亲，要是这样无休止挖下去，他的工钱就要另算了。我父亲只能暂时搁置我祖母，先挖我曾祖父母和祖父的坟墩。他们的亡灵对待子孙后代明显宽容，竭力在配合我们，板结的覆土一挖就松散开了，棺盖一撬就开，一切都比预想的顺利。在喷洒了大量的消毒药水之后，我父亲戴上手套，从祖辈腐烂的棺木里分别捡出了几根骨头，他的动作小心翼翼，我注意到他的神情，有点庄严，有点嫌厌，当他把祖先们的尸骨分别装进三个坛子，我听见他的喉咙里响起了几声干呕，但他很快忍住了。盖上坛盖以后，他舒了一口气，将三只坛子排列整齐，拉着我跪了下来。磕了三个头之后，他没有按照我母亲的吩咐向亡灵解释，大概嫌那些话太啰嗦了，他尽量说得言简意赅，祖宗啊祖宗，你们的在天之灵也要认清现在的形势，要发展就要迁坟，死人要给活人让路，这是领导的意思，也是时代的潮流。他说，祖宗啊祖宗，你们就搬到桃树湾去吧，千万别怪小辈不孝。

最后剩下我祖母，我父亲无以告别，他分别朝着东南西北四个方向鞠了一躬，然后我听见了他哀伤的咕哝，妈妈，你究竟去了哪儿呢？

2

大坟地迁坟的那段时间，幸福硫酸厂的夜班工人都听见过围墙后面彻夜响起的噪声。那噪声忽而密集，忽而稀疏，忽而尖锐，忽而又暗哑，听起来是很多人在一起讨论的声音，讨论在凌晨一点左右变得激烈，男人的声音女人的声音，老人的声音和孩子的声音，都能清晰地分辨出来。有的声音在哭泣，有的声音在倾诉，有的声音在互相争论，甚至有隐隐的歌声从大坟地传到幸福硫酸厂的围墙里边，应该是一些生前热爱歌唱的鬼魂，其中包括孩子稚嫩的童声。鬼魂的歌声穿透后半夜的夜色，召唤太阳，灰暗的曙光一点点变亮，太阳渐渐地升起来，朝着硫酸厂的烟囱攀援。成群的麻雀从公路那边飞来，栖在树枝上，吱吱喳喳地叫，大坟地渐渐归于寂静，那些骚动的鬼魂似乎疲倦了，困了，于是入睡了。

有两个胆大的年轻工人在围墙里侧架了梯子，爬上梯子朝墙外眺望。大坟地在晨光映照下，一部分像大兴土木的工地，另一部分却像战争留下的废墟。残存的坟茔与迁徙过后的空坟互相点缀，使得大坟地显示出复杂多变的地貌。被挖过的坟穴深深浅浅的，看起来都瞪大了怨恨的眼睛。两个年轻人事后声称他们看见了神秘的半脸鬼。传说半脸鬼死前是被行刑者劈了脑壳的，鬼魂便得以保留另一半脑壳。他一定来自久远的年代，身上穿的是灰蓝色的长衫马褂，半张脸隐匿不见，露出来的另一半脸部残存了一只眼睛，一只耳朵，大半个鼻子和一半的嘴巴。半脸鬼应该很老了，他们甚至看见了鬼魂额头眼角的皱纹，银色的长长的山羊髯在半个下巴上迎风飘动，看起来饱经风霜。天已经蒙蒙亮，半脸鬼还坐在一块墓碑上，低着半个脑袋，似乎在思考半个问题。那两个年轻人也是吃饱了撑的，其中一个想起自己家中曾祖父留下的遗像，与半脸鬼形貌相仿，念及祖辈不堪的声誉，他竟然大声打探起鬼魂的身世来，你是什么时候死的？为什么只剩半张脸？你是不是国民党？你是不是汉奸卖国贼？你是不是被镇压的？你吃了几颗枪子？

半脸鬼听得见活人的声音，他转过半张脸，用一只眼睛眺望墙头上的年轻人，就像案板上待剖的鱼，用一只眼睛眺望剖鱼者手里的刀。半脸鬼不说话，也许他不能说话，也许他不想说话，他的身体开始收缩，不知道是出于慌乱，还是出于义愤，从肩部以下，半脸鬼的身体很快消失了一半，剩下另一半与半张脸保持着直线联系，看起来反而是一个整体了。鬼魂如此顽强，如此无畏，鬼魂可以随便修改自己的形体，终于把两个年轻人吓着了，他们仓皇地爬下梯子，想想不甘心，便在围墙那侧开始威胁鬼魂。一个说，天都亮了，你都现形了，赶紧滚回地下去吧，以后不要再出来吓人！另一个口气更为强硬，你要是再出来吓人，就把你的尸骨挖出来扔到硫酸池里化了，看你还能不能变？别忘了，你们这些鬼魂，住在幸福硫酸厂的隔壁！

大坟地有一部分鬼魂处于暴动状态，很多人发现了这样那样的端倪。最初是来往于城北公路开夜车的卡车司机，他们在凌晨一点左右途经大坟地的路口，发现周围总是人影幢幢，其中有独行者，有怀抱婴儿的女人，有互相搀扶的佝偻腰背的老人，有人扛着锄头，还有人将一把锯子挎在肩膀上，既像是去出工劳作，也像是收工回家的样子。更多人影是一堆一堆的，影子与影子紧密地聚拢在一起，因而看不真切。那些人影走在公路的中央，从不顾及通常的交通规则，对汽车喇叭的警告也置若罔闻。因为月光与路灯光都模糊，车灯的照射范围有限，夜车司机通常停车，等待那些奇怪的夜行队伍走过去，但那支队伍连绵不绝，怎么也看不到尽头。司机们不由得想起咸水塘的流言，那或许就是鬼魂的队伍？个别司机赶路心切，天生也不怕鬼，他们放慢车速，试探着朝前开，嘴里高喊，闪开，闪开，不要挡道，要是压到了谁，我不负责任！勇敢得到了回报，司机在车灯光的照耀下，发现那些人影不见了，他们退到了远处，或者，他们本来就在远处。只是有一些奇怪的白色蝴蝶，像是被车头撞飞了一般，突然扑进司机的驾驶室。凌晨一点万籁俱寂，这本不是蝴蝶出没的时间，司机们在白蝴蝶的包围之中，难免有些惊恐，他们不敢扑杀它们，只能耐心地驱赶，心里隐隐觉得白蝴蝶与鬼影之间存在着某种关系，一时却难以分辨，究竟是那些受惊的鬼魂变成了蝴蝶，还是那些蝴蝶变成了慌乱的鬼魂?

在我们塘东流传甚广的是鬼魂投塘的奇闻轶事，说的还是凌晨一点的事。凌晨一点塘东街道一片漆黑，除了街头几盏昏黄的路灯，只有咸水塘被月光照亮的一部分，闪烁着微弱的水光。那时候下午班的塘东工人早已回到家中，进入了睡眠状态，而夜班的工人已经路过咸水塘，抵达了他们各自所属的工厂，他们一概错过了咸水塘边的那幕盛景。凌晨一点，只有极少数塘东人睁着眼睛，他们不是失眠症患者，便是一些习惯去咸水塘边起夜撒尿的居民。

凌晨一点，我们斜对门的邻居陈师傅往往会被一泡尿憋醒，也许为了省事，也许为了节约，如若天气不是太冷，他不用尿壶，情愿披衣下床，打开后门，摸着黑走到咸水塘边把事情了了。有一天凌晨他照例走到塘岸边撒尿，睡眼蒙眬之时，他觉得一群白影朝他的裤裆处飞来，围绕着他那个地方飞，发出嗡嗡的声音。在熹微的月光下他辨认出那是一群白蝴蝶，这太奇怪了，他不知道深更半夜哪来这么多白蝴蝶，更不知道白蝴蝶为什么要妨碍他撒尿，他不停地调换姿势，躲避那群白蝴蝶，总算完事了，但他很快意识到自己撒尿的声音与平时不同，低头察看，他惊讶地看见一只绣花鞋子，鞋窝里盛满了他的尿液，明晃晃的，在绣花鞋的旁边，还有另一只鞋子，似乎也被溅湿了。他弯腰去捡那只鞋子的瞬间，更加不可思议的事情发生了，他看见那鞋子自动侧过来，排掉了鞋窝里的尿液，另一只鞋子随之也跳了一下，在他的眼皮底下，他看见两只鞋子开始走路，两只鞋子一前一后，一左一右，交替向前，它们开始走路，走得仓皇，但目标坚定，陈师傅眼睁睁地看着两只鞋子走下了岸坡，落入咸水塘里，没有发出什么声音，只是水面上泛起了一圈涟漪。

陈师傅在惊惧中打量凌晨一点的咸水塘，他注意到塘西那侧有一群鹅游出了芦苇丛，鹅的形状被月光大致地勾勒出来，鹅头隐匿不见，鹅颈或长或短，像光秃秃的旗杆，倔强地挺立着。即使隔得远，鹅毛的色泽仍然清晰可辨，有的羽毛泛红，是血一样的颜色，也有鹅毛发出一种浅蓝色的光芒，像是被颜料浸染过的。那一定就是鬼鹅了。他妻子陈师母号称见过鬼鹅，他从未见过，也不相信。这是他头一次看见鬼鹅，与陈师母不同，他胆子大，不仅不害怕，反而像是亲眼见证了一个奇迹，心里有一种满足感，嘴里兀自评价，你们真的没有鹅头，没有鹅头就没有鹅眼呀，没有了鹅眼，你们能游到哪儿去呢?

据陈师傅推测，鬼鹅似乎在沉默中举行某个隆重的仪式，欢迎来自大坟地的鬼魂。当时咸水塘的水面上泛起了很多涟漪，塘东这边，塘西那边，能听见什么物体纷纷落入水中，有的入水轻盈，有的笨拙鲁莽，从以往的常识出发，陈师傅断定那是一些鱼虾活跃在月光下，但两只走路的鞋子以及突然出现的鬼鹅颠覆了陈师傅的常识，他猜测那不是鱼虾，是惊恐的大坟地鬼魂集体逃亡，鬼魂们不愿去遥远的桃树湾，也不愿去别的新墓地，他们选择了咸水塘，到咸水塘来投塘了。

有不少塘东人相信，鬼魂们悄悄造访了塘东街道，他们在凌晨一点留下的痕迹，有的会留存到太阳升起之后。塘东街道有不少居民在早晨发现了那些痕迹。主要是一些可疑的水渍和脚印，夜里没有下雨，也没有露水，但他们看见自家的门口湿漉漉的，从台阶开始，有一片水渍明晃晃的，弯弯曲曲，一直通往咸水塘边。水流经麻石路面，每一块麻石看起来被洗涤一新，但在泥地上往往交织着一些蹊跷的脚印，大的，小的，深的，浅的，其中还包括家禽牲畜与猫狗的脚印。

居民们不愿意相信亲人的鬼魂会变成一只猫，或者变成一只鹅，他们忽略了动物的脚印，只专注于寻找正常的脚印，用其与亲人留下的遗物进行比对，通过比对与鉴别，塘东居民可以准确地获悉，是哪些亲人祖先的鬼魂不愿意迁往桃树湾，钻到了咸水塘里。

我曾经看见大毛他妈左手拿着一只解放鞋，右手拿着一只布鞋，从家门口出发，她沿着那道水渍低头寻觅，一直走到了咸水塘边，在一片土坡上她发现了几个零乱的脚印，用鞋底逐一比对，她得出了结论，大毛的祖父之魂在咸水塘里，大毛的祖母之魂也在塘里，除此之外，还有一些脚印不知道属于哪个祖先，他们生前未曾与她谋面，也不知道是冒充的祖宗，还是属于别的什么亲戚之类的。大毛他妈当时就对着那些脚印跺脚埋怨起来，哪来这么多祖宗，怎么一下都冒出来了？怎么谁都不愿去桃树湾，情愿在咸水塘里？你们死人这么犟，让我们小辈活人怎么办？活人的事我都管不过来，你们死人的事，我想管也管不了，也没那个本事管，你们愿意在哪儿就在哪儿吧，随你们便。

随鬼魂的便，他们想去哪儿就去哪儿，闹鬼的人家普遍采取了大毛他妈这样的态度。我们家的情形稍有不同，我们家祖先的鬼魂都循规蹈矩，在大坟地的时候他们就很安静，现在让他们迁到桃树湾，虽然只剩下了几根骨头，他们还是保持着亡魂应有的风度，安静，自尊，不给子孙后代添乱。只有我祖母是一个例外，或者是一个谜。概括地说，那颗咸水塘著名的鬼魂有三种可能，一是被消灭了，二是逃遁了，三是被解救了。第三种可能恰恰也是最麻烦的，迁坟可能解救了我祖母的鬼魂，说不定她又出来了，说不定她也一直在咸水塘游荡。

有一些迹象印证了我母亲的忧虑。先说她平时放在我家院墙墙根处的扫帚畚箕，那是专供清扫户外的，都破旧了，属于该扔没扔的，她不觉得有任何人会顺手牵羊偷走这些东西，但那一段时间墙根的扫帚畚箕总是会被移到大门旁的台阶上，明确其归属，扫帚端正地站在畚箕里，就像我祖母活着时一样，我母亲因此辨认出我祖母鬼魂的踪迹。有一天她拿着扫帚站在台阶上发呆，我正好下班回家，问她怎么了，她叹了口气，用扫帚拍了拍畚箕，对我说，你奶奶回来过了。

再说凌晨一点响起的敲门声，至少有两次，我母亲在睡梦中听见外面有人在敲院门。一次下着霏霏夜雨，她跑到门口，从空锁眼往外看，看不见人影，但她穿过院子回屋的时候，看见一匾雪里蕻还晾在院子里，淋着雨，她赶紧就把雪里蕻搬走了。还有一次也是凌晨一点，敲门声又响起来，这次她叫醒了我父亲，让他听，我父亲却说那不是敲门声，可能是风叩响了院门上的门环。我母亲披衣下楼，一进院子就发现了，不知谁家的猫进了我家院子，把她刚刚晾在屋檐下的腌鱼扒下来了，猫正在翻弄那条腌鱼，她赶走了猫，拎起腌鱼往院门去，这次她大胆地打开了门，门外月光遍地，她没有看见我祖母的鬼魂，但是她看见台阶上新鲜的水渍，看起来不像是鬼魂的脚印，像是更加晶莹更加明亮更加湿润的月光。

那天夜里我母亲彻底相信了自己的推断，我祖母对她的持家能力还是不满意，也不放心，她的鬼魂一定复活了，可能也混迹在咸水塘里，离家那么近，她来视察子孙后代就方便了。我母亲不介意她回来，但为了雪里蕻，为了腌鱼，深更半夜来打扰她，这就讨嫌了，所以我母亲就在我家门上挂了一把驱鬼的蒿草。

3

人们都在欢喜地等待咸水塘的明天，我父亲却郁郁寡欢。

事情来得突然：他所在的塘东文化站收到了一份特殊的公函，针对的不是任何人，针对的竟然是举世闻名的咸水塘彩色天空——上级部门明确规定，以后不得以任何形式宣传咸水塘的彩色天空。

所有咸水塘人都清楚，咸水塘的彩色天空之所以赫赫有名，我父亲没有功劳也有苦劳，那一纸莫名其妙的文函，偏偏那么隆重，那么权威，它毁灭了我父亲人生最大的荣耀，竟然用了公函的名义，他怎么想得到呢？我父亲第一次意识到自己与咸水塘天空的关系，其实一荣俱荣一损俱损，天空是美的，他就是成功的，天空被否定，他的大半生也就被否定了。

连续好几天，我父亲站在塘东文化站的门口，昂着头仔细端详咸水塘的天空，心里琢磨：彩色天空究竟出了什么问题？是黄色云朵出了问题，还是黑色烟雾出了问题？或者白烟也有问题？赤橙黄绿青蓝紫，是什么色彩不宜宣传？他思来想去，找不出合理的答案，一冲动便拨通了宣传部门王部长的电话。

王部长说等一等，关于咸水塘天空的宣传问题关乎科学，他要拿了相关文件才能说清楚。很快，王部长在电话里照本宣科地转达了考察组专家的意见，咸水塘地区要转型要发展，必须创造一个美好的环境，目前十几家工厂烟囱里所有的烟雾，只有白烟相对洁净，其他的黑烟、黄烟、紫烟、红烟都充满了有害物质。什么有害物质呢？在我父亲的追问下，王部长念出了一系列陌生的词，氮氧化物，碳氢化合物，硫氧化合物，氟化物，臭氧，醛，酮。

我父亲听得云里雾里，心一点点地下沉，如果咸水塘的彩色天空充满了有害物质，那他人生的荣耀无疑也是有害的。一种强烈的挫败感让他说话有点阴阳怪气了，谁组织的考察组？从月球上邀请来的专家？稀奇了稀奇了，这黑烟红烟黄烟能害死人？那城北公路上每年都有人给汽车撞死，每年夏天都有人在咸水塘里淹死，可我天天在咸水塘，从来没有听说谁让烟囱里的烟熏死了！领导你有没有具体的例子，究竟什么人，让什么烟害死了？王部长说，什么具体例子？你这不是为难我么，我又不是环保专家，哪儿知道这一套东西？上级不让宣传彩色天空，彩色天空就不能宣传，你这文化站长当了这么多年，不懂这个道理？

下级服从上级的道理，我父亲自然懂得，他只是由衷地觉得那是一个官僚主义的决定。作为一个文化站长，他自认是有文化的，领导们却不一定有文化，所以他说话不免有点居高临下了。现代文明是工业社会带来的，王部长你承认不承认？你承认的？那我要问，没有烟囱，哪来的工业？没有工业，哪来的国民经济？既然不要彩色天空了，为什么还要让咸水塘那么多烟囱天天冒烟？为什么不把黑烟、黄烟、紫烟、红烟都变成白烟？要不，你们干脆把那些工厂都迁走算了，迁走了什么烟都没有了，咸水塘就剩蓝天白云，跟内蒙古大草原一样，跟青藏高原一样，你们就满意了？

我父亲其实很失礼了，没想到王部长在电话那头发出了一阵豁达的笑声。黑烟变白烟我们没有那能耐，你们咸水塘变不了内蒙古大草原，上级也不要什么草原高原，要的是新经济新发展！洪书记原来要在咸水塘搞电子高科技开发区，现在洪书记调走了，来了彭书记，他要在咸水塘招商引资，建一个天然水上游乐场，不求全国最大，起码是全省最大！儿童乐园？水上游乐场不是儿童乐园，大人孩子都能玩的！你不懂无所谓，人家彭书记出国考察过，他懂就行！现在我说清楚了吧？不管要搞什么，搬烟囱都是迟早的事。彭书记不知道你们咸水塘有多少烟囱？他怎么会不知道？他昨天开会还说了，搬咸水塘的烟囱只能慢慢来，性急不得，你们的烟囱有级别，属于地区的烟囱好搬，属于部级的烟囱不好搬，有的烟囱是省级烟囱，也难搬，我们一座一座搬，两年搬不走就用三年，三年搬不走就搬五年！邓站长你到现在还不清楚吗？归根结底一句话，现在领导不要什么彩色天空，只要蓝色天空，要蓝色，不要彩色，明白了吗？我父亲终于沉默，他放下了电话说，明白了，只要蓝色，不要彩色了。

从那天开始，我父亲对咸水塘的天空产生了惜别之意。他认真甄别了空中各种烟囱烟雾的属性，咸水塘的烟与烟囱，确实有着不同的级别，不同的归属。早晨或者黄昏，他朝南仰望远处第二轧钢厂烟囱里的红色烟雾，心里会想，那最美丽的红烟，最容易消失，看一天是一天了。他朝西南处远眺新风制药厂上空若隐若现的紫色烟雾，心里预判它的紫烟或将成为第二种消失的烟雾，药企也会朝不保夕。我父亲为此有点感伤，他稍通艺术，自然懂得紫色与红色是最华丽最显赫的色彩，当紫烟紧随红烟从咸水塘天空中消失，天空会变得多么单调，所谓咸水塘的彩色天空，也就化为乌有了。

至于幸福硫酸厂的黄烟和群星炭黑厂的黑烟，我父亲内心从未真心喜欢过。那是咸水塘黑天气与酸天气的源头，不论他个人在酸天气频频发作的鼻炎，不论我母亲在黑天气对群星炭黑厂的诅咒，从咸水塘人的公众利益出发，他也希望幸福硫酸厂和群星炭黑厂首先搬离咸水塘。但他懂得领导所说，先搬哪根烟囱，烟囱级别说了算，由不得你喜欢不喜欢。两家工厂一家制造炭黑，一家制造硫酸，方圆几百里之内都是独此一家，物以稀为贵，它们可能搬不动。反而是我母亲所在的环球水泥厂，虽然烟囱飘的是白烟，但这些年环球牌水泥已经没有了优势，前景堪忧，五家桥和松树湾那边都建起了水泥厂，一家是港资企业，一家是中韩合资，水泥的品牌都用英文标注，水泥产能与品质都在环球水泥厂之上，是真正的国际品牌。我父亲心里将环球水泥厂打入了另册，不免感到忧虑，当年他辛辛苦苦将我母亲从乳牛场调进环球水泥厂，现在恐怕又要再忙一次了。

说起来难以置信，在我父亲最消沉的那段时间里，与他来往最密切的是小宽。他们从来不是什么朋友，却是对方在塘东唯一的棋友。塘东街道的男人们通常不下棋，要下也只会下象棋，只有他们两个人喜欢围棋，所以他们凑在一起下围棋。塘东联防队解散以后，小宽被安排到了废品收购站，封了他一个站长头衔，但他不甘心与废品打交道，一直想调到文化站来。我父亲直言相告，以他的文化知识水平是进不了文化站的。小宽并不羞愧，他说，我知道自己文化不高，文化不都是学来的么，我进了文化站，天天跟你学文化！我父亲说，还学个屁，文化天天在变，现在彩色天空都不让宣传了，我都糊涂了，不知道什么叫文化，不知道要宣传什么文化。小宽说，这有什么问题？糊涂了就听领导的呀，领导要宣传什么，你就宣传什么。我父亲忿忿地说，领导走马灯一样换呀！现在这彭书记，连咸水塘的彩色天空都不让宣传了，这彩色天空上过画报的呀，全国都有名，这不让宣传还宣传什么？你那联防队没有了，我这文化站估计也快没了，你还想进文化站？我劝你赶紧断了这心思吧。

他们有时候下三番棋，有时候一盘接一盘地下。由于我父亲的水平在小宽之上，总是由小宽执黑先行。从某种意义上说，文化站里的棋盘类似咸水塘当时的天空，如果说我父亲的白棋代表白烟，小宽的黑棋代表了黑烟，黑与白其实都是残存的，苟延残喘的，但它们要决一胜负。我父亲总是在观察黑色，研究黑色的形状与布局，慢慢渗透，白棋的使命便是蚕食黑色，反之亦然。小宽杀性重，他的黑棋总是想着一口气剿灭白棋，不过，他对棋形有着一种病态的敏感，当棋盘上的白棋呈现出一把锤子的形状，小宽突然便脸色煞白了，他要求我父亲暂停，说他的脑震荡后遗症又犯了，头晕，犯恶心，有点想吐。

小宽坐在那里闭目养神的时候，我父亲观察棋盘上的白棋，果然是一把锤子的形状，它像凶器包裹着弱小的黑棋，发出了凛冽刺目的光芒。那是我父亲无意中下出的棋形，但他知道小宽的脑震荡后遗症，是一把锤子造成的，我父亲的解释同时也是道歉，我不是故意的，你自己要杀我大龙，我的棋才走成这个模样。小宽蒙着眼嘟囔，我没怪你，该怪谁你知道的。以前我看他们那家人太可怜太苦命，不忍心追究下去，我当初是放了他们一马，现在既然他们家发达了，那好英都嫁到香港去，成了香港阔太太了，我不会放过他们的，秋后难道不能算账？你看我怎么跟他们秋后算账！

此为后话，暂且不提。

4

是咸水塘烟囱的多事之秋。

如果将咸水塘的天空比喻为烟囱森林，那森林四周无疑响起了伐木的声音，森林因此在颤抖。东南西北的烟囱都忧心忡忡，它们在互相凝视，互相猜测，究竟是哪根烟囱将第一个倒下，哪些烟囱将会从咸水塘消失不见，会不会有幸运的烟囱，能够留在这个地方，永远缅怀烟囱的光荣？

我母亲早就听到了不少迁厂的传言。至多半年，环球水泥厂也将迁往三十里以外的桃树湾一带，新厂址在桃树湾墓地的西侧。小王丽萍说她有亲戚在桃树湾，亲戚告诉她，桃树湾的三台新水泥磨早已竣工，建造新厂房的工地也一直在开工，连亲戚本人也在工地上做小工挣钱。最初我母亲不相信，她对小王丽萍说，你不要听风就是雨的，也不用自己头脑想一想，你一个咸水塘人，还不知道哪些烟囱害人，该先搬哪些烟囱？幸福硫酸厂不搬，群星炭黑厂不搬，先搬环球水泥厂？酸天气不除，黑天气不除，先把白天气除了？世上哪儿有这么不讲道理的事？小王丽萍撇嘴说，那是你一个老百姓的道理，人家领导有领导的道理，你老百姓的道理和领导的道理，不一定能讲到一起去吧？

传言不虚。我父亲很快向我母亲证实了小王丽萍的消息。我母亲不禁颓然地瘫坐在椅子上，死人都搬去了桃树湾，活人也要去桃树湾上班了？为什么都要去桃树湾？桃树湾是天堂吗？她忿忿地嚷起来，三十里地！不说那旁边就是新墓地，上下班加起来要六十里地呀！搭厂车来回也要四个小时，八小时上班再加四小时，我能分身吗？这孩子谁来管？家务怎么办？一大家子吃什么喝什么？这都是什么吃屎的领导，好好的一家工厂建起来多不容易，说不要就不要了？

她骂完了领导，稍微解了点气，头脑也清醒了一些，便与我父亲商量起对策来，咸水塘这么多工厂，三年两年都搬不光吧，你知道哪一家厂会留到最后？我父亲反问她，你最讨厌哪两家厂？她脱口而出，这还用问？群星炭黑厂第一，幸福硫酸厂第二呀！你不是故意气我吧，那两家害人的厂能留到最后？我父亲先摇头，用怜悯的目光看着她，然后又隆重地点了点头，你讨厌没有用，我敢打包票，听他们领导的意思，能留到最后的不是幸福硫酸厂，便是群星炭黑厂。

我父亲在塘东算是消息灵通人士，他的说法无疑是值得信任的。我母亲紧皱眉头思考起来，她的思考一方面很痛苦，另一方面也多余。片刻之后她有了抉择，人从椅子上弹了起来。我们看见她奔向西窗，仰望群星炭黑厂的烟囱，眼神渐渐坚定起来，还得要调动，我要调动！调群星炭黑厂去！她忽然大声地对我父亲说，你趁早想办法，把我调去群星炭黑厂！既然他们厂的烟囱最后才搬走，调去炭黑厂干个几年，说不定我就能退休了！我父亲很惊愕，你那么讨厌黑天气，你那么讨厌炭黑厂，怎么会愿意去炭黑厂上班？我母亲气咻咻地说，炭黑不比硫酸好？没有阳关道走，只好选那最好的独木桥！

作出决定之后她冷静了，拿起一把板刷，开始刷厨房的窗子。她先刷掉了白天气留在窗台上的一层水泥灰，又刷去窗框上凝结的炭黑灰，我反正就是吃灰的命，在水泥厂是天天吃白灰，去炭黑厂换个黑灰吃罢了，白灰比黑灰也好不到哪里去！她似乎在说服我父亲，也似乎在说服她自己，你不知道的，炭黑厂也有他们的好处，他们职工的奖金比我们水泥厂高，起码多五十块钱！她回头看我父亲，又补充道，炭黑厂一年发三套工作服，一个月发两块肥皂！他们职工浴室大，水龙头也好，出水量比我们厂的大，洗起来爽快，还有他们的食堂，同样一块红烧肉，比我们厂便宜一毛钱！

浴室里的母亲

1

我母亲调去群星炭黑厂，一半算是如

愿了，另一半却只能算将就。

尽管我父亲与张厂长平素熟稔，烟酒礼品也送了不少，最理想也最适合的仓库保管员的工作，我母亲还是没有得到。次一点的岗位是职工食堂，张厂长本来允诺要安排我母亲，作为一个家庭主妇，在食堂工作明显有各种实惠，我母亲也乐意。但最后几天张厂长那里又变了卦，他向我父亲坦言相告，最近他家的门槛都被人踏破了，各路关系都得罪不起，食堂满员了，实在不能再塞人，只有浴室管理员的岗位还可以安排。他暗示我父亲，如果我母亲不能接受，他就无能为力了。

我母亲起初有一种受辱的感觉，她屈尊调去群星炭黑厂，怎么也想不到要去做一名浴室管理员，这算个什么狗屁工作呢？她以前在乳牛场与青草饲料打交道，在水泥厂与水泥包和装卸队打交道，虽然谈不上多么高尚，至少都有工作的尊严，这浴室管理员除了看门就是打扫卫生，天天跟光屁股、污垢、毛发和肥皂沫打交道，也配叫一个岗位，也配叫一份工作吗？她朝我父亲这么嚷嚷的时候，我父亲告诉了她一个严峻的现实，他在张厂长那里的面子，只能换回这个结果，她已经无法再选择了，要么去群星炭黑厂看管浴室，要么停止调动手续，去桃树湾的水泥厂新址上班。

我母亲忿忿地斟酌一番，最后挥挥手说，好，好，去就去，浴室就浴室！反正家里囤的毛线有用了，我以后一边上班一边打毛线，至少可以多打几件毛衣了。

2

黄招娣提着一只篮子与好莉走进浴室的时候，我母亲并不吃惊。作为浴室管理员，她自然知道塘西村的村民福利，他们可以来群星炭黑厂的职工浴室洗澡，凭浴票，每周两次，如果遇到黑天气，村民能否来洗澡，由浴室管理员灵活掌握。

是那对母女感到意外。黄招娣看着我母亲，眼睛不停地眨巴，似乎怕认错了人，她的表情有点尴尬，尴尬过后不知为何又显出了一丝欣慰，塘东招娣，你到这儿来看浴室了？

这样，她算是与我母亲打了招呼，又回头瞄一眼好莉，看看这是谁？喊人呀。黄招娣示意女儿尽一点礼数，那好莉低着头把两张浴票交给我母亲，什么也没说，推着黄招娣往浴室里面走，走到女浴室门口了，好莉忽然回头，朝我母亲瞥了一眼，那目光有点傲慢，又有点羞怯，这让我母亲感到陌生，她还记得当年那个凶悍无礼的塘西女孩，女大十八变，她确定好莉是越来越漂亮了，但她的性情是变好了还是变坏了，我母亲当时还不了解。

一般来说，我母亲每隔一个小时会进女浴室，清洗一次地面与下水道，顺便告知那些塘西妇女，浴室里只能洗澡，不得洗衣服，更不允许洗月经带。但黄招娣的到来，使她有了一种莫名的躁动。她从未看见过裸身的黄招娣，塘东招娣塘西招娣，两个招娣的名字纠缠了这么多年，各自的身体却互为秘密。不知为何，我母亲很想看一眼塘西招娣的裸体，比较一下，她们两个招娣的裸体，是否与眉眼身材一样那么相似。

并非女工们的下班时间，浴室里的女浴客不是来自塘西村，便是来自五家桥，或者公路那一边的严村和寺前村。我母亲提着竹帚走进去的时候，看见那母女俩占据了一个淋浴龙头，黄招娣正帮着好莉洗头发。女儿的个子差不多追上了母亲，她或许因为害羞，刻意地背转身去，用双手捂住了自己的胸部。我母亲只能看见一个少女背部的曲线，谈不上美丽，却是健康匀称的。作为两个儿子的母亲，她习惯注意姑娘少女的髋部，好莉的髋部有点像男孩子，这是缺憾，以我母亲的经验，她一时不敢确定好莉以后嫁了人，是否善于生育。

她对黄招娣的身体更好奇。那个塘西女人的身体第一次裸露在她眼睛里，如此坦然，如此彻底。黄招娣的皮肤比她想象的白，比她想象的细腻。黄招娣的肩胛骨很深，深过自己，肩胛窝里盛着女儿头发上散落的肥皂沫子。她的手在女儿的头发上抓几下，又揉几下，那肥皂沫子便成为几个小泡泡，从她的肩胛窝里飘下来，落在地上的积水里，挣扎了几秒钟，然后便破碎了。她看见黄招娣的乳房在颤动，与她一样，或者与绝大多数中年妇女一样，因为习惯使用右手，右乳比左乳紧实，左乳比右乳大，松垂一些。她惊异地发现黄招娣的左乳上有一颗很大的黑痣，大小位置酷似她自己右乳上的黑痣，默默地形成对称的关系。一左一右，完全对称。她的目光礼貌地下滑，略过黄招娣的私处，专注于她的臀部，黄招娣的臀部不大不小，平淡无奇，腰椎处留有一块膏药的痕迹，方方正正的，那表明黄招娣的腰不好，常常贴膏药。我母亲的腰也不好，腰不好的妇女多如牛毛，这一点相似倒不足为奇。我母亲用竹帚打扫着地面，目光持之以恒，最后研究了黄招娣的大腿与小腿，对比自己，其长度比例是相当的，她一时也分辨不出，她们之间谁的大腿更粗一些谁的小腿更细一些，但我母亲很快发现黄招娣的右脚踝上长了一片湿疹，黑红色的一小片，形状像一只小鸡雏。她又惊着了，一片小鸡雏形状的湿疹，那与她自己左脚踝上的那块湿疹，一左一右，又是完全对称的。

黄招娣应该是被我母亲侦探般的目光惊扰了，她忽然侧转脸，瞪着我母亲，那眼神里的疑问被夸张之后，代表着某种激烈的抗议，我母亲一时窘迫，看看她头上的淋浴龙头，说：节约用水！

然后就拖着竹扫帚走开了。

3

塘西村的男人自然也来炭黑厂洗澡。萧木匠来职工浴室洗澡，我母亲遇到过好几次，他总是要给负责男浴室的老吴派一支香烟。萧木匠至今保持着对人点头哈腰的习惯，尽管毫无必要，他一直要我母亲转达他对我父亲的问候，可能我母亲反应冷淡，有一次他有备而来，带了两盒万宝路牌香烟，让我母亲带回家送给我父亲。我母亲知道那是昂贵的外国香烟，猜他是表达当年掘我祖母坟茔的歉意，她再三推脱，说过去的事早都过去了，没必要给他这么贵的香烟。萧木匠却说，用港币买也不算贵的，下次我让好英多买两条给邓站长。又隆重地补充了一句，这外国香烟我抽不惯，你家大站长会喜欢的。

萧木匠家现在成了塘西村最富裕的人家，我母亲早听说了。她原本以为是勤劳致富，但从金娥他们嘴里透露的原因，与那一家人的勤劳能干并没有太大的关系。金娥告诉我母亲，黄招娣与好福母子联手缝制的寿衣现在名声在外，听起来有点惊人了，传说在香港澳门东南亚一带，很多富人迷信他们母子做的手工寿衣，说那寿衣能真正地为老人们添寿，老人们每年生日那天穿一次，保证来年平平安安百病不侵。我母亲纳闷，说你们塘西村的寿衣不都一个样式一样手工缝么，怎么就她家的寿衣出了名？金娥撇嘴说，要出名也要靠门路，你知不知道他们家现在靠谁？靠好英好芳姐妹俩呀！我母亲说，不是说姐姐在殡仪馆给死人化妆，妹妹在殡仪馆做花圈生意吗？还是端一碗死人饭，哪能做得了什么靠山？金娥说，那是老黄历了，你知不知道那两姐妹现在在哪里？一个在香港，一个在深圳！好英嫁了个香港人，家里开殡仪馆的，全香港的死人都要去他那里走一趟！好芳嫁了个高干子弟，他们在深圳开了家公司，做寿衣骨灰盒进出口生意，两姐妹合伙的，你看看黄招娣这一家人，那边的老人不管是死是活，都归他们家管呀。

我母亲听得半信半疑，忽然想起当年好英好芳扛着草筐去乳牛场卖青草的样子，乳牛场都消失多年了，咸水塘一带都见不到多少青草了，塘西村的祖业却依然在发展，她不由生出几分感叹，说，想想还是你们塘西人聪明，世界上什么生意都不可靠，只有死人生意最可靠呀。金娥说，不是我们塘西人聪明，是黄招娣家的人太厉害，现在大家不做外贸不做内销，寿衣骨灰盒做出来，都交给萧木匠，他们家一条龙服务了。

我母亲从来没有看见过好福来洗澡。她问过萧木匠，你儿子怎么不洗澡的？萧木匠并不避讳，反手拍拍自己的腰背，说，他这里不是驮了一口锅么，怕丑，怕人看，天热在家洗，冬天我带他出去洗。我母亲便懂了，点头说，怪不得，明白了，男孩子也怕丑呢。

说起来我母亲自己都觉得奇怪，她不喜欢黄招娣家的任何人，但对那个驼背男孩，却有某种异样的爱怜之心。是某种难以形容的亲密感，她想起他，便会想起我弟弟，当年在郊区人民医院两个男婴此起彼伏的啼哭声，仍然在她耳边回荡。她想起我弟弟与好福，便依稀看见一面奇怪的镜子竖在两个男孩之间，不是反射什么，而是修正什么，他的驼背映衬了我弟弟茁壮的青春，他的不幸反衬了我弟弟的幸福。

当然，这只是我母亲的私见，不一定是事实。现在看起来，隔着咸水塘，两个一起降生的男孩的命运，依然遥遥相对，要么互相质询，要么互相夸耀，要么互相比拼，时代不一样了，结果其实也已经不一样了。

我弟弟

1

我弟弟那年从交通职业学校毕业，如愿进了公交公司，学徒出师之后，他被派遣到新开辟的 88 路公交车做驾驶员。

88 路公交车的行驶路线是从铁佛寺到群星炭黑厂，这样，我弟弟几乎每天都会开着蓝白相间的公交车路过咸水塘，每天出车都会路过塘东，隔着驾驶室的玻璃，能够看见我家房顶上的那根电视天线。

88 路公交车在群星炭黑厂的厂门口掉头，停留五分钟以上。我弟弟第一次将车停在那里，在群星炭黑厂的站牌下看见了很多熟识的塘西人的面孔，蒋红根和好福就从那里上了车。他当时与好福不熟，是蒋红根凑过来与他说话。他告诉我弟弟，他要陪好福，去铁佛寺附近新开的王子浴城洗澡。

我弟弟很诧异，你们塘西人不是能去炭黑厂洗澡么，洗个澡哪儿要跑那么远？蒋红根回头看了眼好福，低声说，他从来不让村里人看见他的驼背。我弟弟说，那去香椿树街洗呀，香椿树街又没人认得他，那街上现在有两家浴室了。蒋红根突然就嫌弃我弟弟的无知了，他压低声音说，去炭黑厂洗，去香椿树街洗，去王子浴城洗，洗的不是一个澡，懂不懂？

看他挤眉弄眼的样子，我弟弟大致上能懂他们要洗哪一种澡了，他不免尴尬，回头看好福，好福坐在车座上，也许是刻意回避，也许是心不在焉，他侧脸望着车窗外，我弟弟能看见他眼睛的一道余光，它谨慎地掠过我弟弟的面孔，带着些探究与好奇。

在铁佛寺下车之前，蒋红根又走过来与我弟弟说话，好福让我问你，你肯不肯教他开车？我弟弟一时不得要领，问，他要学开什么车？蒋红根说，小轿车！他们家现在发财了，马上要买小轿车，就是家里没有人会开车。我弟弟认真地说，学开汽车又不是学骑自行车，不管开什么车，都要报名去驾驶学校学的，要考驾照，他家不是发财了吗？又不在乎那点学费。蒋红根说，我也这么对他说了，他不愿意去驾校学，想跟你学，只要你肯教他，他付双倍的费用给你，双倍不够还可以商量。我弟弟摇头，不是费用的问题，我要上班，哪来闲空教他开车？蒋红根不依不饶，说，你总有休息的时候吧？塘东塘西离这么近，等他家提了车，你用休息时间教他，我保证你不会吃亏的！

88路公交车停在铁佛寺终点站。铁佛寺已经修葺一新，七层佛塔显得很高很庄严，亮晶晶的，塔檐下的风铃又能够像从前一样在风中叮叮作响了。塔下香火旺盛，人群潮汐般地涌来散去，每天都有香客来此处烧香，也有游客到此一游，顺便在有名的铁佛寺素斋馆吃一碗素面。这里也是公交公司的中转场，设有一个司机休息室，还有一个内部厕所。尽管有点内急，我弟弟没有急于下车，他坐在驾驶座上，看着几个塘西妇女提着篮子和化肥袋急急奔向铁佛寺，嘴里嚷嚷着什么，而蒋红根和好福朝铁佛寺西侧的王子浴城走了。

王子浴城开张不久，喜气犹存，原先由九十九只花篮隔成的迎宾路因为花篮撤走了，只剩下一条红地毯，反而显得宽阔而气派，二楼与三楼之间的一幅液晶屏广告即使在白天也闪亮夺目，一个穿比基尼的西方女郎，口衔玫瑰，卧在沙滩上，背景是大海与椰子树，配以精湛微妙的广告词：到王子浴城，做一夜王子。

我弟弟看着蒋红根和好福走上了王子浴城的台阶。两个苗条高挑的迎宾小姐迎向他们，一个穿粉红色旗袍，一个穿浅紫色旗袍，粉红色那个挽住了蒋红根的胳膊，而浅紫色那个面对驼背的好福，似乎有点不知所措，她迟疑了一下，去握好福的手，却被好福甩开了。我弟弟不知道好福为什么要这么粗鲁，他听见自己嘴里掉出来一句脏话，×，花六十八块钱，就能做王子了？他也不知道自己为什么会骂人，是出于家教，还是妒忌，或者是不屑，连他自己也分不清楚。

几天后，我弟弟看见好莉从群星炭黑厂上了88路公交车。那是一个秋天的中午，好莉的脸上有浅浅的妆容，穿一套白色西装裙，提着一只小行李箱，看起来像是要去哪儿旅行。我弟弟好心提醒她，去火车站方向反了，不坐88路，要走到三号桥去坐15路。好莉说，谁告诉你我要去火车站？我去花桥镇，给客户看样品。我弟弟瞥一眼那只小行李箱，刚想问什么样品，转念一想他们的家族生意，箱子里免不了装的殡葬用品，他说了声生意兴隆啊，就专心地驾驶起来。

好莉忽然来到了驾驶座旁边，她的身上散发着一股香水味，我弟弟不习惯香水，但那气味清雅馥郁，是我弟弟喜欢的。他注意到好莉的脖子上戴了一条项链，看起来是一些五彩缤纷的小石子串起来的，我弟弟不知道那是什么珠宝玉石，但那项链他竟然也喜欢，所以他朝好莉笑了笑，说，你们家响应中央号召，你们是先富起来的人呀。恭喜恭喜！

但好莉是过来兴师问罪的，少来这一套，谁要你恭喜？她睨视着我弟弟，我问你一件事，我弟弟要跟你学车，你为什么不愿意？付你多少钱都不行？驼背碍着你什么了？驼背就不能开车，你瞧不起驼背？

我弟弟摇头否认，你这说到哪儿去了，我没有瞧不起驼背，开车要驾照，我是让他去驾驶学校学，没说过驼背不能开车。

她依然气咻咻的，目光停留在我弟弟把握方向盘的双手上，眼神里有一丝愤恨，但更多的是某种恨铁不成钢的遗憾。突然，她指着我弟弟说，你不教他就教我，你要是谁也不肯教，迟早有一天我们家要雇你给我们开车，做我们家的司机！

这么狂妄的口气，无疑伤了我弟弟的自尊。他笑了一声，真是暴发户！你告诉我你们家现在有多少钱，一百万了？三百万了？他想了想，用戏谑的口气说，要是你们每月给我发一千块工资，我就辞职，来给你们家做司机。

好莉的反应出乎我弟弟的预料，她轻蔑地瞥了他一眼，邓东升，你说话算数？她这么嚷了一声，发现车厢里的乘客都瞪着她，大概觉得此类话题不宜声张，便挨近了驾驶座，你们这些人真是穷惯了，不知道什么叫有钱，一千块工资算什么？三百万算什么？她压低声音，凑在我弟弟的耳朵边说，我骗你不是人，别说是好英，现在好芳家都不止三百万了！

尽管我弟弟不愿意相信，那负罪离乡的姐妹俩如今暴富至此，但看好莉的样子不像是骗人，他头脑忽然便开了小差。由于他从小热爱汽车，熟知所有汽车品牌，包括很多从未见过的奢侈品牌，其性能与价格他都了如指掌。他迫切地想知道，好莉家究竟要买一辆什么样的轿车。你们家准备买什么车？德系还是日系，还是美国车？他几乎用了某种激将法的语气，问，你们家既然那么有钱，不会买一辆桑塔纳吧？好莉茫然道，我不懂这些，是好芳在深圳买的，马上要运过来了。我弟弟说，你们家既然那么有钱，干脆买一辆劳斯莱斯，要不买宾利，两百多万一辆，最有面子！要是嫌贵，起码也要买一辆奔驰，不买奔驰就买奥迪！

好莉察觉出来了，那不是热情的建议，而是某种妒忌，甚至是恶意。她似乎有点愠怒，邓东升你少来那一套，我不知道好芳买了什么车，不管什么车，都是我家的车对不对？你开的这88路公交车，这么大这么长，可惜不是你家的吧？她看我弟弟语塞，大概自己也觉得说话刻薄了，又掩着嘴笑。为了要缓和什么，她打开了肩上的小挎包，从里面掏出一盒口香糖，晃了晃，对我弟弟说，张开嘴！我弟弟愕然，什么？你干什么？她说，你大惊小怪干什么？我又不会喂你毒药，让你张开嘴你就张开嘴，你中午一定吃大蒜了吧？口气很难闻呢。

这份亲昵突如其来，我弟弟毫无准备，但他还是顺从地张开了嘴巴，一颗口香糖蹦到了他的嘴里，带着浓郁的柑橘香，他听见好莉说，嚼，嚼，别咽下去。我弟弟说，我知道不能咽，谁还没吃过口香糖？好莉哼了一声，你吃过的口香糖是上海的吧？这是好英从香港寄来的口香糖，美国进口到香港的，嚼了你就知道了，不一样的！

2

我弟弟从未向我们谈起过那颗口香糖，但我们全家人都相信陈师母的说辞，那天在88路公交车上，她亲眼看见好莉往我弟弟嘴里塞了一颗口香糖。

一个女孩子往一个男孩子嘴里塞一颗口香糖，通常意味着某种亲密的关系，这是常识，但这举动发生在我弟弟与好莉之间，却不一定了。我母亲向陈师母透露，我弟弟上学时候与好莉做过同桌，很早就见识了好莉的喜怒无常，她今天待你好，好得没头没脑，你对那份突兀的善意没有准备，明天待你凶恶了，一样莫名其妙，你对她的恶意也无法防备。好莉曾经用小刀把我弟弟的新书包划了一个口子，事后矢口抵赖。不过，她也曾经从自家菜地里摘过黄瓜西红柿，带到学校，偷偷塞在我弟弟书包里，以此表达她的好意。

对于那两根黄瓜两只西红柿，我母亲还记忆犹新。晚餐正好缺菜，起初她没有介意那是来自好莉的礼物，两根黄瓜正好做一盆麻油凉拌黄瓜，两只西红柿加两只鸡蛋，正好够做一大碗西红柿蛋汤。黄瓜西红柿清洗过后要分别处理，我家不吃带皮的黄瓜，不吃带皮的西红柿，所以我母亲先将西红柿单独放在一只大碗里，用开水烫皮，当她提起热水瓶将开水倒在西红柿上的时候，耳朵里听见噼啪两声，那两只西红柿的表皮竟自然地褪下，浮在碗里，像两件薄薄的红衣，很完整，很妖娆。我母亲从来没见过如此驯顺的西红柿，她不知道那是水温的效用，还是西红柿熟透了的缘故，心里疑惑着，又拿起小刨刀给黄瓜去皮，这时候她听见了更奇怪的声音——小刨刀每次削去一层黄瓜皮，她就听见一声嘶叫，分不清是黄瓜还是黄瓜皮在嘶叫。那声音清脆到凄厉的程度，似乎是愤怒的呐喊。我母亲的眼疾严重，对自己看见的事物没有那么信任，但她的耳朵是正常的，她从来没有听到过黄瓜的呐喊声，这让我母亲慌乱地扔下小刨刀，看看那条半绿半白的黄瓜，看看那两只鲜红的西红柿，她觉得那些黄瓜皮像小蛇一样在案板上扭动，而西红柿碗里正在慢慢地渗出鲜红的血，她在厨房里跺跺脚，把黄瓜西红柿一齐扔进盆里，端盆就往外走，那惊恐的样子就像端着一盆定时炸弹。我弟弟很诧异，他追着我母亲问，你要把它们都扔了？好莉家的黄瓜西红柿很新鲜，为什么吃不得？我母亲心里的忌讳很难向我弟弟表达清楚，草草地回答道，这是黄招娣种的黄瓜西红柿，可能不安全呀。

与陈师母谈及这件往事，我母亲有点走神，她心里有悔意，悔意是模糊的，还有一丝怜惜，但不知怜惜的是那新鲜的黄瓜西红柿，还是好莉与我弟弟青梅竹马般的情谊。陈师母最了解我们家与黄招娣家的多年恩怨，她看着我母亲，忽然拍手笑道，塘东招娣塘西招娣，你们一辈子冤家呀，以后万一要成了儿女亲家，就有意思了！我母亲摆手道，陈师母你千万别那么说，不就是喂了一颗口香糖么，能有什么意思？现在人家是百万富翁，我家平民百姓，高攀不起的！

陈师母问我母亲这几年有没有见过好英和好芳，我母亲茫然摇头，女大十八变，就算见到也不认识了呀。陈师母说，那好英好芳是越变越漂亮，连我们塘西人都认不出来，凑近了细看她们的眼睛，才能认得出来，女孩子千变万变，一双眼睛变不了的。我母亲点头称是，那姐妹俩的眼睛随妈妈，亮亮的，有那种什么光——她一时找不到恰当的词形容那种光，又随口说，姑娘好看不好看，化妆很重要的，你想想，姐妹俩以前都在殡仪馆给死人化妆的，既然她们能把死人化得像活人一样，自己本来就年轻漂亮，还不随便就能化成个大美人？

一旦说起好英好芳，我母亲与陈师母都来了兴致。陈师母告诉我母亲，黄招娣这两年原谅了两个女儿，原谅得干脆，不知道是出于亲情，还是念及她们赎罪的能力。今年春节，好英好芳风风光光地回来过年了。好英嫁的那香港人虽说年纪大了，一口龅牙，干瘦干瘦的，但人家阔气，大年初一提着个公文包在村里走，见人就发红包，一个红包一百港币。好芳那男人算是年轻的，个子矮，相貌平平，不过人家出身于北京显赫的高干家庭，他送给萧木匠和驼子每人一块手表，说要几万元一块。我母亲啧嘴说，我在塘东都听说了，不就是暴发户吗？她的声音黯然沉下去，忽然又升起来，有点激愤了，陈师母呀，你记得我婆婆的坟是怎么没有的？给萧木匠刨掉的呀！这家人我们要一分为二看，他们苦是苦过的，倒霉是倒霉过的，不过要说作恶作孽，他们家要排第二没人敢排第一，世上从没听说过敢卖弟弟的姐姐，他们一家出了两个！现在两个都发财了，你让人说什么好？积德行善有什么屁用，好有好报恶有恶报以后让人怎么相信，不也是句屁话吗？

话题到此有点沉重，陈师母无意与我母亲探讨报应的诡谲之处，她更乐意谈论好莉与我弟弟的未来，不知怎么就说到了好莉的身材。我母亲眼睛倏地一亮，她那身材吧，这儿是有点那个什么——她朝陈师母拍拍自己的髋部，说，好莉来洗澡我见过的，她这儿像男孩子，有点窄，不够宽。陈师母自然懂得我母亲的言下之意，她笑道，都担心这个了？你倒是有远见呢，骨盆窄一点也不怕的，现在都什么年代了？有剖腹产的！她观察一下我母亲的表情，忽然感慨起来，风水轮流转，这日子真是三十年河东三十年河西呀，以前我从塘西嫁到塘东，嫁的不过是个工人，长得也丑，连个城镇户口都拿不到，你不知道惹了多少塘西人眼红呀，还有人到我婆婆那里造谣，说我有狐臭，娶回家空气不好！现在都倒过来了，要做黄招娣家的女婿，一般塘东小伙子恐怕都没有这个资格呢，你儿子，一定要珍惜这机会！

我母亲眼睛闪光，却一时无语，她思考一会儿，谨慎地亮明了自己的态度，谈不上什么机会不机会，人家家里有金山银山，都是人家的，我们家又不贪财，何况他们家那金山银山都是靠死人垒起来的，一般人恐怕都不敢爬上去呢。

不知怎么，她听见死人那两个字的尾

音在空气中回荡，久久不散，原先她自以为说得婉转而透彻，因为死人两个字说出去，话怎么听都带着些敌意，带着些妒忌，一定刺耳了。陈师母一向嘴快，很可能到塘西村乱捎话，她有点懊悔，一边观察陈师母的表情，一边便开始亡羊补牢了，陈师母我刚才说的什么？不算数！只要不偷不抢，发家致富都是人家的本事，这种事情也轮不到我瞎说，现在都什么时代了，父母还能管子女的婚姻？一块馒头搭一块糕，都看孩子的缘分，我才不管呢。

3

我弟弟专程为好莉一家去上海提车，堪称一次特殊的旅行，事情说小就小，说大就大，他不敢隐瞒，事先告知了我母亲。

他以为我母亲会反对，但她的态度出乎意料，她问我弟弟，他们家谁跟你一起去上海？我弟弟猜出我母亲的心思，说，好莉不去！我母亲吔了一声，说，奇怪，为什么好莉不去？我弟弟说，你才奇怪，要在上海住一宿，好莉去不方便，他们家商量好了，是好福跟我一起去。我母亲抿嘴一笑，端详着我弟弟说，还是奇怪呀，你吃下去的到底是人家一颗口香糖，还是迷魂药，是人家买小轿车，要你这么热心？我弟弟说，有什么奇怪的？他们家买的是一辆进口好车，我从来没有开过好轿车，就想开一次试试，跟口香糖有什么关系？

我母亲当时正在剥蚕豆，一枚豆荚剥开以后，三粒新鲜蚕豆次第落入大碗里，一，二，三，她嘴里这么数着，瞪着手里的空豆荚，头脑里浮现出当年与黄招娣一起在郊区人民医院的分娩的情景，一，二，三，三个婴儿也是这么渐次降临于世的，她不免唏嘘起来，这一晃都二十年了，你们三个孩子，怎么又凑一起去了？这缘分真是够深的，就不知道是祸还是福呀。

上海之行神奇，我弟弟后来终生难忘。

那是他第一次去上海，恰恰与好福同行。他们是坐火车去的，到了上海直奔著名的外滩，在附近找了一间旅馆入住。那也是我弟弟平生第一次入住酒店旅馆，登记的时候好福问过我弟弟，是开两个单人房，还是两人一起住一个双床房？我弟弟看一眼价目表，毫不犹豫地说，房费这么贵，省点吧，我们两人一间。好福说，这就算贵了？你不知道在香港有多贵，一晚上两千块港币！我弟弟说，两千块不是可以买床买被子了吗？你们家的钱也不是偷来的，两人一间吧。好福笑了笑，说不清楚他对这份善意是满意的，还是无所谓。他说，那好，省下来的钱我请你吃西餐，你没有吃过西餐吧？我弟弟说，我吃过肯德基，吃过两次。好福又笑，及时纠正了他，他说，肯德基是西方的快餐，不叫西餐。

他们去了一家西餐馆。门口站了个西装革履的小伙子，看两个来客的样子，怀疑他们进错了地方，双臂一张，提醒他们这是高端法国餐厅，消费很高。我弟弟下意识地后退了，好福不动声色，问那个小伙子，看我是驼背？驼背不能吃西餐？驼背不能高消费？那小伙子支吾着，好福就从口袋里掏出一叠人民币，朝他抖了抖，看见没有？好福说，我的人民币很挺括，一点不驼背。

那也是我弟弟平生第一次进那么高贵的餐厅，桌子上堆着鲜花，头顶上的灯光很暗，点的是蜡烛，他懂得那不是为了省电费，而是为了格调。恰恰是这格调让我弟弟不敢评论什么，他僵坐在椅子上，拿着菜单，用目光询问着好福。好福倒是沉着，他点了香槟酒、海鲜色拉和牛排。我弟弟不明白好福天天在塘西村，究竟在哪里见的世面，为什么会懂得吃西餐？好福也诚实，说他西餐吃得不多，只是能记得住。去年他与好莉去深圳，好芳和她男朋友带他们吃过美式牛排，他记住了烤牛排的味道，他们从深圳去香港，好英和她丈夫请他们吃过一顿法式大餐，他又记住了海鲜沙拉的味道。

由于好福特意提及，送来的面包是免费的，可以随便吃，所以我弟弟吃了各种各样的面包，认为每样都好吃，等到牛排上来，我弟弟学着好福的样子，一刀一刀切，切成六小块，等到六小块都吃下去，他自知已经撑着了，说，没想到吃西餐也能吃得这么饱。

之后他们在黄浦江边散步，我弟弟觉得胃里翻江倒海的，繁华的外滩景色便也摇摇晃晃的，一切都虚幻，虚幻得颠簸起来。他实在忍不住就呕吐了。逛外滩的人群来来往往，他留在路上的一摊秽物便显得很扎眼，旁边过路的游人毫不掩饰他们的情绪，投来的目光都是厌恶的鄙夷的，我弟弟既觉丢脸，也非常懊恼，我不该吃那么多面包的。他一边吐一边向好福承认了他的错误，好福没说什么，他的一只手搭到我弟弟背上，轻轻地拍打。过了一会儿好福说，想吐就吐，吐干净了才舒服，管他们呢，这里反正谁也不认识我们。

应该就是从那个瞬间开始的，我弟弟意识到他与好福之间存在着某种天然的友情，或者就是亲密，就是温暖。他们原定夜游黄浦江的计划猝然中断，但一条友谊之路从我弟弟的呕吐物中诞生，从此开始在他们的脚下向前延伸了。

他们提前回到了旅馆的房间。好福用房卡开门的时候，回头看了我弟弟一眼，不知为什么，我弟弟觉得他有点腼腆，那是好福脸上很少能看到的神情，他不知道好福为什么会腼腆，而我弟弟也想起入住登记的时候，那女服务员对照着他们两个人的身份证，似乎不相信自己的眼睛，你们身份证有没有什么问题？你们两个人，真的同年同月同日生？他不停点头，声明身份证没有任何问题，还补充道，我们生在一家医院里，只差几分钟。当时他也脸红了，情形有点类似，他不知道自己为什么脸红了。

房门打开，涌出一股消毒剂与霉味混合的气息，室内黑黢黢的。似乎是一场秘密的漫长的相约，随着灯光打开，那约定的内容变得清晰而具体，当年在郊区人民医院一起呱呱坠地的两个男婴，如今他们在黄浦江边共处一室，要一起度过一个夜晚了。

门背后的地毯上有一页花里胡哨的纸，应该是谁从门缝里塞进来的，两个妆容妖冶穿着暴露的美女，即使在纸上也搔首弄姿的。好福将广告捡了起来，我弟弟凑过去看，问，这是什么意思？好福说，什么什么意思？这还用问？你跟我装什么圣人？我弟弟便讪笑，朝着窗外看一眼，说，这上海，就是上海呀。

那广告列出的各项服务名称中，有的我弟弟能理解，有的不懂，比如冰火双飞，他就想不出是什么样的服务，问好福，好福认真地思忖着，说，王子浴城有冰火，有双飞，冰火双飞没听说过，我也不知道怎么个飞法，蒋红根说不定知道，可惜他不在。然后他注视着我弟弟，要不要打电话，飞一飞？试一试？反正我请客。我弟弟顿时涨红了脸，算了算了，我胃里现在还不舒服。他摆摆手，捂一下肚子，说，明天还要办正事，开两百里地呢，我要养精蓄锐。

上海一夜，我弟弟放弃了某种享乐的探索，可能是出于羞怯，可能是出于天生的美德，他当时想不到，他顺利地通过了一次特别的考察。除此之外，那个夜晚的奇特之处超出了我弟弟的想象，在好福身上，他发现了一个不可思议的秘密，那个发现一样地值得纪念。

涉及睡姿问题。像所有人对于驼子的理解一样，我弟弟认为好福只能侧卧睡觉，但他在台灯光下亲眼看见，好福平躺着，好福竟然平躺着。好福竟然能够在床铺上平躺，从头到脚，身体紧紧地贴着床铺，包括平时隆起的驼峰。说得再清楚一些——当好福平躺在床上，他的背脊部分是平坦的，驼背消失了，他的身体呈现出一个小伙子应有的体态，看起来比平时延长了好几公分。

我弟弟不敢相信自己的眼睛，以为是台灯昏黄的光源造成了视觉错误，他跳起来打开了房间顶灯。对我弟弟的举动，好福似有准备，他若无其事地看着我弟弟，说，吓着你了？我弟弟细细端详着好福的身体，忍不住，用手伸到他的背脊处，问，我能不能摸一下，摸一下你的背？好福迟疑一会儿，最后说，别人不可以，你可以。

这样，我弟弟的手便挤进好福的汗背心，开始慢慢摸索，他确定在平躺的状态下，那条背脊几乎是直的，他的手指甚至能分辨出一节一节的脊椎骨，是正常的形状，与他自己一样。好福直视着我弟弟的脸，他笑着，笑容有点局促，又有点诡谲。肯定吓着你了，他说，我的身体会变魔术，现在你也知道了，我走路时候是驼子，睡觉时候不是，我可以是驼子，也可以不是驼子。

你扮驼子走路？我弟弟茫然不解，你为什么要扮驼子走路？

好福摇头，我不是扮驼子，是习惯了，你知道那个王驼子吧？我这么走路，是他训练出来的。

这怎么训练？听说过矫正驼背的，没听说过要把正常人训练成驼背的。

从小抓起呀！好福笑了一声，轻描淡写地说，王驼子平时算是很疼我的，就是走路必须随他，他怎么走路我就要怎么走，必须弓着背低下头，我一挺起腰他就打我，打得多了，我慢慢就习惯这么走路了。

究竟为什么？他为什么要让你学他走路？做一个驼背有什么好处，他告诉过你吗？

怎么没好处？谁在路上不小心丢了钱，丢了别的什么，别人看不见，驼背能看见。

我弟弟想笑，却笑不出来，他说，你别开玩笑，他究竟为什么？总不能爹驼背儿子也要驼背吧？

好福的神情倏而正经起来，他直视着我弟弟说，他的心思你们不会懂的，他怕别人欺负我，做个驼背孩子，别人觉得你可怜，就不好意思欺负你了。

这个理由似是而非的，有点怪诞，又足够悲伤，甚至带着一丝滑稽，我弟弟不知道该不该相信。他心里的问号还是打不开，驼背多难看，哪个漂亮女孩会看上一个驼子？你家有多少钱也没用，以后怎么娶媳妇？除非你也去找个驼背女人。他以极其诚恳的态度劝解好福，你现在既然离开王驼子了，回自己家了，为什么还要驼背走路？你家里人不管你？

他们管过，管不了。好福说，我不是故意的，不是我不想正常走路，他们都知道。先是我爹，后来是好莉，他们逼我在后院练走路，我直着腰背走两步，脖子就会疼，走三四步路背就开始疼，再多走几步腰像是要断了，骨头像是要裂了。

为了证明他的努力，好福从床上坐起来，向我弟弟演示他古怪的身体，嘴里说，你看你看，只要从床上起来，不管站着还是坐着，我脑袋就朝前探了，我的背就挺不直了，只能弯着腰驼着背，这样人才舒服。

我弟弟的好奇心上来了，怎么可能？一定是训练不得法，好莉自己跑步都歪着肩膀跑，哪儿懂训练？我在学校当过护旗手，我来训练你！他拉住好福的胳膊，一把就拽起来了，听我的，刚才怎么躺，现在就怎么站！他用手撑着好福的背部，背挺起，头抬起来，向前看，走，向前走，往洗手间那里走。

最初，我弟弟能感觉到好福的身体在配合他的指令，但不过走了两三步，好福的背脊便开始抵抗他的手了，说不清楚它背叛了主人的意志，还是在抵御外来的侵犯。你的背挺直了，像刚才那样，挺直了，不要弯！我弟弟更加用力地撑住那背脊的中心，嘴里喊，抬头向前看，腰部挺直，不要弯！

来自好福背脊的力量超出了我弟弟的估计，那是一种弯曲的力量，或者说是倒塌的力量，它最终形成了一个隆起的坡度，使我弟弟的手徒劳地安放在坡顶上。我弟弟先听见了好福的呻吟，然后是痛苦的嘶喊声，疼，疼死我了。我弟弟不甘放弃，挺直啊，忍一下，再坚持几步，走到洗手间去！他这次用上了双手，一只手去固定好福的脖子，一只手顶着好福的脊背，但是好福忽然发出了怒吼，放开我，我疼，滚开，滚开！

我弟弟被好福甩开了。好福满头大汗，他的脸在灯光下显得惨白惨白的，两只眼睛突然充血，它们怒视着我弟弟，像某种猛禽的眼睛。我弟弟相信他让好福遭受了痛苦，这痛苦的程度他无法体验，但训练怎么能不吃苦呢？好福拒绝了他的训练方法，拒绝了他的好意。这一方面让他感到沮丧，另一方面也对好福的脆弱心有不满，男子汉大丈夫，这点痛算什么呢？所以他们后来谁也不再搭理谁了。临睡前在盥洗间淋浴时，我弟弟起了含沙射影的念头，特意一遍遍地唱了台湾歌手郑智化的《水手》：

> 他说风雨中这点痛算什么，擦干泪不要怕，至少我们还有梦，他说风雨中这点痛算什么……

最后他听见好福在外面说，算什么？你要是个驼子，你就知道算什么了。

第二天傍晚细雨蒙蒙，我弟弟开着一辆银色轿车从城北公路下了塘西村。

塘西村的村民们追着那汽车跑。即使是蒋文良蒋秀明那种见过世面的人，也不认得那个汽车品牌，蒋红根拍着车窗问我弟弟，什么车？这是什么车？我弟弟说，富豪（即后来的沃尔沃），这是富豪！蒋红根说，什么富豪？这车叫富豪？我弟弟不耐烦了，只好用最简洁的语言介绍，这是北欧车，市面上很少，你们不认得的，这车不算贵，不过安全性能很好。

萧木匠夫妇和好莉站在家门口迎候着。他们家的老房子已经拆除，新盖了四层楼，墙面用的浅色瓷砖，窗子都罩着不锈钢的防盗网，看起来亮闪闪的。由于地势原因，也因为尊重或者避讳，这四层楼的高度看上去与蒋文良家的三层楼是齐平的，只不过萧木匠夫妇听取了别人的建议，在楼顶上安装了一根避雷针，那避雷针与蒋家祠堂屋顶上的那棵老树遥遥相对，也不知道是巧合还是刻意，以肉眼判断，避雷针与树的高度也是齐平的。

造房子的时候，他们明显没有考虑汽车的事，所以楼房里缺一个车库。为了供放这辆汽车，萧木匠自己动手，给汽车造了一个木棚子。萧木匠引我弟弟把车停在了棚子里，等到好福下了车，我弟弟也下了车，想把钥匙交给萧木匠，萧木匠指指黄招娣说，我不管，交给他妈去。

黄招娣朝我弟弟走过来，远看是微笑着的，走近了那笑容便显露出一丝疲惫。她这几年显得衰老，额头眼角爬满皱纹，齐耳短发白了一半，耳朵上还戴着那对熟悉的金耳环。富足的生活似乎没有给予她什么富态，只是使她变得更加消瘦，也更加谨慎多疑了，她盯着我弟弟的眼睛看，以往那种一厢情愿的爱意消失了，她的眼神明显有一丝戒备，还有点质询的意味。我弟弟下意识地把车钥匙摊在手上，要交给她，她只是扫了一眼，突然问，你跟好福在上海怎么样？我弟弟使用了外交辞令，我们很好，相处融洽。她佯笑道，怎么个很好？怎么个融洽？你们一起没有做什么——没做什么坏事吧？我弟弟坚决地摇头，出于诚实的本能，他带着些歉意补充道，就是那顿西餐，那顿西餐结账结了不少钱。不是我的主意，是他非要进那餐馆的。黄招娣认真地端详着我弟弟，说，不管什么餐，一顿晚饭也吃不穷我家，你们两个在一起，花点钱无所谓，只要不做坏事就好。

好莉跑了过来，也许是轿车到家的原因，也许是这里面有她的一份功劳，她的脸上洋溢着快乐而自豪的光彩，邓东升辛苦了，辛苦你了！她对我弟弟说了句客气话，表情竟然有点忸怩。我弟弟下意识地把车钥匙递给她，好莉也已经伸出了手，但她摊开的手掌被黄招娣拍了一下，啪的一声，很响亮，你拿钥匙干什么？你会开车？你做梦学会开车的？

驱逐了好莉，黄招娣就把我弟弟往墙角处拉，好孩子，你来一下。她的语气听起来很亲密，也很郑重，来这边，我要跟你说几句悄悄话。

我弟弟不知道黄招娣要说什么。这车的来历他大致上清楚，是好英好芳她们非要给家里买的，黄招娣的态度是买就买吧，要是为了悔过，她给她们悔过的机会，要是为了补偿，她就收下这次补偿，要是出于孝心，她就遂了她们的孝心。坏事变好事这句老话，在这家人身上神奇地应验了。我弟弟能懂得好英好芳的心思，为家里买一辆轿车情有可原，但黄招娣究竟要让他做什么，我弟弟还是心存戒备。他一直将车钥匙举在手里，但黄招娣就是不看那钥匙，黄招娣看着我弟弟的眼睛。

你别举着那钥匙了，好孩子，你自己看看，我们这家里有没有合适开车的人？她掉转脸去，用手一一指向自己的家人，孩子他爸爸高血压，年纪也大了，还怎么学车？好莉一个女孩子，手脚不协调，碰到什么事一惊一乍的，她开车，谁放心坐？好福那身体，就算他学会开车了，都不知道警察让不让开，就算能开也不方便呀。我弟弟预感到了什么，急迫地说，瘸子是不能开车，没听说驼子不让开车，他学会了应该可以开——他睡觉不是能躺平睡吗？以后开车，说不定他也能坐直呢。

不放心，不放心的。她果断摇头，怨尤的目光停留在我弟弟脸上，渐渐变得热切而诚恳了，好孩子，当年你从塘东跑我家来的事，你还记得不记得？你叫过我塘西妈妈，你还记得不记得？一晃这么多年，你跟我们家的缘分恐怕还要续下去呢。

我弟弟开始躲避她的眼睛，转过脸嘟囔，我不知道，小时候的事，谁还记得住？她沉吟了一下，说，这老缘分能不能续上新缘分，还是讲缘分，我也不能强求你，就算我求你帮忙吧。我们一家都不怎么出门，一年用不了几次车，塘东塘西离得近，万一要用车的时候，干脆喊你来给我们开？我弟弟起初坚定地摇头，我要上班，我上班开公交车的。她说，我知道你上班开公交车，就算开飞机开火车，遇到事也能请个事假病假的，对不对？她这么开导我弟弟，伸手要摸他头顶，我弟弟闪了一下，她的手讪讪地缩回去，突然从怀里摸出了一个信封，好孩子，你拿着这个信封，里面有人民币，也有点港币。她捉住我弟弟的另一只手，说，这一次，下一次，以后，以后的以后，我都不会让你吃亏的。

一个信封躺在我弟弟的左手手掌上，不算厚，但也不薄，那是一个国际航空信封。他首先注意到那枚浅蓝色香港邮票，伊丽莎白女王的侧脸，高贵地朝向好莉家的墙，目光微微上扬，似乎在眺望他们家楼顶的避雷针。信封左上方有香港的地址，繁体字，他猜那应该是好英丈夫的笔迹。油麻地这个地名似曾相识，他在香港电影里见到过的，他能确定那不是一片菜地，只是忘了那地方是繁华的高楼大厦，还是一片杂乱的平民街区。

我弟弟的犹豫只在一瞬间。从礼节上他觉得应该拒绝黄招娣的馈赠或回报，可是他太好奇了，他心里想知道信封里有多少人民币多少港币，甚至对那张邮票也充满了兴趣，所以他真诚地说了几声谢谢。他能够看见萧木匠和好福在家门口注视着他，一个目光冷淡，另一个目光犀利，似乎是在监视他的一举一动。我弟弟先是窘迫，然后很快坦然了，今天累死了！他这么喊了一声，朝着好福笑了笑，便把信封放进夹克衫内袋，把汽车钥匙揣进了裤子口袋，动作很麻利。

4

我弟弟去塘西教好福开车，起初是在村里，村道不够宽，这是一个问题，更大的问题在于塘西人太多，黄招娣家这边的汽车引擎一响，便有村民从各个方向拥过来，跟着汽车跑，他们像是看西洋镜一样，要看清楚好福怎么摆弄方向盘和手刹。车子开到咸水塘边，车子后面便会响起一些村民的声音，小心，小心开到水里去！连我弟弟也能察觉，那声音听起来不像是善意的提醒，更像是某种妒忌发作的诅咒。

总是不安全，便要另选地方。去城北公路是一个常规的选择，不过那公路上车多人多，开车的人又不安全了，萧木匠夫妇不同意。后来蒋红根建议去环球水泥厂，无论是萧木匠夫妇，还是我弟弟和好福，大家都觉得那是一个学车的最佳地点。

当时环球水泥厂已经封厂拆除，高高的烟囱和水泥磨还勉强耸立于高空，它们俯瞰着厂区内遍地的瓦砾废墟，似要挽留什么，却无可挽留，因而显得落寞而绝望。安静与嘈杂在空中交替，有几台推土机和一群建筑工人在拆除生成车间大窑的庞大建筑，忽然一声巨响，忽然又无声了。厂道从河边的储运仓库一直延伸到厂门口，那原本是环球牌水泥主要的出厂之路，永远积存着厚厚的水泥灰，看起来是白色的，现在白色水泥灰被风雨洗涤干净了，群星炭黑厂的炭黑灰乘虚而入，路上到处可见毛茸茸的炭黑灰，它们一团一团地集结，像一群群爬行的黑蚂蚁，不知道要去哪里。昔日繁荣热闹的厂道现在空旷无人，看起来比原先更加宽阔了。

我弟弟把好福家的轿车开到环球水泥厂门口，副驾位置通常坐着好福，后排坐着蒋红根，有时候还有好莉。厂门平时是关着的，留守看门的老金附近人都认得，他是那种既讲原则又贪小利的人，小利常常便可以打破他的原则。蒋红根很擅长对付这样的老头，他让好福准备了一盒烟，下车要老头开门，隔着窗子，一根一根地往桌子上扔香烟，扔满三根烟，老头就打开抽屉，把烟收进抽屉，人就出来了。他探头朝车上的好福看看，问蒋红根，你们究竟是谁学车？教那驼子开车？一个驼子开什么车？蒋红根说，老师傅你这是老脑筋了，现在都什么时代了？只要驼子有钱，别说开轿车，就是飞机也能开的。

我弟弟规划的驾驶路线是从河边的储运仓库码头到厂门口。储运仓库当时拆了一半，留下了另一半，以供工地上的建筑工人居住。小码头上堆满了建筑垃圾，可能是民工们在那里大小便的原因，那些垃圾散发着一股复杂的恶臭味。河边停泊了两条铁皮驳船，看不见船民的影子，船舱里装满了水泥包，不管是否属于过期水泥，不管船民去了哪儿，他们猜想那应该是环球水泥厂待运的最后一批水泥了。

这曾经是我母亲工作的地方，她每天在这里清点出库上船的水泥。我弟弟一眼便认出来，我母亲坐过的高脚铁凳子还摆在墙角，上面放满了民工们的水杯。从小码头通往厂门口的这条厂道，以前是我母亲上下班的必经之路，现在则是我弟弟的权力之路，富豪轿车的方向盘与手刹是他平生获得的第一个权杖，他莫名地爱上了这个权杖，因此接受了随之而来的义务。

三个学徒收入麾下，我弟弟尽量合理公平地分配各自的机会，有一件事情他实在没有料到，三人中间最先上手的是好福，好福对驾驶车辆堪称无师自通，在全面的观察与监督之下，我弟弟不得不承认，一个驼背完全可以开车，他弯曲谨慎的体态用以驾驶，并非什么缺陷，反而堪称优势。

他们成为一个小小的团体。我弟弟与三个塘西人探讨过环球水泥厂的未来，这地块以后不竖烟囱不见工厂，会派什么用场，会有什么前景？好莉用手指指残存的水泥磨，指指四周的厂区，用一种自豪的语气说，告诉你，以后这地方都归我们家管，有什么前景我们家说了算！她向我弟弟宣称，不久的将来，好英好芳两家将在这里携手建造一个殡葬工业园区，不求全球最大，只求全国最大，具体事务都已经在洽谈之中了。

我弟弟笑，他说你两个姐姐家再有钱，也买不下这么大的地块，咸水塘现在算好地方了，地价很贵，这都是国家的呀，哪能随便给你们家？好莉对我弟弟的见识表示不屑，她说，不叫给！还要融资，还要合资，还要兼并，你懂不懂？现在哪儿都在发展经济引进外资，我大姐夫是港资，我二姐夫的父母姐姐都在澳洲，算外资，他们要收购花桥镇的寿衣厂，三家加起来，就是一家中澳合资企业，听懂了吗？企业名称他们都想好了，以后这里不是环球水泥厂，是环球殡葬工业园！

好莉今非昔比，她居然懂得这么多生意场上的话语，让我弟弟有点意外。他听懂了，只是不敢相信，便向蒋红根眨眼睛。这揶揄的神态激怒了好莉，你不相信？你以为我吹牛皮？她气咻咻地说，你不要狗眼看人低！告诉你，做一般企业我们家做不过别人，要说是做死人生意，我们家排第二，这世界上就没有人敢排第一！

我弟弟看了看好福，好福在笑，看起来他对好莉的豪言壮语是赞许的。他又看蒋红根，蒋红根不知为何低下头去看着汽车仪表盘了，过了几秒钟他抬起头表态，回避了世界第一世界第二之类的敏感话题，却很诚恳，死人生意最好，世界上天天要死人的，现在做什么产业都供大于求，只有做死人生意才最保险。

来自塘西的人生课，总是从死亡出发，到死亡结束。我弟弟心里承认他们塘西人算盘精明，不过，这精明有点邪魅，有些恶，它坦然地冒犯他人，让我弟弟觉得不快，但究竟是塘西村的生意经，还是塘西人的头脑在冒犯他，他却说不出来。

从储运仓库的码头向西南瞭望，越过河水与城北公路，可以看见塘西村崭新的房舍，玻璃、瓷砖、铝合金、马赛克和大红瓦在落日下闪烁着丰富的光芒，那是一个富裕的生机勃勃的新世界。掉头南望，远远的可以眺望我们塘东街道，供销社楼顶上的旗杆光秃秃的，旁边架起了几根杂乱的天线，低矮的建筑，杂乱的街路，一切灰暗，一切破败，那似乎是一个被遗弃的世界了。我父亲常说什么三十年河东三十年河西，他现在明白了，咸水塘两侧的世界彻底颠倒了，塘东人过去的优越与荣耀已经荡然无存，咸水塘的未来不在塘东，在塘西，人生第一次，他对塘东街道产生了嫌厌之心。

天快黑了，我弟弟发动轿车离开了环球水泥厂。他听见好莉好福在后座上低声说着什么，快到塘西村路口的时候，好福在后排对我弟弟喊，停一下，换我来开！我弟弟离开驾驶座，到了轿车的后座上。他与好莉坐在一起了。他闻见好莉的身上有一股香水味，淡淡的花香，很好闻，但他不习惯。他挪了下身子，离好莉稍远一些，好莉说，你躲什么？你怕我？我能吃了你？他便朝好莉那边挪回去，问，你身上抹的什么香水？好莉说，告诉你也没用，告诉你了你也不懂。我弟弟又想往窗边去，这次好莉一下捉住了他的胳膊，我要跟你商量正经事呢！她说，好英和她男人马上要回来了，回来考察水泥厂这地盘，我们到时开车去接他们，行不行？你发什么愣？我家不会亏待你的，快说，到底行不行？我弟弟犹豫了一下，然后他点头，说，行吧。

5

我弟弟早已不记得好英了。

他与好福好莉一起在火车站等候她与她的香港丈夫。出站的人群拥出来，那夫妇俩各自拖着一个拉杆箱，一个是金色的，一个是银色的，他们时尚而阔气的装扮，在人群里显得跋扈，一眼可以辨别出来。好英穿裘皮，烫着长波浪，她漂亮，因为浓妆艳抹珠光宝气，漂亮打了些折扣，说不出哪儿有点扎眼。男人符合我弟弟对于香港老板的印象，戴金丝边眼镜，干瘦矮小，西装革履，看起来年龄有五十岁左右的样子。

萧家子女们见面的瞬间并没有过多的亲热，好福甚至退到了我弟弟的身后，这份隔膜符合他们长年分离的事实，我弟弟觉得情有可原。好莉对姐姐热情，只是有点不知所措。在往停车场走的路上，他听见好莉在向好英介绍自己，介绍得明显有点啰嗦，这个司机，就是邓东升，邓东升，我同学。她忽然提高声音说，就是那个塘东招娣的小儿子呀，你记得不？

我弟弟注意到好英的目光投在他脸上，眼神冷漠，但是专注，似乎在研究什么，回味什么，过了几秒钟她突然笑了，我记得他。她回头对丈夫说，他小时候跟着一只鹅跑到我家来，我妈妈以为是好福回家了。

现在好福早已经回家，他们几个一起回塘西去，是我弟弟为他们开车。这似乎是一场命运的约定，也像是一幕戏剧曲折的剧情，我弟弟在为他们开车。从反光镜里可以看见萧家姐弟仨坐在后排，好福靠右，不知为何他一直沉默，眼睛望着窗外，膝盖却在不安地抖动。好莉挽着好英的胳膊，姐妹俩在说悄悄话，但因为好莉嗓门大，我弟弟断断续续地能听见，好英似乎是怀孕了。好英的回答漫不经心，她说，坐飞机还好，坐汽车难受，难受死了。她的喉咙忽然一响，打开窗子，对着外面干呕起来。我弟弟把车停在路边，注意到那香港人坐在副驾位置上，并不回头，他从包里掏出大哥大，开始用广东话跟人通话。我弟弟努力地分辨那口音，因为听了太多香港歌手的磁带，看了太多的香港电影，他听出来了，香港人正在对他的下属布置，跟谁谈一笔墓穴生意，他说，现在地皮金贵，单穴十八万蚊，双穴优惠，一共三十万蚊，少一蚊都不行。

车快到塘西村的路口了，远远地能看见有个人倚靠着电线杆，抽着烟，似乎在等人。离得近了，我弟弟发现那是小宽。他不知道小宽在那儿等谁。小宽突然走到路的中央，朝着他们张开了双臂。那无疑是拦车的姿势，我弟弟不知道他为什么要拦车。他停下车走出去，小宽说，不关你的事，你回车上去，让香港太太出来。我弟弟说，怎么了，究竟是为什么？小宽说，为什么？说来话长，你也没兴趣听，听了也没用，你让萧好英出来就行了。

我弟弟站着没动，他觉得小宽的脸上洋溢着某种尖锐的光晕，说不出来是紧张，还是亢奋所致。好莉先下车，随后是好福，他们发现拦车的人是小宽，都茫然不解。我弟弟注意到好英的脸从车窗里探出来，她打量小宽，似乎没看清楚他的面孔，眯起眼睛又端详，倏地打了个寒战，那个长波浪的脑袋一下就缩回车里去了。

好莉跑过来，用手指着小宽，张嘴就骂，好狗不挡道，你究竟要干什么？小宽吔的一声，万元户就能随便骂人了？我是狗你是什么？我是公狗你是母狗？他朝好莉挥手，没你什么事，让你姐姐下车，我有一笔账要跟她算一下。好莉说，什么账？她欠你什么账？我姐姐多少年都没回过咸水塘，你跟她能算什么账？小宽戳了一下自己的天灵盖，这里的账！这里脑震荡，脑震荡留下了后遗症！他说，这事你爹妈清楚，她自己心里更清楚，我不跟你啰嗦，你让她下车。好莉说，你让她下车她就要下车？凭什么？你以为自己还是联防队呢？你现在算老几？小宽朝好莉竖起一根中指，我现在算这个，好不好？你满意不满意？他兀自朝着汽车走过去，嘴里说，她不下车我上车去，我要跟香港阔太太汇报一下，我的脑震荡现在有后遗症，前两天还犯病了，我看房子房子摇摇晃晃，我走路路一会儿朝左边斜，一会儿朝右边斜，我一犯病天旋地转，连路都走不了，都是托了她的福呀。

几乎是同时，我弟弟和好莉好福在公路上组成一堵人墙，拦住了小宽。你们拦我干什么？以为我讹人？我堂堂顾小宽，只有别人讹我，我什么时候讹过别人？小宽突然吼起来，他的愤怒中带着些冤屈，愤怒是夸张的，冤屈看起来是真诚的。他撞不开人墙，便掏夹克衫的口袋，掏出来一本皱巴巴的病历，来，给你们看，你们认得字吧，看见没有？钝器击打！重度脑震荡！他打开病历本的时候，有几张票据从病历本里掉出来了，随风飘了一会儿，落在地上，小宽跑过去捡，捡起来之后他挥舞着那些票据，看，给你们看，我都忘了，还有这一堆医药费，好几百块钱，不能报销只能自费，我都留着呢！

我弟弟和好莉都凑过去看那份病历，病历封面是牛皮纸的，印着郊区人民医院的红色字样，打开来可以看到当年医生留下的诊断，虽然纸发黄了，医生龙飞凤舞的字都褪色了，仔细鉴别，还能够辨认出那些字迹，钝器击打，重度脑震荡。

这都是什么时候的古董了？还说你不是讹人？好莉说，你怎么不把旧社会的账本拿出来？这么多年过去了，你现在拿这个病历出来，不是讹人是什么？我弟弟出于公正，也表明了自己的观点，他说病历没用的，你说是好英打了你导致脑震荡，要有证据，要报案，这种事情你自己说了不算，要公安说了才算！

我弟弟的话似乎说到了点子上，小宽哼了一声，要证据？我这儿有，我从咸水塘里捞出来了，捞了一个夏天！他突然掀开夹克的后摆，从后腰处拔出一把锤子，高高地举起来，萧好英，你下车来看看，认得不认得这把锤子？车里的人没有下车，是我弟弟和好英好福凑了上去，那锤子的铁头部分生了锈，木柄还油光光的，可以看见木柄下端刻了一个字：萧。

公路上的人都安静下来，有几辆卡车从群星炭黑厂方向过来，似乎为了警告滞留在路上的轿车与人，司机轮流鸣响了喇叭。有个司机认得小宽，从驾驶室里探出身子问，小宽，你们在公路上干什么？小宽朝他挥挥锤子，说，讨债，我跟香港人讨债！

他们退到了路坡上，我弟弟注意到好莉投向他的眼神，隐含着求助的意思，那是萧木匠的锤子，这是可以确认的，但我弟弟懂得更多，他稍作思考，对小宽说，那最多只能说明是她家的锤子，不能说明是凶器，凶器要录指纹，锤子在咸水塘里泡那么久，什么指纹都留不下来了，你捞起来也没用。

或许说到了小宽的痛处，小宽喉咙里隐隐地发出一声叹息，我搞治安搞那么多年，怎么会不懂这一套？他对我弟弟说，实话跟你说，这事情天知地知她知我知，过去他们家日子苦，谁都可怜他们，我也不好意思找他们算账，当年我也不忍心把一个乡下女孩送到监牢去，谁料想他们把我好心当了驴肝肺，这么多年了，萧木匠夫妇见我就躲，连一包香烟都没给过我抽！

他的声音忽而激愤，手里的锤子指指富豪轿车，又指指好福脖子上的金项链，你看看这家人，现在披金戴银开豪车，咸水塘最阔的万元户，了不起了？要不是以前我放你们一马，萧好英现在能当香港阔太太？要不是我忍下那口气，哪儿有你家的今天？现在我落到这步田地，凭什么放过她？听说过秋后算账吗？我这就叫秋后算账！

那番话暴露了小宽狭窄的心胸，道理说得也主观，态度听起来却恳切，我弟弟不知说什么了。他朝好莉看，好莉不满于他的软弱，尖声嚷嚷，他敲竹杠呀，你不知道他在敲竹杠？她又指着小宽喊，我们家披金戴银开豪车，都是我们一家人用血汗钱换来的，关你什么屁事？你会秋后算账我们就不会？你当年用手铐把好英铐在自行车上，她也落下了后遗症，她现在一看见手铐就会晕倒，你要不要赔偿？你怎么赔偿？

没有人注意好福，也许小宽翻出的陈年旧账他不知情，所以他一直在听，并不说话。一切来得猝不及防，我弟弟看见好福突然朝小宽撞过去，抬手要夺那把锤子，由于身高的差距，好福的手只是徒劳地触到了小宽的肩胛骨。小宽闪到一边，朝着好福高高地举起锤子，你个驼子，要不要试试这把锤子的厉害？万元户的脑袋值钱，我不砸你脑袋，给你两个选择，要不就把你家的轿车砸了，要不就砸你的驼背好不好？他俯视好福隆起的背脊，眼睛里燃起一种可疑的火焰，火焰越来越亮，让我砸三下，砸三下！小宽高喊起来，要是能把你的驼背给砸直了，要是你以后能挺着腰背走路了，算我学雷锋了，免费！要是砸坏了你的驼背你自己负责，我们从此清账，行不行？

这个提议作为一种和解条件，太突兀，太刁钻，也太恐怖了。我弟弟和好莉都愣在那儿，一时不解其意。谁也想不到，好福能够接受这个交易，好福只是思考了几秒钟，便接受了这个交易。好福说，好，这可是你自己说的，轿车砸了你赔不起，你来砸我的背，砸了以后我们清账。他这么说着，人到了小宽面前，忽然转过身，用一只手背过去拍着自己的脊背，来，三下，砸三下，我给你数，你要把我驼背治好了，我送你大红包，你要把我砸伤了，我自己负责。

小宽的面孔浮起一阵古怪的红晕，他举着锤子，目光在好福隆起的背脊上来回穿梭，就像登山者察看一座高山陡峭的山势，有点畏惧，更多的是征服的向往，那目光渐渐变得炽热，他的呼吸也急促起来。我弟弟与好莉从那呼吸声中同时感受到了危险，他们一起上去拉扯好福，我弟弟说，他疯了，别跟他斗气！好莉对好福尖叫，你头脑有病呀？他这种人活成了癞皮狗，什么事都做得出来，你怎么能跟他斗气？

相对于小宽，好福的镇静更加令人意外。我弟弟记得好福注视着那锤子，眼睛有点湿润，很难分辨那模糊的泪光来自不安与恐惧，还是属于某种朝圣者，代表着虔诚与希望。他挣脱了我弟弟，又甩开了好莉，我不是斗气，别管我，你们不懂，你们不懂！他再次走过去，向小宽展示隆起的背脊，就像一座山向登山者展示它的巅峰，你来砸，砸，砸！砸出什么事我都不怪你！我弟弟从好福的声音里听见了一种决心，那不是斗气，不是耍泼，而是鱼死网破的决心，这个瞬间，他决定彻底摆脱一个驼子的哀伤与羞耻了，他的声音听起来很平静，来砸呀，快砸，砸三下砸五下都行，随便你！

车门这时候打开了，好英和香港人先后下了车。好英似乎下了决心，要朝路上的人走过来，有事好商量——她这么喊了一声，喉咙里忽然发出几声干呕，随即弯下腰在路边呕吐起来。香港人扶着她，他们的身形对比明显，男的比女的矮，看起来更加小巧，他手上的戒指射出来一道光，像天上的星光，偏蓝，很亮。香港人侧过脸，目光在小宽的脸与锤子之间跳来跳去，先是茫然，然后便惊慌了。我弟弟听见他在用一种责怪的口气问好英，这个人，究竟要做什么？好英捂着胃部，另一只手指了指塘东的方向，能够看见她的身体在微微颤抖，无法确定那痛苦缘于呕吐，还是因为不堪的回忆，她打消了原先的念头，对丈夫说了句什么话，又钻回了轿车里，然后，那香港人就朝着小宽走过去了。

我弟弟看得很清楚，香港人干瘦的脸上堆着礼貌而不安的微笑，他迟疑地靠近小宽，当他确定小宽的锤子不会针对他后，一只手从西装内袋里匆匆掏出一张纸币，把纸币塞在了小宽手里，他说，这位同志，多多关照呀。

小宽摊开纸币端详，说，这是钱？我弟弟在旁边一眼看清了，说，这是港币，五百港币，五百港币等于五百多人民币！小宽用手指捻纸币，皱着眉头盘算什么，盘算过后他的样子变得矜持起来，他说，我是脑震荡啊！我脑子这么便宜，五百块钱就买下了？那香港人惶惑地看着好莉，手往内袋里伸，看好莉摇头反对加码，又缩回来了。好莉说，他敲竹杠，泼皮无赖敲竹杠，别理他，五百块钱已经便宜他了！

应该就是这句话激怒了小宽，我敲竹杠？我还占你们便宜了？我堂堂顾小宽是泼皮是无赖？我就算混得再惨，还能让你们这些人看扁了？小宽对好莉吼着，突然把那张纸币丢在地上，用鞋底踩一下，抬起腿，看一眼纸币上的伊丽莎白女王，眼神似乎有点留恋，为了掩饰这份留恋，他喉咙咯地一响，憋出一口痰吐在纸币上，又用脚踩住，踞了一下。然后他拎着锤子朝轿车跑，嘴里自言自语，听上去是一种自我劝解，或者是一种高尚的誓言，我从不贪财，五百块钱算个屁，打几场牌就输光了，还是砸你家的轿车解气！

路上的所有人都追了上去。这个瞬间我弟弟意识到他与那辆富豪汽车产生了情感，那不是他的车，胜似他自己的车，他自动地站到了轿车保护者的阵营。曾经有那么几秒钟，他短暂地夺下过小宽手里的锤子，可惜小宽凭借一股蛮力又夺回去了。小宽像一个癫狂的巨人，他的悲伤冒着热气，他的愤怒闪着刺眼的寒光，看起来谁都不可战胜。我弟弟有点胆怯了，他听见好莉朝着公路上驶过的车辆尖叫，来人，来人呀，这儿有个疯子，抓疯子！他也听见好英在车里发出的声音，报警！快报警！然后我弟弟看见了好福。好福已经伏在了汽车前盖上，好福其实站着，只不过他的身体与汽车前盖完美地咬合，看起来像一座袖珍的山峰，他将双手撑开，以此扩大对汽车的保护面积。我弟弟听见好福说，轿车砸了你赔不起，你说话算数，你堂堂顾小宽说话要算数，来砸我背，来，随便你砸几下，我给你数，你要把我驼背治好了，我送你大红包，你要把我砸伤了，我自己负责。

小宽的锤子滞留在半空中，起码持续了五六秒钟。锤子似乎在思考，锤子似乎在颤抖，锤子似乎在回忆。因为回忆，锤子锈蚀的部分显得苍老而美丽。小宽的眼睛盯着好福隆起的背脊，就像盯着一个神秘的天堂，他的脸上掠过一道尖锐的白光，我弟弟听见小宽吼了一声，砸！记住了，是你自己让我砸的！当我弟弟意识到那不是威胁而是决定，已经迟了，锤子落在了好福的脊背上，他本能地捂住眼睛，耳朵里听见了三声钝响。我弟弟怎么也没想到，小宽真的履行了诺言，好福真的坦然迎接了锤子。

三下，确实是三下。小宽砸了三下，好福的背脊发出三声钝响，那声音很像是雷雨天的三声闷雷，听上去似乎很近，又似乎很远。

6

众所周知，咸水塘是个出产传奇的地方。很多传奇经过人们口口相传，虽然家喻户晓，但因为被科学所否定，谁也无法证实其真伪，便依然只是传奇，而塘西村的驼子好福后来能够直身行走，则是所有咸水塘人亲眼所见。

我弟弟很荣幸地成为第一个见证者。那是好福在郊区人民医院住院期间，好莉到我家来找我弟弟，他们在门口说话，我母亲掩在墙角偷听。原来事关好福，好莉要求我弟弟利用星期天去陪他半天，她还特意强调，那是好福本人的意愿，我弟弟面露难色，说他与同事约好了，星期天要去工人文化宫溜旱冰，这时候我母亲在墙角后面说话了，溜什么旱冰？溜旱冰有助人为乐重要？好福是个可怜孩子呀，多灾多难的，你们不是朋友么，他要你陪你就去陪。

那神奇的一刻，我弟弟记得很清楚。好福要小便，不肯当着我弟弟的面使用便盆，我弟弟便搀扶他从病床去往走廊上的卫生间。下床的时候，好福还弓着腰，他们走出病房，听见走廊上回荡着凄楚而尖利的哭声，听不出来属于一个孩子，还是属于一个女人。走廊上有推着输液架匆匆而走的护士，有蹒跚而行的病人，没有人在哭，哭声无疑来自某一个病房。我弟弟和好福朝左右两侧的病房张望，所有病房的门都虚掩着，似乎所有虚掩的门背后都有人在尖声哭泣。谁在哭？我弟弟问好福。好福说，好像到处都有人哭。也就是这时候，好福的腰背一点点地挺起来了，好福一点点地变高了。我弟弟惊讶地发现好福挺着腰在走廊上走，左右张望，好福正在走廊上直立行走，由于上半身打着厚厚的石膏绷带，他走得紧张，由于疼痛，他不时地龇牙咧嘴，发出几声痛苦的呻吟，但他直立着，腰背在病号服下呈现出一个正常的平面。他的头顶与我弟弟的肩膀持平，因此我弟弟第一次判断出了他准确的身高，好福没有他想象得那么矮，他的身高大约在一米六五左右。

我弟弟不敢相信自己的眼睛。他松开好福的胳膊，从前后左右四个角度审视他的腰背。是的，没有问题，驼子好福挺直了身体。起初我弟弟怀疑那是石膏绷带的强制作用造成的，但他的眼前很快闪现出几天前城北公路上的那幕场景。锤子。他依稀看见了那把锤子。小宽手里的那把锤子，闪烁着铁器特有的浑浊的光。那本是凶器的光芒，现在却可能是圣物之光了。我弟弟依稀记得锤子落下的声音。咔嗒。咔嗒。咔嗒。那三声闷雷一样的锤击声犹在耳边，那天听起来有多么恐怖，今天回味起来就有多么神奇。咔嗒。咔嗒。咔嗒。

对于好福来说，那竟然是世间最短促最奇异的福音。

好福站在小便池边撒尿，挺直了腰背，这也是第一次，我弟弟看见好福挺直了腰背撒尿，他像所有男人一样，眼睛朝前面看，而不是朝下面看，似乎担心小便的过程有什么意外。他听见好福嘴里嘟囔了句什么，听不清，这个时候好福会说什么？这很重要，于是我弟弟问，你说什么？好福说，我说什么？我没说什么。我弟弟说，你说了，你刚刚说什么？好福顿了一下，想起来什么，指了指小便池上方墙上的字，说，这上面的字我认得，上前一步，这四个字我现在看得到了，上前一步。

上前一步。我弟弟也看见了那四个字。他笑了起来。有一个瞬间他差点说出来，你要感谢锤子，感谢小宽，你要谢谢小宽的锤子。话到嘴边又咽回去了，最后他用一种欣慰的语气表达了他对这个奇迹的看法，听起来像是我父亲的说辞，凡事都有两面性，好事可能会变成坏事，坏事也可能变成好事。他说，你不是驼子了，以后就向前看吧。

7

小宽那天到文化站来找我父亲，肩上扛着一块长方形的木质标牌。

尽管标牌新近被白色油漆刷过一层，原先红色大字的遗痕还隐隐可见：塘东街道联防队。那是当年挂在联防队门口的牌子，字也是我父亲亲笔写的。小宽看我父亲对着牌子发愣，问，你怎么了？我父亲用手描着白漆下的笔迹，叹了口气，看这塘东两个字，看这联防两个字，当年我的字写得多好！他黯然道，写得多就写得好，这样的字，我现在都写不出来了。小宽说，是我从垃圾堆捡回家的，实话说，我是为了木头，想想那老杉木也算好木头了，原先准备锯了修凳子，一直没那闲心，扔在院子里，现在倒是给我派上用场了。我父亲问，你要派什么用场？小宽说，你是贵人多忘事，我不是跟你说过吗，要请大站长重新给我写个牌子，写什么也要请你考虑，我的事情你一点都不放心上？

其实已经有一段时间了，咸水塘的人们都在热衷于谈论小宽的那把锤子。小宽的三锤子，居然把好福的驼背敲直了。那么多人的眼睛都见证了好福挺着腰背走路的样子，他虽然走得慢，走得小心，甩臂的姿势不算协调，但可以确定，他不再是一个驼子了。

事后萧木匠夫妇采取了一种中庸的态度，他们既不追究小宽，也没有感谢小宽。不少人向萧木匠一家求证过，好福脊背上发生的奇迹是否归功于小宽的锤子，他们一家人既不承认，也都没有否认，只是一味地夸赞医生的医术，看得出来，一家人都是统一了口径的。

小宽原先做好了思想准备，要为那三锤子付出代价，那天离开城北公路后他就躲到亲戚家去了。谁能想到这样的奇迹呢？三锤子敲好了一个驼背，听起来像是编造出来的故事。现在坏事变成了好事，人人都在谈论小宽的锤子，那锤子名声在外，小宽动了心思，他不想浪费这名声，准备趁热打铁，开一家驼背诊所了。

在我父亲看来，小宽的想法实在荒唐。他问小宽，你连赤脚医生都没做过，从来都没学过医，凭什么开诊所？小宽毫不迟疑，用一种响亮的声音说，凭什么？凭我那把锤子！我的锤子就是医术！

总有些卖药卖艺的江湖骗子会造访咸水塘，我父亲见多了，与他们不一样的是，别人自知是骗子，小宽不知道。他对那把锤子的神效坚信不疑。我父亲没有办法，只能老调重弹，谈起了偶然与必然。

小宽你知不知道什么叫偶然？什么叫必然？偶然与必然！你以前政治学习难道没有学习过？你这是把偶然当必然了。你三锤子砸好了萧木匠儿子，不代表你三锤子能砸好别人的背，你砸好一个驼子是偶然，把一个驼子砸成一个瘫子才是必然，听明白了吗？再说开诊所哪儿那么容易，要有行医执照什么的，你上哪儿去弄呢？

那站长我也问你，难道你不记得特殊情况特殊分析那句话了？我的锤子属于特殊情况，要特殊分析呀！小宽从容地看着我父亲，我才不管什么偶然必然呢，偶然有好处我就相信偶然，必然有钱挣我就相信必然。他告诉我父亲，他在卫生局的表兄有门路，拿个中医推拿之类的执照不在话下，他也请教过骨科专家，只要不动刀子，敲锤子还是属于正骨通络疗法的，没有什么违规。

为了表明自己的态度，我父亲开始保持沉默，只是毫不掩饰他脸上的嘲讽之色。他注意到小宽放在桌子上的手，它被香烟熏得发黄，指节粗大，长了黑毛，某种回忆忽然袭上心头，他向小宽提了一个刁钻的问题，小宽我再问你，你开这诊所，究竟是要挣钱，还是手痒了，想要挥锤子砸人？

小宽愣了一下，他从桌子上收回自己的手，挠头一笑，笑得有点窘迫，我父亲听见他用一种诚实的声音说，都想，两个都想。

此后小宽说话便有点吞吞吐吐了，原来他也担心客源，这些年来世界上的驼子似乎越来越少了，愿意花钱来做锤子治疗的驼子更不容易找，怎么吸引他们来塘东？他坦言自己没有钱，花钱在报纸电台登广告是不可能的，只能靠文章宣传他的锤子了。当小宽把一包中华牌香烟放进我父亲办公桌的抽屉，我父亲猜到了小宽真正的用意。写完这牌匾，再帮我写篇文章，行不行？他果然这样央求我父亲了，能不能为我的锤子写个故事，能不能为我的绝艺宣传一下？

我父亲哭笑不得，心里不免辛酸，他的文笔，小宽的手，似乎一起在寂寞中沦落了，现在的咸水塘，文化站长邓福来的文章可有可无，竟然只有小宽还需要了。

我父亲有原则，他拒绝为小宽的锤子写宣传文章，但他很认真地为小宽的诊所写了招牌——顾氏驼背矫正中心。在我父亲看来这招牌已经有卖狗皮膏药之嫌，小宽却对矫正两个字不甚满意，觉得过于文雅，他坚持要突出那把锤子的作用，根据他的意思，我父亲便违心地在牌子下端加添了两排小字：

祖传神锤
专治驼背

之后有一段时间，我们每天路过塘东废品收购站，就会路过小宽的临时诊所。诊所门口悬挂着我父亲为小宽书写的招牌，白底黑字，上端的大字堂皇大气，下端的小字写得将就，显得腼腆，反而引起别人加倍的注意。针对祖传神锤那四个字，不少人讥笑说小宽吹牛不打草稿，但也有人宽容，说锤子虽不是祖传，称其为神锤倒也不过分，毕竟它敲好了一个驼背，世界上也找不到第二把这样的锤子了。

诊所利用了废品收购站院子里堆放杂品的一间披屋，只是将门移到了朝着街道的位置。那门有时候开着，我们可以看见小宽坐在办公桌后面，墙上挂着一张人体骨骼图，还有一面萧木匠送来的锦旗，旗上妙手回春四个金黄色的字，在幽暗的光线下特别醒目。更多的时候小宽在隔壁收购站里忙着给废品过秤，诊所的门是关着的，门上写着一行粉笔字：病人请到隔壁废品收购站找顾小宽。

却从来不见来访的驼子客户。

去废品收购站的人有时候会向小宽提供各地驼背的信息，有的离咸水塘很远，探询不太方便，有在近处的，小宽自己也有印象，便凭着记忆主动出击了。他骑自行车去附近花桥镇、寺前村找过两个驼子，那一男一女都上了年纪，没有什么文化，却一致认为用一把锤子治疗驼背的人，不是骗子，就是疯子。花桥镇的驼背女人将小宽骂出了门，声称她驼背驼了一辈子，照样生儿育女子孙满堂，现在都半截子入土的人了，挺直腰背会不会走路都是问题，怎么可能花钱挨他三锤子？寺前村的驼背男人倒是耐心打听了小宽的绝技，不过他突然从抽屉里找出一把锤子，对着小宽挥舞起来，嘴里说，我也有祖传神锤，要不要试一试？你三锤子把驼子的背敲直了，我三锤子就把你敲成驼背，只要给我三块钱，立马成交！

小宽能等来第一个客人，要感谢他的老相好金美珠。那驼背姑娘红朵是金美珠带来的。金美珠自知在塘东名声不佳，那天刻意戴了大口罩，谁也没有认出她来，反倒是有塘东居民熟悉香椿树街，不仅知道红朵的名字，还知道她与祖母绍兴奶奶住在桥堍水果店的楼上，做纸盒为生。水果店的女店员偶尔有事会请她下楼顶班，所以有塘东人从红朵手里买过水果，说她人好话少，会挑好苹果好梨子放在秤盘上，与女店员好坏混杂伶牙俐齿的售卖原则完全不同。甚至有消息灵通的塘东居民知道她的身世，红朵小时候被人从一条驳船上丢到桥堍下，在桥洞里哭了半夜，绍兴奶奶在楼上听了半夜，听不下去了，下楼把她带回家，后来她就再也没离开过绍兴奶奶。

金美珠带红朵到我们塘东来找小宽，恰逢一个细雨蒙蒙的日子。金美珠走进废品收购站的时候，大毛他妈正好刚在收购站里卖了鸡毛，金美珠的声音她听得耳熟，要看她脸却被口罩挡着，在大毛他妈看来，金美珠与小宽的交流鬼鬼祟祟的，她提着篮子尾随他们出去，一眼看见驼背姑娘红朵，她打着一把翠绿色的尼龙伞，站在小宽的诊所门口，努力地仰头看清楚招牌上所有的字。大毛他妈瞥一眼红朵的背脊，嘀咕道，总算来了客人，怎么是个姑娘呀！

大毛他妈不好意思进诊所，便悄悄地站在窗外朝里面窥望。她看见金美珠与红朵拉着手，四目相望，一个是鼓励的目光，另一个眼睛里充满祈求。过后红朵缓缓坐在一张椅子上，表情明显紧张，她的面色一片灰白，眼睛里有隐隐的泪光，那样子像是等待临刑，也像是等待解放。

小宽从抽屉里拿出那把著名的锤子，不知是激励自己，还是激励锤子，他朝锤子上吹了口气。他吹气的时候表情还自信，在红朵的背上垫了一块毛巾，毛巾虽是新的，但产自过去的年代，上面的几个红字依然清晰，为人民服务。他瞪大眼睛打量着那五个字，伸手想摸索姑娘背脊上的曲线，为锤子的落点定位，看一眼金美珠，那只手又缩回来了。金美珠向小宽亮出双掌，一个奇怪的手势比画出两个数字，一个是六，一个是四。大毛他妈起初没有看懂，只看见小宽在摇头，似乎在否认那个手势，金美珠又换手语，这次一个手比画了七，另一个手比画了三。大毛他妈看见小宽点头了，但她依然不知道那是什么意思。她像一个好奇的观众等待一部惊险电影开幕，而小宽凝视着姑娘的背脊，像一个科学家打量着标本，呼吸越来越浊重。大毛他妈注意到小宽燃烧的目光渐渐暗淡，忽然熄灭，然后他手里的锤子落在了地上，小宽的叫声先是诚恳，然后苦痛，最后有点歇斯底里了。

小宽说，下不了手啦。

小宽对着地上的锤子说，对不起，下不了手了。

小宽转过脸对金美珠说，你还要什么提成？什么四六开，什么三七开，我对她下不了手，根本下不了手啊！

当大毛他妈终于明白金美珠的手语，锤子治疗已经猝然中断。她隔窗看见红朵在椅子上困难地回头，她下垂的目光先落在金美珠的呢子裙上，又落在小宽的白大褂上，然后那目光慌张一跳，投向窗外的大毛他妈，是求援的目光了。大毛他妈进退两难之际，听见了小宽嘶哑的吼声，那应该是针对金美珠的，你是想回扣想疯了吗，怎么带了这个姑娘来？这么可怜的姑娘，你让我怎么下得了手？我跟她无冤无仇，我不恨她，我可怜她，你让我怎么下得了手？

沙盘上的咸水塘

1

我父亲看见过的咸水塘远景规划图，至少有三个版本。

第一个版本稍早，它陈列在郊区办公大楼的橱窗里，图中群星炭黑厂还保留在塘西村，像一片幸运的孤岛，前途渺茫。其他老牌工厂尽数迁移，引进外资与合资企业入驻，除了个别已经签约，有了固定的企业名称，别的标注都用了英文、韩文或者日文。我父亲看不懂外文，向讲解员打听实情，讲解员讳莫如深，说具体是什么海外企业并不重要，重要的是国际化经济合作，招商引资部门已经成立，他们正在海外奔忙，争取八个外资或者合资企业入驻咸水塘，是一个最低目标。

颁布第二个版本时，郊区办公大楼已经变成了一家幼儿园，原先属于郊区管辖的村镇街道并入了各个城区，咸水塘依然受到重视。上级领导特别成立了一个咸水塘新经济特区，直属市里管辖，临时办公地点设置在造纸厂里。这样，塘东塘西都属于特区，塘东人塘西人都是特区居民，一下子平起平坐了。咸水塘新的远景规划图复制了多份，向下级分发，在塘东街道办公室和塘西村村委会都能看到。第二版相对于第一版，有一定的颠覆性，强调发展咸水塘地区的绿色产业，全力打造一个大规模的电子产业园区，保证空气零污染，杜绝烟囱工业，一切都是绿色的，群星炭黑厂的烟囱当时还在塘西冒黑烟，但是在规划图中它已经不复存在，只以一片白色标示，图注为保留地块。

以我父亲的见识来说，第三个版本才是梦幻版本，它邀请了海内外专家参与制定，描绘的咸水塘远景最具挑战性，也最符合国际潮流。主打旅游，兼顾经济，这口号简洁响亮，目标具体，连小学生都能明白。这一版规划图制作成了巨大的模拟沙盘，在造纸厂原来的纸浆车间展示，咸水塘的远景被立体化地显示出来：一个借助于咸水塘水域建设的水上游乐场，将咸水塘与南边的清水塘、百家塘贯通起来，无论面积还是设施、规模，都要争取全国领先。沙盘上可以清晰地看到，咸水塘中央竖起了一座灯塔（实际高度标明一百米），取名为世纪灯塔，它不仅具有美观和照明作用，还配有高速电梯登顶，在塔顶配备了水上蹦极设施（沙盘制作者预测当地的人们不知蹦极为何物，特意做了实物示意，一个年轻的男性小人偶落在水面上，背上拴着一条红色的绳子，绳子另一端固定在塔顶上）。我父亲瞪着那人偶，不知为何，他觉得那小人偶似乎是按照我弟弟的模样做的，不免忧心忡忡。凭借着长期宣传工作的经验，他当时便知道，这座世纪灯塔未来将替代昔日的咸水塘彩色天空和烟囱森林，被打造为咸水塘的地标，或者名片。

当然，我父亲最关心塘东街道的前景，街道的前景也是我们一家的前景。他发现这片地界上竖起了很多五颜六色的小楼模型，被命名为北欧风情街。这让我父亲有点茫然，他知道北欧所有国家的名字，却没见过任何一个北欧人，他不知道那些国家的房子什么样，风情又是什么样的，北欧风情街一旦建造起来，会有北欧人来吗？我们塘东人是留在塘东，还是要迁往别处生活？如果留下来，大抵是开店做旅游生意，那塘东人是否需要化妆成北欧洋人的样子，穿上他们的民族服装？我父亲向指挥部的人打听这些问题，对方很谨慎，说规划就是规划而已，根据形势随时变化，到时候北欧风情街改为意大利风情街也是可能的。

沙盘上洋溢着积极的环保主义色彩。环球水泥厂、幸福硫酸厂和大坟地遗址都显示出翠绿色，这大片地界上将要开垦一个森林公园，公园里设计了一条四通八达的氧气小径，供人散步或者慢跑，小径四周种植全世界的珍稀树木奇花异草，有一处人工瀑布，瀑布旁的一座大玻璃房仿制热带雨林气候，里面养有鳄鱼。硫酸厂后面的大坟地摇身一变，是一个果蔬基地，特别备注了草莓采摘、葡萄采摘和西红柿采摘项目。

咸水塘地区的一切都有了美好的安排，只是在塘西那一侧，我父亲看不见明确的未来。原有的群星炭黑厂以及塘西村被涂上了一片灰白色，大字注明：地块招标中，用途待定。换句话说，在咸水塘地区的发展蓝图之中，塘西往何处去，还依然是一个悬念。

2

关于塘西村的前景，总有这样那样的好消息传来。

传闻香港的顶级地产开发商L家族派人来考察过塘西的环境，他们想买下从塘西到运河边的地块，从咸水塘到运河，打造一个本地史无前例的水文化高级住宅区，但可惜运河沿岸已经盖起了一大片住宅楼，遮挡了河景，刚刚建设的楼房不可能拆，仅凭一个咸水塘又满足不了水文化的要求，那个庞大的地产投资计划只得作罢。

不久之后是台湾的一个G姓工业大佬，他与L姓家族一样，看上了咸水塘的位置与交通。不一样的是他们对水的态度，恰恰是咸水塘地区丰富的水系引起G姓大佬的不满，这边一片河塘，那边一片河塘，白白占了那么大的土地面积，G姓大佬要求把咸水塘填了，塘东塘西连成整片平地，未来建设成他的电子工业园区，他愿意为填塘工程买单。但是在当地领导看来，这要求明显过于激进冒险了，咸水塘这么大一片水域，在当地赫赫有名，填了咸水塘不知会在社会上引起什么样的后果，从区里到市里，没有领导敢拍板决定，事情就这么搁置下来。此处不留爷，自有留爷处，你搁置可以，别人不等，G姓大佬后来选择在桃树湾建设他的电子工业园，此为后话不提。

所有的好消息都像旱季的雨水，总说要下，就是等不到。有时候你明明听见屋檐上响起了啪啪的雨点声，但那不过是这几秒钟的事，下几秒钟雨就反悔了，咸水塘人出门迎雨，看见雨云已经离开了咸水塘，带着深刻的偏见，还有一种莫名其妙的怒气，它往姚村和桃树湾方向去，往城北的香椿树街方向走，甚至在大坟地那里久久停留，就是不愿意停留在我们咸水塘的上空。

塘西那侧的群星炭黑厂也在等，黑色的烟囱在等消息，烟囱里的黑烟在等消息，我母亲也在等。她是办提前退休手续还是另做打算，要等等再决定。等到这一年的六月，等来的是先拆再等的消息。

职工浴室向塘西村开放的最后一天，我母亲迎来了盛大的沐浴人群，几乎全村人都携老带幼地来了。浴室里人满为患，尤其是女浴室，里面几无立足之地，晚来者挤不进去，我母亲只得让她们在外面排队。这是最后一次免费沐浴的机会，妇女们的沐浴无比细致，没有人舍得离开，每个淋浴龙头下面都站着一圈人，自然就不能再放人进去了。我母亲守在女浴室门口，横过一把竹扫帚，一次次挡住了那些不耐烦的塘西女人，里面连猫都站不下了！她虎着脸不停地喊，出一个进一个，出一个才能进一个！

可是没有人从女浴室出来。队伍里的塘西妇女一片抗议声，说我母亲管理失职，应该规定每个人的沐浴时间，这样等下去，恐怕到天黑都洗不到。我母亲很委屈，指着自己的喉咙说，没听见我嗓子都喊哑了？她们不自觉，我有什么办法？难道我还能用扫帚把她们扫走？队伍里有人说，就用扫帚扫，你不扫我去扫，给我扫帚！我母亲握紧扫帚不肯松手，心中生出些歉意，觉得先来后到者要一碗水端平，便朝着女浴室里面尖声叫喊，看看外面排了多长的队，她们吵死了，要造反了呀！你们差不多就行了，身上只能打一遍肥皂，头发只能洗一遍，洗一遍！

女浴室里立刻有人回应了我母亲，声音阴阳怪气的，头发只能洗一遍？有的人，头发已经洗了第三遍了！我母亲很想进去察看，究竟是谁在洗第三遍头发，但一旦离岗，外面的队伍一定会更混乱，她只好坚守在门口，心里诸多不满，说话不免就尖刻了，哼，现在你们塘西人口袋里比塘东人都有钱，还是要贪公家的便宜！公家的水不是水？难道不要交水费的？她数落了浴室里面的人，又开导起排队的人群，我就不明白，这免费浴室关了，世界上就没有洗澡的地方了？坐公交车四站路，铁佛寺那里的浴室八毛钱，能躺下睡觉的，往南边去，香椿树街的浴室五毛钱，茶水免费的，多走几步路也累不死你们，你们半个村子都是万元户了，还要省下这五毛八毛的，买榨菜萝卜干呀？那队伍里有人嘻嘻地笑，也有像德盛媳妇那样的人，跟我母亲较真起来，塘东招娣你知道个什么？塘西村万元户是多了，可惜没轮到我们家！她的声音听起来比我母亲更加激愤，他们是共同富裕了，我们还是共同贫穷，过的还是苦日子，我们省下五毛八毛的买榨菜萝卜干，有什么不对？

话不多说。当我母亲的脚上突然感受到那股水流时，女浴室里已经响起一片惊慌的声音，堵住了！都堵住了！这样的情形下水道多半会淤堵，那本在我母亲的预料之中。她从门后面先抓起了一个皮老虎，另外一根长铁钎是她自制的通淤器，也抓到了手里。堵了？堵得好！你们这么个洗法，不堵才怪，不堵才怪！她怒喊着跑进女浴室，发现更衣室的水已经没过人的脚背，有塘西妇女的拖鞋浮起来，在肮脏的水面上仓皇打转，里面淋浴间的积水更深，差不多淹没了女浴客们的一半小腿，但十五个水龙头下还站着赤身裸体的塘西女人们，惊慌归惊慌，依然不甘心放弃珍贵的莲蓬头。我母亲关上角落里的总水阀，狂乱的溅水声一下消失了，女人们齐声抗议起来，别关水阀呀，你捅你的下水道，我们洗我们的澡，不影响。蒋老七的儿媳妇满头肥皂沫，捂着眼睛尖声叫喊，肥皂水进我眼睛了，现在别关水，我头发洗了一半呀！我母亲怒声回答，你洗了一半还是三遍半？留那一半，回家洗去！

总算有人放弃，跑到外间的更衣室去开始穿衣服了，外面的队伍有人趁乱蹚水进来，以最快速度脱下衣服，敏捷地抢占了空置的水龙头，她们事先摘下头上的发卡和牛皮筋，散开头发，眼巴巴看着我母亲，等她解决问题。

我母亲努力清淤。先用皮老虎，再用铁钎，这是她管理浴室的日常工作，概括说是跟下水道的毛发与污物打交道，不过，这一次淤堵的严重程度超过了我母亲的想象，四个下水道洞口都堵得太深太满，结结实实的，水在地下倒灌，发出一种挑衅的得意的声音，以往惯用的疏通办法都不能奏效了。气急之下，我母亲扔掉了皮老虎，开始用铁钎在洞口四周凿。在污秽的积水里凿洞并不容易，周边的女人们既帮不了她，似乎也不愿意接触秽物，无人相援，我母亲既生水的气，也生人的气，她朝向塘西女人们说，你们就在这里看，你们就在这里等？这个澡不洗，会死人吗？这话说得难听了，德盛媳妇立刻尖声回击，塘东招娣你怎么说话呢？浴室就是洗澡用的，堵了怎么怪得了我们？要怪就怪你们的下水道没造好，你看看我们头发都洗了一半，满头肥皂沫子，想走也不行呀！我母亲说，这算什么理由，头发洗一半不能回家接着洗？肥皂水又不是毒药！德盛媳妇用诧异的眼神瞪着我母亲，塘东招娣你连这个都不懂？头发怎么能洗一半？洗一半停下，留着肥皂水，过几天头发就会掉一半呀！我母亲从未听过这个说法，却也找不到反驳的依据，怒火便一下集中在下水道上了，砸，砸了算！她突然一跺脚，高声说，这浴室反正开不了几天了，干脆把下水道都砸了！我去找榔头，找铁镐，榔头没用就用铁镐，砸，砸！

等我母亲拿了榔头和铁镐跑回来，污

水已经从女浴室流到了男浴室这边了，看管男浴室的老吴注意到我母亲手里的工具，你要砸下水道？他提醒我母亲，下水道也是公共财产，要砸你先要请示后勤科呀！我母亲说，还请示什么？后勤科的人现在都在新厂工地上，马上这一大片厂房都不要了，还留着这下水道干什么？

我母亲回到女浴室，里面的人走了不少，淤水更深了，没到了膝盖，依然还有一些塘西妇女站在长椅上，怀里抱着盛衣服的脸盆，耐心地等待我母亲返回清淤。这次德盛媳妇愿意来帮我母亲了，我母亲用榔头砸铁钎的时候，她蹲在水里替我母亲扶住了铁钎，为了感激德盛媳妇，我母亲卖力地挥舞榔头。她听见了一种奇怪的嘈杂声，或者是从下水道里传出来的，或者就是浴室地面崩塌的声音。水位并没有下降多少，但原本污浊的水，渐渐变黑变稠，水面上浮起来一层炭黑灰，密密麻麻的，它们急遽地旋转，扩散，因为强烈的黏性而团结在一起，组成了各种三角形、圆形或矩形形状。那是积存在下水道里的炭黑灰而已，我母亲并不在意。她继续挥舞榔头，脚下的水泥地随之颤动，水面上出现了漩涡，有一只粉红色的发卡浮起来，在漩涡中心打转，我母亲正犹豫，是否要去捡那只发卡，抓榔头的手突然被德盛媳妇抓住了，铁钎掉了，别砸了，掉下去了！我母亲定睛一看，德盛媳妇手里的铁钎果然不见了，她惊慌失措地站在水里，先抬起左腿，又抬起右腿，嘴里喊，我怎么站不住了？哎呀，什么怪东西在啄我？啄我的腿呢！

我母亲弯下腰察看德盛媳妇的腿，一眼看见了那怪东西，它在水面上跳，身体差不多有半个手指的大小，说不清那是一只幼小的青蛙还是蛤蟆，它的背脊带有黑色条纹，腹部与腿则是墨绿色的。德盛媳妇问，那是小青蛙还是小蛤蟆？怎么会从下水道里出来的？你们浴室这下水道和咸水塘是通着的吗？我母亲也疑惑，说，这我怎么知道？浴室又不是我建的。一瞬间水面上波澜四起，她们看见水下跳出了更多的小蛤蟆，它们集结在一起，往更衣室那边跳，引起了外面塘西妇女的一片惊叫。

小青蛙！浴室里怎么会有小青蛙？

那不是小青蛙，是小蛤蟆！

浴室里怎么会有小蛤蟆？

一定是从咸水塘里游过来的！

淋浴间墙角又有一群小鱼从水下浮起来了，那小鱼是暗红色的，鱼眼珠子暴突，身形比穿条鱼稍大，又比鳑鲏鱼稍小，我母亲和德盛媳妇都叫不出名字。鱼群似乎比蛤蟆谨慎，它们在积水里游了一会儿，找不到好去处，便回潜到了水下，看不见了。然后是水葫芦，它们似乎决意与鱼群分离，从淤水里一堆堆地冒了出来，与咸水塘里的水葫芦相比起来，显得更加鲜嫩，更加肥硕。是我母亲先注意到了那朵莲花，它突然便从一堆水葫芦下面钻了出来，一朵暗紫色的莲花，一朵含苞待放的暗紫色莲花，看起来妖冶而珍贵。我母亲见过咸水塘里的红莲花白莲花，这样的紫莲花她从未见过，她蹚着水走过去，用手碰了一下莲花的花苞，她怎么也想不到，就是这么一次轻轻的触碰，那莲花开了，开放了。好像是一种恩泽，好像是一种召唤，那莲花在我母亲的手指上开放了。它的花型小于咸水塘里的莲花，但花瓣美丽规整，紫色在花瓣上爬行，越来越暗，偏于暗紫，而密集繁茂的花蕊是黑色的，看起来比炭黑还黑。

稳得福股份有限公司

1

在我们塘东这边，最了解塘西萧木匠黄招娣一家发家史的，莫过于我弟弟。现在回想起来，这一半得益于他与好福莫名其妙的友谊，另一半是因为好莉对他莫名其妙的爱意，他们信任我弟弟，好福什么事情都会告诉他，而好福不知道的某些事情，好莉会告诉他。

我弟弟说，萧家的稳得福公司的名称，其实是英文 wonderful 的译音，是好英的香港丈夫取的名字。他们之所以能拿下群星炭黑厂那一大片地块，凭借的不是好英好芳两家有限的财力，而是一个有名的香港顶级富商参股了。那富商夫妇与黄招娣的缘分咸水塘人有所耳闻，他们每年生日穿上黄招娣缝制的龙凤寿衣吹蜡烛，生命的蜡烛竟然越燃越旺，男的刚刚庆祝了他的百岁寿辰，女的已经过了九十五岁寿辰。好英与她丈夫受邀出席了富豪的百岁宴会，与老寿星合影，那张彩色照片寄回塘西家中，我弟弟也从好福手上亲眼见到了。那百岁富豪红光满面，站得笔直，与平时西装革履的公众形象不同，他穿着那件来自塘西村的红色金线滚龙寿衣，奢华中透出几分朴素来。即使在照片上，黄招娣当年巧夺天工的手艺也让人叹服，那龙眼龙须龙尾绣得如此生动，龙鳞金光闪闪，是我弟弟想象中龙的真正模样。

2

群星炭黑厂的最后一根烟囱訇然落地的时候，咸水塘地区像是发生了一场轻微的地震，我们塘东这边有震感。很多人家碗橱里的碗碟琅琅地震颤，大毛家窗台上的鸡冠花花盆跌落在地，我家炉子上的咸菜排骨汤从砂锅里溢了出来，差点浇灭了灶火。咸水塘的水也莫名其妙溢了出来，不知是出于恐慌还是欢乐，当时咸水塘涌起了一阵排浪，排浪模仿海浪拍岸的样子，汹涌地翻腾，直到第二天，从塘东通往塘西的那条土路还是湿漉漉的。

如今想来，那个震颤的日子难以言表。著名的烟囱森林就此告别了咸水塘，咸水塘著名的彩色天空也随之而去，自此以后，它们将以图片的格式保留在故旧的报章杂志上，仅供历史参考。

咸水塘的人们多少有些迷茫。世界上所有的夜晚因为月光、星星与漆黑的夜色趋向雷同，白日的天空却风格各异。此地天空一旦失去了密集的烟囱，你一时会分不清，天际线是变高了，还是降低了，远处黑点般飞翔的麻雀群，究竟离你有多远。当然，蓝色永远是一种空旷的颜色，独具某种暧昧的表情，你也分不清，那颜色是属于苍老，还是属于年轻。白云的形状大多还是团状，失去了彩色烟雾镶嵌之后，那云朵看起来都白得单调，每朵云的浮游速度慢了许多，看起来懒洋洋的。咸水塘的人们偶尔朝四周的天空瞭望，眼睛大多很不适应，那么湛蓝的颜色似乎潜伏着某种阴谋，总觉得不太正常。我听见过大毛他妈与陈师母交流对蓝天的感受，一个说，你看看今天这天，怎么会那么蓝？怎么蓝得像是假的？另一个捂着胸口说，这么蓝的天我都不敢看，一看就心慌，莫名其妙呀，就是心慌！

昔日的群星炭黑厂，现在是著名的中

港合资稳得福股份有限公司了。鸟枪换炮之所以那么快，与萧木匠黄招娣夫妇节俭成性有关。按照稳得福董事会原先的规划，只保留厂部的办公楼，其他厂房都要推倒重建，但萧木匠不舍得，也不情愿，他拿了一把榔头在厂区到处转，这儿敲那儿敲，敲出的结果是统一的，好砖好钢好水泥，结实耐用，再用三十年都没问题。

萧木匠劝阻儿女们的理由听起来合乎情理，我们这公司又不造火箭大炮计算机，就是做个寿衣骨灰盒墓碑呀，这么好的厂房推倒了再建新的？难道你们的钱不是人民币，是纸钱？儿女们不屑于萧木匠的见识，他们强调稳得福公司的远景，公司未来要做大做强，欧美的死人生意暂且不论，至少要抢占国内与东南亚的丧葬市场，厂房是个门面，该花钱就要花钱，绝对不能用炭黑厂的旧厂房。

那段时间好英在香港待产，很少回来，好芳夫妇回乡比较勤快。他们在珠江三角洲一带见惯了崭新的现代化厂房，从心里嫌弃群星炭黑厂的七十年代工业旧貌。好芳的丈夫开着车带着萧木匠夫妇在厂里转悠，嘴里啧啧响，对环境表示厌恶。好芳指着食堂屋顶上积存多年的炭黑灰说，爹呀妈呀，你们看看那炭黑灰，起码积了一寸厚，这样的食堂，谁有胃口来吃饭？黄招娣撇嘴，反问好芳，吃饭用眼睛吃，还是用嘴巴吃的？好芳不做声了，她丈夫在一边帮腔说，这不是用眼睛吃饭还是嘴巴吃饭的问题，是企业文化的问题，这厂子到处黑黢黢油腻腻的，以后要是有大客户来，看见我们公司这环境，还谈什么生意？黄招娣说，别跟我说那些没用的，我们塘西人傍着这黑灰住了多少年了，怎么对付黑灰，难道不比你们清楚？黑了就等雨洗呀，这厂子的烟囱没有了，不冒黑烟了，马上黄梅天一来，几场雨就把厂房洗干净了。好芳说，下几场雨怎么能解决问题？那么厚的炭黑灰呀，积了那么多年，黑油都渗到墙里去了！萧木匠说，你懂什么？锅灰比炭黑灰黑吧？锅灰都能洗，这炭黑灰还怕洗不了？要是雨洗不干净，我们用水来冲呀，自来水贵，我们不用，就用咸水塘里的水。哪天我去村里借个水泵，从塘里拖个管子过来，一天洗不干净洗三天，三天洗不干净就洗一个礼拜，我就不信洗不干净这黑厂！

黄梅雨季过后，群星炭黑厂的一部分厂房被频繁的雨水冲刷干净了，另一部分却顽固地黑着脸，这使整个厂房建筑呈现出一种丑陋的花脸模样，萧木匠夫妇也承认有碍观瞻，他们承诺的洗厂行动便开始了。起码有一半塘西村村民受邀参与其中，他们都是稳得福公司的股份持有者，心里会算账，为萧木匠一家节约一万元，相当于自己挣了一百块。那是久别了的塘西人的集体劳动，劳动的声音主要由喷水声与竹帚的歌唱组成，五台水泵在咸水塘里嘶鸣，十几根粗大的水管从塘边逶迤伸展，通向群星炭黑厂遗弃的厂区。来自咸水塘的水水花激溅，冲洗着这一片黑色的世界，群星炭黑厂厂区的每一寸土地与每一堵墙壁都洗心革面，带着些许愧疚，也带着某种隐秘的快感。

不过花费了五六天的时间，塘西人发现咸水塘水位有所下降，塘里的水变黑了，油汪汪的，群星炭黑厂则被洗得干干净净，水泥墙恢复了灰白色，红砖房恢复了红色，人字钢与玻璃瓦开始闪烁冷色或绿色的光芒，人们重新看见了早年墙上的一些标语，比如安全生产质量第一什么的，也能看见稍晚的群星牌炭黑广告，那广告词重见天日，读起来依然积极响亮，独具匠心：

群星炭黑　红心制造
红心制造　群星炭黑

也还有一些怪事发生，主要与拆除的一号烟囱有关。那烟囱曾经是咸水塘地区最高的金属烟囱，当年运来不易，现在毁坏更不容易，三截烟囱拆卸之后依然是庞然大物，建筑工人一时难以处置，便将它们运到了围墙下，横放在那里。洗厂那几天，好多村民言称三截烟囱时有动静，上午的时候有人听见谁在第一截烟囱里吹口琴，下午听见的则是胡琴的声音。第二截烟囱里天天回荡着鹅鸭的叫声，好奇者走到烟囱口探个究竟，一眼看见了另一侧洞口的阳光，是很规整的圆形，这说明烟囱里面没有鹅鸭，更没有人，回味之下，那声音便像是久远年代留存的录音了。第三截烟囱稍显安静，但蒋红根亲口告诉过我，他参与洗厂那天对着第三截烟囱撒尿，一泡尿引发了一件怪事。他听见烟囱里爆发出一种窸窸窣窣的声响，然后一大片白蝴蝶从烟囱口腾飞而起，是久违的咸水塘白蝴蝶。蒋红根说那些白蝴蝶追着他飞了好远，裤裆附近的几只白蝴蝶被他撵走了，但有一只白蝴蝶栖息在他的头顶上，不肯离去，它那么轻盈，一动不动，他自己不知道，是别人指着他的头顶提醒他，有一只白蝴蝶在你头上！他随手朝头上一拍，手掌上的触觉告诉他，白蝴蝶被拍死了，但他怎么也找不到那只死去的白蝴蝶。自此，他的头皮一直发痒，他的手上留下一个蝶形的印痕，苍白色的，怎么清洗也洗不干净。

那天蒋红根向我展示了他右手手掌，起初我什么都看不见，他便将手掌举起，朝向阳光的方向，果然，借着阳光的映照，我清晰地看见一只白蝴蝶的印痕，它镌刻在蒋红根的手掌上，是一副展翅高飞的样子。

3

众所周知，塘西是稳得福公司的天下了。

从股权结构来看，稳得福公司属于每一个塘西人。除了萧木匠一家与董事会几个海外股东大比例持股，每个塘西村村民都在稳得福公司占有股份，按照各家各户人口比例，普通村民每户占一股到五股不等。像蒋福海蒋文良金娥那样的干部多一些，多一些的签了保密协议，别人打听不到，也就默认了。都说村里人的股份分配是由黄招娣做主的，她是讲规矩还是势利眼，是念旧还是报恩，别人妄自猜测也没有意义，渐渐村里便没了闲话。每个塘西人心里都清楚，新生活从旧生活里开始了，他们干的还是从前的活计，但以后他们不是什么塘西人了，是稳得福的员工了。他们生产的还是寿衣、骨灰盒与墓碑，但那些产品以后将垄断大半个丧葬业市场，不再被泛泛地称为塘西货，所有的寿衣所有的骨灰盒包括墓碑，都分内销与外销两个标准。内销的嵌有一个统一的中文注册商标：稳得福。外销的则用各种外文标识，都是 wonderful（稳得福）的意思。

稳得福——稍有文化的村里人一致认为，那是一个好听而吉祥的名字。

从远处看，稳得福公司的厂房是彩色的，所有外墙门窗都喷上了五颜六色的墙面漆，这装扮花不了多少钱，却营造了一个新气象，不得不承认是萧木匠夫妇的英明之举。稳得福寿衣是稳得福公司的主打产品，寿衣车间便占用了原先炭黑厂的三个车间。寿衣一车间的外墙是鹅黄色的，产品面向普通市场，制作价廉物美的寿衣，基本上是流水线生产，每天机器轰隆隆地运转，工人并不很多，却都是识文断字的年轻人。二车间是浅绿色的，这里集中了塘西村手艺最好的裁缝，他们生产的寿衣专供出口，用了缝纫机，还需要纯手工，工艺要求高，生产进程相对缓慢一些。由于很多寿衣是由海内外富豪私人定制，需要繁复的刺绣，缝制好了便会被送到刺绣车间。

刺绣车间是橘黄色的，手工为主。除了塘西村老中青三代绣女，蒋文良还从城里招募来一群刺绣女工。她们原来都在石灰街的工艺绣品厂做，主要是在扇面上绣牡丹、竹子与松柏，在条屏上绣湖光山色的风景。工艺绣品厂倒闭之后，刺绣女工都下岗在家，蒋文良与以前的厂长相熟，让厂长带着他挨家挨户游说，那些家境好的自然不屑于为了五斗米折腰，跑到塘西村这种地方来，而手艺出众的几个女工不愁活计，在家里做外包加工，很安逸，哪儿肯跑塘西来上班？剩下的那些刺绣女工，两头都不沾，为了贴补家用，便答应了蒋文良，从城里到塘西来上班了。

城里来的刺绣女工三五结伴，或者坐公共汽车，或者骑自行车来塘西，也算那些年塘西的一道风景。其中一个叫蒋桂英的刺绣女工比较特别，她本是塘西村蒋老四的三女儿，多年前凭着漂亮的容貌嫁到了城里，夫家千辛万苦地找门路，让她进了工艺绣品厂做刺绣，没想到命运兜兜转转，最终还是返回了塘西村，上班路上每天要经过娘家的门。这是悲是喜暂且不论，遇到刮风下雨的坏天气，蒋桂英的好处就显露出来了，下班前她会与老同事们告别，说，马上要下大雨，今天我回娘家去住，你们路上小心点啊。

来自绣品厂的刺绣女工与塘西妇女不一样，无论穿着打扮还是冷烫过的发型，都显得洋气一些。她们互相结成了一个小团体，刺绣坐在一起，吃饭也扎堆，偶尔说悄悄话，都压低了声音，刻意避开他人的耳朵。看得出来，她们的团结是出于某种谨慎，或者出于傲慢，她们在塘西村的地界上赚钱，却摆出一副与塘西人井水不犯河水的样子。唯有对黄招娣，她们的态度是恭顺的，甚至有点崇拜。她们认真鉴赏过黄招娣绣的金龙寿衣彩凤寿衣，公认她的刺绣手艺超过了工艺绣品厂的劳动模范潘大姐，后者曾经凭借一幅手绣万里长城图，去过北京，与国家领导人握过手。

黄招娣每天都到刺绣车间来，有点像视察，也多少有监督的意思。村里人各自的手艺如何，谁绣龙头谁绣凤尾谁适合绣寿字福字，早已做过分工，她心中有数，瞄儿眼针脚和图案就走开了。监督主要针对城里来的那群刺绣女工，黄招娣站在她们身后看她们走针引线，嘴角含笑，眉头却微微皱着，出于礼貌，她从不随便批评人，但嘴里会突然发出啧的一响，那声音的频率时高时低，明显带着点嫌弃，也是一种恨铁不成钢的表示。

蒋桂英向黄招娣坦承，以前在公家的刺绣厂里上班并没有那么认真，她们习惯了在扇面屏风上刺绣，至多也是在围巾帽子上，从来没有在寿衣口帕鞋子上刺绣的经验。新的图案也生疏，她们熟悉花草鱼虫，熟悉山水风景，但从来没有遇到过绣龙鳞绣凤尾这么绵密繁琐的活计，到了稳得福公司才意识到，对于刺绣，她们其实也是生手。黄招娣向她们回忆起多年前她曾经为工艺绣品厂绣了一批外包货，是在扇子上绣金鱼，厂里的检验员说她绣的金鱼好像是活的。说到这里她话锋一转，你们厂做刺绣，我们塘西也做刺绣，大家都刺绣，绣的不是一个东西呀，你们为活人绣，绣品好坏都是陪着活人，喜欢就放在屋里，不喜欢就收起来，我们的塘西寿衣陪死人，是死人身上最后一件衣物，死人要是不喜欢，也不能起身把寿衣脱了，对不对？活人万万不能欺负死人，所以，这一针一线，都马虎不得呀。

她的教诲既实在又精辟，城里来的刺绣女工都频频点头。黄招娣挑选蒋桂英做小组长之后，还对蒋桂英说过一番体己话。当年她嫁到塘西那天，在轿子上目送蒋桂英的花轿离开村子，村里满地鞭炮炮仗的残渣，一半属于她，一半属于蒋桂英。蒋桂英不一定记得那个场景，黄招娣却是忘不了的。大概是为自己曲折的命运感伤，蒋桂英忽然红了眼睛。黄招娣递上一块手绢，说，回来也好，有什么办法？人没有前后眼的，以后就安心在娘家做吧。这个年头，活人生意不好做，做什么都不好销了，好在我们塘西的先人聪明，给后代蹚出了一条阳关道呀，你人世间走一回，什么都可以不买，最后这件寿衣总是要的，对不对？

骨灰盒车间是蓝色的，墓碑车间只刷了朴素的白漆，与公司悲伤或肃穆的产品保持了某种协调性。这两个车间分别由蒋文良和蒋福海负责，工人以原先塘西村的木匠石匠为主，加上几个外来的雕刻师傅，专门为那些高端的骨灰盒鎏金涂银雕刻花纹。墓碑的用材比早先高级了，也多样化，几乎没有石碑的订单，主要以花岗岩大理石墓碑为主，手工打不好，便用切割机，所以在稳得福公司的地界上，寿衣车间的人声与缝纫机相对安静，骨灰盒车间稍显嘈杂，而墓碑车间从早到晚会有刺耳的噪声，那是大型切割机切割花岗岩的声音。墓碑车间的人耳朵里都塞东西，年纪大的塞棉花团，年纪轻点的工人干脆戴上了walkman，既阻隔了噪声，也顺便欣赏了自己喜欢的流行音乐，这导致那些年轻人会大声唱歌或者手舞足蹈，所以，来自稳得福公司的墓碑，有一部分是在欢乐的劳动中诞生的。墓碑不会说话，不可能泄露这个秘密，但谁也不知道死者在墓碑下会不会感受到什么，他们会被欢乐所感染，还是会被冒犯？工人们就不得而知了。

4

我去过稳得福的公司总部找蒋红根。那是原先群星炭黑厂的厂部大楼，以前我母亲每个月在二楼的财务科领工资，大楼后面的医务室，则是我和我弟弟偶尔涉足之地，发烧感冒需要打针什么的，总要去那里。与别的厂房一样，三层大楼被仔细清洗粉刷过，门窗刷了绿色，其他的墙体是白色，在萧木匠夫妇勤俭节约的方针指导下，辅之以好英姐妹的时尚观念，公司总部看起来简朴而不失体面。楼顶上中外合资稳得福公司的霓虹灯，白天呈现银色或白色，入夜之后便五彩斑斓了，从我们塘东这边都能看见那绚烂的字体。稳得福，中外合资稳得福。中外合资稳得福有限公司。

大楼门厅是被改造过的，打掉了原先工会妇联宣传科的办公室之后，宽敞了许多，门厅中央竖立着一尊巨大的鎏金菩萨像，听说是好英的香港老公从一个佛教圣地请来的。我在菩萨像前站定，端详金菩萨的慈眉善目，忍不住伸手去与菩萨握手，耳边忽然就听见一声叱责，不准碰！金菩萨只能看，不准碰！

我回头一看，竟然是小宽。小宽穿着一套蓝色的制服，前胸印着一个金黄色的稳得福商标，袖子上嵌了一个红底白字的袖章：保安。我不知道小宽什么时候来了稳得福公司，也不知道他为什么会在这里做保安。未等我开口，小宽先盘问起我来了，邓朝阳，你来这里干什么？我指着楼上说来找蒋红根，小宽问我找蒋红根干什么，我告诉他，我们在咸水塘工农子弟学校的老师顾丽华在城北公路上出车祸死了，她独居一辈子，无人给她料理后事，我们学生要为她订制一套寿衣，一个骨灰盒，还要物色一块价廉物美的墓碑。小宽明显是认得顾丽华的，顾丽华年轻时候很漂亮。他这么咕哝了一句，指着楼梯说，好歹也算谈业务，你上楼吧，蒋红根在销售处，上了三楼左拐，第二个办公室。

三楼的销售处坐着几个小伙子，都穿着黑色西服白衬衣，白衬衣领口还戴了个黑色领结，蒋红根也一样。在我看来这样的衣着隆重得没有必要，蒋红根看出我的不屑，向我解释那是董事会对公司销售人员的强制要求，衣着必须庄重统一，不能随便。我们商量好了顾丽华的后事，不免谈论起楼下的小宽。事情的真相出乎我预料，蒋红根说小宽之所以能到稳得福公司做保安队长，不是因为他主动，而是萧木匠全家诚恳的邀请。其中最重要的原因是好福的脊背，它被小宽神奇的锤子矫正之后，最近有所反弹，已经挺直的腰背似乎疲倦了，怀旧了，虽然未及恢复原状，但它明显地弯曲了，看起来有一种回到过去的决心。家里人每天早晨都观察好福的背部，忧心忡忡，害怕那奇迹是昙花一现。解铃还须系铃人，萧木匠带着好福去找小宽，小宽也不确定好福的脊背为什么会走复辟的老路，他答应再试试。那天当着萧木匠的面，小宽用他的锤子敲了好福的脊背，萧木匠不敢看，只用耳朵听，他听见笃笃笃的声音响了九下，奇迹再次发生，好福从行军床上爬起来，满头是汗，而他的背部像是经历了一场神圣的洗礼，又能够挺直了。

这是谁也想不到的结果：好福离不开小宽的锤子了。萧木匠一家要报恩，要留住那把神奇的锤子，光给钱并不牢靠，一家人商量了一番，聘请小宽来做稳得福公司的保安，堪称一箭双雕，再也合适不过了。毕竟他们都还记得小宽以前在塘东管理治安，是多么尽职，多么忠诚。

那天离开稳得福公司时，我看见小宽站在玻璃门边，在玻璃的反光中整理自己的头发，一边斜睨着我。我不知道该说什么，便对他挤了挤眼睛，他看起来有点恼怒，你朝我挤什么眼睛？嫌我没骨气，跑塘西来给乡下人当保安？这么嚷嚷着，他忽然发出一声冷笑，你弟弟比我还没骨气，难道你不知道，他马上也要进稳得福了？以后他不开公交送活人了，专开货车送寿衣！

5

我弟弟从公交公司离职去稳得福公司，

瞒了我母亲好几天。有一天她搭88路公交车去城里，以为是我弟弟值驾，特意给他带了一块米糕做午点，一看驾驶室坐着个素不相识的女司机，问了才知道，邓东升从公交公司离职了。

对我母亲来说，天塌了一半。她心急火燎地去了公交公司找领导交涉，申明我弟弟没有与家人商量过，他的离职申请不能算数。人家明确告诉她，邓东升要进公交公司，可能要家人找门路，但他若要离职，完全不需要家里人同意，事情已经无可挽回。有个女干部大概出于好心，特意提醒我母亲，邓东升那天来公司办离职手续时，有个穿着时髦的嚼口香糖的女孩，一直陪在他身边。

我母亲骂了我弟弟两天，我弟弟无动于衷，反而是她把自己骂哭了。我弟弟说公交公司有好几个同事辞职了，不是出去跑出租车，就是自己去跑运输，他去稳得福公司，工作没以前那么辛苦，工资也高了，比在公交公司有前途。他的辩解招致了我母亲更猛烈的数落，她说，人家辞职下海，好歹还在运人运货，你去她家公司运的什么东西？运的不是寿衣就是骨灰盒，不是骨灰盒就是墓碑呀，你就不嫌晦气？我弟弟不屑地说，什么晦气不晦气的？为活人服务为死人服务都一样，都是为人民服务！我母亲觉得那话耳熟，忽然想起来那是以前黄招娣的名言，她悲愤交加，用手指戳我弟弟的脑门，邓东升，你到底是谁家的儿子？你真是黄招娣的儿子？你这脑子，给她家人灌满迷魂汤啦。

好在我母亲识时务，深知一切已经无可挽救，便冷静下来。第三天早晨她在炉子上煎荷包蛋，恢复了我弟弟的那一份，自己不愿端，让我端给他。我听见我母亲对着锅子说话，声音悲伤，我的儿子，还是跑她家去了？以前是不懂事，现在是怎么回事，是命？孙悟空跑不出如来佛的手心？过了一会儿她洗锅子，又用锅铲敲锅子，懊恼地说，当初不该怕麻烦呀，她叫招娣我怎么能叫招娣？什么塘东招娣塘西招娣，塘东招娣哪儿斗得过塘西招娣？要是我狠狠心把名字改了，说不定今天我们两家人就井水不犯河水了。

她还有别的心思。我弟弟与好莉的恋爱是否认真，有没有什么打算，这是我母亲特别在意的。一旦问及此事，我弟弟便不耐烦。什么叫打算？他说，打算有什么用？我什么打算都没有，也不知道她有什么打算，他们家的事情，以前她妈妈说了算，现在她妈妈一个人说了也不算，要加上好英好芳一起说了才算！

听起来那应该是真的，不像什么托辞。我母亲从我弟弟那里打听不到什么，便买了礼品专程去塘西的金娥家里拜访。金娥知道我母亲的来意，她在稳得福公司负责后勤保洁，依然是塘西的消息灵通人士，黄招娣一家如何考虑好莉的终身大事，她也知情，我弟弟并不在家长们的考虑范围之中。金娥告诉我母亲，好英在香港给好莉物色对象，其中一个是公司股东家的公子，到塘西来过，他一眼看上了好莉，送她一个名牌包包做见面礼。好莉隔天就背上了那个包包，却向家人申明，她喜欢这个包包，不喜欢送包的人。问及原因，她哼了一声说，这还用问，他长得太丑了。所有人都认为那香港青年虽然瘦了点黑了点，个子矮小一些，却怎么也不算丑。无奈帅与丑都难有标准，好莉这么嫌弃人家，家里人也没有办法说服她，黄招娣一气之下，就把那只名牌包包从女儿肩上拽下来了，你真好意思，不喜欢人家的人，就喜欢人家的包包？

金娥说好莉被大姐放弃之后，就像一支接力棒传到了二姐好芳手里，从香港到珠江三角洲，就期望值来说，家里人对她的婚姻已经降低了一个标准。好芳给妹妹介绍了一个北京小伙儿，家境好，自己的事业也好，好莉和他在深圳见过面。那小伙子算得上是一个帅哥，他明显喜欢好莉，很快邀约第二次见面，一起去看电影。好莉还是不喜欢他。她对二姐说那小伙子相貌虽然不错，但女里女气的，有点恶心。这见解好芳夫妇怎么也不同意，问好莉他究竟哪里女里女气了，好莉撇嘴说，你们的眼睛看不见吗，他耳朵上打耳钉，脖子上戴金项链！好芳笑起来，说好莉你这是土包子了，我们这边很多小伙子戴项链打耳钉，那是时髦，不是女气！好莉说，你们看不出来，我看得出来，同性恋你们懂吗？那人喜欢我是装出来的，他其实不喜欢女孩，喜欢男人的！她这么武断地宣布人家同性恋，不仅蛮不讲理，还带着些恶意诋毁了，好芳夫妇先是懵住，之后便都恼了。好芳的丈夫对好芳摇头，真想不到，你妹妹是这么恶毒的人！好芳说，她倒也没有那么恶毒，从小就那样，语不惊人死不休的。好芳夫妇发誓以后再也不管她的事了，好芳对妹妹说，你以为我不知道你的心计？你以为我们不知道你喜欢谁？喜欢塘东招娣的小儿子是吗？好，你愿意嫁鸡就随鸡，愿意嫁狗就随狗，我们不管你，随便你！

他们洞悉好莉与我弟弟的恋情，尽管那口气对我弟弟充满了鄙夷，还有不敬，但这多少意味着某种让步。我母亲乐见这个局面，心里不免又担忧。她很在意我弟弟与好莉的关系发展到什么程度了，具体地说，就是有没有做过那种事，在她看来那决定了恋爱关系的严肃程度。她想问，又开不出口，便怂恿我父亲去问。我父亲坐到我弟弟床边，哼哈了半天，那个问题一样难以启齿，最后他采取了一种迂回包抄的策略，摸摸他的被子问，你现在，还跑马吗？我弟弟愣了好一会儿才反应过来，他愤然坐起，怒视着我父亲，跑什么马？你什么意思？有你这么当爹的吗？我父亲自己脸红起来，讪讪地退下，嘴里说，没什么意思，我是随便问问。

这项尴尬而艰巨的任务最后自然落到了我头上。我问得坦率，问得直接，他有点惊讶，一下脸红了，关你什么事？过了一会儿他垂下脑袋，向我竖起了三根手指。三次。一共三次。他张口结舌，看着自己的鞋子说，第一次是她要，第二次是我要，第三次是——我们都——都想要。

听起来这口供是可信的，我如实禀报给我母亲。她当即拍膝盖说，看看，看看，三次了，让我猜到了吧？她的表情得意与恐慌兼备，嘴里啧啧响了半天，之后她又向我提出一个要求，你什么时候再去问问你弟弟，做那事情有没有用套套？千万告诉他，年轻人，一定要小心呀。

这要求明显有点过分，不过我还是执行了她的要求，这次我弟弟勃然大怒，你们管得真宽，关你们屁事！

关于套套的事，我母亲也不好意思问，这忧虑便暂时沉在她心里了。她在厨房里跟我父亲商量过，是否让我弟弟把好莉约到家里吃个饭，这邀请至少代表我们家的态度，我们家欢迎她。我父亲直率地说，我们家当然欢迎好莉，白捡个富豪家女儿，谁不乐意？问题是好莉家现在的态度并不明朗，你去请人家上门，不是去逼他们吗？我母亲说，我也不是逼他们，就是不放心罢了。我父亲问她究竟不放心什么，她深深地叹了一口气，说，好多事情不放心，究竟是什么也说不清，反正就是一万个不放心呀！

6

那天早晨我弟弟驾驶着稳得福公司送寿衣的货车离开塘西，在原先幸福硫酸厂的建筑工地边，货车停了下来，有人看见好莉从一个大集装箱后面走出来，提着一只行李箱，进了驾驶室。

货车一去不归，我弟弟和好莉都没回来。我母亲预感到什么，在我弟弟的房间里翻找，发现他带走了很多贴身衣物，在油腻的枕头下有一张纸，纸上歪歪扭扭写了几行字：不要担心，我们去旅游，半年以后回来。

夜里有人敲门。我们都猜到是塘西来人了。开门一看，果然是萧木匠夫妇，还有好福。好福的轿车停在街对面的大柳树下，车窗玻璃上闪烁着一片来历不明的白光。他们站在外面的台阶上，远看是一种兴师问罪的气势，近看却是外交谈判的姿态。萧木匠还客气地跟我父亲打了招呼，邓站长，晚饭吃过了吗？

我母亲把他们引进院子，本要走个过场，带他们到每个房间察看，证明好莉不在我家。但只有好福站在我弟弟的房间门口东张西望，我引他进去，他好奇地打量房间里的一切，评价道，很干净么。他还指指床底下的一双球鞋，指指自己的脚，你看，一样的球鞋，我给他买的，我们一人一双。我把我弟弟留下的纸条给好福看，他草草地扫一眼，说，我知道。他们俩的事情，我什么都知道。他说话的声音越来越轻，也越来越神秘，我告诉你一件事，你不要告诉任何人——好莉她，怀孕了——她不肯打胎。

萧木匠黄招娣都坐在椅子上。萧木匠抽着烟，用一种空洞的目光瞪着我父亲。两个男人都在等待女人说什么，但黄招娣环顾着我父母，还有我们家的家具与摆设，游弋的眼神表明她在走神。那种神态，似乎属于哀伤，也似乎是对我母亲无言的责难。在不安之中，我母亲谨慎地凑近黄招娣，轻声对她耳语，两个孩子，恐怕是私奔了。

黄招娣没作任何反应，她抬头，仔细地看我们家四面墙壁和房顶，突然问我母亲，怎么不见你婆婆的照片呢？我母亲苦笑道，不都说她闹鬼么，她的照片谁敢挂在家里？从墙上摘下来好多年了，清明的时候才拿出来拜一下。黄招娣又问，你婆婆走了多少年了？我母亲一时不解其意，正要扳指计算，听见黄招娣叹息了一声，塘东招娣，要认命呀，不认命不行，什么债都要还，一代还不清还三代。她说，冤有头债有主，我现在后悔死了，当年实在不该把你婆婆的棺材劈了做椅子的。

她如此谈及往事，带着诚恳的忏悔之意，这无疑表明了一种客观公正的姿态，承认我们两家长久以来的纠葛，她那边才是始作俑者。我母亲舒了口气，心气顺了，姿态便高了，她随口批评了我祖母的幽魂，也不能都怪你，我婆婆也不对呀，人都成了一把骨灰装盒子里了，为了一口棺材，她何必不依不饶呢？

本质上这是一个绥靖的夜晚，有什么事情正在等待之中，等待安宁，或者等待改变。两个招娣四目相对，看见了同一个现实，往昔恩怨已经没有什么意义，现在的局面是新的，不管是悲是喜，不管是对仗还是押韵，她们塘东招娣塘西招娣的命运依然纠缠在一起，暂时无法剥离。

黄招娣最后向我母亲透露那个秘密时，人正往我家门外走，门内门外满地月光，她的身体被染成了银色，本身也散发出一种模糊的银光。走到台阶上了，她回头打量着我家的小楼和院子，突然打了个嗝，嘴里说，塘东招娣恭喜你呀，我家好莉怀上你们邓家骨血了。这个消息从黄招娣嘴里说出来，我母亲的头脑有了准备，身体却没有，所以她的身体随之一震。她不知道在对方面前是该表示欢喜，还是惊骇，随后，一句真心话便脱口而出，塘西招娣呀，我家东升跟你家的缘分，老天爷安排的，躲也躲不掉！我母亲搓着手说，这真是想不到的，当年跑你家去扮儿子，现在要做你家女婿了！黄招娣沉默了几秒钟，转身朝好福的轿车走，她说，能不能做我家女婿，恐怕还不一定，现在时代不一样了，我家的情况也不比以往，我不做主了，都是好英好芳做主，好莉的婚姻大事要听两个姐姐的，她们对你们家都不满意呀，好莉又太年轻，一定要她去流产。

这话听起来委婉，实质坚硬，有刺。我母亲一下被刺痛了，又不知如何发作。她愣在门口，目送那家人上了轿车，忽然，她高声对我父亲喊起来，听听，这叫什么话？是妹妹怀孕，父精母血，再怎么也轮不到姐姐做主，要不要孩子亲爹亲妈说了算，姐姐怎么能做妹妹的主？她的声音越来越高亢，也越来越激愤，明显故意要让轿车上的人听见，这不是狗眼看人低吗？有钱了不起？这究竟是瞧不起谁呢，是瞧不起我儿子，还是瞧不起她自己的女儿？

然后她用力撞上了我家的院门，老旧的木门与门框都配合她，在静夜里发出了一种清脆的响声，以示抗议。那天夜里我母亲辗转反侧，总觉得她该做点什么，半夜里她起床翻出我祖母的遗照，供在桌上，点了三炷香。她下跪的时候我们听见了她的祈祷，你好好保佑东升保佑好莉，保佑他们在外平安，保佑我们邓家的骨肉，秋天他们要是能抱着宝宝平安回来，我就把你的照片挂回去，天天供着你！

7

园林公司为我们塘东的街道营造北欧风情，最早运来的是荷兰风车。

集装箱卡车停在咸水塘边。工人们先从集装箱里卸下了三座白色小木屋，然后是十二片巨大的风车叶片，看热闹的人以为三座小木屋是三个岗亭，至于那些风车叶片，人们普遍以为那是电风扇，或者是螺旋桨，他们不知道电风扇、螺旋桨为什么要安装在小木屋外面。安装工手脚很快，早晨来人来车，到了傍晚时分，三台荷兰风车就身披晚霞，在咸水塘边随风转动起来，它们的叶片分别是红色、橙色与浅绿色的。风车叶片为什么是四片？为什么是那三种颜色？咸水塘重建领导小组的小李向我们解释，荷兰风车都是四个叶片，四个叶片能够最大地吸收风力，那三种颜色则分别代表改革、开放与环保，彰显时代精神。他的说辞听起来合理，也不知道有没有依据，但有一点是肯定的，当人们从咸水塘边经过，每个人都会被那三台荷兰风车所吸引，尤其是风力较大的时刻，红色在旋转，橙色在旋转，绿色在旋转，人们看得眼花缭乱，隐隐觉得那是咸水塘灿烂的未来在旋转。

荷兰风车架好之后，园林公司沿咸水塘岸铺设了一条环形木栈道，栈道一半在坡上，一半用木桩架在水上，它从塘东逶迤向前，一直通往塘西，专家为其起名为奥斯陆小径。在水泵房附近，奥斯陆小径豁然开朗，向着咸水塘水面延展出一个宽敞的木质露台，水泵房兀然高耸，它被加盖两层，改造为一座尖顶的白色钟楼，远远看过去，附近的风景确实有点像画片上的北欧了。奥斯陆小径油漆还未干透，铁链子还挡着道，便有好多居民不管不顾地上去了，孩子们在栈道上亢奋地奔跑，大人慢慢走，计划绕塘一圈，顺便看一下塘西村那边的情况。所有人走过钟楼，都抬头看钟楼里悬挂着的那口古铜色大钟，它的指针停留在一点钟，不知是钟表没有启动，还是仅仅作为观赏之用。

没过几天，园林公司的起重机车开到了咸水塘边。它们不是为了推房子而来，是为了配合一场大规模的换树运动。小李向居民们解释，由于咸水塘边常见的柳树、泡桐和苦楝树并非北欧特有的树木，不符合北欧风情，所有这些旧树都要去除，换成雪松、云杉、橡树或者桦树。被换掉的树命运不同，泡桐与苦楝树既无观赏价值又无经济价值，作为绿色垃圾处理了，而塘边的大柳树比较幸运，领导与专家都认为它们具有一定的观赏性，加上咸水塘人对柳树天生的感情，共计有三十七棵大柳树要连根拔起，移栽到炭黑厂区域新建的植物园去。

恰逢植树季节，咸水塘边很快种满了云杉和雪松，而橡树与桦树比较特殊，一方面是因为稀缺，另一方面这两种树即使种下去，也不适应本地夏季闷热潮湿的气候，园林公司为此定制了一批仿真橡树和仿真桦树，将它们错落有致地竖在云杉与雪松后面。仿真橡树高大茂盛，仿真桦树苗条秀气，为了美观，桦树喷涂了银色，橡树的树枝则是金色的，挂满了彩灯与铃铛，入夜之后，咸水塘的人们可以看见那银色桦树与金色橡树，它们在熠熠发光，即使在初春，你每天也能感受北欧的圣诞节气氛。

很快轮到我们的房屋了。要将塘东街道装扮成北欧风情一条街，就算因地制宜，工程也相对浩大。有一阵子运送建材的卡车车队天天来塘东，木材砖瓦和水泥怕人偷，都堆到了咸水塘工农子弟学校的操场上，街上堆满了水泥预制板和黄沙，行人走得弯弯曲曲，脚步看起来都很谨慎。由于榨油厂要改建为一座哥特式教堂，门内外堆放的东西明显要多一些杂一些，除了木料、仿古地砖、花岗岩，还有不少彩绘玻璃用泡沫塑料包着，贴了小心轻放的警示。偏偏有几个孩子好奇，乘工人不备，偷偷地撕开泡沫塑料，一下便看见了彩绘玻璃的图案，是十字架上的耶稣，还有怀抱耶稣的圣母。其中耶稣的样子引起了孩子们的争论，有的认为他瘦骨嶙峋，应该是灾民，因为饥饿偷了食物受惩罚，才被钉在了十字架上，也有人从他半裸的样子猜测，他是犯了成年人的某种风化罪。等到工人们赶来，孩子们一哄而散。工人为孩子们感到后怕，说谁要是把那些玻璃弄碎了，爹妈倾家荡产都赔不起。有孩子执拗，隔着窗子刨根问底，那十字架上的外国瘦子究竟是谁，抱婴儿的女人又是谁。工人们摇头说玻璃上画的都是外国人，他们也搞不清楚。只有一个工人草率地回答了孩子的问题，说那瘦子相当于外国如来佛，女人相当于外国观音。孩子认真起来，说他在铁佛寺见过如来佛，如来佛穿袍子，是坐着的，怎么会光身绑在十字架上？那工人不耐烦了，说快滚快滚，我们要干活，再不滚把你衣服也扒了，绑到十字架上去！

供电局来人，为塘东街道换了路灯。街头的水泥电线杆都被推倒了，换成了黑色铸铁的灯柱，顶部配以方形玻璃灯罩，为此塘东停电两天。到了第三天夜里，街头那些欧式路灯亮起来，大家都出去看路灯，发现新的路灯光源确实亮了许多，新灯比旧灯亮，这一点不足为奇，让人们惊讶的是任何人站在新路灯下，竟然都没有了影子，一些迷信的老人纷纷逃离灯光的辐射圈，远远地仰望新路灯，心里不免惊慌。长久以来他们习惯了这种认知，分辨人与鬼最好的途径是依靠路灯，无论你站在灯下，或者从灯下走过，人都有影子，只有鬼没有影子。现在问题来了，他们好端端的活人，又不是鬼魂，为什么都在新路灯下丢了自己的影子？

很多老人回家之后寝食难安，怀疑鬼魂悄悄附上了自己的身体，第二天纷纷去往塘东街道重建办公室，反映他们影子失踪的问题。办公室里的值班人员也说不清楚其中的原因，便打电话给路灯制造商咨询，后来总算能向老人们解释清楚了。你们的影子并没有丢，如果站在太阳地里或是月光之下，你们一定还能找见自己的影子，只不过塘东的路灯与以前不一样了，现在的新路灯是升级换代的科技产品，有点接近医院手术室里的无影灯，不投射任何人的影子了。大多数老人不懂得无影灯的具体意义，但知道影子问题归咎于灯，并非自己造成的，也就心安了。个别老人弄清楚影子问题之后，对新路灯产生了抵触情绪，他们发牢骚说，夜里谁都难免要出个门赶个路，都要靠路灯照明的，以后是人是鬼在灯下都没有影子，怎么分得清他是人是鬼呀？谁要那样的灯天天照着我们？还白花了这么多冤枉钱！

环卫所派来了更多人，乒乒乓乓忙碌了很久，他们在塘东的任务是改造两个公共厕所。这个工程因为惠及居民的日常起居，真正是广受欢迎。坦率地说，我们塘东人的排泄问题一言难尽，只是不宜公开讨论而已。整个街道原先一共两个公厕，我们常用的是供销社对面那个，另一个位于废品收购站隔壁，下水道经常堵塞，一年之中只有秋冬两季开放，其他季节碍于强烈的气味挥发，往往是关闭的。人的排泄有其自然规律，绝大多数是早起排便，因为塘东居民排便规律相仿，便造成了难以疏导的拥挤局面。以供销社对面男厕所的早晨为例，从五点半到七点半，两排蹲坑永远人满为患，蹲坑者大多是急着去上班的工人。大家在香烟的烟雾与臭气中面对面蹲着，下半身一览无余，试想想，那种排泄的细节与声音有多么不雅！我一直觉得塘东人互相之间缺乏尊重，与他们每天早晨在厕所的相遇有关，这也是人之常情，即使是德高望重的高书记，即使是我父亲那样的文化人，当你回想起他们撅着屁股放屁拉稀的样子，尊重与爱戴从何而来呢？所以，我能理解他们为何给新厕所取了个隆重的名字：北极光。除了对应北欧风情，除了对北欧之北的浪漫致意，应该还有个明显的寓意，所谓北极光，就是文明之光。

北极光厕所建成使用的第一天，可谓盛况空前。从早晨到中午，乳白色的女厕所外面排了长队，绿色的男厕所里挤满了人，大家似乎都想见证一段历史，也不想错过一场特殊的文明盛典，毕竟，我们将首次在公共厕所里使用先进的抽水马桶。单说男厕所这边的情况，小便池虽然还是排沟式结构，但最大的变化在于它被垫高了，在一般成年人膝盖以上的位置，原先污秽不堪的瓷砖尿槽被一种浅灰色金属替代，呈半圆形，有明显的坡度，一眼就看得明白，这设计能有效防止尿液溅出。金属槽的顶部嵌入了自动滴水系统，它状如一个迷你型瀑布，用水声遮掩住人们小便的声音，白色卫生丸装入尼龙网兜，均匀分布在尿槽里，以清香覆盖了所有的异味，四个排气扇在天花板上嗡嗡地运转，此外，还有环绕声音响嵌在天花板上，播放着悠扬抒情的音乐。这音乐声好听，无疑也是北极光厕所最令人叹服的亮点，只是大家不知道其出处，幸亏我们家隔壁的大毛当时醉心于古典音乐，他听了一会儿就分辨出来了，得意洋洋地告诉大家，那是一个名叫格里格的北欧作曲家的曲子，名叫《培尔金特组曲》。

原则上说，无论是成年男子还是小男孩，一个人只要解开裤洞，用几十秒钟就能完成对北极光厕所的第一次瞻仰了，但更多人志不在此，他们耐心等候在十一个独立隔断外面，等着里面的人开门出来。所有人的想法趋于一致，相对于小便，在北极光厕所第一次解大手的意义，明显更加隆重一些，也更加盛大一些。

每一个隔断外面都等着三五个人，各人内急程度不同，表现也就不同，有的耐心，有的焦躁。占领者的姿态也不一样，有的神秘，有的促狭，任凭外面人怎么催促，一直保持沉默。也有像歪嘴那样不饶人的，别人一敲门他就在里面骂，还敲？敲你妈个×，憋不住不会回家去？你拉裤子了？你裤子又不要我洗，关我什么事？歪嘴的态度激起了等待者的公愤。另外陈师傅蹲坑的时长也令人狐疑，他们拍门怒斥歪嘴的无礼，然后一齐催促起陈师傅来，陈师傅你快点，你进去多久了？你究竟在孵小鸡还是生孩子？陈师傅先在里面沉默，忽然发出一声长叹，我便秘啦！我从来不便秘，今天不知道怎么回事，这么干净的蹲坑，听着那么好听的音乐，就是拉不出来呀！众人听那声音是诚恳的，正在议论陈师傅的生理原因，那边歪嘴也喊起来了，我也便秘，就是便秘！骗你们是孙子王八蛋，我不是故意占着茅坑不拉屎，音乐好听有什么用？这是厕所，又不开音乐会，这音乐催眠还可以，怎么能在厕所里放？太慢了，我怎么使劲也拉不出来，明天我就去找他们领导小组反映，你在哪儿搞北欧风情我都没意见，公共厕所里不能搞这一套，非要放音乐，就来点干脆痛快的，打击乐才最合适！

虽然具有一定的历史意义，但我知道对于北极光厕所的过度描述，很容易引起读者的反感，只能适可而止了。有一个事实我们大家看在眼里，塘东街道改造中最大的难题在于民居房屋。所有这些房屋既不古老，也不现代，家家户户几乎都有违建或者扩建，视觉上自然缺乏美感，更别提什么北欧风情了。重建领导小组的民居改造方案多次改变，最后交给了城北房管所执行。大街上的水泥墙与红砖墙都要消灭干净，侧巷里的青砖墙可以适当保留。房管所给临街的房屋外墙贴了防腐木板，木板绿白相间，其中的绿色很深厚很沉着，居民们以为那是墨绿，安装工说那不是墨绿，这颜色叫北欧绿。大家一下明白过来，营造所谓的北欧风情，连绿色也是要讲究北欧化的。不过，当工人爬到每家每户的屋顶上安装一种塑料的红色烟囱，居民们始终不理解其必要性，都担心刮风下雨的时候，假烟囱会掉下屋顶，工人们强调自己都是按照图纸来的，大家谁也没去过北欧，设计师说北欧的房子必须有烟囱，只能听他们的，工程施工合约上写得明明白白，如果发现哪家屋顶上没有红色烟囱，工程验收不了，那他们房管所这么多天就白干了。

我记得很清楚，房管所的脚手架从我家门前撤离的那天，我父亲拿出他的相机，给我母亲拍了一张照片，作为纪念。我母亲站在新漆的绿色台阶上，双臂交叉，抿嘴微笑，双眉却紧蹙着，这种矛盾的神色概括起来，大致上便是带着遗憾的喜悦了。这本是拍全家福的恰当时间，偏偏我弟弟不在家里，当时我弟弟与好莉在南方了无音讯。我母亲的周围，是我家被北欧化改造后的样子，大门绿色，门框白色，沿着原来肮脏斑驳的水泥院墙，横向铺满了绿色防腐木板，木板上钉了扁形花盆，花盆里的吊兰是真的，彩色矮牵牛花是仿真的，它们错落有致地垂下来，因为点缀得当，看起来一样美观。在我家与隔壁大毛家交界的木板墙上，刷了四种文字的欢迎词：北欧风情街欢迎您。其中的中文大家都认得，英文也有人懂，还有两种文字显得古怪，问了领导小组的人才知道，一种是瑞典文，另一种是挪威文。

我母亲拍照留念的时候我也在场，我站在我父亲身后，观察他的取景角度。在取景框顶端我能看见我家屋顶上那个红色烟囱，奇怪的是你在一般情况下会觉得它有点突兀，但在取景框里，那个红烟囱显得如此鲜艳美丽，堪称点睛之笔，所以为了完整地拍下红烟囱，我父亲蹲了下来。拍照的细节我记得如此清晰，怎么也想不到那件咄咄怪事。几天以后我父亲把照片冲洗出来，照片上竟然出现了一头鹅。一头鹅。是一头鹅。它站在我母亲位置的下一级台阶上，脖子高昂，面向镜头。事情就是如此诡异，那天我们在家门口谁也没看见过鹅，却有一头鹅留在了我父亲的镜头里，与我母亲隆重地合影留念了。

我母亲仔细端详照片上的鹅，抬头看着我父亲，欲言又止。我父亲问她要说什么，她说，我说了你们也不信，这是一头鹅，又不是一头鹅。我父亲问她究竟想说什么，我母亲面色凝重，捂着胸口说，随便你们相信不相信，这是奶奶，大坟地现在挖了个底朝天，奶奶一定从大坟地跑出来了。

8

他们塘西村那边本来要创建一个民俗文化村，主题因地制宜，是传统的手工业，包括塘西著名的殡葬物制造。

专家的意见主要如下：塘西村的房屋都恢复为白墙黑瓦飞檐照壁，家家户户的防盗铁门铝合金窗子要拆除，改用老式的木质铺板，裁缝铺、木工铺、铁匠铺和石工坊沿街排列，村巷前两年铺的水泥路面在三天之内就可以敲掉，让古老的石板路重见天日，蒋家祠堂稍作整理，可以作为一个殡葬文化陈列馆，主要展览陈年旧物，塘西工匠过去打造的精美棺木虽保留不多，但著名的塘西寿衣、寿鞋包括脸帕，还能从各家各户收集得到，将它们陈列在蒋家祠堂，可谓适得其所。专家们甚至兴奋地预测了塘西村与蒋家祠堂的未来，塘西村会成为历史上第一个以丧葬为主题的民俗文化村，而蒋家祠堂会成为世界上第一家殡葬文化陈列馆，说不定会进入吉尼斯世界纪录。

可惜，历史在咸水塘地区总是惊人地重复，塘东居民对政府决策有多么驯顺，塘西人便有多么抵触，我们塘东人愿意牺牲一切，将自己的街道凭空建设成北欧风情一条街，塘西人却一致反对民俗文化村的规划。很难评述塘西人的鼠目寸光，他们究竟是不思进取，还是珍惜现状，或者就是一个简单的本能，塘西人不愿回到过去。即使是那些年老体弱的匠人，让他们在铁匠铺淬火打铁，在木器铺拉大锯挥斧子，在裁缝铺端坐做点针线活，都只是在游客面前装模作样，模仿一下先人们的生活，他们也不愿意。这确实是一个缺乏文化的村子，没有塘西人能够理解，他们祖先从事的丧葬业也是一种文化，他们塘西村的民俗也是一种民俗，相反，大多数塘西人认为那是别人眼红塘西村的新气象，做什么民俗文化，建什么丧葬文化陈列馆，不过是揭塘西的疮疤，让他们蒙羞罢了。

村里的干部班子做不通村民的工作，一筹莫展。如果是过去，要求上级派一个工作组入驻塘西，能够解决所有问题，但是时代不同了，工作组的方式已经不适用，咸水塘重建领导小组的干部们便在塘西村逐门逐户做说服工作，无论谁去，几乎都碰一鼻子灰。干部们发现那些村民有着共同的眼神，就像注视行骗的骗子，充满了嘲弄与不屑，他们不至于当面指责干部行骗，但给出的拒绝理由是一致的，他们塘西人好不容易进稳得福公司做了工人，才不会回村子干那些力气活，他们好不容易翻造了家里的房屋，花费了一辈子心血，别说要把铝合金门窗换成老木头了，他们的新屋连一块砖也不能拆，如果政府要硬来，他们便只能拼命了。

一个完整的咸水塘地区改造计划流产了，领导小组迫于无奈，决定将塘东塘西分开，塘西民俗文化村规划暂且搁置，只专注于建设塘东的北欧风情一条街。不过，规划可以将塘东塘西分开，眼睛不容易把塘东塘西分开。专家们在塘东这侧难免眺望塘西，发现塘西村那边的老屋新房参差不齐地挤在一起，显得异常丑陋，你总不能禁止任何人从塘东向塘西张望，怎么办？只有一条路，将塘东塘西彻底隔绝，让北欧风情街上的人们再也看不见塘西。

技术问题随之而来，用什么隔离塘东塘西？隔离高度该是多少？要不要把蒋家祠堂也隔绝在塘东的视线之外？专家们意见不一。铁丝网本身有碍观瞻，不宜使用，篱笆墙扎不了很高，容易腐烂，也不行，以一大片高大茂密的竹林遮挡塘西村当然最完美，可是短时间内怎么可能培植那么多竹子？用假竹子最省力，但由于咸水塘边的仿真橡树仿真白桦树已经受到批评，领导小组不再倾向于此，他们商量到最后，决定用石头砌一堵实实在在的高墙。有个年轻专家平素关注国际政治风云，石墙方案敲定之后，他一下联想到了遥远的德国，我们干脆就砌一座柏林墙，说不定咸水塘的柏林墙以后就出名了！

这个点子引起了争议，一方面著名的柏林墙在德国，不属于北欧风物，另一方面，柏林墙的倒塌是历史潮流所向，如果在咸水塘再造一堵柏林墙，那塘东塘西谁代表西柏林，谁又代表东柏林呢？细细回味，总是有点不妥，有点冒险，最后领导们放弃了新柏林墙的思路，回到北欧风情，石墙暂时就叫芬兰石墙。考虑到塘东塘西居民的互相走动，芬兰石墙必然需要开一扇大门，要保持美观，又要追求北欧风情，大门怎么开便很有讲究，最后他们决定建造一个赫尔辛基城堡，下面的门洞保证人车通行，上面的城堡能遮挡住蒋家祠堂，可谓一举两得，以后从塘东方向往塘西村眺望，你望见的不是蒋家祠堂，而是赫尔辛基城堡了。

一旦芬兰石墙建成，塘西人就将不再拥有咸水塘了，换句话说，他们必须要将咸水塘交到塘东人的手里了。塘西人会不会愿意？肯定不愿意。但以我父亲的说法，他们愿意不愿意都要交，咸水塘的每一寸水面都属于国家，不是他们塘西村的，咸水塘交给谁，国家说了才算，何况，上级领导也有意惩戒这个目光短浅自私自利的村庄。

果然如此。塘西人闹过一阵子，最终胳膊拧不过大腿，还是把咸水塘一点点地奉献出来了。具体地说，他们要把咸水塘里养殖的鱼虾黄鳝奉献出来，菱藕奉献出来，因为塘西村已经无人养猪，原本作为猪草的水葫芦解放草都要清理干净，老旧的舢板一律要拖回村里，由他们自行处理。野生芦苇荡的情况稍显复杂，不能不要，又不能都要，便要合理分布，一部分芦苇需要割除，另一部分需从南面移栽到北面。至于著名的塘西鹅塘西鸭，它们是否要保留在咸水塘的水面上，是全部保留还是部分保留，专家领导层还有争议，塘西人要等待通知。

每天在环塘木栈道慢跑走路的人很快发现，在塘东塘西交界点新竖起了一个铁艺拱门，拱门顶端是两只接吻的天鹅，天鹅的四只脚像钩子一样挂起了一块牌匾，上面的字一目了然：新天鹅湖。这个独特罕见的指示牌，直接印证了一个最具震撼性的传言——领导们拍板决定，咸水塘要变天鹅湖了。天鹅湖！新天鹅湖！咸水塘人过去去动物园，也不一定看得见天鹅，以后你每天走出家门，抬眼便能看见天鹅在咸水塘里游弋，此番景象，想想都不敢相信。无论男女老少，谁会不喜欢天鹅呢？大家普遍觉得塘东的北欧风情街以后能否吸引投资和游客，这个新天鹅湖至关重要。不过，也有人担忧，咸水塘自古以来便是塘西鹅塘西鸭的故乡，天鹅来自北国异乡，它们能否适应咸水塘的环境呢？更何况，谁也不知道天鹅与塘西的鹅鸭能否和平共处，塘西鹅以凶悍著称，连恶狗也要对它们礼让三分，天鹅的性情如何，是不是塘西鹅的对手？大家谁也不了解，也只能胡乱猜测，最让人担心的是天鹅会不会飞走的问题，谁都知道天鹅能够展翅高飞，万一塘西鹅赶走了天鹅，天鹅飞走了，这所谓的新天鹅湖，不是一场空欢喜吗？

很快有了权威消息，天鹅不喜欢与家鹅家鸭共处，只愿意与野鸭相伴，所以以后在咸水塘里游弋的只有天鹅与野鸭，塘西村方面是否愿意无关紧要，所有的塘西鹅塘西鸭都要尽快处理了。

无论煮汤，还是红烧，或者腌制咸鸭，塘西鸭都是美味的食材，一直很受家庭主妇欢迎。塘西鸭有一部分流入我们塘东菜市场，几天就售罄了。我母亲也买了两只塘西老鸭，一只当天就炖了鸭汤，另一只用盐与花椒腌制好了，晾在我们家的院子里，以备不时之需。

塘西鹅之所以去处不多，原因大家都

明白。塘西鹅的肉质过于坚硬，难以嚼咽，其凶悍的天性也名声在外，人们总是有所忌讳。是一家羽绒制品厂和一家罐头食品厂联手，勉强接受了它们。前者采用塘西鹅的鹅毛制作羽绒被子，后者准备将塘西鹅肉制成红烧鹅肉罐头，出口到非洲去。听说在去往罐头食品厂的路上，运输方面出了意外。有一只鹅笼不够牢固，一群塘西鹅钻出了笼子，它们从卡车车厢里飞到路上，一时找不到栖息处，领头的老鹅竟然带着塘西鹅群直奔路边的法院大楼而去了。

塘西鹅群去法院，事情听起来滑稽，像是谁信口编造的，但我家隔壁大毛他爸向我们证实，传闻是真的。那天他上班路过法院，亲眼看见那十几头塘西鹅站在法院的台阶上，对着法院的大门嘎嘎狂叫，它们的叫声整齐响亮，带着些惊恐，听起来不是示威，不是威胁，就是一种集体伸冤的声音。大毛他爸看见法院里跑出来几个穿制服的人，都挥舞胳膊赶鹅，鹅不走，它们的叫声反而更加激烈，不像伸冤，像是抗议了。大毛他爸长年生活在咸水塘边，自然懂得塘西鹅最忌怕什么，他高声提议法院的人赶紧去找鞭炮放，说鞭炮一响鹅群就会跑散，但法院的人都摇头否决他的建议，说法院是神圣庄严的地方，必须保持肃穆，绝对不能放鞭炮的。大毛他爸爱莫能助了，又急着上班，便离开了现场。当天他下班回家又路过法院，特意留意了法院门口的台阶，发现十几层台阶干干净净的，没有一丝鹅粪，不知道是法院的人冲洗过了，还是塘西鹅对此地保留了应有的尊重，并无便溺留下，大毛他爸只是看见一根白色的鹅毛被风吹起，从高处落到了低处的台阶上。

9

在天鹅还未抵达之前，偌大的咸水塘显得有点空寂，有点瘦弱，水浪偶尔拍击塘岸，听起来郁郁寡欢的，但那是指白天的景象，夜里的咸水塘不太一样，有人声称，塘西鹅塘西鸭走了，鬼鹅没走，鬼鹅依然还在咸水塘里。

他们在午夜一点钟左右路过咸水塘，看见在彩灯与月光的交相辉映下，有红毛鹅黄毛鹅蓝毛鹅的影子在芦苇丛里出没，它们甚至出现在木栈道下，像剪纸浮在水面上，听不见一丝声音。那些人擅长鉴别鬼鹅，捡一块石子扔过去，鹅影若是纹丝不动，那便是传说中的鬼鹅了。是的，就是鬼鹅。鬼鹅还在。这是咸水塘的喜讯，还是咸水塘的噩耗？那些人一时难以区分。塘西村已经执行了上级指示，为了迎接天鹅，所有塘西鹅鸭提前处理，给天鹅腾出了这大片水塘，但鬼鹅确实难以驱除，普通人哪怕天天深夜守在咸水塘边，也看不见鬼鹅，又怎么能去驱赶它们呢？少数人敬畏自己神奇的眼睛，只可惜他们能够看见鬼鹅，却无法与鬼鹅交流，鬼鹅究竟为什么滞留在咸水塘里，以后天鹅来到咸水塘以后，它们能否相互识别？天鹅与鬼鹅又将如何相处？这些问题只能留待以后观察了。

好福的事情可能与鬼鹅有关，可能无关。

那天我的同学蒋红根一直陪着好福。下午他们离开塘西村，去城里的酒店宴请稳得福公司的台湾客商。从海鲜餐厅到洗浴城，再到 KTV 唱歌，送别台湾客商已经是午夜时分。他们从城里回塘西，是蒋红根替好福开的车。因为两个台湾客商性喜豪饮，陪酒小姐过于热情，好福比平时喝多了不少。蒋红根后来回忆，好福在车上一直醉醺醺的，嘴里叨咕着，五千块三百万五千块三百万三百万！那不是什么酒后胡言，好福的头脑当时还清醒，记得这次消费共计五千元，而稳得福公司与台湾客商的那份合同涉及三百万人民币的金额。当轿车驶过昔日环球水泥厂的围挡工地，好福从酣睡中突然惊醒，问蒋红根，我们在哪儿？蒋红根说，在车上，我们回家，快到家了。好福眯起眼睛打量四周，神色焦躁不安，他将手伸到后背去上下摸索，我的背，怎么样？他问蒋红根，我的背是不是又驼回去了？又变回驼子了？蒋红根腾出一只手，摸了下他的脊柱，放心，是直的，你的背还是直的——你究竟怎么了？好福说，做了个怪梦，我梦见我在烟囱里，烟囱在火车上，我和烟囱跟着火车跑，等到我弓着身子从烟囱里钻出来，脊背再也挺不直了。蒋红根劝慰他说，没事，一个噩梦而已，反正有小宽的神锤，有什么问题就找他，让他再敲几下。好福摇头，忽然叹了口气，恐怕没用了，我的脊椎我知道，再敲就断了，再敲我连驼子也做不成，再敲我就瘫在床上不能动了。

然后轿车从公路下坡，往塘西村驶去，蒋红根在减速缓行之际，听见好福发出了那声惊呼，看，那头鹅！它没有头！它只有个脖子！它只有个脖子，怎么还在跑？蒋红根顺着他手指向前看，前方路面被车灯照得很亮，除了几丛树影，他什么也没看见。他什么也没看见，却不能草率地否认好福的说法。无头鹅就是传说中最古老的鬼鹅，蒋红根很小便听祖父说过，他在午夜的咸水塘看见了无头鹅。无头鹅从不上岸，只在塘里漂浮，从未有谁在陆地上看见过它们。所以，蒋红根不确定好福是醉酒眼花，还是真的看见了。

大部分咸水塘人已经习惯了这样的事实：倘若两个人深夜路过咸水塘，一个看见鬼鹅，另一个看不见，这一点也不奇怪。你看见鬼鹅，不代表你阴气浊重，你看不见鬼鹅，也不代表你阳气充沛，咸水塘人尽管势利而世俗，却在漫长的时光里达成了一个极其文明的共识，任何人可以不尊重另一个人的人格，却必须尊重对方的耳朵、眼睛与嘴巴，看不见鬼魂的人，必须尊重看得见的人。蒋红根当时就是这样想的，所以他无意中说了一番充满哲理的话，我们都喝酒了，你能看见鬼鹅，鬼鹅不一定在前面跑，我看不见，也不能证明那鬼鹅不在车后面跑。

轿车停在萧家的新楼房门口，蒋红根先下车，把好福扶了出来。从好福身上散发出来一股酒气，混杂了他身上新皮夹克面料的气味，除此之外还有某种复杂的腥味显露，蒋红根吸紧鼻子鉴别，觉得那接近家禽被宰杀褪毛后的气味，有点奇怪。蒋红根往家走的时候看见萧家楼上房间的灯亮了，窗口的人影子应该是黄招娣，蒋红根朝她挥了挥手，她似乎没有注意他。他听见黄招娣在对门口的好福说话，说什么听不清，但就在回首之间，他注意到了好福身形的变化。好福的身影被灯光映照，陡然变矮，那多灾多难的背脊又隆起来了。它隆起来，像一座怀旧的山坡，向过去致敬。蒋红根揉了眼睛再细看，确定不是他眼花，不是光线的原因，是好福又变回了驼子。

这是凌晨一点钟左右的塘西村，两个夜归者的眼睛各自见证了奇迹。好福看见了无头鹅，而蒋红根看见好福变回了驼子。蒋红根相信自己的眼睛，好福变回了驼子。好福的背脊不仅回归了弯曲状态，其弧度明显还超过了以往，那个灯光下的影子，看起来像历史课本中山顶洞人的画像。

10

从目击者描述来看，好福的第二次失踪，比他幼年时第一次失踪更显离奇，这一次，他是在母亲黄招娣的眼皮子底下消失不见的。

黄招娣明明看着他进了家门，还听见他去厨房喝了水，他甚至上了楼，站在她房间的门边，简明扼要地汇报了应酬请客的成果：花了五千块，签了三百万。她听出他有酒意，趁着酒意在表功，她说了声好孩子，便催他赶紧去睡觉，好福答应了。但他不知怎么又下楼去了，还打开了电视机。足球转播员的声音传到楼上，一会儿沉闷，一会儿狂喜。黄招娣已经习惯了这种声音，好福爱好在半夜看外国人踢球。她关照他把声音开小一点，此后也没再管他。直到清晨时分，黄招娣醒来，听到楼下还有电视机的声音，她下楼去，发现电视机屏幕上飘着一片均匀的雪花，沙啦啦地响着，看电视的人不在了。

好福不见了。黄招娣喊好福的名字，只把萧木匠从床上喊起来了。夫妇俩一起找遍了三层楼房，好福不在家，不在家里的任何地方，好福竟然不见了。在卫生间里他们发现了好福脱下的一只袜子，这表明他曾经洗过澡。他一定洗了淋浴，淋浴间的地砖上还留着水痕。黄招娣注意到地漏里贮积了一层厚厚的浅黄色物质，她开始以为是肥皂沫，仔细看不是，用手掏出来打量，发现是一堆细小的绒毛，湿漉漉的。她孵过小鸡小鸭小鹅，认定那是小鹅刚刚长出的雏毛。这实在蹊跷了，家里已经没有任何家禽，好福淋浴，怎么会留下这一堆小鹅的雏毛呢？

卫生间的窗子对着院子，院墙上开了一扇边门，通往外面的车棚，那门虚掩着，透进来一片三角形的晨曦。很明显，好福是从那边门里出去的，黄招娣之所以浑然不觉，这恐怕是主要的原因。夫妇俩一路察看好福的脚印子，水泥地上一尘不染，什么也看不清楚。直到他们走到汽车旁边，黄招娣发现一只汽车前轮的金属胎轴上粘了一片鹅毛，鹅毛有一指多长，呈银白色，比塘西鹅的羽毛要暗一些，又比北方鹅的羽毛亮许多，最醒目的是羽毛夹杂的一抹猩红，像极了污血的颜色。

她摘下那根鹅毛端详，忽然脸色煞白，身子蹲了下来，不好了，不好了！她的声音带上了哭腔，这下不好了，肯定不好了。萧木匠说，怎么就不好了？最多就是汽车撞死了一头鹅，为什么大惊小怪的？黄招娣的眼睛开始流泪，晶莹的泪珠挂在她苍白的脸颊上，左边一颗，右边一颗，这让萧木匠有点惊讶，他知道她有很多年流不出眼泪了，为了证实什么，他用手指蘸了一颗泪，那颗泪站在他指尖上颤抖，但不坠落，像一颗罕见的珍珠。萧木匠将指头送到嘴里尝了一下，果然就是泪，有点咸，带着一丝苦涩。味觉佐证了视觉，舌头让萧木匠相信了自己的眼睛。

萧木匠开始端详黄招娣的泪眼。他有好多年没有仔细端详她的眼睛了，这是第一次，他看见妻子的泪眼放射着一种奇异的光芒，万花筒一般变幻莫测，很多彩色的光芒混杂在一起，神秘而深邃。他看见她的哀伤在发光，恐惧在发光，偏执在发光，自信在发光，慈爱在发光，怨恨在发光。大约五分钟后，黄招娣停止了哭泣，她站起来，抬头望着早晨的天空，儿子不归我们，我现在明白了，这个儿子不归我们。她抬头望着早晨的天空，说，听天由命吧，这一次，儿子可能再也找不回来了。

听我的同学蒋红根说，塘西人之所以普遍相信好福溺死在咸水塘里，是因为他们在新天鹅湖的铁拱门上发现了好福的浴巾，还有另一只袜子，那蓝白条浴巾搭在铁拱门下端的杆子上，折叠成均匀的两半，而黑色袜子在咸水塘的水面上漂来漂去，始终不下沉，看起来像一则黑色的遗言：我在这里。我在水里。

至少连续两天，咸水塘的木栈道上从早到晚站满了人，包括很多塘东的居民，有人等着好福浮起来，有人等着好福被捞起来。咸水塘水面上到处浮动着人的脑袋，都是下水捞人的，水性好的塘西男人几乎都下了水，他们的打捞方式粗陋一些，不外乎是往水里扎猛子，一次复一次的，或者不停地踩水，用竹竿在水里戳，但从城里来的一支水上救援队属于专业人员，他们都穿着潜水服，配有吸氧装置，可惜他们也白忙两天，所有人终于还是一无所获。

好福不见了。从常识上说，无论生死，两天的打捞时间都足以获得一个明确的结果，一个人又不是一条鱼，落在水里怎么会消失呢？但人们内心承认，好福不是普通人，他的生命从来与常识无关，就像他幼时失踪少年归来，就像他的咒语总是应验而祝福总是无效，就像他神奇的背脊，既能弯曲也能挺直，这一切与常识有何关系呢？现在他生不见人，死不见尸，人们甚至无法印证，他最后是回归了驼子的姿态，还是像普通人一样挺直着腰背拥抱死神？他跳出卫生间窗子的时候究竟听从了谁的召唤？是那只无头鹅，还是别的什么鬼魂？谁也没看见。没看见——对咸水塘的人们来说，这是一个莫大的遗憾。

几天以后，稳得福公司的员工们注意到黄招娣回归了她的工作桌，她一件件地检查出口寿衣的龙凤刺绣图案，比平日更加专注，她的神情气色像是大病初愈，有点萎靡，却萎靡得平静，并没有预想中的哀痛。他们意识到自己高估了黄招娣的失子之痛，便大胆起来，好福身份的蛛丝马迹被无限地放大，有些人似乎打开了一扇沉默之门，流言蜚语抱着团冲出那扇门，开始在人们的耳朵边萦绕。

早已有塘西人质疑萧木匠夫妇从北方带回家的小驼子了，说他不一定是好福，说他一定不是好福。不是好福是谁？这些人中间大致又分两派，一派可以称之为复仇派，他们认为萧木匠夫妇对北方驼子以牙还牙，带回来的小驼子是老驼子的儿子，你当初买我的儿子，今天我带走你的儿子，这样的复仇在塘西人看来合乎情理，无须谴责。另外一派以德康媳妇德奎媳妇妯娌为代表，可以概括为鬼魂派，其观点听起来充满想象力，也有点骇人。小驼子究竟是北方驼子的血脉，还是失踪的好福，鬼魂派对此是忽略的，他们认为那是谁的儿子并非关键，关键在于他是人，还是鬼？

鬼魂派一致认为，好福是一个擅长掩饰的鬼魂，是一个与时俱进的鬼魂，虽然冬天他会冷得哆嗦，夏天脖子能出汗，但鬼就是鬼，偶尔总是会露出鬼的马脚。德奎媳妇曾经悄悄尾随他和好莉从蒋家祠堂走回家，发现三个人在太阳底下走，路上只投下她和好莉的影子，好福在阳光下没有影子。德康媳妇则透露了另一件怪事，说她指使德康偷看过好福撒尿，好福在路边撒了一大泡尿，地上却是干的，德康找不见一滴尿液。有人反感那神神鬼鬼的妯娌俩，手指着黄招娣家的三层楼说，听说有认错庄稼认错乡邻亲戚的，从没听说妈妈能认错儿子的，你们既然知道好福不是人是鬼，怎么不去告诉黄招娣？那德奎媳妇诚实，反问对方，我倒是问问你，我告诉了黄招娣，她能相信吗？谁会相信自己的儿子是鬼不是人？德康媳妇就有点矫情，拍着自己的心口说，人心都是肉长的呀，我们为什么不敢捅破这层窗户纸？不敢，不忍心呀，人家最后一张窗户纸，捅破了就没了！说到这里她话锋一转，又朝别人挤眉弄眼起来，大家都是乡下人出身，我也懂他们的心思——有个儿子，不管是假儿子，鬼儿子，总比没儿子好，对吗？

塘西村的传言传到我们北欧风情一条街，大多数居民都觉得荒诞不经，现在他们塘西人这么发达了，这么有钱了，头脑里还是一团糨糊。有一天陈师母和大毛他妈在我家门口讨论好福的身份，大毛他妈认为世上可能会有鬼妈妈，做母亲的到了阴间也舍不下子女，回来给子女做饭洗衣，不是不可能，以前也听老人们说过花桥镇有个鬼妈妈，过几天就回家给七个子女洗衣服，整整齐齐晾晒在后院，儿子一竹竿，女儿一竹竿，但她绝不相信鬼儿子的说法，哪儿有这样的儿子，做了鬼还要回家让母亲伺候？她举证虽然啰嗦，论点却明确，好福是人，好福不是鬼。陈师母虽然娘家在塘西，不过她的立场不偏不倚，总体上很理性，她说，就算黄招娣带回家一个鬼儿子，她做母亲的三天看不出来，三年难道还发现不了？再说了，好福还开车，好福天天开车，鬼魂的本事再大，也不至于会开车吧？

我母亲在一边点头，她知道好福开车是我弟弟教的，承认好福是个鬼儿子，等同于我弟弟曾经教过鬼魂开车，她自然赞同陈师母。由于好莉与我弟弟的事情人所皆知，谈论好福便像谈论一个亲戚的隐私，令她左右为难，但越是这样，陈师母她们越是对她的看法感兴趣。我母亲不得不回忆起第一次见到归家的好福，她无意间摸到了他的手，那手是温暖的，汗津津的，无疑是正常人的手。她记得他认出了自己，还喊她三姨，就像我弟弟曾经喊黄招娣塘西妈妈一样，一报还一报。但此话出口，她忽然想起好福失踪之前坐在草筐里的样子，他怎么会记得自己？我母亲莫名后怕，不禁打了个寒战，冷眼看见大毛他妈满脸狐疑地瞪着自己，目光有所期待，似乎在等待一个敌人随意发表观点，要伺机抓住什么漏洞。我母亲一时丧失了勇气，茫然地看着塘西村的方向，那边正在砌芬兰墙，高高的石墙已经挡住了蒋家祠堂。那蒋家祠堂，现在都看不见了，那墙叫个什么墙？柏林墙还是芬兰墙？她指指塘西的方向，趁着她们转头西望，她转身上台阶，再回头说话，一切都有所保留，一切便有点借题发挥了，她对着陈师母说话，眼睛却不时瞟一下大毛他妈，我是从来没有迷信思想的，不过这世道变化太大，也不好说了，现在好多人看起来是鬼，其实是人，好多人看起来是人，其实是个鬼。

11

是稳得福公司的保安小宽首先发现了

黄招娣的秘密。

有好几次，黄招娣在员工们下班之后，手捧一只塑料饭盒走到公司的围墙边，离开的时候便空着手了，她在围墙下东张西望的样子，表明她有意在躲避他人的目光。他不知道她去那儿干什么。可以说是职业习惯使然，所有人古怪的行为，都逃不过小宽的眼睛，何况是黄招娣？他不敢惊动她，只是把这件事放在心里了。

围墙下堆着当初群星炭黑厂拆卸下来的烟囱，小宽在一只烟囱管里找到了黄招娣留下的塑料饭盒，饭盒里面装着螺蛳、河蚌和鱼虾。最初他以为她在喂猫，但印象里黄招娣并非那种会喂野猫的善人，况且螺蛳河蚌这种有壳的河鲜，野猫也无从下嘴。他弯着腰在烟囱里张望，甚至还往深处走了好几米远，什么也没看见，金属烟囱锈蚀已久，里面没有野猫，除了一些积水，一些蜘蛛网，还有几只飞虫，其他什么都没有，他想不通黄招娣是来喂什么。

小宽半辈子都在盘问别人，现在作为稳得福公司的保安，盘问员工依然是他的权力，但对方是黄招娣，问她就冒犯了东家，小宽不敢造次，他情愿将黄招娣的秘密当成一件谜案，慢慢破解。

稳得福公司的产品属性特殊，试想谁会去偷寿衣偷骨灰盒呢？连小偷都会忌讳的。所以，公司的防盗措施形同虚设，夜间守护只靠门卫偶尔的巡夜，并不需要保安。小宽从来没在夜里去过稳得福公司，那个谜也就一直封存在他心里。直到我们的北欧风情一条街名声初起，塘东有了最初的游客，很多人跑塘东来看荷兰大风车，看哥特式大教堂，到红极一时的北极光厕所里留点纪念。有一天小宽家里来了一堆外地亲戚，目的明显，要住两天慢慢欣赏北欧风情。家里容留了客人，他自己没有了休息之地，便抱着他的旧军大衣，去了公司的保安室，准备凑合过夜。

保安室设在寿衣车间的门口，从一扇小窗里可以看见深夜的寿衣车间，苍白的灯光亮着，映照走道两侧的挂衣杆，几十个挂衣杆上挂满了各种款型的稳得福牌寿衣，它们已经缝制完毕，等待着明天熨烫包装。小宽躺在保安室的折叠椅上，能够看见那些寿衣上的福字闪着金光，寿字闪着红光，一些蛟龙向上飞腾，一些凤凰翩翩舞动。他从来天不怕地不怕的，但那天夜里不太一样，不知怎么的，那些浸泡在灯光里的寿衣让他回想起很多死者的遗容，死者的神情相仿，都是对他怒目相向的样子。他莫名心悸，就把折叠椅掉转了方向，对着墙壁睡觉。

大约是午夜一点，应该就是午夜一点，小宽被车间里一种细微的动静惊醒了。他起身到小窗边观察，发现一团白影在寿衣车间慢慢移动，细看是一头鹅。一头鹅。是一头大白鹅。鹅摇摇摆摆通过寿衣车间的通道，走走停停，它朝左右两边的挂衣杆张望，脖颈左右摆动，似乎在检阅列队的寿衣阵容，偶尔它会站定在某一件寿衣下面，鹅头向上，又似乎在检查寿衣的款式与质量。小宽惊呆了，他好久没有看见塘西鹅了，连咸水塘里都没有了鹅，鹅怎么会出现在深夜的寿衣车间呢？

他拧开了手电筒追出去，用手电筒的光照那头鹅，鹅站在那里纹丝不动，它凝望着小宽。鹅不怕光，可以看见它的眼睛是红色的，羽毛显得零乱无序，有点发黄，与塘西鹅不太一样。最奇特的是鹅的背脊，它朝上隆起来，形成了一个山丘状的弧形。小宽对鹅说，走，深更半夜你跑这里来干什么？来检查寿衣质量？小宽向鹅逼近几步，先用手电筒照鹅，又照身边的挂衣杆，我们有质检员的，谁要你一头鹅检查？走呀，快走！

鹅站在那里，纹丝不动。换在平时，小宽是不会对一头鹅如此耐心的，但时值凌晨一点，在寿衣车间里遇见这么一头鹅，他心里多少有所忌讳。他懂得鹅不怕人声，劝没用，吼也没用，鹅只怕鞭炮炮仗，可是深更半夜去哪儿找鞭炮炮仗呢？他想起值班室里角落里还有几个空啤酒瓶子，或许可以模拟一下鞭炮的声效。你有种就站在那儿，给我站一夜，你等着我，别走。他嘴里威胁着鹅，跑回值班室去把那些啤酒瓶子抱过来，一一排在地上。他对着鹅砸了第一个瓶子，砰的一声，瓶子破碎的声音很刺耳，鹅应声跳了一下，很快站定了。鹅不叫，它不看地上的碎玻璃，只凝望着小宽。小宽说，还在看我？你连这也不怕？你究竟怕什么？小宽连续砸了四个啤酒瓶，其中一个直接砸向了鹅的身体，鹅跳了四下，最后还是站定了，无声地凝望着小宽，它不叫，也不动。小宽有点绝望，你是什么鹅？你究竟是不是一头鹅？你不会是一头鬼鹅吧？他稍微后退一点，弯着腰与鹅对峙，目光再次聚焦在鹅隆起的脊背上，那鹅背像一座精巧的山峰，白色的，毛茸茸的，纹丝不动。小宽忽然想起塘西近来沸沸扬扬的传言，身体震颤了一下，我知道你是谁了，你是谁，我知道了。他瞪着鹅的背脊，运足气，对着鹅大吼了三声，好福，好福，好福！

这一次驱鹅成功了。小宽看见鹅应声飞了起来，它的翅膀大过普通的塘西鹅，却有点单薄，它飞翔的姿态有点像天鹅。飞了大约五六米远，鹅落下，从虚掩的车间大门里跑了出去，跑得匆忙，甚至有点仓皇，不像天鹅的样子了。小宽追出去，看见鹅在月光下朝公司的围墙边去，飞几步，走几步，鹅背像一座精巧的山峰，白色的，毛茸茸的，它在奔跑，跑得匆忙，甚至有点仓皇。月光照着鹅影，黄招娣的谜同时被照亮了，还有其他一些谜底，一齐被凌晨一点的月光照亮了。小宽已经猜到鹅会去哪里，他终于还是猜到了谜底，果然，他看见了鹅的去处，或者传说中好福的去处，他看见那头鹅钻进一口烟囱管里去了。

那天午夜在寿衣车间的遭遇，小宽守口如瓶。他隐隐觉得他与鹅的相遇，像一种奇异的恩典。他自认有恩于好福，好福也有恩于他，事后他回想鹅的目光，认定那是一种秘密的感恩的目光了。第二天他曾经想过，是不是去找黄招娣挑明她的秘密，但很快便放弃了这个念头。生平第一次，他与黄招娣有了默契，甚至有了共同的秘密。如果她在伺奉儿子之魂，他乐意助力，如果她负责了鬼魂的食粮，他可以负责鬼魂的居住卫生。所以小宽默默地做了一件事，他从墓碑车间拖了一根自来水水管出来，将那只烟囱管里里外外冲洗了一遍。黄招娣后来仓皇地跑到保安室来，问他为什么要冲洗烟囱，他朝她笑了笑，说，烟囱里面太脏了，住谁都不卫生。他记得黄招娣当时惊愕的表情，沉默了许久之后，她朝他点点头，那好，洗一下也好，谢谢你了。

当三只烟囱被工人用铸铁栏杆隆重地围起来，稳得福公司绝大部分员工还不知道内情。他们向站在一边监工的小宽打听，那么几只破烟囱，为什么要围起来？小宽遵守他对黄招娣的承诺，没有透露那个秘密，他说，群星炭黑厂的烟囱，现在算历史文物了，文物么，当然要好好保护。

尾　声

得知我弟弟他们要回家的消息，恰逢圣诞节前夕。

听说是好莉的主张，他们一家三口不回塘西，选择回我家，这让我母亲有点受宠若惊。那几天她像一只忙碌的陀螺，转得停不下来。

他们此时归乡，正是时候。咸水塘地区刚刚下了入冬以来的第一场雪，雪下得不大不小，似乎在尽冬天的义务，也像是在配合有关部门宣传北欧风情，当塘东街道银装素裹，所谓的北欧风情一条街，便显得名副其实了。

塘东街道第一次迎接圣诞节，所有居民都觉得新鲜。先从咸水塘边的钟楼说起，那天钟楼敲响了第一次圣诞钟声，十二下钟声。钟声响了十二下。人们看见十九只天鹅掠过咸水塘水面，在钟声里全部归队，它们聚集在钟楼下面，雪白的一片，以天鹅的尖叫回应钟声，似乎接受了钟声的祝福，也似乎在向钟楼表达谢意。水边的橡树、白桦与雪松的树盖上积了一层雪之后，树枝反而安静稳定，看起来对气候很满意，尤其是雪松，顶了一树雪，形状旖旎，是真正的雪松了。三台荷兰风车在圣诞节更加引人注目，小木屋门口站着红衣红帽的圣诞老人，虽然由树脂制造，他的笑容却雕刻得逼真，比街上的老人们笑得亲切多了，慈祥多了。即使从我们家的窗子望出去，也能看见三台荷兰风车在旋转，转出了三个炫目华丽的夜空，一个夜空以红色为主，一个夜空以橙色为主，另一个夜空是霓虹色。我们能看见风车叶片镶嵌的无数彩灯在闪烁，在变幻，分别编织出中文、荷兰文、英文多种文字的圣诞祝福：

圣诞快乐

Gelukkig kerstfeest

Merry Christmas

夜里七点钟，北欧风情街上依然人声鼎沸，彼得森牛排馆和哥本哈根啤酒吧里坐满了年轻人，面孔大多陌生，不知道他们从哪儿来，只知道他们是来塘东欢度圣诞节的。夜里七点钟，我母亲忽然想起一个问题，好莉的奶水是否充足，我弟弟从未透露过，她吩咐我立刻去夜间超市买婴儿奶粉。这样我又上了街。路过啤酒吧，我听见里面一片吵闹声。一个年轻人举着杯子向店家投诉，说自己上个厕所回来，一满杯啤酒就剩下一点点了，店家说不可能，一定是你自己喝光忘了续杯了，那年轻人恼了，摇晃着杯子喊，我保证，我先续的杯，后上的厕所，你们这里究竟怎么回事，一定有人在偷喝顾客的啤酒！别人听得莫名其妙，只有我听出了奥妙，我朝他们大声喊，不是人，是顾先生！是顾先生偷喝了啤酒！店里的人都回头瞪着我，侍者问，谁是顾先生？那年轻人环顾四周，对我嚷嚷，顾先生在哪里？你倒是指出来呀。我摇头说，我指不出来。顾先生在店里，不过你们看不见他，我也看不见他。店里响起一片嘘声，有人指着我骂起来，神经病，是个神经病！我不在乎他们骂我，鬼魂的消息从来都难以传达，他们既然不知道顾先生是谁，我也没有必要透露，顾先生其实是一个鬼魂，一个贪酒好吃的鬼魂。

我只是好心，稍稍泄露了一点塘东的

秘密。

外来的游客有所不知，北欧风情街之前就闹鬼了。他们也不相信，有一些塘东的居民能够看见鬼魂。我的同学红旗他爷爷在彼得森牛排馆开业那天，看见了死去多年的邻居顾先生，他穿着生前唯一的那套深蓝色西装，消瘦的蓝色身影在一张张餐桌之间忽隐忽现。红旗他爷爷能够看见顾先生在向别人的餐盘张望，顾客却浑然不觉。那天的情形也一样，有顾客突然从座位上跳起来，说他刚切好一块牛排，牛排便被谁咬了一口，顾客用叉子叉起那小块牛排向众人展示，大家凑过去，果然看见一个明显的牙印。红旗他爷爷是现场唯一看得见顾先生的人，出于好心，他向店里的人泄露了顾先生的秘密。他说那是顾先生的牙印，顾先生家以前在城里开西餐馆的，他小时候吃惯了牛排，后来大半辈子都吃不上，只能向邻居们回忆煎牛排的滋味。红旗他爷爷说顾先生临死前他陪在榻边，亲耳听见他最后的遗言，我要一块煎牛排，五分熟。店里的人都瞪着红旗他爷爷，顾先生死了？你是说牛排让鬼魂咬了一口？红旗他爷爷被逼无奈，干脆就点头，把话挑明说了，你们千万不要怕，顾先生的鬼魂一向安分守己的，很少出来，不过人有缺点，鬼魂也有缺点，顾先生就是嘴巴馋呀，以前只去点心店，现在牛排总算来到了塘东，他一定是耐不住啦！

我走过了由榨油厂改造的哥特式教堂，教堂里灯火通明，人影幢幢。我看见两个老妇人佝偻着腰背从里面出来，一个是杂货店歪嘴的母亲，看起来怒气冲冲的，另一个好像是我同学春风的奶奶，她瘪着嘴巴摇着头，神情有点沮丧。歪嘴的母亲手里提着一个塑料袋，袋子里装着香烛与纸钱，我听见了她失望的声音，这庙里供的都是什么？不认得，一个都不认得，外国神仙凭什么在我们这里供着？春风的奶奶说，就是呀，外国神仙也不认得我们，给他们烧了香火有什么用？我们走，以后再也不进来了！

我看见两个老妇人进了北极光厕所，突然就想起来了，歪嘴的母亲几年前就去世了，春风的奶奶也已经去世多年，这让我惊出了一身冷汗。在圣诞节这个特殊的日子里，我第一次看见了鬼魂，多少有点青出于蓝胜于蓝的滋味，别人一次只能分辨一个鬼魂，我一下看见了两个。既然有那么多咸水塘人能够看见鬼魂，我也没那么害怕，只是觉得我开眼开得有点无趣，第一次与鬼魂相遇，竟然是两个讨厌的老妇人，而且我听见了鬼魂的牢骚，她既然都做了鬼，为什么还惦记着烧香拜佛？这让我百思不得其解。

圣诞歌声在北欧风情一条街上回荡。叮叮当，叮叮当，铃儿响叮当。这歌声似乎从天而来，一直响到深夜，有时听起来单调，有时听起来欢乐，有时又有点虚无缥缈。叮叮当，叮叮当，铃儿响叮当。我弟弟驾驶的面包车在那阵歌声中缓缓地驶到了我家门口。叮叮当，叮叮当，铃儿响叮当。我们看见好莉穿着一件粉红色羽绒服走下车子，怀里抱着婴儿，我母亲一下哭起来了，她朝着母子俩迎上去，张开了双臂，那动作先是带着些试探，很快便坚定起来，她一把捉住了婴儿的襁褓，奶奶抱，奶奶来抱！

好莉往后闪了一下，她冷静地看着我母亲，说，别吓着他，怕他哭，他从来不要别人抱。我母亲说，我不是别人，我是他奶奶，奶奶抱着怎么会哭？好莉的目光停留在我母亲脸上，有点犀利，又有点羞怯，她似乎在回忆什么。我们不知道她是在回忆我母亲的善良，还是在回忆我母亲的过错，是在回忆我们两家人的过往，还是在展望我们两家人的未来。过了足有五秒钟，她有了答案，我们终于听见好莉慷慨的声音，那好，你试试吧。

我母亲抱住了婴儿，她的姿势熟练熨帖，婴儿只是哼唧了一声，没哭。他的眼睛像极了我弟弟儿时的眼睛，很黑很亮，但充满迷惘。他躺在我母亲的怀里，眼睛始终盯着她的面孔，似乎在研究她的身份。在婴儿的注视下，我母亲自己哭了起来。她抱着婴儿往家里走，一边啜泣，一边对怀里的小生命发出总结性的感慨，不容易，不容易，你这小宝贝能来我们家，来得真不容易呀。

叮叮当，叮叮当，铃儿响叮当。我看见我弟弟走下了面包车，他穿着一件棕色皮夹克，身形比离家前瘦了很多，脸黑了很多，留了唇须。在搬下所有的行李之后，他终于开始撑着腰，打量久别的塘东，他的目光随着我们家木板墙上的气球上升，移到对面的欧式路灯，然后目光继续往上，眺望着咸水塘边闪亮的钟楼与风车，还有另一侧哥特式教堂的灯光。这就是北欧风情了？太假了。他不屑地说，我还以为怎么样了呢，咸水塘就是咸水塘，跟上海没法比，跟深圳没法比，跟香港更是比不了。

他对塘东的失望本身让我们很失望，不过，我们谁也没有说他什么，毕竟他刚刚远游回家，毕竟他的眼界可能高于我们，他真的游历了深圳香港这样的地方，而我们只是在一条北欧风情街上。

大约凌晨一点，北欧风情一条街的节日灯光还在闪烁，闪得有点乏了。像是经历了一场欢乐的洗劫，最后一批游人从啤酒吧离开之后，窗外的街道渐渐安静了，静得也有点疲惫。除了远处荷兰风车吱扭吱扭的转动，我们只能听见婴儿的啼哭声，那声音重归我们家的屋顶之下，用了二十多年时间，它来得不容易，却正是时候。

我母亲没有睡觉，她在厨房里忙碌，提前熬制明天的鸡汤。大约凌晨一点，她听见我们家的院门发出了笃笃的响声，似乎是谁在敲门，敲得有点胆怯，但又坚定，她走出去打开院门，一眼看见了那头鹅。

那头鹅的样子有点奇怪，它站在台阶上，鹅的脊背明显地隆起，像一座精巧的山峰，白色的，毛茸茸的。在凌晨一点的月光里，它与我母亲对视了一眼，高昂的脖子突然垂下，鹅嘴里吐出了一个什么东西，它在台阶上跳，闪着幽微的光。我母亲细看，是一条鱼，是一条鲫鱼。竟然是一条鲫鱼。她怎么也想不到鹅吐了条鲫鱼出来，晚上她还在厨房里向我父亲抱怨自己的记性，明明记着要去菜市场买条鲫鱼回来，明明知道鲫鱼汤比鸡汤更加催奶，更适合哺乳的母亲，结果却偏偏忘了鲫鱼，只买了一只老母鸡。

因为惊喜，我母亲敏捷地捉住了那条鲫鱼，将它兜在围裙里，她甚至还下意识地说了声，谢谢。等到那鹅摇摇摆摆走下我家的台阶，我母亲才觉得鹅来得蹊跷，它怎么会知道自己需要一条鲫鱼呢？一头鹅怎么会给我们家送来一条鲫鱼呢？然后她注意到鹅的样子有点奇怪。它的脊背怎么会隆起来，隆得那么高？它的脊背像一座精巧的白色山峰，与地上的白雪互相映衬，她不能分辨是地上的雪白一些，还是鹅的羽毛更白一些。

我母亲想到了好福的传闻，不免惊疑。

她用手摸了摸鲫鱼的鱼鳞，那是真实的鱼鳞，小片小片的，分布均匀，有一点点扎手。她闻那条鲫鱼的气味，它散发着鲫鱼该有的淡淡腥味。不管怎么样，这是一条真正的鲫鱼。我母亲想，无论离去的是什么，留下的是一条鲫鱼，她需要这条鲫鱼。我母亲想，这是圣诞之夜呀，何必多疑？以她的知识范畴来说，她知道北欧人的圣诞节类似于我们的春节，过年家家户户需要鱼，年年有鱼年年有余么。所以她最后对着远去的鹅说了声，圣诞快乐。她关上门，兜着那鲫鱼往厨房走，又对着我们家厨房的灯光说，年年有余，年年有余啊。

［特约编辑：钟红明］

“城北旧事”：生命与俗世生活的“灵异”密码

——苏童长篇《好天气》阅读札记

张学昕

一

二十年前，我与苏童曾经做过题为《回忆·想象·叙述·写作的发生》的对话。苏童认为，写作发生“是一个很神秘的话题”，“就写作本身而言，写作姿态是有多重性的，特别是回忆的方式起了很大的作用。首先，在小说的文本之中，回忆作为一种常见的姿态，可以产生无比的写作张力，并且跨越日记那样的真实记录，指向细节、人物、语言、情节。当你确定想要写什么的时候，这便是一种有效回忆的确定了。”[①] 的确，当一个作家笃定了写作的方向，某种意义上，便是锚定了那束来自记忆深处最具力量的光，完成了“有效回忆”的精准定位。于苏童而言，无论是创作一部小说，还是数十篇写作，在本质上都是对往昔生活经验、珍贵记忆，抑或是某种难以言喻的感觉，进行的一场又一场文学意义上的重塑与升华。我们固然难以确切知晓，苏童对回忆的依赖究竟到了何种程度，才推动他笔下的文字奔涌而出；即便是苏童自己，在文本的动态构建过程中，恐也无法精准度量既往经验世界究竟给予了多大的灵感诱发。但可以肯定的是，每一次叙事的爆发点，都潜藏着开启全新视野的契机。一直以来，他的小说表面上看似乎未曾离开过“香椿树街”“城北地带”这些苏州老城区的地理坐标或叙事载体，沉浸其中，却从未故步自封。他恰似一位永不满足的探索者，始终在文字的版图上寻求蜕变。更早以前，我曾以“虚构的热情”为题，讨论和探索苏童小说创作的虚构力、想象力、结构力以及其“可持续性”建构属于他自己的独特文学世界的耐心、耐力，这一份“可持续性”的耐力便是不断寻求变化、突破自我所依赖的底气与动力。

这让我想起苏童的“同时代人”作家余华。他会经常提及美国作家辛格的哥哥不断告诫弟弟：“事实不会陈旧，而看法总会陈旧。”我感到，苏童这部长篇小说的写作，就是努力要对永远“不会陈旧的事实”再一次作出不陈旧的“看法”。其实，在文学叙事中，因为写作姿态是有多重性的，既有的生活形式和内容，总会在不同的叙事伦理和话语情境里发生结构性的甚至本质性改变。换言之，叙述的过程，实则是在历史与当下的交汇点上获得“陌生化”的诗意呈现，毕竟，生活或事实本身宛如深邃无垠的谜团，人与人之间乃至人与世界的相互洞察与揣测，或许仅仅是偌大题面中的一隅。

那么，作家在叙事文本当中，即在新形式、新语境中如何进入到他创造的陌生世界、陌异经验之间，重新发现并剥离既有事实或过往曾有的“伪装”，同时重构一个新的话语空间，并对既有经验进行深度反思，直接关系到文本生产的价值和意义。当然，这也是一位作家如何才能保持自己不断的创新性，给我们提供新的叙事经验的前提。

早在上个世纪末，郜元宝曾写过一篇题为《苏童：在过去时代的阳光下行走》的文章，来表达对苏童及其写作的认识：

> 和许多60年代出生的作家一样，他属于游荡在生活边缘的新一代“顽童”。他很自然地避开了父兄辈作家曾经盘踞的社会意识中心，在“早年”生活经历以及其他类似的非中心地带驰骋笔墨。这就造成他和当下现实之间的某种疏离。对目前社会普遍关注的小康化进程，他并不怎么在意（尽管传媒常常介绍他如何迷恋名牌，如何会花钱）。他很少闯入那些商业气息浓厚的小康社会。即使贸然光顾，也大不自在，他更乐于关注小康或准小康社会那些依然窘困的人们，描写他们在周围忙于富起来或已经富起来的气氛中不合时宜的心态与举措。这是固恋“早年”必然导致的创作取向，他虽然被称作“先锋作家”，精神上和他这一代人在70年度过的青春期，依然不能割舍。他是前小康生活的一个执拗的凭吊者。他总是站在某种历史唯美主义立场，竭力将过去时代的生活场景加以诗化描绘，让人们在疑惑地迈向未来之际，能够从渐行渐远的过去寻求告慰。[②]

实际上，郜元宝特别指出了苏童与其他1960年代出生作家写作的“异质性”，即“他是前小康生活的一个执拗的凭吊者”，“他总是站在某种历史唯美主义立场，竭力将过去时代的生活场景加以诗化描绘”，就是这样，苏童能够让人们“在疑惑地迈向未来之际，能够从渐行渐远的过去寻求告慰”。表面看来，苏童仍然竭力地想在《好天气》这部长篇小说中，重唱一首“就快要被遗忘的老歌”，并且赋予让这首“老歌”能够产生脱胎换骨的气息、韵味和新质。在我们这个“充满了百年未有之大变局”的时代，苏童的这首“老歌”弥足珍贵，它令我们油然生出几分暖意，回想起那段历史记忆中的懵懂、愚钝、伤痛，其间还夹杂着情感的粗糙、认知的浅薄、是非的暧昧以及浮华和低俗的真实意绪。就这样，我们被苏童带回到过去，并且为那些岁月所感动、感伤。而且，苏童这一次，并非仅以那种凭吊者的心态去捡拾记忆的碎片，重新回望、流连、描摹残存的旧日风景，而是让那个愚顽、匮乏、僵硬的时代弥漫的苍凉、寂寥重新骚动、燃烧起来。所以说，这部《好天气》不再是一部单纯寻觅回忆的故事，尽管书写的题材仍类似于苏童早年“朝花夕拾”，也算是凭借“精神自传”的笔法，留下昔日生活光影，却是在一种新的审美视域、认知和理解中，进一步发掘更多的存在维度和可能性，以此做出自己对生活、存在世界和人性的整饬、新解和重构。在这里，我的所谓“新解”的核心根源是在于作家能够葆有对一个民族、一个国家或者一座市镇的深情记忆，在于他是否永远相信自己所阅历的过往中，深藏着伟大而深邃的传奇。在这里，“灵异”成为覆盖于人与人、人与自然、人与社会人文生态之间的雾霭，被苏童的叙事辨识着，蒸发着，消解着，并在其中呈现出欲望的流转、人性的真相、存在形态和宿命。人的旦夕祸福，似乎都会从某种事物那里事先隐隐渗透出征兆。这些俗世隐秘，被“过去时代的阳光”返照，再次折射着我们当下所处的生活，这恐怕就是我们在苏童这部新作中要搜寻的意义和价值。这也就是余华时常念及的作家写作中的新“看法”。

二

《咸水塘史》是这部小说最初的名字，在即将发表的时候，苏童将其更名为现在的《好天气》。至于个中缘由，刚刚开始阅读的时候，我仅能表层地做出对于作家叙事意图层面的猜想，但当读罢全书，才逐渐领悟苏童为什么会选择“好天气”来命名这部长篇新作。我想，苏童用十一年的时间构思、撰写出这部四十余万字的长篇小说，更想极力一扫其以往叙事状态的“老到”或纯熟，呈示、发掘出“咸水塘”这个空间，在那个特殊历史年代所发生的“灵异”事件和亡灵传说，有意而“暧昧”地讲述那些奇闻异事，写出它的嘈杂和变异，或夸张、变形、传奇，从而使更多的阅读者能驱除自身的“鬼”之虞，在期盼、欣逢生活中的每个“好天气”时都有美妙的、怡然自得的心情、意绪。那么，苏童在这部《好天气》里，到底写出了怎样的天空和天空下人的生命状态及其心情呢?

在文本中，苏童将我们引领至一处毗邻“香椿树街”与“城北地带”的略显神秘的所在——“咸水塘”。从“塘东”至“塘西”，这片浸润着浓郁烟火气的俗世泥淖，交织着纷繁复杂的人情、人性、欲望与情感。苏童以他独有的从容与舒缓描摹那些地域样貌，将旧日风情铺陈开来，那些往昔岁月里真实发生过，或是在想象中可能上演的故事，也随之跃然纸上。我们看到，还有一些我们熟悉的苏童以往作品里的人物，以一种独特的生命形态再次款款走出，纷至沓来，像久别的老友，让我们感到熟悉又亲切，为之动容。

或许有人会认为，仍是强烈的“怀旧”意绪在苏童内心“作祟”，采取所谓“旧瓶装新酒”的手法，继续在历史中“淘宝”，摹写“南方的堕落与诱惑”，才有了这部新长篇的再次实践。但我认为，苏童的创作路径并非简单的“怀旧”二字所能涵盖，其中蕴含着更为复杂且深层的创作机理。一方面，苏童无法割舍自己埋藏于骨子里的“青春期”的执拗，当然，这既可能是一个写作者的执念，也可能是作家叙事的动力和惯性；另一方面，过往时代的影子，能够唤醒、激发起作家对现时和未来的遐想和憧憬，进而转化为他写作发生的触发点。我曾经这样表述我对苏童小说的整体感受：

> 作家库切说过：“所有的自传都是讲故事，所有的写作都是自传。”无疑，苏童将近四十余年的写作，与一代人的生活和岁月如影随形，真正写出了1960、1970年代出生的一代中国人的心情，也逼真地写出了一个时代诚实的内心。并且，苏童一写就是几十年，他的叙事仿佛永远挖掘不尽的矿藏，让这位天才小说家也无法阅尽世间沧桑。不可否认，苏童早期小说的“成长意味”是极其浓厚的，1960年代人的青涩、迷茫、稚气和单纯，在苏童笔下尽显无遗。从最早的短篇小说成名作《桑园留念》开始，或再向前推延到他的短篇小说处女作《第八个是铜像》，苏童的文字也像河流一样，流过了三十余年的历程。文本中的故事、人物和情境，已经记录下一代人的生命影像，也凝固成“苍老的浮云”，渐渐地幻化成那个时代的“青芒”镜像，或者，业已成为时间和历史的“铜像”。显然，苏童的叙事，并不是陀思妥耶夫斯基所说的那种“用彻底的现实主义，在人身上发现人”的作家，但是他很早就已经充分意识

到存在世界、人性和事物的“迷宫”性质，他找到了意象、隐喻、意绪、氛围、语境与记忆、想象之间的隐秘“关系”。而且，几十年来，他尤其注重小说叙事理念的调整和反省，在艺术和精神两个层面，竭力跳出童年、记忆、历史、南方、少年、女性、意象和唯美叙述的惯性和“套路”。固然“唯美”是苏童小说整体艺术形态的重要特性之一，但绝非苏童写作和后来苏童研究的“独门武器”。就是说，“唯美”在苏童的写作里并不是什么“主义”，而是沉淀于文字内里的美学特性。因此，面对苏童迄今仍处于进行时的写作史，我始终在寻找苏童长期写作中内在的精神延续或“衔接点”，故事内部不易察觉的推进动力，文本在时间之流里连绵延续的魅力之源，爬梳主宰他能够持续写作的真正“圭臬”。那么，如此说来，这样的“主宰”力量究竟是什么呢？在一定程度上，真正能决定苏童写作的小说的“上帝之手”到底在哪里呢？③

那么，在《好天气》中，苏童又是如何“追忆逝水年华”，重述江南被尘封的“城北旧事”呢？在苏童的文本叙事底层，究竟潜藏着多大的力量，能够为其绵绵不绝的叙事输送、播散能量与灵气呢？

刘剑梅在评论王德威《历史与怪兽：历史·暴力·叙事》一书时，曾提出“互绑的个人与历史”，借此阐释文学“还原历史”和“再现历史”的困境。就是说，文学对历史的再现，既是小说家见证和抗拒历史怪兽的过程，也可以视为小说家在自觉或不自觉中反省以往时代和未来可能性的过程。而这个时候苏童的“忆旧”，亦可看作是那种个人与历史互绑的过程，也是在抵抗历史这个“怪兽”中的自我救赎。作为一位个体存在的小说家，如何从尊重历史、尊重情感、谨守灵魂以及道德和伦理底线出发，以一副善良心肠重新抒写和拥抱近乎被时间遗忘、吞没的历史记忆及民族心灵图景，无疑，这是作家唤醒记忆、反抗遗忘，从而为历史、时代存档，恢复个体本真的历史存在，洞悉荒诞事实的最强大的勇气。

我感觉，在这部《好天气》漫长的写作中，苏童更是轻轻地触碰着时代背景、社会生活及其变迁以及人与人之间的复杂、微妙关系。小说第一章即署名“好天气”，接着在篇首注明：1975 年，或更早以前。我们看到，苏童在叙事时选择的依然是“少年视角”。那么，1975 年这个时间节点的选择，又意味着什么呢？我感到，苏童“钟情”、书写的社会生活，仍然是上个世纪六七十年代，他曾多次坦言，一个作家写到最后，一定要回到童年。苏童就是要通过细心书写个人的心史，写出一部特定历史时期的城乡秘史，写出 1970 年代俗世生活的真实样貌，写出俗世世界的不可解。所以，在苏童的上一部长篇小说《黄雀记》迄今，他再次选取对1970年代的时空穿越，而且，他将这部《好天气》的叙事，写到了1980年代后期就戛然而止。

> 作为郊区一隅，咸水塘那时候还很空旷。
>
> 此地的天空，当时也默默无闻。它被报纸隆重宣传，被诗人热情赞颂，被音乐家谱写成歌曲，是后来的事。让咸水塘出名的彩色天空，主要得益于多种颜色的工业烟雾，有时候它们在高空各自为王，以诗人的比喻来说，分别是比云朵更白的白烟，比煤炭更黑的黑烟，比玛瑙更红的红烟，比紫罗兰还美丽的紫烟，以及比黄金更灿烂的黄烟。有时候它们互相侵蚀，难分难解，之后多种烟雾融合交汇，天空便显出了绚丽而深奥的样子。
>
> 我小时候，咸水塘的天空与生活一样单调。除了黄烟，其他美丽的烟雾尚未诞生，从某种意义上说，咸水塘著名的彩色天空还在孕育之中。

苏童的这一段叙事，瞬间开启了通往1970年代的时空之门，让读者刹那间置身于那个特定的历史时期。重要的是，小说叙事的深度与广度远超单纯的场景重现，小说不仅让我们感受人处于生态环境的阴影里行走的轨迹是怎样的曲折，它还提醒我们如何面对那时如此荒诞又如此诡异的生态、世态，人性的状况及其认知逻辑，这些，又是怎样带来彼时存在的诸多乱象，引领我们直面那个时代荒诞且诡异的生态、世态格局，进而深思这些因素是如何交织作用。我们不禁要发问，1970年代初期，那种“彩色的天空”映照的是一种怎样的环境和生态？炭黑厂、硫酸厂、榨油厂、水泥厂等等林立的烟囱，时时“喷吐着灰烬般的人群”，“东南西北的烟囱都令人忧心忡忡”。在苏童的笔下，数年来“咸水塘”的人们，始终挣扎在“白天气”“黑天气”“酸天气”交织而成的恶劣生存环境中。就连“咸水塘”这一狭小水域的命名都透着莫名诡异之感，一个“咸”字，映射出此地生态的失衡与异样。令人痛心的是，当地居民对周遭恶劣环境竟毫无察觉，长期深陷其中却浑然不觉，呈现出一种愚顽且茫然的状态。于是，人们的眼睛出了问题，“我母亲”分辨不出黑白，“我弟弟”开始流淌“绿眼泪”，“绿眼泪是酸天气分泌的”还是“遗传”成为一个吊诡的问题；无论白天还是夜晚，白蝴蝶都如妖魔一样作怪，肆意扰乱人们内心的安宁；咸水塘的没有鹅头的“鬼鹅”之影，竟被咸水塘人猜想为已经逝去亲人的鬼魂。

如此经年，紊乱的天空，令人们的身心开始变本加厉地紊乱。无奈与绝望逐渐在咸水塘蔓延，被逼至绝境的人们，迸发出一个看似荒诞离奇的想法——为自家房屋与土地搭建一座巨型帐篷，妄图借此物理屏障，将自身与外界污染彻底隔绝，以摆脱污染，躲避污秽，获得呼吸安全，食品安全。这般应对策略，乍看之下近乎狂想症患者的无端臆想，又仿若不切实际的“乌托邦”构想，充斥着掩耳盗铃式的自欺欺人，悲哀地折射出“咸水塘”人在困境中盲目挣扎却找不到出路的虚妄与无助。

实际上，“好天气”已然绝非简单的气象概念，其内涵深远，紧密关联着人们的身心健康乃至生死存亡，深度渗透进人的精神、心理与灵魂维度，更是决定着万物生灵能否和谐融入自然应有的秩序。回溯 20 世纪 70 年代，“咸水塘人”所处的这般生态、环境困境绝非孤例，已然成为一种令人痛心的“常态”。在当时的社会语境下，大众对这类细思极恐的问题普遍缺乏敏锐洞察力，几乎无人萌生疑问，更遑论展开深刻反思，任由生态恶化的暗流悄然涌动。而苏童，则在“天空”和“水塘”中找到了自己叙事的物质支点，以此承载着厚重的历史沧桑与现实隐喻。可以说，在这里，苏童对这些“城北旧事”“怪事”进行深描，反观、反思，勘探死生的幽微逻辑，透射出最细密的人文关怀。我们体察到苏童营构的那个时代生活的灵魂世界，浮世人生，可谓阅人述事，洞若观火，揭示俗世世界中琐碎生命的必然和偶然，不乏吊诡，充满玄机，在记忆的缝隙捕捉生活无常的面相。

三

《好天气》开篇便聚焦“咸水塘”地区塘东与塘西民众迥异的谋生图景：塘西人打造棺材、缝制寿衣，而塘东人则依托乳牛场谋生。从某种意义上说，这个“城北地带”极像特殊的“边地”。小说呈现出“堕落南方”因人性劣根性而生成的内心蒙昧，洞悉了地域性俗世生活的阴晦生态。一个城镇、一个村庄的蜕变、衍化历程，成为苏童留存给我们的另一种南方的秘史，其中既有时代更迭的沧桑印记，又有地域文化的独特沉淀。值得强调的是，最终促使这片土地发生变革的关键力量源自社会变革催生的人文力量。这股力量逐渐整饬并改写着人们既有的观念与理性认知，推动着个体乃至整个社会群体挣脱旧有思维的桎梏，向着更为开化、进步的方向迈进。从这个角度看，《好天气》绝非仅仅局限于对近大半个世纪时代生活的简单描摹，它更像是一则时代寓言。苏童试图通过这部作品，构建起一个自然、生态、社会生活以及人性之间相互交织、激烈博弈的存在世界，以象征的笔触揭示时代发展进程中的复杂矛盾、人性挣扎以及社会变迁的深层逻辑，启发读者对过往历史、当下现实乃至未来走向进行深度反思。而苏童引人反思的一个“重磅武器”便是打上了“苏式”印记的“灵异”密码。

小说中苏童以“丢孩子”“掘祖坟”“修祖坟”“鬼魂事件”等一系列事件为线索，开始其漫长的对俗世生活、世情的考量，展现出塘西萧家和塘东邓家的宗族仇恨以及由此引发的塘东、塘西居民之间无数的纷争和冲突。尤其突出的是诡异之事频出，咸水塘被“鬼气”“灵异”笼罩。这些，几乎改变、统治了人们的思维方式、生存方式。

> 政策的改变使塘西村盛产的棺木无处可去，很多老人错过了自己的棺木，有很多棺木被木匠们再利用，做成了别的木器。绝大多数棺木板摇身一变，成了箱子、大橱、柜子甚至床板，它们为新主人收纳物品，无怨无悔，棺木板是否能适应新的角色，大概是取决于主人的态度。在萧木匠的印象中，我祖母懦弱善良，她的棺木板做成桌凳给孩子们使用，虽然不是最好的待遇，但也不至于让她蒙羞，他怎么也想不到，那个小脚老妇人死后成了咸水塘最讨厌的鬼魂，吃了一点亏，就要到人间来兴师问罪。

> 包括萧木匠自己在内，他们一家人都听到了鬼魂的声音。
>
> 他们说我祖母的鬼魂天天夜里跑到萧木匠家的后院去敲窗子。凌晨一点钟左右，那敲窗的声音便准时响起来，密集，响亮，炒豆子般热闹，隔着窗玻璃，有人的声音隐隐地传来，气死了气死了气死了。听起来那属于一个愤怒的老妇人，萧木匠夫妇从一开始就断定，那是我祖母的声音。

萧木匠将祖母的棺木打制成学校的桌椅，引发了以上一系列离奇事件。会自己“走动”的桌椅，让人感到亡灵的气息。萧木匠本来是不怕鬼的，但他的妻子黄招娣平素行事乖张，常得罪村里人却不认错，得罪了人，又得罪了鬼魂，心虚不已。灵异现象出现后，她认定隆重祭拜可向鬼魂致歉，便拉萧木匠在原放棺材的后院披屋下搭祭台，萧木匠无奈依从，焚香点烛求谅解，“但祖母的鬼魂不为所动”。而在这时，萧木匠夫妇的儿子“神秘丢失”，被传是让“我”祖母的“鬼魂”抱走了。他们瞬间被冲垮理智，疯狂刨开祖母坟墓寻线索，两家恩怨在这些惊悚荒诞事件催化下激化。苏童透过表象牵出特定年代复杂世情风貌，让读者感受咸水塘人性、宗族、迷信与时代碰撞的波澜。直至文末，叙事逻辑却陡然一转，呈现出令人意想不到的自由翻转态势。在新时代浪潮的冲击下，下一代的情感、伦理关系发生了天翻地覆的变化，故事的走向便偏离了往昔仇恨的轨道。“我弟弟”先是与好福产生兄弟情，继而又与好莉“私奔”结为连理。这种“世仇”扭转成的“孽缘”，也仿佛是命中注定，充满莫名的玄机和诧异。苏童通过这一突兀却又合乎时代脉搏的转折，深刻地揭示出时代变迁对人性、家族关系乃至社会伦理的重塑力量。

我们还看到，《好天气》这部小说里有许多精彩的情节和细部，都体现出苏童对已知和未知世界里人与事物、人与他者，包括人与自然界之间的龃龉、默契或不可思议的交织。患上梦游症的“我弟弟”，在夜里跟随着一只大鹅，竟会梦游到塘西的黄招娣家里，这也恰好遂了黄招娣的心愿；而好莉在工厂招工的“抓阄”现场，居然在只有白色和黄色球的大缸里，抓到一只无论如何也不可能有的“红色球”；老迈的七奶奶幻觉里看到好福的亡灵对自己的诅咒，而且很快就“灵验”；小宽手持铁锤，砸平了驼子好福无法医治的驼背；而萧好福的“失而复得”和再次神秘失踪，更是一个始终无法破解的谜团。

我们注意到，这部小说中还有一个重要的“角色”不时地在文中出现，这就是一只只通灵的鹅。在萧木匠为“我祖母”修坟、重新下葬时，有三只鹅成了殉葬品，即“以鹅的名义为我祖母殉葬”；鹅是“引导”“我弟弟”莫名地走进萧木匠院子，从而满足塘西招娣内心愿望的“使者”；鹅也是北方驼子的生存依托，是他能在塘西村寄居的重要伙伴。鹅在文本中常常倏忽间出现，也会瞬息消隐。民间曾有“富贵吃鹅”之说，咸水塘地区却赋予鹅别样意义，视之为亡灵的化身，游走于虚实边缘，承载思念、敬畏，伴随村民期冀与伤痛，见证岁月沧桑，鹅仿佛是咸水塘区域的特殊存在或“重要魂灵”。在这部小说里，不只是鹅，诸多生物、风物、事物，都可能成为咸水塘地区的亡灵、魂灵的寄居之所，蒙上一层神秘光晕。其实，这些又何尝不是蒙昧年代人们贫乏精神世界的象喻呢？苏童借鹅串联起情节碎片，挖掘人性幽微，勾勒出地域文化与人们精神互融的风物图景。

难道人与人、人与事物之间，或在超物质层面，果真存在某种看不见且无法感知的神秘信息吗？而文学叙事呈现的所有，是否也是作家探寻个人内在信息和心灵密码的折射，甚至是逆向映照呢？或许，我们可以这样理解，正是这种未知和虚构，共同产生了文本叙事强大的张力和魅力。人与自然界任何生物一样，有欲望、本能的作用力与反作用力，人生活在自然的、物质的和社会的、心理的多重网络中。人的生存状况、存在状态，都是在这些彼此交织、密不可分的网络、经络、神经系统中，经受种种制约、牵扯和限制，并进行不断调节。每个人的存在，都具有无法自闭的发散性，人性及其自我属性的复杂性，常常会造成人的社会属性和自然属性的矛盾。因此，作家的叙事文本，就是要穿透人表层的生存网络、情境和生存行为，去呈现“形而上”和“形而下”两个维度上的人的状态。这样，“现实”就会变形变色，形成超越我们想象的怪圈。实际上，苏童在文本叙事中，始终都在寻找“咸水塘人”与存在世界之间可能存在某种对话的“密码”。这个“密码”关乎他们何以才能走出咸水塘，走出自己的迷茫和惘然。

四

我们看到，这部长篇小说最主要叙事线索，就是萧木匠的儿子好福的丢失-寻找-找回再丢失的过程。这里有踏破铁鞋，失而复得，命运无常，但是，这期间经历的微妙、神奇、不可思议的人性、人与鬼魂、人与环境的纠缠、博弈，则让文本本身的叙事时空，释放出若干令人难以置信的有关俗世的生态、宿命内涵。

萧木匠儿子好福的离奇、神秘丢失，让我想到若干年前苏童的短篇小说《拾婴记》，这一短篇正可谓苏童小说中极具灵气之作。在这里，我们也可以将其视为这部《好天气》的“引子”或“伏笔”，甚至“原型”。“孩子丢了”在《拾婴记》里是叙述核心，看似是婴儿变羊的噱头，实则不经意间演绎出中国古代哲学“变不失常”的辩证思想。我们由此也可以判断苏童写作中潜在而坚固的辩证思维方式，引发人们对情感、心灵等多方面辩证法的思考。并且，苏童痴迷现代小说技术，突破写实主义对想象的限制，借虚构赋予生活可能性以独特形式，展现出超强的“扭转”生活能力。就像“一只柳条筐趁着夜色降落在罗文礼家的羊圈”这句话开篇结尾两次出现，毫无逻辑地来去，开启又关闭一个离奇诗意的故事，凸显苏童叙事的大胆自信以及小说结构的开放性。婴儿深夜被弃羊圈，本不奇异，却因苏童的渲染，加上婴儿与羊的异质同源性，让故事充满传奇神秘色彩。故事从“弃婴”变为“拾婴”及寻主过程，围绕婴儿命运这一叙述轴心，衍生出诸多可能，婴儿最终命运并非最大悬念。最后，柳条筐重回羊圈，装着流泪小羊，引人遐想被弃婴儿未来能否重回生母怀抱。苏童借此短篇，展现人们拾婴后的善举和温情，这与《好天气》中对人性、生活的细腻洞察有相似之处，都在平凡日常或意外事件里挖掘人性温度，让读者感受生活别样面貌。

《好天气》里，萧家夫妇历经波折，从北方找回了已然成为“驼背小男孩”的儿子，萧木匠夫妇沉浸于孩子失而复得的庆幸中。而真实身份的可疑性被淡化，其是否为亲生儿子已非关键所在。这里的关键在于，苏童深知小说本身的意味和魅力在何处，叙事的“空缺”就是要不断地延宕下去，这是故事本身张力产生的引发点。我们看到，从“丢婴”到“寻子”的历程，环绕咸水塘及其周边的“天上”和水下区域，仿佛隐匿着一股神秘的力量，搅动起层层的人性波澜。在这种情境之下，人与天空、人与环境、人与人之间的关系引人深思其间是否存在宿命的安排和灵异的密码。

我敬佩苏童的想象力和推断力，即他所拥有的在小说中“扭转”生活的能力，只要他将存在的可能性巧妙地嵌入某种叙述结构，哪怕稍加调动起小说修辞的诸种元素，将人物置于特定的舞台背景之上，并将现实幻象化，这样，所谓直接经验的有限性就会折射、迸发出生活世界无限的多样性和可能性，就会使得我们认为原本不可能的事情得以发生。在《好天气》中，灵异事件、“鬼故事”此起彼伏，呈现存在世界连锁状的世俗纷扰，不断地牵扯出整个“咸水塘”地区的生存形态和人际纠葛甚至冲突。苏童早期就写过许多小说，尝试“打通”事物与感觉、幻觉、潜意识之间的作用力和反作用力，短篇小说《樱桃》就是一篇很像“鬼故事”的小说，苏童借一个似真似幻的幽灵状的孤独、寂寥的病中少女形象，凸现人内心为摆脱对亲情、爱情的渴望，以此深入人性最隐秘的角落。苏童尤其擅长借鉴电影“叙事断裂”的经验和手段，让我们的阅读在这些叙事“空缺”或悬疑中，获得更大的想象空间。同时在叙述中，常将“幻象”“妄想”“变形”等叙事策略，巧妙地化用在文本深处，让人有“庄生梦蝶”之感。

而这种对人情感、心灵、生理、灵魂的自在、超越等辩证法的描摹与考量，《好天气》里好福的丢失之后，引发出的诸多隐喻和叙事对神秘的破解，更成为“人鬼情未了”故事开放的源头活水。最终，好福被找回来了，但是，神秘、神奇、离奇，即人和鬼魂之虞，仍然缠绕着“咸水塘”人的生活。其实，多年以来苏童的小说文字里，就总是隐隐会透露出一股“鬼气”。这自然与江南的氤氲、潮湿、阴翳的气候存在一定的关系，但我觉得更是来源于作家对自然、地域和人文市井的感受力、表现力的加持。这一点与同是出生于江苏的格非还是有很大的不同。胡河清在谈及两者区别时，认为“格非的小说不仅意境诡奇，且透露一种成了精也似的灵慧心计；苏童对于权术和计谋的熟谙程度远逊于格非，但他却常流露别一种‘神以知来，智以藏往’的神光，而这一种先知的异秉，又是格非所无的。这也是我之称他为‘灵龟’的缘由了”[④]。如此说来，这部《好天气》里充满的“鬼气”，正可谓其来有自。环境制约人，人如何应对环境和现实？苏童竭力要让这些人物的灵魂飞扬起来，不遗余力地描述、复活人的另一意识、心理层面的形态，从另一个维度展现人性的卑微、善恶、尊严、无奈和局限，还有那些可能被发掘出来的有关生死的谜题。

余华曾描述他与史铁生交谈时的情景：“一九八九年元旦的第二天，安详的史铁生坐在床上向我揭示这样一个真理：在瓶盖拧紧的药瓶里，药片是否会自动跳出来？他向我指出了经验的可怕，因为我们无法相信不揭开瓶盖药片就会出来，我们的悲剧在于无法相信。如果我们确信无疑地认为瓶盖拧紧药片也会跳出来，那么也许就会出现奇迹。可因为我们无法相信，奇迹就无法呈现。”[⑤]由此，我们可以想见，对于真正的文学创作而言，任何作家的叙述和表达，都必须超越大众的经验局限，在想象力和虚构力的作用下，产生、呈现新经验和可能性，亦如余华所言：

> 当我们放弃“没有清扫”“不干净”这些想法，而去关注泥迹可能显示的意义，那种意义显然是不确定和不可捉摸的，有关它的答案像天空的颜色一样随意变化，那么我们也许能够获得纯粹个人的新鲜经验。普鲁斯特在《复得的时间》里这样写道：“只有通过钟声才能意识到中午的康勃雷，通过供暖装置所发出的哼声才意识到清早的堂西埃尔。”康勃雷和堂西埃尔是两个地名。在这里，钟声和供暖装置的意义已不再是大众的概念，已经离开大众走向个人。[⑥]

毫无疑问，苏童在这部长篇小说里，我们不断听到来自“咸水塘”周遭的种种异样的声音，捕捉到湖水里诸种隐藏着的诡异事物、飘浮的魅影、鬼影。就是说，“咸水塘”地区那些似是而非、若隐若现的鬼魂们，让我们意识到并摆脱了常识性的大众经验的围困，将我们引向探索、发现和认知我们所处的存在世界中新的可能性向度。我们说，杰出作家都有自己“可畏的想象力”，都具有与其所处生活不断对话、质疑、巧思和重新把握、判断的能力。在《好天气》里，苏童更加是放开了手脚，彻底地、自然地打开着我们的想象和认知。常常是人的意识或潜意识牵扯出“鬼”的踪迹，它可以倏忽之间来，也可能转瞬即逝，了无痕迹。我感到，苏童有意而肆意地混淆了经验、先验、想象和虚构的边界，引领我们在离奇的、浮生的俗世日常里获得对旧时代的反思。

五

在苏童精心构建的“咸水塘史”画卷中，我们不仅能洞察到他对“好天气”出现的执着祈盼以及为此投注的笔力，更能发现水这一独特元素所承载的叙事分量。长久以来，“水”一直贯穿苏童的小说叙事。水，无论作为叙事“道具”“背景”，还是以“意象”的方式与人物之间构成某种隐秘联系，已然在很大程度上成为苏童小说的灵魂而无所不在。在苏童几十年的创作中，它既是流动的精神血液，也是呈示作家理性判断的灵魂器皿，尽显叙事的灵动和灵气，令其几十年来钟情于所谓具有“江南声色”韵味、意蕴的“城北旧事”。很难想象，倘若苏童的叙述中缺乏了“水”元素，其文本将会呈现怎样的样态、抵达怎样的深度。从早期的《1934 年的逃亡》《游泳池》《蓝白染坊》《我的棉花，我的家园》《桂花树之歌》，到《水鬼》《米》《河岸》等等，直到这部《好天气》，水，始终作为缠绕人物及其生存之“象”的一种。历史、社会、人生、俗世生活，都在“水”的映衬或洗礼之中浮泛、变幻，张扬起奇妙的生机，为故事焕发出不朽的活力，让文字挣脱虚空，稳稳扎根于生活的土壤。

具体而言，在《好天气》所营造的情境里，咸水塘之水更是核心所在。那是一片诡异而包容的水域，人、鬼、畜于其中相生相克，共同奏响着一曲诡谲的人鬼交响曲。水的包容性使得各种奇幻元素得以交融碰撞，衍生出难以想象的情节与画面。可以说，苏童借由这片水域，演绎着属于自己的“水上烟云”，将寓言性与反寓言性巧妙编织，既超脱常规叙事框架，又暗合现实逻辑，再次彰显出他独辟蹊径的创作风格。

> 拙作《咸水塘相对论》将在著名的子虚出版社出版，严格来说，那并非一部标准的社会学著作，与人类学更是相去甚远，如果要归类，我宁愿说，它是一部散漫的突出个人回忆的地方志。出版社的编辑与我商榷多次，书中的《咸水塘鬼魂考》缺乏科学依据，恐怕会引起争议，是否可以酌情删减。这要求始终让我很为难。我告诉那个编辑，如果没有咸水塘的那些鬼魂传说，也就不会有这本书问世。
>
> 描述鬼魂从来都是冒险的，读者有理由视其为无稽之谈。那也许是在描述谎言，也许是在描述幻觉，一个妖形怪状的幽灵世界，可能不过是唯心主义者想象的世界。坦率地说，我也一直持此观点。但在《咸水塘相对论》的写作中，我遇到了某种奇怪的障碍，由于咸水塘的生活已经离我远去，我对咸水塘众生相的描述，无论多么流利多么真诚，总会在某个节点令人生疑，那往往是鬼魂出现的时候。鬼魂像陡峭的山峰一样横亘于我的面前，难以逾越，如何讲述，便成为一个巨大的难题。有一句话我不敢告诉我的编辑，在大多数咸水塘人的印象里，如果一个人

没有成为鬼魂，就没有被人怀念的价值。

苏童在从容的、娓娓道来地对“咸水塘”的人、鬼、“灵异”事件进行种种想象、描摹时，又以“互文”“旁白”的形式，诠释他坚执虚构鬼魂的元动力和无可替代的重要意义。正是愈发纯熟、老到的“灵异”把握、领悟，仿佛赋予了苏童另一副“天眼”，以“灵异”力量，建立起新的叙事链条，更为深入地勘察人与自然、自然与生命之间隐秘的生态关系和心理，从而让故事漫溢出具体的叙事情境，超越既有认知的局限。在这方面，《好天气》与贾平凹的《秦腔》《山本》、余华的《第七天》等，构成某种叙事变声道有异曲同工之妙。在这些文本中作家都张扬出“可畏的想象力”（王德威语），试图让叙事在更为宽广、复杂的维度，拓展出更为开阔的人文视域和自然空间，呈现存在世界的可能性或真实样态。显然，这已然是超越叙事学本身的新的审美理念的生成。我不禁想起史蒂芬·霍金在《果壳中的宇宙》里的两句话：“即便宇宙的边界条件是它没有边界，它也不仅仅只有一个单独的历史。它将具有多重历史……这样，我们对于宇宙就有了过多的可能性。”⑦这两句话，或许可以为我们理解这部小说的创作意图，获得更开阔的路径和认识事物新的可能性。

我一直在思考，在这部《好天气》里，“天气”和亡灵、魂灵、鬼魂，究竟能在多大程度上能够凝聚为统摄整个叙述的主体能动性，成为当之无愧的叙事内核。作品中所描绘的“白天气”“黑天气”“酸天气”以及“彩色的天空”，其属性模糊难辨，它们仿若神秘的幕布，笼罩着乡镇里人们的日常。这些奇异天气释放出的无论是物质层面，还是非物质层面的浸染，都如同隐匿的暗流，悄然渗透进人们生活的方方面面。它们作用于人存在的自然态，微妙地改变着人们的感知、行为与心境。这些超自然现象与奇异天气相互呼应，共同营造出一种鬼气，让整个乡镇沉浸在不可思议的神秘氛围之中。而正是两者的深度融合，成为推动故事发展、塑造人物命运、渲染环境氛围的关键力量，担当起这部作品叙事的核心支柱。

虽说是“重述”“重构”1970年代的旧日时光，但苏童无意让叙事的隐喻意图超越现实和存在可能性的超载负荷，读者也未必一定要“信以为真”。而这种极度的夸张、变形和离奇、灵异的肆意张扬，也着实可以营构出有关民间的多元想象。是否可以说，在这里，“灵异”已然成为苏童叙事的策略和手段。我想，近些年，也有一些作家重述渐渐变得遥远的1970年代，但如何让半个世纪前的往事能在笔下历久弥新，不仅考量作家的历史观，更需要勘察作家能否具有迥异以往的审美新变。在这里，苏童作为一个“讲故事的人”，告诉我们大历史中俗世人生难逃宿命的羁绊，他所讲述的“旧事”依然是：南方的故事是过去的事，也是虚构的事。

霍金提及的“过多的可能性”为创作开辟了广阔空间，在文学叙事里，它无疑是一种被认可的“合法性”存在与合理选择。然而，现实中，世界常常被安置于主流的、神的、权威的以及各类“主义的”话语框架之内，被诸多规范、既定认知层层束缚。此时，作家能否突破藩篱，凭借自身敏锐直觉与独特声音，深入地体验、体悟生活，进而审视所处世界，便显得至关重要。当作家做到这一点，他们方能摆脱种种规范制约，如同在荒芜中开辟出一片新天地，塑造出另一个鲜活灵动的世界。这个新世界蕴含着丰富的寓言意象，散发着独特品质，超脱现实的桎梏，以超现实的姿态屹立。在这里，我们之所以愿意深深地体味、感受苏童《好天气》中弥漫的“鬼魂”“魔幻”气息等荒诞元素，正是因为这种叙事形态，让我们从苏童优雅、纯净、充满氤氲之气的文字里，体悟到叙事在创造新的可能性时，同样触摸到故事背后历史、人心的沉重、愚顽和伤悼。

刘剑梅曾这样阐释文学叙事中“魔幻”和“理性”的辩证关系：“《百年孤独》的魔幻凝聚了充满原始生命冲动的各色神话，是拉美文化的集体无意识的体现。就像马尔克斯曾经说过的，‘只要逻辑不混乱，不彻头彻尾地陷入荒谬之中，就可以扔掉理性主义这块遮羞布’，所以他笔下的魔幻并不受制于从‘理性主义’原则出发所设置的隐喻，而是更多地建立在原始生命意识的基础上。然而，《午夜之子》的魔幻则是鲁西迪以理性的态度来缔造的属于他自己的现代魔幻和神话故事，原本的印度神话中的神只是他借用来重新‘命名’、重新书写历史的一个叙述策略和手段。叙述者/主人公萨里姆问道：‘我是谁？我们又是谁？我们是过去是现在是将来是你们从来没有的神。’”⑧如此说来，文学叙事可以有限度地书写存在世界荒诞的“合理性”，归根结底，写实与虚构，写实和寓言之间，从来都是由神奇、传奇，甚至离奇的真实性来决定其价值和意义的。因为，这就是作家叙事的辩证。可以肯定地说，苏童无意将这部《好天气》写成一部政治寓言之类的硬核故事，这取决于苏童的文学信仰和叙事美学，也由此决定了其叙事实践的总体倾向。因为，像苏童这样的作家，其个体的心理世界、情感走向和审美初衷，基本不构成同社会结构之间的紧张、矛盾、冲突关系，因而写起来坦然，淡然而毫不沉重。于是，苏童便携着淡淡的乡愁，小说《好天气》就以极其轻松的姿态，飘然出场。

我感到，与当下许多“负重”写作的那些名家复杂的叙事心态相比，苏童的写作发生，虽不能说处于无心插花的彻底闲适状态，但苏童写作的自我审美沉迷却是毫不含糊的。表面上看，他写作的题材、主题大多都不具备挑战性，审美理念、审美向度始终游弋在唯美层面，既怡然自得，又别有洞天。在这样飘逸、轻松而“灵异”的语境里，读罢这部长篇小说之后，我们仿佛一下子就知道了什么样的天气才是属于自己的“好天气”。

参考文献：

① 苏童、张学昕：《回忆·想象·叙述·写作的发生》，载《当代作家评论》，2005 年第 6 期。

② 郜元宝：《在语言的地图上》，文汇出版社 1999 年版，第 198 页。

③ 张学昕：《中国当代小说八论》，作家出版社 2021 年版，第 162 页。

④ 胡河清：《灵地的缅想》，学林出版社 1994 年版，第 178 页。

⑤ 余华：《虚伪的作品》，见《我能否相信自己》，人民日报出版社 1998 年版，第 159 页。

⑥ 余华：《虚伪的作品》，见《我能否相信自己》，人民日报出版社 1998 年版，第 161 页。

⑦ 史蒂芬·霍金：《果壳中的宇宙》，湖南科学技术出版社 2006 年版，第 85 页。

⑧ 刘剑梅：《小说的越界》，天地出版社 2020 年版，第 181 页。

［特约编辑：俞东越］

『被遗忘的形状』

——《好天气》的叙述范式、意义抹去与姿态本体论

叶 子

苏童的小说有时会给人一种错觉，仿佛不是“我”在说故事，而是第一人称复数的“我们”在叙述。“我们香椿树街”，一整条街的眼珠在监控故事走向，“我们枫杨树乡”，七嘴八舌的声音堪比古希腊悲剧的合唱团，遮藏秘密又追根究底，偏听偏信又无所不知。有时候，在公开场合演讲，苏童也迅速集结我们，“我们为什么要拜访童年”，“我们在哪里遭遇现实”。“我们”套牢在我们之中，对未曾参与的经验共享记忆，对未曾有过的情结跃跃欲试。

一

《好天气》开篇就拟构了可以称之为“我们塘东”的群落，也格外清晰地缔造了与之势不两存的“他们塘西”。咸水塘隔开界限分明的两个世界，塘东地属城市，建制文明，景观丰富，街道有路灯。塘西是低矮卑琐迷信的乡村，村舍夜间点烛火。我母亲——塘东蒲招娣，和萧木匠的妻子——塘西黄招娣，两人形同镜像，甚至同一天分娩。我弟弟邓东升，和龙凤胎中的男孩萧好福，自此命运相连。塘东邓家与塘西萧家的恩怨，起源于亡灵与生者的缠斗。我祖母生前耗尽积蓄，向塘西萧老五订了一口柏木棺材，死后却未能如愿土葬。她无法安息的亡灵每日去塘西，爱护自己积存在萧家后院的寿

材，合棺盖，扫鹅粪。萧家不堪其扰，将棺木拆锯改造，做成几套学校的课桌椅，不想亡灵又化作难缠的鬼凳。再后来，男童萧好福莫名失踪，萧家疑心是我祖母的亡灵作祟。萧木匠寻子心切，索性掘开我家祖坟，将祖母的骨灰拌入鹅食，墓碑沉入咸水塘。之后，便有了他负荆请罪，跪在我家台阶上的一幕：

> 这幕场景之所以令我难忘，是因为我父亲用的不是他的手掌，而是一本《朝霞》杂志。他用一本杂志扇打萧木匠的耳光……我注意到人群对我父亲以书代手的行为普遍赞赏，他在人们的眼里文质彬彬，代表着文化，本不该动粗，现在用一本杂志扇萧木匠耳光，不用手，用文化，实在是最恰当不过了……在我们看来，萧木匠的面孔像一片战场的废墟，还冒着硝烟……

这里技术上是第一人称，同时告知读者，“我”是多么在意“我们”的观察和立场。“我”注意到，同一时刻的“我们”也对细节的挑选难以忘怀。使“我”与“我们”结盟的，并非血缘、姓氏、身处塘东或塘西的地理空间，而是秘密讲述的自我意识与公共愿望。卡佛的写作导师约翰·加德纳，认为福克纳的短篇《献给爱米丽的一朵玫瑰花》是小镇视角中的最著名例子。[①]“我们”看不惯也看不懂爱米丽的一言一行，“我们”坐等事态发展，“我们”是证人也是法官。无名的代言者们虽然身处百叶窗之后，却同时作为叙述的前景。但苏童的“我们”，并不像福克纳的那样，凸显着个体与社群的矛盾。说到底，塘东文化站站长邓福来以书代手的惩治，既书生也草莽，既光明也速朽——就如同上世纪七十年代的《朝霞》杂志本身。人群可以普遍赞赏，人群也可以心痛不已。正是为了超越某种单一的所见，突破某种感情用事或意味深长，才悄悄转向集体的讲述者，转向不可靠的、笼统而无名的“我们”。

有别于福克纳，苏童提供了一种介于“我”和“我们”之间的叙述。“我们”并非整一地思考、说话或行动。《好天气》中，“我们”不代表群体，而是偶尔从群体的角度说话。在不可靠的第一人称和第一人称复数叙事之间频繁切进，让《好天气》奔逃流动的叙述声音，有水银一样的表面张力，先向外扩展，之后再向内聚拢，互相侵吞成为整体的“我们”。一方面，我们塘东，我们咸水塘，同时也是我们城北郊区，合唱团一层层外扩发声。另一

① John Gardner: “Interest and Truth”, *The Art of Fiction: Notes on Craft for Young Writers*, New York: Vintage Books, 1983. p.77.

方面，口述史中又有一种复调的质感。“我们”可以温良恭俭让，也可以暴恶傲奢霸，有时公平公正，有时又满含残酷的偏见。在讲述鬼魂游荡、男孩失踪的神秘事件时，恰恰因为“我”身处塘东邓家，反而使得“我们”窥探的目光，无法完全探索塘西的地理，或抵达萧家内部未得以言说的秘辛。

小说通常会引导读者认识它的叙事者，《好天气》却反其道而行之。近四十六万字将尽时，“我”的真名“邓朝阳”悄声潜入，闪现一次后便无迹可寻。“我”讲述了我弟弟我母亲我父亲我祖母，却没有讲述作为哥哥、儿子、或长孙的那个“我”。“我”和幸福硫酸厂同龄，因此被编入“幸福班”，成为我们幸福班中的一员。“我”偶尔讲述班里的春风、红旗和大毛，却无法向内看，处于可供自我观察的位置，也极少提供他人对于“我”的观察。如果“我”必须消失，无需创造与所属群体关系的自我，那么“我”究竟该忠诚于谁，归属于谁。

二

由于祖母的骨灰被鹅吃掉，塘西提出修衣冠冢，用三只活鹅殉葬补偿。前去修坟的路上，押送中的三只塘西鹅，突然看见了此前无法被聚焦的“我”：

> 很奇怪，麻袋里的鹅很安静，它们安静地接纳了我，没有抗议。也许三只鹅以为我也是一头鹅，第四只鹅。一头追加给我祖母的鹅。我的鼻孔里充溢着一种淡淡的甜甜的腥味，那是鹅的气味，也是塘西的气味。我蜷缩着，觉得自己的姿态也像一头鹅。我从麻袋后面观察我父亲，发现他骑车时身子与脖颈都始终前倾，样子也像一头鹅。

不仅仅是我，连我父亲身上，都有了隐匿不见的特质。修坟前，萧木匠几次潜入污水，艰难打捞被自己沉塘的我祖母的墓碑。从污秽中缓缓露出的墓石，已成为一块彻底的黑碑，污水中的黑和石材的纹理相融。无法拭褪的黑色同时也掩盖了记忆中的符号，没有墓碑上文字的提醒，我完全忘记了祖母的姓名。我父亲不得不用指甲刀重新锉出祖母的名字——邓罗氏。

十多年前的长篇《河岸》中，也有一块“被抹黑的碑”，和一场骇人的纪念碑保卫战。父亲库文轩过去被认为是女烈士邓少香的儿子。在英雄纪念碑的浮雕上，描绘着祖母牺牲前肩背箩筐，为游击队运送枪支弹药的壮举。同在浮雕上的，还有婴孩时期的父亲，一颗小脑袋探出祖母背上的箩筐。多年来不断有人挑战、质疑，试图抹去库家父子的烈属身份。库文轩的儿子库东亮最后排除万难，用肉身把纪念碑背回驳船，把烈士的血统和祖母的英魂，一并交还给父亲。但在梦魇一般的小说结尾，父亲库文轩痛苦地发现，那幅浮雕中的婴儿脑袋居然没有了——自己没有了，被真正地抹去了。

《好天气》不止一次唤起阅读《河岸》的记忆。祖母邓少香是棺材铺家的女儿，人称棺材小姐，她娘家的棺材铺，为游击队提供了天然的革命根据地。而《好天气》中一切故事的根源，也从“我祖母”邓罗氏对塘西棺材的执念说起。库文轩在浮雕中消失，邓罗氏的名字也在墓碑上隐去。《河岸》的终局，是父亲驮碑投河：

> 他驮着纪念碑在船板上爬！他的身体被石碑压住了，我看不见他的头部和身体，只看见他的两只脚，左脚蹬一下，右脚蹬一下，人和碑一起向船边爬……

《好天气》里，暴怒之下的父亲用三铁锹拍死了麻袋里的祭鹅：

> 黑色的墓碑准确地压住了血红的麻袋，麻袋发出了持续的震颤，然后变得扁平变得柔软，更像一只麻袋了。

两幅定格的姿势都具有某种末日的表征。苏童反复描绘一块石碑的重量，死亡场景之荒诞与逼真，令窥探者心惊。并且，与石碑质量紧密捆绑的，是一种即将到来、已不可挽回的“死”，一种动态的（蹬爬的左右脚、持续震颤的身体），正在发生的（麻袋将无限地接近于扁平）恐怖。在《好天气》的第一章末尾，我父亲没有信守血统，没有祭拜亡灵，他完全出人意料地，发出了埋碑和封坟的指令。黑碑刚刚浮出水下，又沉入墓穴，被水泥黄沙混凝土淹没。和《河岸》中的库文轩不同，邓福来决定用最强力的方式，永久地消灭记忆，废止纪念，与逝者的历史一刀两断。

鹅是咸水塘最不幸，同时也最强悍，最让人畏惧的生物。我弟弟是跟随一只驾大风而来的白鹅，从幼儿园出走，又是在白色鹅群的护送下，走入塘西的地界。他梦游时无意识地前往萧木匠家，也多亏鹅群仪仗队一路相伴。还有那些颠覆生死常识的鬼鹅，在屠杀中被剁头、割喉、放血，依然不灭。鹅颈耷拉的无头鬼鹅，取代祖母，成为咸水塘最令人费解的存在。它们失去了鹅眼，凭借羽毛与脚蹼的记忆，辨认水域，在水塘深处游弋。好英好芳委屈投塘时，鬼鹅的鹅群一字排开，为萧家姐妹拉起一道壮观的生死警戒线。

《好天气》中，除去那些被屠宰献祭的、通灵的、作为救赎者的鹅，还有一只属于“外来者”驼子的鹅。驼子流浪自北方的另一处咸水塘，他与自己的栖身处——半截烟囱——一同降临在我们的咸水塘。他与鹅同住，只有一只鹅，也只放牧这一只鹅。驼子没什么特别，弯腰垂头，曲度类似鹅颈，住在烟囱里也不觉局促。文学中常常有驼子，“驼背人”也曾是本雅明念念不忘的童年记忆，他甚至在卡夫卡的作品中，体验了类似的情结经验。1934年，卡夫卡逝世十周年，本雅明在纪念的评论中总结，“没有哪一个人物比那个把头深深地垂到胸前的人出现得更频繁了”。[①] K，甲虫萨姆沙，饥饿艺术家，在流放地中的犯人，卡夫卡亲笔插画中的小人，都可以从“驼背人”变形而成。“承受罪行的脊背”和与生俱来的羞耻感，构成了歪斜萎缩的心理姿势，而卡夫卡的作品正是从这种姿势中产生。对本雅明来说，驼背人的姿势母题比推证的结论，更适用于解读卡夫卡创作中被歪曲的生活和无法厘清的暴力。这一姿势母题，或许也同样适用于《好天气》。敞开又闭合的伤口，弯曲又挺直的姿势，是鬼鹅和驼背人的生命证据。驼子的鹅最后拥有卡夫卡式的结局，遭受塘西公鹅群的围歼之后，下落不明。但鹅或驼子的故事，又始终未完待续。

三

另一个问题是，《好天气》是否应该被解读为一部生态小说？咸水塘厂区建设带来城镇的新风物与新气象，烟囱丛林诞生了著名的彩色天空，这幅“反田园”的童话景象，当然是对天空成为废料倾倒场的无限讽刺。有毒污染将天气分类为好天气、黑天气、白天气和酸天气，这也是发展破坏环境、生产改变生活的直接证据。但是，小说中，搭建半自动化开合的塘西天罩子，争取和炭黑厂职工共享的洗浴权，把咸水塘改善为新天鹅湖，将塘东街道装点成北欧风情一条街，方案越具体落实，有关环境灾难、生态污染和气候危机的诉求越是无解。

或许，重新认识“我们”与“天气”的关系，讨论生态伦理环境正义，酝酿从城镇政治生态学出发的现实叙事，这些并非苏童的主要目的。固然，环球水泥厂与群星炭黑厂的烟囱，制造了工整相对的黑白两种天象。但实际上，在发展的前夜，早在白天气向下投放糖霜一样的水泥扬尘之前，咸水塘已经被覆盖了丧礼的色泽。塘东招娣和塘西招娣各自别在头上的白绒花，祖母乳白色的骨灰盒，祖母腌菜的白瓷坛，殡仪馆的白汽车拉走身穿白衬衣的投塘者，奶牛场奶牛被投喂营养素后乳白色的尿液，狂风刮进教室里的白乳

---

① ［德］瓦尔特·本雅明：《启迪：本雅明文选》，张旭东等译，三联书店 2008 年，第 143 页。

罩，甚至《朝霞》杂志的白色封面；还有我母亲蒲招娣清点储运仓库，和装卸水泥的萧木匠重逢，目睹失去儿子多时的男人散发绝望的白光，白色头发“像一窝慌张的白色小鸟在大风中颤索”；这些都证明了，作者并非在可见的、颜色的意义上讨论黑白。在塘东工业污染导致的流行眼疾中，我母亲的病症格外特殊，身处咸水塘时她分得清色彩，却不辨黑白；她不满弟弟去萧家，无法接受我弟弟认一个塘西妈妈，念叨最多的是“一件黑白分明的事情，黑白竟然颠倒了”。另一个例子，是塘西好莉的手能让东西变色，但神奇的魔力只作用于普通颜色，对黑白无效。这大概也说明，黑白早已脱出颜色属性，而作为意识，创造和描述经验对世界的感知，也象征着意指的根基。

第二章末尾附录了有关“黑与白”的一点摘记与感想。关于“我”，读者唯一的了解，是“我”即将出版一本《咸水塘相对论》。读者无从知晓，“我”究竟是生涩的业余作者，是手握权柄的地方政客，还是被童年记忆纠缠的寂寞小说家。根据“我”的零星自述，《咸水塘相对论》大致是个人回忆式的地方志写作。此书论述的核心问题，初读起来有些费解：

> 黑的就是黑的，白的不一定是白的……黑色是世界上最永恒的色彩。白色与黑色相比，极不稳定，也不坚固，甚至有时候稍纵即逝，因此黑与白并不对称，也不相衬，人们总是把白与黑作为一对矛盾来思考问题，可能是一个错误。

“相对论”探讨了经验摇摆的特性，每一种经验都会让步，与对立经验混同。但“相对论”没有回答的是，一种处于流动、游移状态的白色，究竟来自于哪儿。从物理层面看，白色既是所有可见光的汇合，又是所有色彩的空无。在梅尔维尔笔下，“白鲸之白”意味着被剥去颜色的通常属性，暴露出鲸之为鲸，甚至“超越鲸”的神秘面貌。白色代表神圣、纯洁、光明，同时也暗示恐惧、虚无和死亡，白色容纳一切，可以作为纯粹的未写之纸，是可被投射的无垠场域。但同时，白色也可以是对意义的抹杀，本质上空无所指。这或许能回答，为什么“白的不一定是白的”，或许也是为什么，在《好天气》中，白蝴蝶总是像海浪一样涌入。和水泥粉尘相比，白蝴蝶来源不明，亦无法解释。驼子吹口琴或笛子，能召唤来白蝴蝶。好英好芳姐妹出走去南方，也有像云阵一样的白蝴蝶为两人送行。萧家夫妇寻子归来，白蝴蝶群隆重迎接。尽管它们三番五次，成为咸水塘斗争的对象，但“白蝴蝶”不一定就是白蝴蝶，白蝴蝶难以附着固定的意义。

白蝴蝶确实与某种看见的方式有关。正是白蝴蝶，而不是水泥粉尘，才是塘东眼疾大流行的罪魁祸首，也正是白蝴蝶篡改了咸水塘人的视力。白蝴蝶在我弟弟眼角留下一块红斑，使他成为塘东街道最后一个，也是最奇特的眼疾患者。他在酸天气时流绿眼泪，咸水塘在他眼中折射成怪奇的兽形或物形世界，仿佛进入人与动物、与人造物种繁荣共处的后自然时代。兽形或物形的人造物，可比作忘却之物的收容器。通过绿眼泪的神迹，我弟弟极端怪异地进入一种关于人与动物、人与器物关系的认识实验。他不断地命名、认出——使用正确的名字来召唤生命，好像掌握着秘密的巫言，虽然认识的超能力不可企及，也无法持续，但秘密语言通过玄秘弯道，进入了某种历史的认识边界。在那里，科学的分类法则，政治日常的构序，尊严与责任的等级消失了，生命形式与生存现实的差别，也一并消失。

阿甘本在谈到什么是当代时，假设了一种真实的发光星体，被我们有限的目光感受为黑暗。[①] 当《咸水塘相对论》写下“黑色是世界上最永恒的色彩”时，实际上，也想象了努力接近我们，却永远无法到达的光明。《好天气》有近于古典范式的美，结构均衡，线索清晰，用近似制图学的工整，铺就从有限通往无限穹宇的道路。它通向的并非稳定而坚固的永恒黑暗，因为怪奇世界，死中有生，可以趋近我们不曾触及的光。

［特约编辑：钟红明］

① 蓝江：《阿甘本五讲》，河南大学出版社 2018 年，第 3 页。

从『巴蜀哥尼亚』到巴塔哥尼亚[①]

七堇年

① 成都素有成姆斯特丹的别称，隐喻这个城市与阿姆斯特丹的共同点。作者依此造了“巴蜀哥尼亚”一词，将四川高原与巴塔哥尼亚呼应。

1

在南美洲的最后那段日子，我彻底对巴塔哥尼亚没完没了的晴天感到厌烦。那种光亮蛮横而霸道，如一群顽童持续尖叫，完全是一片毫无意义的亢奋。在旅行的一个月里，由于光线太刺眼，我常常戴着墨镜找墨镜。

另一个腻烦晴天的缘故是，南美洲山区的道路大部分没有铺设沥青。在巴塔哥尼亚干燥少雨的夏天，这样的砂石路注定尘土飞扬。想象你正身处火星表面：太空车在一望无际的荒凉中行驶，车辙印被狂风磨平。每当从缓坡高处驶下时，你会惊讶于那笔直的道路与其说是道路，不如说是某种巨大的刻痕——道路呈完整的直线，转弯处是生硬的钝角或锐角，折尺一般，测量天际线。

眼前的大地比火星更原始，因为太空车大概率是自动化的，而南美的租车公司大部分只提供手动挡。于是，我们开了一辆破旧的尼桑手动挡行驶在那粗犷的砂石路面，车后一骑绝尘，胎噪与风噪叠加在一起，震耳欲聋，就连把涅槃乐队的 *Come as You Are* 开到最大音量都听不清。我感觉自己不是坐在车里，而是坐在一台烘干机的滚筒里。每当目及之处出现一团小型沙尘暴，那就意味着对向有来车，你最好立刻将车窗摇上，否则就等着一顿沙尘浴吧。

尽管如此，上路一两周之后，我也谅解了当地为什么不给这些路铺设沥青，因为确实毫无必要。在这些动辄上千平方公里的荒原上，没有人烟，没有起伏，来往车辆比散落的原驼更稀少，我们疑似能看到地平线呈弧线微微弯曲。想起友人说的，如果“走不出崇山峻岭”是一种叙事，那么这种荒原则是另一种走不出的困境——这旷阔本身就是无形之山，无边之海，无墙之狱，就连时间也会被冻结：谷歌导航说抵达目的地要五个小时，而等我们开了一个小时，谷歌仍然说需要四小时五十分钟。最夸张的一次，六百多公里，谷歌说要八小时，而我们从早晨七点出发，直到夜里十一点才到达：十六小时。

长时间开车久坐，腰疼腿酸，没完没了的颠簸与尘土让旅伴克里斯不断呻吟起来。好几次我们甚至恨不得扔下车子，徒步走一段，让僵硬的身体活动活动。克里斯是西班牙人，在中国生活了十年，我们因为飞滑翔伞而认识。过去几年里，我们时不时一起去滑翔伞场地练习，彼此逐渐熟悉。他的飞行技术很好，为人善良幽默，我猜测他应该是合得来的旅伴，最重要的是：他的西班牙语到了南美洲会派上大用场。

也就是在时间冻结那天，在无尽颠簸、昏昏欲睡的某个瞬间，我们突然驶上铺设了沥青的马路，那突如其来的丝滑令我们惊恐万分，克里斯惊呼道：我们死了吗？这是到了天堂吗？我们的屁股呢？我们的车呢？怎么没有感觉了？

我大笑着摇下车窗号叫：我爱沥青，沥青是这个世界上最好的发明！

但在平直如飞机跑道一般的沥青路上，存在另一种问题，那就是时速超过一百四十公里我们依然毫无感觉。这种状况被称为醉速——你失去对距离和速度的感知，因为没有参照物。而在这荒凉之地，谷歌地图提示还有十分钟就会抵达某个城镇的时候，我们依然连一点人类文明的痕迹都没有看到——连一块广告牌都没有。

然而就在最后一分钟内，突现一道横跨道路的方形拱门，用西班牙文写着当地的名字，紧接着是几道硬邦邦的水泥减速拱，抖得我们如梦初醒——这就是所谓的城镇了：一条主干道，一排平房，一两个茫然的居民，假人似的站在路边，注视着我们通过。仅仅两分钟后，城镇迅速被地平线吞噬，眼前恢复漫无边际的砂石路；而回头看，什么都没有，仿佛整个小镇是临时搭建的电影布景，用后即弃，已经拆除，只剩下恐怖的诗意久久尾随我们，荒诞又惊悚。我几乎就要明白了，这片大地上何以能诞生魔幻现实主义。

连续一周的沙尘洗礼之后，不仅我们，路上的每辆车都失去了颜色，每一双鞋都呈浅棕，每一道裤褶里都是粉末，就连每次关车门，都会腾起一阵红尘，从车身上掉落，那是字面意义上的风尘仆仆。我恨不得来一场祈雨仪式——给点雨水吧，可怜可怜我们，故乡南方的雨水，温柔而馨香的点滴。

也没有想到，此念刚起，只见前方铅云低垂，仿佛巨大邮轮马上要被飓风掀翻似的，摇摇欲坠压下来：暴雨砸在车身上一阵枪林弹雨般的响声，任凭雨刮器抽筋一般疯狂划来划去也没用——眼前什么也看不清了。我们不得不放慢车速到二十公里以下，就像驶入海中。

前方路边有什么颜色在动：近了，原来是勇敢的长途自行车骑手。他们在暴雨中不得不停下来，把车子倒向路边，修整着什么。豪雨之猛，在他们身上喷溅出一层光晕来。这样的骑手大多是欧洲人，他们沿着著名的阿根廷40号公路，或者智利7号公路骑行，南北贯穿，风雨无阻。

坐在车里尚且抱怨路况太差的我们，不得不对这些骑士肃然起敬。每当看到他们迎面而来，我都会立马减速（以免扬尘太猛），靠边慢行（并摇下车窗向他们竖起大拇指）。而他们总是在墨镜底下喘气并大笑，笑容从头盔的一角咧到另一角，手掌从车把上稍稍抬起，轻点下巴，表示感谢。

就此错肩后，我们继续背向而去，消失于各自的地平线。那是一种哲学意义上的荒谬与追寻：人类啊，你这一路到底是为了什么？你是谁？你从哪里来？要到哪里去？这是荒原是风沙之海。海面漂着羊驼，草，鹰，路，云，人……置身其中，我才真正体会了尼古拉斯·莎士比亚为《在巴塔哥尼亚》作序时所写的：“在巴塔哥尼亚，孤绝很容易让人变得更极端。酗酒的更酗酒，信教的更信教，孤独的更孤独，而且常常是致命的。”

《在巴塔哥尼亚》是布鲁斯·查特文的名作，也是旅行文学的经典范本。挚友在临行前送了这本书的英文版给我，体贴地选了轻质纸版本，方便携带。我第一次打开它，是在漫长的旅程起点上。

2

理论上，我的航班将在凌晨两点起飞，从成都，经埃塞俄比亚转机，然后到巴西经停，再飞往阿根廷的布宜诺斯艾利斯。入海关，不停留，再一口气飞到一千公里之外靠近智利的阿根廷著名湖区巴里洛切，与克里斯会合。

简而言之，第一趟九小时，第二趟十六小时，第三趟三小时，第四趟两小时——不含中间的转机时间。总之，大概有近三十小时我待在天上。这是打破纪录的长时间飞行，比去阿拉斯加还要多出两倍。

出发当天凌晨，我半夜十二点到达机场，花了点小心思搞到了安全出口位置，腿部空间充足，并准点登机。飞机缓缓驶入跑道，准备起飞，我怡然自得正要翻开《在巴塔哥尼亚》开始阅读，没想到，飞机却缓缓驶回了登机口。

我开始感觉不妙。

两个小时后，飞机仍然停在登机口。感觉越来越不妙，我忍不住向身穿传统服饰的埃塞俄比亚空姐讨说法，对方的英文并不灵光，但至少给出了关键词 technical problems（机械故障）。

我心一沉：这是凌晨两点，成都本地的工程师还在梦里呢，可能刚刚接到电话从床上起身赶去机场，他们能和埃塞俄比亚的飞行员顺利沟通吗？但这显然超出了我能操心的范围。

“预计多久才能起飞？”

“快了，大概五分钟。”

事实上，这五分钟最后变成了五个小时。所有乘客一起被叫下飞机，坐在登机口，陷入无望的等待。但是大家安安静静，没人吵闹，没人投诉，甚至没有人表现出着急，也许因为他们不会英语，也许因为他们都没有转机，而是直飞目的地埃塞俄比亚：毕竟他们看上去几乎全部是去非洲打工的中国人，男性，一水儿的中等身材，黝黑的脸，深色衣裤，深色皮带，穿得几乎一模一样，像一大堆土豆，让我的脸盲症彻底无可救药。安检时我甚至看到一个工人向安保人员解释，这电钻是他要带去干活儿的。

漫长的等待期间，这些赴境外打工者们疲惫不堪，东倒西歪地瘫坐在金属椅子上打瞌睡，就这样活活等到了早晨八点半。我的心态从着急变成干着急，最后彻底放弃：随便吧，随便。我倒要看看上帝的骰子把我掷向哪里。

落地玻璃窗外，夜色早已褪去，外面彻底天亮。绝望之时，突然通知重新登机，并很快奇迹般滑向了跑道，准备起飞了。我忐忑地祈祷上帝，希望它的机械故障是真的排除了，希望飞行员还撑得住……否则，我就要亲眼看见上帝是怎样掷骰子的了。

3

九个小时后，机翼正缓缓接近埃塞俄比亚。从空中俯瞰，一大片矮矮的房屋，荨麻疹一样在黄色干燥的地表上蔓延，偶尔一两块金属皮屋顶，反射热辣的阳光，无比刺眼，即使从两千米高空俯瞰，依然闪闪发光——难怪书上说如果野外遇险求救，可以找一枚反光物，对准阳光，朝天空晃动，这样救援飞机将很容易发现目标。

机翼越发贴近地面，我发现这一片棚屋比我想象中铺开得更广，更远，直到市中心出现几栋突兀的高楼，这就是埃塞俄比亚首都了：亚的斯亚贝巴（Addis Ababa）。对我来说，这个名字非常绕口，看上去酷似阿迪达斯或阿里巴巴。

落地后，由于原定的转机航班早已飞走，我被航司安排入住机场酒店，等待明天的同一航班再飞南美洲。就这样我莫名其妙入了埃塞俄比亚海关，跟着一帮沉默疲倦的乘客走向巴士，被送去了机场旁边的酒店。

放下行李后，我无意中走到酒店露台，眺望不远处那只高高耸立的洋葱屋顶，大概是古老的清真寺，在一片混乱的水泥建筑中显得鹤立鸡群。不经意间，第一丝非洲大陆的晚风吹拂而来，如此清爽，微凉，几乎令我惊讶。我想象这一缕微风掠过楼下的贫民窟，歪斜的街道，赤脚的穷人，继而平等地掠过沙漠，绿洲，抵达稀树草原上的野生动物们——世界这个词，突然有了具象。

我十分困倦，但下午五点就入睡未免太早了，于是打算趁此机会出去走走，毕竟这是第一次到达非洲。

这间酒店属于埃塞俄比亚航空公司，是本地最豪华的酒店之一。钢琴，西式餐点，大理石砖，地毯，健身房，酒廊，一应俱全。浓妆女子与西装男子在二楼咖啡厅喝着鸡尾酒，洽谈生意，但一墙之隔，便是污浊的贫民窟，潦草而破败。人们瘦得像一根根行走的树干，赤脚或趿着拖鞋，男人总是走得特别快，而女性则优柔寡断，走得很慢，不知为何，一个个总是举着手机在讲电话。路旁坐着很多小贩，无精打采地卖菠萝，卖草叶，擦鞋，圣诞节临近了，因此还有人卖花。

许多烂尾楼，破旧的车。意外的是，尽管交通混乱拥挤，但没有人乱按喇叭，街道十分安静。人群中弥漫着一股逆来顺受的疲倦感。很多乞讨者，每五十米几乎就有一个，拖着残肢呆坐在人行道上，念念有词；更多的是抱着婴儿的妇女，瘦弱，懒洋洋赤裸胸部，正在哺乳。警察戴着摩托车头盔，荷枪实弹地站在一旁。

作为街道上唯一出现的亚洲女性面孔，每个迎面而来者都像看外星人一样，死死盯着我。有的吹口哨，分不清善意还是恶意，也许两者皆非。那些目光太直接，让我非常不自在。我掏出墨镜戴上，低头走路，就在这时，突然有一种无来由的熟悉感：仔细一看，原来是人行道的地砖，竟和成都街道的地砖一模一样，连盲道的铺设方式都是一致的，再细看，就连道旁树的品种与栽种样式也一模一样。没错——中国援助了这里大量的基建，连机场的指示牌都只有当地文字与中文两种语言，而路边上的蓝色围挡大写着“中国建工”四个字，令我恍惚正身处某国内县城。

全球化让现代生活如此相似，又如此不同。我被命运偶然而神奇地扔到这里，扔到一座非洲城市的黄昏时分，生活如洪流涌动，人们照样下班，走路，吃饭，喝酒，兜售，等车，排队，乞讨，站岗。我想起飞机宣传片上看到的那些画面——非洲大地古老的部落，草棚屋，女人们坐在地上编织，赤裸上身的猎人举着长矛走向夕阳……这一切符号仅仅成为想象，那干爽的凉风从两万年前就在吹拂这片大地了。

回到酒店，吃了航司包办的自助餐晚饭，品种不多，味道也不好，但一想到路边乞讨的穷苦人，就舍不得浪费，硬生生全部吞完。

因为前一天的折腾，时差终于放倒了我。七点钟，我就开始洗澡，准备睡觉。热水冲刷身体的时候，几乎产生一种奢侈而内疚的心情：如此干旱的地方，自来水是哪里来的？一滴水的成本有多贵？很快我就没有力气关心气候与自然了，倒下死死睡了一觉，醒来虽然是当地时间凌晨四五点，算起来却足足睡满了九个小时，整个人精神好多了。

回到机场，等待继续起飞。我坐在登机口附近，观看来来往往的人们。这时才意识到有很久没看过这么多彩的人群：各种肤色，胖瘦，高矮，男女；趿拖鞋的，穿球鞋的；披阿拉伯长袍的，顶着犹太帽子的；裹头巾的，甚至还有戴浴帽的……千百种人生与际遇，背景与故事，在我面前交错而过，彼此永不会再相逢。

最醒目的是一位身材瘦削的非洲女性，身裹传统白色长袍，将巨大行李袋顶在头上，目中无人地行走在机场的瓷砖地板上，仿佛刚从国家地理纪录片里走出，正顶着一个巨大的水罐，踏过沙漠，走回自己的部落茅屋。她如此平衡，优雅，从容地从我身边走过，甚至没有伸出一只手扶着头顶的重物，仿佛头顶上的不是蛇皮袋，而是皇冠。

4

飞机正在远离埃塞俄比亚，一路向西，横穿非洲大陆，朝大西洋而去。我盯着3D地图，一边辨认着那些遥远的国度，一边与舷窗下面的地貌核对，惊讶于中非共和国之绿：那可是非洲大陆的腹地，本以为是黄沙一片，没想到是大片的森林。漫长的几个小时后，非洲大陆猝不及防地结束了，飞机下变成一片蓝色，那是广袤的南大西洋，风平浪静的虚无。

耳机里放着卢·里德的*Vanishing Act*，足足单曲循环了三个小时：温柔而低沉的男声，就着钢琴，耳语般轻吟着："消失一定很好吧，隐匿起来，总是向前看，永不回头……消失一定很好吧，浮在雾里，臂弯里有一位年轻姑娘，期待一个吻……"

卢·里德一定是在航班上写下这首歌的吧，我感觉自己随着歌词也消失在了空中，雾中，变得透明并隐形，任由刀刃般的翅膀裁剪着那些无辜的云朵……

几段断断续续的昏睡过后，快要经停巴西圣保罗了。飞机在这个上帝之城的头顶上缓缓下降。从空中俯瞰，惊讶于它的丘陵如此之多，这么绿，这么温柔，红色屋顶，糖果一般，撒满一地，但从空中并不知道哪一座山顶上伫立着那座著名的耶稣像，只有一片屋顶的海洋。我竟然开始怀疑这城市是不是比北京更大。无尽的城市，无尽的人的世界。在那屋顶海洋的尽头，是真正的大海。

经停的乘客下去，下一批乘客上来，我几乎对再一次起飞失去耐心。离开圣保罗市中心，大片的森林绵延无尽。机翼下一片慷慨的绿色，但飞行十几分钟后，突现一线海景房，紧贴着蔚蓝的海岸线一字排开，薄薄的，细细长长，仿佛堤坝一般，就建在沙滩边缘。我分明看到了人类对风景的贪婪：每个人都不想站在别人的窗子后面，每个人都希望自己的阳台面朝大海。

从成都算起，这几趟转机真的太漫长了，好在下一站，终于要落地布宜诺斯艾利斯。

5

十多年前，一个美国朋友就曾经提议一起去南美洲旅行，那年圣诞节他送了我一本《Lonely Planet：南美洲》，英文的，但我几乎未曾翻开过，也忘了为什么始终没能成行。

四五年前，再次萌生和老同学一起去南美洲的念头，但新冠疫情一来，这件事就耽搁了下来，而我们的群名也被改成了“哪年再战南美?”。

一两年前，我去美国参加爱荷华国际写作计划（IWP），琢磨着既然已经到了北美洲，不如就在结束后去一趟南美洲吧：心血来潮，直接将回程从纽约订到布宜诺斯艾利斯。

也没想到，接近三个月的爱荷华生活之后，我归心似箭，思乡之情几乎泛滥成灾，想念家里的被窝：什么年代了，北美酒店依然没有普及被套这种东西，床品总是上下两张被单，夹着一块被芯（甚至是毛毯!），三明治似的，一翻身就乱成一团——就不能把上下两块布缝起来？一想到行李中没有任何适合徒步的户外衣物和装备，疫情又让跨国旅行变数太大，我就只想快点回家，哪里也不打算去了。

当时正值 2022 年 12 月末，国际航班一票难求，价格高昂，不仅如此，还要忍受漫长的隔离，但我还是决定回家，并自掏腰包买了昂贵的回国机票。转机踏上香港的那一瞬间，正逢阴霾的七号风球天，属于亚洲的气息扑面而来，湿润得像一张看不见的面膜轻轻覆上脸来。我深呼吸那潮湿的空气，感动到喃喃自语：亚洲妈妈，我终于回来了……终于有辛辣的美食了……终于被子再也不是两块布夹着一张毯子，而是真真正正的被套；终于，花洒是可以取下来的软管……

在 2022 年能出国的人都很幸运，但我还是被自己的归心似箭给吓到了。我意识到，自己开始……怎么说呢，对人的世界变得意兴阑珊：看过了足够多的地方，遇到了足够多的人，回想二十岁出头时的好奇，前互联网时代的贫乏与丰饶，感觉十分遥远。那时候，穷游意味着要仔仔细细做攻略，上 BBS 读帖子，关键信息一条一条地抄写下来，打印出来，随身携带。没有智能手机，没有钱租车。我们打开电脑，坐在青年旅馆的地板上蹭网络，查询火车时刻表，买欧洲通票……那些穷游之年，一切都不方便，但是那么快乐，那么充满期待，每一年都在盼望下一次暑假去哪里。而现在？我突然意识到，旅行是为了回归。

到了 2023 年圣诞节，在这次正式准备去南美洲之前，我的焦虑明显大于了期待。从周二开始收拾行李，一直收拾到周五晚上。反复把东西拿出来又放回去，把行李分成两部分，把箱子一次又一次装好，拎上体重秤，确保两个都在十五公斤以内。因为种种交通不便的缘故，行程改了又改，变数太大以至于都不敢订后面的酒店。我在行李箱的缝隙里塞上了足够多的老干妈和六婆辣椒粉；叮嘱邻居要记得每隔一周给几盆植物浇水；跟自己心爱的拖鞋、枕头、浴缸和咖啡机说再见，保证很快回来。

6

以我对南美洲有限的了解，阿根廷是世界上少有的从发达国家退化为发展中国家的例子之一：十九世纪七十年代至二十世纪初，阿根廷每年的经济增长率皆维持在 6%以上，是当时经济增长最快的国家。到该国成立一百周年的时候，经济总量位列世界第八，跻身于世界上最为发达的十个经济体之列。但在 1930 年后，首次军政府时期开启，国家经济下滑，持续滥发货币，导致了严重的通货膨胀，贫困率上升，再也难以获得外资的信贷支持。到 2023 年，阿根廷国家统计与人口普查研究所发布报告称，当年累计通胀率达 211.4%，仅 12 月通胀率就达 25.5%，双双创下 1990 年以来最高纪录。

更糟糕的是，就在临行前一周，阿根廷大选结束，极右翼政治素人米莱当选新总统，阿根廷比索对美元的汇率应声贬值一半，源于他推出了所谓的“休克疗法”试图拯救经济。新政策推出后，民怨沸腾，游行四起。

在咖啡店稍作休息时，我与克里斯盯着电视上人们举牌抗议的新闻画面，忧心忡忡地达成共识：避开人群，不要单独外出，尤其是夜里。但此念刚起，我就想起上世纪五六十年代那些南美作家的青年时代，他们看到这样的场景，第一反应大概是为之一振，跃跃欲试，挽起袖子走上街头吧？

回顾历史，这片富饶的土地自哥伦布的到来开始就不得安宁，轮番陷入被殖民、被掠夺、战争、独裁、镇压的循环。直到二十世纪，暴力仍然频发，类似于公共厕所：无处不在，气味混杂，人还不得不去。而且一旦要去，就必须在男女两边做出选择，如同在革命者与保守派两边做出选择——中立是不存在的，至少当时不行。很多南美洲作家都或多或少地卷入革命，在那些浪漫而狂野的诗人眼中，一次无辜的逮捕和关押是荣耀的，仿佛某种成人礼，看：我在抗争，我在场。另一些作家本身就是政客，比如略萨，拥护新自由主义经济主张，参选秘鲁总统却又失败。与“文学与政治要保持优雅距离”的传统观念完全相反，拉丁美洲文学仿佛一定要通过冰冷的狱墙、枪口和尸床，才能自证其体温与热血。

7

我的南美之行不仅遇上了大选后的一片混乱，还偏偏在 12 月 25 日圣诞节当天落地此国——所有店铺都关了，后续机票也售罄，无法改签，一切非常不方便，堪比国内大年初一的节假状态。

克里斯对我航班延误，做的行程计划全完蛋这事儿颇为淡定，但对于汇率的贬值却尤为敏感，每次只换一点点阿根廷比索，生怕明天又会贬值，搞得我们隔三差五就要到处寻找换钞的地方，而那是一件很烦人的事情：银行挂牌的官方汇率是拿来自欺欺人的，就连银行工作人员都劝我们说，要换钱，请出门左拐找黑市。

如此一来，我们不得不钻进一些诡异的街市角落，竖起耳朵捕捉“要换钱吗”之类的低声暗示，再跟着某个可疑的贩子左拐右拐，穿过各种各样的店铺，直到他深藏在地下室的柜台角落，低声谈价，一手交钱一手交货——那情形简直就像在做某些见不得人的交易，既害怕被警察逮捕又害怕被坏蛋抢劫，实在是胆战心惊。

尽管每次只换“一点点”现金，那也是厚厚一大叠纸钞，面额包含大量的零，加上物价里更多的零，动辄天文数字大手笔，让我眼花缭乱，跟不上格局。我讨厌计算飘忽不定的汇率，更讨厌去黑市换钱的惊险过程，索性只刷信用卡。克里斯皱着眉头说，“你这样亏大了”，我摆摆手不以为意，告诉他，旅行不是过日子，最重要的是抓大放小，放平心态。中国有三句老话很有力量——来都来了。大过年的。……

我没告诉他第三句。

8

当你不说当地语言，那个世界对你而言就是无声的。南美洲人显然不是安静的民族，但因为我不会西班牙语，因此无论是机场，街道，巴士站，我都感到一种白噪音般的安静。人们嘴巴动着，表情夸张，手势飞舞，但那只是他者的存在。我惊讶于在异国嘈杂的人群中丝毫不会觉得吵，仿佛自己是个透明人，降落人间，冷眼旁观一场哑剧。

布宜诺斯艾利斯，字面意思是清新的空气。我对那里的印象止步于文学史上那几个如雷贯耳的名字，再远一点儿，就只有足球，贝隆夫人，或者那首著名的《阿根廷，别为我哭泣》。世界很大，但也很小，人们都以为自己的周围就是宇宙全部。我不免想到，一个普通阿根廷青年对于中国的了解，大约也一样茫然吧：只知道它在亚洲东方，历史悠久，人口众多，毛泽东，近些年经济高速增长，以及……熊猫？我甚至想不出别的符号了。

也许是因为经济萧条，又或者仅仅是因为圣诞节清晨的缘故，当天的布宜诺斯艾利斯清晨，寂静如同人类消失后的世界：人们要么是休假离开，要么是窝在家里睡懒觉，还未从圣诞之夜的团聚或宿醉中苏醒。

我住的酒店位于市中心五月广场，高大的方尖碑周围本是人头攒动的地方，此刻却空空荡荡。除了花园树下喃喃自语的醉汉，街头值班的巡警，一两个睡眼惺忪的行人遛狗，其余就只剩下初夏之风，鸟鸣之喧，鸽子的扑翅，声声闪烁于枝叶间。

几乎所有店铺都关了，没有咖啡，没有车，没有游客，街道萧条而疲倦。老城中心的建筑风格高度欧化，许多古典的巴洛克式老宅，雕梁画栋极尽奢华，但弃置已久，阳台与窗栅被灰尘彻底覆盖，透露着一股浮华尽去的毁灭感，就这样一栋连着一栋，使整个城市透露出一股落魄贵族的潦倒气质，优雅而颓废。

毕竟曾经富过，放眼望去，新式高楼大厦倒也有，但大都缺乏修缮，且散发着剧烈的尿骚味，因为公寓门前几乎无一例外睡着流浪汉，用肮脏的毯子裹着自己，背对街道，蜷缩着，头朝墙角，尸体一样一动不动，拒绝再跟这个世界有任何关联——每一个都如此。他们不像非洲的流浪者那样双眼直视你，肆意乞讨，而是尽力隐去自身存在，仿佛默认自己施行了隐身术，不会被人看见。

印象最深刻的，是闲逛到某个街角，看见一对流浪汉情侣：一男一女，十分年轻，几乎还是孩子；瘦得皮包骨头，躺在一张毯子上，窝在一堆破烂当中，那大约是他们的全部家产了。女孩穿着 T 恤和裙子，并着双腿，悠闲地仰躺，手捧着一本书，正在看；男孩赤裸上身，短裤，一只脚放在女孩的小腿上，搂着她肩膀，目光也落在书上，正在谈论着什么——我无来由地相信他们正在谈论那本书。

我无法忘记那画面：他们就这么躺在街边地上，赤裸的脚几乎交织在一起，表情那么坦然，松弛，自在，至少看上去如此，仿佛他们不是流浪在街角，而是在马尔代夫的海滩度假，在阳伞下，在插着小雨伞的鸡尾酒旁边，讨论着文学小说。我无法相信这是一个真实的画面。这怎么可能呢？他们悠然自得的样子自然令我联想起艺术家何利平那件作品——《只要心中有沙，哪儿都是马尔代夫》，但这对青年流浪汉更甚，他们不是在表演行为艺术，他们是真正这么活着：街角那么多流浪汉，只有他们俩在看书，光明正大地露脸，坦然而自在地活着。青春就是这样的，漫不经心挥霍时间，一无所有而又什么都有：痛并快乐，爱并且恨，浑身脏透了的那种干净。至于这个世界——去你的。

奇妙的是，在今天，在此刻，在阿根廷一个街区，这一幕偶然被一个远道而来的东亚旅行者看见——上帝想告诉我什么呢？那一刻我很想靠近些，瞧瞧他们看的是哪一本书，如果能再借此聊聊天就更好了，和他们一起躺下，哪怕只有一刻——也只敢躺下片刻。我身上的东亚性不允许自己选择这样的人生，即使是在最疯狂的青春期也不能。但至少要留下一张照片。错身几步之后，我背着他们，偷偷掏出手机，迅速捏了一张偷拍照，尽管完全不知道自己到底在心虚什么。

事后我反复回看这张照片，因为拍得太仓促，整个画面构图平平无奇，一个普普通通的街角，鸽子，信号灯，楼宇……背景清晰，主体不明，只有我自己能看清：左下角，人行道地面上，有两颗脑袋，脑袋前面，举着一本书；书后面，是脚趾。这张照片对我而言，仿佛是波拉尼奥式的“现实以下主义”回光返照，“继承了被肢解在六十年代的那一千位先锋派……在充满了屎和催泪弹的一天结束后回到街垒中，在公寓里探索和创作音乐……”

9

问路，顺便被本地人热情地推荐了圣马丁广场。他们的热情让我相信必须去看看。事后证明的确没错，这是一座种满了大树的公园，周围分布着好几座广场，有的为纪念圣马丁将军，有的事关这个国家的独立。但宏大叙事早已溶解在历史里，在我看来，这片公园和广场只是纪念了无数布宜诺斯艾利斯人的普通生活：男孩们踢足球。婴儿也在踢足球。玩耍的狗，散步的情侣，聊天的朋友。

长椅上坐着一个看起来像帮派分子的年轻男人，剃光头，戴着夸张的耳钉，穿着鼻环，手臂上的文身图案相当暴躁，但是他却坐在那里安静地看一本书，是的——纸质书——旁边停靠着他的山地自行车。一名正在看书的古惑仔：这一幕与看书的流浪情侣相呼应，似乎朝我暗示着拉丁美洲文学最浪漫、最狂野的那一面。

我始终好奇公园里那些高大的乔木都是什么树，也许是细叶榕，羽状的叶序在阳光下闪烁，宛若绿色的翩翩飞翅。最显眼的是广场尽头那一棵巨大的橡胶树，与其说是一棵大树，不如说它是一栋仿生学建筑，一座有着墨绿色钢筋骨架的体育棚。大树的根系延伸出了一整片篮球场那么大的地盘，树身几乎膨胀到一个工程力学上来说不太可靠的程度，以至于人们给它做了支架，撑住那些肆意横向发展的枝干。

任何人都会好奇这棵树多少岁了：我搜索维基百科，得到各种答案，两百岁到三百岁不等。也许是因为橡胶树树种生长速度很快的原因，以它那个体积，若是橡树或者银杏，大约得两三千岁了吧。

这棵树还被收录在“纪念性树木”这个网站里。它的树冠如此庞大稠密，覆盖着一整座儿童乐园，孩子们在绿荫下荡秋千，玩滑梯，震天动地地笑——那笑声如此开怀，简直无法想象人间有什么事情值得如此兴奋。那一刻，尽管远离故土两万公里，我却在他乡看到了人类生活深处同构的温情：这座公园会成为这些孩子的乡愁，等他们长大，无论远离布宜诺斯艾利斯，还是永远留在这里，他们的记忆里一定会记得这座童年的广场，记得这棵树，记得人生最初的快乐时光——也许是唯一的快乐时光。

10

正值圣诞节当天，几乎所有的商店、餐厅、博物馆、美术馆都关门了，只有露天场合开放，导致著名的雷科莱塔公墓门口，旅游大巴一辆辆接连不断前来，队伍长长，墓园在当天成了整个布宜诺斯艾利斯最热闹的地方，没有之一。

我放弃排队，喝完一杯咖啡，继续在初夏的布宜诺斯艾利斯街头闲逛。走到五月广场，幅面巨大的阿根廷国旗迎风飘扬，涤纶面料被风雨洗刷成浅蓝浅白，变得丝绸一般柔软——那就是任由宏大历史蹂躏，依然柔韧的普通生活：过去近一百年来，人们在这个每况愈下、不断贬值的国度，依然保持从容而自在的日子（若不如此，又能怎样）——儿童的游戏依然是要继续的，餐桌上的葡萄酒风味，依然是考究的。在这种氛围下，我感觉这里的天与云有种独特的潇洒，好像一颗足球被无忧无虑的少年踢出弧线，寂寞地飞行，落向无人知晓的草坪角落。

在凉爽的街道间穿行，夏日之风肆意涌动着，窜到十字路口逮住我们，顽童一般掀起我的帽子。上一次这么调皮的风还是在新西兰的基督城：它东临太平洋，西靠南阿尔卑斯山脉，常年吹着无情的西北信风，时速经常超过一百四十公里，所有的树冠都被吹得倾斜。记得当时在基督城行走时，狂风让我几乎站不稳。想到此，我开始真正担心巴塔哥尼亚高原的烈风该有多么无情，而这个担心，很快就落成了现实。

11

乌斯怀亚是阿根廷最南端的重镇，也是前往南极的起点，被冠以“世界尽头”的浪漫称号。机场附近没什么树木植被，降落之前，从空中俯瞰海边的一座座丘陵，斑驳覆雪，像一头头巨大的奶牛。海浪翻涌交叠，在晴天下闪闪发光。就在飞机落地的那一刻，机舱里响起了一片掌声。第一次听到这样的掌声是在2019年飞抵莫斯科，当时对战斗民族的豪迈性情颇为感动，但作为滑翔伞飞行员，我丝毫不觉得当时的风力降落条件恶劣，还和克里斯开玩笑说："这可不值得如此热烈的掌声。"

这次也一样，我忙着拍照，没有为飞机成功降落鼓掌，但当我走出乌斯怀亚机场的那一刻，我就懊悔了——当时应该超过蒲福氏7级疾风，而这不过还是普普通通的日子而已。租车公司的员工提醒我们说，开关车门的时候请小心，尤其是逆风的时候，记得要拽住把手，不然风力会扯断铰链，车门会像纸片一样飞向空中。

我们点着头，坐进车里，感受车身在狂风中无休止地晃动，深深认同他那句警告："这可不是开玩笑的。"

乌斯怀亚的狭小和热闹不成比例。去南极的邮轮和探险船都在此启航，加上"世界尽头"这个浪漫的标签，吸引了许多游客。除了船舶，海鸥，其余就是风，风，风。到处都是风的痕迹：海浪被吹得沸腾，旗帜被吹得猎猎作响。路灯摇晃，广告牌摇晃，窗子摇晃，渔船停在港口摇晃。我们到的那天，尽管是南半球的夏天，依然下了一场雪，气温骤降至零度，与北半球的白色圣诞节遥相呼应。夏犹如此，冬何以堪？几百年前的人是怎么在这里活下来的？

在乌斯怀亚郊外的某个码头，坐船渡过麦哲伦海峡前往对面的外岛。船舷被白色巨浪反复撞击，声如战鼓，而这据说是最平静的天气了。我被甲板上冰冷的海风吹得头疼，转身走上二楼的休息室，坐在开了暖气的船舱里，眺望窗外亮得刺眼的海峡。一只闪亮的背脊，头顶白色，突然跃出海面——海豚！我几乎不敢相信自己的眼睛，久久盯着海面，不久之后果然再次见到了它——又或许是另一只。

那是我第一次见到真正大海中的海豚。

麦哲伦海峡的另一端是火地群岛。达尔文就曾经登岛以观察岛屿上的特有物种，这与他发表进化论有着紧密联系。火地岛再往南，就是世界上最宽的海峡——德雷克海峡了：常年狂暴的风浪令人生畏，却是去往南极的必经之路。我已经看清了旅游公司们用漂亮照片和花哨的措辞吸引游客的招数，事实上，渡过德雷克海峡要花好几天，几乎任何人都会遭遇严重的晕船，那种眩晕呕吐我一次都不想再体会了，更何况好几天。如果乘坐豪华邮轮，渡海的体验会好一些，也许晕船不会那么严重，但迢迢而去，无非就是以南极海岸为背景，远远拍几张照，和企鹅合影，晒到朋友圈——那种旅行，我早已失去兴趣了。而如果选择所谓的科考小船，虽然最后还能换乘小艇越过浮冰，登陆深入一些，但本质依然是旅游打卡，实在不够意思。何况乘坐颠簸的小船渡过德雷克海峡——算了，我可不想困在狭小的船舱里，生不如死地来回吐上几天几夜。

12

在乌斯怀亚的最后一天，我们走进小镇上唯一的大超市家乐福，打算采购一些食品，以供后续路上果腹。在暗淡苍白的日光灯中，冷柜里只有苟延残喘的苹果，发黑的香蕉，腐烂的黄瓜，发芽的土豆。

新鲜的蔬菜水果纯属奢侈品，取而代之的是大量重加工食品，存放多久都不会变质的那种。

不仅超市，乌斯怀亚的餐厅也乏善可陈，无外乎冰冷的沙拉，冷冻三明治，烤包子，披萨意面已经算是满汉全席。一度我甚至想把冰冷的沙拉烫熟了吃，再撒上一些六婆辣椒粉，或者给意面里来一勺老干妈：真是想不通火锅这种热乎乎的东西为什么没有在这里流行起来。另一个想不通的是，在如此地广人稀的地方，房间为什么总是很小。所到之处，小旅馆并不便宜，进去之后却像船舱那样几乎难以转身；而单人床简直就像医院的手术床那样狭窄坚硬——走出家乐福，在停车场呼啸的风声中，我几乎拉不开车门，突然想到一个解释：恰恰就是因为常年太冷，房间如果空旷，采暖面积太大，冬天难以热和起来。

想通了这一点，打心里佩服早期探险者们的勇气与毅力，暗自庆幸自己生在北纬三十度的天府之国是多么幸运，没有酷寒酷热，土地肥沃，不缺水，而风景又不输给世界上任何地方。

在乌斯怀亚短暂停留之后，我们掉头北上，去往真正的巴塔哥尼亚地区。尽管与青藏高原同为高原，但风景与生态仍有细微差异。羊驼代替了牦牛，火烈鸟代替了苍鹭，云层仿佛更加厚重，阳光更加荒凉。这里没有峡谷，也没有雪山，大地坦荡而粗犷，一目万里，皆是空荡荡的晴朗，莫名让人产生某种怅然或孤渺之感。每个地点之间的距离如此之远，枯燥的风景一成不变，仿佛一场无法清醒的宿醉。在那样的天地间旅行，感觉日夜浑浊，时间粗糙冗长，颇为符合波拉尼奥《荒野侦探》式的行文风格——所谓的追寻者在沙漠和城镇之间漂游，最终自己成了失踪者。五十多个角色穿插杂糅，故事不知所终。很难说，是作家必须繁殖出无边无际的想象与豪雨般的创作冲动，才能填补这片大地的空白。还是说，因为这大地的空白，才催生出他们野草般的唠叨，泥沙俱下的行文。

波拉尼奥出生在智利，1968 年他十五岁，前往墨西哥居住，在那里度过少年时代。二十岁那年，他回到智利去参加革命，差点丢了性命，用他自己的话说：“刚到圣地亚哥没几天就遇上政变爆发，军政府夺权。我当时的归国之路十分漫长，有时候我想，如果我在洪都拉斯多耽搁一些时日，或者在巴拿马等一等再乘船，那么也许在我踏上智利的土地之前，政变就已经发生，我的命运就会是另一番模样。在集体悲剧与个人不幸之外，我还记得政变爆发后那些天是何等充实，何等精神饱满，何等爱欲汹涌，在那些日日夜夜，一切都是可能发生的……不得不承认，我的二十岁是刻骨铭心的，爱情，黑色幽默，友谊，监禁，死亡的危险，所有这些经历都浓缩在那仿佛永无尽头的不到五个月里，我在无眠与匆忙中度过了这段时光。五个月后，我再一次离开智利，从此再也没有回去过。”

波拉尼奥最后定居西班牙，三十八岁便患上肝病，五十岁死于等候肝移植的痛苦中。他将自己定义为“拉丁美洲人”，在生前的最后一次访谈中，当阿根廷作家莫妮卡·玛利斯坦问他：“请您闭上眼睛，拉丁美洲的哪一幅景象第一个跃入您的脑海？”

波拉尼奥回答说：“1974 年，丽莎的嘴唇……还有她无与伦比的微笑。”

他没有说“现实以下主义”，没有说他

敬仰的“末日马群”，也没有说那些和朋友们狂饮，疯狂吼出诗歌的时刻。在死亡的跟前，他因回忆起那甜蜜的嘴唇，重新变回那个稚嫩的少年，“并不近视，却戴上眼镜装成知识分子；喜欢与年长的女性亲密聊天散步，疯狂阅读，偷书，思考是否应该将写作当作工作”。

相比波拉尼奥的长篇小说，我更喜欢他的访谈或者诗歌，在他那篇著名的《再一次放弃一切：现实以下主义第一宣言》中，他说：

> 诗人是揭幕了英雄的英雄，就像宣告了森林诞生的那棵倒下的红树
>
> 在通往一种一致的伦理美学的路上，铺满了背叛或是可悲的苟活
>
> 一个人可以走一千公里，但最终他踏上的道路总会吞噬他
>
> 我们的伦理是革命，我们的美学是生活：这是同一件事

13

见到第一头羊驼的时候，我与克里斯惊呼尖叫，停车拍照，但很快见到了第二头，第三头，以及羊驼一家过马路……直到最后我们彻底对此司空见惯，克里斯甚至笑着抱怨起来：上帝啊！又是羊驼！来点别的吧！

一个疑问随之产生：这些荒原上的羊驼，如果是野生的，那也太多了……如果是人工养殖的，那也太少了……它们就那么呆呆站在远处，头扭向我们，眼神呆滞而空洞，像凝固的塑像。大地这么荒凉，真担心它们的食物是否足够。毕竟布鲁斯·查特文已经写过，巴塔哥尼亚的风沙暴虐得像是要“扒了你的皮”。

就在对漫长行车感到无所适从的时刻，我们终于抵达了旅游重镇埃尔卡拉法特(El Calafate)，至此，总算是进入巴塔哥尼亚核心地区。卡拉法特本身是个西班牙语单词，一种灌木植物的名字，学名麦哲伦小檗（*Berberis microphylla*），暗红的根茎带刺，一串浆果挂在枝头，像很小很小的蓝莓，据说开花是黄色的。这种植物在南美洲十分常见，几乎可以说是巴塔哥尼亚的代表。

卡拉法特是著名的旅游集散地，从这里出发去阿根廷冰川国家公园，可以近距离观赏到海洋性冰川佩里托·莫雷诺(Perito Moreno)。在四川西部与藏东南，要看冰川至少得爬升到4500米以上的海拔才能一睹风采。而随着气候变暖，往往5000米左右的冰川都因为退化而不够壮观，或者接近度欠佳。而在南美洲，大量的海洋性冰川就在海平面，散步可达，甚至还能乘坐游船接近冰川跟前。

事实上，正因为这轻便的接近性，佩里托·莫雷诺冰川已经成了一处热闹非凡的大众景点，围绕它而建的冰川国家公园设施便利，甚至有点“过于便利”——柏油公路，游船码头，豪华餐厅，咖啡厅，摆渡车，收费亭……俨然一个成熟景区。

在驾车接近冰川公园的途中，已经能远远望到道路尽头的白色冰川，我想象那些冰雪沟壑犬牙交错，紧咬着蓝色海岸线，心里有点激动。到了游船码头，我们排队，买票，等待登船。在那半个小时里，我们转悠到海边，看到一些散落漂浮的大冰块，像掉队的孤兽，离群索居，我行我素地漂着。

游船终于缓缓启动，不多一会儿便越

过了峡湾，眼看就要贴近冰川跟前了，所有人顶着狂风走到舱外，站在船舷上，疯狂拍照。突然一阵沉闷的响声传来——我眼睁睁看着一大块蓝冰突然从高大的冰墙上剥落，坠入海中，留下一个新鲜的浅蓝色豁口。那情形几乎像是大楼爆破拆除的时刻，惊心动魄。

仅就几十分钟的船程，我便目睹了两三次大大小小的冰体剥落，当巨大的白色冰块坠入海中，溅起水雾，我不免想到，以这样的速度消融，剥落，估计隔不了几代人，眼前这冰川就将彻底消亡了吧。和几十年前相比，我们所见的已然是退化后的部分——壮美的局部。

大约因为是夏天，频繁的冰体剥落让游船不敢更靠近，我们的这一艘游船很快便打道回府了，毕竟另一艘游船已经徘徊多时，等着排上这个安全观赏位置。游客们回到船舱，津津有味回看照片，也有情侣在船头自拍，合影。仿佛是为了提升旅游体验，船员们甚至在舱内提供了“冰川威士忌”：随着凿冰机的噪声不断传来，一坨篮球大小的冰川冰被不断切成小块，放入烈酒杯中，供游人品尝。大家拍完照，兴致勃勃加入这一环节，纷纷伸舌头舔着透明冰块，那场景，仿佛真如环保艺术家奥拉维尔·埃利亚松所说，“这些冰川形成于亿万前……因此，锁在冰块中的气泡，水分，都是亿万年前的气味……”

我也品尝了冰块，但除了凉，没有尝到任何味道。那亿万年的气息，也许只是想象，或并不对我敞开。这块冰川冰很快被切完了，碎片掉落在地板上，被孩子们踢来踢去。眼看着人们如此欢快，对冰川的葬礼无动于衷，我无端有点感伤——冰川在退化，但这跟自己有什么关系？或者，又有什么办法？国王路易十五都说了：“我死后，哪怕洪水滔天。”

14

公路仿佛一条银色的蛇蜕，轻微蜿蜒，探向地平线。视野尽头，倒插几颗鲨鱼牙齿，又像是虎鲸的背鳍——绝对是那里了，菲茨罗伊（Fitz Roy），我由于心情激动而惊呼起来，死死盯着那尽头的山峰奇观，生怕它下一秒就飞走，或者被上帝连根拔起——毕竟它们的造型太不真实了，神迹一般，平地而起，简直就像外星文明所为。

关于这些花岗岩巨塔的诞生，至少可以追溯到一千二百万年前。地质力量抬升了地球的沉积层，又被冰川持续侵蚀，加上花岗岩坚硬的特质，形成了刀砍斧削一般的山峰形态，棱角分明。

近了，近了……巨大的花岗岩山体仿佛几枚从天而降的炮弹，扎在地上，直冲云霄。这就是在无数登山纪录片里看到过的菲茨罗伊群峰，七座山峰由北向南一字排开，组成锋利无比的天际线，切割着天空。主峰菲茨罗伊是其中最高最陡峭的“虎鲸背鳍”，是全世界登山家们为之神往的目标。

2014年2月12日，以徒手攀岩著称的亚历克斯·霍诺尔德，和残缺了一根手指依然“首屈一指”的攀岩大师汤米·考德威尔两人搭档，爆肝数日，以每天十五小时以上的高强度，一气呵成地完成了菲茨罗伊七峰连登。

这次史诗般的攀登路线，被命名为“天际线”——太贴切了，想象纽约曼哈顿岛的摩天大厦，一连七座，从左到右，被他们两位“蜘蛛侠”上上下下贴合着锯齿轮廓轻盈掠过……那次攀登的纪录片我大概看过三遍，仅仅坐在沙发上，已经被屏幕上残酷的暴露感搞得血脉偾张，脚趾抓紧，双手冷汗。

而同样令人震撼的，是当时二十六岁的加拿大登山家马克·安德烈·莱克莱尔，独自征服本地区托雷群峰中的塞雷峰。那座山峰的形状被形容为“魔鬼手指”，陡峭得近乎残暴，几乎就是九十度直上。马克有过两次尝试，第一次竟然选在冬天，结果被暴风雪折磨得差点没命，连夜下撤；到了第二次尝试，他换了一个温和的季节，在良好天气的助力下，沿着魔鬼手指一路直上，低调地征服了它。

马克的这条线路被命名为“开瓶器”。我盯着攀登资料上的照片，立刻联想到上海环球金融中心那著名的“开瓶器”造型。马克和那摩天大厦般陡峭的岩壁相比，就像一只蚂蚁沿着一把竖直而光滑的金属开瓶器，慢慢向上爬……所谓人可生如蚁而美如神，那种非凡的勇气与能耐，若被太宰治见识，想必那句传世名言一定会改口“生而为人，我很骄傲”。

为了朝圣这几座南美洲著名山峰，亲眼见识一下它们的奇绝，我远道而来，只为了在它们脚下徒步瞻仰，间接感受一下登山家们的伟大，类似于“转山”。自始至终，那几座花岗岩高峰都像灯塔那样扎在视野中央，无论哪个角度都不会错过。每到停下来驻足观赏的时刻，便不由得望洋兴叹，感慨凡人如我，大概穷尽一生也无法登上那样的山峰。一想到此生何其短，宇宙何其大，不免失落起来，只好低头走路，用脚步稀释野心，以求内心平静。站在山脚下那一汪小小的冰川湖跟前，湖水蓝得就像一双孩童的眼睛，天真无辜地望着我们，它能明白人类的渺小感受吗？

怀着这种既满足又失落的心情，我们告别菲茨罗伊，朝着安第斯山脉的另一边而去。国界翻过去便是智利，一个国家公园比麦当劳连锁店还要多的地方，每一张风景照片都足以夺走我的呼吸。从卫星地图上俯瞰那片狭长的国土，遍布破碎的岛屿，峡湾，仿佛早在亿万年前就死于一场浩瀚的心碎，变得遗世独立。

15

至今仍记得，第一次听说智利是在小学课文中：《苦柚》，写一个摆摊的穷苦小姑娘老老实实说自己卖的柚子很苦，而买主是个老爷爷，被她的诚实打动。交谈中，老爷爷无端提了这么一句（也不知道怎么就扯到地理去了）：“你知道智利吗？在南美洲，首都圣地亚哥……”

南美洲在哪里？

那一刻，年幼的我坐在远东——亚洲——中国——西南小城的一间闷热教室里，仿佛被什么天外来物击中，好奇又茫然，走神到万里之外。那一刻至今留在我印象中，大约是头一次隐隐约约感受到世界之大，山外有山，生命还未展开，未来将有遥路可赴。

可惜再后来，对智利的印象便主要和车厘子相关了。抱着这趟要把车厘子吃个腻的决心，我到处关注哪里有卖。奇怪的是，智利大部分地方并没有如所想的那样，遍地都卖车厘子（大约都出口到中国去了）。直到与阿根廷接壤的国境线边缘，才突然看见好多车厘子小贩，摆摊在路边。

讽刺的是：跨越国境是不允许携带任何生鲜水果的。如果在智利这一头买了车厘子，要入境阿根廷，那么开出不到一公里，刚买的车厘子就会被海关没收。于是克里斯大胆猜测，这些农民专门在边境卖车厘子，一定早就跟海关串通好了，这边刚卖出，转身就被没收，农民到海关去拿回来，继续卖。同一盒车厘子能卖一百次。对此我哭笑不得，只好回应说：这生意一定是你们西班牙殖民者开创的。

16

入境智利后，好不容易在一家社区小超市买到了两包价格诱人的车厘子，带上车，踏上了去往百纳国家公园的路。

百纳国家公园（西班牙语：Parque Nacional Torres del Paine）是智利乃至全世界最壮美的国家公园之一。“Paine”来自印第安语，“蓝色”之意。整座国家公园面积 1810 平方公里，被湛蓝的冰河峡湾和湖泊景观所环绕，还有标志性的三座花岗岩山峰，也就是“百纳三塔”，像《魔戒》电影场景一般，绝对过目难忘。2012 年，它被《国家地理杂志》评为世界第五大风景胜地，也被列入“一生中不可错过的五十个景点”。我并不迷信这类榜单，但百纳山脉与南巴塔哥尼亚冰原接壤，那可是地球上除南北极以外现存最大的冰原之一；独特的景观，以及与登山史密不可分的传奇色彩，确实让我对此地神往已久。

百纳国家公园最经典的 W 大环线徒步行程，要花四五天才能走完，必须提前预订每晚的宿营地。但每年夏季游客和登山者太多，营地紧俏无比，据说提前半年也预订不上。我们在复杂的网页间来回折腾，最终陷入死循环，崩溃后放弃，打算“去了再说”。

“去了再说”，非常符合克里斯的人生哲学。他身上那种“随遇而安”的西欧性与我身上那种“未雨绸缪”的东亚性形成了鲜明对比。本质上，这趟旅途成了一场迷你的文化冲突缩影。又或者按照时下流行的 MBTI 分类法：世界上最远的距离，不是天涯海角，而是一个西欧 P 人与一个东亚 J 人之间的距离。作为一名 INFJ，我无端相信他一定是 ESTP，也是说，每个字母代表的性格面向，与我都是相反的。

怀着东亚式的忧心忡忡，我们来到公园的西入口，购票，询问还有没有空缺营地。得到的答案是：“确实没有了，但你们看到营地就可以去现场问问，碰碰运气。”

汽车是不允许进入公园的，我们只能在入口外的停车场把车放下，整理出接下来几天的所需品：帐篷，衣物，食物，装入大背包，锁好车，步行走入国家公园。接下来的几天之内，我们的交通工具便只有自己的双腿了。

第一处最近的营地离入口不远，营地管理处也就是一个小亭子。没有工作人员，大约值班的人休息去了，我们观察了一下，这里和西欧北美的露营地一样：一片平整的空地，用灌木隔开一小块一小块的隐私空间，安置了一些露天木制桌椅，方便做饭吃饭。我与克里斯一致认为，怎么可能“没有空缺”呢，又不是酒店房间满了。大地如此宽广，空缺嘛，挤一挤总是有的。

于是我们找了一个临溪的安静角落，扎好帐篷，打算等工作人员回来了再交钱不迟。可这帐篷一扎下，就再也没有人过问过我们。而每天我们早出晚归去爬山，回来时，亭子总是关闭着，无人看管，真是想交钱也无门。按照“不能给中国人丢脸”的自觉意识，我打算把现金放在亭子门口，拿块石头压着。但按照西欧青年能省则省的原则，克里斯说这样大可不必，万一钱被别人拿走了怎么办？又没办法证明是我们交的，到时候说不好还要付双倍。

由于费用AA，他不想给，我也就打算等着被管理人员问起了再交，如此一来，我们两个竟然就白蹭了三天营地，一分钱没给。能这样占便宜，主要原因在于这个营地的位置距离国家公园最核心的W线路还很远，并不方便。如果每天来回徒步去核心景区，很不划算。地段决定了价格，难怪值守人员都没有。据说这些年智利政府财政吃紧，导致国家公园的预算被一再削减，很多营地都难以维持运营，被迫关闭。当然，百纳是智利的明珠，还不至于遭殃。只是我们确实感到营地位置不方便，来回折腾，走上一整天也只能抵达公园角落的两个湖泊，于是打算寻找下一个更方便的营地，至于有没有空位，老办法：“去了再说。”

在百纳的第三天，我们收拾装备，背起背包，朝着国家公园的核心地段转移。新的营地位于W线路的中段，这里要热闹很多，营地广大，甚至有一座室内大棚，里面全是长桌长椅，供营地的游客自己用气罐做饭，避免野外生火。除此之外，公共澡堂，厕所，咖啡厅，一应俱全。幸运的是我们找到了一个空位：这次，正儿八经付了钱。

扎营完毕，我们都饿得发慌。食物只剩下两包西式汤料，两包方便面，一个番茄，两根黄瓜，能量胶若干，坚果一袋，奶粉少许，我有点担心后面几天弹尽粮绝。如此窘境源于一个古老的道理：三个和尚没水喝。由于西欧P人对食物没什么兴趣，又缺乏规划，所以我们之前的采购很潦草，也没有按天数算过食物的总量——他懒得买，我为什么要操心？就这样我们一路省着吃，来到公园里，却发现完全没有补给的地方，而吃饭的餐厅“太贵”，克里斯不愿意去。

今朝有食今朝饱，眼前这一顿还是要吃的。我把小锅、炉头和气罐拿到了大棚里去煮方便面，而克里斯去洗澡。别说拖鞋了，他甚至连一条毛巾都没有带。我问他怎么擦干身体的，他说：“有那么多免费的厕纸!”

我一边羡慕他那动物般简单原始的生活方式，一边又对他到处占便宜的倾向有点不满：大约白人在中国生活久了，得到很多特权照顾，习惯了到处都能蹭到点儿免费的慷慨——这种微妙的落差令我颇为不爽。

面煮好了，我分成两份，克里斯顶着湿漉漉的头发坐下来开吃，表达了感谢，却又顺便说了一句：“哇，你做的泡面好好吃！你肯定是个很不错的家庭主妇!”

不知怎么我被这句话点燃了无名之火：凭什么做饭好的就是家庭主妇？还有，凭什么总是该我做饭？使用另一种语言就像被赋予了另一重人格，我毫不客气地回敬道，Fuck you。

见我脸色一沉，他也意识到说错了话，道了歉，说并没有不尊重女性的意思。我想了想，愤怒大约是因为潜意识里我已然将家庭主妇四个字与某种憋屈的形象联系了起来，但这种关联，又是从何而来的呢？

令人烦恼的事总是与人有关，好在与自然有关的一切总是抚慰人心。第二天，我们一早醒来，草草喝完奶粉冲的拿铁，揣了两个能量棒就出发了。

爬升一段之后，抵达某处悬崖，天光绮丽，风抚云平，湖面仿佛一碗蓝琉璃，水波被阳光冶炼成耀眼的金属，像是一片燃烧的镁。远处的花岗岩山峰皑皑负雪，兀然屹立，不像是拔地而起，倒像是从天国倒悬而下的巨塔，供神灵下凡的通道。那种洪荒与原始感，仿佛人类还没有诞生，连时间都还未启动。我恍惚置身于创世之初，那个万物有灵的世界，所有的化石都在我脚边复活，所有的古老藻类都在我眼前醒来，沧海桑田，逆序而归。

再走上一段，人类突然出现了——步道边上出现堵塞，许多人停在那里拍照，原来是一窝绿头鸭，两大五小，一家子齐齐整整在路边玩耍，毛茸茸的小鸭子就在行人的脚边跑来跑去，视我们为无物。大约这里的动物从未被人类打扰，所以不觉得危险。我心里一软，也隔着距离，小心翼翼蹲下来拍照。直到聚集太多观众，让它们有了不适感，一家子才回到池塘中，排成一行，浅游而去，在水面划出一道V字。这时才留意到路牌上写着“鸭子池塘”，想必它们在此繁衍已久，四世同堂，是原住民了。

这一段徒步大约二十公里，爬升不少，终点是标志性的百纳三塔。走在山谷的林荫间十分舒爽，可是一旦越过林线，爬升到山脊上，立刻就被强风掀得人仰马翻：在一段逼仄的悬崖垭口，凶猛的风力受到地形挤压，压强之大，感觉稍不注意，自己整个人都快要被刮下去了。

最后一段爬升颇为陡峭，脚下的灰尘泥土过于干燥，小石子踩上去很滑，还好有的地方拉上了安全绳，可以手抓借力。沿途的游客们来自全世界，各种语言，各种肤色，各种体型……全都大汗淋漓地努力攀爬。许多看上去缺乏锻炼的人实在累坏了，站在原地呼哧呼哧喘气，让后面的人先通过。陌生人之间礼貌而不失幽默地打招呼，像老朋友那样寒暄自嘲起来，这种氛围是在西欧和北美徒步常见的情形，令拥挤的步道变得可以忍受。

三个小时后，我们终于站在壮美的百纳三塔跟前。细长的瀑布在壮观而完整的花岗岩岩壁上刻下泪痕，汇入塔下的冰川湖，美得几乎不真实。烈风在浅蓝的湖面不断翻炒出白色的浪痕，岩壁上的飞瀑被吹成横向的烟旗。人群像彩色的蚂蚁，爬来爬去到处拍照，碰碰触角又分开，茫然又欢快。全世界的肤色，语言，年龄和种族，都在这里汇聚着：也许风景也是一种信仰，跨越语言，种族，吸引全人类前来朝圣。

据说到了傍晚，夕阳会将三座灰白色的花岗岩巨塔染成金色——在这样的地方，这样的景象，怎么可能没有神灵呢？我想象着第一个发现这个地方的原住民，在几万年前那个金色的黄昏，目睹夕阳下燃烧的巨塔：他们内心的震撼与敬畏……与我此刻的感受，一定是同质的。他们也许没有文字和复杂的语言，但所有人默契地决定，围绕这神迹，在山谷中安营扎寨，建造居所，打猎，饮食，编造神话，就此一代代繁衍下来，生生不息，即使他们的历史被后来的殖民者彻底抹去，仿佛从未存在过。

据说乌拉圭作家加莱亚诺少年时，听到课堂上老师讲述“西班牙殖民者巴尔博亚，登上巴拿马的一座山峰，成为同时看见大西洋、太平洋的第一人”时，举手发问：“老师，难道当地的印第安人都是瞎子?”

这个提问的孩子长大后，成为记者，作家，并写下《拉丁美洲被切开的血管》一书，是反映殖民主义掠夺拉丁美洲历史的经典著作。历史叙事中的地理大发现，背后的隐藏主语是“欧洲中心主义”，这片大陆用不着被发现，第一个同时看见大西洋和太平洋的人，一定不是巴尔博亚，而是当地原住民。

我被百纳国家公园的壮美彻底碾压，以至于在离开之后，产生了一种严重的审美疲劳：毕竟最精华的高潮段落已经过去了，余下的是巴塔哥尼亚的副歌，一遍又一遍重复：风就是风，沙就是沙，山就是山，湖就是湖，赤裸裸，坦荡荡，界限分明，丝毫没有优柔寡断的余地。

这种粗犷与直白，无法诞生意蕴绵延的中国古诗，只能点燃魔幻现实主义的爆炸。确认了这一点，我忽然从眼，到心，到胃，都开始想家。我渴望着绿色与湿润——就像我的家乡那样，北纬三十度的颜色与气息。

巧合的是，上天仿佛知道我的心思：离开了巴塔哥尼亚，向北进入智利中部地区之后，天气就一直多雨。这一带紧邻大西洋，气候潮湿，森林绵密，云雾与雨水浸泡着大片森林，水墨画一般的留白与缥缈。雨水降临的那一刻，我摇下车窗，伸出舌头，鼻孔对着天空，似缺氧的鱼，浮上水面呼吸。这分明是故乡的湿度与气息啊，南纬三十度，刚好与家乡北纬三十度呈一组镜像。

17

在剩下的旅程中，抱着拜访沿途每一座国家公园的愿望，我们沿着谷歌地图不断开车赶路，每当接近屏幕上显示“国家公园”的地方就停下来，却总是找不到确切的步道入口。我们不得不用最原始的方式，向每一个遇到的当地人打探，询问入口在哪，有没有徒步线路……但都一无所获，就这样错过了好几座，没法进入。

在前往圣拉斐尔湖国家公园（Parque Nacional Laguna San Rafael）的路上，终于看到一户有动静的人家，我们下车打招呼，没想到围墙内的院子里，那户人家正在屠宰一头雄鹿，说是他们打猎所获。他们停下手里的活儿，对我们的出现十分好奇，跟同样讲西班牙语的克里斯聊了起来，说国家公园早就关闭了，被私人买下了，变成林场了，没有入口了。

他们热情友善，邀请我们留下来吃午饭，尝尝“红烧野鹿肉”，可我看着他们手持大刀，旁边是一堆血淋淋的动物尸体，皮毛已被剥下，只剩肋骨狰狞，不知道这顿饭啥时候才能煮熟吃上，时间不多，我们只好婉言谢绝，朝着下一个国家公园赶路。

沿途都是野地深山，没有人烟，而我们的食物再次快要见底，饿得心慌。开车太久，疲惫袭来，我很想能找到一家食宿，稍作歇息，吃点热的，睡一张真正的床，洗上一次舒舒服服的热水澡——露营太多次之后，实在觉得整个人都快发臭了。

就这样默默又开了好几个小时，终于在路边突然看见一块沧桑的小木牌，写着

“咖啡，住宿”字样。我一时高兴，打起精神，再往前开了两公里，果然在路边的密林中看见了一处人家。房子的结构和德国巴伐利亚地区的老式木屋很相似，我正在疑惑，两只大狗和一个高大的络腮胡男人走出院子，迎接我们。我与克里斯面面相觑，有点不敢下车，毕竟这里太过偏远，这栋房子仿佛惊悚片里的剧情转折点一般突然出现，让我们本能地提高了警惕。直到女主人在远处挥挥手，我与克里斯才下车，说“随便看看”。

他们的英语很好，口音不像是本地人，我问他们来自哪里，他们说德国。

来这里多久了？

二十多年了。这栋房子就是我妻子亲手建的。

你妻子建的？

对，我只是帮手。他嘿嘿笑着，目光投向妻子。

那位女士有着非常粗糙的皮肤，一头枯白的长发，蓬松地拢起，仿佛一簇干草。她穿着格子衬衫，宽大的工装裤，一双旧雨靴，好像刚刚干完活儿。她坐在门口的老爷椅上，双腿坦然地叉开，大口抽着自制的卷烟，像一位女教父。那样子令我想起电影《三块广告牌》里那位母亲，主演弗兰西斯·麦克多蒙德在片中的形象简直和眼前这位女士一模一样：一脸风霜，彪悍又松弛，好像对什么都满不在乎，也没有任何事可以难得倒她。

当时我还不知道德国与智利之间有这样一段历史：十九世纪，德国工业革命浪潮席卷社会，国内竞争加剧，许多人开始寻找新的生活机遇。当时的智利已经从西班牙殖民统治中独立出来，但人口稀少，南部几乎没什么人居住，智利政府渴望吸引德国人来振兴经济，帮助当地发展。1845 年，智利政府出台选择性移民法令，吸引德国移民，而 1848 年德意志革命爆发，国内的政治不稳定、经济压力大，促使许多德国人离开，大批进入智利，主要聚居于南部几个地区。

第一批德裔殖民者的领袖卡尔·安万特（Karl Anwandter，西班牙语名为 Carlos Anwandter）曾如此宣布他们的目标：“我们会成为吃苦耐劳的智利人，在新祖国与其他国民共同保家卫国，不会比任何其他智利人要差，抵御一切外国势力的压迫，拿出捍卫祖国、家庭以及自身利益的力量，为新祖国谋福祉。绝不让智利为接纳我们而后悔。”

事实证明德国人确实以他们的勤奋与坚韧振兴了智利经济，也让南部地区改头换面。眼前这对夫妇大约也是那些德国移民的后裔，他们看上去非常厌倦外部社会，隐居在这深山老林中，自己建造房屋，自己种菜种树，养蜂养狗，甚至有自己的发电机。除了偶尔进城购买一些卫生纸牙膏之类必需品，他们自给自足，好像根本不需要现代文明。

寒暄之间，门口的蜂箱持续溢出好多只大蜜蜂，绕着头顶徘徊。我生怕被蜇，一动不敢动，而女主人身上那种霸气，也让我莫名紧张。询问有没有空房间可以住宿，她说有的，要看看吗？说着她便请我们进屋，但开门第一瞬间就强调：换鞋。

亚洲人是非常习惯换鞋的，但在西欧和南美，主人要求进屋换鞋并不常见。我换上软塌塌的旧拖鞋，走进他们家，看见一间被岁月气息填满的老客厅，堆满陈旧物品，大量报纸，很多玩具，东西杂七杂八满满当当，但还算整齐。地上是棕色的老式瓷砖，年深岁久，光滑得都快包浆了。我们跟随女主人上了二楼，她分别打开两间客房，只能说是国内普通农家乐的样子：昏暗，狭小，陈旧，看起来很久没有人居住，床垫上盖着塑料布，还没有铺上床单。

我问了价格，她说小的二十美元，四十美元的是带卫生间的。

克里斯的眼神告诉我他觉得不值得。

我心领神会，借口说还要赶路去下一处冰川国家公园，如果决定住宿的话，再回来不迟。

女主人面无表情，耸耸肩："没问题。但是那个冰川去不了了，退化太严重，根本无法接近。你们上不去的。"

"好吧，"我将信将疑，顺便又问了一下，"能看看你们的菜单吗？有什么吃的？"

"三明治，咖啡。"女主人有种"爱吃不吃"的口吻，并没有热情招待我们的意思。彻底心凉了：作为一个四川人，我实在受够了这里的饮食之单调。三明治这种东西怎么能上得了台面呢？每次一走进西餐厅，看见精美瓷盘，白色餐巾，人们煞有介事地坐下来，端详菜单点菜，等待侍者优雅地端上来——结果是两片吐司夹一片火腿，一片生菜——拜托，你们在玩过家家吗？

秉持一只四川胃的尊严，我固执一个原则：只要没有饿到不可忍受，决不在餐厅坐下来，花十几美元吃这种"生命体征维持物"。

带着失望和赌气，我们离开夫妇家，继续前行，大不了随地露营吧，这一路不都是这么过来的。天色看上去要下雨，但我安慰自己，干燥太久，来点湿润的空气也不错。

时间已经是下午五点，抵达国家公园入口处，管理人员正要下班。他们的说法和德国夫妇一致：冰川退化，去不了了，只能在森林里徒步。现在太晚了，不安全，明天再去吧。

我们只好用剩下的时间开车转转，试着寻找一个合适的地方过夜。沿着那条没有铺装的机耕道来回又开了几公里，路上每个看起来不错的扎营点，都竖着牌子，写了"禁止露营，生火"。我们当然不想违规被罚款，但一整天的长途开车过后，实在不想夜里还蜷缩在车里睡觉了。四下望去，杳无人烟，看上去也不像是会有人巡逻的样子，我们咬咬牙，找了一处没有设禁止标志的僻静处，开始扎营。

傍晚六七点，天还大亮着。扎好帐篷，我们无所事事坐着等待天黑。没有食物，也不能生火。之前那只甲烷气罐在坐飞机前不得不遗弃，后来懒得再买，所以此刻连烧热水都不能。饥饿与无聊让我焦躁难安，甚至一度想到了打猎。为什么不呢？这里到处都是肥硕的野兔蹿来蹿去，而我们有的是时间。可是当又一只灰色的兔耳朵闪现在灌木丛中，又倏地消失时，我意识到自己永无可能追上它们。与其琢磨如何打猎，不如说小心自己不要成为熊的晚餐才好。

百无聊赖踱步到溪水边，叹了口气，一屁股坐下，听着淙淙流水陷入发呆。清澈的冰川融水无动于衷地流淌着，摸了一下，蚀骨冰凉。远处的山峰，只剩下锥形尖端被夕阳镀了一寸薄金，辉煌却吝啬。天色渐晚，但没有下雨——这是上帝最后的仁慈了。

也许一段旅程过于漫长的显著标志，是你开始在他乡寻找故土：从舌头，到眼睛，到鼻子。在这黯淡的傍晚，总觉得眼前的景色似曾相识。回忆起在故乡川西高原的无数次露营：黄昏中的山脉，也是这般宁静而寒冷；回忆起在人迹罕至的美汗公路一处S形弯道边上看见的涂鸦，粗大喷漆写着：巴蜀哥尼亚。

当时我与同伴为这几个字惊呼起来，拍下照片——没错，成都一度被称为“成姆斯特丹”，暗示着这座城市最具活力与开放性的那一面，而“巴蜀哥尼亚”，则极为贴切地说明了川西自然风光的壮丽。

我在离故乡最远的地方，看见了与故乡最相似的景色。那一刻，剧烈的饥饿与思念放倒了我，满脑子都是火锅，烧烤，水煮鱼，跳水蛙。同时也想念细密的雨水，温柔的银杏，壮美的贡嘎山脉……还有家里的沙发，拖鞋，床垫。

不得不承认，如果这时候来一份三明治，我也可以低头。

第二天一大早，我们空着肚子出发。临行前唯一吃的东西，就是营地周围生长的那一簇麦哲伦小檗。好奇和饥饿迫使我从枝丫上直接咬下几串来吃，味道微酸，清淡，多籽儿，熊大概也是喜欢的。

徒步穿越潮湿的森林，抵达步道尽头。远处的冰川残骸在大雾中若隐若现，颜色灰暗，奄奄一息，孱弱得仿佛随时都要断气，彻底消亡。那情景令人心情沉重。眼前的路已到尽头，不能再往前了。断崖前方，是一大片冰川退化后留下的地基——大片荒芜的砂石，惨不忍睹的沟壑，寸草不生，贫瘠而狼藉。看上去简直是一片大型建渣丢弃场，令人心碎。

在那一刻，天色阴沉，细雨终于飘然而下，仿佛某种眼泪，隐忍而疲倦。我再次想到洪水滔天，末日覆盖——那时人类的子孙后代，是否能和动物一起乘坐方舟，渡向另一个世界？

18

回程的路上，我们坐在机场陷入漫长等待，祈祷别像出发时那样机械故障或者晚点。克里斯问我，这一趟南美洲之行，最难忘的是哪里？

我仔细想了想说：除了百纳国家公园，就是小智利。克里斯笑了，他说他也是。

小智利是智利中部一处不起眼的海边小村庄。奇特的是，当海平面下降，海岸边的大理石露了出来，人们才发现，这些亿万年来藏在海面下的大理石，被水流雕凿出各式各样的空洞，穿洞，宛如流线型的迷宫，漂浮在海面。

我们到达的当天十分晴朗，风平浪静，向导划着小船在前方带路，船头坐着他心爱的金毛狗，毛色发亮，微湿，昂着头，蹲在船舷，好像小狮子，吸引每个游客拍照。向导说，他小时候每个夏天都在这里玩水，游泳，开派对，喝酒，点起篝火……现在不行了，现在这里是著名保护区……我的朋友们也都走了……今天一点风都没有，你们运气真好啊，这里常常都是大风大浪呢……

从向导的絮叨中，不难想象那群赤裸的男孩在此放肆嬉戏的场景：黝黑的皮肤滴着水，头发半湿，海边夜晚的篝火，啤酒罐。这群调皮的少年终将变成一堆胖老头，但这些嬉戏的场景，大概会成为所有人一辈子津津乐道的回忆。

我的皮划艇技术不太利索，只能小心翼翼操作单桨，缓缓穿行在那些流光溢彩的大理石空洞中。阳光溶解于海水，荡漾不止，眼眸般的蓝色映照在流线型的大理石壁上，仿佛液体的火焰，既在流淌又在燃烧……在光影幻动中，大理石变得如此柔软，几乎能歌唱：一切都是我从未见过的奇迹。

除了这两个地方之外呢？克里斯问，还有哪里让你印象深刻？

除此之外，每一处都让我似曾相识，让我想家。尤其是此刻。

克里斯笑了。他说他也想家，他的家乡就在海边，所以每次一看见沙滩，他都想游泳。

美籍地理学家段义孚在其著作中提及，人们总是从不同的居所出发，前往无固定界限的空间旅行；居所意识（sense of place）意味着依恋感，家园感，领悟感；“在空间中，人们会强烈地意识到记忆中的居所；而在居所里独处，人们会时不时领悟到空间的浩瀚……”对此，自然主义作家巴里·洛佩兹颇有同感，他多年沉浸于爱斯基摩人的生活与文化，在《北极梦》他引述段义孚的观点，写道：“一种文化中最珍贵的居所不一定是眼睛可以看到的，也就是说，不一定是大地上可以指出的地方，这样的居所可以出现在戏剧中，通过口述，表演等等形式表现出来，正是这些大地上看不到的东西，才使一个人眼里空空如也的空间，在另一个人眼里却是居所。某个特定的居所弥漫着回忆——神圣的和世俗的故事的核心，整个景观是此类居所的集合体，这两种感觉就是土地的本地感的含义。”

我们默默低头翻看旅行照片，等待着漫漫回程开启。也许一次次远行，是一次次确认自己对故乡的归属感，一个人的出生，来处——远方固然引人入胜，但人们依然要回到居所，回到记忆中的气息、食物和熟悉的语言中，不论它现在还在不在那里。

巧合的是，如果在地球仪上，从北京扎一根针，穿过球心，就会在另一端刺到阿根廷布兰卡港附近的里奥内格罗。这叫对跖点（antipodes）：位于地球直径两端，遥遥相望，时差十二小时，两点季节恰好相反，两点之间的距离约两万公里，约等于地球半圆周长。

当飞机终于起飞，我透过窗外翻涌的云海，凝视下方的南太平洋，震惊于海面如此宽容，冷静，像这颗星球对人类撒下的一个巨大的谎言。如果飞机再升高一些，谎言就将缩小，褪去；如同萨曼莎·哈维在 2024 年布克奖作品《轨道》中所写的，宇航员从太空中俯瞰："大西洋古老，平静，银灰色，像一枚刚出土的胸针。"

"你知道吗，"我对克里斯说，"我们现在正在飞过智利的西海岸，这片海的对跖点，就是成都了。"

至此，我终于踏上——又告别了——地球上离故乡最远的地方。

［特约编辑：余静如］

器隐录

徐风

一　得义楼

平头百姓对于人生某些桥段的表述，喜欢用一些不那么优雅却形象生动的比喻。像早上皮包水，下午水包皮。听起来有点俗，但这两句话，记录了旧时器隐镇男人的快活指数。都知道，皮包水就是吃茶；水包皮，当然是捂混堂了。

自古至今，吃茶从来是件大事。本地旧志说，唐代开元年间，江南饮茶风气渐起，器隐镇南面紧靠浙江天目山余脉，大片的丘陵适宜种植茶叶。临街店铺专设一种鼓腹陶罐，宽口，盛茶卖之，不问道俗，投钱取饮。过路客人歇脚解乏，多以粗瓷大碗牛饮解渴，饮罢，口中生津而称快。这种店，最早叫茗铺。本地人叫茶摊、茶坊。

那么，器隐镇第一家茶馆是谁开的，叫什么名字？查本地旧志，语焉不详。只说，本地最早的茶坊，大抵在清代乾隆年间出现。这个说法野野豁豁，按理没有人会计较。但本镇伙头巷钱氏世家后代，却站出来发声，虽是轻描淡写，却言之凿凿。钱家先祖并非大户富豪，历代经商，买卖时大时小，通情达理却是家传，骨子里也有殷实不露的底气。他们搬出一套家谱，虽然残缺不全，但有一卷上清清楚楚写着：

> 清雍正十三年（公元 1735 年，乙卯），先太祖钱逢时在本镇首开惠人茶寮，后改名得义茶楼，为本地历史上首家茶馆。先太祖为人豪爽，精茶艺、嗜古玩、擅茶器，喜与文士、艺人结交。曾收藏过天下紫砂第一名壶——供春壶，并与当时紫砂名手邵大亨、陈鸿寿等交好，多有往来。得义楼亦为当时江南文士小聚把盏之场所。

钱逢时这个名字太陌生，翻遍本地志书的“人物”篇，不见其名。或许，在雍正十三年前后的一段岁月里，钱某人及其得义楼，在当地是一个常在嘴边的话题。可是光阴这东西，有时也势利。许多当时热门的人与事，没多久，就被它不声不响地屏蔽了。志书通常只关注名臣、豪杰、孝贤、学士，记载的都是些忠义、治绩、理学、孝友、文苑、孝女之类的“典型”。钱逢时再怎么牛，也就是个开茶馆的商人，士农工商，商人的排名一直偏后。因为这里是江南。

大凡持有“家谱”的人，骨子里会有一份底气。钱家后人并没有想到，之前记载宗族陈谷子烂芝麻的那些文字，突然在“非遗”的旗幡下，寻到了归属，其受重视的程度，好比扛了一只鼎。

于是，在一本紧锣密鼓编撰中的器隐镇口述史里，钱家后人以家谱资料打底，采用一种鲜活的本地方言，不经意地翻腾出一群蓬头垢面的历史人物——让一本原先只是“内部编印”的小册子身价倍增，一时洛阳纸贵。

现在钱逢时抖落着历史的尘埃，缓缓走到前台来了。若是按照史料来推演，我们看到他站在雍正十三年初春一个早晨的阳光里，打了一个响亮的哈欠。这个哈欠的气场很足，你想，天天凌晨三点就起床的人，能不打哈欠吗？开茶馆，就得闻鸡起舞，谁让器隐镇有那么一群早起的老茶客呢？他们踏着稀薄的月光，嘴里哈着隔夜的热气，在奔赴得义楼喝一壶提神醒脑的早茶路上，步履应该是轻快的。常言道，人活一口气，到了这里，就变成了人活一壶茶。得义楼坐落在器隐镇伙头巷和鸡笼巷交叉的状元桥堍，三面环水，一面临街。旧时开茶馆，求的就是这种“水龙地”，面朝水、背靠水、脚踏水。老茶客们进到茶楼，熟门熟路，在早就固定的座位上坐下，此时伙计会飞快递过一把热毛巾，烫手的，香喷喷的。原本是一张睡意惺忪的隔夜面孔，在这把热毛巾的揩拂下，顿时毛孔发烫、血脉偾张。而弥漫着各种香气的早点，烧饼、春卷、馒头、桃酥、发糕，正向四周散发它们的气息。龙井、云雾、梅片、毛尖等各式茶叶，也在静候着茶客们的召唤，随时施展它们的拳脚。

得义楼的早晨，每天都是这样让人惬意。过往的茶客，场面上一样，其实是分档次的。楼上雅座，临河通风，错落分布，各有其主。连茶壶、杯碟都是固定的。钱逢时特别讲究吃茶的器具，雅座的专用茶壶，都是当时的紫砂名手所作。譬如学前巷的马典史，爱用明代徐友泉所作仿古盉型壶，泡明前的碧螺春；大人巷的陈员外，喜用晚明沈子澈所作葵花壶，泡铁观音；百果巷的炒货大王陆其生，专用邵大亨的掇只壶，泡阳羡红茶；百工巷的打船匠束连德，人称阿连德，喜欢来一壶熟饼普洱，酱油一样赤浓，此茶用名手杨彭年的一把天机壶泡，包浆铮亮；百搭巷吃讼师饭的何百通，人称刀笔何，也有人尊呼刀笔先生，此公吃茶讲究，用一把无名氏所作的阴阳壶，同时泡红茶绿茶，此壶有左右两屉，壶盖上有一小孔，手指一按，红茶出汤，手指一松，绿茶出泉，牛逼得很。还有一位牛人，百搭巷的郭瞎子，算命佬，每天最早跨进茶楼的就是他。他常用的茶壶，居然是一把时大彬的朱泥扁梨壶，矮梨式，壶体温润精雅，泥性油亮，色泽红而不媚，意态可人。壶底落“乙卯仲冬时大彬制”款，字体清劲磊落。郭瞎子老江湖，此壶如命一般宝贝，别人绝不可上手。一根龙头杖，乌金木的；一只罗盘，老紫檀包了铜皮，暗光凿凿。壶，棒，罗盘，三样东西搁一起，气场爆棚，泡茶添水的店伙计，一颗心都提在手里。

雅座里的这些茶壶，是钱逢时的，还是茶客们带来的？

一般的茶馆，给茶客提供的茶具很大路货，俗称“乡坯”。可是，得义楼不一样。楼下的散座，起先用白瓷盖杯、青边茶盅吃茶，后来一律改用紫砂壶、紫砂杯冲泡，实则，钱逢时自己好这一口，也是在引领一种饮茶风气。彼时用紫砂壶泡茶的人还不是很多，因为，紫砂壶这器物，文人参与了，就有点贵。他自己，平时喜欢拿一把时大彬的茶壶喝茶。时大彬何人？明代的制壶高手，供春之后的第一制壶牛人，随随便便将一柄“时壶”在手上把玩，比我们今天在乡村的道路上开一辆劳斯莱斯还牛。钱某人是在显摆吗，关键是在吊茶客们的心火。钱氏家谱上说，他跟各路紫砂名手多有交往。这也很贵，用钱家娘子的话讲，蛮费银子的啊——她常常抱怨，白花花的银子拿出去，换回一把黑乎乎的茶壶。不就吃壶茶吗？作孽！

于是我们知道，彼时名手茶壶价值已然不菲。钱逢时跟别人不太一样，茶壶这东西，不是用来藏的，而是拿来用的。别的器皿，越用越旧，唯独紫砂壶，越用越亮，要天天泡养才好。名头大的壶，品质感是养出来的，得义楼养茶壶，必须是器隐镇第一，这个没有商榷余地。所谓身价，就是这么来的。有的茶馆，喜欢用些歪瓜裂枣般的“乡坯”茶具来敷衍茶客，钱逢时很是不屑。得义楼提供的每一把茶壶，都有着钱逢时式的讲究与尊严。

开茶馆，光是壶好还不成。水，是太重要的因素。人们看到得义楼的门口，常常停着一头气定神闲的毛驴。它的背上总是驮着几只装满山泉水的大陶罐，上面插着几根鲜翠的竹枝。赶毛驴的阿三，隔天进山一趟，到金砂寺边上的晶宫潭装泉水。传说唐代的时候，此处泉水曾经贵为进贡皇上的“贡泉”，当然是沾了茶叶的光，一时牛遍天下——你走进得义茶楼，当门一个大玄关，沿墙一字排列着几十只陶罐，里面都是金砂泉水。陶罐上刻了两个古隶大字：贡泉。于同行，这是显摆；于外行者，乃是“科普”，别以为开茶楼，只消把河水舀起来煮熟，放点茶叶末子装在壶里，就可以收钱了。

楼上雅座里的规矩是这样的：茶客可以自带茶壶，但茶楼不予保管；喝完茶，自己带走；若相中雅座里专配的名壶用来吃茶，应根据茶壶名头大小以及时价交付押金，茶壶不可带走，由茶楼专人养护。开头，有的茶客喜欢自带茶壶，不过，很快就被钱逢时的名壶压下去了。茶客婉转提出，此壶可否请钱老板割爱？多少银子，您开价！钱老板笑笑，伸出手，说，您剁我一根手指头吧！话说到这个分上，一点余地都没有，你还是继续当他的茶客吧，这会儿你突然发现，原来你每天起早奔赴于此，就是花了茶钱，贴上阳寿光阴、嘴皮囊袋，专门来给钱某人养壶的。或者说，你一直在替别人抚养孩子——茶壶这东西，跟人的关系有这么亲吗？

不是局中人，难解局中事。

说钱逢时是个狠角色，未必见得。得义楼，号称义字在先。钱逢时待人，一年四季春风扑面。他也讲点义气，喜欢在穷人堆里散点小钱。楼下散座，茶资低廉，等于白送。茶客大抵来自百工巷和鸡笼巷，瓦匠、木匠、铁匠、箍桶匠居多，一边吃茶，一边谈论行情；也有讨生活的道士、鼓手、脚班，边吃茶，边等待机会。一壶粗茶，要吃到比河水还淡，屁股发烫发酸，才肯动身。钱逢时一样把他们伺候得很好。也有来揩油、吃白茶的角色，哪怕是个无赖，他也给面子。腰躬着，嘴上呵呵呵的。那种招牌式的笑容，大家都很受用。对特别铁的茶客，壶从来不卖，而是送。你若能将一把壶养出精神，养到惊艳，或者，你当真跟壶分不开了，变成一个壶痴了，他会成全你。放心吧，壶终归是你的了，银子一文不收，壶给你用，有一天你吃茶也吃不动了，这壶就归你了。

钱家后人的“口述史”里，特别提到了一个人和一把壶。那个人蓬头垢面，气色颓败。他的背景是一个细雨蒙蒙的早晨。撑一把破雨伞的他，头巾与衣衫想必是湿的。只见他跌跌撞撞进了得义楼，直奔楼上雅座。不好意思，客满，没有散席。钱老板的招牌式微笑，还是带有暖意的。显然，他没法满足眼前这个落水鬼般的陌客的要求，一张得义茶楼临窗的雅座，在这个早春寒冷的清晨，含金量还是蛮高的。客满在得义楼，也是常态。

可否委屈先生，屈尊在楼下先吃壶茶，暖暖身子？

根据“口述史”的重点描述，那个叫毛无忌的陌客，搭腔之后并没有说自己是哪里人，但他说话，有明显的苏州口音。说到自己身世，语气平和，仿佛是在说别人——无非是，祖上也是好人家，只因家道中落、变故多生，树倒猢狲散了，才落拓于此，饭可以不吃，茶却一日也不可少。说着就从背上的褡裢布袋里，取出一个棉布包袱，里外有两层，不紧不慢地打开。钱老板见到这把壶，脑子里至少有几秒钟的空白，之后，估计还有一声轰然的巨响。

此壶乍看似老松树皮，呈深栗色，壶体凹凸不平，壶把似松根，整体浑然天成，如老衲打坐，气度不凡。

这，不是传说中的供春壶吗？钱逢时脱口道。

钱老板好眼力，也是缘分中人啊。来者说。

少顷，钱逢时换了一口大气，毕恭毕敬地说，在下可以上上手吗？

茶壶上手，在古玩收藏界的规矩里，象征着一种颇高的待遇。

壶托在手上，很轻，但其气场，宛若重器。壶底，供春二字若隐若现，却是骨力洞达。

轻轻放下，钱逢时额头已然有了一层汗珠。江湖上，假冒的供春壶太多，即便是高仿，也是一眼就能看出的。但这一把壶，器宇轩昂，骨格清奇，故让人眼前一亮。并且，它能把人的心都提起来，仿佛站在你面前的，是一个前世的朋友。

叫毛无忌的客人，还是不急不忙，作个揖道，在下饥渴难耐，可否先赏一壶茶吃？

楼上雅座，当真是客满。但钱老板做事，从来都留有余地。就在二楼半的地方，原先有个堆放杂物的小阁楼，被布置成一个常人不知的雅间，屋顶开着一个老虎窗，四面都是木窗棂，一推开，全是河景。全套紫檀木家具，罗汉床上配着水烟筒、烟枪，茶台上除了紫砂茶具，还有古旧的银壶锡壶。橱柜里随意摆放的古玩，东墙上元代倪瓒的四条屏山水挂轴，都在散发出古雅幽静的气息。

也就不到一壶茶的工夫，毛无忌已然端坐在雅间的一张宽大的太师椅上，有模有样地吃起茶来。自然，是用他自己带来的供春壶泡。茶叶，是钱逢时提供的毛尖。毛无忌闻了闻，说好茶。伙计奉上一铫刚煮开的水，他抿了一口，说，煮过时了，太熟的水，会有一股老气。又说，这水是山泉水不假，但泡毛尖，还是梅蕊雪水，装在陶罐里伏过的那种，才是好的。

不知不觉，毛无忌登堂入室，像极了这里的主人。

伙计又送来与茶相配的早点，有刚出炉的芝麻萝卜丝烧饼，冒着热气的五香茶叶蛋，还有两块亮闪闪的水晶糕。

毛无忌虽然很饿，但吃相并不难看。甚至，吃烧饼的时候，连一颗芝麻都不掉落。吃茶时，拿壶洗碟的架势，非常老到；品茶时的姿态，堪称优雅。钱老板感觉，此人是有来历的。正如他衣衫破旧，但并不怎么邋遢。

现在要说到这把壶了。

供春，是明代一个壶手的名字。所制树瘿壶，世称供春壶。对于懂紫砂壶的人，这是一个惊世骇俗的名字。文人曾经把它捧到了天上。彼时社会，文人比今天牛很多，一件事情，文人说什么，就是什么。即便权贵，也不敢藐视——且听文人们是怎么说这把茶壶的。

明代张岱，名头很大。《琅嬛文集》是他写的书——对供春壶竟然五体投地：

> 古来名画，多不落款。此壶望而知为龚春也，使大彬骨认，敢也不敢？

为了抬高供春，竟然不惜把时大彬踹了一脚。

此公还在《陶庵梦忆》中，说供春壶“直跻商彝周鼎之列而毫无愧色”。

这几句话，要让多少人睡不好觉啊。

还有苏州的一个大文人，文徵明的曾孙文震亨，在《长物志》一书中，话说得更为独绝：

> 壶以砂者为上，盖既不夺香，又无熟汤气。供春最贵，第形不雅，亦无差小者……青花白地，诸俗式者，俱不可用。

青花白地，是指瓷器。彼时无论宫廷民间，以诸瓷器沏茶，皆为雅事。可是，文某人一句话，就把它们掀翻了。

供春何许人也？此人原先是宜兴望族吴颐山的书僮，跟着主人在一个叫金砂寺的老庙里休养，无聊时捏了一把壶，完全是无心插柳。对于没成功的事，世人一般的说法，叫瞎白相。没曾想，供春玩大了。先是把主人吓了一跳。然后，名声像滚雪球一样，挡也挡不住。以致有一天，主人不敢用他了，怕耽误他前程。让他走，也是一种成全。凭着一把壶，他就去闯荡江湖了。

普天之下，供春壶到底有多少把，只有天知道。趋之若鹜的壶痴们，日思夜想，都把能得到一把供春壶，作为光鲜人生的一个注脚。

可惜，供春很快就人间蒸发，如同夜空划过的彗星，短暂地刺痛了天穹，让人们差点睁不开眼，但迅即消失了。没有前因后果，没有文字依据，就是那把随世飘零的壶，也不知所终。文人们只是感叹。后来的制壶名手时大彬、徐友泉，再怎么折腾，胸脯拍得发紫，也只敢谦称是供春的学生。据说，第一把树瘿壶问世之后，供春想再做几把，却怎么也找不到当初那种感觉了，续做之壶，总是差那么一口气。遂将续作全部砸碎。他还做过龙蛋、龙胆等壶，也就是个意思了。如此说来，那件神品级别的树瘿壶，世上只有一把。它后来到了谁手里，问老天，或许屡屡语焉不详。

现在，它居然悄然出现在器隐镇的一间茶楼里。它到底是不是真品？毛无忌这个人，到底是什么来历？为什么他要来找钱逢时，所有这些，都是谜。

仿照我们时下的“情景演绎”，钱逢时和毛无忌应该有一场类似谈判的对话。毛无忌的要求，说高不高，说低不低。首先，此壶不卖，主权不让，此乃底线。但他愿意将壶寄放在得义楼，条件是，他每天来这里吃一壶好茶，当然是用供春壶泡。钱逢时必须提供吃茶的相关便利。其次，假若钱逢时保管此壶时不慎损坏，必须用整座得义茶楼来赔偿。最后，毛无忌什么时候不想在此吃茶了，要取走茶壶了，钱逢时不得以任何理由阻拦。

乍一听，基本属于霸王条款。换了别人，滚蛋去吧。但钱逢时思虑再三，居然答应了。当然，他也提出了几个要求：一，允诺毛无忌每天来得义楼免费吃茶，但时辰必须固定在清晨卯时，过时不候。二，毛无忌吃完茶，必须立马离开茶楼，茶壶交钱逢时保管，不得以任何理由推诿延误。三，假若毛无忌日后转让此壶，钱逢时有优先购买权利。

从一个生意人角度考量，钱逢时的盘

算堪称缜密。毛无忌不就是每天来得义楼雅间吃一壶茶嘛，古时的卯时，就是今天的早上五点到七点。每天过了这个时辰，供春壶的主人就是他了。至于壶损坏了要用茶楼抵押，这个他不担心。别说是供春壶这样的稀世珍宝，就连一只普通的小碟子，他都没有摔破过。

他看重的，或许是得义楼能与供春壶结下缘分吧。

既然谈得拢，钱逢时和毛无忌之间，应该有一份契约。这其中，还意味着，必须找一个有分量的中人实证画押。此时，一位资深茶客兼当地大佬马典史出场了。马典史吃衙门饭，见多识广。典史这个官，虽然不上品级，但手下有一群差役，吆五喝六的，挺威风。他还管着县里的南狱呢。所谓南狱，就是大牢，因为它设在县衙大堂的西南面，故有此称。关键马典史好这一口，是一个超级壶痴。像供春壶这种事，你能瞒过马典史吗？万一别人知道了，他还不知道，那就埋下了隐患，把马典史惹毛了，麻烦会很多。反过来，先让他知道，并请他来对外发布供春壶的消息，既是高抬，也带有间接的“官方出面”味道。马典史嘴快且损，心也有点贪，但他是官员，没人敢把这当作是毛病。他知道的八卦太多，发布点民间新闻，张口就来。把他弄高兴了，他会口吐莲花江河滔滔，跟我们今天的直播有得一拼。彼时得义茶楼，已然是器隐镇消息发布的权威场地之一。实情是，马典史第一眼见到传说中的供春壶时，除了惊愕，就是迷瞪，然后还失语。壶上手之后，要放下就有点难。做中人当然好，拿红包不算，脸上也有光彩。但这一次，他连红包也不在乎了，只有一个要求，让他用供春壶泡一壶茶吃，就一壶。

有可能钱逢时天生就是做大事的人。开一间小小的得义茶楼，真是委屈他了。世上没有不透风的墙，供春壶进了得义楼，各种消息就会插上翅膀。与其被动漏光，不如主动曝光，对马典史，他或许有一份自信，马某人若抡起一个拳头，钱逢时一定让他打在棉花上。

现在我们必须适应一下，得义楼每天卯时出现的一道景致。那个叫毛无忌的人，会大致准时地出现在得义楼门口。头戴旧方巾，衣衫近于褴褛，神情是冷峭的。他不怎么跟茶客们打招呼，目不斜视地，径直就上了楼梯。从他脚上一双沾满黄土的翘头履鞋来看，此人必定不住在本镇，有可能宿于南郊之外的丘陵山区，那里的山土，就是这种颜色。也就是说，赶上这一壶茶，毛无忌要走十几里的山路。

有人从门缝里看到，毛某人吃茶，一招一式还蛮讲究。茶、水、炉、器，都是钱老板为他专配的。他有时还自带茶叶，不多，用一只小巧的罐子装着，吃茶的行家知道，这叫茶仓。圆柱体，外表是紫光檀木，锡制内胆，手工锤纹盖。一经旋动起来，便会有一股淡淡的奇香，顺着气流，若有似无地，飘到二楼的雅座，引起一阵啰唣。他用炭火炉和锡壶煮水，还告诉钱逢时，用炭火煮的水比较温和、细滑、甜润，泡出的茶比较淳厚；而用锡壶来煮，传热比铜壶略慢一点，水质相对柔软，会保留山泉的清甜。“急火”烧开的水，太硬，对茶叶刺激大，汤色容易变黄。

钱逢时还是蛮受教的。他开茶馆，当然懂点茶与壶，但专注的还是生意。而毛无忌不一样，他吃茶时，眼神是空茫的，彼时眼前一头骆驼或一只老鼠走过，对他都是一样的。这样的人，少见。

金砂泉水，自然是好的，比惠山脚下的泉水刚烈一点，用锡壶装，文火煮，拗性子就拽回一些，变得刚刚好。汤初沸时，称为蟹眼；再沸，叫鱼眼；连珠一样沸腾，便是熟汤了——汤有功候，过生则嫩，过熟则老。金砂泉比之惠山泉，口感里多了一重清凛，回甘的味道也略长几分。

这些，都是毛无忌吃茶时随口说的。

毛无忌吃茶，还自带一只茶碗。色泽绿里透黄，撇口，浅腹斜收，玉璧形底，里外满施青釉。看上去年代蛮久远了，果然，毛无忌说这是一只唐碗。越州窑出的。顺便他还把几种唐碗做了一番比较：邢州碗也蛮好的，但不如越州碗。如果说，邢瓷如白银，那么，越瓷便是美玉。邢瓷色白，会使茶汤看起来偏红；越碗色青，衬得茶汤碧绿。而岳州与婺州窑所出之碗，便要次一等级。

末了，补一句：此话是茶圣陆鸿渐所说，并非在下胡言。

有一回，他气咻咻，自己捧来一只豁了口的陶罐，里面晃荡着半罐盖着竹叶的泉水。称这水比金砂泉水温和，地点在晶宫潭上方一百余丈，一个叫朝阳洞的地方，旁边有个观音庵，庵的后墙外，有一眼泉水洞，就青花海碗口大小，任你舀，哪怕一天一夜，终是舀不完。这泉水，原先一直在传说中，名叫一碗泉。文徵明当年在此山写生，曾在一次与门生的闲谈中提到此泉，甚赞。后来也有人专门进山去找，竟没有找到，那个尼姑庵早就颓败，只剩下一些瓦砾了。

将“一碗泉”的水，用文火煮开，然后，冲泡此泉附近的野山茶。毛无忌说，茶是认水的，水也认茶；用山下的泉水泡山上的茶，这才叫性情相投、情意契合。

钱逢时有幸分享了毛无忌奉上的一盏茶，入口淡然，似乎无味。再入口时，便有一缕太和之气，游弋于齿颊之间。

待吃饱了茶和茶点，毛无忌那原本晦暗的脸上，气色渐渐红润，额上一层汗珠，仿佛换了一个人样。他说，早晨起来，人好比一根木头，一张隔夜面孔，七窍都是淤塞的。这壶茶吃下去，把肚里的九溪十八涧都打通，整个人就浑身通透了。茶吃通，点心吃饱，一天就结束了，一直到断暗，连同漫漫长夜，除了润喉之需，他再也不吃任何东西。

然后，他洗壶，洗碗，晾干。把茶壶包起来，交给钱逢时，说，此壶由君保管，乃前世缘分，当无挂碍。

起初，茶壶递出去时，一脸惜意，依依不舍。但茶壶的交接，一如契约之规，含糊是没有的。钱逢时专门定制了一只老紫檀匣子，来装供春壶。据他自己说，自从此壶进门，枕头边就不是娘子了，即便起夜，也要将壶带在身边。难道还可以一手茶壶，一手夜壶吗，万一用错了，岂非笑话。把个娘子也笑煞，又气煞。钱逢时心头，却是春风荡漾的感觉。他只是有点自卑，这壶在毛无忌手里冲泡时，似有一股仙气。有眉有眼，有丰富的表情。到他手里，却是一阵阵的陌生与拘谨，他能感觉到，茶壶通体有一股骨子里的拗劲。不过，上手之后，他心跳加快是真的，捧着它，有时会团团直转，一时想不起自己是谁。

这期间，得义楼的生意愈加火爆，不光楼上雅座，就是楼下散席，也是一座难求，甚至有人不惜站着吃茶，或自带椅子，为的就是一睹毛无忌与供春壶的真容。

不知不觉，清明过去，谷雨来临。毛

无忌每日风雨无阻，按时到得义楼吃茶。他前脚走，后脚就有茶客围拢来，争相观赏供春壶。钱逢时任凭众人啰唣，始终壶不离手。观赏时间，说好了，点一支香，燃完收壶，过时不候。

来看热闹的人，比如乡下上街卖菜的农民，也有鸡笼巷、车水巷的小商小贩，临时到茶楼来歇个脚、讨口茶的路人甲乙丙，用我们今天的话，统称“吃瓜群众”，这里且忽略不计。没想到，一把小小的茶壶，竟然惊动了本地知县许景吾。

许知县举人出身，浙江海盐人，都说他爱民如子、官声颇高。一日路过得义楼，马典史在旁多了一句话，许知县的轿子就停下了。跟马典史不一样，许知县不是壶痴，但他喜欢老百姓的烟火生活。知县出门，场面是大的，全副的执事，包括开道锣一，蓝伞一，棍二，槊二，肃静牌二，青旗四，掌扇一。这不单是县太爷的阵仗，也是帝国的场面。反正许知县是进了得义楼了，他是不是来接地气、考察民情的，不得而知。见县官，钱逢时是要跪的，包括那一众茶客。得义楼有什么可“巡视”的呀，赶紧把供春壶拿出来，给县太爷沏茶。那么，许知县吃得义楼的茶了吗，马典史的回答是否定的。你以为堂堂知县大人会随便吃民间的东西吗——哪怕是一口茶水，也不会随便造次。但是，许知县看过供春壶，这是肯定的了。虽然不是壶痴，但许知县毕竟是出身江南的读书人，供春其人其壶其事，他还是知晓的。至少，供春壶让他感觉很养眼，一把传世名壶来到他的地盘上，引发了各方关注，成为一个时尚的话题，这对于营造太平盛世的环境，当然是有益无害的。一高兴，许知县发表了几句感言，话不多，分量很重。当着众人的面，许知县叮嘱马典史，要协助得义楼，保护好这把稀世珍壶。末了还说，过一段时间，常州的崔知府要来巡视本地，他会陪知府大人前来观赏此壶的。

也就是说，供春壶的安保级别，突然上升到由县级衙门负责的地步了。

按理，马典史接触供春壶的机会，应该是多了。但是，许知县一席话，等于给此壶画了一个圈，把他的个人空间一下子打没了，堂堂一个典史，反而成了供春壶的义务看管人。自从知县大人来过得义楼，马典史晦暗的气色一直挥之不去。得义楼的生意，倒是节节攀高，钱老板阔然鹅步、声如铜钟。直到有一天，大约是夏至过后吧，从得义楼传来一个消息，说那个每天卯时来得义楼吃茶的供春壶主人，突然没了踪影。

钱逢时毕竟是开茶馆的。说到底，他是个明白人。

每天一支香时间的供春壶观赏桥段，被取消了；派佣工阿三，带人去金砂寺附近寻找毛无忌，声响与阵仗，都有点大；甚至报官，请马典史派手下差役协助寻找，都没找到毛某人。

马典史很老到。他要钱逢时交出供春壶，理由很堂皇，他怕此壶万一有个什么闪失，在县太爷面前不好交待，还有一个理由，他可不想见到得义楼有什么血光之灾。

不过，马典史还是晚了一步。

没承想，在众目睽睽之下，钱逢时早已将供春壶转移到百搭巷里的福源柜坊了。

何谓柜坊？就是彼时民间专营钱币与贵重物品存放的保险机构，交了一笔保证金，单子上清清楚楚写着毛无忌的名字，他只是朋友托付的代管人，亲眼看着供春壶被放进柜坊的保险大柜，他才放心离去。

毛无忌消失了，钱逢时夜里反而能够睡安稳觉了。

过了些时日，有一个跟毛无忌长得有点像的人，悄悄来见钱逢时。此人自称是毛无忌的弟弟。

按照他的说法，当初毛无忌来吃茶时，已知病将大限，他只是想要为供春壶找个好人家。毛无忌走的时候，并无大憾，供春壶在得义楼，于他，是欣慰的。人生不尽然是凉薄，钱逢时的良善，得义楼的温煦，都让他宽心且放心。

来人的意思是，他这个哥哥，孤高和寡，平生从不求人。临终前托他将此事办好，他不可违逆。

竟没有跟他要一两银子。所谓的条件，就是仿照毛无忌，也想来得义楼吃茶。产权问题，暂且搁置一边。只是他或许做不到每天卯时前来吃茶，要么隔三差五，甚至初一月半。在毛无忌曾经吃茶的地方坐一坐，发发呆，于他，是执念，也是享受了吧。他只是希望，届时能够享受毛无忌的待遇。

说罢，取出一只茶碗，钱逢时一看，眼泪怎么也止不住，此碗，正是毛无忌吃茶时所用的那只唐碗。

历史就是真真假假、假假真真。口述史再牛，也难保不带主观的水分。钱家后人能还原出供春壶后来的飘零身世吗？器物这东西，就是拿来被子孙挖祖坟、掘箱底、掏壁洞时用的——尽管钱家后人坚称，供春壶确实陪伴了钱氏祖先一段难忘的时光，成全并照亮了先太祖钱逢时的茶馆生涯，也给古老的器隐镇提了一口气。那么，之后，又之后，供春壶去了哪里呢？

器物与江山一样，本无常主。民国十七年，亦即一九二八年，此壶悄悄出现在苏州文庙的冷摊上，不但蓬头垢面，还缺了壶盖，差点晃过了所有人的眼睛。幸好，被一个叫储南强的宜兴绅士发现，用一块银元买了回来。此后多番周折，壶盖一配再配。加上江湖博弈，各方争夺。储南强最后只好携壶躲进南山里。新中国成立后，储南强审时度势，将此壶捐献给了中国历史博物馆。这个光明的尾巴并非笔者杜撰，可以参见《中国宜兴陶瓷简明词典》第一百六十七页。

二　邛竹鸠杖

告老还乡，在古时官员的心目中，是一个奢侈的词语。因为它常常扮演着“平安落地”的角色。

按此说法，器隐镇大人巷禾颐堂主人於慎行的第一个安稳觉，并不是在千里迢迢舟车劳顿抵达故宅的那个黄昏，而是在数天之后，那个风雨交加的夤夜，终于等到了一封对他至关重要的书信。

此信来自何方，出自何人之手，就连於慎行最信任的丁师爷，也不知情。他只是看到，主人将信封裁开，小心翼翼展开信纸，面对着一张空白的纸片，竟然看了半晌，然后，终于长长地嘘出一口气，绽出一个多日不见的笑容。

安然入梦，一宿天明，是古时为官者的一份奢侈品。於慎行其实还不算老，退休之事，无非说辞。大清官场的退休制度松紧有度，场面上的说法，是官员年满六十即可退休，但是，政声颇佳的官员，身体旺健，上下通达而左右逢源，没有人逼你退休的——彼时官员大抵有两个年龄，一个是真年，还有一个是官年。真年是仅仅自己与家人知道的年龄，官年则是场面上的岁数，一般都虚报两至三岁，当然是做减法。於慎行满打满算才六十虚岁，吏部的名册上，他还不到五十七岁。告老还乡这件事，说起来有些荒唐，莫非有什么难言的背景？作为一名乾隆十六年的进士，於慎行为官的履历还是蛮好看的。早先在吏部考功司任秘书郎，一步一步做到该司主事。然后外放，都是在黄河以北做官，后来到了甘肃这个不很富裕的边地，任甘州知府。甘州是河西走廊的一处重镇，于今称张掖，历来是兵家必争之地。因城内甘泉遍地且清洌甘甜而得名。彼时甘州管辖着凉州、肃州、西宁、宁夏四镇总兵。一般人都会认为，甘州知府是西部边陲一个很吃重的位置。

於慎行在甘州一待多年，官声还是不错的。他离开甘州时，百姓夹道送行，场面颇感人。前来相送的官员都看在眼里，五味杂陈的感觉，都会有那么一点。但是，有一个提前告知的规定动作被临时取消，新上任的巡抚大人本来说好要来为他送行，还传说要给他题字送匾。却忽然因为“突患痢疾”而取消了。

这一举动，引发了甘肃官场的颇多猜测。彼时震惊全国的“王亶望案”刚刚落幕，事因主政甘肃的布政使王亶望欺骗朝廷，谎报旱灾，以监粮之名大肆敛财。所谓“监粮”，就是准许士民以捐纳豆麦来取得国子监生资格，由此参加乡试或取得官衔，说白了就是卖官。让很多人没想到的是，平时惯于哭穷的一些不毛之地，在“以粮捐官”这件事上，表现出了惊人的热情，有钱人蜂拥而上，穷书生们也放下斯文，不惜举债甚至拆屋卖地，谋求一官半职。其时王某贪心太过，嫌豆粮累赘，下令改捐“折色”——一律捐收银两。接着，谎称以粟治赈，而私留捐银。自总督以下各级官员瓜分银两，王亶望本人私囊暴饱，贪墨最多。此法实施半年，风气大坏。王某疏报收捐一万九千名，捐豆麦八十二万石。朝廷非常怀疑，甘肃民贫地瘠，怎会有近两万人捐监，又如何会有如此多的余粮？

王亶望一时仕途通达。甘肃得手，又升擢浙江巡抚。但他多行不义，最后栽在大学士阿桂之手。阿桂奉旨，其调查与弹劾，就像打蛇打在七寸上。甘肃官场轰然地震，巡抚以下及各州县官员一百余人共贪污赃银一千多万两。王某头颅应声落地，总督勒尔谨自裁。冒赈两万两以上二十二人遭诛，余皆免死发配，此案震撼大清朝野。

这些贪墨的官员名单里，竟然没有於慎行。

前前后后私分的银子，加起来超过一万两。作为游戏规则的目击者和参与者，於慎行没法不拿这些好处。但他历来胆子小，特别是见到钱。丁师爷可以作证，但凡有人给他送礼，特别是送钱，他便如惊弓之鸟，夜半失眠。当阿桂大人的“巡察”大员们突然从天而降，於慎行不慌不忙给他们打开了衙门的银库，一万八千两银子分别装了十六个口袋，上面写着时间、地点和经手人姓名。他好像早就知道会有这么一天。阿桂大人很诧异，甘肃官场很诧异，天下真有如此干净的官员吗，於某人是如何一路做到知府的？

被证明是清官，反而不能堂堂正正，更别说理直气壮了。很多同僚吃官司流放甚至砍头，到处都是惊弓之鸟在乱飞乱窜，谁让他们当时吃相那么难看呢。大案见底，理应海晏河清，清白之人扬眉吐气是必须的。於慎行却愈加感到雾霾重重，如同本地时常可见的沙尘暴天气。世人皆浊唯君清，简直是一件有百弊而无一利的坏事——要么你坏，事先得到了什么消息，抑或你早就跟朝廷的某权贵私通款曲，知道会有今天这么一出。

官场太险恶。於慎行的看家本事就是称病。他本来身体底子就不好。瘦巴巴病怏怏几十年，惶惶然貌似惊鹤，病生得很像。正四品的官服，套在一个两脚衣架上，怎么撑得起应有的威仪与华贵？都知道於大人爱生病，虽然并没怎么耽误政务。但他一旦称病，官员们就会私下嘀咕，又有什么幺蛾子来了？或者，官场上又要闹点小地震了吗？没承想，於大人突然请准告老还乡了，这让很多人心里打了一个颤。

器隐镇上，大人巷里，退休官员蛮多。官场上的波诡云谲、沉浮升降，没有人大惊小怪，所谓叶落归根，都是常态。当地的志书，若干年后会腾出一点吝啬的版面，按官职大小，记述官员的生卒年份，何年进士举人，于何地任何职，官至几品，等等。按照惯例，於慎行这样的级别，在县志的记载不会超过一百字。但是，后世文人编撰的《文庙回眸》一书，在历代文武官员捐款捐物修缮文庙的功德簿上，还算给他留了一段文字，简述他捐修文庙的功绩之外，还提到了他的祖辈。

文庙，其实就是孔庙。是孔夫子在一个地方的营盘，也是古时文人体现尊严的舞台。但凡器隐镇的士子，都在文庙的试场上熬炼过。所谓风气，都有底子。早年朱熹来这里看望他的一位做县令的高同学，信手写下一篇称赞高同学全力兴建文庙、踔厉办学的文章。之后历任知府到任，放下铺盖的第一件事，就是去文庙祭拜。也有情商高而泪点低的官员，看到文庙的某些局部建筑老旧颓败，而衙门库银却又捉襟见肘，便自掏腰包予以修缮。

话是这么说，但文庙的地盘太大，加起来一百二十多间房子，总会有顾此失彼的时候。所以呢，若是一个人想在文庙弄点动静，机会还是有的。於慎行突然退休这件事，各方的议论有点多。他到底有没有真正平安落地，在许多人那里，还是一个问号。丁师爷的耳朵里，各种舆情，塞都塞不下，他给主人的建议里，用力最多的，就是去文庙祭拜并且捐款。

要说理由，当然充足。文庙学宫是於慎行人生的起点，从童生、到廪生，此间寒窗记录了他当年发奋读书的情景。於家三代与文庙，渊源颇深——祖父於千鹤，曾在此担任教谕数十年，江湖夜雨，桃李春风。足够用来被后世仰望。父亲於同山，亦是生员出身，虽然后来官做得不大，但也算是士林中人，口碑亦颇不凡。

捐款这件事，看似简单，却颇费周章。首先，你选在什么时间去捐款，孔夫子生日是农历八月二十七日。自宋至清，文庙是本地祭祀孔圣人的法定场所。这一日，当地知县必率部属以及各界贤达前往文庙进行公祭。若选在这一日捐款，场面上当然好看，但不免有掠美抢风之嫌，感觉於某人想急于表明什么、洗白什么。

其次是捐款的数目。丁师爷悄然去文庙探察，文庙还是老样子，场面上蛮光鲜，但就像一位迟暮美人，细看却是经不起了。大成殿还马马虎虎，它是文庙的脸面，最重要的奠仪都在这里举行。明伦堂的梁柱却已颓败，尊经阁也就是藏书楼，有几根柱子简直蛀得不行，启圣宫的屋宇亦年久失修。通往乡贤祠的风雨走廊，地面已然凹陷，下过一场雨，积水东一摊、西一摊，惨不忍睹。假若你要出全资去修缮，没有八千两银子根本不行。

当然可以只修一个明伦堂或者尊经阁。按丁师爷的估算，一旦动了土木，修修补补少说也得三千两银子。蜻蜓点水，不痛不痒，等于没修。一是格局不大、动静太小；二来呢，若是明伦堂或尊经阁修缮一新，反而显得别的屋宇更加颓旧，留下一串尾巴而被人诟病。

丁师爷的具体建议是，既不捐银也不修缮，而是捐几件有分量的器物。

於慎行对这个跟了自己几十年的师爷，还是相当信任的。他刚出道的时候，小丁就跟着他了，慢慢也变成了老丁。此人早年也是童生，废了功名，一心归顺于他，用起来还是蛮贴心的。但凡他提出一个建议，必定后面有着跟进的方案，除了主方案，还有不止一个备用方案。

比如，进得文庙，迎面便是一堵巨大的屏风，其实就是影壁。据说在风水上，有导气与疏气之用。这面屏风上的木雕《周处除三害》，年代久远，早已被风雨剥蚀，画面漫漶不清，难以辨认。若是换上一件气势恢宏的木雕作品，会让人眼前豁亮、精神一振。

换什么题材，请谁人操刀，丁师爷肚子里也有备案。但他不能把话说满。如果主人首肯，他会看菜吃饭，抛砖引玉，说不定还能得到主人的恩赏。

再比如，从明伦堂到乡贤祠乃至崇圣祠、土地祠，所置桌椅几案大都陈旧不堪。丁师爷看了一下，材质大抵以杉木为主。若是能全部换上榉木，重要的厅堂如大成殿之类，最好能换上铁力木和乌金木，一式的明式风格，那该多气派。

然后还不妨给每个就读的生员赠送一只笔筒，用竹节器型，寓意峻节清芬，最好是於大人亲自给生员题字，请匠人仿刻，成本不高但简朴雅致，内涵深蕴。

於慎行对丁师爷的建议，似乎并未提出什么异议。但有一点，丁师爷这种级别的人不会考虑太周全——他不能轻易出面，甚至丁师爷也不能随便说话。告老还乡之后，他深居简出，就连本地知县前来例行看望，也以“体劳积疲、身亏欠安”为由而婉拒了。其实这是他试探外界的一种方式，一般来说，若是一个尾巴不太干净的官员回乡避祸，当地命官是避之不及的——场面上的例行慰问除外。

丁师爷的功课并不马虎。他很快就通过本地的黄教谕，说起来还是他多年前的同窗学弟，把於大人的心意传递给郭知县了。一等三天，没有消息。於慎行说，这本身就是消息。

此时，一动不如一静。

於慎行貌似闲着。在庭院里品赏、修剪盆景，在水榭里放钩垂钓。与家人打打麻将，偶尔，还与小孙子在墙根下捉捉蟋蟀。赏月的心情其实还欠缺些，但也不是装给家人或自己看，天上貌似舒卷的流云，仔细看，内中亦颇多诡谲。突然感觉，那封寄自京城的无字书札，虽然给他报了平安，但此一时彼一时，他不能保证，在“王亶望案”中那些因贪墨而杀头充军的官员们背后，不会杀出几个不买他账的宿敌，在背后捣鬼，一条三寸不烂之舌，可以把一个清白的人拉进洗不清的黄河。一个彼时的官员，在官场上行走数十年，再怎么干净，也能随便找出点瑕疵来。他一直自诩清正，昧心的银子，他还真的没怎么收过。但是，他能保证这几十年没有收过任何钱物吗？比如，一些场面上大家都拿的红包，逢年过节时，故旧知交、门生弟子以及可靠的下属送的礼品，你能推却吗？还有就是，他常年在北方做官，那些地方，古钱币多、青铜器多。地方上的富豪，常常拿些貌似废铜烂铁的老物件来送给他。说起来神神叨叨，皆是国宝。婉拒于他，是常态，但有时也只能笑纳，装傻、装糊涂是必须的。心其实不贪，但人家巴结他时，那份虔诚兼惶恐带给他的愉悦，还是蛮享受。有时是为了协调关系。在一个地方做官，你不跟那些富豪老板搞好关系，你就完不成朝廷下派的各种差遣。

那些堆在地库里的器物，长年累月的，到底有多少，他哪能清楚。慢慢地，也在滚雪球，遂成心病。

有一天，丁师爷带着他，打开了专门堆放杂物的那间地库。於慎行自己被惊到了。

一排排的木架子，整齐摆放着各种器物，瓷器、漆器、玉器、青铜器，还有字画等，一点也不杂乱，甚至可以说是井然有序。

他什么时候有过这些东西？几乎全都是陌生的。

丁师爷告诉他，这间仓库里最早的礼物，是一块螭龙鸡心玉佩，汉代的老玉，百搭巷古玩店的董老板送的。他考上进士发榜的当日，人家就送来了，后来并没什么事来麻烦他，就是个礼数。

之后，就一发而不可收，潮水一样，挡都挡不住。

然后去京城做官，人脉的圈子一点一点扩大，礼尚往来就成了家常便饭。

於慎行说，不是早就立过规矩吗，凡是官员与商人的礼物一律不收。

丁师爷解释：倒是真的想不收。不过，人情难却总是有的。礼物背后是人情。之前人家曾经帮助过咱们，现在咱们发达了，就将人家拒之门外，这不是自断门路嘛。

然后外放做官。都知道於大人清白律己，底下人自然不敢胡来。但是，死心塌地跟着做事的部属，你不收他们的礼物，等于不相信他们，结果大家都觉得没有安全感。

雪球是如何越滚越大的，这个问题，雪球自己何以回答？於慎行拿着一本账目清单，翻看那一笔笔礼物的来路出处，有一些恍如隔世的名字，让他一时竟记不起来。

大大小小、林林总总。总共一百多件。大到一座屏风，小到一枚银针。这些器物，蛰伏在器隐镇大人巷的一座深宅里，默默见证着一个有洁癖的官员难免失守的底线？抑或，是底线的溃疡部分？水至清则无鱼，这个世界总不能没有一点人情往来吧，让於慎行释然的还有一个原因，是丁师爷还拿出了另一个账本，那是他多年来给人送礼、还礼的详细记录。这两个账本一直放在於慎行卧室的案头，五味杂陈的感觉一直挥之不去。

时间过得飞快。也就是两个月后吧，一件看似非常偶然的事情，打破了於慎行过于平静的退休生活。

要说简单，此事只消一句话便可交待清楚。朝廷大学士章佳·阿桂，在前往浙江勘察海塘修建工程时，路过器隐镇，居然没有事先通报当地命官，突然弃舟登岸，私访於宅，与於慎行茶叙了一个时辰。

青天白日，阿桂大人的官船身宽体大，慢吞吞地进了器隐镇，与之相交的大小船只，赶紧避让。目送它拐过状元桥，直往大人巷的河埠驶去。

沿途两岸，桥上桥下，看光景的人太多，没有人认识阿桂大人，但都知道那是朝廷的官船，上边待的是大人物。

彼时朝廷，除了皇帝，两个人的名字最为响亮，一是和珅，二是阿桂。后者作为满族将领，功勋显赫，在皇帝面前说话，很是管用。不久前平息的王亶望案，乾隆爷最后硬是把他的参劾听进去了，给了他定夺此案的生杀大权，所谓的主持正义、秉公执法，说到底还是要皇帝给力，否则，所有的正义亦当举步维艰。

阿桂大人何故要“顺便”看望於慎行？按照级别，这不太合礼制。通常的做法，但凡朝廷大员到了地方，想晤见某位已然退休的官员，可以在衙门里，甚至可以在官船上，传唤其人来晋见。从面子的角度说，这已然很大了。再退一步，假如真的要体现礼贤下士，也应该由当地官员陪同，八抬大轿，前呼后拥，或在官府驿馆里会见——去家里拜访，除非有特殊的关系与使命。

船头在於府边上的河埠停下。上岸行不过百余步，阿桂大人直接就进了於府，引导的随员看上去熟门熟路，想必是提前做了功课。於慎行当然是毕恭毕敬站在河埠上迎候的，貌似含着一份默契，其实，他也是半个时辰前才得到通知。

前前后后，不过一个时辰。切换到今天，满打满算也就两个小时吧。路过且顺便的意味，确实颇浓。

当地知县郭某得到消息，已经晚了一步。阿桂大人从於府出来，或许赶路心切，无心观赏两岸市井烟火，正欲上船离去。如此看来，在阿桂大人的行程里，根本就没安排与当地官员见面。于郭知县而言，这是一个尴尬的时刻，他叩拜之后不敢站立，是於慎行把他拉起来的。而阿桂大人可能并非故意，但场面上真没把这个七品知县放在眼里。又是一旁的於慎行在他耳边说了一句什么，阿桂大人瞧了郭知县一眼，终于放话，那就上船聊聊吧。

事后郭知县很是感激於大人。在阿桂大人的官船上，他得到了一刻钟的接见机会。没有说什么正事，只是问了一下他是哪一年的进士或举人，老家是哪里。然后问了问当地百姓的生活如何，每年能给朝廷缴纳多少税银。抬头看看天色近晚、灯火渐起的四周景色，满河桨声灯影，烟火朦胧。阿桂大人感叹了一声，江南温柔乡，恍惚如天堂啊！然后说了一句开船。这就是催他下船了。

郭知县手下的人向他报告，阿桂大人上船登岸后没坐轿子，一路轻快，仅带两个随从。其中一人提了两盒京城老字号大顺斋的“糖火烧”点心。阿桂大人袖着手，或许是坐船坐久了，八字官步略显颤颤巍巍。但一个时辰后，他从於府出来，右手却握着一根竹手杖。

也就是说，在这短短的一个时辰里，宾主把盏言欢、互赠礼品。而於慎行送给阿桂大人的礼物，竟然是一根竹手杖。

这根手杖显然吸引了目击者们的眼球，并且成为一个话题。

其实，外行人只是看热闹。细心的人却看出来了，於慎行送给阿桂大人的手杖，有一个特定的称法，叫邛竹鸠杖。

为何称鸠杖，而且是邛竹，其出处，

很多人并不知晓。

先说於慎行吧，按理此刻他应该扬眉吐气、神采飞扬才是。阿桂大人突然从天而降，于他，不啻是拨云见日。说是喜事临门，一点也不夸张。不过，外人哪里知道，阿桂大人在“顺便路过”看望他的同时，还捎带着一个顺便——跟他核实了一件要事，跟王亶望案是有关联的。打骡子马也惊，王亶望早就人头落地，许多贪墨官员杀的杀，撤的撤，流放的流放，句号早就画上了，怎么还在牵扯不断呢？

其次，阿桂大人还委婉地批评他，所谓效法古人独善其身、急流勇退，其实也是心志脆弱、畏葸困顿，不肯为朝廷担当的表现。他当然可以在家颐养天年，却也要退思、反思、审思，为国家着想才是。

阿桂大人还顺便说到自己，年迈七旬，胡子一大把，且早已花白，还在为朝廷日夜奔波。

此时，於慎行面露羞愧之色。半晌不语，如坐针毡。

阿桂大人精神是旺健的。但或许，腿脚有所不便，在参观於府小花园时，走在花间小径上，两腿一颤一颤的。

於慎行突然想到家里的一个老物件：邛竹鸠杖。

那是他爷爷留下的一个老器物。

所谓鸠杖，又称王杖。在汉代时，被朝廷特制并授予高龄老人，以示尊敬和荣誉。其名称的出处，在于其杖首雕刻的斑鸠形状。据古籍《风俗通》记载，汉高祖与楚霸王项羽，战于京索之间，项羽追赶刘邦到丛林之中，闻有鸠鸣，项羽以为刘邦未在此而退兵，遂使刘邦得以脱险。刘邦即位后，以为鸠鸟乃救他于绝境的吉祥之鸟，故做鸠杖赐予那些德高望重的耄耋名宿。

於慎行的祖父於千鹤，早年在本地县学担任教谕，门下弟子视其北斗泰山，名声与威望，在本地无人可与比肩。虽一生并无功名，但本地官民对他极为尊敬。他八十大寿时，弟子们除了送寿匾，还赠他一根邛竹鸠杖，可谓礼轻情重，寓意深远。老先生很开心，晚年出门，拄着这根鸠杖，翩翩然如老鹤鸣皋。其杖首，黄杨木雕成，鸠鸟形状，活灵活现；杖身乃邛竹，亦称罗汉竹、佛肚竹，以畸节多姿、枝条劲直而广受文人喜爱。南北朝文学家庾信，写过一篇《邛竹杖赋》，以邛竹杖自比，寄喻自己匡时济世的仕途准则，宁折不屈的人格追求。后世文人纷纷效仿，杜甫、黄庭坚、陆游、范成大等都有诗文赞叹邛竹。

投桃报李、礼尚往来，乃人生常情。阿桂大人赠他两盒点心，看似伴手之礼，但“糖火烧”恰恰是他早年在吏部供职之时，最爱吃的大顺斋点心。不论有心还是碰巧，这份突如其来的恩赐，一时让於慎行有些慌乱。

须臾之间，於慎行示意丁师爷，赶紧把那根邛竹鸠杖找出来。

为什么是邛竹鸠杖？

或许，阿桂大人走路时略显颤巍，给了他某种提示？还有那两盒点心，提醒他必须投桃报李？关键是，阿桂大人的一番话，正大博雅而不居高临下，温度亦颇不低，说醍醐灌顶，或许略微夸张，但至少是让於慎行振聋发聩、背心发汗。

丁师爷对主子，当然是言听计从。但是，这根鸠杖，是於家老太爷留下的一个老器物啊，何以外送他人，哪怕是皇上！

可於慎行的目光里没有犹豫。丁师爷这才明白，关键时刻，老爷才是送礼的高手。他是把自己的家风、家世都交出去了。

绝妙的是，阿桂大人一见这支邛竹鸠杖，顿生欢喜。

奇崛的竹节盘旋而上，托起杖首的斑鸠，有一飞冲天的豪气，又有浑然天成的老迈稳健。通体骨力奇崛，确有举轻若重、仙风玄妙之感。

於慎行呈上邛竹鸠杖时，只字未提它的家世。轻描淡写说了一句：山间一邛竹，竣节亦风清，愿此杖伴大人行稳致远。

一个稳字，用得多好。看上去阿桂大人蛮受用。呵呵呵呵，笑得爽朗。

捋须，清嗓，信口便背诵了一段古文：

> 沉冥子游巴山之岑，取竹于北阴。嫂娟高节，寂历无心，霜风色苦，露染斑深。每与龙钟之族，幽翳沉沉。文不自殊，质而见赏，蕴诸鸣凤之律，制以成龙之杖……

这正是庾信《邛竹杖赋》一文的开头。

然后，欣然笑纳，并拄着鸠杖在室内走了几步，连声说，此杖妙巧无功，奇不待匠。甚好，甚好！

於慎行明白，阿桂大人并不是在显摆他的古文底子，而是人随物喜，缘自中来，更是兴之所至，随口而出。

何止是器隐镇，整个周边朝野，都被於慎行送出的这根邛竹鸠杖重重地敲打了一下。

自阿桂大人来过这一日起，於府的门槛有点累。若是早先，主人困倦，闭门谢客当是日常；但彼时，於府已然是本地热点中的焦点，说难听点，也成了汪洋中的一条船。

除了本地的官员，还有周边州府的知府大人鱼贯来访，纷纷邀请於慎行方便时去彼地作客小住，都备好了行馆别院、舟车轿辇。

丁师爷带回的众多消息里，有一条特别让他啼笑皆非：突然之间，邛竹鸠杖的仿制品，正在器隐镇乃至周边地带流行起来，很多店家去四川邛崃一带收购邛竹，一时争先恐后。仿制的式样，貌似於家老爷子当年用的那一款，基本属于画虎类犬。其跟风者却不亦乐乎。奇怪的是，很多拄杖者并非耄耋，官员商贾皆有。所谓时髦，终有因果。引领者竟是阿桂大人，而肇始者，却是他这个无心插柳只求安度余年的退隐之吏。

本地的一些富商老板，也围着丁师爷转，希望给出档期，请於大人吃个饭，当然不是到馆子里，而是到他们的别院会所，不劳於大人走路，会有轿子或船舫来接。也有想登门拜访的，跟於大人沾了一点五服之内的老亲，说起来都是於家一树连根的枝蔓叶芽。

於府上下的人，包括忙前忙后的丁师爷，有一个同感。自从阿桂大人造访之后，老爷的心情不但没有变好，反而不如以前了。

大人巷赵知府家孙子满月宴，人家送了帖子，请老爷过去喝喜酒、看目连戏，称病不去。

学前巷黄教谕家千金出嫁，大摆宴席三十桌，器隐镇场面人物悉数光临。黄教谕是丁师爷早年同窗，托了丁师爷再三来请，依然是两个字：不去。

郭知县五十寿辰，“小范围”宴请本地上流人物。请柬是郭知县亲自来送的，顺便拜谒了他一下。於老爷还是称病，郭知县无趣而去。

丁师爷很着急。老爷这是怎么了，原先称病，无非幌子；阿桂大人来过之后，情绪一日日失落，看上去真的有病了，欲请郎中，老爷又不让，称自己脉数在握，不必多虑。

难得有一天，於老爷是开心的。

趁着大家不注意，於老爷玩了半日失踪。他换了一身旧马褂，戴着一顶旧铜盆帽，悄悄出门，一头扎进了百搭巷，挨着店铺，一家一家地看光景，反正也没有人认识他。然后拐进伙头巷，找了一家名叫“一网鲜”的苍蝇馆子，叫了几样儿时爱吃的小菜：雪菜爆田鸡、小鱼烧萝卜丝、开洋小馄饨。还要了半碗糯米做的甜酒酿，一个人自斟自饮，好不乐怀。丁师爷气咻咻地找到他时，他正吃得开心，满头冒汗，连说吃到了正宗的小时候味道，让他也坐下来，吃半碗甜酒酿。丁师爷哭笑不得，这些菜，难道府上做不出来吗？於慎行大摇其头，连声说不一样。

这可能是於慎行告老还乡后最开心的一天。

一个心思太重的人，应该活得比较累。即便是形影不离的丁师爷，也猜不透他的於老爷彼时内心在翻腾些什么。他只是被告知，有几件事要加快办理。一是家中仓库里那些被登记造册的各种礼品，尽快请人来评估论价，他要把它们折换成白银，全部用于文庙学宫屋宇修缮。另外，於家在镇郊尚有四百余亩良田，他考虑，拿出其中一百亩，赠予文庙作为学田，其田产收入，贴补生员学业之用。

丁师爷知道，老爷这是要效法徐阁老（徐溥）啊！人家是明代四朝元老，是孝宗皇帝的老师，家有良田两千余亩，才捐了八百亩学田。您够得着吗？人生在世，匆匆忙忙几十年，不要为难自己，将余生过得殷实富裕一些，才是最硬的道理呢。

作为於家的知情人，丁师爷对捐一百亩学田这一条断然反对。

他提醒於老爷，一个退休知府的月俸仅两石米，於府上下近三十口，虽然两位公子都已成家，一个已入仕途，在浙江某县做县丞，一个经商，在百搭巷里有两间铺子。但还有二夫人生的两个千金待字闺中，一个小公子还在读书，要花钱的地方还真的很多。跟大人巷里那些殷实的户头相比，於家这点底子真算不了什么。换句话说，过过太平日子，於家还说得过去，但一旦遇到什么风浪，於家这点实力，就像一只纸糊的灯笼，一阵风就吹灭了。

结果是，於家上下一致反对。於慎行难得地退了一步，按下不表。

几个月过去了。

京城的诰命圣旨水陆兼程，抵达器隐镇时，正是这年霜降的次日。

於慎行突然被朝廷任命为江南河道总督，从二品。

彼时的清廷，让一个已然退休的正四品知府突然重返官场，且连升两级，也有说是连升三级的，不属绝无仅有，也算凤毛麟角。於慎行在跪拜接旨时，浑身颤抖，一时从地上爬不起来。

其实，从送出那根邛竹鸠杖起，他就知道会有这么一天。阿桂大人批评他的那些话，其实都暗含玄机——一辈子不阿谀逢迎的人，何以在退休之后，因了一场看望、两盒点心，情急之下就拍了那么一个高级马屁呢？

安亦鸠杖，危亦鸠杖。这便是当时於慎行在病榻上自言自语的两句话。

这也是於慎行一直以来心里闷闷不乐的原因。

原本，他心里还抱着一丝侥幸。一个月前，来自京城的那个密友的第二封书札，确定地告知于他，说朝廷已然淡忘他了，让他放宽心，尽享天伦之乐吧。

没有人可以猜透阿桂大人的心思和手段。密友失算了。

江南河道总督。那不是一个更大的火坑吗？

那几日，整个器隐镇都沸腾起来了。江南河道总督，那是一个多么显耀、多么吃重的肥缺啊。各路人马来到於府庆贺。大人巷里，被围得水泄不通。

就连丁师爷的身价，也见涨了不止三分。他现在简直出不了门，一不小心就被围堵，很多前来送贺礼的人缠住他，求他成全，否则回去不好交待。

离开器隐镇之前，丁师爷陪着於老爷悄悄去了一趟文庙。老爷在孔夫子像前磕头拜香，一言不发。未见他脸上有一点容光焕发的神态，眉宇之间，只有志量深沉的踌躇。

丁师爷火速办理的最后一件事，是按照於老爷再三的吩咐，将家中地库多年来收受的所有礼品，计一百十二件，去宏泰当铺折换成白银共三千五百十六两。然后，将这笔银子全部捐给文庙学宫。

丁师爷嘱咐黄教谕，此事保密，不可声张。

於慎行拿到了黄教谕亲笔写的收据，以及当铺开出的实物兑换单据，心里的一块石头终于落地。

奉命去清江浦——江南河道总督府报到那日，於慎行选在一个薄雾缭绕的清晨启程。总督府派来的官船，一直开到於府后门口的河埠边。尽管如此，河岸上还是挤满了前来相送的街坊百姓。

船缓缓驶出古镇，於慎行默默流下两行清泪。他知道，此一去，或是永诀。

一年后。雨季之一日，於慎行因冒雨策马巡视淮河防洪工地，忽轰雷阵响，马惊失蹄，於慎行落马受伤不治，享年六十二岁。

都说於总督持身甚正、夙夜在公，律己甚严、爱民如子。是日，百里河堤，官员民工长跪不起、呼天喊地。

乾隆帝赐匾额“躬劳尽瘁”，追授“文正”谥号，表彰其忠直守节、靖共其位。

於慎行临终有言，希望家人依他夙愿，将一百亩田产赠予文庙学宫，补贴生员学业开支之用。

葬在他爷爷於千鹤身边。此为他留给丁师爷的最后一句话。

丁师爷以泪洗面，扶主子灵柩返乡，与於家人合聚。老爷遗嘱，一一依办，此是后话。

一张八十亩良田的田契，是於家人按老爷离家前的嘱咐，赠予丁师爷的，感念他半生陪伴与尽心尽责。

但是，丁师爷婉拒。谦称老爷给予他的，已经太多了。

他后来投奔黄教谕。这位早年同窗兼好友，对他很是关照，也因了主子的庇荫，在文庙得到一个操持后勤杂务、类似于我们今天的总务长的位子，勤勤勉勉，直到终老。

除了本地旧志对於慎行有类似中规中

矩的表述，於家后人坚守家训，从无借追忆祖先，标榜自身的言辞与文字，也不见“家谱族志”之类文字面世，三缄其口之家风，一直延绵至今。於家大半后人，在海外谋生，据说名头巨响，却亦如锦衣夜行。与故乡的联系，基本属于断线风筝，此为一憾事至今。

倒是丁师爷这一脉，土生土长、盘根错节，后代颇多活跃。因了朝代更替、岁月迢迢。文庙早已改成当地实验小学，系本地名牌学府，丁师爷的第 N 代孙担任校长，亲自编著《文庙回眸》一书，其间有颇多篇幅提到於家三代，笔致温煦。当然，丁师爷的笔墨亦颇不少，此乃常情。

悠悠往事，就是供人们去忘却的，幸亏我们还有打败时光的文字。

参考文献：

余亚梅：《“和”解茶经》，上海文化出版社 2023 年 8 月。

［**特约编辑：余静如**］

图书在版编目（C I P）数据

收获长篇小说. 2025. 春卷 / 《收获》文学杂志社编. -- 上海 : 上海文艺出版社, 2025. -- ISBN 978-7-5321-9245-8

Ⅰ. I247.5

中国国家版本馆CIP数据核字第2025L5V686号

执行主编：钟红明
副 主 编：谢　锦
顾　　问：程永新

责任编辑：张诗扬　吴　旦　景柯庆
封面设计：黄　海
特约法律顾问：王　嵘 光　韬

书　　名：收获长篇小说. 2025. 春卷
编　　者：《收获》文学杂志社
出　　版：上海世纪出版集团　上海文艺出版社
地　　址：上海市闵行区号景路159弄A座2楼 201101
发　　行：上海文艺出版社发行中心
　　　　　上海市闵行区号景路159弄A座2楼206室 201101 www.ewen.co
印　　刷：上海中华印刷有限公司
开　　本：710×1000 1/16
印　　张：28.25
插　　页：2
字　　数：586,000
印　　次：2025年3月第1版 2025年3月第1次印刷
I S B N：978-7-5321-9245-8/I.7251
定　　价：55.00元